Françoise Rey

D'origine italienne par sa mère, Françoise Rey est née en 1951 dans un petit village de l'Isère. Après une enfance et une adolescence grenobloises, elle suit des études de lettres et réussit le concours du CAPES. Professeur de lycée en Vendée puis dans le Beaujolais, c'est en 1989 que Françoise Rey publie *La femme de papier*. Salué par la critique, ce premier roman connaît immédiatement un grand succès en France comme à l'étranger. Des œuvres comme *La rencontre* en 1993, *Nuits d'encre* en 1994, ou *Le gourgandin* en 1996 la consacreront "spécialiste du roman érotique de mœurs".
Mariée, mère de trois enfants, Françoise Rey est actuellement professeur dans un petit collège de campagne où elle continue à exercer ce qui reste sa véritable passion, l'enseignement.

LA RENCONTRE

DU MÊME AUTEUR
CHEZ POCKET

LA BRÛLURE DE LA NEIGE
LA FEMME DE PAPIER
NUITS D'ENCRE
MÉTAMORPHOSES

en collaboration avec
Remo Forlani

EN TOUTES LETTRES

FRANÇOISE REY

LA RENCONTRE

SPENGLER

ISBN 978-2-266-12854-4

On ne répondait pas aux deux coups qu'il avait frappés discrètement contre la porte... Christophe se décida et pénétra dans la cabine, pour trouver Gina renversée sur le bras possessif d'un partenaire brun de peau et de poil, qui buvait à longs traits autoritaires la bouche de sa compagne. On ne voyait d'elle que sa chevelure bouclée joliment ébouriffée, et que l'arc parfait d'un sourcil haussé par l'application et le plaisir de ce baiser, savamment donné, savamment reçu. Sa petite patte aux ongles laqués s'accrochait, faussement pathétique, d'une grâce un peu maniérée, à la nuque épaisse que l'homme courbait sur elle, tandis que lui, d'une main puissante et sans hypocrisie, flattait le modelé de cette cuisse d'amazone qu'elle lui abandonnait à travers l'étoffe complaisante d'une jupe souple. Ils étaient tous deux plus couchés qu'assis sur la banquette de velours moiré, et mettaient à s'embrasser une conviction très cinématographique. « La coquine ! pensa Christophe... C'était donc ça ! »

D'un œil amusé et patient, il fit le tour du compartiment, en inventoria rapidement tout le luxe conventionnel, s'attarda sur un bouquet de roses blanches, remarqua un seau à champagne et, plus loin, sous la clarté tamisée d'un petit abat-jour rose, nota encore une coupelle de dragées... Le baiser durait toujours. « Excusez-moi », finit-il par dire, et il rouvrit, comme pour s'en aller, la porte qu'il n'avait pas lâchée.

La surprise sépara enfin les amoureux. Gina, qui avait sursauté trop énergiquement, s'était dressée, un peu essoufflée ; son corsage blanc, défait, laissait apercevoir la dentelle d'une lingerie irisée, d'un rose pêche très pâle palpitant sur sa peau mate. L'autre, plus sincèrement étonné, gardait inutilement arrondi son bras de propriétaire, si promptement déserté, et pendante son autre main, l'entreprenante, celle que Gina venait d'écarter sans façon pour sauter sur ses pieds. Il eut un geste esquissé pour essuyer, sur sa bouche, l'empreinte mouillée des lèvres de Gina, porta finalement la dextre à sa cravate, et, visiblement embarrassé, se leva aussi.

« Oh ! non ! Restez ! Restez, je vous en prie ! » s'écria-t-elle d'un petit ton plaintif, et son regard malicieux alla de l'un à l'autre, deux ou trois fois, très vite. Elle avait des prunelles mobiles, d'un brun luisant et chaud de café, un petit visage ambigu aux pommettes larges, au menton pointu, et une bouche tentante, enflée du baiser qu'elle venait de subir comme une voluptueuse morsure. « Elle est tout à fait comestible » pensa Christophe, qui ne chercha nullement à résister. D'ailleurs, elle les présentait l'un à l'autre, avec une simplicité très camarade, avare de phrases, tout en gestes légers de ses mignonnes mains tièdes qui s'envolaient pour tenter d'assagir une boucle folle, caresser les perles de son collier, se poser sur le poignet de chacun des hommes si voisins dans cette cabine exiguë, et que son seul corps séparait. « Philippe, voici Christophe. Christophe, c'est Philippe. »

Ils se saluèrent, polis, prudents. Ils étaient de taille égale, grands tous deux, mais Philippe semblait plus trapu, plus carré. Une physionomie classique de séducteur, avec la panoplie traditionnelle des fils d'argent dans la chevelure sombre, des pattes d'oie au coin des yeux bleu-vert, de la mâchoire volontaire, aux articulations saillantes sous l'oreille courte. Un corps d'athlète épaissi, à présent plus puissant que nerveux, et flatté par un costume d'une élégance sans défaut. Christophe était mince, quoique solide.

Sa blondeur argentée, l'or de ses lunettes, le reflet gris de son regard indulgent, la régularité de son visage ovale que ne déshonorait pas la proche cinquantaine, faisaient de lui un être très doux, aux gestes mesurés, à la voix grave empreinte souvent d'une ironie dénuée d'agressivité. Il avait tendu à Philippe sa longue main fine, et l'autre l'avait saisie d'une poigne franche de boxeur avant l'affrontement.

Gina, qui s'amusait à leurs différences, rompit le silence. « Nous allons boire ! » dit-elle en désignant le seau à champagne et la bouteille qui rafraîchissait... « A notre rencontre... » ajouta-t-elle, de dos, en se saisissant du plateau chargé de coupes.

Philippe, d'un geste sûr, versa le vin.

– A ce beau voyage ! dit-il en offrant son verre à Gina.

– A cette belle nuit ! répondit-elle.

– A vous, et à mon épreuve ! lança Christophe, qu'on venait de servir.

Gina s'était assise sur la banquette. De sa main droite qui tapotait le coussin, elle y appela Philippe, qui s'installa posément, croisa les jambes, s'adossa, allongea un peu son bras libre derrière la jeune femme.

– Allons, dit-elle gentiment en regardant Christophe, venez aussi !

Et déjà, elle creusait un peu le flanc gauche, et lui ménageait une place sur le siège.

Je croyais vous avoir déjà dit que j'étais un contemplatif ?...

– Vous allez souffrir... menaça-t-elle pour rire.

– Il y a pire spectacle au monde que celui de l'amour, rétorqua Christophe avec une gravité qu'elle feignit d'ignorer.

– Vous finirez par céder !

– Je ne céderai pas !

– Alors, pourquoi rester ?

– J'aime les épreuves. J'étais curieux de voir celle que vous m'aviez préparée...

– Très bien !

Il y avait sur son visage expressif une sorte de décision farouche, le sourire presque cruel que nous arrache la perspective d'une victoire assurée. Elle se tourna vers Philippe.

– Que me disiez-vous, Philippe, lorsque Christophe est entré ?

Il eut une hésitation d'une seconde. Il leva les yeux pour constater que Christophe était bien assis en face d'eux, tranquille, avec son verre dans la main ; il se rassura à son regard clair, dépourvu d'arrière-pensée. Alors il posa sa coupe, au jugé, à côté de lui, prit la sienne à Gina du même geste aveugle et préoccupé, et se relança à corps perdu dans le bouche à bouche précédemment interrompu.

Tout d'abord, Christophe crut qu'il lui serait facile, et même inévitable, de rester indifférent. Philippe s'était remis très vite à saccager Gina, à soulever sa jupe d'amples caresses de plus en plus envahissantes. Rien, ni le désordre suggestif des vêtements de la jeune femme, ni la hâte confuse de son fébrile compagnon, ni leurs grands soupirs tremblés, ne l'intéressèrent vraiment. Une sorte de déception sportive ternit son regard, que la promesse d'un match rude avait éclairé un instant plus tôt, et, résigné courtoisement à l'ennui, il alluma sans bruit ni ostentation une longue et fine cigarette à filtre doré.

Alertée par l'odeur subtilement caramélisée du tabac, Gina se souleva légèrement sur un coude, aperçut de derrière l'épaule massive de son assaillant un Christophe placide et doux, qui plissait les yeux au spectacle d'une volute bleutée, et s'en offusqua comme d'une insulte grossière.

Bafouée par l'affront de cette injurieuse sérénité, défiée, galvanisée, elle se résolut sur-le-champ à un exhibitionnisme stratégiquement consciencieux.

Surpassant soudain la célérité brouillonne de Philippe qui, uniquement soucieux de fourrager, de la bouche et des mains, partout où il pouvait la forcer, soulevait ses cheveux, mouillait son cou, lapait à petits coups d'une langue hasardeuse le lobe d'une oreille délicate, la naissance d'une gorge satinée, le secret d'une aisselle odorante et moite, elle se défit dans la même minute, grâce à de diaboliques tortillements, de sa jupe de crêpe blanc et de son chemisier. L'une et l'autre, déboutonnés miraculeusement, l'abandonnèrent avec une souplesse surnaturelle et se rejoignirent, en petit tas froissé sur la moquette. Puis, de deux coups de pieds qui en disaient long sur sa hargne et son âpreté au combat, elle envoya promener ses délicieux escarpins, dont l'un tomba, exquisement cambré, au bout de la chaussure de Christophe. Celui-ci, comme brûlé, sursauta légèrement, éprouva l'agacement penaud du joueur qui, trop sûr de lui, vient de se faire prendre en faute, et ramassa le soulier, avec le visible désir de s'en prouver l'innocuité.

Gina cependant luttait contre l'envahisseur, pressé, pesant de toute sa chair exigeante sur son ventre de femme, tendre et bombé, sur ses seins ronds, sur ses cuisses minces et charnues à la fois. Des deux mains, des deux genoux, elle résista systématiquement, fermement, jusqu'à le mettre presque debout, désarmé, interrogatif. Il eut un bref coup d'œil pour Christophe, aux mains duquel brillait incompréhensiblement la boucle métallique d'une chaussure de femme, et revint à Gina qui mettait à profit la trêve et se levait, un peu haletante, en se cramponnant de trois doigts à la ceinture de son pantalon. Il crut à un ordre, obtempéra sans délai. Christophe entendit un petit remue-ménage significatif, vit tomber le vêtement, serra un peu les lèvres sur sa cigarette... La nudité des hommes dérangeait toujours sa pudeur.

Celle-ci n'eut pourtant pas trop à souffrir : impatiente et brutale, Gina poussait Philippe sur la banquette où il se laissa choir, les chevilles entravées, la cravate en bataille, les jambes et les bras un peu ouverts, embarrassé et disponible. Devant lui, la petite mariée blanche, vibrante et chiffonnée, avait disparu. Il n'y avait plus qu'une diablesse brune, tout en cheveux fous, en griffes oranges, en prunelles de braise. Sur sa peau de gitane, huilée comme un cuir précieux, jouaient les reflets de la lumière rose, et du satin plus clair de sa lingerie ; et des nuances incertaines, abricot très doux du porte-jarretelles et du caraco, saumon pâle de la culotte et du soutien-gorge, beige irisé presque blanc des bas, l'illuminaient tout entière comme un soleil crépusculaire. Elle irradiait positivement dans l'ombre, et sa crinière noire, que ne disciplinait plus un peigne de nacre glissé depuis longtemps, semblait, en contre-jour, un repaire fabuleux de petits serpents roux, emmêlés, dressés, furieux.

« La Gorgone... », pensa Christophe, dont l'œil s'était rallumé d'une curiosité essentiellement artistique.

Philippe, dûment hypnotisé, reconnaissait les trésors que ses mains avaient découverts avant lui : la ferme élasticité d'une chair soyeuse, l'appétissante courbe d'une hanche, l'émouvant fuselage d'une cuisse. Elle achevait de se dévêtir, très vite, sans art ni calcul, comme si ses habits la brûlaient. Elle avait roulé ses bas, dégrafé le porte-jarretelles et le soutien-gorge du même geste sûr et libérateur, elle levait les bras pour se débarrasser du bustier. Un effluve mêlé, parfum et sueur, troublant, acheva de bouleverser Philippe. Et comme elle laissait glisser la culotte et l'éliminait d'un pied déterminé, il porta les deux mains aux boutons de son caleçon et, soigneusement, méthodiquement, comme sous le coup d'une résolution qu'on ne peut plus différer, il sortit sa queue.

C'était la première fois qu'il manifestait tant d'application réfléchie dans ses relations avec Gina. C'était la première fois qu'il la voyait nue. C'était la première fois qu'il lui montrait son sexe.

« Drôle de nuit de noces ! » murmura-t-il, en repensant soudain à la présence de Christophe, que Gina lui cachait. Puis il l'oublia aussi promptement qu'il s'en était souvenu, parce qu'elle s'approchait à toucher, de sa toison roussie par le halo de l'abat-jour, la base de cette hampe qu'il dardait vers elle, battante et survoltée.

Gina avait posé un genou à côté de lui. Elle tenait son autre jambe très droite, de l'autre côté. Dans les copeaux cuivrés de ses poils, la fente s'entrouvrait, pourpre, brillante. Il tendit la main droite, doucement, presque peureusement. Une main si grande, si carrée, qu'elle couvrait de sa paume la fourrure de Gina, frôlait son nombril compliqué du bout de ses doigts, et forçait l'entrebâillement du sexe, dessous, de son pouce écarté.

Elle gémit sous la caresse enveloppante, qui lui chauffait le ventre et lui disjoignait les lèvres. Elle bougea à sa rencontre, s'ouvrit davantage, offrit son clitoris et, s'appuyant aux épaules de Philippe, avança lentement sur lui jusqu'à ce que son pouce, docile, vînt glisser dans la bouche ruisselante et chaude qu'elle lui proposait.

Derrière elle, Christophe venait d'éteindre prématurément sa cigarette. La lutte lui semblait soudain digne d'intérêt. Gina avait des fesses toutes rondes, dynamiques et denses. Leur masse bougeait, dansait presque au rythme des attouchements de Philippe, et le sillon qui les partageait, sombre et voluptueux, profond, commença d'exercer sur lui une fascination familière.

« Ah ! », s'exclama-t-il intérieurement, comme à l'élancement d'une douleur coutumière qu'on a appris à reconnaître, puis à domestiquer. Et il se mit à bander. La délectation masochiste qu'il éprouvait à laisser d'abord la tentation s'installer en lui, puis à la combattre, l'encouragea à scruter attentivement Gina, sa pose, le moindre des replis de sa peau, le moindre de ses poils qu'il entrevoyait au hasard de ses écartements. Il fouailla son désir de commentaires triviaux et de mots orduriers. « Cette petite pute me montre son trou du cul pour me faire bander, et ça marche... Ah ! Si je pouvais lui planter ma pine dans la rondelle, cette salope craquerait en poussant des cris de sorcière... » Dans son pantalon, son sexe enfla si impérieusement qu'il dut décroiser les jambes, les étendre, les écarter. « Me donner de l'espace... ne rien brimer. Laisser le corps libre un moment. Le laisser se croire victorieux, ne rien entraver, ne pas tricher. Le jus chauffe dans mes couilles, je les sens bouillir. Sentir le manche raide, gros, plus gros. Arrogant. Le flatter. J'ai le bout qui mouille. La crevasse qui s'ouvre, qui coule. Le nœud qui cuit. Tout laisser faire. Tout à l'heure, tout à l'heure, tout réduire, mater, humilier. Le maître, c'est moi. Ah ! Salope, femelle, tu te retournes ? Le match va être rude... Ça, ça me plaît... »

Gina s'installait à présent sur Philippe en lui tournant le dos. Elle ne voulait épargner à Christophe aucun aperçu de son intimité. Philippe, consentant, éperdu, tenait sa queue à la base, pour la raidir encore, pour l'affermir et la préparer à l'accostage. Elle écarta les pieds de part et d'autre de ses chevilles toujours ligotées par le pantalon tombé, plia les genoux, ouvrit à deux mains sa chatte noire et rouge, s'attarda à fignoler l'accueil, à dégager l'entrée, à baliser le chemin de doigts compétents et mouillés. Son regard méchant chercha celui de Christophe.

Il ne détourna pas les yeux. Dans l'eau tranquille de ses prunelles grises, il y avait la mélancolie d'un jour d'automne pluvieux... Rien d'autre que cette petite lumière triste et si amicale, si indulgente... Il y avait longtemps que Christophe avait appris à dominer le battement de cils, le gonflement de narines, le frémissement de lèvres de l'homme en proie au désir amoureux.

Cependant Gina venait de s'asseoir sur le sexe de Philippe, dont les mains, sur sa taille, paraissaient possédées de folie. Il la serrait à la broyer, la soulevait et l'abaissait très vite sur ses jambes, sur sa queue tout près d'éclater. Elle devina l'urgence, résista de nouveau, attachée à retarder encore le dénouement qui s'annonçait imminent. « Non, non, attends ! », souffla-t-elle. Elle se releva, demeura ainsi au-dessus de Philippe, les cuisses écartées, un peu ployée. Le dard était sorti de son ventre, rutilant, presque mauve. Elle s'en saisit d'une poigne hardie, franchement, à pleins doigts. « Mouille-moi le cul ! » ordonna-t-elle, et ses yeux restaient plantés dans ceux de Christophe, et sa main s'occupait à un bref va-et-vient tout en bas, sous les poils, d'un trou noyé à un autre plus serré et moins crémeux ; le gourdin de chair, affolé par ces voyages, coulait entre ses fesses, la graissant sur toute la longueur de l'ornière, cherchant un passage voluptueux où s'insinuer pour exploser.

Quand elle se sentit bien gluante partout, bien gonflée, bien convaincue, Gina grimpa sur les cuisses de Philippe, non pas pour s'y asseoir comme précédemment, mais pour s'y accroupir. Il s'agissait d'un bel exercice de voltige, mais son amant, de ses deux mains en ceinture autour de sa taille, l'arrimait à nouveau, facilitant ainsi la manœuvre.

Christophe, attentif, la vit chercher son équilibre, puis descendre doucement sur la bite de l'autre, venir en coiffer le bout de son cul qui avait mûri sous la caresse tel une fleur déployée, appuyer à peine et la gober, sans effort.

Le con demeurait ouvert, chatoyant et juteux, palpitant comme une bouche qui appelle le baiser. On en distinguait l'entrée, ovale, qui pompait dans le vide tandis que Gina se démenait en chevauchant Philippe.

– Viens ! viens ! je t'ai gardé une place !...

Elle invitait Christophe de la voix et du geste, distendant son vagin déjà béant d'un index tentateur.

– Tu sais, dit-elle encore, je te vois bander... Je vois ta grosse trique dans ton pantalon !

Christophe ne bougeait toujours pas, ne cillait toujours pas. Au bas de son ventre s'enflait un pieu démesuré, une sorte de reptile animé d'une vie propre, qui battait la mesure pendant que les deux autres pistonnaient. Son cœur se détraquait un peu, mais il respirait toujours calmement ; ses mains élégantes reposaient, abandonnées, de chaque côté de son corps. Il les avait domptées, elles semblaient inoffensives et sereines, la paume ouverte vers le ciel, comme deux bêtes qu'on a forcées à offrir leur ventre en gage de confiance.

Philippe, que Christophe ne voyait pas derrière Gina, menait une lutte pathétique et désespérée pour tenir une seconde, encore une seconde, au bord de la jouissance. Christophe se serait amusé, ou peut-être ému, à observer, au coin de sa bouche charnue, le bout de sa langue qu'il martyrisait d'une canine cruelle et rédemptrice. Sur tout son visage, on pouvait lire l'abominable souffrance de repousser la volupté, d'échapper au plaisir. Masque tragique, inhumain, concentré par l'effort de la continence, épouvanté, humilié déjà d'une inévitable et imminente reddition.

Gina, accroupie sur la pointe des pieds, le bassin basculé, le ventre en avant, les genoux écartés, fendue, trouée, hystérique, tendue dans une pose de démon lubrique, offrait aux regards de Christophe une petite gueule brûlante et hagarde.

« Gargouille ! Elle va aboyer, cette chienne... Elle va cracher des serpents, elle va se déchirer jusqu'au nombril... Elle peut s'ouvrir en deux comme une figue, je n'irai pas la fourrer... » Christophe, en la scrutant, se rappelait les diables de pierre aux murs des cathédrales. Aurait-elle vomi le feu, pissé le plomb fondu qu'il serait resté là, apparemment glacé d'un héroïque mépris.

« Vilaine sorcière, vilaine... Vous jouirez sans moi, tous les deux, et votre jouissance sera votre punition. Si petite, mesquine, si frustrante... Oh ! Garder ma pine comme un arbre, et jamais, jamais de sève, jamais cette bavure, cette fermentation trompeuse, la mort du plaisir, le crachat d'un animal sans fierté, la giclure visqueuse d'un organe éclaté après le feu au ventre... »

Gina, le cul élargi et bouillant, cavalait toujours, encensait comme une jument démente, une jument à la crinière envolée, vrillée, tempêtueuse... Soudain, elle ralentit sur Philippe, déplia les jambes, le laissa sortir d'elle jusqu'à ne plus sentir dans son cul que la tête du nœud, se déhancha lentement, de droite et de gauche, courba la nuque pour contempler à son tour le spectacle obscène de ce pal debout entre ses fesses, et apostropha Christophe :

– Regarde ! On dirait que je chie !

Elle jouait avec le membre de Philippe, lui imprimait des mouvements presque circulaires, se contractait pour ne le retenir que miraculeusement, et fignolait l'illusion d'optique : on ne le voyait plus s'élancer vers elle et la forer, on croyait le voir descendre, tomber d'elle, comme un énorme et fascinant déchet.

Pris au dépourvu par cette divagation scatologique inattendue, Christophe sentit son stoïcisme ébranlé. Elle avait raison, la gorgone, la sorcière, elle était là accroupie devant lui à chier, à se vider le cul, avec une allégresse victorieuse et des trémoussements gourmands, pour lâcher peu à peu la merde, la sucer jusqu'au bout, la savourer jusqu'à l'ultime seconde où elle la sentirait s'arracher à elle, fuir, happée par son poids.

Très loin, entre les jambes de Christophe, au fond de son ventre, une décharge électrique lui durcit le périnée et les couilles. Alarmé par l'intensité des frissons qui le parcouraient, et par l'amplitude que venaient de prendre les saccades de sa queue davantage encore raidie, il se leva brutalement. La chaussure de Gina, oubliée sur ses genoux, roula au sol.

– Pardonnez-moi, dit-il simplement, d'une voix douce et claire.

Puis il ouvrit la porte, et s'en alla posément sans avoir l'air de fuir.

Mais Gina avait vu la crispation urgente de sa main sur sa braguette, et l'éclair affolé de son regard que la proche tempête venait de noircir.

Cette demi-victoire l'agaça plus qu'elle ne la combla et comme elle sentait Philippe l'inonder, elle capitula aussi, et jouit avec un rictus sans joie, douloureux et amer, la tête renversée et les yeux pleins de larmes.

Quelques minutes plus tard, Christophe, détendu, abandonné au confort cossu d'un des fauteuils du salon, songeait... Depuis des années, il mettait sa dignité d'être humain dans une lutte très spéciale : échapper à l'esclavage de la chair, sans en ignorer la tentation, et défier toujours celle-ci de situations et de mots nouveaux, chaque fois dangereux, mais jusqu'à présent chaque fois dépassés, à jamais inoffensifs. Christophe était à la recherche de l'immunité totale... Déjà, il se montrait maître de ses mains qu'il savait empêcher de trembler, et de son visage qu'il gardait impassible même pendant les tourmentes les plus violentes. Le mufle de fauve en rut, tendu, inquiété d'espoirs fous et d'appétits trop évidents qu'il venait de voir par exemple sur Philippe, l'hébétude de son regard presque traqué, la préméditation animale de sa mâchoire de chasseur préhistorique, tous ces symptômes de la concupiscence la plus bestiale lui faisaient horreur. Et il espérait pouvoir un jour réprimer jusqu'à l'érection elle-même, jusqu'au moindre sursaut de son sexe pourtant vigoureux. Il n'appelait pas l'impuissance, non. Il aimait à se sentir homme, et viril, et la promptitude de ses émois ne le navrait pas, au contraire. Il y voyait une preuve de santé, de tonus, nécessaire à son amour de la vie. Ce qu'il convoitait, c'était le contrôle absolu sur ses sens, sur ses soifs et sur ses élans. Bander, ne pas bander, ne plus bander, à volonté. Le pari le passionnait. Il avait lu des ouvrages entiers sur les yogis et leurs facultés inouïes de ralentir ou d'arrêter les battements de leur cœur. Les histoires des moines tibétains qui oubliaient leur propre poids au point de presque s'envoler, le captivaient.

Lui s'était attaché à la discipline de son sexe. Aucune pudibonderie là-dedans, il ne reculait devant aucun sacrifice pour se tremper le caractère. Sa religion, loin de renier la tentation, la provoquait le plus souvent et le plus complètement possible, car il partait du principe qu'une épreuve librement consentie est déjà pratiquement surmontée. Cela en souvenir du temps où l'envie lui était tombée dessus sans préambule, et l'avait terrassé pendant une déloyale empoignade qui l'avait laissé malade d'une tenace et trop amère humiliation.

A cette heure, il repensait, avec une lucidité tranquille et un humour bonhomme, à ce qu'il venait de vivre. « Elle a failli m'avoir... C'est bien fait pour moi, je suis un prétentieux... Ne jamais sous-estimer l'adversaire ! J'étais trop sûr... Ne pas se surestimer non plus.

« J'ai failli me jeter dessus comme un collégien... Mais je ne me sentirai pas ulcéré. Simplement édifié. Pardonnez-moi mon Dieu, j'ai péché par orgueil... Je me donne l'absolution... »

Philippe l'aperçut au moment où, souriant à demi, il allumait une cigarette. Leurs yeux se croisèrent. Philippe, rajusté, correct, semblait cependant conserver cette sorte de gêne qu'il avait manifestée devant Christophe dans la cabine. Il s'approcha, hésita, s'approcha encore, avec le désir et l'appréhension, visiblement mêlés, d'engager la conversation. Christophe, à qui une longue pratique de la confession avait appris une certaine qualité de regards et de silence, attentifs, disponibles, en même temps que discrets et rassurants, attendait, sans hâte. Il ne fit aucune avance, ne désigna pas le siège voisin du sien d'un geste d'invite, n'interrogea ni du menton ni du sourcil, entraîné par l'expérience au respect absolu de la spontanéité des confidences. Philippe finit par s'asseoir de lui-même. Il se pencha en avant et risqua :

– Vous n'allez pas la rejoindre ?

– Non, merci ! répondit Christophe. J'ai assez joué avec le feu aujourd'hui. D'ailleurs, j'ai horreur de donner des conseils, mais vous devriez également vous méfier !

Philippe parut surpris, presque inquiet. Quelque chose dans la situation le dépassait. Il fronça les sourcils.

– Si c'est une menace, dit-il, elle arrive bien tardivement...

– Oh ! Pas du tout, rétorqua placidement Christophe. Agissez à votre guise si votre conscience vous le permet, mais moi, je n'y retournerai pas. Une certaine prudence, de la lâcheté même, si vous voulez. La frousse de compromettre des années de fidélité.

– De fidélité ?

Philippe nageait en pleine perplexité. « Ce type-là est fou », pensa-t-il.

– Oui, figurez-vous... Je suis fidèle ! De nos jours, bien sûr, c'est presque un défaut.

– Et... Ça vous embête que Gina ne le soit pas ? (Philippe venait de prendre, pour s'adresser à lui, un drôle de ton, très gentil, très précautionneux.)

– Moi ? s'étonna Christophe. Mais, c'est plutôt votre problème ! Gina n'est pas ma femme !

– Mais, s'exclama Philippe, la mienne non plus !

Il y eut un silence... Tout près d'eux, des voyageurs bavardaient. Une vieille femme remuait son infusion avec un petit tintement cristallin. Le roulement du train, son martèlement régulier rythmaient les secondes, tranquillement.

Christophe tira sur sa cigarette, considéra Philippe pensivement. Dans sa tête, repassaient les détails de la scène précédente.

– C'est bien vous, demanda-t-il à Philippe, qui avez parlé de nuit de noces ?

– Mais je croyais que c'était la vôtre ! Je croyais... bafouilla l'autre. Je croyais que vous étiez en voyage de noces, tous les deux !

Et comme Christophe, toujours muet, paraissait surpris, il ajouta :

– Oui, je sais, ça m'a paru bizarre. Je vous ai pris pour un couple un peu spécial... J'ai cru à un caprice, à une fantaisie... Une femme délurée, un mari pervers, d'abord complaisant, puis jaloux... Vous avez évoqué une épreuve, les fragments d'une conversation que vous aviez eue avec elle. J'ai cru... Quand vous êtes parti... Ça, c'est fort, tout de même !

– Enfin, s'enquit Christophe, qui raisonnait calmement, vous la connaissez depuis quand ?

– Quelques heures, à peine... avoua Philippe en secouant la tête. Il ne se remettait pas de l'absurdité de la situation. Et vous ?...

Christophe revoyait, sur le marche-pied du train, à l'heure du départ, cette petite mariée si brune dans le blanc du tailleur, avec son gros bouquet de roses blanches qu'elle serrait contre elle comme un nourrisson.

« Géniale, géniale coquine ! » pensa-t-il en souriant.

Monseigneur Christophe Deseille, qui s'était signalé dans le milieu clérical par plusieurs essais philosophiques et métaphysiques sur le thème de la tentation, et dont on vantait l'intelligente et tranquille audace, avait reçu de l'archevêché, quelques jours auparavant, une invitation pour participer à un débat d'envergure au sujet d'un film projeté pour la première fois à la Mostra de Venise. Il y était question du Christ, et de tentations plutôt charnelles auxquelles il avait dû faire face dans les derniers moments de sa vie. L'Église s'était mobilisée autour de cette interprétation scandaleuse des épreuves de Jésus, et avait immédiatement organisé à Rome et à Venise des réunions de spécialistes pour décider si oui ou non, l'on devait déconseiller aux chrétiens la vision d'une telle œuvre ou même essayer d'en faire interdire la projection.

Christophe, heureux de l'aubaine, s'était donc préparé à un voyage agréable dans l'Orient-Express, puis à un séjour sûrement très plaisant aussi à Venise, qu'il adorait. C'est en montant dans le train qu'il avait remarqué Gina. Perdue dans ses pensées, elle obstruait sans s'en rendre compte le couloir d'accès aux cabines particulières. On eût dit une épousée de magazine, fleurie, élégante, un peu artificielle. Peut-être parce qu'elle était seule... D'ailleurs, elle semblait attendre quelqu'un, son mari, sans doute. Des boucles brunes s'échappaient de son béret blanc à voilette, et lorsqu'elle avait levé la main, machinalement, pour en modifier une qui lui chatouillait l'œil gauche, elle avait aperçu Christophe.

– Oh pardon ! Je rêvais... avait-elle dit en s'effaçant pour le laisser passer.

– Ne vous excusez pas ! Je rêvais aussi, en quelque sorte, avait-il répondu galamment.

– Vraiment ?

Elle lui avait planté la lumière maligne et dorée de son regard au fond des prunelles.

– Je suis un contemplatif ! avait-il avoué gentiment, dans une sorte de révérence, la main sur le cœur.

Alors, brusquement, avec une soudaine tension de son charmant visage triangulaire, elle avait demandé :

– Vous partiriez avec moi ?

– Je... voyagerais avec vous, avait rectifié Christophe.

– Et vous iriez loin ?

– Aussi loin que je me le permettrais !

– Et si je voulais vous emmener plus loin encore ?

– Non, je ne crois pas.

– Voire...

Elle avait une moue dubitative fort mignonne, et le défi allumait son regard d'un feu presque menaçant...

– C'est tout vu, avait-il dit doucement.

– Si je vous invitais à boire un verre dans ma cabine, vous viendriez ?

– Mais oui !

– Et je vous mettrais à l'épreuve...

– Ce serait drôle !

– Vous ne voulez pas ?

– Bien sûr que si ! Je serais lâche et bien peu curieux si je refusais... Mais...

Et il avait regardé d'un seul coup d'œil enveloppant et interrogatif son bouquet de roses blanches, sa voilette, ses gants virginaux...

– Ah ! Ça ?... Oui... Venez tout de même ! lui avait-elle répondu évasivement. Ce soir, après le repas... Cabine 20... Je m'appelle Gina, et vous ?

– Christophe ! avait-il eu le temps de répondre sobrement, car elle s'éloignait déjà...

Christophe s'était installé dans son compartiment, puis avait entrepris la relecture de quelques notes prises, avant le départ, à la bibliothèque Sainte-Cécile, sur le film incriminé, son auteur, son histoire.

Pendant ce temps, la jeune femme avait longé le couloir en direction de sa cabine, ses fleurs toujours sur le bras. A quelques mètres de sa porte, elle avait vu, venant à sa rencontre et apparemment ravi de l'aubaine, un homme grand et bien taillé, les épaules larges dans un complet très chic, les yeux rieurs. Arrivé à sa hauteur, il s'était arrêté pour la contempler sans faux-fuyant, de son regard presque vert et malicieux... Et comme elle attendait visiblement qu'il ouvrît la bouche, avec, dans ses prunelles mordorées, une attention encourageante, il s'était exclamé, enthousiaste et gentil : « Vive la mariée ! » – comme il aurait proclamé : « Vous êtes très jolie ! » La jeune femme avait eu alors une ineffable expression de triomphe simple, un sourire sans ambiguïté, pour signifier : « Je sais ! », en même temps qu'un geste enfantin, touchant de spontanéité. Elle avait pris à son bouquet une rose qu'elle lui avait tendue. « Tenez ! Ça vous portera bonheur ! » Lui, avec toujours ce bon rire charmeur de tout son visage, très au fait du texte à réciter, avait sacrifié aux conventions. Il s'était saisi de la fleur avec une délicatesse pleine de gratitude, l'avait considérée comme un pur joyau, en avait humé vainement l'arôme défaillant, avait feint d'en être transporté, et s'était incliné très bas, théâtralement bouleversé par l'honneur qu'elle venait de lui faire.

« C'est une ravissante petite cruche », avait-il pensé, dédaigneux du succès qu'elle réservait à sa démonstration. Car elle riait aux éclats, montrant une bouche rouge et mouillée, renversant un cou souple, et laissant choir finalement ses roses qui s'éparpillèrent sur le sol.

Toujours imbu de son rôle galant, il allait s'employer à les ramasser, mettant peut-être un genou à terre pour exploiter l'aspect paladin du personnage, mais elle avait été plus vive que lui. Promptement, elle lui avait tourné le dos, avait reculé devant le bouquet tombé, s'était baissée souplement mais pourtant sans plier les genoux, et s'était mise à rassembler ses fleurs posément, soigneusement, la croupe très mobile contre Philippe, qu'un embarras soudain avait fait changer d'opinon à toute vitesse. « C'est une petite salope, oui !... » La surprise, le désagrément brutal de ne plus mener le jeu, celui de s'être trompé sur le compte de la voyageuse, l'incrédulité prudente qui l'habitait encore l'avaient figé là, derrière Gina, sans détermination pour échapper à son contact ni pour le préciser. Les fesses de la jeune femme n'étaient cependant pas innocentes, leur insistance à le frôler ne pouvait plus laisser d'incertitude... Le doute s'était levé chez Philippe, en même temps qu'une partie très animale de sa personne.

Alors, se résignant à déchoir du chevalier au cavalier, Philippe avait agrippé, de deux poignes décidées à l'assaut, le derrière rond qu'on lui tendait, et s'y était frotté sans équivoque. Sous la jupe moulante, il avait senti l'ornière précise et profonde, avec ses deux rives gonflées, et son sexe ferme à travers l'étoffe y avait opéré une reconnaissance prometteuse.

Finalement Gina s'était redressée, un peu rouge, le regard vacillant : « Ça va, merci », avait-elle dit incongrûment, comme s'il venait de lui rendre un service. Elle avait rajusté son béret, avait aperçu la rose qu'elle lui avait donnée jetée à terre, s'était baissée de nouveau, très vite cette fois et, comme il semblait ne pas se remettre de l'intermède, ses yeux verts agrandis comiquement, elle avait touché, de la fleur ramassée, le renflement têtu de sa braguette et lui avait ri au visage. « Il n'y a décidément pas mille façons d'enterrer sa vie de garçon !... » Puis elle s'était présentée, un prénom seul, comme pour Christophe, avec un numéro de cabine, et une invite laconique mais si tentante : « Venez prendre un verre, après le repas... »

Il l'avait guettée, au restaurant, ne l'avait pas vue, ni seule ni accompagnée, en avait tiré d'heureuses conclusions, était revenu à son compartiment pour se brosser les dents, les cheveux, se parfumer, enfin observer tout un rituel familier de séducteur paré à toute éventualité, et déjà presque sûr de son coup.

Pourtant elle l'intriguait, cette mariée sans mari, apparemment si libre, si désinvolte... Il avait fini par déduire qu'elle voyageait solitairement pour rejoindre un homme en Italie et l'y épouser. Et, bien sûr, qu'elle avait décidé, ainsi qu'elle l'avait laissé entendre, de s'offrir une dernière petite fête avant le sacrement, et le serment de fidélité.

Tout à fait rassuré par cette version des faits, séduit par l'occasion, persuadé qu'il était absolument l'homme de la circonstance, il s'était rendu chez Gina, et l'avait trouvée délicieusement seule et disponible.

« Et votre mari ? » s'était-il tout de même enquis. Elle avait répondu : « Ne vous inquiétez pas ! », et lui avait tendu les bras et la bouche. Résigné à l'extrême simplicité de la partition qu'elle lui réservait, un peu déçu, privé d'un cérémonial d'approche plus sophistiqué auquel ses quarante-sept ans passés tenaient stratégiquement, il avait capitulé et l'avait rejointe sur la banquette. Elle avait pris encore le temps de lui demander son nom, d'écouter la réponse, et de la répéter plusieurs fois. « Philippe ! Philippe ! Embrassez-moi, Philippe ! », et elle s'était laissée couler dans ses bras, contre lui, sous ses lèvres, ouverte, tiède, consentante jusqu'à l'affolement. Il l'avait sentie réagir partout à la fois, partout où il posait ses mains, où il pressait son propre corps, son ventre, son genou, son sexe.

Il avait un peu perdu les pédales, essoufflé, heureux, gagné complètement par un désir juvénile qui lui enflait la queue, le soulevait du siège, le poussait vers elle. Et puis il avait entendu parler, tout près. Gina s'était levée : il y avait un homme dans la cabine.

Le mari !...

Il avait mis un certain temps à réaliser l'étrangeté de la scène. D'abord, il s'était cru dans un vaudeville à pleurer de banalité, une de ces situations archi-exploitées où l'époux outragé surprend les agissements coupables de sa femme. Ce sursaut de Gina, c'était presque une façon de crier : « Ciel ! Mon mari ! », mais Philippe, au comble du malaise, ignorait la suite du texte... Il se plaisait pourtant d'ordinaire à des rôles de convention, mais se voyait plus volontiers dans la peau d'un don juan cinématographique que dans celle d'un amant fautif et confondu.

Cependant, très vite, l'atmosphère qui s'installait l'avait rassuré et alerté tout à la fois. On n'allait certes pas jouer un drame. Gina souriait et l'autre semblait pacifique, même désireux de s'éclipser... Mais la jeune femme, très mondaine, avait mis une grâce charmeuse à le retenir, à les présenter. Philippe avait flairé un instant, avec une sorte d'espoir pathétique, un piège romanesque et mystérieux, puis avait fini par se rendre à l'évidence : ces deux-là, qui se vouvoyaient et marivaudaient à coups de sous-entendus obscurs, n'étaient pas un couple ordinaire... Et le traquenard tristement sordide dans lequel il était tombé ne présentait rien de captivant.

En servant à boire, il avait réfléchi très vite : « Ou je pars tout de suite, ou j'accepte tout... Partir... C'est presque déjà trop tard. Je n'aurais pas dû m'occuper de la bouteille, même pas dû lui tendre la main, je vais avoir l'air d'un con, d'un con effarouché, indigné à retardement... C'est encore pire qu'un réflexe bien franc, bien spontané de dégoût... D'ailleurs, pourquoi de dégoût ? Ah ! quand je pense que je l'ai prise pour une dinde... Non, je ne me sauverai pas ! Tiens, on ne s'amuse pas si souvent, ce serait trop bête ! » Et il s'était assis, résolu, un bras à la taille de la fille, puisque l'autre ne semblait pas y voir d'inconvénient.

Une nouvelle surprise l'avait désappointé... Il s'attendait à un affrontement, une sorte de partie dont Gina eût été l'enjeu. Ou du moins, à une chorégraphie triangulaire, un ballet original, dont il avait maintes fois vaguement rêvé, et il s'apprêtait, avec une bonne volonté de néophyte, à se montrer bon joueur, très fair-play, plein d'initiatives et de courtoisies alternées, s'effaçant parfois en gentleman pour permettre à l'autre une offensive précise, ne dédaignant pas, à son tour, de s'imposer quand il le faudrait.

Mais rien ne s'était passé comme il l'avait envisagé à toute vitesse. L'autre avait décliné l'offre de Gina (était-ce une offre sincère, ou un jeu réglé d'avance entre eux ?), était demeuré assis dans son coin et silencieux, et très vite Philippe avait fini par l'oublier... Il faut dire que la petite garce s'était dévergondée à une allure extravagante et qu'elle avait mené un sabbat de tous les diables. Il avait fallu à Philippe une emprise extraordinaire sur ses nerfs pour soutenir la cadence de cette luronne, qui le pompait avec un ventre de braise, se démenait et déployait, à varier les postures et les caresses, une énergie farouche.

Elle avait eu aussi des mots... enfin des mots... et des exigences... Elle avait commenté, ordonné, d'une voix rauque et démente, et Philippe, plus affolé encore par ses ordures que par ses trémoussements, avait à la longue abdiqué au moment où l'autre désertait discrètement le champ de bataille. Il l'avait entendu s'excuser et sortir, et sur lui, Gina s'était immobilisée, tendue et vibrante comme un arc.

Ensuite, elle s'était mise debout, avait commencé à se rhabiller, avec un air de rancune triste. Philippe s'était senti inutile et indiscret, comme intimidé. Il s'était rajusté aussi, muettement, avait pris la porte... Elle n'avait pas cherché à le retenir. « Leurs rapports ne sont sans doute pas aussi simples qu'ils en ont l'air... », avait-il pensé, perplexe.

Puis, au salon, il avait aperçu Christophe. Il n'avait pas voulu faire mine de l'ignorer, mais s'était trouvé embarrassé comme un enfant coupable sous le regard de l'autre. Alors, pour montrer qu'il avait définitivement abandonné la partie, peut-être aussi dans l'espoir inconscient d'une explication, il avait demandé : « Vous n'allez pas la rejoindre ? »

Gina était entrée dans la salon un quart d'heure après lui. Elle l'avait avisé en compagnie de Christophe et, sans hésitation, s'était dirigée vers eux, pour se laisser choir au creux d'un fauteuil de cuir exactement placé entre ceux des deux hommes, qui, face à face de part et d'autre d'une petite table de bois verni, semblaient plongés dans leurs réflexions respectives.

– Celui-là, avait-elle dit en s'installant commodément et en croisant haut ses jolies jambes, il m'attendait !

– Celui-là, oui ! avait rétorqué Philippe d'un air de dépit maussade.

Elle avait souri.

– Vous n'aimez pas l'inattendu, Philippe ?

– Je n'aime pas trop être manipulé... Ce n'est plaisant pour personne, je pense...

– Manipulé ? (Gina ouvrait de grands yeux perplexes et très gais.) Mais, je vous assure, Philippe, je n'ai manipulé personne...

– Ah ! oui ? et ça ?... Ça ?...

Il montrait, d'un index indigné, ses bas crème, sa jupe blanche, hésita un instant parce qu'il venait de s'apercevoir qu'elle avait troqué le chemisier contre un léger pull d'angora mousseux, d'un ton lumineux de beurre frais. Il chercha encore vainement sur elle le peigne de nacre, qu'elle avait également abandonné, et réalisa que, sans gants, sans voilette, sans bouquet, elle n'avait finalement plus rien de la mariée rencontrée quelques heures auparavant. Découragé à l'avance, vaincu, et soucieux surtout de s'éviter la mordante réplique qu'il sentait monter aux lèvres ironiques de Gina, il baissa le bras.

– Non... Rien... Rien du tout. J'ai été victime d'une hallucination...

– D'une impression, tout au plus, déclara Gina avec une petite moue moqueuse et supérieure.

– Une impression que vous avez voulu susciter, et que vous avez soigneusement entretenue... Pourquoi ce déguisement ?

Il avait pris soudain pour poser sa question un ton presque agressif.

Gina arrondit encore ses prunelles mordorées où jouait une vraie malice.

– Déguisement ? Quel déguisement ?

– Votre... costume de mariée, là, tout en blanc...

– Mais... ce n'est pas un costume : j'aime bien m'habiller en blanc !

– Et les fleurs ?

– Un admirateur de dernière minute ! dit-elle avec une mimique de satisfaction enfantine, ses paupières baissées et sa petite tête bouclée inclinée sur l'épaule. Vous concevez que ça puisse m'arriver ?

– Les dragées ?

– J'adore les sucreries. Je ne voyage jamais sans grignoter...

– Bien sûr !... Le champagne ?

– Je vous avais invité à boire un verre ! Vous me reprochez mon accueil ?

Philippe secoua la tête, serra un peu la bouche pour réprimer le sourire mi-amusé mi-agacé qui lui venait aux lèvres. Il s'appliqua à la sévérité, fronça des sourcils de juge d'instruction :

– Vous niez la mise en scène ? Et quand vous m'avez dit : « Il n'y a pas mille façons d'enterrer sa vie de garçon ? »

– Alors, là, dit posément Gina en lissant sagement sa jupe, là, c'est un malendendu. Je parlais pour vous !

– Pour moi ? L'ahurissement de Philippe devenait comique. Pourquoi pour moi ?

– Eh bien, commença Gina, je ne suis peut-être pas une contemplative, moi – et elle adressa un coup d'œil complice et coquin à Christophe qui, yeux mi-clos, tirait silencieusement sur sa cigarette –, mais je suis une observatrice. Une vraie. Pas quelqu'un qui se laisse abuser par des apparences faciles.

– Et peut-on connaître le fruit de ces observations ? hasarda Philippe, partagé entre la curiosité et l'incrédulité.

– Le hasard a voulu, répondit-elle d'une façon très doctorale, que je voie le porteur mettre vos affaires dans votre cabine. Je vous ai aperçu un peu plus tard sortant de la même cabine, c'est ainsi que j'ai fait la déduction.

Le regard de Philippe l'encouragea à poursuivre.

– C'était une grosse valise, cossue. Le genre de bagages qu'on choisit pour un séjour agréable, des vacances touristiques... Un homme comme vous, de votre style, de votre... – elle hésita exprès, chercha narquoisement le terme, finit par le lâcher, comme elle aurait accordé une gourmandise attendue – ... de votre classe, qui voyage tout seul dans le train pour Venise, j'ai trouvé cela incongru... J'ai pensé que vous alliez rejoindre une femme... Votre empressement à me prendre pour une jeune mariée, puis votre trouble presque coupable, après... enfin, murmura-telle avec une expression exquise de pudeur feinte, vous vous souvenez, dans le couloir ?

– Mais non, c'est vous ! interrompit Philippe, c'est vous qui me gêniez, qui me faisiez me poser des questions !...

– Vous êtes obsédé par l'idée du mariage ! Vous n'avez parlé que de ça ! « Vive la mariée », « Et votre mari ? », « Drôle de nuit de noces... » Que sais-je encore ?... Vous allez rejoindre une femme, et c'est plus qu'un rendez-vous, c'est un engagement ! J'en suis certaine ! Osez dire le contraire ! D'ailleurs, vous avez l'air d'un marié vous-même ! C'est pour ça que j'ai parlé d'enterrer votre vie de garçon !

Philippe était suffoqué. Il resta un moment la bouche ouverte, le regard très mobile, à considérer alternativement Gina et Christophe, tendit une main vers la première, pour protester, puis vers le second pour le prendre à témoin...

– Mais lui aussi, lui aussi y a cru !

– Oui, c'est ce que je dis : il vous a pris pour un homme qui vient de se marier !

– Pardon, pardon, précisa Philippe, le doigt en l'air. Autant à son service. Je l'ai pris pour votre mari !

– Ce que je me tue à vous expliquer, Philippe, c'est que vous n'avez pas le sens de l'observation. Voyons, regardez, nous ne portons d'alliance ni l'un, ni l'autre ! Et ma cabine, avez-vous songé que c'est une cabine simple, la même que la vôtre ? Pratique, pour un voyage de noces !

Philippe, vexé, maugréa :

– N'importe qui s'y serait laissé prendre !

Puis, se tournant vers Christophe, il ajouta :

– Dites-le lui, vous !

Sans laisser à Christophe le temps d'ouvrir la bouche, Gina intervint, péremptoire :

– Christophe a des excuses : vous avez une tête de mari, lui, non !

Philippe, excédé, attrapa d'un geste vengeur le gros verre à whisky posé devant lui, et tâcha, d'un renversement de tête énergique, d'y récupérer quelques gouttes consolatrices. La stérilité de l'entreprise acheva de l'assombrir. Il reposa le verre, apparemment résigné à toutes les amertumes.

Gina étendit sur son bras une main pacifique.

– Faisons un petit test, voulez-vous ? dit-elle et, d'un coup d'œil, elle appela le steward qui, rompu au langage des battements de cils et des clignements de paupières, s'approcha sur-le-champ. Il se pencha, serviable et zélé.

– Madame ?

– Demandez à mon mari quel est mon cocktail préféré, suggéra Gina, en le considérant droit dans les yeux.

L'autre se redressa et, sans marquer l'ombre d'une hésitation, interrogea muettement Philippe. Celui-ci, au comble d'une ostensible dépression, pinça une bouche désabusée pour laisser tomber :

– Une bonne dose de culot, autant d'imagination, trois doigts de mauvaise foi, un trait de boniment...

– Ajoutez-y un soupçon d'humour ! coupa Christophe sobrement...

– Finalement, ce que vous me reprochez, Philippe, dit Gina en posant son verre, c'est de ne pas être une jeune mariée en voyage de noces. Cela vous déçoit. Votre fantasme pervers est déçu...

– Oui, admit-il avec une ironie faussement conciliante. C'est cela... Je vous apprendrai, si vous voulez, ce qu'est la perversité !... Vous semblez si naïve !

– Je suis très jeune, dit-elle, et son adorable minois exprima à ce moment-là une telle insolence, que Philippe hésita entre l'admiration et la fureur. Il avait envie de la malmener, d'attraper à pleines mains sa chevelure pour secouer sa jolie tête de poupée provocante, d'humilier d'une gifle cette superbe qu'elle affichait, et en même temps, il sentait un nouveau désir l'envahir, plus complet, plus bouleversant que celui qui l'avait d'abord poussé chez Gina : celui de boire à sa bouche menteuse, celui de lui arracher des mots et des cris sauvages, mais sincères.

Il respira profondément, allongea les jambes et les bras devant lui comme pour conjurer une mauvaise courbature, et opta pour une détente débonnaire.

– Et lui, dit-il en montrant Christophe, lui qui n'a pas une tête de mari, vous ne le voyez donc pas rejoindre une femme ?

– Il est monté dans le train avec un attaché-case ! répondit-elle avec un petit air méprisant, pour souligner l'ineptie de la suggestion.

– Méfiez-vous ! triompha Philippe. Et si vous étiez sujette à des impressions, vous aussi ? Il n'est peut-être pas déguisé en homme d'affaires exprès, mais a sûrement d'excellentes raisons de posséder un attaché-case ! Voyons, s'il était un footballeur, tiens, allant jouer contre Venise ?... Avec son maillot dans l'attaché-case, par supserstition ?

– Un footballeur sans son équipe, pourquoi pas, en effet ? se moqua Gina en secouant la tête... avec des lunettes et des mains pareilles ! De grandes mains fines et blanches...

Cette fois, ce fut Philippe qui prit un ton doctoral :

– Ma chère enfant, comme son nom l'indique, le football est un sport qui fait intervenir essentiellement les pieds.

– Et vous, fit-elle brutalement en lui prenant la main droite, quel drôle de sport avez-vous pratiqué, pour garder ce genre de cicatrice ?

Philippe eut un recul involontaire, le sursaut de quelqu'un dont on vient de frôler la blessure mal fermée, mais il se maîtrisa presque immédiatement, abandonnant sa grosse patte aux doigts minces de Gina : le dos de sa main, rouge et comme parcheminé, dessinait un étrange réseau de petites bouffissures anarchiques.

– Eh bien, Mademoiselle l'observatrice, s'enquit-il au bout d'un instant de silence. Quelles sont vos déductions ?

– C'est une brûlure, dit-elle.

– Alors, déclarons que je suis pompier...

Elle sourit, d'un sourire qui acceptait le jeu, mais y réclamait plus de finesse.

– Non ? interrogea Philippe. Alors, homme au foyer !

Elle éclata de rire.

– Ce n'est pas une plaisanterie, affirma-t-il très sérieusement, je me suis brûlé en mettant une tarte au four...

Elle riait toujours, d'un rire impertinemment incrédule, mise en joie par l'image de Philippe les mains dans la farine.

– Cascadeur, proposa-t-il encore.

– Ah ! Elle avait levé un index intéressé, et ses grands yeux moins rieurs soudain semblaient peser la vraisemblance de l'aveu.

– Ah ! répéta-t-il, sur le même ton qu'elle. Cascadeur, ça vous va ? Enfin, ça me va ?

Elle réfléchit.

– Mumm... Elle avançait une petite moue dubitative. Ça vous irait, mais... je n'y crois pas !

– Pourquoi ? demanda-t-il, et ses prunelles vertes brillaient du plaisir que chaque homme éprouverait en s'apercevant qu'une jeune et jolie femme l'a remarqué, regardé, étudié, et deviné peut-être...

Elle toucha d'un geste rapide le bout de son nez.

– Le flair, dit-elle. L'intuition...

– ... féminine ? suggéra Philippe.

– Féminine, admit-elle.

– Et nous, les hommes, c'est bien connu, déplora Philippe, nous sommes des êtres remarquablement primaires et dénués de la moindre sensibilité.

Elle le regarda avec une lueur de défi passionné dans les yeux.

– J'ignore si vous avez ou non de l'intuition, dit-elle, mais jusqu'à présent, vous ne l'avez guère prouvé !

– Oh ! fit-il, désolé par l'injustice et la bassesse de l'attaque. Mais... je n'ai guère eu l'occasion de lui laisser libre cours... J'ai donné aveuglément dans une histoire cousue de fil blanc, soit. Un peu trop blanc, convint-il. Mais je peux aussi...

Elle lui coupa la parole, comme illuminée soudain par une idée fantastique.

– Dites, je pense à quelque chose ! s'exclama-t-elle. Jouons ! Jouons au jeu de la vérité, s'il vous plaît ?

– La vérité ! ironisa Philippe. Tiens ! Vous connaissez cela, vous ?

– Taisez-vous, perfide ! ordonna-t-elle avec une grâce enjôleuse. Oui, je connais ! Et j'adore...

Comme les deux autres restaient cois, circonspects chacun à sa façon – silence patient et presque immobile de Christophe qui fumait toujours, regards en coin et mimiques de mépris égayé de Philippe –, elle poursuivit :

– Il ne s'agira que de vérifier ses intuitions... On avance une hypothèse, chacun son tour sur l'un ou l'autre, et celui qui est concerné ne doit répondre que par oui ou non. C'est bien, n'est-ce pas ?

– C'est bien, à condition d'être sûr qu'il est loyal, laissa tomber Philippe, morose.

– Sinon, cela n'a aucun intérêt, évidemment, surenchérit Gina, et la passion luisait toujours dans son regard pétillant. Vous n'avez donc pas de curiosité, Philippe ?

Il hésita, écartelé entre un intérêt qu'il n'osait s'avouer à lui-même, et cette crainte d'un ridicule très spécial qui l'avait toujours gardé loin des dissections intellectuelles... Il chercha à éviter l'obstacle.

– Il se fait tard... dit-il évasivement.

– Nous avons toute la nuit, déclara alors Christophe en éteignant posément sa cigarette.

– Si nous commencions par Christophe ? proposa Gina. Sans attendre de réponse, elle se tourna vers lui, arrogante et pressée. Vous n'êtes, bien sûr, pas footballeur ?

– Non, bien sûr, admit Christophe dont les yeux gris, derrière ses lunettes, s'amenuisèrent un peu, se plissèrent sans laideur et se mirent à sourire.

– Alors je vous vois... ambassadeur ! décréta-t-elle.

– Attendez, intervint Philippe, c'est mon tour ! Moi, je dis... médecin !

Christophe réfléchit un instant, balança la tête deux ou trois fois, répondit enfin, toujours visiblement partagé :

– Ou...ui !

– Oui quoi ? demanda Gina. Ambassadeur ou médecin ?

– Les deux !

– Les deux ? s'étonna Philippe.

– Oui, ai-je dit, deux fois. « Faut-il donc que je trisse ? »

– Ça, c'est une réplique de *Cyrano* ! s'écria Gina. Vous êtes donc écrivain !

– Peut-être...

Christophe s'amusait de leur perplexité... Philippe bougonna :

– Si vous faites des réponses de jésuite...

Christophe sourit plus franchement.

– J'y suis ! s'écria Gina. L'Église ! Ambassadeur de Dieu, médecin de l'âme, auteur d'épîtres, contemplatif... et silencieux comme un trappiste, héroïque comme un martyr...

– Mais oui, coupa Philippe avec un dédain impatienté, un martyr qui boit du champagne, du whisky, qui fume du tabac blond, et qui cette nuit... Oui, pourquoi pas ? finalement, une sorte de moine paillard, sans l'habit.

– Vous savez ce que l'on dit de l'habit et du moine ? siffla Gina.

– Oui, et depuis hier soir, je sais aussi ce qu'il faut penser du costume et de la mariée !

Gina haussa des épaules nerveuses. Elle tendit vers Christophe son menton pointu.

– Alors ?

Christophe prit une mine penaude, tout son visage faussement contrit parut à la fois s'excuser auprès de Philippe et féliciter Gina.

– Hé ! fit-il laconiquement, avec un regard de regret pour le premier et un sourire admiratif pour la seconde.

Gina lança un rapide coup d'œil à Philippe, haussa un sourcil triomphant et, grisée par sa première victoire, poursuivit, comme sous le coup d'une vision extralucide :

– Vous avez eu un jour un terrible chagrin d'amour. Vous êtes entré dans les ordres comme on se suicide... Ou bien on vous a forcé...

– Avez-vous eu le sentiment, interrompit Philippe avec une pointe de méchanceté sournoise dans la voix, qu'on puisse le forcer à quoi que ce soit ?...

Gina, démontée un instant parce que Philippe venait, sans vraiment l'avoir voulu (mais l'aurait-elle juré ?) de l'atteindre dans son amour-propre, eut une petite grimace de souffrance pathétique. Philippe continua.

– Non, tant qu'à l'imaginer curé, moi je penche plutôt pour la vocation, dit-il, sur le ton désabusé de quelqu'un définitivement rompu à toutes les aberrations du destin.

Christophe parut de nouveau se rendre à regret. Mais cette fois, c'est à Gina qu'il adressa sa mimique d'excuse, mains ouvertes comme pour invoquer la fatalité, sourire confus, et petites rides gentiment ironiques au coin des yeux.

– Homme d'Église par vocation ! s'exclama Gina, songeuse.

Elle eut l'air de réfléchir quelques instants, puis elle releva une gracieuse et arrogante frimousse pour demander :

– Faut-il vous appeler « mon père » ?

Ce à quoi Christophe répondit, d'un air de modestie raisonnable et tranquille :

– Ne parlons plus de moi. Le jeu deviendrait vite ennuyeux. Interrogez plutôt Philippe...

– Interrogeons-le ensemble, alors... Vous savez que nous devons rivaliser d'intuition, pour que la partie devienne excitante...

– J'ai bien peur que vous ne connaissiez mieux les hommes que moi, avoua Christophe, en lui rendant l'hommage d'un sourire absolument dénué de goujaterie.

Gina accepta le compliment d'un œil vif et malicieux, mais corrigea cependant, en toute simplicité :

– Vous voulez parler des mâles, sans doute. Pour ce qui est des hommes, je suis certaine qu'il s'agit plutôt de votre domaine.

– Alors voyons, dit Christophe, Philippe relève-t-il davantage de votre spécialité ou de la mienne ?

– Vous voulez dire : est-il mâle avant d'être homme ?

– Ou plus homme que mâle, oui, c'est ce que j'entends par là.

Philippe oubliait peu à peu sa maussaderie. Parce qu'on allait parler de lui, le jeu commençait à lui plaire. D'autant que la première question n'avait rien qui l'offensât ; il la jugeait même assez judicieuse, vu qu'il se l'était déjà posée lui-même quelquefois.

– Eh bien, déclara Gina, puisqu'il faut avancer une hypothèse, disons que Philippe est un être essentiellement physique, plus sensuel que sentimental, plus tactile qu'intuitif... Je me fonde, n'est-ce pas, ajouta-t-elle très gentiment en se tournant vers Philippe, sur ce que j'ai constaté et ressenti depuis notre rencontre... Vous ne vous posez pas beuacoup de questions, vous sautez sur... les occasions, vous jugez hâtivement, vous aimez plaire aux femmes, vous faites bien l'amour.

Elle eut un rapide battement de paupières, pour masquer et révéler ensemble le trouble que lui occasionnaient certains souvenirs précis.

Philippe aussi baissa les yeux, mais plus longuement, parce que sincèrement touché. Elle exploita son embarras :

– Vous êtes pudique et secret, vous brimez vos émotions, jugulez vos doutes... Vous vous jetez certainement plus volontiers dans un brasier, dit-elle en regardant sa main, que dans les confidences... Bref, je penche pour le mâle...

– C'est curieux, commença Philippe, comme vous prenez un malin plaisir à parler de mes jugements hâtifs... Mais vous-même... Vous voyez un homme porteur d'attaché-case, et vous vous insurgez contre l'idée qu'il puisse faire un voyage d'amour... Et d'après une théorie fumeuse sur ses lunettes ou ses mains blanches, vous lui refusez aussi la possibilité d'être un sportif...

– J'avais raison ! coupa Gina. Christophe est un intellectuel.

– Pour vous l'Église, la religion sont donc des domaines intellectuels ?

– Au stade de Christophe, je le pense, déclara-t-elle.

– On a parlé de vocation ! rétorqua Philippe. De vocation ! J'ai du mal à imaginer une vocation qui ne serait qu'intellectuelle !... La vocation, n'est-ce pas justement l'amalgame d'une certaine forme d'amour et d'une certaine forme de sport ?

– Et moi, pour cette réflexion, et pour la pudeur dont vous parliez tout à l'heure, Gina, intervint Christophe, la pudeur, le secret, les émotions « brimées », les doutes « jugulés », j'ai du mal à imaginer Philippe comme le mâle essentiellement physique et tactile que vous avez évoqué...

– Départagez-nous, Philippe, ordonna Gina.

Puis elle ajouta, sévère et l'index en l'air :

– Mais franchement, n'est-ce pas ? Sans parti pris !... Plutôt homme ou plutôt mâle ?

– A vrai dire, répondit Philippe au bout d'un moment de perplexité, je l'ignore...

– Et son regard vert sembla considérer, bien au-delà du wagon, des vitres, de la nuit qui défilait derrière, un point fixe très lointain et fascinant.

C'est seulement lorsque son père était rentré d'Allemagne, en 1945, que Philippe avait pris conscience de son sexe. Il était né et avait vécu les premières année de sa vie dans une petite ville de province que la guerre avait vidée de ses hommes, au sein d'une famille uniquement composée de femmes : sa mère, sa tante et ses trois sœurs aînées s'étaient relayées autour de son berceau, de ses premiers pas, de ses premiers mots.

A son retour, Étienne Mazencieux, amaigri, fatigué par une captivité de plus de quatre ans, avait penché son grand corps efflanqué à la découverte du petit blondinet qui levait vers lui un clair regard étonné. Il l'avait pris dans ses bras, l'avait soulevé très haut dans un geste de possession, de reconnaissance et d'adoration, et il avait déclaré « Voici mon fils ! » ; puis il l'avait juché sur son épaule et s'était lancé dans un voyage initiatique à travers l'appartement, l'escalier, la cour, la rue. Philippe avait alors commencé à goûter cette ivresse nouvelle : voir le monde non plus d'en dessous, comme l'y obligeait jusqu'à présent sa petite taille, mais d'au-dessus, avec des yeux de géant.

La ville, peu à peu, recommençait à vivre normalement. Les femmes reprenaient le chemin de leur maison. Les hommes repeuplaient, tant bien que mal, les usines et les champs. Mazencieux, contremaître dans une fabrique de textile, avait retrouvé son poste... Tous ses moments libres, il les passait avec Philippe, qu'il promenait toujours sur son épaule. « Laissons les femmes à la cuisine », disait-il, et il enlevait l'enfant d'un ample mouvement aisé de pasteur qui se charge de la brebis plus faible, mais préférée, et la choie de tendresses particulières.

Il l'emmenait au jeu de boules, au café, dans les réunions, et même à l'atelier, pour lui montrer ses machines. Il lui offrait de la limonade, une glace, une brioche, attentif à ses désirs, diligent à le moucher ou bien à l'installer contre un mur quand l'urgence s'en faisait sentir.

Le gosse grandit ainsi, entre les soins quotidiens et rituels de sa mère, et l'intérêt plus précieux de son père, surveillé par l'une quand l'autre l'éveillait, nourri, lavé, coiffé, habillé, instruit, éduqué par la première, mais élevé par le second : élevé à une vision supérieure de la vie, dans les grands bras de son père qui le portait aux nues.

Quand il eut l'âge d'aller en classe, il se montra très vite effarouché, timide parmi ses congénères, et prit très au sérieux le travail qu'on lui demandait. Assis à une table d'écolier, anonyme au milieu des autres et plutôt plus fluet, il chercha inconsciemment à dominer encore ; et puisqu'il ne jouissait plus de son poste d'observation favori, l'épaule solide et rassurante de son père, il s'astreignit à une application de chaque instant pour conquérir à la fois les bonnes grâces de la maîtresse et la première place aux classements trimestriels, qui lui donnaient la confiance nécessaire dans un univers qu'il avait jugé une fois pour toutes hostile.

Mazencieux s'était aperçu du caractère timoré de son fils ; il essaya quelque temps de secouer sa vanité de petit mâle par des formules banales, mais à la vertu desquelles il croyait en toute bonne foi. « Allons, mon garçon ! disait-il, tu es un homme ! Il faut rendre les coups et non pas pleurnicher !... » Il l'inscrivit à un club sportif, où il l'accompagna chaque fois que possible, encouragea ses progrès, commenta ses victoires et, de match en match, il le regarda grandir et s'étoffer. Puis, lorsque Philippe eut onze ans, il mourut, prématurément miné par les carences et les peines endurées en captivité.

La mère de Philippe, douce, discrète, raisonnable, montra un chagrin pudique et résigné. Elle avait aimé son mari, en avait été aimée en retour, d'une affection solide dépourvue de passion aussi bien que de doutes... Le jour de l'enterrement, au retour du cimetière, on voulut chauffer de l'eau pour le café. Mais la bouteille de gaz était vide. Philippe, les yeux secs et les manches retroussées, la remplaça. Ce n'était pas la première fois qu'il se chargeait de l'opération. Son père l'avait mis au fait de quelques besognes d'homme : changer une vitre cassée, repeindre les volets et le portail de la cour, installer une prise électrique... Mais ce jour-là, l'enfant y vit un symbole. Il était désormais le seul homme dans une maison de femmes, et l'absence de son père, paradoxalement, éveilla son sens des responsabilités et fouetta son orgueil plus que n'y étaient jamais parvenus la présence, l'attention, ni les conseils paternels.

Vers la même époque, Philippe découvrit les bandes dessinées, le cinéma, Tarzan, et le mythe de l'éternel masculin. Il se trouva maigre et insignifiant, presque laid. Son visage se transformait, ses boucles blondes brunissaient, ses yeux si clairs tiraient à présent sur un vert profond, ses traits s'épaississaient. Il ne restait plus rien, ou presque, du bambin raphaélique que son père avait découvert puis accompagné à travers les années. Sa bouche et son nez, larges, charnus, s'affirmaient aussi, échappaient aux grâces impersonnelles de l'enfance.

Quant à son corps, Philippe apprit vite, dans les caves du quartier où il participa à des réunions mystagogiques et confraternelles, que ses énervements intempestifs, ses effervescences brouillonnes étaient tout ce qu'il y avait de plus normal, comme il apprit aussi le moyen d'en venir à bout, de les calmer, de les susciter de nouveau pour le plaisir de les calmer encore.

Ces meetings clandestins, où des gamins en culotte courte se masturbaient de conserve autour d'un magazine polisson, rivalisèrent bientôt d'intérêt avec l'enseignement de l'institutrice, dont il continuait pourtant à boire les paroles.

Ses premières années de collège furent tout aussi studieuses. Mais il commençait à penser singulièrement aux filles : à celles qu'il sauverait un jour, à celles qu'il arracherait au danger de ses bras puissants – il s'était mis à la musculation –, à celles qu'il enlèverait, séduirait, embrasserait farouchement, comme au cinéma, longtemps, élégamment.

Jusqu'à présent, les filles qu'il avait réussi à convaincre de se laisser voler un baiser avaient eu le chic pour se détourner au dernier moment, se dégonfler et tendre la joue. Ou bien, elles avaient compliqué les choses à plaisir, penchant la tête d'un côté, offrant leur bouche sans conviction ni technique, et lui, maladroit, s'était empêtré, cogné, ridiculisé, dans un petit baiser hâtif, planté de travers, vide d'émotion, une caricature, un avorton de baiser, qui n'avait rien de commun avec les images grandioses de sa culture hollywoodienne.

Et puis il y avait aussi les filles à qui il ferait l'amour... Solide et musclé, il se pencherait sur elles, les ferait fondre d'un regard et elles s'ouvriraient pour lui. Sa queue téléguidée trouverait le chemin toute seule, et il les baiserait, baiserait, baiserait jusqu'à ce qu'elles crient, qu'elles se tordent et qu'elles supplient, avec des yeux pleins d'épouvante et d'extase, et qu'elles meurent de volupté, leurs longues griffes de tigresses amoureuses plantées dans ses épaules de superman.

Cette rêverie le gardait éveillé tous les soirs dans son lit, à plat ventre sous les couvertures, le visage enfoui dans son oreiller où il imaginait des senteurs de chevelure, la main convulsive sur sa verge dressée, et il se répandait deux à trois fois dans les draps avant de trouver un sommeil humide et poisseux, traversé de créatures aux seins énormes, aux jambes ouvertes.

Un jour, il eut quinze ans... Une commerçante du quartier, veuve de guerre, solide et brutale, l'attira chez elle sous un prétexte grossier, et souleva son tablier, sa jupe et sa combinaison en soupirant fort... Lui, qui n'avait pas flairé la ruse, fut pris de court, commença par hésiter, prêt à fuir, affolé, puis se décida, en une seconde, à un assaut des plus malhabiles qui lui fit pourtant perdre la tête et toute notion des choses, à tel point qu'il ne sut jamais où exactement il avait explosé.

Mais le baptême de l'amour était reçu... Il se retrouva dans l'escalier, tremblant et faible, ahuri, avec des images furtives qui passaient sous ses paupières serrées, les grosses cuisses de la femme, la lisière de ses bas épais, son buste rebondi soulevé de soupirs, et son tablier bleu sous lequel il s'était rué et avait joui au même moment... Qu'avait-elle dit au juste ? Qu'avait-elle fait ? Il ne savait plus, pénétré par l'impression bizarre de n'avoir vécu le moment qu'avec une moitié de lui-même, l'autre ayant été étourdie par les battements de son cœur. Il gardait dans ses narines le tenace souvenir d'une odeur puissante, très intime, une odeur de poisson fort... Chez lui, il se précipita aux cabinets, huma ses doigts qui ne sentaient rien, qui avaient dû rester complètement étrangers à l'opération... Alors, il sortit sa queue et tâcha, d'un index et d'un pouce inquisiteurs, d'en débusquer l'arôme révélateur. Mais ce fut son odeur à lui qu'il retrouva, l'odeur de son sexe, légèrement océanique, sans commune mesure avec l'effluve qu'il se rappelait, et affadie encore par le parfum javellisé du sperme qu'il avait émis.

Jusqu'au soir, il pensa et repensa à son aventure, tâchant d'en ressusciter des détails, reprenant mille fois le scénario à son début, au moment où elle avait dit : « Viens à la maison chercher ta monnaie. Je n'en ai plus ici », revivant çà et là, au hasard de sa mémoire toujours commotionnée, des petits bouts de l'épisode. La chose s'était passée au salon, sur le canapé, il en était sûr à présent. Et c'est elle qui avait ouvert son pantalon, qui avait sorti sa bite... Au mur, il y avait une drôle de tapisserie, pleine d'oiseaux bizarres.

Comme il se branlait pour la troisième fois, soudain, il fut poignardé par une réminiscence très nette des mots qu'elle avait prononcés en fouillant sa braguette. Elle avait dit textuellement : « Donne-moi ta petite queue ! Donne-la-moi vite ! »

Alors une sourde inquiétude commença de ternir la joie encore incrédule de l'aubaine. Car Philippe buta longtemps sur cet adjectif « petite », le flaira, l'analysa, le soupesa, s'employa à le replacer dans son contexte : c'était assurément un mot de femme mûre, presque vieille, qui s'adressait à un enfant. Mais peut-être aussi cette femme, qui semblait bénéficier d'une pratique certaine, si l'on se fiait à la frénésie désinvolte avec laquelle elle s'était jetée sur lui, peut-être cette femme l'avait-elle trouvé petit, ridicule, par rapport à ce dont elle avait l'habitude. Dans ce cas, évidemment, il était difficile d'imaginer qu'elle eût pu en même temps déprécier sa trouvaille et sembler la convoiter avec une telle gloutonnerie.

Et Philippe de tourner et retourner le problème dans sa tête. Avec son premier plaisir d'homme, à demi bâclé, à demi raté, et cependant époustouflant comme un bonheur longtemps souhaité, était née sa première véritable angoisse : la taille de son sexe, ses justes proportions, et la symbolique importance qu'il leur attribuerait toujours.

Désormais, il lorgna les copains au moment de la douche, après les matches. Il supputa, escompta, compara... Il lui était malaisé pourtant de se rendre compte, parce que ces instants de détente, après les fatigues de l'affrontement, étaient complètement dépourvus de trouble, et que tous les sexes qu'il voyait autour de lui, recroquevillés, paisibles, demeuraient finalement inconnus, ou du moins imprévisibles quant à leurs possibilités d'extension.

Il y aurait bien eu les séances de cave et d'émoi collectif, mais Philippe, orgueilleux de son nouveau statut, se montrait à présent dédaigneux d'y participer, comme à un jeu puéril qui eût déshonoré sa gloire toute neuve. Car malgré ses inquiétudes, il portait en lui, tacitement mais fièrement, la joie d'avoir été promu, sur un coin du canapé, au rang non plus d'amoureux quémandeur, mais d'amant authentique. « J'ai eu, se disait-il souvent, une maîtresse !... » Et ce mot-là prenait alors valeur de révolution pour lui dont la plus grande préoccupation avait été si longtemps l'école, et les ordres, les désirs, les avis de son institutrice.

Imbu d'une expérience que tous ignoraient et dont il s'accommodait à exagérer, pour lui-même, l'ampleur, il prit de l'assurance, devint drôle et chahuteur, presque provocateur, et surprit parfois, sans déplaisir, les coups d'œil étonnés et séduits des filles qui le découvraient soudain beau garçon... Il s'était voulu longtemps charmeur, voilà qu'il devenait charmant. On aimait sa gaieté, son humour, ses grimaces, le velours changeant de son regard vert, et le farouche optimisme qu'il manifestait désormais en toute circonstance. On lui fit des avances, on chercha ses faveurs.

Il partagea son temps entre une présence sans réelle épaisseur au lycée, où il se tailla une réputation de fumiste intelligent et matois, une fréquentation plus assidue des terrains de sports dont il appréciait le climat d'émulation et de camaraderie, et la recherche toujours passionnée de la partenaire idéale pour des jeux dont il affinait chaque soir dans sa tête la règle, le déroulement, l'enjeu et la cadence.

Cependant une vague appréhension le tenaillait, sans compter la peur d'être au-dessous des normes, celle de savoir organiser seul son offensive, du début jusqu'à la fin. L'entreprise de séduction, les négociations elles-mêmes ne l'effrayaient pas, mais il redoutait, au moment fatidique, de se montrer embarrassé ou maladroit. Aucune des filles qu'il fréquentait, il le sentait bien, ne saurait le happer avec l'énergie vorace de celle qu'il convenait d'appeler son initiatrice.

Or la grosse marchande n'avait eu d'initiatrice que le nom et le sens des directives. Sa rapidité d'exécution n'avait rien appris à Philippe, ou si peu. Surtout pas, en tout cas, l'art et la manière de préparer le champ opératoire, de le cerner, de le cibler. Pour lui, le plaisir de la femme, son entrée secrète étaient situés quelque part sous un tablier bleu, relevé à la sauvette ; pour le reste, souvenirs flous et fantasmes se confondaient, mais il aurait juré que le curieux animal entrevu, crinière sombre et rase entre trois bourrelets blancs, n'avait pas ouvert la gueule pour lui, n'avait rien dévoilé de ses mystères plus profonds... Philippe en était même arrivé quelquefois à se demander s'il ne s'était pas fourvoyé au hasard d'une précipitation partagée, parmi les replis d'un ventre ou dans le cratère d'un nombril.

A présent, il attendait celle qu'il planterait tout droit et sans détour, avec la nette conscience de sa géographie féminine compliquée mais vaincue, et le sentiment du but atteint, du devoir accompli... Il la voulait belle, appétissante, mûre si possible, pour qu'elle pût goûter ses initiatives sans s'en effaroucher, point trop avisée cependant, car elle n'eût pas manqué d'établir alors des comparaisons désobligeantes pour lui avec des amants plus experts.

Il l'espéra si fort qu'il finit par la rencontrer. Elle avait dix-huit ans, un regard bleu perçant, la taille mince dans sa ceinture large, et la dentelle de son jupon blanc dépassait à peine de l'ourlet d'une jupe amidonnée dans laquelle elle virevoltait avec une grâce dépourvue de timidité.

Il l'aperçut d'abord fortuitement dans le quartier où elle venait d'emménager, se débrouilla pour croiser sa route à plusieurs reprises, lui adressa la première fois un salut courtois et presque cérémonieux, la seconde une œillade verte où jouait une malice admirative, enfin il l'aborda. « Mademoiselle, dit-il, le doigt pointé sur sa gracieuse nuque où elle avait coquettement torsadé ses mèches bouclées en un volumineux chignon, votre ruban est défait... »

Elle se retourna avec une éloquente vivacité. « C'est exprès, répondit-elle, un sourire narquois aux lèvres, ça s'appelle un "suivez-moi jeune homme". »

Philippe ne se le fit pas répéter. Il l'accompagna jusqu'à la villa de ses parents, obtint un rendez-vous, un autre, un troisième, l'embrassa au cinéma, caressa ses seins, la sentit frémir.

Un samedi soir, elle l'emmena chez elle en l'absence de ses parents. Il se souvint de sa première leçon, ne la laissa pas hésiter, la poussa sur son lit, l'étourdit d'une hâte fiévreuse et autoritaire. Maître de la mise en scène, il releva sa jupe, arracha sa culotte, arrêta sa main qui s'apprêtait à actionner l'interrupteur de la lampe. « Laisse ! ordonna-t-il. Je veux te voir. » Et il la vit, délicate et mousseuse, blonde avec abondance, souple, entrebâillée sur un secret qui jusqu'à présent n'appartenait pour lui qu'aux domaines photographiques et oniriques.

Il se défit aussi, à toute vitesse, et, comme il l'avait prévu, la cloua sans écouter ses murmures de protestation. Puis il s'effondra sur elle, victorieux et heureux.

Elle souleva la tête, éberluée, et dit seulement : « Déjà ! »

Au souvenir de ce commentaire laconique, vieux de trente ans, Philippe se crispa un peu, fronça les sourcils et le nez, physiquement agacé comme s'il venait de mordre dans un citron. Il y avait prescription, pourtant, et par le temps écoulé, et par toute l'application, le zèle et la constance qu'il avait déployés, depuis, tout au long de sa vie amoureuse, pour battre toujours de nouveaux records d'endurance et de longévité... Mais, quoique conjurée depuis longtemps, la première humiliation ressentie, d'autant plus cuisante qu'elle avait été parfaitement inattendue, l'ébranlait encore, lorsqu'il se la rappelait, d'un désagréable frisson.

Il secoua imperceptiblement les épaules comme pour chasser un souci importun, but une gorgée et hasarda :

– Peut-être, oui, dans le fond, peut-être que je suis très... très...

– Il hésitait, à la recherche d'une expression subtile et nuancée pour dire à la fois sa longue quête de la performance, l'importance de sa virilité domptée, canalisée, soumise et rôdée au plaisir des femmes, et le petit orgueil qu'il en tirait.

Gina intervint :

– Très mâle ! Ne cherchez pas, c'est le mot juste ! Il vous va très bien !

– Le terme me choque tout de même, protesta Philippe. Trop animal, trop préhistorique...

– Oui, concéda-t-elle avec ironie. Pas assez flatteur... Alors disons très jules, très mec...

– Très chevalier... peut-être ? proposa Christophe.

Philippe lui lança un coup d'œil reconnaissant. Gina éclata de rire.

– Oh ! oui ! dit-elle. Un chevalier servant ! Je vous imagine dans de curieux tournois... quant à vos armes...

Elle riait toujours, insolente et grivoise, la gorge gonflée par une provocante hilarité.

– Il n'est pas exclu en effet, rétorqua Philippe d'un air faussement sévère, que j'aie, dans une autre vie, participé à des joutes. J'y portais justement vos couleurs, figurez-vous. Car, bien sûr, vous étiez princesse... Cela se voit encore... petite fille mal élevée, trop gâtée sans doute, par une famille de la haute aristocratie... Ou bien bouclée jusqu'à seize ans dans une pension très stricte, où l'on a tenté, en vain, de vous apprendre les bonnes manières. A présent, vous voyagez et vous vous divertissez comme vous pouvez : vous êtes moqueuse, menteuse, irrévérencieuse, dévergondée et très désinvolte. Votre diplomate de père paie vos frasques, et votre mère se lamente sur votre compte avec ses amies dans les salons de thé.

Gina arrondit comiquement les yeux, puis la bouche pour un sifflement admiratif, étonné et silencieux.

– Eh bien ! dit-elle, gentil seigneur, est-il bien digne d'un chevalier d'avoir la mémoire aussi courte, et tant d'ingratitude ? Il me semble que mon dévergondage ne vous a pas déplu, naguère ?

Philippe eut un sourire embarrassé.

– Ce que j'appelle dévergondage, expliqua-t-il, c'est votre façon de vous jeter à la tête des gens, de les jauger d'un coup d'œil approximatif, de les cataloguer, et... ce rire... ajouta-t-il sans chercher à analyser davantage parce qu'elle riait encore, qu'elle était belle et désirable et qu'elle le savait... Pour le reste, dit-il pudiquement, vous êtes... charmante...

– C'est à la pension que j'ai appris, railla-t-elle.

– Charmante et insupportable !... poursuivit-il.

– Finalement, dit-elle, vous ne me trouvez supportable que lorsque je baise ? Vous voyez bien que vous êtes macho !

Philippe se tourna vers Christophe, ostensiblement consterné.

– Ne pensez-vous pas que ce vocabulaire volontairement trivial n'est qu'une maladroite tentative pour renverser l'ordre établi et proclamer la révolte ?

– Je crois en effet, approuva Christophe posément, que Gina est plus qu'une révoltée... C'est probablement une révolutionnaire !

– Alors, s'exclama-t-elle, accordez vos violons ! Aristocrate ou révolutionnaire ?

– Moi, dit Christophe, je ne sais pas pourquoi, je me figure une histoire plus compliquée : sa mère a été séduite, elle est l'enfant naturelle d'un père mystérieux...

– Oh ! s'écria Gina, mais on a de l'imagination dans l'Église !

– Dans l'Église, répondit doucement Christophe, on voit beaucoup de choses.

– Eh bien ? interrogea Philippe. Qui a raison ? L'imaginative Église ou le macho ingrat et borné ?

Une expression soudain très douce se peignit sur le visage animé de Gina. Elle les regarda tour à tour, leva son verre comme pour rendre hommage à leur perspicacité, et murmura :

– Mais... tous les deux !...

– Tous les deux ? s'étonna Philippe. Voilà du romanesque ! Alors, voyons, dites-nous, votre mère, bien née, je suppose, s'est-elle laissé séduire par un palefrenier ?

– Heu..., dit Gina en souriant... Ce serait plutôt le contraire !

– Ah ! Philippe hocha la tête, plissa ses yeux verts. J'aurais dû y penser. C'est votre mère qui a séduit le palefrenier...

Gina émit un petit roucoulement et renversa son visage égayé.

– Non ! Je voulais dire que ma mère était plutôt dans le rôle du... palefrenier...

– Et vous êtes le fruit d'amours ancillaires entre un père noble et riche et sa domestique. Tout s'explique : votre classe naturelle et votre brutalité cavalière, vos élégances et... le reste !

– Merci ! dit-elle avec une indignation feinte. Et bien, homme simple, sachez que c'est beaucoup plus confus que cela... Mais de toute façon, je ne vous dirai rien de plus, parce que ce n'est plus votre tour ! C'est à moi de questionner.

Elle se tourna vers Christophe d'un air très décidé, fronça les sourcils, croisa les doigts autour du genou qu'elle avait levé, rond, lisse et parfait, et demanda :

– Tout à l'heure dans ma cabine, pourquoi n'avez-vous pas voulu ? Vous avez eu peur ?

Philippe détourna un regard gêné. Le rappel de la scène qui les avait réunis tous les trois chez Gina l'embarrassait : il n'avait pas envie d'en entendre parler. Gina s'irrita de son silence, de sa confusion réprobatrice.

– Dites quelque chose, Philippe, avancez une hypothèse. Pourquoi n'a-t-il pas voulu ? A votre avis ?

– Je ne sais pas, bougonna Philippe. Aucune hypothèse, je passe mon tour...

Elle fustigea sa maussaderie et sa lâcheté d'un haussement d'épaules, et revint à Christophe.

– N'est-ce pas ? Si vous étiez un pur, un rigoureux, un intransigeant, vous ne seriez pas venu, ou, du moins, pas resté... Mais là... Reconnaissez qu'au dernier moment, vous avez eu peur.

– Peur ? reprit placidement Christophe de sa belle voix grave. Peur de quoi ? Non, ni peur, ni honte... ni tristesse, ajouta-t-il au bout d'un moment, comme pour lui-même, parce qu'il venait de se revoir, adolescent, perdu dans ses doutes et dans ses hantises, à genoux, en larmes, à l'église où l'avait trouvé son directeur, le père Cotain...

– Tout de même, dit Gina, vous êtes un drôle de religieux ! Etre resté assis tranquillement tout ce temps, c'était...

Elle chercha, dans son vocacualaire, un terme approprié à l'affront qu'elle avait éprouvé, et finit par décréter :

– c'était déplacé !

– C'est vrai, admit Christophe. J'aurais dû me mettre à genoux !

Le train roulait toujours. Peu à peu le salon se vidait et tous trois demeuraient là, sans impatience ni déplaisir, chacun livré à la double jouissance intellectuelle de constituer pour ses partenaires une sorte de mystère, et de découvrir un peu de l'histoire des deux autres, avec d'infinies précautions cependant, sans rien abîmer, sans en déflorer l'intérêt ni le secret.

Le jeu devenait passionnant et drôle, subtil. Il ne s'agissait plus vraiment de deviner la vérité elle-même, mais de débusquer, chez chacun, la part d'étrangeté, d'originalité de sa vie, de son caractère, de son passé... Comme il fallait aussi savoir intriguer, susciter l'étonnement, provoquer la curiosité.

Ils avaient redemandé à boire... Philippe considérait Gina qui tétait puérilement la paille de son cocktail. Il eut envie de la taquiner.

– Avouez, dit-il, que la résistance de Christophe vous a affreusement vexée !...

Elle ne se tourna pas vers lui, ne changea rien à son attitude, les yeux au loin, le dos calé au fond du fauteuil et les deux mains serrées sur un grand verre qui ressemblait à un calice. Au bout d'un moment, elle dit, sans le regarder :

– Je n'avouerai rien du tout, et posa sa coupe avec une moue hautaine.

– Vous êtes une petite fille très fière, déclara Philippe, sur un ton mi-moqueur, mi-admiratif.

Elle releva la tête, vivement.

– Que savez-vous des petites filles ? Vous avez sans doute l'âge d'être mon père, mais ne vous croyez pas autorisé à moraliser, ce serait...

– Déplacé ? proposa-t-il en souriant sans méchanceté.

Elle se rendit à sa bonne humeur.

– Oui ! concéda-t-elle.

– Nous sommes deux, alors ! s'exclama Philippe en adressant un coup d'œil de complicité à Christophe. Avez-vous remarqué, ajouta-t-il en s'adressant au curé, à quel point elle a le sens des convenances et de ce qui est déplacé ? Si jeune, et déjà très... conventionnelle...

– Vous, intervint Gina en pointant sur lui un index accusateur, vous avez de la rancune contre ma génération. Je sais quelle question je vais vous poser : est-ce que par hasard, vous n'auriez pas eu un enfant, une fille de préférence, qui vous aurait dit un jour : « Écoute, papa, tu es bien gentil, mais un peu vieux jeu. Alors salut ! » Voilà ce que j'imagine... ajouta-t-elle à l'intention de Christophe. Une expérience de père de famille archiratée, qui l'aurait laissé insatisfait, aigre et libidineux.

Philippe, franchement amusé, oublia de s'offusquer.

– Il ne fait pas bon vous déplaire, dit-il dans un rire silencieux... Alors Christophe qui vous a résisté a eu peur, et moi.. j'ai été libidineux ?

– Vous ne voulez évidemment pas nous parler de votre fille fugueuse et révoltée ? insinua Gina, la bouche en cœur.

– Qu'en pensez-vous ? demanda simplement Philippe à Christophe.

L'interpellé fixa sur lui la lumière grave et pénétrante de ses yeux gris, et prononça doucement :

– Je ne pense pas que vous ayez d'enfants.

Alors Philippe leva son verre vers l'applique qui les éclairait et sembla chercher, à travers le breuvage ambré, la solution d'une énigme.

– Je ne sais pas... finit-il par avouer, comme à regret.

– Vous ne savez pas ? répéta Gina. Ce qui signifie ?

– La fille révoltée dont vous parliez à l'instant, dit Philippe... la fugueuse... non, ni elle ni personne d'autre. Pas d'enfants connus...

– Ah ! comprit-elle. Des enfants de hasard, alors ? Comme chaque homme peut en avoir, finalement... (Elle paraissait déçue.) Peut-être même qu'avec moi, ç'aurait été possible...

Elle voulait le provoquer un peu, l'inquiéter.

Il eut une réaction curieuse, presque triste.

– Non, dit-il, vous êtes quelqu'un de moderne. Vous devez sûrement vous protéger... Mais avant... il y a quelques années, enfin, quand les femmes étaient moins libres, j'ai su prendre mes précautions... Non, je ne parlais pas d'un enfant de hasard...

Philippe scrutait toujours son verre, qui tremblait un peu dans sa main. Les deux autres, respectueux d'une règle tacitement établie, ne questionnèrent pas plus avant.

La belle jeunesse de Philippe se déroulait, inutile, facile et sans contrainte. Il sortait le soir en joyeuse bande et vouait ses dimanches au sport, à la lutte enfiévrée, aux saines suées, suivies d'interminables commentaires, qui disséquaient chaque faute technique du match passé et promettaient, au prix d'efforts conjugués, la revanche et la gloire pour le prochain.

Autour des vestiaires, les filles attendaient, patientes et bavardes, encore frissonnantes des instants d'émotion de l'après-midi quand le stade avait grondé et piétiné pour saluer un coup de maître. Elles connaissaient les règles, se levaient les premières, hurlaient leur joie, les poings en l'air. C'était l'époque où, en chaque fille à marier, vibrait une groupie convaincue.

Finalement les garçons sortaient, les cheveux mouillés, une serviette éponge au cou, leur sac jeté négligemment sur le dos ; ils marchaient à grandes enjambées tranquilles, comme des dieux las, avec, au fond des yeux, les dernières vagues d'une exaltation qui s'assagissait peu à peu. On se précipitait, comme pour soutenir des guerriers fourbus. Ils apercevaient leur public, daignaient sourire, s'appuyer d'un poignet théâtralement désabusé à l'épaule d'esclave éprise qu'on leur offrait ; la troupe faisait quelques pas ainsi, silencieuse, dans un désordre solennel, et puis soudain, on oubliait la fatigue, l'ivresse de la victoire, l'amertume de la défaite. Une saine joie de vivre reconquérait les héros, on parlait de virée, de boîtes, on chahutait un peu, et, un bras à la taille des filles, les gars se lançaient dans le tourbillon frivole des soirées de goguette.

Tous les night-clubs se ressemblaient. On y trépidait sur des tempos venus d'une Amérique fascinante et dorée comme un mirage. Philippe n'avait pas son pareil pour enlever, d'un coup de rein puissant, ses cavalières dont la jupe s'ouvrait, dans l'envol, ainsi qu'une fleur de papier aux doigts d'un magicien. Sa force et son adresse palliaient un sens du rythme quelque peu défaillant, mais les filles s'y laissaient prendre en fermant les yeux et en savourant leur vertige.

Ah ! Elles étaient plus libres lorsqu'elles dansaient le rock, plus légères, plus offertes, plus souples et moins chastes qu'à l'arrière des voitures où l'on cherchait toujours à les entraîner, en misant sur la griserie de la danse et du rhum-coca ! Car, après avoir montré leurs dessous, la lisière de leurs bas et jusqu'à leur culotte dans les ascensions brutales qui les propulsaient par-dessus l'épaule de leur partenaire, après avoir blotti contre lui leur corps tiède et affolant que la houle du rock avait survolté, après avoir soupiré d'aise sous des caresses moins amoureuses qu'intéressées, après avoir feint d'ignorer, dans l'enlacement du slow, l'émoi croissant et impérieux de celui qui les pressait de paumes moites, les bouleversait d'un souffle chaud, les chamboulait d'une bouche à leur cou, elles devenaient soudain désespérément raisonnables au moment où, les ayant enfin attirées à l'écart dans l'ombre complice d'un véhicule garé, les garçons les croyaient sur le point de succomber tout à fait.

Elles se refusaient moins par pruderie que par prudence, appartenant à une génération que n'avait encore délivrée ni la pilule ni le féminisme... Elles évitaient les risques qu'avaient expliqués et brandis comme autant de spectres, à coups de sous-entendus bégueules, leurs mères inquiètes : la grossesse et la déconsidération. Or, en voulant les préserver, on avait finalement fait d'elles de redoutables allumeuses, tendres et perméables dans la pénombre des boîtes de nuit et des cinémas, intraitables dès que l'assaut tendait à devenir plus précis et plus exigeant.

Les moins timorées d'entre elles allaient jusqu'à laisser feuilleter la dentelle bruissante de leurs jupons. Avec beaucoup de patience et de contrôle, on parvenait, sans les épouvanter, jusqu'à l'entrejambe de leur culotte. La stratégie consistait à mimer la plus aveugle, la plus spontanée, la plus inoffensive tendresse. Il fallait les embrasser tantôt à pleine bouche, boire leur salive, lécher leur langue, écraser leurs lèvres, tantôt les chatouiller de petits baisers gloutons, mordre leur oreille, respirer dans leur cou, ployer leur nuque, tirailler d'incisives légères les petits cheveux qui y frisaient. Le bras gauche, en même temps, se resserrait alors autout de leurs épaules, se faisait cordial, possessif, autoritaire, rassurant. Et pour démentir la solidité réconfortante de l'étreinte, au bout de ce bras qui vous calait et vous réchauffait ensemble, la main devenait friponne, prenait des libertés, étirait des doigts malins vers le décolleté, y dessinait d'érotiques arabesques. La fille, en général, ne songeait que très vaguement à s'en offusquer, cette main-là se résignant ostensiblement à la double frontière qu'assignaient d'une part la modeste capacité d'extension des phalanges qu'elle allongeait, et d'autre part le galon satiné d'un soutien-gorge à balconnet.

Le tour de force consistait à faire oublier, le plus longtemps possible, qu'on possédait une autre main... On embusquait cette dernière dans un endroit d'abord tout à fait légal : le dos, la taille de sa compagne, qu'on charmait de petites pressions, de doux massages sans équivoque. La fille, pour peu qu'elle fût sensuelle et assez confiante, bougeait légèrement, réagissait, ondulait sous la caresse.

C'est là que la maîtrise de soi devenait indispensable. La précipitation, à cet instant, eût tout gâché. Car cette main permise, plus modeste apparemment, moins libertine que l'autre qui folâtrait à l'orée du soutien-gorge, commençait alors un périple d'une lenteur éprouvante. Simulant toujours l'innocence de la réserve, elle glissait peu à peu de la taille à la hanche, de la hanche à la cuisse, toujours par-dessus la robe, avec une égale douceur, et seuls les hasards du baiser qui durait encore devaient sembler la placer là, et ici, plutôt qu'ailleurs. C'était une main distraite, une main absente, sans malice ni arrière-pensée, qui pesait à peine sur l'étoffe, s'envolait par mégarde, se reposait à tâtons, fignolait l'hypocrisie jusqu'à paraître, au fur et à mesure que la sournoise offensive se précisait, plus inerte et plus stupide. Elle ne caressait plus, ne remuait plus les doigts, ne griffait plus le tissu, prenait l'air abandonnée et bête, au bout d'un bras étranger.

Cependant, une subtile reptation, très calculée, la conduisait peu à peu vers son but. De l'extérieur de la cuisse, elle était arrivée au genou, s'y assoupissait d'un sommeil fictif de bête qui chasse, épousant, comme un dormeur en chien de fusil, l'arrondi de la rotule qu'elle engourdissait de sa chaleur trompeuse. A ce moment-là, il convenait de se montrer encore plus pressant, encore plus vorace sur la bouche et dans le cou de l'assiégée ; l'étreinte parvenait à un point culminant, qui, si l'on avait dûment mené l'entreprise, affolait nécessairement la belle, l'obligeait à se tordre et à gémir un peu. Dans un effort désespéré qui vous cassait le poignet, on déchaînait alors la main ouvertement gaillarde, qui arrivait à insinuer le bout de son majeur dans la vallée moite de l'entre-seins, et l'autre main, la perfide, risquait alors le tout pour le tout, profitait des trémoussements mi-consentants, mi-révoltés de la fille, pour se glisser entre ses jambes.

Le chemin de la victoire était jalonné d'ineffables et multiples émotions, qu'il fallait savourer à toute vitesse, puisque généralement l'invasion si longuement préparée se voyait repoussée aussitôt que réalisée. On avançait entre deux cuisses brûlantes dont on éprouvait simultanément, de la paume et du dos de la main, le velouté, parce qu'il était bien rare, malgré son relatif abandon, que la fille écartât franchement les genoux.

On touchait ensuite, du bout du doigt, sa culotte humide, on en agrippait le bord, on se faufilait... Dans le meilleur des cas, on réussissait à s'immiscer dans une intimité bouleversante, au cœur d'un mystère qui mêlait le végétal et l'animal, la solide et le liquide, le lisse et le touffu, et, sans trop comprendre la configuration des lieux, on s'y ébattait ainsi qu'en une source chaude, avec l'impression d'avoir son cœur et son corps tout entiers concentrés dans cette seule et unique phalange émerveillée, que le triomphe énervait d'une imprudente fièvre.

Alors, si cela n'avait pas déjà été le cas dans les minutes précédentes, un réveil brusque et alarmé dressait l'assaillie, qui vous attrapait sans pitié le poignet, échappait à votre curiosité cupide, protestait de ses bras tendus, de ses « non » pleins de réprobation et de crainte, de tout son corps soudainement hostile.

Et l'on se retrouvait dehors, debout à côté de la voiture désertée, les oreilles bourdonnantes et rouges, les doigts mouillés, le cœur chambardé, le bas du ventre alourdi d'une déception torride et mal acceptée.

Philippe était peu doué pour ce genre d'embuscade. Il séduisait sans convaincre, embrassait bien et caressait mal, ne savait pas assujettir sa fougue aux timidités féminines. Les filles aimaient son grand corps de lutteur, la vigueur aisée avec laquelle il les faisait pirouetter les soirs de bal ; elles fondaient sous l'éclair malicieux et enjôleur de son chatoyant regard vert, et leurs bouches, surprises, s'oubliaient, sous la sienne, à la bienheureuse volupté.

Mais ensuite, la rapidité de ses attaques, sa sauvagerie mal domestiquée les emplissaient d'une méfiance rancunière et offensée.

Entre copains, on parlait souvent des filles. Il existait, pour comparer leurs mérites, deux échelles de valeurs : on estimait leurs charmes et leurs avantages physiques d'un côté, et de l'autre, sans élégance, mais sans forfanterie non plus, les privautés qu'elles accordaient. Mais en fait, à force d'assister à ce genre de conversation, Philippe finit par se rendre compte que les deux systèmes d'évaluation avaient tendance à se confondre, puisque, dans la hiérarchie des atouts, les seins et les fesses venaient avant le visage, et la bouche avant les yeux. Les filles étaient donc embellies surtout par ce qu'elles pouvaient donner. Le reste, ce qui ne faisait que se contempler, demeurait du domaine du détail.

Philippe était l'un des plus jeunes de la bande. Il ne se mêlait qu'avec une certaine réticence aux entretiens virils où les copains évoquaient leurs espoirs amoureux, leurs victoires, leurs défaites, leurs tentatives passées et futures, et les qualités essentiellement tangibles de celles qui les leur inspiraient.

Lui se sentait mal à l'aise pour différentes raisons, qu'il analysait plus ou moins bien. Il n'avait d'abord pas envie de parler de ses histoires à lui, de la première, son aventure avec la commerçante, vieille de trois ans bientôt, et de l'autre, plus récente, avec la fille blonde. Les deux épisodes lui semblaient tour à tour glorieux et avilissants, et il ne trouvait le courage ni de les enjoliver, ni de les raconter tels qu'ils s'étaient déroulés. Mais le regret, un regret d'autant plus cuisant qu'il avait compris trop tard à quel point l'aubaine avait été inespérée, le taraudait, le rongeait, à chaque nouvel échec de sa vie galante.

Les autres anecdotes qu'il eût pu narrer lui semblaient trop banales, et peut-être même un peu piteuses. Mais en même temps, il n'aurait su les tourner en dérision pour amuser la galerie. Une sorte de respect le gardait muet et circonspect, le respect d'un secret partagé dont il n'était pas le seul dépositaire ni le seul objet. Tiraillé entre la crainte de paraître, aux yeux des autres, inexpert et balourd, et celle de les faire rire avec des émotions et des déboires qu'il eût dû caricaturer, embêté à l'idée d'évoquer, même sans les nommer, les fugitives héroïnes de ses éphémères conquêtes, il optait pour un silence un peu distant qu'on croyait rempli de mystères, ce qui n'était pas pour lui déplaire non plus.

Quand on lui prêtait, en plaisantant, des amours clandestines, il souriait, mentait sans mot, d'un regard, d'une expression gourmande qui haussait son sourcil et creusait sa fossette. Le reste du temps, il se taisait par pudeur, par délicate lâcheté, inconscient encore d'abriter, dans sa peau d'ours, l'âme d'un paladin. Et les filles, qu'il bousculait trop vite, et à qui l'on avait enseigné la défiance plus que le discernement, le tenaient pour le plus brutal, quand il était le moins goujat.

Un samedi soir où la bande avait poussé sa quête de musique et de fièvre un peu plus loin que d'habitude, et était allée prospecter jusque dans une ville voisine de soixante-dix kilomètres, Philippe vit s'éclairer soudain d'un intérêt cynégétique les prunelles de ses compagnons, attablés contre le mur du caveau sophistiqué qu'ils avaient choisi pour leur soirée. Lui leur faisait face, et tournait le dos à la salle. Il pivota, sur le tonneau qui lui tenait lieu de siège, pour suivre leurs regards humides de convoitise.

Il la reconnut tout de suite. Blonde avec agressivité, précédée de rondeurs complaisamment sculptées par un tee-shirt consciencieux jusque dans les moindres détails, la silhouette bien prise dans une ceinture dont le diamètre lilliputien évoquait plutôt un faux-col, les hanches épanouies après la miraculeuse minceur de la taille. C'était bien elle, plus appétissante encore, plus accomplie que le jour où il l'avait abandonnée, à moitié nue sur le désordre de son lit, et très étonnée.

Il avait fui cette fois-là, talonné par un enfantin désespoir et le sentiment bizarre, disproportionné, d'un tragique irrémédiable. « Je suis un imbécile », s'était-il répété dix fois. Puis il avait juré qu'il ne chercherait plus à la revoir, persuadé qu'il ne supporterait pas une seconde fois le choc de son regard bleu, surpris, réprobateur, très supérieur. Il avait usé de mille ruses pour ne plus jamais la rencontrer. Elle l'avait aperçu quelquefois, de loin, et l'avait vu précipiter le pas, changer de direction, s'engouffrer au hasard de son affolement dans une allée propice, où il attendait, le cœur battant, qu'elle fût passée. Quand il avait entendu le claquement menu de ses talons sur le trottoir, quand il avait mesuré mentalement la distance qu'elle avait parcourue, il se jugeait hors de danger, et ressortait de l'allée sombre, avec un tambour dans la poitrine et une source gluante et froide au creux de chaque paume.

Au bout de quelques temps, il ne l'avait plus vue du tout. Elle avait dû déménager encore et, tout en continuant à habiter ses souvenirs, elle était sortie de ses préoccupations.

Ce soir-là, au caveau, il sentit que le temps était passé sur sa honte et son embarras, qu'il les avait sinon dissous, du moins désarmés, qu'il en avait ôté le poison et n'avait laissé qu'une petite courbature d'orgueil meurtri, vague et attendrissante.

Bien mieux, lorsqu'il eut compris à quel point la jolie blonde attirait les yeux, émouvait les imaginations, il éprouva une cruelle difficulté à feindre l'innocence et la surprise... Les filles étaient descendues au sous-sol se recoiffer, vérifier leur rouge à lèvres, vaquer à toutes sortes de petites occupations rituelles et futiles, dont le seul but, au fond, était de les faire un peu attendre et désirer. On était entre hommes pendant encore quelques minutes. On pouvait causer. L'un disait, le menton pointé vers la nouvelle venue et l'œil noyé de rêves : « Tu as vu le joli petit morceau ? » L'autre esquissait une moue dubitative, répondait d'une voix sans timbre de somnambule : « Petit... petit... », et sa prunelle arrondie, très fixe, comme illuminée d'une vision surnaturelle, traversait sans doute les étoffes du tee-shirt et de la jupe. Un troisième, plus observateur qu'imaginatif, ajoutait : « On voit ses bouts de seins... » Devant leur hébétude animale, la songerie qui écarquillait leurs yeux, alourdissait leur mâchoire, entrouvrait leur bouche, les affublait d'un masque incrédule et grossier, Philippe avait envie de hurler : « Regardez-la bien ! Regardez-la et regardez-moi ! Je l'ai eue ! Je l'ai eue, je l'ai baisée, je sais comment elle est faite ! » La tentation de l'aveu n'avait d'égal que son regret, à cette minute mille fois plus torride que jamais, de n'avoir pas mieux exploité l'aubaine. Écartelé entre ces deux souffrances morales, Philippe se leva brusquement et décréta :

– Je vais l'inviter à danser.

Il devina sur sa nuque le regard des autres, intéressés, perplexes, admiratifs. Il s'approcha d'un pas cadencé qu'il avait mis au point au cours des dernières années pour lutter contre la timidité, un pas qui mimait à s'y méprendre la nonchalance et le détachement.

Elle l'aperçut, d'un œil tranquille et curieux, qui ne songeait ni à dissimuler son intérêt, ni à lui souhaiter la bienvenue.

– Tiens !, dit-elle, et les coins de sa bouche tombèrent un peu, dans une sorte de moue plus dépitée que dédaigneuse.

Il s'inclina, dignement, en homme qui savait déjà saluer, s'agenouiller et se rendre, mais ne se courberait jamais.

– Tu danses ?

Elle se leva. Il la prit dans ses bras, et une émotion idiote se mit à lui nouer la gorge. Stratégiquement, il parla tout de suite, avant d'en être tout à fait incapable.

– Tu m'en as voulu ? demanda-t-il.

Elle ne minauda pas.

– Tu es un garçon en qui on ne peut pas avoir confiance, répondit-elle sur un ton de simple constatation.

Il opta pour une sincérité tactique.

– Tu as raison. Même moi, je n'ai aucune confiance en moi. C'est pour ça que je n'ai pas osé te revoir...

Il y eut un petit silence. Une boucle blonde, soyeuse et parfumée de laque, chatouillait la joue de Philippe. Il résista à l'envie d'enfouir sa bouche dans les beaux cheveux brillants.

– Je ne te parlais pas de ça, dit-elle enfin. Ta disparition, c'est encore autre chose, et, à la limite, je peux comprendre... Non, mais...

Elle hésitait, cherchait des mots nets et efficaces, peinait en jeune fille que la société n'a pas instruite à parler d'elle ni de ses problèmes.

– Moi, j'ai eu très peur, après... Tu aurais pu... me faire un enfant, lâcha-t-elle enfin, précipitamment, comme s'il s'était agi d'une incongruité.

Elle leva vers lui l'eau bleue de son regard, le contempla à travers la double grille très apprêtée de ses cils maquillés, et ajouta, d'un petit air grondeur et raisonnable :

– On ne fait pas comme ça !

– Ah ! dit Philippe, ostensiblement contrit. Et... comment fait-on ?

Il s'était voulu très humble, très gentil, avait baissé la voix, souri modestement, prêt, pourvu qu'elle lui en donnât encore une fois l'occasion, à manifester la meilleure volonté du monde...

Elle entendit très bien le langage de ce chuchotement, de ce sourire, de tout ce grand corps vigoureux qui résistait à ses pulsions, la manipulait avec douceur et délicatesse, s'appliquait à l'entourer, à la bercer, à la guider sans la contraindre.

– C'est que, maintenant, fit-elle, je suis fiancée...

Le troisième trimestre universitaire touchait à sa fin. Le mois de mai égaillait des grappes d'étudiants excités ou désabusés, qui commentaient leurs examens avec une verve tempérée de pudique mélancolie. On s'angoissait sans l'avouer, préférant une tonique ironie à l'anxiété vieillotte et démodée, on attendait, assis sur des pelouses jaunes, l'affichage des résultats, on supputait sa note, on envisageait l'avenir, d'un œil que le snobisme autant que la superstition gardait de l'optimisme, et l'on continuait à sourire et à blaguer par décence et par habitude.

Philippe ne se faisait aucune illusion. Il n'avait jamais brillé, au cours de son année de propédeutique, autrement que par une sorte d'indifférence élégante. Le bilan de ces huit mois, passés à de malins calculs pour ne jamais s'éloigner trop de l'honnête moyenne, ne se révélait ni positif ni franchement négatif. L'incertitude demeurait, sans fébrilité...

Ses trois sœurs étaient mariées. Philippe, qui jouissait d'une bourse d'études, vivait avec sa mère. La brave femme, encore très active, souvent requise chez l'une ou l'autre de ses filles, s'absentait régulièrement pour aller tenir la maison et garder le petit garçon de la première qui accouchait, soigner la rougeole du bébé de la seconde qui travaillait, aider la troisième à déménager. Elle rencontrait Philippe, dans la maison trop grande pour eux deux, au hasard de ses emplois du temps fantaisistes, le croisait le dimanche matin en descendant au marché, alors qu'il rentrait d'une virée, hésitait à le réveiller le lundi matin pour ses cours, passait une tête précautionneuse dans l'entrebâillement de sa porte en murmurant : « Philippe, il est sept heures, tu devrais... »

Elle n'allait jamais plus loin. Ses seules remontrances, ses seules paroles moralisatrices avaient toujours été ce cauteleux conditionnel : « Tu devrais », respectueux et timide, à peine réprobateur.

Et le jeune homme, conscient qu'en lui elle vénérait le souvenir d'un compagnon trop tôt parti, et qu'elle dorlotait aussi le seul enfant qui fît encore mine de lui rester, la charmait d'une œillade verte, d'un sourire, d'un petit air à la mode qu'il sifflotait entre ses dents, esquissait une danse joyeuse, la soulevait dans ses grands bras, la bousculait un peu. Elle criait comme une souris, lui tapait sur la tête. « Lâche-moi ! ordonnait-elle en riant, tu sais que j'ai horreur de ça ! ». Il la reposait, faussement brutal, plein d'égards déguisés, et elle soulevait les épaules, trottinait menu sur le parquet ciré et disait en se retournant, l'œil encore égayé et la mine sévère : « Tout de même, tu devrais... »

Finalement Philippe apprit, sans amertume ni surprise, qu'il « était admis à redoubler ». Jolie formule pour présenter une sorte de défaite, qui lui cuisait d'autant moins que la bataille n'avait pas été féroce... Seulement, pour une année du moins, la bourse qu'on lui allouait était suspendue.

Philippe réfléchit, assez vite car il haïssait tout ce qui pouvait ressembler de près ou de loin à un cas de conscience. Il étudia la situation, y vit avec un fatalisme paresseux un signe du destin, qui lui donnait du temps supplémentaire pour choisir une autre voie, des études différentes, entendre, peut-être, l'appel d'une vocation qui, jusqu'à présent, ne s'était pas manifestée.

Il se sentit léger, flottant comme une plume, au vent d'une liberté qui ressemblait étrangement à de l'inanité et, pour la première fois, il souffrit d'avoir si peu souffert, d'avoir vécu sans souci ni contrainte, et d'avoir si peu gagné, si peu perdu, faute de n'avoir jamais rien eu à espérer...

Sa mère rentrait d'une réunion de voisines. Elle rapportait du pain, du jambon, la bière qu'il préférait. Il la rejoignit dans la cuisine. Elle se retourna, le vit accoté au chambranle de la porte, grave, insolite. Elle ne demanda rien, le regarda seulement, avec l'infinie tendresse qui vous monte au cœur et aux lèvres, lorsque ceux que l'on aime n'osent pas prononcer les mots que l'on devine.

Il ouvrit péniblement la bouche, et dit seulement : « Maman, je devrais... »

Alors, elle sut que, désormais, son fils avait grandi.

Au début de l'automne suivant, le 1er septembre 1959, le soldat Philippe Mazencieux, dix-huit ans, engagé volontaire, s'embarquait pour l'Algérie ; il allait y apprendre le maniement des armes et celui, à peine plus subtil, des hommes.

Il en revint presque deux ans plus tard, hagard, meurtri, habité de souvenirs tragiques. Il avait vu mourir des garçons de son âge, certains tombés dans les Aurès, un autre déchiqueté par une grenade. Il avait vu torturer un gosse avec du barbelé électrifié, avait voulu hurler, ruer, empêcher le supplice. Ses propres compagnons, devenus fous d'angoisse, avaient muselé sa révolte à coups de lampe à souder.

Sur le bateau qui le ramenait à Marseille, il marcha sans cesse, incapable de dormir, harcellé par des cauchemars éveillés : le sifflement de la lampe à souder sur sa main qui fondait, la bagarre contre Reverdi pour libérer le gamin, la douleur fulgurante de son épaule démise, le trajet cahotique en jeep aux côtés de Mustapha mutilé ; le fil électrique avait sectionné net le pied du petit Arabe, à la cheville. Entre deux évanouissements, Philippe avait donné sa gourmette à Mustapha, et le gosse avait posé, sur la main brûlée, un baiser inoubliable.

A l'hôpital de Marseille, où Philippe dut séjourner parce que sa brûlure s'était infectée, des blessés rapatriés, comme lui, et que la traversée avaient éprouvés, achevaient de se remettre. Il y avait aussi des cas plus graves, et même un mourant, à trois chambres de la sienne. Un gars qu'on avait déjà opéré deux fois, sans espoir.

Un jour où Philippe sortait des toilettes, malaisément à cause du plâtre qui immobilisait son bras gauche et du gros pansement qu'il avait à la main droite, il trouva une jeune fille en larmes dans le vestibule. Il l'aborda, gentiment, et elle, sans rien raconter de précis, se livra tout de même, laissa entendre que le garçon qui agonisait, son fiancé, la croyait enceinte, qu'elle ferait n'importe quoi pour ne pas le décevoir ni trahir sa mémoire. Elle avait l'air si désemparée, si désespérément en quête d'un enfant, et Philippe revenait de si loin !

Sans préambule, il la prit sur un lavabo, follement désireux, soudain, de lui rendre un service diabolique. Elle se pendit à son cou, en haletant doucement contre son oreille pendant qu'il la possédait vite et mal, avec l'impression pénible de se débattre dans un rêve absurde et frustrant, parce que c'était la première fois qu'il faisait l'amour sans ses mains.

Le malade mourut peu de temps après. Philippe ne revit pas la petite brune éplorée. Il ne sut jamais s'il avait fait l'enfant si fort appelé.

Au bout d'un moment de silence, Christophe prit la parole.

– Vous nous avez intrigués, tout à l'heure, dit-il à Gina, en évoquant vos origines... Finalement, on n'a rien appris du tout...

– Oui, coupa Philippe, vous m'avez interrompu quand j'ai parlé d'amours ancillaires...

– La chose est compliquée, je vous l'ai déjà dit, rétorqua Gina. Même si je vous autorisais à poser plusieurs questions, vous resteriez dans l'obscurité...

Philippe s'anima :

– C'est d'autant plus intéressant ! s'écria-t-il. Voyons, je commence : êtes-vous oui on non le fruit d'amours ancillaires ?

– Peut-être, si l'on veut... convint Gina.

– Votre mère était servante chez votre père ? demanda Christophe.

– Non.

– Pourtant vous avez dit que votre mère était plutôt dans le rôle du « palefrenier ».

– Je voulais parler d'un rapport de classes sociales.

– Votre père était riche ? s'enquit Philippe.

– Pourquoi « était » ? souligna Christophe. Il l'est peut-être encore...

– Non, fit-elle simplement.

– Pourquoi ? Ruiné ? interrogea l'un.

– Non, répéta-t-elle.

– Mort ? proposa l'autre.

– Peut-être...

– « Peut-être ! » Encore ! s'impatienta Philippe. Vous ne le connaissez pas ?

Elle secoua la tête négativement.

– Mais... objecta Christophe, si vous êtes née d'un père inconnu et d'une mère de condition modeste, comment avez-vous pu affirmer tout à l'heure que vous aviez des origines aristocratiques ?

– Et, ajouta Philippe, que vous étiez peut-être...

– Le fruit d'amours ancillaires, oui, je sais, coupa Gina. C'est une expression que vous aimez bien...

Elle haussa une épaule, les nargua d'un coup d'œil malicieux et énigmatique.

– Je vous avais prévenus : c'est très compliqué !

Puis elle poursuivit :

– Voyons, Philippe, puisque tout à l'heure, vous avez passé votre tour, rattrapez-vous : posez une question à

Christophe. Je suis curieuse de savoir ce qui vous intrigue chez lui...

– Mais pas curieuse de moi ? protesta Christophe d'un air douloureux. C'est désobligeant.

– Si, aussi, convint-elle. Mais...

– Mais nous devons nous faire à l'idée que Gina est une personne très sophistiquée, déclara Philippe. Qu'elle ne jouit que de plaisirs complexes... Je vais donc me donner en spectacle pour lui complaire. Ma question va sans doute la décevoir, d'ailleurs, par sa platitude, je la prie d'excuser le primitif que je suis.

Il eut un geste de supplication humble et théâtral, la main sur le cœur, et le buste penché.

– Voici : nous savons, dit-il en s'adressant à Christophe, que vous êtes homme d'Église, mais il m'est difficile de vous imaginer dans le rôle d'un petit curé de campagne... Vous êtes sans doute, à votre façon, une sorte d'aristocrate aussi, un universitaire, un théologien, enfin, un représentant de l'élite cléricale, peut-être même un marginal au sein de la religion.

Gina avança un menton moqueur.

– Le primitif s'exprime bien, dit-elle en hochant la tête très sérieusement. En fait, je vous suis complètement, Philippe. Christophe n'a rien du curé de campagne.

– Vous me faites beaucoup d'honneur, déclara Christophe avec un sourire tranquille. Mais vous vous trompez. Car c'est tout de même par là que j'ai commencé !

Gina, le sourcil haut et l'œil au plafond, semblait absorbée dans une profonde méditation. Elle se tourna lentement vers Philippe, et commença d'une voix absente :

– Moi... j'ai envie de préciser un peu le portrait du... chevalier... Parce que finalement, on patauge complètement. Voyons, récapitulons : il a reconnu qu'il était « peut-être », à ses heures, très...

Elle lança une œillade de défi coquin à Philippe, qui, sur le point de protester une fraction de seconde auparavant, s'aperçut qu'elle le narguait, et secoua dans le même mouvement de tête silencieux son exaspération et son amusement.

– Très... disons, pour éviter le « mâle » vexant et le « macho » sans nuance, très « homme à femmes ! », continua-t-elle de ce petit air suffisant qui donnait à la fois envie de la gifler et de l'embrasser.

– Nous savons aussi, ajouta Christophe, qu'il a peut-être un enfant...

– Autant dire qu'avec tous ces peut-être, nous ne savons rien du tout ! s'indigna-t-elle.

– Il faut lui poser une question bien nette, à laquelle il ne puisse pas répondre évasivement, proposa Christophe.

– Parce que, bien sûr, rétorqua la jeune femme, lui demander s'il avait des enfants, ce n'était pas assez net ? Que va-t-on devoir trouver, alors ?

– Eh bien, commença Christophe, je crois que nous pataugeons parce que nous n'avons pas de méthode. Remontons à la source ! Vous m'avez interrogé sur mon métier, le choix que j'en avais fait, mes débuts. Pour vous, Gina, nous nous sommes enquis de votre famille, de vos origines.

– Ah ! coupa Philippe. Parce que vous avez l'impression qu'elle nous en a appris beaucoup plus que moi ?

– Ce n'est pas de ma faute si j'ai eu jusqu'à présent une vie très compliquée ! se défendit Gina. Je ne peux pas m'inventer des certitudes où il n'y en a pas.

– Mais, moi non plus, rétorqua Philippe. Nous sommes tous logés à la même enseigne... Vous n'avez pas le monopole du rocambolesque, figurez-vous !

– Ne pas savoir si oui ou non on a un enfant, ça n'a rien de rocambolesque, dit-elle. C'est plutôt tristement banal.

Elle gonfla un peu sa lèvre inférieure, en une mimique de puérile bouderie.

– L'homme qui vous a fabriquée, ce père que vous ne connaissez pas, ou à peine, ou si peu, ou « peut-être », je ne m'en souviens même plus, a pu être dans la même situation que moi ! Je vous le signale en passant. Votre cas n'est pas moins banal que le mien ! Peut-être qu'à l'heure actuelle, lui aussi se demande s'il a un enfant...

– Ttt ! gronda Christophe. On ne se chamaille plus ! J'avance une hypothèse : Philippe, vous, vous avez été un petit garçon heureux dans une famille unie et sans mystère.

– Non ! dit Gina. Vous avez été un gosse grognon, tout le temps malade, parce que votre mère ne vous a pas élevé au sein...

Philippe s'assombrit.

– Elle se moque ! dit-il d'un ton plaintif. Je ne joue plus !

Un élan de caricaturale tendresse la jeta vers lui, la bouche humide et les yeux charmeurs.

– Mais non, c'était pour rire.

– C'est réussi ! fit-il, la mine renfrognée. Je me tords !

– Bon, j'élabore une hypothèse sérieuse : vous avez été un adolescent complexé.

– Non, dit Christophe. Au contraire, très gai, très joueur...

– Complexé, poursuivit-elle, péremptoire, le doigt en l'air. Et vous déguisiez vos complexes en roulant des mécaniques...

– Allons donc ! (Christophe, pour la première fois de la soirée, s'animait, rosissait un peu, relançait le jeu.) Il était sûrement le premier de sa classe, brillant, frondeur, cabotin...

– Effacé ! s'exclama Gina. Effacé comme tout, tremblant, angoissé... C'est après qu'il a pris sa revanche, avec les femmes !

– Non, dit Christophe. Les femmes, c'est une autre histoire. Sa timidité a commencé avec elles.

– Vous plaisantez ! rugit-elle. Des timides comme lui...

– Vous le disiez pudique, il n'y a pas une heure.

– Pudique et timide, cela fait deux !

Philippe leva un doigt discret, et sur son visage se peignit l'embarras de quelqu'un qui n'ose pas déranger...

– Permettez ! murmura-t-il avec prudence.

Les deux autres le regardèrent, comme s'il venait de proférer une énormité.

– Je vais répondre, dit-il. Clairement. C'est oui.

– Oui quoi ? interrogèrent ensemble les deux autres.

– Oui, petit garçon heureux, brillant, timide, effacé, cabotin, tremblant, adolescent... heu... privé de lait maternel... audacieux, grognon, pudique, les femmes, joueur, angoissé, oui, tout !

Et il s'effondra au fond de son fauteuil, où il avala une grande gorgée de whisky.

– Et voilà ! conclut Gina. On ne peut rien lui demander !

Lorqu'on le laissa enfin partir de Marseille, Philippe avait encore la main droite immobilisée dans un énorme pansement, et le bras gauche plâtré de la clavicule au poignet, en écharpe.

C'est ainsi qu'il se présenta un matin, à la porte de chez lui. Il avait gravi les escaliers cirés où flottait une odeur familière de demeure bien tenue, avait chancelé d'un attendrissement étrange à ces senteurs de fruits, de produits ménagers, de confitures... Il avait l'impression curieuse de revenir après des siècles d'absence et de tout retrouver intact, mais de ne revenir qu'à moitié seulement, comme une sorte de fantôme inapte à jouir complètement du monde qui l'entourait.

Il arrivait à l'appartement même. Il s'immobilisa, goûta une minute encore le silence et le calme de la maison, sans se rendre compte qu'il éprouvait une sorte de trac. Il frappa du coude à la porte, une seule fois. Immédiatement il entendit le pas menu de sa mère. Elle arrivait de la cuisine, elle allait ouvrir, elle allait avoir peur peut-être... « J'aurais dû... », pensa-t-il. Trop tard. Il entendait la serrure claquer, la porte s'ouvrir, en grand. Ils furent face à face.

Au premier coup d'œil, ils se reconnurent, évaluèrent, de part et d'autre, les méfaits des deux années passées, le souci, l'âge avançant, qui avait grisaillé les cheveux de l'une, la peur, la douleur, la fatigue, qui avait buriné de rides précoces le visage de l'autre, lui avait assombri le regard, creusé les joues.

Elle restait là, avec son tablier blanc sur sa taille ronde, sa cuillère en bois dans la main droite, la poignée de la porte dans la gauche.

– C'est toi... c'est toi..., dit-elle.

Puis, tout de suite après

– Tu as maigri.

Il ne parlait pas, poignardé en plein cœur par le bonheur incrédule et la chaude quiétude qu'elle manifestait sans geste ni grandes phrases. Il sut à cet instant qu'elle lui avait infiniment manqué, elle, ses naïves angoisses, son dévouement muet, sa douce présence, sa sollicitude. Il ne pouvait bousculer la terrible tendresse qui mouillait ses yeux verts, emperlait déjà ses cils noirs, en la prenant, comme il l'eût fait autrefois, dans ses grands bras, en la faisant tournoyer et pousser des petits cris effrayés et ravis. Il imputa à sa seule infirmité passagère sa faiblesse, cette espèce de flottement ridicule qui le privait de voix et lui donnait envie de sangloter.

A elle aussi, ses manifestations turbulentes durent finir par manquer. Elle s'aperçut qu'il portait sa valise sous le bras droit, incongrûment. Elle avisa alors simultanément, le pansement, le plâtre, s'écria : « Oh, mon Dieu ! Qu'est-ce que c'est ? », lui prit le bagage, le posa dans le couloir, avec sa cuillère en bois par-dessus, ferma la porte derrière lui, redemanda : « Qu'est-ce que c'est ? », en le regardant bien droit dans les yeux, pour qu'il ne raconte pas d'histoire. Elle vit alors cette chose incroyable, son grand garçon planté là, qui pleurait sans bruit, avec seulement la petite grimace étonnée et confuse, très navrée, de celui qui, jusque-là, s'était toujours blindé, à coup de plaisanteries et de chahuts puérils, contre toute émotion.

Elle s'approcha, glissa ses deux bras sous les bras blessés, et, bien plus petite que lui, le ceintura à la taille d'une étreinte étroite, en répétant doucement, la joue sur le coton rêche de son uniforme :

– Qu'est-ce que c'est ?

– Rien, maman, je t'assure, rien de grave, répondit-il, et ses larmes mouillèrent les cheveux gris de sa mère.

Il dut bien se rendre à l'évidence lorsqu'il récupéra l'usage de ses mains : quelque chose en lui avait été bouleversé, qui ne devait rien au handicap subi, et ne serait plus jamais pareil. Une région incertaine qu'il hésitait à nommer son âme, car il n'aimait pas les grands mots, et qui, bizarrement, à la fois endurcie, et amollie, lui réservait bien des surprises.

Sa belle égalité d'humeur, son insouciance passée, la futilité de ses engouements ou de ses agacements avaient disparu. Il ne savait plus la légèreté, le plaisir facile, il avait désappris le bonheur en même temps que la faculté de n'y jamais penser, car à présent, le mot lui venait souvent à l'esprit, ainsi qu'une réflexion philosophique, qui le laissait silencieux et grave, immobile à la fenêtre où il semblait scruter le spectacle de la rue pendant des heures.

Il ne parlait jamais de ses deux ans d'Algérie, ni à sa mère, ni à sa famille, ni aux copains retrouvés... Il évitait aussi d'y penser, s'astreignait à l'oubli comme à une rééducation saine et sportive. Ce qu'il ignorait, c'est que les souvenirs les plus tenaces, tout comme le bonheur, ne sont pas forcément les plus conscients, et que la mémoire, même si l'on croit en toute bonne foi la juguler, invente mille ruses pour vous tracasser sournoisement.

La mémoire de Philippe, c'était sa petite douleur à l'épaule quand le temps changeait, quand il faisait un violent effort, c'était l'affection passionnée dont il s'était mis à entourer, d'une façon imprévisible, son dernier neveu, Luigi, à qui son papa italien avait légué, outre un prénom qui chantait, un regard de braise sous des paupières bombées, une chevelure brune et très frisée, un sourire éclatant dans son visage mat.

La mémoire de Philippe, c'étaient aussi ses rêves tourmentés, les cris sauvages qu'il poussait la nuit, et la fièvre avec laquelle il cherchait, d'une main paniquée, l'interrupteur de sa lampe de chevet.

Et puis c'était le regard qu'il portait maintenant sur les filles, plus savant et plus désintéressé, finalement pour ne pas dire plus désabusé, depuis Alger et ses découvertes. Car, s'il avait renoncé très vite à tenter de dévoyer les jeunes Françaises de la bonne société algéroise, il s'était résigné à de rapides et faciles aventures de garnison, qui paraissaient aller de pair, dans l'esprit de ses supérieurs comme de ses camarades, avec les divers apprentissages des mois d'instruction.

Il s'était donc livré aux mains expertes de quelques putains cendrées, et s'était décidé à les posséder vite et mal pour la seule curiosité de constater qu'il s'agissait, comme il l'avait pressenti, de fausses blondes, commercialement motivées dans leur goût pour la décoloration par un désir de contraste avec la population indigène du pays... Les soldats, cuits au grand soleil des manœuvres, las des regards charbonneux mais raisonnables de leurs brunes conquêtes, les soirs de goguette, se donnaient des illusions de fraîcheur et d'évasion nordique dans les canapés de ces demi-sirènes platinées au ventre desquelles moussait parfois un lichen d'une noirceur instructive.

Elles s'appelaient Ingrid ou Christina, mais parlaient avec l'accent parisien ou marseillais quand ce n'était pas pied-noir, et Philippe apprit vite que le meilleur de leur bouche n'était pas les embryons de discours sommaires qui s'en échappaient, ni même les ordures communes et sans tendresse qu'elles se croyaient obligées de proférer.

La première fois qu'une de ces filles, penchée sur sa braguette, l'avait d'abord aspiré, en le décalottant méthodiquement du seul mouvement de ses lèvres habiles, puis pompé avec tout l'art dont elle était capable (gourmandise feinte, mais surtout désir d'en finir le plus vite possible), il s'était laissé aller à une béatitude animale qui, sans lui arracher de cri, l'avait obligé à renverser la nuque et à chercher l'air, comme un naufragé à la limite de ses forces.

Depuis, il ne se montrait friand que de cette unique prestation, en prévision des jeunes femmes qu'il retrouverait un jour et à qui, peut-être, il n'oserait pas demander de semblables caresses. Quant à imaginer qu'elles puissent les proposer d'elles-mêmes, c'était d'autant plus difficile que Philippe se souvenait d'avoir même essuyé un refus avec une prostituée.

Il faut dire que, conquis aux charmes plus naturels et plus exotiques de l'une des trois pensionnaires arabes du bordel, il était monté avec Leila... Elle avait commencé à soulever sa robe, mais lui, plein déjà d'une expérience au moins vieille de trois ou quatre essais fructueux, s'était assis, déboutonné, avait attendu... Leila avait compris, avait secoué négativement son abondante chevelure que le henné roussissait irrégulièrement, avait ri des yeux. Lui avait manifesté une surprise chagrine et déçue à laquelle elle avait répondu : « Ti sais bien, moi ji mange pas le cochon... »

Il n'avait pas cru devoir s'indigner de la boutade, s'était résolu à la voir lever sa jupe sur un sexe que l'épilation dénudait singulièrement, offrait insolitement aux regards, charnu et fendu comme celui d'une petite fille. Ce spectacle l'avait empli d'une sorte d'appréhension circonspecte bien loin de l'excitation nécessaire à la circonstance. Et il était reparti doublement bredouille, sans avoir pu profiter de Leila.

Au bout de quelques semaines d'une lente reprise de contact avec sa petite ville et les jours paisibles qu'on y coulait, Philippe s'estima suffisamment disponible de corps, mais surtout d'esprit, pour recommencer à mener le genre de vie qu'il avait interrompue deux ans auparavant.

Il s'inscrivit, sans réelle attirance, mais parce qu'il fallait bien choisir quelque chose, dans une école de commerce dont l'accès lui était facilité par l'année, même médiocre, qu'il avait déjà passée en fac de droit.

Il retrouva les bandes d'anciens copains, qui avaient un peu évolué au fil de ces vingt-quatre mois, s'étaient enrichis de nouveaux venus, avaient élu d'autres lieux de fête, adopté d'autres modes, d'autres refrains, mais conservé leur climat de joyeuse incurie, et la frivole obsession de dépayser souvent le plaisir.

Philippe se lança dans le tourbillon des sorties et des canulars avec une fougue inespérée. Il devint, plus et mieux que par la passé, le boute-en-train le plus irrésistible qu'on ait connu dans les parages... On riait de ses inventions, on applaudissait à ses trouvailles, on marchait dans ses combines... Lui-même, grisé par son succès, avide de rattraper tout le temps perdu, s'étourdissait de musique, de projets futiles, et d'autant d'illusions.

Il se crut de nouveau heureux. Mais il y avait à présent, dans sa rage de jouir, quelque chose de désespéré qui le rendait parfois cynique, toujours inquiétant. Du moins pour un œil avisé.

Sa mère, fine mouche, ne s'y trompait pas et le regardait évoluer non plus avec la mansuétude gentiment réprobatrice qu'elle lui manifestait autrefois, mais avec la sourde angoisse qu'occasionnent, chez un être cher, les symptômes ambigus d'un mal insidieux.

Elle lui avait confié, peu de temps après son retour :

– Une jolie petite blonde t'a demandé plusieurs fois. Je lui avais donné ton adresse, là-bas. Elle ne t'a pas écrit ? Une certaine Thérèse ?

Philippe avait paru surpris, quoique fort intéressé.

– Tiens ! avait-il dit, je croyais qu'elle était fiancée...

A quelques jours de là, il avoua à sa mère :

– J'ai revu Thérèse...

– Eh bien ? demanda-t-elle. Elle est toujours fiancée ?

– Non, dit Philippe. Elle est mariée...

– Alors ?

– Alors, tant pis ! lâcha Philippe avec un drôle de sourire.

– Tant pis pour lui, je suppose... comprit-elle, sans indignation.

Il releva vivement la tête, gaiement ébahi par la perspicacité maternelle, et prêt à plaisanter avec elle, qu'il venait de croire complice.

Mais il n'osa pas, parce qu'elle avait l'air triste.

Il n'y avait plus personne dans le salon du train. Le barman, d'une discrétion voyante, éteignait quelques veilleuses, arrangeait des fleurs dans un vase, allait et venait à pas feutrés, sans regard pour le trio qui s'attardait encore, mais tout son corps élégant de domestique stylé, son dos attentif, ses mains silencieuses et précises semblaient souligner que la soirée touchait à sa fin.

Philippe ouvrit péniblement les yeux, les écarquilla comme pour lutter contre l'engourdissement.

– Je crois, déclara-t-il, que j'ai trop bu.

– Nous aussi, sans doute, approuva Christophe.

Gina se pencha vers eux et leur désigna du coin de sa prunelle mobile le steward qui s'affairait à mille riens ostensiblement futiles.

– En tout cas, pour lui, chuchota-t-elle, c'est évident, nous avons bu assez !

Philippe fit mine de se lever. Elle posa promptement sur sa main une petite patte chaude.

– Venez dans ma cabine, dit-elle. J'ai encore du champagne ! Cela nous changera !

– Cela nous achèvera, oui ! protesta Philippe. Moi, j'ai eu une journée très dure... Il faut que je dorme !

– Bonne idée, s'exclama Gina. Vous nous raconterez votre journée...

– Rien du tout, bougonna-t-il. Je ne raconterai rien. J'ai trop sommeil.

– Oh ! gémit-elle. Je suis affreusement déçue... Une soirée qui commençait si bien !...

– Mais vous ne dormez jamais ? s'enquit Philippe. Ce n'est plus la soirée, à l'heure qu'il est !

Il jeta un coup d'œil à sa montre :

– C'est... le cœur de la nuit.

– Le cœur de la nuit ! Comme c'est joliment dit ! (Gina venait de joindre les mains en une gracieuse attitude d'admiration attendrie.) Perdre si vite un homme qui parle si bien ! Comment voulez-vous que j'aie envie de dormir quand je viens à peine de vous rencontrer, et que vous m'intriguez si fort, me séduisez si fort !... « Le cœur de la nuit » ! Et si on en faisait « la nuit du cœur » ?...

– Vous êtes sûre, Gina, demanda Philippe, qui s'était finalement mis debout et titubait un peu... Vous êtes sûre de savoir exactement situer l'organe dont vous parlez ?

Gina devint encore plus câline.

– Vous dites ça pour me faire de la peine !

Il palpait machinalement les poches de sa veste, de son pantalon, comme s'il avait égaré quelque chose, piétinait un peu sur place, se massait la nuque, levait le menton, en homme que la fatigue assaille et empêche de se décider.

Gina lança à Christophe un regard implorant, plein d'une sincère détresse.

– Vous n'allez pas me laisser toute seule ?

– Mais, répondit Christophe, moi, je n'ai pas refusé votre offre !

La gratitude et le soulagement arrachèrent à Gina un sourire juvénile, radieux, un de ses sourires de joie victorieuse qu'ont parfois les enfants lorsqu'ils tirent, aux jeux de société, la carte ou le numéro qui les arrange.

Elle passa son bras sous celui de Philippe.

– C'est dit, vous venez aussi. On ne vous embêtera pas. C'est promis.

Il se laissa entraîner, grommelant et faible, et bêtement ému parce qu'il sentait contre sa manche la tiédeur souple d'un sein rond.

La cabine de Gina avait changé d'aspect. Parce qu'on y avait préparé le lit, avec ses draps de satin blanc, elle semblait encore plus petite, plus intime que précédemment. Gina les laissa entrer et s'installer.

– Oh ! dit Philippe en apercevant la couche, je ne réponds de rien ! et il s'allongea tout de suite, les mains sous la nuque, les coudes hauts, les yeux fermés...

Christophe retrouva son fauteuil, croisa les jambes, sourit à Gina. Elle emplit une coupe de champagne, la lui tendit. Puis elle secoua légèrement le bras de Philippe.

– Philippe ? Champagne ?

– Mmum..., fit-il sans bouger ni ouvrir les yeux.

Il dormait.

Gina se servit, enleva ses chaussures de deux petits coups de pied dont Christophe connaissait déjà l'efficacité et s'assit en tailleur sur le lit, tout près de la tête de Philippe, qui remua, ronronna un peu, se tourna, opéra une subtile reptation, arrondit les bras, allongea le cou, se pelotonna contre elle, les mains à sa taille et la joue sur sa cuisse. Gina se prêta avec complaisance à la manœuvre, s'appuya commodément à la paroi du compartiment, et plongea sa main libre dans la chevelure bouclée qui réchauffait sa jupe ainsi qu'un chat somnolent. Elle y démêla, mécaniqument, quelques fils blancs qu'elle s'amusa à lisser entre deux doigts légers, fourragea un peu dans les boucles noires brodées d'argent, contempla ce visage que le repos détendait, rendait confiant et serein, presque fragile.

– C'est drôle, dit-elle, comme le sommeil peut rajeunir un homme ! Et celui-ci tout spécialement... D'ailleurs, je crois, ajouta-t-elle sur le ton de la confidence à l'égard de Christophe, je crois que je le préfère endormi.

– Pourquoi ? demanda l'évêque.

– Il est bien plus agréable, et bien moins secret ! Sa façon de dormir nous en apprend plus que tout ce qu'il a pu dire jusqu'à présent. Voyez cette attitude blottie, possessive, avide de chaleur, de contact : ce n'est pas quelqu'un qui a l'habitude de dormir seul. Et puis cet abandon, cet air béat, insouciant. Voilà un type, je le parierais, en paix avec sa conscience, doté d'une bienheureuse et animale sensualité. Avec un gros besoin d'amour, par-dessus tout.

En parlant, elle s'était mise à la caresser plus amplement, sans avoir l'air d'y penser, comme elle aurait caressé une bête fidèle et douce, au pelage familier, au corps lourd et rassurant. A présent, elle suivait d'un index soigneux le contour de son oreille, en éprouvait le velouté, jouait avec le lobe dont la petitesse l'amusait.

Elle avala une gorgée de champagne, posa son verre, et ses deux mains se retrouvèrent ensemble, croisées sur la tête de Philippe, comme sur un objet de prix dont elle eût ainsi revendiqué la propriété et assuré la protection. Christophe la contempla un moment et demanda :

– Gina, je peux vous poser une question vraiment très indiscrète ?

– Oui, dit-elle. Continuons le jeu !

– Oh ! ce n'est pas forcément dans le cadre du jeu. Répondez si vous voulez ou traitez-moi d'idiot si la question est trop inepte.

Et comme elle le regardait, très curieuse, avec sa petite mâchoire triangulaire tendue vers lui, et ses grands yeux noirs arrondis, il poursuivit :

– Est-ce que vous vous appelez vraiment Gina ?

– Non, répondit-elle, sans marquer ni hésitation ni surprise. Non. Enfin, ce n'est pas mon nom de baptême, j'ai des tas de noms, des tas de vies, des tas...

– D'hommes ? proposa Christophe parce qu'elle s'était interrompue.

– Oui, d'hommes. Alors aujourd'hui, pour vous, pour lui, dit-elle en montrant du menton Philippe, pour d'autres, ceux qui m'attendent là-bas, je suis Gina... Vraiment. Je m'appelle vraiment Gina. Mais c'est provisoire.

Christophe ne demanda rien de plus. Il dévisageait cette drôle de fille si mystérieuse qu'une rêverie inconnue venait d'arracher à la réalité, privait de voix, de regard, d'expression, cette fille aux yeux sombres, qui, possédant plusieurs vérités, paraissait ignorer le mensonge, cette enfant au corps de femme que rien ne désarmait, hormis la peur d'une solitude non désirée, et dont les mains soudain maternelles et tendres semblaient vouloir garder des mauvais songes un homme de vingt ans plus vieux qu'elle.

Philippe dormait toujours. De temps en temps un grand soupir soulevait ses épaules, l'ébranlait tout entier d'un spasme rapide... Gina lui caressait la tête, les yeux perdus ; elle souriait à demi, se laissait bercer par la cadence du train et la chaleur sans trouble d'un homme que le sommeil parait d'enfantine innocence.

Un petit bruit de papier froissé la ramena à la réalité du voyage... Christophe venait d'explorer en vain son paquet de cigarettes, de deux doigts désappointés.

– Vous fumez toujours autant que ça ? lui demanda-t-elle.

– Oui, dit-il. J'ai commencé tard. Je me rattrape.

– Vous buvez aussi ?

– Oui... Enfin, plus occasionnellement.

– Et vous faites l'amour encore plus occasionnellement, je suppose ? risqua-t-elle, avec une flamme de passion presque méchante dans son beau regard brun.

– Oh ! alors beaucoup, beaucoup plus occasionnellement, confessa Christophe... J'ai cinquante ans, et ça ne m'est arrivé qu'une fois, vous voyez ! si encore cela a pu s'appeler « faire l'amour ».

– Pourquoi ?

La curiosité de Gina, la brutalité de ses questions n'embarrassaient pas Christophe. Il y voyait une sorte d'hommage, d'intérêt flatteur, l'appel, peut-être aussi, d'un désarroi qui refusait sa solitude, s'avouait, sans fausse courtoisie, à la recherche d'autres désarrois, attendait, de confidences intimes, le réconfort plus que le frisson orgueilleux du secret partagé.

Il eut à cœur de saluer la loyale indiscrétion de son interlocutrice par une sobre sincérité.

– J'étais jeune. L'affaire m'est arrivée sans crier gare. Je me suis montré... bestial... Je n'ai sûrement pas fait l'amour... Seulement... copulé...

– Vous ? s'étonna Gina. Vous, bestial ?

– Votre incrédulité m'honore, dit-il gentiment. Oui, n'est-ce pas ? C'est difficile à imaginer. Je me suis trouvé le premier surpris. Depuis...

Elle lui coupa la parole, vivement.

– Vous apparteniez déjà à l'Église ?

Il haussa un peu les sourcils, hocha la tête, sourit à peine, prit une expression humble et penaude, qui reconnaissait et déplorait ensemble la vilaine vérité.

– Hé oui ! fit-il simplement.

Christophe avait quitté momentanément la cabine de Gina pour aller chercher un nouveau paquet de cigarettes. La jeune femme l'avait laissé s'éclipser à la condition expresse qu'il revînt aussitôt.

Lorsqu'il ouvrit la porte, à son retour, le compartiment était plongé dans l'ombre. Gina avait éteint la veilleuse. Il demeura debout, indécis, aveugle, dans l'entrebâillement de la porte qu'il ne se résolvait pas à refermer. Finalement, il la devina allongée contre Philippe ; il la crut endormie, amorça une silencieuse retraite.

– Entrez, dit-elle. Je ne dors pas.

Il s'accoutumait aux ténèbres. Il la vit, la joue couchée sur son coude replié, son autre bras pendant au sol, y dessinant de petits cercles imaginaires. Philippe, derrière elle, respirait lentement, profondément, la bouche quasiment accolée à la nuque de Gina, comme s'il y eût puisé l'oxygène nécessaire. Leurs deux chevelures, également sombres et bouclées, se confondaient dans l'ombre en une seule et même frondaison de copeaux envolés.

La nuit avançait, qui les avait d'abord vus amants et voici qu'elle les blotissait, en l'étroitesse de la couche, ainsi que deux jumeaux, les privant de visage et de contrastes, rajeunissant l'un qui sommeillait avec une candide ardeur, assagissant l'autre qui se taisait soudain, les emboîtant tous deux, miraculeusement, dans la même pliure parallèle des genoux et du bassin.

Une main de Philippe reposait encore sur la taille de Gina, s'y cramponnait à peine, comme en un voyage sans hâte pour lequel ils eussent chevauché la même monture.

Christophe s'était assis. Il alluma une cigarette. La flamme du briquet éclaira un instant Gina ; elle ne leva pas la tête, les yeux toujours fixés sur les curieuses courbes qu'elle esquissait du bout du doigt, à même la moquette de la cabine.

– Racontez-moi, dit-elle. Racontez-moi quand vous avez fait l'amour...

– Non, répondit Christophe.

– Vous n'en avez jamais parlé à personne ? demanda-t-elle ?

– Si.

Elle garda le silence. Il y discerna, plutôt que du dépit, ou, ce qui eût été abolument incongru de la part de Gina, de la discrétion, une sorte de fatigue triste. Cette lassitude soudaine l'émut plus sûrement que toutes les questions possibles... Il expliqua :

– J'en ai parlé... quand je le devais. Pour y voir clair. Maintenant, le problème est réglé, l'histoire est loin derrière moi. Ça ne m'apporterait plus rien de l'évoquer encore.

– A vous, peut-être, murmura Gina dans le noir. Mais à moi ?

Et comme il demeurait à son tour muet, Gina demanda d'une voix songeuse :

– A la fin du voyage, est-ce que nous nous connaîtrons mieux ?

– Je le pense, répondit Christophe.

– Je voulais dire, précisa Gina, est-ce que chacun se connaîtra mieux ?

– C'est bien ainsi que je l'entendais, dit son interlocuteur. Je commence à me douter que c'est la découverte de vous-même que vous organisez.

– Ah ? fit-elle d'un air intéressé.

– Oui, tout votre comportement me paraît symptomatique d'une seule, même et égocentrique enquête. Vous ne vous passionnez pour les autres que dans la mesure où ils semblent pouvoir vous apporter des lumières sur vous-même. Vous n'essayez pas de les comprendre, vous brûlez les étapes. Vous les provoquez, vous exigez tout de suite le plus intime, le plus secret, pour vous interdire tout le reste. N'est-ce pas ? Vous faites d'abord l'amour avec eux, pour dresser des barrières, pour vous protéger, vous dissimuler. Car vous laisser deviner ensuite, et essayer de les rencontrer vraiment, voilà quelque chose d'obscène. Coucher avec un inconnu n'est rien, avec un homme qu'on a progressivement appris à connaître et à désirer non plus. Mais faire la connaissance, après, de quelqu'un à qui l'on a apparemment appartenu, cela devient si incongru, si effrayant. Et penser que cet amant puisse tenter de vous découvrir, cela vous épouvante carrément. Parce que...

Christophe s'interrompit, hésita comme avant d'asséner un coup brutal, finalement se lança.

– Parce que, somme toute, vous vous cherchez vous-même, à tâtons, et que vous avez peur de la vérité et de toutes les révélations qui pourraient vous arriver par d'autres, c'est-à-dire trop brusquement.

– Mais... protesta Gina, mais... le jeu de la vérité, c'est moi qui l'ai proposé !

– Vous en avez surtout souligné les limites. Répondre par oui ou par non est, dans la plupart des cas, impossible, vous le savez bien. Ce jeu est totalement représentatif de votre personnalité : provocation et lâcheté, provocation parce que lâcheté, mal vécue, mal assumée. Vous faites semblant de vous montrer, complètement, mais vous livrez seulement votre corps, et vous savez comme moi que c'est bien peu. Vous faites semblant aussi d'aimer l'indiscrétion, le viol. Mais vous opérez si grossièrement que vous finissez par paralyser votre interlocuteur. Cela vous rassure. Sa timidité, sa méfiance vous rassurent. Vous ne voulez pas de sa confiance, surtout pas, vous vous amusez à le piéger, à lui mentir et à nier le mensonge. Pour le désarmer, le faire douter plus encore de lui-même que de vous, le rendre méfiant. Il n'y a que cela qui vous réconforte. Car vous avez tout le temps peur des autres et de vous-même... Qui êtes-vous ? Pourquoi cette envie et cette peur de vous connaître ?

Elle ne répondit pas tout de suite. Christophe prit son paquet de cigarettes. On entendit le petit bruit du papier déchiré... La flamme du briquet éclaira un instant son beau visage par en dessous, le sculptant d'ombres mouvantes, argentant les mèches souples, au-dessus du front clair.

Gina parla.

– Je vous trouve très séduisant, dit-elle.

Puis, sans transition, elle ajouta :

– J'ai vécu une drôle d'enfance dans une maison de fantômes...

Gina allait peut-être se livrer. La nuit presque totale, que trouait le bout incandescent de la cigarette de Christophe, les lents déplacements de ce minuscule sémaphore orange qui l'hypnotisait d'une étrange douceur, le martèlement régulier du train, plus discret, à force, plus rassurant que le silence le plus absolu, la conviction de partager, avec un être hors du commun, un moment hors du commun, tout cela, et peut-être même aussi, d'une façon incompréhensible, l'absence partielle de Philippe, incitait la jeune femme à la confiance, à la complicité, à la tentative exceptionnelle de révélations qu'elle n'avait jamais faites à personne.

– Oui, répéta-t-elle au bout de quelques minutes. Une sorte de maison de fantômes, où l'on vivait une double vie, la nuit, où l'on se déguisait, où la folie et la raison se sont confondues jusqu'à...

Elle hésita ; Christophe ne savait pas si elle cherchait simplement ses mots, ou bien la force de poursuivre son récit.

– Jusqu'à... ? demanda-t-il sur un ton encourageant.

Mais il était dit que les secrets de Gina devaient se garder, envers et contre tout. Car, comme elle ouvrait la bouche pour continuer l'histoire, Philippe se dressa brutalement sur son séant en hurlant :

– Ils sont là ! Partout ! Partout ! Ils sont partout !

Gina, qu'il avait violemment bousculée dans son sursaut inattendu, alluma promptement la veilleuse rose en questionnant naïvement : « Qui... ? Qui... ? » Philippe se débattit encore une seconde, puis sembla réaliser, au prix d'un long regard hébété entre des paupières lourdes de fatigue, l'endroit où il se trouvait. Un ahurissement pâteux le figeait sur le lit ; il détourna la tête de la source de lumière, pourtant tamisée, qui l'aveuglait, se passa la main sur la figure, essaya d'ouvrir grands les yeux.

– Rien, rien, marmonna-t-il. Cauchemar...

Christophe sourit :

– Gina me disait justement, ironisa-t-il, à quel point vous sembliez béat et détendu dans le sommeil...

Philippe ne parvenait pas à émerger tout à fait. Une expression penaude se peignit sur son visage las. Et sans s'amuser de la remarque de Christophe, il avoua :

– Je rêve, quelquefois...

La confession n'alla pas loin, mais l'ombre tragique qui s'attardait dans ses prunelles égarées racontait, plus et mieux que lui, l'horreur d'un enfer qui le hantait toujours.

Gina souleva l'épais rideau de velours qui doublait la mousseline, contre la vitre. Un petit jour brumeux, encore trop précoce pour en révéler les véritables reliefs, cernait de gris mauve la masse compacte des montagnes suisses.

– J'ai dormi longtemps ? demanda Philippe.

– Deux ou trois heures, répondit Gina.

Il tentait de discipliner, de ses doigts en rateau, ses mèches brunes. Une sorte de sérénité lui était revenue, à voir l'aurore poindre sur leur voyage.

– Tiens ! dit-il en avisant le seau à champagne. Maintenant, je boirais bien une coupe !

Gina le regarda avec une indignation surprise.

– Mais c'est bientôt l'heure du petit déjeuner !

– Je déjeune toujours, fit-il d'un ton faussement docte, d'une coupe de champagne bien frais.

Gina esquissa une moue irritée.

– Eh bien ! Vous vous en passerez, nous l'avons bu.

– Charmant !

– Il ne fallait pas nous fausser compagnie ! Surtout pour finir votre somme par ces cris...

Et sans transition aucune, elle ajouta, péremptoire :

– Racontez-nous votre rêve !

– Oh, dit Philippe. Un horrible cauchemar. Une affreuse fée, d'un coup de baguette magique, venait de vous métamorphoser en délicieuse jeune fille. Vous étiez douce et agréable, très bien élevée, et surtout d'une discrétion !... Méconnaissable !... Ça paraissait tellement vrai. Je suis rassuré de constater que ce n'était qu'un songe.

Gina le regarda en biais.

– Dommage qu'elle ait oublié de vous rendre spirituel, dit-elle. Cela vous aurait beaucoup dépaysé aussi...

Philippe allait sans doute rétorquer par une autre boutade, lorsque Christophe, placidement, parla :

– Il y a des rêves, énonça-t-il d'un air pensif, dont on se demande s'ils n'ont pas vraiment existé.

Il faisait à présent grand jour. Le train s'était arrêté à Zurich, puis était reparti...

Philippe s'était levé, puis étiré dans l'étroit compartiment dont il avait presque touché simultanément les deux parois opposées en écartant les bras.

– Je vous propose, avait-il dit, de venir prendre le petit déjeuner chez moi.

Puis il avait ajouté, en se tournant ostensiblement vers Christophe :

– Cabine 35. Je le précise pour vous, parce que Gina, bien sûr, est déjà au courant... Observation oblige...

Christophe aussi s'était levé :

– J'avoue que l'idée d'un bon café...

La fatigue de cette nuit sans sommeil le marquait plus noblement que Philippe, cernait son œil gris d'une ombre romantique, creusait un peu, sous la pommette, sa joue longue que bleuissait à peine une barbe naissante. Il y porta instinctivement le dos de la main, en homme raffiné qui ne peut s'adonner à aucun plaisir s'il ne se sent tout à fait net.

– Dans un quart d'heure, voulez-vous ? demanda-t-il à Philippe qui acquiesça.

– Oui, le temps d'un brin de toilette, et de faire ranger mon lit.

Il ouvrait déjà la porte. Il s'adressa à la jeune femme, roulée en boule sous les draps de satin, et qui n'avait encore rien dit :

– Vous viendrez, Gina ?

Elle maugréa, sur un ton d'ironie bourrue :

– Oui, mes choupettes. Faites-vous belles. Je me rase et j'arrive !

Les deux hommes sortis, elle s'accorda encore cinq minutes d'une paresse reconstituante, les bras noués autour de ses genoux ramenés haut sur la poitrine, et les yeux dans le vague.

Non, décidément, elle ne pourrait jamais raconter sa curieuse enfance, jamais, à personne... D'ailleurs, elle n'en avait éprouvé que très rarement l'envie. Et quand ce n'étaient pas les mots qui lui manquaient, c'était, malignement, les occasions qui se dérobaient.

Elle se leva enfin, laissa tomber ses vêtements pêle-mêle sur le sol, et, nue, elle s'approcha de la vitre et salua, comme elle avait vu sa mère le faire si souvent, le soleil du matin et le nouveau jour qui commençait. Le paysage défilait sous ses yeux, des pâturages d'un vert acide, l'onde émeraude d'un lac que les premiers rayons semblaient paradoxalement refroidir, la masse profonde d'un bois de sapins bleus où s'attardaient la nuit et l'ombre, mais elle ne les voyait pas. Ce qu'elle contemplait, de son œil mordoré d'où la solitude bannissait soudain la malice et le désir de plaire, c'était son passé, son jeune et si lointain passé, aux murs de sa maison de fantômes.

Lorsque Gina rejoignit les deux hommes dans la cabine de Philippe, son arrivée fut saluée par des exclamations de surprise admirative. Elle était vêtue d'une longue gandoura vaporeuse d'un bleu profond qui teintait de roux ses cheveux bruns et exaltait son teint mat.

– Oui, dit-elle simplement, je n'ai pas eu le courage de m'habiller.

– Ç'aurait été dommage ! admit Christophe.

_ Le jour où vous aurez le courage, faites-nous signe, dit Philippe. Qu'on prévoie une queue de pie !

Mais elle n'écoutait pas, jetait un regard gourmand sur l'argenterie des plateaux et le doré des brioches.

– Peut-être, hasarda Philippe, que ce ne sera plus très chaud...

– Est-ce à dire que je me suis fait attendre ? demanda-t-elle en s'asseyant à côté de Philippe, sur la banquette.

Puis sans permettre de réponse, elle interpella Christophe :

– Décidément, vous êtes abonné au fauteuil ?

Elle buvait son jus d'orange à petites lampées félines, très concentrée sur son plaisir. On entendit soudain des éclats dans le couloir, les échos d'une sorte d'altercation où dominait la note aiguë d'une voix féminine au comble de l'énervement. Christophe posa sa tasse, tendit l'oreille, se leva.

– Tiens ! Tiens ! ironisa Gina. On est curieux ?

– On a peut-être besoin d'aide... expliqua Christophe, et il sortit.

Gina, dans un délicieux jeu de prunelles, désigna l'absent, de l'autre côté de la porte, à Philippe :

– Saint homme, non ?

Philippe venait d'engloutir les trois quarts d'un pain au chocolat, qu'il mastiquait avec une frénésie gloutonne.

– Mumm, mumm ! approuva-t-il.

– Pas de grandes phrases pour moi, je vous en prie, restons simples ! conseilla la jeune femme.

Il s'amusa de la réplique, assez intempestivement pour susciter un envol incontrôlé de petites miettes friables.

– Très bien, dit-elle en brossant ostensiblement sa manche... De mieux en mieux ! Vous allez quand même ouvrir votre œuf à la coque pour l'ingurgiter ?

Christophe revenait.

– Le conducteur est en train de prendre un de ces savons ! dit-il. Une dame se plaint de la disparition de son déshabillé.

– Intéressant ! décréta Philippe. Dans quel appareil s'est-elle retrouvée ?

– Elle était, paraît-il, dans son cabinet de toilette quand la chose a disparu du lit où elle l'avait posée...

– Dans la cabine ? insista Philippe.

– A ce qu'il paraît...

Gina fit une moue dubitative.

– Une folle, ou une enquiquineuse.

– C'est ce qu'a eu l'air de penser le conducteur. Mais il ne l'a pas dit comme ça...

Il se rassit, croisa les jambes, prit sa tasse.

– Un déshabillé bleu, dit-il avant de boire, en regardant Gina.

– C'est la mode, fit-elle tranquillement.

Christophe consulta sa montre, contempla un bref instant le paysage et se leva une nouvelle fois en déclarant :

– Bien, mes enfants... Votre compagnie ne m'est pas désagréable, au contraire... Mais j'ai un rendez-vous à ne manquer sous aucun prétexte.

– Un rendez-vous ? répéta Gina. Où ça ?

Philippe leva les yeux au ciel.

– Ne vous croyez pas obligée de dissimuler votre curiosité, dit-il sobrement à Gina. Cela vous rendrait malade.

Christophe sourit, sans se formaliser.

– Au château de Vaduz, dit-il

– Au château de Vaduz ? Mais le train ne s'y arrête pas !

– Non, chère enfant... Il y passe seulement. Mais comme mon rendez-vous ne m'obligera pas à en descendre...

– Avez qui, ce rendez-vous ?

Gina, à qui le partage des heures passées semblait conférer un droit de regard indiscutable sur l'emploi du temps de Christophe, montrait une sorte de brutalité jalouse. Christophe, honoré par l'enquête, répondit complaisamment :

– Une... dame, qui voyage incognito dans ce train, avec moi. Or depuis hier soir, vous en conviendrez, je n'ai guère eu le temps de l'entretenir en tête à tête. Le château de Vaduz me semble un très gracieux endroit pour lui parler d'amour.

– Jolie ?

– Très !

– Jeune ?

– Beaucoup moins que vous !

Gina réfléchissait, sourcils froncés.

– Ah ! Ça y est ! prédit Philippe. Elle va faire une jaunisse parce qu'elle ne l'a pas remarquée...

– Pas dans votre cabine, quand même ? interrogea Gina, incrédule.

– Non, non, dit Christophe. Ni dans la mienne, ni dans aucune autre. Là, et là, précisa-t-il, en montrant de l'index son front et son cœur.

– Ah ! Bon ! (Gina était visiblement soulagée.) Un fantasme, quoi ?

– Si c'est ainsi que vous appelez la Vierge Marie, oui... Il ouvrait la porte.

– Vous priez souvent ? demanda-t-elle.

– Sûrement plus souvent que vous faites l'amour, ou que vous en rêvez.

Philippe émit un petit rire canaille, ouvrit la bouche, finalement retint la goujaterie qu'il s'apprêtait à prononcer. Gina l'avait fusillé d'un regard qui signifiait : « Je ne vous conseille pas de faire un commentaire. » Elle revint à Christophe.

– Mais, dit-elle, la prière... Ce n'est pas un peu ronron, un peu creux, tout de même ?

– Il y a autant de prières que d'individus ou de moments différents, dit-il. J'ai parfois prié pour dire des choses assez... originales. Je m'en rends compte. L'essentiel, c'est le besoin, le contact, et la variété.

– Comme pour l'amour ?

– Comme pour l'amour, tout à fait, approuva Christophe en refermant la porte sur lui.

Gina et Philippe, restés seuls après le départ de Christophe, observèrent d'abord un moment de silence, qu'évidemment la première rompit, d'un ton un peu boudeur :

– On ne lui a même pas demandé s'il allait revenir...

– Vous irez le chercher, vous savez sans doute où est sa cabine, répliqua Philippe.

– Mumm...

Elle s'étirait languissamment, se pelotonnait confortablement au creux de la banquette.

– J'ai... sommeil... dit-elle d'une voix molle.

– Eh bien, allez dormir, on n'a peut-être pas encore rangé votre lit...

– Mumm... (Elle mâchonna un peu, comme sous l'effet d'un bien-être puissant que l'on n'a pas envie de bousculer.) Bien... ici...

Philippe la secoua gentiment.

– Gina ? Vous n'allez pas rester là ? Ils vont venir chercher les plateaux...

– Et alors ?

Elle n'ouvrait pas les yeux.

– Vous n'êtes même pas habillée...

– Faudrait savoir... Tout à l'heure...

– Je m'entends...

– Bof ! Je dirai qu'on a changé de cabine, que je suis chez moi, et vous en visite... Avec votre cravate...

Elle riait sans énergie, du fond d'une torpeur qui paraissait écrasante.

– Et pourquoi aurions-nous changé de cabine ? Hein ?... Gina !...

– La vue..., dit-elle. Vous avez une plus jolie vue que moi.

Il soupira, puis sifflota entre se dents, impatient, agacé. Elle ouvrit les yeux, se redressa d'un coup.

– Qu'est-ce qui vous énerve ? Que le porte-plateau pense que j'ai couché avec vous ?

Il haussa les épaules.

– Mais non !

– Mais si ! Vous êtes bourré de préjugés. Et pas drôle du tout !... Et vous avez peur du jugement de ce type avec un nœud papillon et des gants blancs.

– Ridicule ! laissa-t-il tomber.

– Oui, justement, peur du ridicule, aussi...

– Si vous saviez, ma petite fille, toute les pitreries que j'ai pu faire dans ma vie !...

– Ah oui ? dit-elle. Et bien cela ne vous a rien laissé !

Et soudain, selon son habitude, son humeur fantasque parut muer sa maussaderie en une illumination de joie pure.

– Oh ! J'ai une idée !

– Encore ! Je crains le pire...

– Pour rire... Ne changeons pas de cabine, changeons de rôle. Moi, je passe votre chemise, votre cravate, le veston... Vous, ma robe bleue ! D'accord ? Rien que pour voir la tête qu'il va faire...

– Qui ?

– Le porte-plateau !

– C'est tout ce que vous avez trouvé ? Mais ma pauvre petite, je vais la déchirer en deux, votre robe !

– Mais non, dit-elle en bondissant sur ses pieds et en écartant les bras. Regardez comme elle est large... Hein ? Comme ça, vous paraîtrez chez vous, tranquille, et moi, en visite. Allez... pour rire...

Elle se faisait câline, adoucissait son regard derrière ses cils mobiles, penchait la tête.

– Un ancien farceur comme vous, ça ne vous tente pas ?... On ne dira rien, rien de rien. Il entre, nous deux, très naturels. Pour voir sa tête...

Il capitula soudain, doublement conquis par la perspective de la blague, et par l'insistance enjôleuse de sa compagne, qui levait déjà, sur ses délicieuses jambes, le vêtement arachnéen.

– Vous direz, après ça, que vous n'aimez pas vous déguiser ?

– Je n'ai jamais rien dit de tel ! J'adore me déguiser ! Depuis toute petite...

Elle venait d'enlever complètement son déshabillé bleu qu'elle tendait à Philippe. Lui, à la contempler, oubliait de se dévêtir aussi. Son œil vert, piégé par la blancheur du petit slip de sa compagne, ne sourcilla pas.

– Et bien ? dit-elle encore.

Mais lui contemplait, en même temps que son corps jeune et parfait, que l'impatience énervait comme une jolie bête racée, faisait un peu danser sur place et frissonner, le souvenir du moment torride qu'il avait partagé avec elle, quelques heures auparavant.

Elle lui posa d'autorité le vêtement sur le bras... Il se résigna à lâcher son rêve, soupira, lança un regard amer à travers la vitre.

– On arrive à Vaduz, fit-il sombrement. Et dire qu'il y en a qui parlent d'amour, en ce moment !

– C'est vrai que c'est beau ici, reconnut-elle, en s'approchant de la fenêtre. On va traverser le Rhin !

Philippe, derrière elle, se repaissait du spectacle de ses gracieuses épaules, de son dos bronzé que ne barrait aucune bretelle de soutien-gorge, de ses fesses rebondies dans la microscopique culotte.

– Le rein ? dit-il songeur. Bel endroit, oui...

Elle l'entendit déboucler sa ceinture, assez mollement.

– Alors ? pressa-t-elle dans une pirouette.

– Ne vous retournez pas ! ordonna Philippe sur un ton d'urgence. Ça me gêne !

Il plaisantait à demi, embarrassé soudain d'un émoi rebelle qu'il préférait garder secret. Il chercha à gagner du temps.

– Racontez-moi ce que vous voyez, demanda-t-il, en ôtant ses vêtements.

– Le château. Massif. Une tour carrée, une autre ronde. Le reflet des maisons dans l'eau du fleuve. On doit entrer dans le Liechtenstein, ici...

– Entrer dans le Liechtenstein, répéta-t-il pensivement.

Puis il n'y tint plus, s'approcha d'elle, par derrière, entoura de ses grands bras amoureux le buste de Gina, se plaqua contre elle.

– Tu la sens, la tour ronde ?

– Il faudrait être en armure pour ne pas la sentir, dit-elle, en rentrant la tête dans les épaules, sous le frisson de plaisir que lui occasionnait le souffle chaud de Philippe sur sa nuque.

– Entrons dans le Liechtenstein, murmura-t-il à son oreille.

– Drôle de façon de passer la frontière ! plaisanta Gina.

Il la crut convaincue, caressa à deux mains son ventre chaud, insinua simultanément les deux pouces dans l'élastique de sa culotte.

– Non, fit-elle soudain. Non, pas ici.

Elle se dégagea de l'étreinte de Philippe en ondulant comme une couleuvre insaisissable.

– Pourquoi ?

Il avait l'air surpris, un peu vexé de voir échouer une entreprise qui s'annonçait si bien.

– C'est moi qui décide ! Pas ici. Dans ma cabine, si vous voulez. Ici, cela aurait trop d'importance...

– Pourquoi ? répéta-t-il.

– C'est... chez vous. J'ai l'impression d'un traquenard.

– Pas du tout... tenta-t-il de protester.

– ... ou d'une déclaration d'amour...

Il resta muet.

– Non plus ? N'est-ce pas ? comprit-elle. Alors, dans ma cabine...

– Vous savez, dit-il enfin, comme pour s'excuser. Des déclarations d'amour, je n'en ai jamais fait beaucoup.

Philippe avait revu Thérèse. L'un et l'autre, en deux ans, avaient cumulé des expériences différentes qui pourtant les rapprochaient. Elle s'était mariée, avait quitté, pour tenir son petit appartement, son travail d'employée de bureau. Son mari avait une profession stable et assez rémunératrice, mais partait tôt, rentrait tard. Elle trouvait le temps long, ne voyait presque plus ses amies, toutes également mariées, certaines déjà mères de famille et alourdies de soucis domestiques. Quand elle avait fini son ménage et les quelques courses nécessaires aux deux repas quotidiens, elle s'ennuyait.

Philippe aussi s'ennuyait, d'un ennui plus insidieux parce que moins immobile, plus souvent bousculé. Mais, sans qu'il se l'avouât, l'angoisse et l'alarme lui manquaient ; l'incertitude de ses lendemains avait de nouveau quelque chose de compassé et d'artificiel, sans rien de commun avec ce qu'il avait connu en Algérie... C'est peut-être par nostalgie des dangers perdus, des embuscades périlleuses, des factions paralysées d'appréhension, qu'il prit l'habitude de rendre visite à Thérèse, très régulièrement, dès le départ de son mari, ou juste avant son retour. Il lui arriva souvent de venir rôder aux alentours du petit immeuble où elle occupait un rez-de-chaussée, pour le plaisir de le voir partir, et de courir, juste après lui, prendre sa place encore chaude dans le lit de Thérèse. Il lui arriva aussi d'attendre jusqu'à l'ultime limite dans la chambre de sa maîtresse, et de devoir, au bruit de la clef maritale tournant dans la serrure de la porte d'entrée, enjamber la fenêtre, avec un petit frisson exalté.

Thérèse n'avait rien perdu de sa beauté, avait même gagné en maturité et en plénitude.

Il se figura, certainement à tort, qu'avec sa longue et bondissante chevelure de boucles blondes, son corps de déesse hollywoodienne, ses yeux bleus et sa bouche rose, également maquillés, également clos dans l'étreinte, elle incarnait parfaitement l'éternel féminin.

En fait, elle lui donna des leçons qu'il crut primordiales, et des habitudes dont il ne put jamais vraiment se débarrasser. Car elle ne se montrait pas très exigeante et n'accordait vraiment d'importance qu'au délai dont elle disposait pour accéder au plaisir, et à la frénésie des assauts qui devaient le lui procurer.

Elle le dressa donc à l'endurance, récompensant ses efforts et chaque record battu par des cris de victoire qui desserraient enfin ses jolies lèvres muettes. Elle disait, avant tout affrontement : « Fort et longtemps, hein, comme l'autre fois ? Plus longtemps que l'autre fois, encore... »

Leurs ébats tenaient de plus en plus de l'entraînement sportif. Philippe avait à cœur de varier les postures, de tout essayer. Elle n'y voyait pas d'inconvénient tant qu'il ne lui demandait pas de jouer un rôle trop actif. C'était lui, et lui seul, qui devait se démener. Elle refusait donc, d'une jolie moue boudeuse, de le chevaucher ; en revanche elle se laissait prendre dans toutes les autres positions, avec une préférence pour la levrette, qu'elle pratiquait le derrière haut et la tête à terre dans ses bras repliés, où elle finissait par étouffer des clameurs d'infinie reconnaissance. Philippe aussi adorait cette figure, mais justement s'y épuisait plus qu'en aucune autre, car il lui fallait tenir une cadence qui surmenait ses nerfs et remettait chaque fois en question son héroïsme.

Avide d'exprimer tous les privilèges de l'aventure, il avait aussi, bien sûr, revendiqué sans parole la caresse dont les filles d'Alger lui avaient donné le goût et laissé la nostalgie : étendu à plat dos, il avait guidé sa maîtresse d'une main autoritaire et précise posée sur sa tête. Elle ne s'était pas effarouchée, avait accordé la faveur requise, mais avec moins de savoir faire que les professionnelles du BMC*. Lui avait tenté de manifester sa demi-satisfaction à coups de tortillements et de soupirs, mais, en mauvais maître que la timidité des mots prive d'efficacité, n'avait rien obtenu de meilleur, et s'était accommodé, un peu trop vite, de son approximatif plaisir. La chose s'était produite deux fois. Ensuite de quoi, Thérèse repoussa définitivement la requête en déclarant : « Non, ça t'excite trop... ».

Au fil de leurs rencontres, elle s'était mise un peu à parler de son mari, de leur couple, de leur vie plate et monotone. Philippe n'écoutait pas, occupé à chercher dans la maison un nouveau terrain de sport, une nouvelle aire de jeux. Il la prenait dans le fauteuil. Elle posait les jambes sur ses épaules, n'était plus aussi muette, se laissait aller, avant de jouir à des mots tendres qu'il trouvait mièvres lorsqu'il les entendait.

Ou bien il la plaquait contre le mur, ébranlait les cloisons de coups sourds et répétés ; elle s'accrochait des deux mains à sa nuque, des deux pieds à sa taille, disait : « C'est mieux avec toi qu'avec lui... » Il ne faisait pas attention, répondait à ses baisers par des ahans de bûcheron, jusqu'à ce qu'elle crie.

Il la posséda ainsi dans le salon, le couloir, la minuscule cuisine, sur le rebord de l'évier. Ah ! Elle était loin la

* Bordel militaire de campagne.

petite brune de Marseille, et l'aumône hâtive dont il l'avait obligée ! Thérèse, c'était du long terme.

Un jour, elle l'obligea à tenir un cycle entier de lessive sur sa machine à laver. Ce jour-là, entre le battement régulier du tambour de l'appareil, le bruit de ressac du linge mouillé qui virevoltait et changeait de sens toutes les quatre minutes, et ses propres efforts ponctués de petits cris gutturaux, Philippe ne comprit pas un mot de ce qu'elle lui raconta. Il valait peut-être mieux, parce qu'elle était en train d'échafauder un plan de désertion du domicile conjugal qui lui eût coupé, s'il l'avait entendu, tous ses effets.

Quand la machine s'arrêta, ils conclurent ensemble, chacun persuadé d'être allés plus loin que jamais dans leur intimité commune, lui qui venait de pulvériser un fabuleux record, et elle qui venait, mais il ne le savait pas, de le demander en mariage.

En conséquence de quoi, il rentra chez lui, trois jours plus tard, pour trouver sa mère, toute froncée d'une dignité chagrine et réprobatrice. Il demanda, dès le pas de la porte où elle l'avait accueilli, l'air sévère : « Qu'est-ce qu'il y a ? » Elle se contenta de lui désigner la salle à manger.

Assise dans un fauteuil, très calme et décidée, il y avait Thérèse, avec, à côté d'elle, une grosse valise.

Il fallut plaider, argumenter, consoler. Elle pleurait, Thérèse. Tous ses rêves s'effondraient. Quant à la mère de Philippe, qui se voyait soudain catapultée au cœur d'un scandale qu'elle ne méritait pas, elle ruminait à demi-voix et demi-phrases des leçons de morale où elle mêlait la crainte de ce que dirait le voisinage, l'appréhension de voir arriver le mari bafoué, l'apitoiement pour la déception de celle qu'elle appelait « la petite », et la fierté mal déguisée, quoique très bougonne, de constater les premiers ravages causés par son don juan de fils.

« Ce n'est pas bien, pas bien du tout », répétait-elle, en considérant Philippe d'un œil qui s'appliquait à la froideur.

Mais lui, embêté, dépassé, avait su, une fois de plus, l'amadouer, et la convaincre d'arrondir les angles. C'est elle qui avait dû expliquer à Thérèse que son garçon, bien que grand et costaud, n'était qu'une tête de linotte, qu'il ne gagnait pas encore sa vie, et qu'il devrait d'ailleurs, dès la rentrée prochaine, prendre une chambre à Lyon pour mener plus sérieusement des études un peu trop négligées et dispersées pour l'instant.

Thérèse s'était mouchée, avait promis de revenir voir madame Mazencieux, avait repris sa valise.

– Que ça te serve de leçon, hein ! avertit la brave femme, une fois « la petite » partie.

– Mais, je t'assure, maman... je n'ai jamais rien promis.

– Sans promettre... des fois, rien que laisser entendre... laisser croire... Ça suffit, pour un cœur tendre... »

Sa mère avait raison. Certains des silences de Philippe, lâches ou distraits, avaient dû passer pour des consentements. Avait-il seulement évité de répondre bien banalement « moi aussi », quand Thérèse lui déclarait son amour ? Il n'aurait pu le jurer.

Là commença de se construire la véritable expérience amoureuse de Philippe : il savait déjà maintenant besogner « fort et longtemps », et donner le plaisir au prix d'un remarquable marathon. Voilà qu'il s'interdisait, sauf cas tout à fait exceptionnel, de dire « je t'aime »...

Il ne pensait qu'il lui faudrait attendre douze ans avant de prononcer le fatidique aveu qui prendrait pour lui valeur d'engagement solennel.

– Allons-y tout de suite !

Gina était en train de s'emparer de la chemise abandonnée par Philippe. Elle la passa, le vêtement lui descendait presque aux genoux.

– Minute ! interrompit son compagnon. Ne devions-nous pas attendre le steward ?

– C'est pareil, et finalement, c'est même mieux : affronter les regards dans le couloir, au lieu de faire une petite blague étriquée ici.

Philippe était toujours nu. Il tendit à bout de bras, comme pour s'en débarrasser, le chiffon léger du déshabillé bleu roulé en boule.

– Vous voulez que je sorte avec ça ?

– Oui, dit-elle clairement.

Puis, dans une adorable mimique tentatrice, elle cligna de l'œil :

– Rendez-vous dans ma cabine, rappelez-vous !

– C'est vrai qu'avec vous, c'est un perpétuel parcours initiatique. Tous vos chevaliers se soumettent toujours sans révolte à vos épreuves ?

– Toujours ! affirma-t-elle sereinement en passant la cravate.

Puis elle se planta devant Philippe pour qu'il en fît le nœud. Elle était tout près, levait ingénument le menton vers lui. Il sentait son souffle tiède, son haleine pure de petite fille bien portante, et le parfum framboisé de son rouge à lèvres. Le trouble lui revenait.

– Allez ! encouragea Gina. Enfilez-la.

Elle lui redonna le chiffon bleu qu'il venait de poser. Il obtempéra de mauvaise grâce ; le vêtement très ample, sans bouton, se passait par la tête. Il se retrouva incongrûment drapé de linon azur, le menton agacé par la triple rangée de dentelle tuyautée où s'engonçait son cou épais et court, ses épaules un peu bridées ; ses tibias robustes paraissaient plus noirs et plus poilus encore, émergeant du linge fin. Il se regarda, d'un coup d'œil plongeant que navrait sa lucidité.

– J'ai l'air malin ! décréta-t-il, en s'attardant à l'éperon têtu qui soulevait la robe, au bas de son ventre.

– Mettez tout de même un slip, conseilla Gina. Ils vont vous arrêter pour outrage à la pudeur !

Elle venait de se ficeler tant bien que mal autour de la taille le pantalon de Philippe, bien trop vaste pour elle, à l'aide de sa ceinture serrée au-delà du dernier cran. Elle enfila la veste dont elle retroussa les manches... Elle était presque élégante...

– Je vous précède ! dit-elle, et elle s'éclipsa sans lui laisser le temps de réagir.

Philippe tourna un peu, très empoté dans sa longue chemise, à la recherche du slip dont il s'était défait à l'aveuglette, en cet instant de bref égarement où il avait cru possible de faire l'amour à Gina en toute simplicité. Il finit par mettre la main dessus, s'y casa d'autant plus facilement qu'à présent la perspective du pari imaginé par la fille l'avait complètement démobilisé.

Il ouvrit la porte en hésitant beaucoup, secoua la tête d'un air mécontent, et maugréa pour lui seul : « Quel con !... » Puis il se lança, très guindé dans son accoutrement, en souhaitant qu'il n'y eût personne dans le couloir.

Évidemment, il commença par se heurter au garçon qui venait chercher les plateaux. Surtout, garder l'air naturel, pas coincé du tout, sourire peut-être, à peine. Laisser croire que... les circonstances ont voulu que... Enfin, solliciter du même regard en coin, sa complicité, sa compréhension... Risquer peut-être un clin d'œil style « c'est une blague, vous l'avez compris ».

Philippe louche un peu, amorce un rictus, réussit une étrange grimace. L'autre s'efface pour le laisser passer, raide, glacial, réfractaire à toute forme de connivence, plein d'un respect très méprisant. « Crétin ! pense Philippe. Après tout, crois ce que tu veux, je m'en fiche ! Mais où est passée cette emmerdeuse ? »

Car Gina, bien sûr, ne l'a pas attendu. Elle l'a livré sans pitié d'aucune sorte à l'affreuse solitude du coureur de femmes, celui que sa convoitise finit toujours par punir.

D'ailleurs, la punition ne tarde pas. Philippe n'a pas fait trois pas dans ses chaussures qui n'ont jamais autant craqué qu'aujourd'hui, que la porte d'une cabine s'ouvre pour livrer passage à une grosse dame sur le retour, très basanée, affublée d'un nez crochu, d'un volumineux chignon et de boucles d'oreille à pendeloques qui lui battent les épaules.

La dame l'avise de ses petits yeux enfoncés sous des paupières ressemblant à des bananes, et lui barre immédiatement le passage de son corps imposant, en vociférant des choses incompréhensibles. Elle parle, ou plutôt elle hulule, un idiome étranger que Philippe ne reconnaît pas. Visiblement la plaisanterie ne la fait pas rire du tout. Elle a attrapé un pan du déshabillé qu'elle secoue férocement, tout en poursuivant le flot de ce que Philippe imagine être des invectives. Flot n'est d'ailleurs pas un vain mot, elle lui postillonne positivement dessus et le tiraille comme une forcenée...

Des portes s'ouvrent, on sort, alarmé, des cabines voisines. Philippe tente de continuer sa route, elle l'en empêche de ses bras en croix, de son opulente poitrine. Il faut tout de même qu'il passe, qu'il s'arrache à la furie de cette mégère qui doit le prendre pour Dieu sait quoi.

– Do you speak English ? It's a joke ! Parla italiano ? E' un giocco, soltanto per ridere, con amici...

Il a essayé, en vain, de l'amadouer dans les deux langues qu'il possède... Loin de se calmer, voici qu'elle tente, à présent, de relever de force le déshabillé sur ses cuisses nues. C'est un comble ! Philippe est obligé de se défendre, comme une jeune fille outragée. Il se retrouve des gestes d'ancestrale réserve, plaque contre lui son vêtement léger. On sourit autour d'eux, on s'interroge dans toutes les langues. La vieille chouette glapit toujours.

Philippe est sur le point de foncer, tête en avant, comme à la mêlée, lorsque le steward réapparaît, digne, inébranlable, insupportable d'assurance muette. Il pose sur la scène un regard glacial.

– Écoutez, supplie Philippe. Dites-lui que ce n'est qu'une plaisanterie. Un pari entre amis... Un gage. Il n'y a pas de quoi se mettre dans des états pareils !

Sans passion, l'autre fait son travail d'interprète. La mégère rugit de plus belle, reporte une main conquérante sur l'étoffe, la brandit. Philippe a eu un petit sursaut en arrière, elle l'a raté de peu : à deux centimètres près, dans sa rage à lui décoller le tissu du corps, elle l'émasculait.

– Qu'est-ce qu'elle a ? Qu'est-ce qu'elle veut ? demande Philippe au steward.

– Pardonnez-moi, monsieur, elle ne trouve pas que ce soit une plaisanterie de très bon goût d'être entré dans sa cabine...

– Moi ? dans sa cabine ! ! !

– ... pour y prendre son déshabillé, et vous exhiber avec. Elle voudrait récupérer la chose, monsieur.

La perplexité confère un instant à Philippe une tête de poisson mort... Et puis lentement, un jour indigné se fait dans son esprit...

– Ah ! La petite garce !

La fureur l'emporte soudain sur la confusion. La dérobée, au double sens du terme, émet encore quelques stridulences désordonnées. Philippe, d'un revers, envoie promener sa grasse main baguée qui s'accroche à lui, et se défait illico de l'objet du larcin, dans un grand envol de dentelles bleues. Puis, insouciant de son public médusé, il franchit d'un pas martial le reste du couloir en slip rayé, chaussettes blanches et chaussures noires, jusqu'à la cabine de Gina, ouvre la porte à toute volée, en s'exclamant :

– A nous deux !

Mais dans la cabine, il n'y a que Christophe qui lisait tranquillement, et que cette entrée fracassante surprend et abuse.

– Oh ! dit-il placidement, il semble y avoir urgence...

Puis, intrigué tout de même :

– Vous avez traversé le couloir comme ça ?

– Où est-elle ? Où est Gina ? demande à son tour Philippe.

Puis, sans attendre de réponse :

– Méfiez-vous ! Méfions-nous ! Elle est capable de tout !

– C'est elle qui vous a mis dans cet état ? Je veux parler de...

Christophe vient de désigner d'un doigt éloquent le slip et les jambes de Philippe.

– Oui... Où est-elle ?

– Dans son cabinet de toilette. Mais calmez-vous, Philippe...

Une voix assourdie parvient de derrière la porte vernissée :

– Oui, calmez-vous Philippe. Vous n'êtes pas une bête, vous pouvez bien attendre un peu.

– Il ne s'agit pas de ça, Machiavel en jupon ! Quand je dis en jupon... en déshabillé, vous voyez de quoi je veux parler !

– La traversée a donc été si terrible ?

– Hein ? s'indigne Philippe. Mais j'ai failli me faire étriper par une harpie qui... qui... m'a craché dessus...

– Il y a des gens sans éducation, souligne Christophe.

– … qui m'a bombardé ses énormes seins sous le nez et presque arraché un roubignolle.

– Mais, s'étonne Christophe, c'est une partie sadomasochiste que vous nous narrez là !

– Oh ! Vous savez, crie Gina, il doit beaucoup exagérer !

L'excitation de Philippe semble tomber soudain. Il hausse un sourcil, ferme l'œil opposé, serre les dents, mugit en sourdine et menace en désignant le cabinet de toilette :

– Si j'ouvre cette porte...

– Contrôlez vos pulsions, conseille Christophe. Il en va de votre dignité !

– Ma dignité ! Philippe coule un regard amer sur sa tenue, slip et chaussures.

– Oui, poursuit Christophe, désireux de ramener le climat à l'entente cordiale. On a toujours intérêt à contrôler ses pulsions. Je sais de quoi je parle, vous savez. J'ai l'air impassible, comme ça, mais vous ne vous doutez pas de ce que j'ai pu faire, parfois, pour apprendre à me dominer...

– Vous nous raconterez ? demande Gina, incorrigible...

Philippe, las de secouer la porte du cabinet de toilette, finit par se laisser choir avec un soupir résigné sur le lit.

– Vous pourriez au moins me rendre mes vêtements, Gina ! remarque-t-il, sans grand espoir.

Pas de réponse. Christophe, qui s'était replongé dans sa lecture, eut un bref regard pour lui, par-dessus son livre...

– Elle vous taquine, dit-il. Ignorez-la, c'est le meilleur moyen...

– Sans doute, répondit Philippe. Mais je ne veux pas repartir jusqu'à ma cabine dans cette tenue, ils vont finir par m'enfermer.

– Voulez-vous que j'aille vous chercher des vêtements ? proposa obligeamment Christophe.

– Merci, non.

Philippe avait décliné l'offre d'un air sinistre. Il s'allongeait à présent plus commodément sur le côté, un coude replié, la joue dans la main, et les pieds croisés. Ce fut le moment que choisit le steward pour frapper.

– Oui ? fit Christophe.

L'autre passa discrètement la tête par l'entrebâillement de la porte, l'aperçut d'abord dans le fauteuil, demanda : « Pouvons-nous ranger la cabine ? », puis découvrit avec un haussement de sourcil mi-étonné, mi-réprobateur, Philippe en slip sur le lit. Il affecta alors de reculer discrètement. Mais Christophe se dressa :

– Je m'en vais, dit-il, vous aurez plus de place pour officier. D'ailleurs, la mienne doit être rangée aussi, à présent.

Le steward le laissa sortir, entra, hésita visiblement. Philippe se leva à contrecœur pour le laisser faire le lit. L'autre tendit les bras, ôta la taie d'oreiller, la fit passer, sans ouvrir vraiment la porte, à un comparse dans le couloir, glissa le coussin dans une enveloppe propre, replia la banquette, évacua aussi le seau à champagne et les coupes vides, nettoya la tablette, cueillit de ses doigts gantés un pétale de rose tombé, vida le cendrier... Dans ses va-et-vient, il frôlait Philippe qui se ratatinait dans le fauteuil, les genoux au menton, exaspéré. A côté, on entendait des bruits d'eau, et le petit chantonnement de Gina, toujours affairée à sa toilette.

Finalement, le garçon se retira, raide et compassé, sans un regard pour Philippe. Gina apparut tout de suite après.

– Ah ! Tout de même ! s'exclama Philippe, et puis il oublia sa rancune et la semonce qu'il mijotait depuis bientôt une demi-heure parce qu'elle s'était enveloppée dans un grand drap de bain blanc, d'où ses ravissantes épaules brunes émergeaient, émouvantes de joliesse. Elle avait mouillé ses cheveux, les avait brossés en arrière, dégageant ainsi ses oreilles fines, soulignant la pointe ironique de son menton.

Philippe l'admirait visiblement et s'émouvait de la fragilité nouvelle de son visage où s'attardait une fraîcheur adolescente.

– Cette coiffure vous va bien, aussi, dit-il simplement.

Sensible au compliment, elle sourit, beaucoup plus sincère soudain, plus proche qu'il l'avait encore jamais vue. Elle s'agenouilla sur la moquette, avec des grâces asiatiques dans son semblant de sari blanc. De ses deux index, elle étira les coins externes de ses paupières qu'elle brida et affirma très sérieusement :

– Je suis une Chinoise...

Philippe avança la main droite, recueillit, dans sa large paume que guidait une délicatesse inattendue, son petit menton de chat, le releva doucement, approcha son propre visage tout près, comme pour lire dans les petites paillettes d'or qui constellaient son regard brun.

– Non, dit-il. Plutôt... arabe. Un petit garçon arabe.

– Tu aimes les petits garçons ? demanda Gina, avec une candeur sans rouerie.

Philippe la contemplait toujours, à l'affût des souvenirs fugaces qui l'illuminaient, à leur passage, d'émotions mêlées.

– Non, dit-il enfin.

– Avant, confia Gina, j'étais un garçon...

Philippe sourit, incrédule. Elle coucha sa joue sur sa cuisse nue.

– C'est vrai, tu sais...

Philippe avait posé sa main sur les cheveux humides de Gina. Elle parla encore, tout bas, et son souffle caressait la jambe de son compagnon, l'émouvait d'un frisson tiède qui courait doucement dans ses poils.

– J'ai été un garçon, et j'ai écrit des lettres d'amour à une femme, et cette femme...

La main de Philippe soudain se resserra autour de la nuque gracile de Gina, comme pour la bâillonner.

– Tais-toi. Ne raconte pas...

Il venait de pressentir, en une seconde de lucidité alarmée, l'importance de cet abandon insolite qui la lui livrait, douce, murmurante, agenouillée à ses pieds en une attitude de soumission confiante et amoureuse. Il eut peur de sa franchise, peur de ses aveux, peur d'en trop entendre, et surtout peur, en la découvrant autre, de la perdre telle qu'elle l'avait d'abord intrigué, amusé, agacé, et pour tout dire conquis.

– Ne me donne pas tes secrets, je n'en suis pas digne, dit-il encore.

Il s'était mis à chuchoter aussi, parce qu'il l'avait sentie se raidir, tout de suite blessée par son refus, tout de suite sur la défensive, prête, pour laver l'offense, à l'ironie, à la feinte légèreté de celui qui regrette et nie un instant de sincérité.

Elle ne répondit pas, observa le silence, et son dos attentif, où se promenait maintenant la main chaude de Philippe, oublia peu à peu la crispation douloureuse qui avait failli la mettre debout.

Tout à coup, la cabine fut plongée dans la nuit absolue. Gina avait sursauté.

– Le tunnel de l'Arlberg ! fit-elle au bout d'un instant, d'un ton rassuré.

– Veux-tu que j'éclaire les veilleuses ? proposa Philippe.

– Surtout pas ! J'adore les tunnels ! Pas toi ?

– Ma foi... répondit-il sans déplaisir, parce que Gina s'adonnait sur lui, de deux mains débarrassées de toute timidité, à des fouilles plutôt troublantes.

– J'aime bien mieux ce petit slip que le caleçon d'hier, dit-elle.

– Pourquoi ?

Il avait posé la question d'une voix assourdie et languide, sans réelle curiosité.

– C'est plus bandant ! On a l'impression que ta queue grossit là-dedans, très à l'étroit, brimée. Qu'elle va exploser, faire craquer le tissu. C'est... tonique. Toi aussi, tu aimes, non, quand je te touche à travers, du bout du doigt, comme ça ?

Elle soulignait, d'un ongle complaisant, le relief imprimé à l'étoffe, en éprouvait le dynamisme d'une caresse très longue, qui allait chercher sa source à l'aveuglette sous les fesses de Philippe, à la base du scrotum, effleurait la ligne de partage des testicules, s'arrondissait au flanc d'une voluptueuse coquille au dessin généreux, gonflant sous le slip.

– Ne pas savoir reconnaître d'abord tes couilles de ta queue. Sentir une masse de chair tendue, là, avoir envie de tout prendre dans la main, de tout branler à la fois. J'adore...

– Il y a beaucoup de choses que tu adores, dit-il, sur le même ton endormi de plaisir.

– Et te le dire aussi, te dire ce que j'adore, j'adore. Te dire ce que je fais.

Elle l'excitait toujours, de deux doigts symétriques maintenant, qui folâtraient à la lisière du slip : entre la cuisse et l'entrejambe, sans se décider à l'invasion. Lui gémissait, cherchait, du dos, le moelleux du fauteuil, mais résistait encore, partagé entre l'envie de se laisser complètement manipuler et celle de bondir, d'organiser à son tour l'affrontement, de la prendre, de déchaîner chez elle cette fougue dont il gardait, depuis la veille, une obsédante nostalgie... Elle le sentit cramponné à sa résistance, point encore totalement amadoué.

– Donne-toi ! ordonna-t-elle doucement. Pourquoi lutter ? Si tu me laisses plus de place, si tu m'accueilles mieux, je te rendrai fou de plaisir.

Philippe émit dans l'ombre un soupir éloquent.

– Je ne sais pas faire, confessa-t-il. Pas bien. J'ai honte.

– Honte ?

– Honte de ma passivité.

– Je m'en doutais, dit-elle, avec une gentillesse assez nouvelle, qui oubliait, pour une fois, la raillerie. Les femmes t'ont sans doute très mal élevé.

– Oui, admit-il. En gros, oui...

– Tu sais, on a le temps, le tunnel fait dix kilomètres de long... Alors je me donne ce délai, ces dix kilomètres, pour venir à bout de tes réticences.

Philippe ne répondit pas. Elle se crut autorisée à toutes les entreprises. Ses index reprirent leur cheminement parallèle, à l'articulation des cuisses, fourragèrent en deux sentiers moites, s'y énervèrent un peu.

– Avance au bord du fauteuil, murmura-t-elle. Écarte-toi... Les accoudoirs ne sont pas réservés qu'aux jambes des femmes, crois-moi.

Il obtempéra avec une docilité résignée, qui demeurait encore bien loin du zèle.

– C'est mieux, dit-elle encourageante. Mais je trouverai le moyen de t'ouvrir encore.

Ses mains, plus libres de leurs mouvements, opérèrent sur lui des pressions d'intensités et de durées changeantes.

– C'est là qu'il faut mûrir la chose, là qu'il faut traire.

Elle proférait, sur un ton très docte, de douces abominations que Philippe savourait tacitement.

– Je vais te rendre juteux à point, promit-elle.

Elle insinua ses deux pouces sous l'élastique, manœuvra sans brutalité, extirpa, de part et d'autre de la bande mince du slip, deux bourses dures et rondes que le plaisir faisait onduler en de furtifs glissements.

– J'adore toucher tes couilles, dit-elle. Il se passe là-dedans des choses magiques, ça bat comme un cœur. Touche aussi.

Philippe, surpris, tenta d'échapper à Gina. Trop tard. Avec une précision de chasseur nyctalope, elle lui avait saisi la main, la lui posait entre ses cuisses, l'y maintenait de sa petite patte chaude et impérieuse. Il éprouva une honte brutale à découvrir ainsi ses débordements, à deviner, de phalanges d'abord rétives, l'étrange configuration de ces lieux qu'avait modelés le caprice de Gina.

Et soudain, sa répulsion se mua, inexplicablement, en une excitation pantelante qui l'affola à la limite du supportable. Il ne se cherchait plus à tâtons, ne se déchiffrait plus peureusement, mais se caressait plutôt avec une volupté que l'étonnement décuplait. Le textile habité, tendu, depuis ses fesses, par l'ampleur de sa queue qui y grossissait et y battait, ses couilles impudiques séparées, jugulées à leur base par l'ourlet de coton, épanouies contre chaque cuisse, pesantes, brûlantes, à vif, hypnotisaient ses doigts, les électrisaient d'une fièvre encore inconnue.

Et la main de Gina, là, tout près, amoureuse, consentante, prête à toutes les leçons, avide de tous les spectacles, qui épousait la sienne, suivait ses mouvements, encourageait ses émerveillements ! Il perdit la tête, s'offrit à fond, délira.

– Oh ! Tire-moi les couilles, là, comme ça ! Comme ça !

Il avait à son tour attrapé sa main, avait cherché l'autre, les avait disposées toutes les deux, autour de ses testicules réceptifs à hurler. Avec une légèreté et une intelligence diabolique, Gina se mit à le tirailler doucement, alternativement, à gauche, à droite, à gauche, à droite, sur un rythme d'une régularité irrésistible.

Il souleva les fesses, s'abandonna héroïquement à la vague intense qui déferlait dans son ventre et ses reins.

– Ah ! gémit-il... Rien à faire... Tu es une sorcière...

Philippe sortait du cabinet de toilette, rhabillé. Gina était assise sur la banquette, toujours drapée dans sa serviette blanche. Elle le contempla avec une sorte de fierté attendrie. Il comprit, à son regard, qu'elle pensait encore à la scène précédente. Sa pudeur prit le parti de plaisanter.

– Décidément, dit-il, depuis ce matin, je me balade dans des tenues variées. Avant le déjeuner, j'étais correct. Mais après, on m'a croisé successivement en déshabillé bleu, en slip, et maintenant... sans slip...

– Ça ne se voit pas, dit Gina. Où est-il ?

– Je l'ai lavé, répondit Philippe. Il sèche en compagnie de votre chemisier et de vos sous-vêtements.

– Quelle promiscuité dégoûtante ! s'exclama-t-elle en éclatant de rire.

– A propos, fit-il. A propos de ce déshabillé bleu...

On frappa à la porte. Gina cria : « Entrez ! » Christophe pénétra dans la cabine en souriant.

– Je ne dérange pas ? demanda-t-il.

– Pas le moins du monde ! répliqua-t-elle joyeusement.

– Nous allons arriver à Saint-Anton, le train s'y arrête dix minutes. Je vais descendre acheter des journaux. Avez-vous besoin de quelque chose ?

– Oui, fit Gina sans hésitation. Trouvez-moi un pull ; ou une veste.

Christophe la regarda avec de grands yeux.

– J'ai lavé mon chemisier, avoua-t-elle. Et je n'ose pas remettre le pull que j'avais hier soir...

– Pourquoi ? demanda Philippe.

– Eh bien, après le scandale du déshabillé, ce matin...

– Ah ! comprit-il. Le pull aussi ? Mais vous n'avez donc pas de bagages ?

– Je voyage toujours sans bagage ! affirma Gina très catégorique. J'ai... une culotte de rechange dans mon sac à main.

Les deux hommes se regardèrent, incrédules. Christophe, le premier remis de leur stupéfaction, déclara :

– Bon ! Je vais voir ce que je peux faire. Mais... Je ne vous promets rien.

– Je vous fais confiance, dit-elle avec un de ses sourires charmeurs dont elle avait le secret.

Christophe tournait les talons.

– Restez avec nous, voyons ! déclara Gina. Puisque je vous dis que vous ne nous dérangez pas...

– Tout à l'heure… commença-t-il.

Puis il se tut, une étincelle maligne au fond de son œil gris.

– Tout à l'heure ?

– Je suis revenu... Vous deviez dormir... Nous étions sous le tunnel. Je n'ai pas éclairé.

Elle ne rougit pas, eut seulement un petit rire amusé, la tête inclinée sur son épaule.

– Vous avez bien fait ! dit-elle.

Et tout à trac, sans que rien ait pu laisser prévoir sa question, elle le regarda bien droit dans les yeux et interroga :

– Hier soir... quand... vous êtes resté, pendant que... Était-ce la première fois ?

– La première fois ?

– Que vous assistiez à ce genre de spectacle ?
– Non, dit-il tranquillement.
– Je ne vous crois pas, répondit-elle aussi tranquillement.
– J'avais l'air si néophyte ?
– Non... Mais ce que je ne peux pas croire, c'est qu'il ait pu exister d'autres circonstances... d'autres gens...
– Une autre Gina ? comprit-il. Vous êtes bien orgueilleuse, mon petit, mais vous avez raison. Je n'ai pas connu d'autre Gina. Seulement d'autres détresses.

Deux minutes avant le départ du train, Christophe réapparut, son trophée au poing : un magnifique cardigan qui mariait avec un rare bonheur les tons les plus vifs de rose tyrien et de bleu électrique, en des dessins jacquard d'une ravissante géométrie.
– Et voilà ! dit-il. Artisanat local ! Confectionné à la main !
– Magnifique ! s'exclama Gina.
Philippe s'étonna :
– Il y avait des boutiques à la gare ?
– Non, répondit Christophe. Je l'ai acheté à la dame des toilettes.
Gina et Philippe interrogèrent ensemble :
– C'était le sien ?
– Elle a accepté de vous le vendre ?
– Oui, dit Christophe. Pour ce qui est de la question de Philippe, c'était le sien. Quant à savoir si elle a accepté, c'est plus délicat : je ne lui ai pas demandé... J'ai laissé une assez jolie somme dans sa soucoupe, et j'ai pris le gilet sans qu'elle le voie.
Gina battit des mains.
– Bravo !

– Ce sont bien sûr des méthodes que vous approuvez ? reprocha Philippe.

– Ne soyez pas si crispé, recommanda Christophe. Il est probable que cette dame avait tricoté sa veste elle-même. J'ai payé largement, je crois, son travail... Elle recommencera, un point c'est tout.

– Combien vous dois-je ? demanda Gina.

– Rien, ma chère enfant, faites-moi le plaisir d'accepter ce cadeau en souvenir de notre voyage !

– Je vous en suis infiniment reconnaissante, dit Gina avec conviction.

Puis elle s'approcha, s'empara du gilet pour l'admirer et, sans plus de façon, embrassa Christophe sur les joues.

– Il est vrai, se résigna Philippe, que vous êtes sans doute capable de faire bien pire que cette simple vente forcée.

– Oh ! oui ! approuva Gina. Bien pire...

A Innsbruck, le train s'arrêta un quart d'heure. Gina rejoignit ses deux compagnons de voyage dans la cabine de Christophe. Ils levèrent chacun le nez de leur journal au bruit de son arrivée.

– Mais, s'exclama Philippe, votre déguisement de dame-pipi ne vous sied pas mal du tout !

– N'est-ce pas ? reconnut-elle.

Puis, avec une grimace de regret, elle poursuivit :

– C'est joli, mais ça me gratte : je n'ai rien en dessous !

– Délicieuse princesse ! ironisa Philippe en pinçant ostensiblement la bouche.

Mais son expression changea très vite, parce qu'elle se penchait au-dessus de lui, provocante et libre, en tirant de deux doigts démonstratifs le décolleté du vêtement.

– C'est vrai, regardez !

Il aperçut, en plongeant les yeux dans l'ombre chamarrée du jacquard, deux seins ronds et bruns que le frottement rude du lainage agaçait visiblement, à en croire les mamelons têtus qu'ils dardaient. Il plia vivement son journal en deux petites claques sonores qui fouettaient son attendrissement.

– Bon ! C'est l'heure du déjeuner ! On y va ?

Parmi les voitures-restaurants, Gina choisit celle dont les fauteuils de velours presque noir sauraient mettre en valeur les couleurs de son tricot. Les deux hommes respectèrent son choix et, galamment, attendirent qu'elle les plaçât autour de la table.

– Christophe, dit-elle avec une autorité toute maternelle, là, en face de nous.

– Comme d'habitude, remarqua-t-il en souriant.

– Vous, Philippe, contre la fenêtre.

– Vous ne voulez pas profiter pleinement du paysage ? lui demanda-t-il.

– Je le vois aussi bien d'ici, répondit-elle, et puis j'aime mieux être libre d'aller et venir sans vous déranger... Petites... contingences matérielles, vous comprenez ?

Elle s'assit, les deux hommes l'imitèrent.

– Oh ! Je comprends fort bien, même à demi-mot, vous savez. Même sans mot du tout. Pourquoi ce parti-pris de vouloir tout dire ? C'est une de vos provocations coutumières qui m'embarrassent un peu... Vous... dépoétisez.

Gina dépliait sa serviette damassée, la posait sur ses genoux. Elle haussa une épaule, secoua la tête.

– Vous, vous avez peur des mots, c'est différent... Si le langage existe... n'est-ce pas, Christophe ?

Elle l'appelait à la rescousse, de son beau regard chaud et intelligent qui n'implorait pas, mais s'assurait simplement de sa compréhension.

– Je suis tout à fait d'accord avec vous, Gina. Les mots sont ce qui nous différencie des bêtes, dans notre façon de communiquer. Même lorsque le mot n'est pas indispensable, je ne le trouve jamais redondant.

– Dans certains cas, bon, admit Philippe. Et encore, ajouta-t-il à l'adresse de Christophe, comme pour s'excuser, je ne sais pas si vous pouvez saisir.

– Oh ! Mais je saisis très bien. Je fais même plus, je goûte !... J'ai à ma disposition, quoiqu'il n'y paraisse pas, un vocabulaire des plus variés et des plus toniques, souvent. J'aime à en tester le pouvoir sur moi. Pour le combattre, précisa-t-il en levant l'index. Mais parfois, la lutte est terrible.

Il souriait en contemplant Gina qui grapillait une michette de pain, dans une coupelle d'argent, à petits gestes mécaniques.

– Voyez-vous, dit-il encore à Philippe, il ne faut pas avoir peur des mots en tant que tels. Ils sont la clef de notre civilisation. En amour, même... Je me demande si une étreinte silencieuse est très humaine, très civilisée.

« Au commencement, le verbe s'est fait chair. Principe de création. La civilisation, qui est une recréation, c'est, à mon sens, que la chair se fasse verbe.

– Théorie intéressante. Mais que faites-vous des péchés du mot ? Le blasphème, par exemple ?

– Mais le blasphème est nécessaire ! C'est une preuve d'intérêt, d'amour : c'est l'injure dynamique d'une scène de ménage, c'est la remise en question salutaire. Le blasphème est cent fois préférable à l'indifférence...

– Et la calomnie ? le mensonge ? le faux-témoignage ? les incitations multiples à la débauche ? à l'horreur ? les dénonciations, les harangues de Hitler ?

– Tout ça, affirma calmement Christophe, n'est pas une affaire de mots, vous le savez bien. Il y a des silences mensongers, des mutismes meurtriers... Et surtout, derrière tous les genres de discours que vous évoquez, il y a la pensée vicieuse... Le mot au service du bien, du plaisir, de la communication est toujours positif.

– En amour ?

– En amour plus que partout ailleurs. J'ai cessé de considérer l'amour comme un péché depuis... très longtemps.

– Toutes les formes d'amour ?

– Toutes les formes d'amour.

Soudain Gina, que le sujet de conversation lassait sans doute, intervint :

– Excusez-moi, dit-elle, je vais sauter du coq à l'âne...

– Non ? persifla Philippe. Vous êtes capable de ça, vous ?

Elle ne s'attarda pas à la raillerie, se tourna nettement vers lui et ordonna :

– Parlons de vous, Philippe.

– Ah ! fit-il, la main sur le cœur. Je suis très touché. L'âne c'est moi ?

– Ne vous plaignez pas, plaisanta Christophe. Hier, elle vous attribuait le rôle du coq !

– Je crois que, finalement, je préférais...

– Plutôt, poursuivit Gina sans sourciller, plutôt, parlons de cette femme...

– Quelle femme ?

– Celle qui vous attend, là-bas, à Venise...

Philippe, avec une gentillesse ferme, posa sa main gauche sur celle de Gina.

– Écoutez, dit-il, il faut vous faire une raison. Vos dons extralucides ne sont pas infaillibles : personne ne m'attend là-bas. Vous entendez ? Personne !

Les années passaient et Philippe plaisait aux femmes, s'adonnait sans difficulté ni lassitude à leur conquête.

Parfois, elles apportaient leur participation originale à son expérience. Elles changeaient quelque chose, dévoilaient un don, un attrait, exigeaient une caresse spéciale, un climat bizarre. Elles l'intéressaient alors, il s'appliquait à les découvrir, à les contenter. Dans ces cas-là, elles devenaient évidemment folles de lui. Comment ne pas se laisser séduire par celui que l'on initie ou convertit, celui qui dépose sa bonne volonté et sa métamorphose à vos pieds ?

Il butina de çà, de là, apprit de l'une et de l'autre les nouveaux chapitres de sa connaissance amoureuse, bref, se composa une petite encyclopédie particulière d'érotomane érudit à coup de souvenirs et de tentatives plus que d'intuition.

Il partit en Italie travailler avec son beau-frère. Puis il revint en France s'installer dans la région Rhône-Alpes. Il voyageait entre Chambéry, Grenoble, Lyon, allait parfois jusqu'à Genève, habitait un bel appartement en bordure de Saône, y recevait en grand seigneur, cultivait le mythe d'un don juan enrichi et très vite conquis à tous les prestiges que confère un joli compte en banque.

Il appréciait surtout les femmes qui avaient de l'argent, et celles à qui il pouvait montrer qu'il en avait aussi. Il connaissait maintenant toutes les règles du jeu de séduction – grands restaurants, champagne, chandelles, regards appuyés, mystère des silences – et s'évertuait à cacher, aux yeux des plus finaudes, que la panoplie péchait tout de même par bien des points. Car s'il avait su se montrer grande gueule en Italie, beau parleur en France et amuseur avec ses amis, il ne savait pas en fait parler aux femmes. Une certaine forme de timidité le paralysait au bord d'un compliment, la réserve lui interdisait les confidences, l'expérience le gardait des aveux. Même le mensonge n'était proféré qu'à demi-mot, à coups de sous-entendus et de silences trompeurs.

Son étreinte aussi était muette. Variée, sinon éclectique (mais toutes ne permettaient pas tout), technique, dynamique, enjouée, parfois drôle, rarement tendre, mais toujours rigoureusement aphone. Il ne disait rien, ne suppliait pas, gémissait encore moins, ne criait en aucun cas.

Il tenait de Thérèse que la femme aime à être secouée longtemps, de Laura qu'on peut s'en faire entendre sans discours, de Lucia qu'on doit la retourner plusieurs fois en un même round, de Maria qu'il faut la surprendre et l'obliger, d'Anna que le goût du sperme la bouleverse de bonheur, de Claudine que le vrai plaisir engendre chez elle un long glapissement syncopé.

Toutes complices et victimes d'un code immuable, elles s'étaient appliquées à jouir fort – ou bien à faire comme si – de pratiques sans délicatesse ni personnalité, et lui, flatté, conforté dans cette idée qu'il représentait pour ces femmes ce qu'elles recherchaient avant tout chez l'homme, ne se posait guère de questions... Il les prenait donc comme dans ses rêves de jadis, ses rêves de petit garçon ; elles assumaient le rôle qu'il leur avait une fois pour toutes attribué : pâmées de reconnaissance, éberluées par ses prouesses, avides seulement de dépassement, elles méritaient qu'il les honore, en chevalier de l'amour, de performances qui, justement, n'avaient pas grand-chose de chevaleresque. Mais comme nulle ne semblait s'en offusquer, il trouva très bien, pendant des années, de reproduire sur la scène de ses ébats privés, les scénarios inconsistants, quoique rythmés, des films porno où il avait puisé le meilleur de son inspiration.

Un jour, il avait trente-deux ans, des amis lui présentèrent Christine. Elle lui déplut parce qu'il vit en elle, inconsciemment, le symbole d'une solitude qui hésitait depuis peu à se proclamer liberté... En effet, il devenait difficile pour lui de sortir avec des bandes, essentiellement constituées, à présent, de couples mariés, ou bien de rencontrer des jeunes femmes célibataires. Or, il n'appréciait guère l'inexpérience totale, fade et inutilement dangereuse des jeunes filles que sa belle trentaine eût aisément séduites, et se lassait aussi des rencontres adultères, où l'on s'enivre quelque temps de l'idée qu'on supplante de ses charmes un mari balourd, indifférent ou monotone, mais où l'on finit par se sentir frustré de n'en posséder que les restes. Car toutes les femmes mariées n'étaient pas prêtes, comme la naïve Thérèse, à abandonner pour ses beaux yeux le domicile conjugal. Ce que maintenant il regrettait presque...

Or les femmes qu'il fréquentait avaient mûri en même temps que lui, sans qu'il ait pensé jusque-là qu'une d'entre elle pût mûrir avec lui... Et celles qui se donnaient, celles qu'il possédait, ironie du langage ! appartenaient à d'autres.

Il arriva un moment où ses copains, mus par une énigmatique sollicitude qui tenait plutôt de diverses formes de jalousie, s'employèrent à lui trouver, pour la sortie, la soirée ou le week-end suivant, une compagne dont l'indépendance n'eût rien d'occasionnel. Bref, on cherchait à le marier.

C'est ainsi qu'il se montra d'abord très froid avec Christine, ayant à cœur de prouver qu'il entendait s'occuper seul de son avenir sentimental. Et puis elle était divorcée, ce qui constituait, à ses yeux, une expérience, certes, mais plutôt suspecte, et somme toute négative. Et puis elle avait les cheveux courts... et puis...

Avec beaucoup de bonne volonté et d'application, Philippe se trouva une foule d'excellentes raisons pour ne pas lui faire la cour. Elle eut l'adresse de ne pas sembler le remarquer, et d'accepter le plus simplement du monde sa tardive et inespérée invitation à danser. Elle était grande, bien bâtie plutôt que bien faite, et son allure sainement sportive dépaysait Philippe des petites Latines potelées qui avaient retenu, jusque-là, ses préférences. Il comptabilisait, debout contre elle dans la chaleur de la boîte de nuit, ses bons et mauvais points, moins sévère, finalement qu'à l'heure de leur rencontre. « Des cheveux courts, bon... Ça se laisse pousser, les cheveux... Et encore... Savoir si ça lui irait ?... Et de petits seins... Les hanches... pas très rondes, ça, non... Mais... une certaine élégance... Elle bouge bien... Aussi grande que moi... Bien habillée en tout cas. Beaucoup de classe. Visage régulier, un peu viril, à peine. Ça ne manque pas de charme... »

Il daigna essayer sur elle une de ses œillades vertes parmi les plus efficaces. Elle sourit. Il se résigna aussi à s'amuser. Elle paraissait, dans ses bras, plus détendue que troublée. Cette quiétude le piqua. Il estima urgent de changer de méthode, sans qu'elle s'aperçût qu'il lui faisait tout à coup beaucoup d'honneur. Il renonça aux langueurs du blues qu'il savait pourtant chalouper assez bien, pour tenter de l'époustoufler par un rock athlétique. Elle le suivit remarquablement, s'accordant tout de suite à son tempo, virevoltant avec aisance, s'envolant sans hésitation ni contre-temps, et ne s'étonna vraiment que lorsqu'il fut à genoux, tordu et grimaçant, visiblement en proie à une affreuse souffrance.

Douze ans, presque jour pour jour, après Aim el-Bagra et son tragique barrage électrifié, l'épaule gauche de Philippe venait, en se démettant pour la seconde fois, de célébrer un douloureux anniversaire.

Christine vint le voir à l'hôpital. Il s'en émut, comme si, jusque-là, aucune femme n'avait jamais manifesté de gentillesse à son égard. En fait, il s'était tellement caparaçonné, depuis Thérèse, contre tout attendrissement, qu'il ne savait plus voir la plus élémentaire manifestation affective sans méfiance ou mépris. Avec Christine, qui arrivait tout simplement au bon moment de son double désarroi – celui de sa trentaine esseulée, mais aussi celui de son hospitalisation –, il découvrit le plaisir de susciter, plus qu'un intérêt sexuel, une attention tendre et délicate.

Elle lui apporta de la lecture, sut rire quand il se voulut drôle, se montra disponible et non désœuvrée, séduite sans affolement ; il lui sut gré de sa réserve élégante, de ses silences éloquents et de ses aveux tacites, de sa présence raisonnable.

En sortant de clinique, il coucha avec elle, ne la trouva ni putain ni bégueule, juste assez ingénue pour s'étonner de ses initiatives, juste assez faite pour les goûter, juste assez éprouvée par son précédent mariage pour les préférer, juste assez tendre pour autoriser beaucoup, juste assez fière pour ne pas tout permettre, juste assez femme pour ne s'en pas vanter.

Il constata qu'elle l'aimait, pensa qu'il l'aimait de même, et l'épousa.

Philippe était un homme comblé : il avait une femme charmante, amoureuse, occupée d'un métier sinon prestigieux, du moins très avouable dans la société où il aimait à évoluer.

Ils sortaient beaucoup, recevaient, s'offraient des vacances de rêve dans les grands hôtels banals des villes exotiques. Ou bien, beaucoup plus simplement, on louait à plusieurs couples, sur une plage espagnole, une immense villa, où les hommes, très ouverts d'esprit, très avant-gardistes, mitonnaient dans une chaude ambiance anisée des recettes de poissons marinés... Les femmes s'extasiaient, se félicitaient de leur chance et rangeaient la cuisine après leurs prestations.

Philippe voyageait encore beaucoup. Il trompait Christine de temps à autre, à petits coups furtifs, se déculpabilisait en n'y prenant aucun plaisir, si ce n'est celui de prouver qu'il pouvait encore séduire vite et combler longtemps. Mais ses aventures extraconjugales le confortaient toutes, finalement, dans l'idée qu'il avait réalisé le meilleur choix possible, et que celle qui l'attendait, douce et sage à la maison, s'avérait bien l'épouse idéale et la femme de sa vie.

Il lui faisait l'amour souvent, et, du moins le croyait-il, de façon variée, parce qu'il la prenait tantôt comme un mari, c'est-à-dire qu'il la réveillait la nuit ou au petit matin d'une pression têtue de sa verge dressée, la pénétrait vite, s'autorisait un bref et convulsif plaisir dont le partage lui importait peu, et se rendormait béat, le sexe et la conscience tranquilles. Tantôt il soignait la mise en scène, la traitait alors comme une maîtresse, multipliait les postures et les frictions, s'employait à la faire jouir deux ou trois fois, sublime de persévérance et de générosité.

Leur mariage reflétait assez bien le caractère profond de Philippe : il s'agissait d'un engagement sérieux et définitif, bâti sur une tendresse réciproque, solide, dénuée de mignardises, consolidé par l'acceptation toute simple d'une routine qui n'avait rien d'exaltant ni d'avilissant. Loin des déchirements intellectuels, des révoltes et des remises en questions romantiques, mais usantes, qui finissent par ruiner les couples plus passionnés, eux menaient une vie calme et saine, sans cri, ni scène, ni réconciliation d'aucune sorte, et les fêtes entre amis, où il prenait volontiers la vedette pendant qu'elle applaudissait sereinement à son succès, constituaient les seuls moments turbulents de leur existence.

De temps à autre, il se montrait galant, en sa présence, avec d'autres femmes, jouait de sa prunelle verte, amorçait un jeu amoureux. Elle, chagrine, se renfrognait un peu, sans méchanceté, impuissante à trouver la réplique mordante, incapable de lui rendre la monnaie de sa pièce, ou de seulement l'envisager. Sa jalousie le flattait, le tendre pardon qu'il obtenait tout de suite le confondait.

Et puis il changea, non pas vraiment de société, mais de succursale, obtint un travail beaucoup plus sédentaire à Lyon, et l'on mit un bureau à sa disposition dans un immeuble ultramoderne du centre-ville, où son entreprise occupait un étage entier. Là, il rencontra Fabienne.

Fabienne était très différente de Christine. Moins grande et plus gracieuse, elle offrait une forme de beauté plus irrégulière, mais plus voyante que celle de sa femme. Dans son visage ovale au nez un peu long, son œil vif, d'un brun pourtant commun, brillait d'un feu particulier.

Son imparfaite mais agréable plastique retenait l'attention. On disait d'elle, sans qu'elle fût pourtant vraiment jolie, « la belle Fabienne ». C'est que, tout de suite conquis par son charme insolent et piquant, on succombait plutôt aux attraits de ses réparties malicieuses, de ses audaces verbales, de son comportement très libre, et cette lumière intérieure, mélange de sensibilité et d'intelligence provocante, la faisait rayonner.

Muette et figée, elle fût devenue laide. Elle le savait d'ailleurs, ne possédait aucun portrait d'elle qu'elle trouvât à son goût, tiquait dès qu'on cherchait à la prendre en photo, malade secrètement de son image, que pourtant tant de femmes lui enviaient.

Philippe la remarqua très vite et s'abstint de le lui faire savoir. Elle montrait une forme d'assurance qui le paralysait. Car il n'était après tout, et jamais il ne l'avait senti comme en la présence de cette femme, qu'un don juan très incomplet. Jusqu'à présent, il s'en rendait compte, il n'avait séduit que des filles faciles. Non pas toujours faciles au sens commun du terme, non, mais des filles dont il savait d'avance que la conquête lui en serait, à lui, facile. Il n'avait jamais joué que sur du velours, le beau velours vert chatoyant de ses yeux charmeurs, avec des femmes toutes prêtes à goûter son manège.

Fabienne parlait beaucoup, manifestait de l'esprit, manipulait l'ironie. Elle l'intimidait. Il la devinait pleine d'une expérience qui pouvait l'attirer, mais en même temps l'effrayait un peu, parce qu'il redoutait toujours la comparaison.

Il laissa quelques années s'écouler, très prudemment amical avec elle, discrètement à l'affût et persuadé, avec une naïveté bouleversante, que cette indécision, qui pouvait dans le fond s'appeler « patience », était une forme du plus absolu désintérêt.

Ce qu'il ignorait, c'était qu'elle se tenait, de son côté, à peu près le même raisonnement. Elle le trouvait beau et réticent. Elle aussi avait eu, jusque-là, des hommes faciles. Elle non plus ne tenait pas à s'humilier dans une démarche peut-être vouée à l'échec. Elle aussi attendit. Mais comme elle était femme, et femme de caractère qui plus est, elle trouva le courage de faire le premier pas. Il ne se fit pas prier pour exécuter le second. Et le ballet faillit s'arrêter là, pour incompatibilité de rythmes entre les danseurs.

Il faut dire qu'elle était passée à l'attaque un peu directement. Un soir d'arrosage dans les bureaux du service, elle s'était retrouvée avec lui au creux du canapé d'une salle d'attente et, dûment motivée par quelques coupes de champagne et l'occasion de leur exceptionnelle solitude, elle avait posé la main sur sa braguette en disant : « Tu bandes ! »

Lui, surpris par cette nouvelle forme d'abordage, et dans le fond, ravi, s'était cru autorisé à déchaîner une frénésie qu'il estimait de bon aloi. N'écoutant que son code personnel des bonnes façons, il l'avait carambolée, « vite, fort et longtemps », désireux d'outrepasser en vigueur et en initiative ce qu'elle avait pu connaître jusque-là, et qui constituait sans nul doute de solides annales.

Il ne réussit qu'à l'épouvanter, car elle aimait la brutalité des mots et la douceur des caresses. Il ne possédait ni l'art de la première ni la manière de la seconde. Ils se quittèrent ce soir-là sur une impression pénible de malentendu. Il rentra chez sa femme, comme après chacune de ses incartades, un peu honteux, très amoureux d'elle, et la besogna longtemps dans leur lit, sur une cadence qui lui arracha quelques plaintes des plus réconfortantes.

Il voulut oublier Fabienne. Mais il la voyait chaque jour. Il la désira d'autant plus qu'il se l'interdit. Elle plaisait à beaucoup, sinon à tous, et cet engouement quasiment unanime le galvanisait d'une émulation encore jamais éprouvée.

Pour la première fois de sa vie, il ressentit quelque chose qui ressemblait à un cas de conscience et, pour se débarrasser de ce désagréable tiraillement, pour minimiser l'importance que cette fille prenait, il capitula : pour la première fois de sa vie, il insista beaucoup pour obtenir un rendez-vous. Qu'elle accorda. Là, au terme d'une chevauchée où elle n'avait crié que de douloureuse surprise, elle lui expliqua qu'elle n'aimait pas du tout sa façon de faire l'amour qui, chez lui, s'apparentait plutôt à un rut de cirque. Qu'elle se fichait éperdument de jouir plusieurs fois, et même de jouir tout court, si lui se refusait le plaisir. Qu'elle ne voyait pas l'intérêt de vivre avec un compagnon obstinément muet et délibérément stakhanoviste des moments qu'elle pouvait aussi bien remplir avec un godemiché. Que ce qu'elle aimait chez l'homme, c'était non pas le béton armé, mais justement l'homme ; c'était la chair douce et faible, et affolée, c'était le mot, la plainte, le cri, la divagation, c'était la tendresse, la caresse, la recherche astucieuse, minutieuse des contacts les plus troublants, des attouchements les plus suggestifs. Que ses records, ses tempos, son abnégation, son héroïsme rappelaient un cinéma où elle se sentait peu douée pour tenir un rôle, qui, de toute façon, même si c'était elle qui semblait particulièrement choyée, ne serait que secondaire, et qu'enfin, l'initiative se devait partager équitablement, comme l'envie de combler l'autre, de susciter, de contempler et de goûter son exaltation.

Là-dessus, elle eut à cœur de prouver, geste à l'appui, qu'un clitoris ne se manipule pas comme un bouton d'ascenseur rétif, qu'un sexe féminin s'investit doucement et progressivement au terme d'un cérémonial, courtois aussi bien que persuasif, nommé prélude, et que la possession rapide et rude, si elle plaît à certaines, peut en réfrigérer d'autres.

Le dogme de Philippe, élaboré au fil de tant d'années fallacieusement studieuses, acheva de basculer quand elle lui planta, en manière de démonstration, et sans préavis d'aucune sorte, un doigt dans le derrière.

Le narcissisme de ce Casanova en prit un coup, son semblant d'assurance aussi. Il rentra chez sa femme, toujours douce, toujours accommodante, vérifia sur-le-champ, puis un certain nombre de fois encore, qu'elle appréciait des pratiques que Fabienne n'avait pas hésité à qualifier de sauvages, mais se surprit à essayer aussi sur elle quelques caresses plus longues et plus aériennes, qu'elle ne parut pas non plus détester.

Il se rendit à l'évidence : ses deux tête-à-tête avec Fabienne, quoique rapides, l'avaient tout de même enrichi d'une remise en question peut-être point si négative qu'il ne l'avait d'abord cru. Alors, dans le but tout à fait louable d'une heureuse exploitation conjugale, il revint à Fabienne, comme à la source d'un savoir neuf.

Le vrai mobile de ses assiduités était, à la vérité, fort complexe. Il faut reconnaître qu'une quête essentiellement sexuelle le poussait vers elle. Il voulait apprendre d'une femme différente et apparemment affranchie les données qui lui avaient fait défaut jusque-là pour compléter sa science de don juan, et accroître ainsi cet illusoire pouvoir qu'il chérissait tant : celui d'offrir aux femmes, à sa femme, le munificent plaisir.

Il voulait également la voir, elle, en proie à la volupté, la magnifier et la réduire ensemble, humilier son insolence, la métamorphoser en bête aux abois, en chienne, en putain, en déesse, et se dire « c'est moi, moi qui la soumets, c'est à moi qu'elle doit son cri, sa fièvre, sa convulsion, cet instant prodigieux où elle oublie sa pudeur ». Car il avait percé, d'un œil perspicace que ne guidait plus la seule curiosité, ou alors une curiosité déjà très particulière, proche à s'y méprendre de l'intérêt, il avait percé, derrière les fanfaronnades de Fabienne, derrière ses mots, ses récriminations, ses jugements cyniques, la fragilité et le désarroi des timides. Il flairait en elle une égale, une sœur, et aimait déjà, au-delà de l'éclat de prestige et de la séduction, la souffrance de ses doutes qui ressemblaient aux siens.

Elle l'attirait aussi intellectuellement. Il la trouvait brillante, avait de l'agrément à parler avec elle. Non pas un simple agrément de public. Elle le stimulait, il se découvrait des dons pour le marivaudage, la joute oratoire, ces combats sans agressivité où une parole en entraînant une seconde, un terme rebondissant d'un autre, le dialogue se construit comme un puzzle harmonieux et tisse entre les interlocuteurs une connivence délicieuse, qui permet à chacun la petite gloire passagère d'une aimable réplique.

Un certain égotisme se mettait à le fasciner. Il progressait sur le chemin inattendu de sa propre révélation, se voyait, grâce à elle et à travers elle, plus attachant, plus spirituel soudain qu'il l'avait jamais pensé. Il lui voua donc une inconsciente mais spéciale reconnaissance, un peu comme si elle lui avait permis de détecter chez lui-même des dons insoupçonnables.

Le bienfait était d'ailleurs tout à fait réciproque. Elle aussi gagnait, à sa compagnie, une confiance en elle, moins aléatoire, plus authentique qu'auparavant. Ainsi chacun était-il admiré de l'autre, honoré de cette admiration, et leur mutuelle gratitude releva bientôt d'un sentiment plus tendre.

Au nom de cette tendresse, plus vite avouée chez elle, ils s'appliquèrent à se plaire davantage et entreprirent chacun une métamorphose de leur comportement. Il apprit la douceur, la patience, tâcha d'oublier la retenue. Elle se déchaîna plus souvent, s'appliqua à écouter le bestial instinct qui pouvait, elle aussi, la fanatiser dans une course échevelée au plaisir. Ils se disaient quelquefois, surpris, heureux et graves : « C'est toi qui m'as appris ça... », rendaient ainsi grâce non à d'hypothétiques talents de pédagogues, mais au charme tout-puissant de l'autre qui avait su inspirer le désir, puis l'accomplissement du changement.

La troisième curiosité de Philippe était là, plus douloureuse, plus ébahie. Il ne s'agissait plus d'un attrait sexuel ou intellectuel, mais bel et bien affectif. Lui qui s'était prémuni tant d'années contre la dangereuse sentimentalité, qui avait attendu si longtemps pour dire « je t'aime », qui s'était bâti une forteresse de son mariage, qui n'avait trahi Christine que fugitivement, peureusement, presque innocemment, voilà qu'il tombait dans le piège qu'il avait appris à redouter avec Thérèse, mais cette fois, et c'était bien le pire, la victime ne se montrait-elle pas plus que consentante ? Or, contrairement à Thérèse, Fabienne était libre et ne demandait rien. Rien d'autre qu'une rencontre de temps en temps, rien d'autre que son regard amoureux, que les rares aveux qu'il avait fini par se résoudre à prononcer quelquefois. En échange de quoi, elle apportait un génie, pas toujours calculé, à l'électriser de mots de plus en plus percutants, ceux qu'elle prononçait au cours de leurs étreintes, ceux qu'elle lui écrivait après, pour le faire se souvenir, rêver ou envisager.

Philippe adorait ses messages torrides. Il les avait assimilés, au début, à des « modes d'emploi », des sortes de leçons où Fabienne eût dévoilé ses fantasmes, et la façon de les servir. Mais très vite, il s'était rendu compte qu'elle s'ingéniait à débusquer ses fantasmes à lui, pour mieux lui complaire et le garder. Le jeu le séduisait d'autant plus qu'elle le mettait en scène sous les traits d'un personnage flatteur, amoureux, impénitent, *superman* de la gaudriole, inépuisable et drôle... Ce qui semblait assez paradoxal puisque, parallèlement, elle en avait fait un amant très assagi.

« Tu m'as domestiqué », remarquait-il souvent en la regardant mourir lentement d'un plaisir progressif, savamment dosé, contrôlé et accru de minute en minute. C'était lui qui parlait à présent, qui demandait : « Tu aimes, le bout, comme ça, juste le bout ? Tu aimes ça, ne bouge pas. Pas tout de suite... Attends, garde juste le bout. Pompe-le, avale-le tout doucement. Moi je ne remue pas... » Et elle, en revanche, d'un pied à ses fesses, brusquait l'invasion, précipitait le mouvement, gâchait l'attente. « A quoi tu penses ? » interrogeait-il, friand des images qu'il devinait, derrière ses paupières serrées, avide de ses termes impudiques, de ses rêves farouches.

Dans les premiers temps de leur liaison, alors qu'il se montrait encore très autoritaire, trop au goût de Fabienne, il l'avait sodomisée. Elle avait accepté le jeu, y avait même manifesté une ferveur particulière, mais s'était rendu compte, après l'étreinte, qu'elle avait souillé les draps. Elle avait visiblement éprouvé une honte pénible, et lui s'était repu de cette honte-là, comme d'un privilège à lui seul réservé. Il avait raison. Pareille chose n'était encore jamais arrivée à Fabienne, et pour elle aussi, cette souillure, cette signature qui lui répugnait et violait sa réserve, avait pris valeur de symbole. Il fallait que cet homme-là fût exceptionnel pour qu'elle ressentît, en nettoyant le lit, un tel mélange de vergogne résignée et d'allégresse incongrue. Il lui semblait naïvement qu'elle s'était donnée à lui plus qu'à n'importe qui d'autre, que leur intimité, soudain, devenait tangible, irréfutable. Il se différenciait, par là, des autres hommes qu'elle avait eus, et la différenciait aussi de sa femme, qui prisait peu ce genre d'intromission.

Il n'en était encore qu'à la découverte du « fonctionnement » sexuel de sa maîtresse, et des sensations qu'il éprouvait avec elle. Elle qui, au fil de leur histoire, le devançait toujours de quelques bonnes longueurs, commit la maladresse de se montrer trop vite tendre. Il rua aux abords de ce qui lui paraissait un guet-apens ennuyeux et banal, se montra goujat, rentra prématurément chez sa femme qui soudain se mettait à lui manquer terriblement. Fabienne ravala son dépit, se fit belle, le trompa dans les heures qui suivirent et le lui dit le lendemain, au moment où, un peu embarrassé tout de même par sa muflerie de la veille, il arrivait chez elle avec un bouquet de roses.

L'aveu de Fabienne n'avait rien de provocant. Il se voulait au contraire rassurant, du style : « Tu as peur que je t'aime trop ? Eh bien rassure-toi, tu sais, il n'en est rien, j'ai couché avec Patrick », ou bien encore : « Tu n'apprécies pas les femmes qui s'accrochent, qui pleurent, qui languissent ? Tu les préfères gaies et drôles... Tu goûtes chez moi ma liberté, ma légèreté ?... Sois content, je suis toujours la même !... »

A cette confession, Philippe s'étonna de souffrir, et, plus encore, de chercher à analyser sa souffrance, qui relevait en fait, il se résigna mal à l'admettre, de la plus élémentaire jalousie. Ce qui signifiait qu'il tenait déjà assez à Fabienne pour prendre ombrage de ses divagations. Il tenta de dédramatiser la chose en se démontrant que, si elle avait eu à cœur de le mettre au courant, c'était bien sûr pour le faire réagir ; cette interprétation le satisfit assez pour qu'il n'y vît point l'immense paradoxe qu'elle recouvrait : il appréhendait l'amour de Fabienne, la refroidissait si elle essayait d'en parler, mais préférait penser que cet amour seul lui avait inspiré la tromperie et la confidence.

Malgré la teneur différente des moments qu'il vivait avec Fabienne, Philippe, pendant des années, revint à Christine dans des dispositions et des états d'esprit qui, vus de l'extérieur, pouvaient passer pour égaux. En effet, tant qu'il s'interdit l'attendrissement avec l'une, il rentra chez l'autre tendre et câlin, pour se bien convaincre que le toit conjugal était le seul endroit où il s'autorisait à aimer.

Quand peu à peu il apprit de la première la douceur, la suavité, le bonheur des attouchements arachnéens, il contrôla, avec la seconde, l'efficacité de ses leçons, heureux, au fond, de rentabiliser légitimement ses infidélités. Quand Fabienne lui eut avoué sa première fredaine, puis bien d'autres par la suite, il chercha auprès de Christine le réconfort d'une affection stable et durable, qui ne remettait pas en cause, comme les égarements de sa volage maîtresse, son pouvoir de séduction. Quand enfin il s'aperçut qu'il aimait Fabienne bien au-delà de ce qu'il aurait pu redouter, le remords le rendit, avec sa femme, attentif et avide d'un pardon, fût-il inconscient.

Christine répondait à toute cette tendresse variablement motivée par une égale tendresse, une infinie gratitude, un attachement très grave. Il se produisit alors, dans le couple de Philippe, un cercle vicieux tout à fait particulier qui sauvegarda leur mariage au-delà de toute logique. Car si Philippe avait rapporté de ses errances extraconjugales, comme cela arrive parfois, le dépit de ne pas s'y sentir libre, la hargne de devoir rentrer et de s'astreindre, bon gré mal gré, au rituel sans charme de la vie conjugale, Christine eût répondu, même sans les comprendre, à ses amertumes par d'autres amertumes. Il l'aurait jugée insupportable, se serait montré odieux, et chacun eût trouvé dans cette surenchère de bonnes raisons de quitter l'autre. Les divorces peuvent s'amorcer de cette simple et irréversible façon.

En revanche, plus Philippe aimait Fabienne, plus il se montrait amoureux de Christine, qui le lui rendait bien, le confortant dans l'idée qu'il n'avait aucune raison de lui faire du mal, alors qu'elle avait été déjà si désarmée par son précédent divorce.

Alors, comme il ne se décidait pas non plus à perdre Fabienne, il lui fallut bien se résoudre à cette bigamie semi-clandestine, fréquemment vécue par des hommes qu'on taxe à la légère de lâcheté ou d'irresponsabilité, quand leur seule véritable peur est non pas de souffrir, mais de faire souffrir.

Fabienne comprit qu'elle avait gagné un grade dans la vie de Philippe, qu'elle n'était plus une maîtresse ordinaire, mais presque une seconde épouse, quand elle soupçonna qu'il la trompait à son tour. Quoique tout aussi amoureuse de lui que Christine, elle l'était bien moins aveuglément.

Elle sollicita des aveux clairs et nets, auxquels il s'adonna avec un étrange et multiple plaisir ; c'était la première fois qu'il parlait à une femme avec qui il couchait de ses relations avec une autre, avec qui il couchait aussi. Nouveauté de l'expérience, soulagement de se rendre compte que non seulement ce genre d'entretien est possible, mais plutôt, dans certains cas, souhaitable, jouissance trouble de susciter la jalousie et l'intérêt accrus de Fabienne, fierté de lui montrer qu'il plaisait à d'autres, petite revanche d'amour-propre, délectation très intellectuelle de bavarder longtemps sur un sujet palpitant, de disséquer, d'argumenter et d'arriver à de paradoxales conclusions. Il s'employa à lui démontrer par exemple qu'elle seule avait su inspirer sa conquête, et présider à son succès.

– Je n'étais pas comme ça, avant toi, disait-il. Pas aussi sûr de moi. Pas aussi léger aussi. Tu m'as changé. Initié à la débauche, encouragé dans mon désir de séduire, persuadé de mon charme.

– Dis-donc, répondait-elle. Quand je t'ai connu, j'entends bibliquement, qui t'avait donc initié, encouragé, persuadé ?

– Justement, faisait-il remarquer. Nous nous sommes connus, bien longtemps avant de nous connaître bibliquement, comme tu dis. Pendant des années, je n'ai pas cherché à te séduire. Je n'étais pas sûr de moi.

– Tu disais toi-même que je t'intimidais...

– Oui. Mais Martine aussi m'aurait intimidé, si tu ne m'avais pas transformé.

– C'est moi qui t'ai poussé dans le lit de Martine, finalement ?

– Oui, c'est toi !

– J'en suis ravie.

Elle affichait une moue dépitée.

– Oh ! Dis ! Ça te va bien ! protestait-il. Et quand tu as couché avec Patrick ? Avec Pierre ? Avec Jérôme ?

– Je t'ai déjà expliqué...

– Que c'était par amour pour moi, oui, je sais.

– Oui, par amour, pour essayer de t'oublier, de te nier, de moins t'aimer. Pour ne pas t'encombrer ni enlaidir ce que tu préférais en moi. Par amour pour toi, j'ai fait l'amour avec d'autres. Pour m'obliger à voir qu'il n'y avait pas qu'un homme sur terre, pour me garder désirable à des yeux.

– Merci mille fois, je suis comblé. Mais je ne vois pas la différence. Et si, moi aussi, j'avais les mêmes motifs ?

Elle lui coupait la parole, poursuivait son idée :

– Et puis, moi, j'ai toujours eu la délicatesse de te dire qu'avec eux, c'était moins bien qu'avec toi, tandis que toi...

– Ah ! Ça y est ! Mais comment fais-tu pour retourner toujours toutes les situations ?

– Je ne retourne rien. Tu as couché avec Martine. Et tu as laissé entendre que c'était bien. Et ne me dis pas que c'est pour me rendre jalouse.

– Je ne te le dis pas.

– C'est bien ce que je te reproche !

La discussion s'éternisait, sans s'envenimer. Fabienne ne voulait ni gronder trop fort, ni pardonner trop vite, avide, contrairement à Christine, de tout ce qui pouvait engendrer entre eux un climat un peu tendu, un peu exceptionnel. Car elle avait le don de transformer une scène qui eût été fastidieuse ou vulgaire chez n'importe qui, en parade amoureuse où elle savait briller et permettre à Philippe de briller de même. Elle bouda raisonnablement, afficha une jalousie et un chagrin modérés, lui adressa, comme chaque fois qu'ils avaient une anicroche, une lettre, et lui, comme chaque fois, répondit par un bouquet de roses...

Cinq ou six ans plus tard, la situation n'avait pas évolué. Philippe sentait son amour pour Christine faiblir et pâlir, et, parallèlement, il devenait plus prévenant et plus attentif avec elle. Ils n'avaient pas eu d'enfant, malgré leur souhait, ce qui lui était un motif de plus pour la ménager. En eussent-ils eu, il y aurait trouvé le prétexte à ne pas la quitter. Mais puisque leur union était demeurée stérile, il y voyait aussi une raison de ne pas l'abandonner à sa solitude...

Dans le couple éphémère qu'il formait avec Fabienne se produisit aussi un cercle vicieux particulier, encore plus paradoxal que celui qui l'attachait à sa femme. Fabienne, qui n'était pas mariée, connaissait beaucoup plus que Philippe, des moments d'isolement qui, sans aller jusqu'à la dépression engendraient quelquefois un dépit passager, qu'elle conjurait alors en le trompant. Lui se sentit vite encouragé à se comporter de même. Fabienne, encore plus dépitée qu'il passât ses rares moments de liberté avec d'autres, surenchérit sans faiblir, et chacun souffrant des infidélités de l'autre, mais trouvant les siennes indispensables et agréables, poursuivit ce manège qui, pendant longtemps les enveloppa tour à tour d'une aura magnifiante : le désir qu'il suscitait autre part.

Philippe, aimé des femmes, devenait plus beau aux yeux de Fabienne, qui ne songeait pas y renoncer. Fabienne, objet de convoitise et d'admiration pour les hommes qu'elle rencontrait, demeurait précieuse à Philippe qui s'enorgueillissait de la posséder mieux, même si ce n'était pas complètement. Et l'idée que Philippe pût s'éprendre ailleurs, celle que Fabienne pût tomber amoureuse d'un autre les torturaient et les galvanisaient ensemble, excitaient en eux une jalousie positive qui ne se lassait pas du combat.

Un jour arriva pourtant où, brutalement, l'ordre des choses établies fut bouleversé par un banal coup de théâtre. Christine apprit, d'une amie bien intentionnée, son infortune. La révélation la crucifia d'une douleur et d'une indignation à la mesure de la confiance aveugle et de l'innocente tranquillité qu'elle avait toujours manifestées dans ses sentiments pour Philippe, à la mesure aussi de l'âge de cette liaison qu'on lui dénonçait.

Elle jeta un regard désabusé et terriblement triste sur la dizaine d'années incriminées qui venaient de s'écouler, calcula que Philippe avait passé le tiers de leur mariage à mentir, se persuada qu'elle vivait tout compte fait avec un inconnu, qui avait pu, pendant tant de temps, mener, sans rien laisser paraître, une double vie.

Une curiosité masochiste la poussa chez Fabienne ; le désir insensé peut-être, aussi, de l'entendre nier, s'indigner, ou minimiser l'affaire. Elle arriva chez elle sur ces mots :

– Dites-moi que ce n'est pas vrai ! Une seule maîtresse pendant dix ans, c'est plus grave que n'importe quoi !

J'aurais compris qu'il rencontre des femmes, qu'il soit volage, j'aurais pardonné... Mais une seule femme, une seule, toujours la même, et ne rien me dire... Pourquoi ?

Fabienne crut nécessaire de jouer sportivement, et habile de la rassurer. Il ne fallait pas qu'elle enfonce le clou, et qu'elle soit donc à l'origine d'une rupture : Philippe ne le lui pardonnerait pas.

– Rassurez-vous, répondit-elle, il y a bel et bien d'autres femmes. Vous voyez que je n'ai donc pas une importance extraordinaire dans sa vie, personne n'a d'importance pour lui, hormis vous, qu'il épargne et chez qui il rentre chaque soir.

Le discours, loin de consoler Christine, lui ouvrit encore de nouveaux horizons. Sa jalousie, au lieu de se calmer, s'exaspéra d'une comparaison nouvelle.

– Ah bon ! A vous, il raconte ? Il vous met dans la confidence ? Vous êtes sa complice, en quelque sorte... Et moi... moi...

Fabienne tenta d'argumenter.

– Il vous respecte plus que moi.

– Vous appelez cela du respect, répartit Christine sur un ton d'infinie lassitude... Ce n'est que du mépris...

Christine avait épousé puis aimé Philippe paisiblement, avec une sereine assurance dénuée de doutes et de regrets. Elle le quitta de même, sans qu'il pût trouver le moyen d'atermoyer d'une quelconque façon. Elle ne garda, volontairement, de leur mariage, que leurs deux alliances, au fond d'une petite boîte.

Philippe se sentait l'âme aussi nue que son annulaire gauche. Rassuré parce que sa femme n'avait pas versé dans le désespoir démonstratif qu'il redoutait, soulagé somme toute par l'éclaircissement radical d'une situation ambiguë qui lui pesait quelquefois, il eût dû se sentir libre et léger. Mais cette liberté trop neuve, c'était une sorte d'entrave supplémentaire inattendue contre laquelle il ne savait pas lutter. Quand on a porté un fardeau, on en garde la courbature longtemps, avant de pouvoir jouir à nouveau de sa légèreté. Le corps ne sait plus se mouvoir naturellement, une sorte de manque le paralyse, l'amputation de ce qui pourtant l'accablait.

Bien sûr, il y avait Fabienne. Mais justement parce qu'il y avait Fabienne, Philippe se montra encore plus désappointé, encore plus désorienté qu'il aurait dû. Une délicatesse très compliquée le gardait de l'attendrissement, lui interdisait de courir chez elle et de crier : « Prends-moi, garde-moi à présent, je suis libre. » Il avait peur de blesser la susceptibilité très spéciale de sa maîtresse, peur de l'entendre répondre : « Je ne me contente pas de ce genre de demande en mariage, moi. Je ne suis pas un havre pour chiens errants... »

Ce dont il avait peur aussi, peut-être, mais d'une manière plus inconsciente, c'était un nouvel engagement trop semblable au premier, qui le condamnerait à une nouvelle forme de comédie, bannirait ses frasques, le coulerait encore dans le moule d'un mari coupable à la moindre tentative d'échappée... Il désirait garder en Fabienne une amante avant tout, mais aussi une complice et une confidente.

Alors, pour lui bien laisser entendre que rien n'avait changé entre eux, qu'il ne se donnait pas, aussitôt que lâché par Christine, comme un cadeau au rabais, un vagabond du cœur, une épave éplorée, mais qu'il éprouvait toujours le désir de plaire, et savait aussi encore le provoquer, il commit l'énorme maladresse de recoucher avec Martine, cette épisodique conquête que Fabienne appelait « Manpower » parce que, disait-elle, elle assurait l'intérim.

Fabienne, qui s'était bercée de l'illusion que Philippe, affranchi de ses scrupules conjugaux, serait désormais, sinon à elle, du moins beaucoup plus disponible, saisit mal la fière manœuvre de son amant, y vit seulement l'affirmation de son indépendance, et s'offensa qu'il eût pu, en un instant aussi grave que ce lendemain de rupture avec Christine, passer la nuit avec Martine et ne pas tenter de le lui cacher.

« Je ne suis plus, lui écrivit-elle, une maîtresse qu'on préfère, je ne serai sans doute jamais une épouse qu'on ménage. Je garde ta chaîne en argent. Tu n'as que faire de chaîne, en ce moment, n'est-ce pas ? Sois heureux sans Christine. Je n'aurai pas l'orgueil de dire "sans moi". »

Philippe lut à travers ces lignes pudiques la déception de Fabienne, et comprit, un peu tard, que son raffinement venait de passer pour une preuve d'indifférence et de muflerie. Il réfléchit très vite et écrivit à son tour, sur une carte bristol : « Tu es toujours ma maîtresse préférée. Quant à l'épouse, il ne tient qu'à toi. J'attendais seulement que tu me demandes de te demander, j'avais peur de me lancer tout seul... Suis-je bien bête ?... »

Puis il se rendit chez un fleuriste de Lyon, choisit une par une les roses d'un magnifique bouquet, non pas un bouquet rouge passionné, mais un bouquet clair, d'un rose pastel, tout indiqué pour une demande en mariage. Il y glissa sa carte, fit livrer le tout à « Fabienne Leconte, rue des Remparts-d'Ainay », et guetta une réponse qui n'arriva jamais, car le hasard voulut qu'il ne fût, mystérieusement, jamais livré...

Philippe et Fabienne se croisèrent quelquefois dans les couloirs de leur société, n'osant s'adresser la parole, ni même un regard, chacun persuadé que l'autre, campé sur ses positions, n'envisageait pas la réconciliation, chacun ulcéré, elle pour avoir suscité en vain une demande en mariage, lui pour l'avoir formulée sans réponse.

Quelques mois plus tard, Philippe acceptait la proposition de ses employeurs : la direction d'un de leurs principaux services de relations publiques, à Venise...

Pour avoir l'air de partir en vacances plutôt qu'en exil, c'est à bord de l'Orient-Express qu'il organisa son premier voyage de reconnaissance...

Philippe venait de dire : « Personne ne m'attend là-bas », et Gina avait arrondi des prunelles exagérément incrédules.

– Personne ?

– Personne. Du moins, pas une femme... Je pars pour mon travail...

– Oh ! dit-elle, avec un curieux sourire, qui était sans doute une façon de masquer son dépit. Coup dur pour ma perspicacité !

Philippe eut le triomphe modeste. Il leva son verre.

– Goûtons ce vin, proposa-t-il.

Mais Gina semblait perdue dans ses pensées.

– Bien sûr, je savais que...

– Que saviez-vous ? demanda Philippe, amusé par la difficulté qu'elle manifestait à admettre ses erreurs.

– Je savais que vous aviez été marié.

– Ah bon ? fit-il, intéressé par la fumeuse théorie qu'elle ne manquerait pas d'élaborer.

– Votre cicatrice, dit-elle.

– Ma cicatrice ?

Il regardait le dos de sa main droite.

– Non, pas la brûlure ! Celle-là, corrigea-t-elle, en lui prenant la main gauche. Il y a des cicatrices moins spectaculaires que des brûlures, mais peut-être bien aussi durables. Cet étranglement de votre annulaire, là... C'est un mariage qui a duré au moins...

– Quinze ans, reconnut-il.

– Divorce ?

– Oui.

– Récent, à en juger par la marque claire que vous gardez encore au doigt.

– Mumm...

– Votre femme était... tendre. C'est vous qui l'avez quittée !

– Dites, Sherlock Holmes, fit remarquer Philippe en lui indiquant son assiette, votre tournedos va refroidir...

Il se coupa un morceau de viande, puis au bout d'un instant, revint de lui-même à la conversation.

– Je me demande comment vous pouvez affirmer que ma femme était tendre...

– Votre façon de dormir, dit Gina entre deux bouchées.

– Bon, elle était tendre, soit. Mais c'est elle qui m'a quitté...

– Pourquoi ?

Philippe haussa les épaules, s'essuya la bouche, avala une gorgée de vin.

– Je le trouve parfait ! dit-il.

Ils mangèrent un moment en silence. Brusquement, Gina, ostensiblement, leva la tête, posa ses couverts de part et d'autre de son assiette, bien méthodiquement, croisa les mains, examina Philippe. Il se sentit observé, leva à son tour les yeux, trouva son regard.

– Quoi ? dit-il.

– Et si c'était moi ?

– Qui ?

– La femme. La femme qui vous attend là-bas. Peut-être que vous ne le saviez pas encore, en montant dans le train. Moi non plus... Mais... (Elle toucha son nez.) L'intuition. Puisque j'avais senti qu'une femme vous attendait ?

Philippe garda le silence. Elle poursuivit :

– Oh ! Notre histoire serait drôle ! Tout à l'envers ! Hier, on ne se connaissait pas. Alors, d'abord la nuit de noces... C'est vous qui l'avez dit... Aujourd'hui, le repas de fête et, tout à l'heure, on se marie ! Christophe nous marie !

– Oui, dit Philippe. Pourquoi pas ? Un mariage très extraordinaire, avec le curé qui est resté dans la chambre nuptiale...

– Expérience rarissime ! commentat-elle avec enthousiasme. Ça, Christophe, vous qui semblez avoir tout vu, tout connu, ça, je suis sûre que vous ne l'avez jamais vécu.

– Quoi donc ?

– Mais, une nuit de noces, comme ça, en direct...

– Je vais vous paraître impossible, avoua Christophe. Mais... si. Je l'ai déjà vécu !

– Non ? s'étonna Gina... Mais on ne trouvera rien qui vous épate !... C'est l'épisode auquel vous avez fait allusion ce matin ? Le couple que vous avez vu faire l'amour ?

– Ah ! non ! dit Christophe. C'est encore autre chose !

Gina tenta, bien sûr, d'en savoir plus. Mais comme Christophe souriait sans répondre, elle revint à son idée.

– Attendez ! s'exclama-t-elle. Vous allez voir. J'ai ce qu'il faut sur moi...

Elle commença une fouille minutieuse de son sac à main, dans lequel elle prit tour à tour divers objets qu'elle posa sur la table, un vaporisateur de parfum, un tube de rouge à lèvres, le peigne de nacre blanc qu'elle portait la veille, un petit médaillon.

Christophe allongea le cou, pour en distinguer le motif. Elle le crut curieux du contenu.

– Une boucle des cheveux de mon père, expliqua-telle, en l'ouvrant...

– L'inconnu ? demanda Philippe.

– Le présumé, corrigea-t-elle.

– Il était blond ?

– Cela vous surprend ?

– Vous êtes si brune !

– C'est ma mère qui était brune, dit-elle en ouvrant un autre médaillon où s'enroulait une mèche noire.

Elle la caressa, du bout du doigt, l'air soudain ailleurs, replia le bijou, replongea dans les profondeurs de son sac, en sortit une enveloppe qu'elle tourna et retourna entre ses doigts, sceptique.

– Ah oui ! finit-elle par s'exclamer. Ça, c'était une carte agrafée à un bouquet de roses.

– Une carte d'admirateur ? comprit Philippe, qui pensait aux roses blanches de Gina, et à l'explication qu'elle en avait donnée.

Elle fit la moue.

– La carte d'un benêt qui n'osait pas assumer sa demande en mariage, dit-elle assez sombrement pour qu'il se méprît complètement, la crût désemparée, abandonnée depuis la veille au moment même de ses noces.

Tout s'éclairait soudain pour lui, le comportement fantasque de la jeune femme, sa liberté presque suicidaire, ses sautes d'humeur, ses gravités soudaines, son costume de mariée et même la proposition qu'elle venait de lui faire, par dépit...

– Gina, commença-t-il, il y a des hommes si... timides, si peu sûrs d'eux... qui gâchent parfois leur vie par maladresse.

Gina coupa court, d'un ton péremptoire.

– Moi, j'appelle ça des imbéciles.

Philippe, encouragé dans sa méprise, eut pitié d'elle.

– Ne vous bradez pas, cependant, mon petit... Vous vous sous-estimez.

– Parce que je viens de vous proposer de m'épouser ? demanda-t-elle. Je me brade ? C'est vous qui vous sous-estimez... Ah ! fit-elle enfin, voilà ce que je cherchais !

Elle venait de sortir de son sac une minuscule boîte de carton rose, de celles qui renferment l'or d'un bijoux précieux. Elle souleva le couvercle avec précaution.

– Mon alliance ! déclara-t-elle.

Philippe se pencha, prit la bague entre ses doigts.

– C'est un anneau de rideau ! dit-il.

– En cuivre, oui. Je n'en veux pas d'autre...

Ils finissaient leur café. Christophe se leva.

– Mes enfants, la nuit a été courte. J'ai sommeil. Je vous laisse pour une petite sieste. Jusqu'à Trente.

– Trente ?

– Une ville de concile... J'y ai un autre rendez-vous.

– Du même acabit que le premier ? demanda Gina.

Il hocha la tête.

– Enfin, si toutefois vous aviez besoin d'un sacrement, vous savez où est ma porte ?

– Vous feriez ça ?

Gina avait un sourire attendri.

– C'est mon métier, dit Christophe.

– Comme ça, au pied levé ? insista Philippe, perplexe.

– Les virtuoses travaillent toujours dans une extrême simplicité et se fichent du décorum, affirma Christophe, en s'éloignant.

Philippe prit Gina à témoin.

– Heureusement que je l'ai rencontré. J'allais garder de l'Église une idée plutôt vieillotte.

Gina ne répondit pas. Par pur plaisir, elle poursuivait, dans son sac, l'extraction de multiples trésors. Elle exhiba une photo.

– Moi ! dans les bras de mon père, commenta-t-elle à Philippe.

– Le présumé ?

– Non, l'officiel.

Philippe renonça à s'étonner davantage. Il demanda juste :

– Soldat ?

– Non, déguisé seulement.

– Ah ! fit-il. C'est de famille, alors ?

Elle leva sur lui deux grands yeux songeurs, ouvrit la bouche, la referma sans avoir rien prononcé. Elle tenait à la main un paquet de lettres, qu'elle rangea soigneusement après y avoir jeté un rapide coup d'œil.

– Tout ça dans votre sac ? Et vous n'avez pas de bagage ?

– Je ne voyage qu'avec l'essentiel, répondit-elle, toujours occupée à son rangement.

Puis, après un mouvement de tête brusque qui lui était coutumier comme sous l'assaut irrésistible d'une tentation qu'on ne peut renier, et avec un regard où l'on aurait dit qu'elle venait de mettre son âme, elle lui ordonna :

– Venez dans ma cabine !

– Si nous allions dans la mienne, plutôt, proposa Philippe.

– Pourquoi ?

– J'ai envie... de vous...

– La mienne fera très bien l'affaire...

– Non, laissez-moi finir... J'ai envie de vous... dire des choses tendres...

L'argument sembla la convaincre avec une rapidité insolite.

– Allons-y, conclut-elle. Et elle se leva.

Il la laissa entrer, referma la porte sur eux.

– Ça ne vous gêne pas, Gina, si je verrouille ?

Elle l'observait avec une sorte d'attention enfantine.

– Parce que, depuis hier, j'ai remarqué que vous ne fermiez jamais les portes à clef.

Il ironisait gentiment, pour masquer l'absurde embarras qui lui venait. Elle répondit, très innocemment :

– Non, si vous voulez me dire des choses tendres, il faut fermer. Tout. Les rideaux aussi...

– Pourquoi ?

– Parce que vous allez rougir.

– Ah bon ?

– Vous en avez dit beaucoup, des mots d'amour, dans votre vie ?

Il était en train d'ouvrir la banquette, pour faire le lit. Il se retourna.

– Non, avoua-t-il. Bien peu. Sans doute pas assez.

– Vous voyez bien !

Le plus simplement du monde, elle venait, sans le déboutonner, de faire passer son gilet rose et bleu par-dessus sa tête. Ses cheveux, qu'elle ne pensa pas à assagir, restèrent ainsi, envolés, dressés, tels que le vêtement les avait rebroussés au passage. Philippe la regarda, torse nu dans sa jupe blanche, avec cette petite tête si innocente, si différente, d'éphèbe oriental.

Il s'assit sur le lit.

– Viens là, dit-il.

Elle s'approcha, resta debout devant lui. Il serra ses jambes entre ses genoux, ses petites pattes chaudes entre ses mains.

– Gina, commença-t-il doucement, je n'aime pas les jeunes femmes...

Elle se cabra tout de suite :

– C'est ça, vos mots tendres !

– Impatiente ! reprocha-t-il à mi-voix. A cause de cette impatience, justement... J'ai peur d'être trop vieux...

Elle se mit à genoux devant lui, caressa son visage de ses mains légères, souligna les pattes d'oie autour des yeux verts, peigna les sourcils broussailleux, démêla une boucle noire et blanche sur le front buriné.

– Toi, dit-elle, tu as peur de tout !

– Et toi, tu n'as peur de rien. Je te regarde depuis hier, je... t'admire, j'ai l'impression de te connaître depuis toujours... Tu me fais penser à tant de visages à la fois, tant de moments de ma vie....

– Je suis un peu caméléon, dit-elle, comme à regret.

Il jouait à son tour dans ses cheveux, coiffait les mèches brunes en arrière, tâchait de retrouver l'impression qu'il avait éprouvée, le matin même, quand il l'avait vu sortir du cabinet de toilette. Il se pencha.

– Dis-moi « Sidi Philippe ».

Elle répéta docilement :

– Sidi Philippe.

– Non, écoute. Presque « é » : Sédé Phéléppe.

– Sédé Phéléppe.

Il rit silencieusement. Elle l'imita.

– Tu n'es pas d'origine arabe ?

Elle secoua la tête.

– Italienne ?

– Non plus.

Il eut l'air surpris.

– Tu as la peau mate...

Il caressait à présent ses épaules fines, ses seins ronds, comme sans y penser.

– Si tu avais beaucoup, beaucoup plus de hanches, là...

Il arrondissait ses mains aux flancs courbes mais minces de Gina :

– Si tu avais...

Ses mains s'égaraient sur son dos, descendaient. Il cherchait ses mots.

– Un gros cul ? proposa-t-elle.

– Oui, dit-il, un gros cul, je te baiserais à l'huile d'olive.

– A l'huile d'olive ?

Ils rirent encore. Puis il resta songeur une ou deux minutes, et conclut, comme si elle avait pu lire dans ses pensées :

– C'est vrai que cette nuit, j'ai dormi contre toi, comme je dormais contre ma femme... mais... ce n'est pas à elle que tu ressembles le plus, ni à l'Italienne à l'huile d'olive, ni...

– Au petit garçon arabe ?

– Non, ni à lui... C'est... dans ta façon de faire l'amour... Les choses que tu dis, les... initiatives...

– Tu l'as aimée, celle-ci ?

– Oui.

– Et perdue ?

– Oui.

Elle se redressa, acheva de se déshabiller, et, vêtue de sa simple splendeur, vint s'allonger à ses côtés, souleva la tête pour qu'il la prît contre lui. Il comprit l'invite, offrit son épaule, la ceinture de son grand bras, elle se pelotonna avec un mouvement aveugle et exigeant de chaton affamé, et son corps chaud et gracieux, souple jusqu'au miracle, épousa, dans sa quête animale de bien-être, le corps de Philippe.

Elle joua un instant à l'assourdir de petits baisers sonores au creux de l'oreille, et demanda soudain, dans un élan de curiosité passionnée :

– Philippe ! donne-moi quelque chose... quelque chose que tu n'as jamais donné à personne !

Il la caressait, quoique déjà très ému, d'un ample effleurement encore innocent, de son épaule veloutée à sa cuisse charnue, s'émerveillait de ses vallonnements, plongeait avec délice au creux de sa taille, remontait doucement l'arrondi de sa hanche, ondulait au rythme de ses reliefs. Il parla dans ses cheveux :

– Ma pauvre petite fille si neuve. J'ai quarante-sept ans. Je n'ai plus rien à donner. J'ai laissé en chemin mon bracelet, mon alliance, ma chaîne. J'ai perdu mes illusions, ma fierté, jusqu'à mes doutes. J'ai espéré, aimé, trahi...

– Souffert ?

– Souffert aussi, oui... Tu vois, il ne me reste plus rien d'intact, ni mon âme ni mon corps.

– Arrête ! interrompit Gina. Arrête !

– Quoi ?

– Les violons ! Le couplet du vieil homme amer... c'est ringard, non ?

– Ah ! s'exclama-t-il, blessé. Ça, c'est fort. Moi qui d'habitude me garde comme de la peste de ce genre d'attendrissement ridicule, j'en conviens. Mais tu me demandes quelque chose que je n'ai jamais donné.

– Tu n'as trouvé que ça ? coupa-t-elle, méchamment. Merci ! Laisse-moi chercher, va, ça vaut mieux. Tu as des tas de coins puceaux, et tu n'en sais rien. Ou tu ne veux pas savoir.

– Toi, dit-il en dressant la tête, tu sais, bien sûr.

– Intuition ! fit-elle.

– Touche-toi le nez !

– Quoi ?

– Quand tu dis « intuition », tu te touches le bout du nez. Là, tu as oublié !

– Oh ! s'écria-t-elle, ravie. Mais on m'observe ! Mais on commence à me connaître ! Mais on tient déjà à ses habitudes !

– A tes habitudes !

– Encore mieux !

Et, pour ne pas faillir, justement à une habitude qu'elle chérissait entre toutes, celle de dérouter l'interlocuteur, coûte que coûte, elle ajouta sans préambule :

– Pose-moi des questions !

– Des questions ?

– Offre-moi ta curiosité, ton indiscrétion, ton intérêt.

– Non.

– Dis-moi des mots dégueulasses... Pour m'exciter...

– Non.

– Donne-moi des ordres.

– Tais-toi !

Par jeu, elle serra ostensiblement les lèvres. Il se releva, roula sur le bord du lit, se laissa tomber à genoux par terre, prit entre ses mains puissantes les mollets de Gina, la fit pivoter tout entière en les attirant à lui, la disposa, perpendiculaire à la couchette, jambes pendantes, cuisses ouvertes.

– Toi, dit-il, toi, donne-moi des ordres.

Elle s'empara du coussin, le glissa sous sa tête, que l'étroitesse de la couche condamnait au rude contact de la paroi, y creusa, de la nuque, une niche confortable, ferma les yeux et commença une étrange leçon.

– Pose ta bouche sur mes poils. Ta bouche fermée. Légèrement. Promène-la, en haut, entre le ventre et le pubis, de chaque côté, au creux de l'aine. Plus lentement que ça... Sur le plus charnu du sexe, le plus gonflant. Toujours fermée, ta bouche. Peigne juste avec tes lèvres le sommet des boucles, la surface du pelage. Pour faire bouger toute la peau dessous, sans la toucher. Et puis sur la fente, de haut en bas, de bas en haut, très, très lentement, et souffle doucement. Une petite brise. Souffle chaud, dans le sillon. Dans les poils aussi. Comme le vent dans la forêt. Et plus froid. Je sens le plaisir me séparer, creuser mon fossé, l'élargir, l'allonger. Je sens ton souffle jusqu'à mon cul, très loin. Et la crevasse s'écarte, mûrit, gonfle de l'intérieur. On dirait un doigt de gant qui a envie de se retourner. Mets tes deux mains sur le dedans de mes cuisses, tout près, tout près de ma chatte. Sans la toucher. A peine, des deux pouces... plus bas. De chaque côté du con. Tes deux pouces appuient un peu. A peine. Tirent un peu de chaque côté. Ouvrent un peu. Tu vois le trou ? Tu lui donnes la forme que tu veux. Remonte les pouces, délicatement, étire-le. Il est ovale. Tu vois ! Mouillé, hein ? Arrondis-le, de l'extérieur. Il faut tirer doucement de chaque côté.... Tes index. Avec le dos des index, le dos de l'ongle, remonte chaque lèvre, sur le bord, jusqu'en haut, jusqu'à la fourche.

Redescends pareil. Tu me fais bander. Je sens mon bouton qui grossit, qui pousse sa tête sous le petit capuchon. Fais comme si tu n'avais rien vu, il est pudique et farouche. Ne le touche pas. En revanche, tu vois, les deux petits pétales roses, dessous... Alors entre le pouce et l'index, très symétriquement, très parallèlement, tu les prends, tu les défroisses, tu tires dessus. Encore, encore. Plus loin. Je coule. Regarde. J'ai senti une goutte descendre jusqu'à mon cul. Je suis sûre que tu bandes aussi. Je rêve de ta queue. De la prendre dans ma main. Non ! Ne te déshabille pas... Je préfère l'attendre... l'imaginer... J'ai envie de me toucher, aussi. Si je me touche, je jouis tout de suite. Je résiste. Approche à nouveau ta bouche. Mords-moi sans les dents. Juste avec tes lèvres. Ou bien la pointe, à peine, la pointe des dents de chaque côté de la fente pour taquiner. J'aime ça... Non. J'adore... J'adore sentir ta respiration courte dans ma chatte ouverte. J'aimerais pouvoir me rendre encore plus béante, encore plus consentante, encore plus exhibitionniste. Je me sens si éclatée, je suis sûre que tu peux m'embrasser à pleine bouche, sans y mettre les mains. Oui, à pleine bouche. Avec la langue. Embrasse mon sexe comme une autre bouche... mais attention ! attention, le clitoris, c'est trop fort, ça va partir tout seul, chatouille juste avec la pointe de la langue, encore plus léger que ça, encore plus ténu, que je croie rêver... Tu me vois rêver ? Quand je rêve, j'ai le cul qui palpite, qui se resserre et se dilate, le con qui écume. Tu me fais baver, tu sais, de partout. Mélange ta salive avec la mienne, mouille entre mes fesses, tu va m'attraper comme jamais, me tenir à fond. Caresse-moi, avec tes doigts, caresse-moi le cul. Laisse-le s'ouvrir, te prendre, t'avaler. Ah ! Je te sens entrer, je te sens, je te prends, avance, avance, pas si timide, pas tout droit. Élargis-moi, à droite, à gauche, partout, fais-moi une grosse grosse place, comme si tu me préparais pour un gode gigantesque, et ton pouce, devant, enfile-le aussi, il va coulisser tout seul, serre bien fort, c'est démoniaque, et bouffe-moi, bouffe-moi, j'arrive, j'arrive, j'arrive !...

Elle avait progressivement décollé les fesses du lit, les avait soulevées en une ascension régulière au plaisir. Elle s'immobilisa, les doigts crispés dans la chevelure de Philippe, l'œil rivé au plafond du compartiment, où elle semblait contempler une vision inhumaine.

Philippe se dressa soudain, affolé et hagard, porta la main à sa ceinture.

– Tu veux toujours ma queue ?

Elle ramena sur lui deux prunelles humides au regard encore vague.

– Oui, dit-elle.

Il se démena comme un diable, laissa tomber le pantalon, arracha la cravate, la chemise, se baissa pour se défaire ensemble des chaussettes et des chaussures. Il portait un autre slip que celui du matin, une sorte de petit cache-sexe rouge que l'ampleur de son excitation rendait encore plus exigu. Il eut du mal à s'en extraire, se bagarra deux secondes avec. L'étoffe semblait lui coller à la peau. Tout à coup, l'élastique claqua avec un bruit mat, et sa colonne jaillit, vibra un peu, battit contre son ventre, comme un serpent dressé.

– Où ? Où tu la veux ? Tu la veux devant ? derrière ?

– Non, répondit-elle. Viens-là !

Elle l'attrapa à la base, émit un petit cri de surprise flatteur parce que ses doigts se fermaient tout juste autour.

– Tu triques fort, dit-elle. Viens, viens-là !

Elle le tira par la bite sur le lit, l'obligea à s'y coucher, à s'y retourner à plat ventre. Puis elle glissa, entre ses cuisses, une main sous son pubis, qu'elle encouragea à se soulever.

– Ne l'écrase pas, demanda-t-elle. Donne-la moi.

Elle lui avait attrapé la verge par en-dessous, lui imprimant une traction inverse à l'élan dynamique qui lui faisait barrer le ventre de Philippe, la tirait à elle, qui se tenait à genoux derrière lui, entre ses talons disjoints.

– Ça, c'est une queue, une vraie ! Elle te sort du cul. Je la vois à l'envers, c'est fabuleusement bandant, tu sais.

Il poussa de petits gémissements, ondula un peu.

– Soulève-toi encore ! dit-elle. Mets-toi à quatre pattes. Je vais te branler par là.

Il obtempéra avec pour seul commentaire une sorte de plainte heureuse et navrée, parce que la posture bestiale qu'elle lui imposait le ravissait et l'humiliait à la fois.

Il demeura ainsi, passif, les fesses hautes, la tête dans ses bras. Gina tenait toujours son sexe, à pleins doigts. Elle y porta la bouche, doucement, en éprouva, du bout de la langue dont elle le parcourut, le petit goût salé, referma les lèvres sur le gland mauve, le téta comme une grosse sucette, le recracha doucement, millimètre par millimètre, en jouant avec le frein terriblement tendu par une érection qui tenait de l'apoplexie.

Puis, gardant toujours dans la main gauche la pine surmenée de Philippe, elle poussa, de la main droite, une de ses fesses vers l'extérieur, pour élargir la raie et mieux débusquer sa pastille. Elle s'approcha, y colla la bouche, et se mit à jouer, de la langue et des lèvres, avec la peau qui fronçait autour du cratère, la léchant, la mordillant, la triturant autant que la conformation protégée des lieux le lui permettait. Philippe geignait doucement.

– Tu aimes ? dit-elle. Tu aimes ça... Tu en veux tellement que tes couilles ne pendent pas. Elles bandent aussi.

Gina patinait à présent, d'une même main passionnée, le phallus et les bourses de son compagnon, également lourds, également toniques. Elle se tut pour planter, au plus tendre de la croupe qu'on lui présentait, la pointe d'une langue mutine, qui se vit accueillie par une sorte de palpitation végétale, la respiration d'une fleur filmée au ralenti...

Puis sa langue descendit à la racine du sexe, s'attarda au scrotum, suça la queue, sur tout sa longueur, revint au trou, par le même chemin inversé...

Terrassé de volupté, Philippe creusait les reins, modulait, à bouche fermée, un lamento de plus en plus convaincu...

Quand elle l'eut enduit partout d'une salive tiède et abondante, elle joua encore longtemps avec les petits plis de peau de l'anus, les tirailla délicatement, les défripa, les lissa, les ramassa en un seul pinçon léger. Puis ses doigts diaboliques s'amusèrent à cerner, sans y pénétrer, l'anneau plus dur qui y logeait, et qui gonflait sous la pression.

– Tu as donné ta bague ? dit-elle. Moi je la sens là !

Elle soulignait les muscles annelés qui s'offraient de plus en plus impudiquement à la caresse, les massait, les faisait saillir entre deux phalanges précises et infiniment persuasives.

Philippe, qui sentait son sang-froid lui échapper, tenta de résister à la folie. Mais elle lui façonnait toujours la queue de traction successives, les couilles d'enveloppements réguliers, le cul de massages circulaires et torrides.

Il vacilla soudain, s'apprêta à capituler devant l'invasion d'un plaisir nouveau et toujours, jusque-là, redouté.

– Non, murmura-t-il fiévreusement. Non, je ne l'ai pas donnée. Enfile-la ! Prends-moi le cul !

Elle, insatisfaite encore de ce qu'elle estimait une incomplète victoire, rétorqua, sans tendresse :

– Non ! Ce serait trop facile ! Demande mieux ! Fais la pute !

Mais, comme elle n'avait pas interrompu ses sataniques attouchements, la volupté l'emporta sur la surprise, et il oublia de s'offusquer à cette demande qui eût, une demi-heure plus tôt, révolté sa pudeur masculine. Il la regarda seulement par-dessus son épaule, d'un œil que la démence proche assombrissait, et demanda :

– Quoi ? La pute ? Comment ?

Gina serrait les mâchoires. Ses prunelles noires brillaient d'un feu menaçant, sous les sourcils froncés.

– Demande ! De tout ton corps. Supplie ! Excite-moi. Donne-moi envie d'aller fouiller dans tes saloperies.

Elle lui trayait la queue d'un long va-et-vient précautionneux, qui se voulait survoltant mais non irrémédiable.

Il dénoua ses grands bras, alla chercher ses fesses, loin derrière lui, les écarta de ses mains qui ne s'étaient jamais compromises en un tel spectacle.

– Vas-y ! Entre ! Prends-moi !

Elle lui mouilla à nouveau le cul, de sa bouche chaude, lui laissa croire, d'un doigt plus appuyé, qu'elle allait se laisser convaincre. Puis déclina une fois de plus l'invite :

– Encore ! dit-elle. Plus pute encore ! Change de position !

Il s'allongea, se retourna, ouvrit les jambes, les ramena sur sa poitrine. Dans la cabine sombre, la silhouette de Gina, à genoux sur la couchette, avec ses cheveux envolés, sa jolie tête de pâtre bouclé, ses petits seins ronds, ses reins creusés, semblait une statue figée dans une prière contemplative. Lui, ivre du rut qu'elle avait allumé en lui, perdait son âme, murmurait de plus en plus bas, de plus en plus vite, des avances ordurières en se tordant comme une femme.

– Encule-moi, disait-il, encule-moi, suce-moi. Fais-moi juter, tu me rends fou !

Elle se coucha sur lui, à l'envers, leva les fesses, écarta les cuisses de chaque côté de sa tête, lui montra dans les ténèbres imparfaites, à dix centimètres de ses yeux, sa faille secrète, ouverte, de son ventre à ses reins, odorante, profonde, se trémoussa, ouvrit et referma, comme on respire, son con lisse et chatoyant, crispa et décrispa son cul suggestif.

Lui, fasciné par la scène, écartelé par un feu qui lui incendiait les couilles, le cul, et lui cuisait le barreau, mouillé par le suc qui lui emperlait le gland et coulait sur son ventre, ondulait sous la torture de l'attente. Ses plaintes devinrent rauques, il sentit son cœur ralentir et s'adonna à une démonstration torride en ouvrant lui-même, de plusieurs doigts frénétiques, un chemin royal entre ses fesses.

Et Gina résista encore... Elle se releva, s'assit en tailleur, posément, sur le matelas, à ses pieds. Il souleva la nuque pour la considérer d'un regard chaviré.

– Accroupi ! dit-elle. C'est le plus bandant que je connaisse !

Il n'hésita qu'un quart de seconde. Il était allé trop loin pour renoncer si près du but. Il s'accroupit, sur la pointe des pieds, genoux ouverts. Entre ses cuisses, sa trique oscillait, scandait les élancements de son désir, dénudée comme jamais, et, telle une énorme cerise gercée au soleil, bavait un jus clair qui coulait en un long filet transparent sur toute la longueur du manche. Ses couilles aussi bougeaient, frémissaient d'un intense désir d'éclatement.

Gina avança la main sous les fesses de Philippe, en éprouva, d'un frôlement large et très aérien, le modelé, soupesa, de la paume, le sac chargé qui tombait entre elles, retrouva, du médius, l'accueil moite et consentant jusqu'à l'indécence de son cul boursouflé de convoitise.

Après s'être repue du panorama obscène qu'il offrait, Gina le scruta encore un moment, au fond des yeux, insolemment, porta avec une ostentatoire lenteur son doigt à sa bouche, l'huila de salive dans un va-et-vient consciencieux, puis l'exhiba, brillant, ruisselant, en un geste provocant et trivial.

– Celui-là, dit-elle, comme elle aurait menacé.

Elle le chercha, le trouva, pénétra au cœur d'un fourreau élastique qui descendait complaisamment à sa rencontre.

– Ah ! tu t'assieds dessus, dégueulasse ! C'est bon ?

Il poussait des râles gutturaux, comme sous l'assaut d'une intenable souffrance.

– Attends ! Attends encore ! ordonna-t-elle.

Elle le lâcha, glissa hors de lui, tendit le bras vers son sac, au pied du lit, y brassa quelques objets, s'empara d'un tube qu'elle ouvrit en commandant :

– Viens devant moi, on va partir ensemble !

Il bondit sans discuter. Elle s'assit au bord du lit, écarta largement les jambes. Il était debout.

– Pose ton pied là, dit-elle en montrant la banquette, à côté d'elle.

Il s'exécuta. Sa bite explosive s'élançait juste au-dessus de Gina. Elle lui poussa encore le pied.

– Écarte bien, bien, bien, Je vais te baiser.

Il la sentit entrer. Elle avait dû s'enduire d'une pommade spéciale. Elle lui mettait deux doigts. Il éclatait d'une douleur somptueuse.

– Laisse-toi enculer, Philippe, tu me plais comme ça.

Elle pesait à présent de pressions longues et vigoureuses tout au fond de son ventre, en des endroits qu'il n'aurait jamais soupçonnés si réceptifs, si avides de plaisir. Elle avança la bouche pour boire à sa bite, l'élargit encore à la limite du possible.

– Arrête ! Arrête ! dit-il. Ce n'est plus possible. Je vais... Je vais... Mal me tenir...

Elle fit non de la tête, sans lâcher sa queue.

– Arrête ! Je vais te chier dans les doigts.

Elle devint démoniaque, saccagea son cul d'un tourbillon de plus en plus nerveux, de plus en plus vaste, se mit de la paume gauche, à tirer sur ses couilles au bord du spasme, de la main droite à lui branler la pine pendant qu'elle la suçait. Il explosa avec un cri sauvage, laissa tomber son regard sur le visage de Gina concentrée sur sa besogne, vit encore qu'elle tenait, au bord du lit, les jambes très ouvertes, et juta longtemps au fond de sa gorge, où l'impétuosité de son élan venait de le propulser.

Elle attendit la fin des saccades qui enserraient ses doigts et inondaient simultanément sa bouche, puis se retira doucement, le repoussa doucement, l'obligea, de deux mains à ses hanches, à s'agenouiller devant elle, s'avança tout au bord du lit, et prit dans son sexe chaud la queue encore fière de son amant.

Puis elle jouit simplement, en fermant les yeux.

Il venait de la rejoindre sur le lit, où elle s'était allongée, un peu haletante, muette. Il se coucha contre elle, sans la prendre dans ses bras. Il murmura comme pour lui seul :

– Jamais... Jamais...

– Je le savais, dit-elle seulement.

Ils restèrent quelque temps sans bouger. Puis il parla encore, d'une voix que sa récente découverte semblait avoir définitivement adoucie :

– Et toi, que me donneras-tu, qui n'ait appartenu à personne ? demanda-t-il humblement.

Elle répondit encore plus humblement, en murmurant si bas qu'il faillit ne pas l'entendre :

– Moi...

Il hésitait à prendre le cadeau très au sérieux, quand soudain, elle vint blottir sa tête contre son épaule, ses deux mains jointes comme pour une supplique contre sa poitrine.

– Moi, Philippe. Oh ! Prends-moi ! Garde-moi ! Je n'ai appartenu à personne, personne, tu entends. Mais si tu me gardes... Je deviendrai petit garçon arabe, je me tremperai dans l'huile d'olive...

Elle chevrotait, comme une petite fille chagrinée. Il l'interrompit, sur le mode badin :

– Tu n'aurais pas peur d'être ringarde ?

Elle ne répondit pas. Il sentit juste un drôle de petit chatouillement humide au creux de son épaule.

– Gina, tu pleures ?

– Je ne m'appelle pas Gina, avoua-t-elle.

– Si ! affirma-t-il. Si. Pour moi, tu es Gina. Il faut rester Gina.

– J'ai du mal, dit-elle encore. Tant de mal...

– Moi aussi, ma chérie.

– Tu as dit « ma chérie » ?

– J'ai du mal aussi, oui. Oui, et pourtant, je l'ai dit.

Elle se dressa dans l'ombre, se saisit, sans qu'il eût pu prévoir son geste, de sa main droite, la porta vivement à ses lèvres.

– Oh ! Sidi Philippe ! s'écria-t-elle. Sidi Philippe !

Une heure plus tard, comme on arrivait à Vérone, Philippe frappa à la porte de Christophe.

– Verriez-vous un inconvénient à ce que nous venions prendre le thé chez vous ? lui demanda-t-il.

– Aucunement, répondit Christophe très civil. J'allais vous en prier.

– Alors j'entre. Gina nous rejoindra...

– Mais je suis là ! s'exclama-t-elle joyeusement, en pénétrant dans la cabine à son tour avant que Philippe ait refermé complètement la porte.

Elle s'avança, questionna, à l'intention de Christophe :

– Et... pour le sacrement ?

– Ça tient toujours, répondit-il. Vérone, c'est l'endroit ou jamais. Vous avez la bague ?

Elle fit oui de la tête, fouilla son sac. Elle avait remis son chemisier blanc, son peigne de nacre.

– Oh ! Mon Dieu ! s'écria-t-elle soudain. J'ai oublié les fleurs.

Et, posant son sac et la petite boîte qu'elle venait d'en extraire, elle fit volte-face et ressortit rapidement. Philippe prit entre ses doigts l'écrin, l'ouvrit, secoua pensivement la tête. Puis il regarda Christophe, un peu gêné, comme s'il allait se prêter à une comédie inepte.

– Ça l'amuse, dit-il.

– Mais la religion est faite pour ça ! C'est une fête, un divertissement, un spectacle où les spectateurs sont parfois acteurs. On y soigne la mise en scène, le cérémonial... Lisez *Un Roi sans divertissement*. Le soir de Noël, les préparatifs de la messe, et Langlois déjà certain qu'il n'y aura pas de crime ce soir-là. Toute une philosophie. La religion contre le mal, non par principe, mais par intervention directe, par remplacement, si l'on peut dire. Cela dit, la bénédiction que je vais vous donner va aussi la rassurer. Jouez le jeu... Je crois qu'il vous en coûtera peu ?

Philippe s'était assis, avait croisé les jambes. Il réfléchissait.

– Dans ce cas, dit-il, baptisez-la aussi, pendant que vous y êtes.

Gina rentra avec ses roses. Elle posa le vase sur la tablette.

– Philippe voudrait que je vous baptise, lui déclara Christophe.

Elle parut surprise une fraction de seconde, puis embarrassée.

– Je le suis déjà, confessa-t-elle.

– On vous a baptisée "Gina" ?

– Oui.

– N'avez-vous pas envie de renaître à une nouvelle vie ?

– Si ! reconnut-elle.

– Alors, je vais vous rebaptiser. Et je suis sûr que le curé qui vous a autrefois baptisée serait entièrement d'accord avec moi aujourd'hui.

Et sans plus ample informé, il trempa sa main droite dans l'eau du vase, ordonna « à genoux », lui mouilla le front et déclara :

– Je te baptise, Gina, au nom du Père, du Fils et du Saint-Esprit.

Gina releva la tête, émue ; elle chercha, de son regard scintillant, le regard de Philippe. Il comprit la prière muette qu'elle lui adressait, sourit, de bonne grâce, tomba à genoux à côté d'elle en disant, comme on se lance dans une aventure inconnue dont on nie le sérieux ou le danger :

– C'est parti !

Christophe se recueillit un instant, puis déclara :

– Mes enfants, votre cas est un peu spécial. Je vais inventer une bénédiction sur mesure.

Il étendit les mains au-dessus d'eux et commença :

– Philippe et Gina, Dieu vous a mis chacun sur la route de l'autre pour lui apporter le simple cadeau de la joie. Je bénis le jour de votre rencontre, et ceux qui suivront, et tous les moments que vous partagerez désomais.

Il prit la bague sur la tablette.

– Je bénis aussi cet anneau, son métal sans orgueil et cet éclat qu'il doit au seul amour, je bénis son histoire, celui ou celle qui l'a porté, caressé, baisé, jusqu'à lui donner la brillance de l'or le plus pur, car il n'est pas de parure plus précieuse que celle de l'infinie tendresse ; comme cet anneau, sachez resplendir d'amour, transformez, avec l'amour, votre pauvre âme humaine en joyau. Je vous bénis tous deux, et tous les dons que vous vous ferez, sans exception. Au nom du Père, du Fils, du Saint-Esprit.

Il traça, de deux doigts parallèles, le signe de croix sur leurs têtes, offrit à Philippe la bague dans son écrin ouvert. Philippe s'en saisit, entre le pouce et l'index. Tout naturellement, Gina avança son annulaire gauche, il lui passa l'alliance, d'un geste un peu tâtonnant. Et elle, qui n'avait pas d'anneau pour lui, posa simplement, sur la cicatrice de sa main torturée, une main droite légère et caressante, comme pour le guérir et le protéger à jamais, désormais, des blessures de la vie.

– Voilà ! décréta Christophe. A présent, le thé !

Et comme il coupait, du tranchant de sa petite fourchette dorée, un gâteau au chocolat, il suspendit soudain son geste, les considéra un instant en face de lui, comme éclairé par une idée qui venait de lui traverser l'esprit.

– Suis-je bête ! s'exclama-t-il. J'oublie de vous donner mon cadeau ! J'ai quelque chose pour vous !

Il se leva, attrapa son attaché-case, l'ouvrit.

– Ceci ! dit-il en donnant à Gina une boîte de carton un peu plus grosse que l'écrin rose de l'anneau...

– Qu'est-ce que c'est ? demanda-t-elle.

– Un faire-part original qu'on m'a envoyé il y a... vingt-cinq ans. Je l'emporte toujours avec moi, dans mes voyages. Je vous l'offre.

Elle en ôta le couvercle, avec une mine de petite fille curieuse, en retira deux figurines accolées, le marié en costume noir, la mariée en robe et voile blancs.

– Il y a autre chose dans la boîte, dit Christophe.

Elle regarda mieux, trouva un minuscule enfant Jésus, nu et gracieux, comme ceux que l'on met dans les crèches, sur une petite couchette de paille.

– C'était un faire-part de naissance, précisa Christophe.

– Je garde tout ? demanda-t-elle. L'enfant Jésus aussi ?

Christophe sourit :

– Pourquoi pas ?

Elle venait, d'un geste très possessif, de rajuster le nœud de cravate de Philippe. Il portait sa grosse valise. Elle s'éloigna de deux pas dans le couloir du train.

– Quand je te disais que tu as vraiment l'air d'un mari ! Un jeune marié, même, reprit-elle pour lui plaire, le doigt en l'air.

Il secoua la tête, elle l'entendit penser : « Incorrigible ! »

– Tu verras ! promit-elle mystérieusement.

Elle avait tenu à récupérer ses roses, avait remis son petit béret à voilette, son paletot blanc bordé de fourrure, ses gants.

Ils descendirent du train, firent quelques mètres. Un homme vint à leur rencontre, élégamment vêtu, très distingué. Il s'adressa à la jeune femme :

– Gina Romanina ?

Elle acquiesça de la tête. Il lui tendit alors la main en s'inclinant légèrement, serra aussi celle de Philippe :

– Umberto Calvi ! Je suis l'ami de Carlo, se présenta-t-il. Je vous attendais tous les deux. Puis, dans un français impeccable mais où chantait un mélodieux accent, il regarda alternativement Philippe et Gina droit dans les yeux, bien chaleureusement, et leur dit :

– Monsieur, madame, je vous présente tous mes vœux de bonheur ! Vous avez choisi, pour votre voyage de noces, ma belle ville de Venise, je vous en suis tout spécialement reconnaissant ! J'ai retenu pour vous un appartement à l'hôtel San Marco, si vous voulez bien me suivre...

Gina lui emboîtait déjà le pas. Philippe, qui tâchait de réfléchir à toute vitesse, ne se décidait pas. Son regard perplexe croisa involontairement celui de Christophe, plus loin sur le quai, et qu'entouraient deux ou trois prélats en soutanes voyantes. Christophe lui sourit, bienveillant, encourageant, risqua un clin d'œil.

Gina se retourna, malicieuse, avec une telle confiance, un tel rayonnement de tout son délicieux visage…

– Tu viens ? demanda-t-elle.

Il reprit la valise qu'il avait posée.

Christophe Deseille avait été un petit garçon fragile et doux, pacifique par tempérament et muet par mimétisme. Sa grand-mère italienne, *la nonna*, l'avait élevé dans un silence bruissant de prières, où froufroutaient joliment, comme des bruits d'ailes, les noms des saints et du Christ. « Santa Maria Vergine ! » murmurait-elle souvent pour réprouver, les deux coins de la bouche pincés, ou pour s'étonner, les mains jointes vivement en un seul bravo discret, et les yeux au ciel, ou encore pour s'amuser, sans rire, avec juste un petit mouvement de tête et une étincelle fugitive dans son regard triste...

Elle lui boutonnait son gros manteau d'hiver jusque sous le menton avant de sortir ; dans la chambre sombre qui sentait la naphtaline et la cire chantait la note claire des vierges-souvenirs rapportées de Lourdes, de Fatima, de la Salette. Le Christ épinglé sur sa croix en cinq exemplaires veillait sur deux grands lits, sur une commode, se cachait derrière une porte, s'embusquait dans un recoin, vers la fenêtre. Ici drapé d'un chapelet à longs grains de nacre, là camouflé d'un rameau de buis, plus loin flanqué de deux images pieuses, il gardait la pose, étendait ses bras maigres, croisait ses pieds sanglants. Christophe ne se lassait pas de le regarder. « Cristo, chuchotait *la nonna* comme si elle faisait des présentations. Auche tu, ti chiami Cristo, toi aussi, tu t'appelles Christ... Cristoforo... » Et elle prononçait son nom en soufflant le « f », en roulant les « r », avec une sorte de ferveur gourmande, comme elle aurait roucoulé une romance ou soupiré un mot d'amour. Cristoforo... Une petite plainte étouffée soulevait sa poitrine, elle sursautait un peu comme pour s'arracher à une rêverie importune et se remettait à agrafer le manteau de Christophe, avec le claquement précis de ses ongles qui griffaient le rude lainage et en venaient finalement à bout. Elle mettait son fichu noir, enfilait son bras dans les anses du cabas, saisissait son porte-monnaie bien droit dans la main gauche et la menotte de Christophe dans sa main droite. « Fa da bravo, hé, la mamma ti vede », recommandait-elle encore en pointant un index avisé vers le plafond. « Sois gentil, ta maman te voit... » C'était un conseil de pure forme... Christophe n'avait jamais fait de caprice dans les magasins, n'avait jamais rien demandé, n'avait jamais échappé, dans la rue, à la main de sa grand-mère.

Il vivait chez sa *nonna* depuis toujours. Du moins le pensait-il. La guerre, en fait, l'avait rendu deux fois orphelin, la première en couchant son père, le soldat Pierre Deseille, dans un bombardement, la seconde en privant sa mère, mal remise d'une grossesse difficile, de médicaments salutaires. Florine, après son accouchement à la clinique Notre-Dame-de-Claix, avait traîné quelques mois, pâle, exténuée, sans force pour exister loin de ce lumineux jeune mari qu'elle avait eu si peu le temps d'aimer... Elle n'était pas morte d'avoir donné la vie à Christophe, elle était morte parce que Pierre l'avait perdue, et que, disparu l'espoir de le retrouver un jour, plus rien ne l'attachait au monde, pas même le regard transparent ni les boucles blondes d'un bébé malingre mais ravissant. Il aurait fallu la soigner énergiquement, l'entourer, l'envoyer au bord de la mer, au soleil. Mais il n'y avait alors de vrais hôpitaux que militaires, et de vraies urgences qu'au front. La médecine, préoccupée d'armées à requinquer, de gueules cassées à rafistoler, obsédée d'amputations, accaparée par la recherche de pénicilline et d'anesthésiques, laissa mourir Florine de langueur et d'anémie.

La nonna récupéra le nourrisson sans plaisir, avec au cœur une sourde et digne rancune contre sa fille lâchement enfuie, et contre le destin qui l'avait déjà voulue veuve précédemment. Elle avait élevé Florine seule, voici qu'elle devait encore élever son enfant... Elle s'était bien sûr résignée, la bouche pincée par une grimace de froide réprobation, le visage fièrement fermé, le regard terne, les dents à peine desserrées parfois par une exclamation étouffée, la conclusion sans doute de quelque monologue tacite et révolté. « Dio Mio ! Gesù Maria Santissima Vergine ! Madonna !... »

Ces imprécations grommelées avaient bercé la petite enfance de Christophe. Son premier glossaire avait été constitué d'étranges litanies aux vocables chantants, San Pietro, San Giuseppe, San Paolo, Santa Maria... Il comprenait à présent le patois de *la nonna*, qu'elle traduisait pourtant dans un français parfois approximatif... Il comprenait même ce qu'elle ne traduisait pas, ce qu'elle croyait prononcer pour elle seule quand elle le considérait avec ses yeux tristes pleins de pitié et sa bouche méprisante. « Figlio di nessuno... Fils de personne... »

C'était vrai, il était fils de personne, avec sa *mamma* tapie, là-haut, quelque part dans le plafond (« ta maman te voit »), et son papa encore plus lointain dont on ne parlait qu'à l'imparfait et si rarement. « Ton père était Français. Toi aussi tu es Français », disait-elle, comme s'ils n'avaient pas appartenu tous les deux, elle *la nonna*, brune et ronde, lui, Christophe, blond et fluet, à la même race, au même monde...

A cinq ans, Christophe avait changé d'existence. Sa grand-mère l'avait mis à l'école, à « l'école des curés ». Il y apprit le calcul et l'orthographe, la grammaire, l'histoire, la géographie, mais aussi et surtout la vie des compagnons de son enfance : Jésus, Marie, Joseph et tous les saints. Il éprouva la curieuse impression d'avoir côtoyé pendant des années des personnages qu'il avait crus familiers, et de les découvrir tout à coup, avec leurs peines, leurs doutes, leur gloire et leur magie... La Bible l'enchanta d'une poésie nouvelle et mystérieuse, les Évangiles le passionnèrent comme autant de contes, de leçons de sagesse, de portraits...

Au début, *la nonna* venait le chercher tous les soirs, à la sortie de l'école. Puis, comme elle avait les jambes enflées, elle vint de moins en moins souvent. Christophe se sentait grandir, abandonné à ses responsabilités, sans guide à travers les rues de la ville. Il faisait ses devoirs également seul, pendant que l'aïeule, patiente et ronchonnante, préparait le repas avec des soins infinis, des gestes mesurés, et des commentaires où alternaient la satisfaction de la besogne menée à bien (« Ecco ! proprio pulito ! ») et une grogne liturgique (« Puaretta del Signor Benedetto ! »).

Christophe se révéla un excellent disciple, appliqué et curieux. Les professeurs aimaient, pendant les leçons, à croiser son regard intelligent dans son beau visage fin. Son attention constituait bien le compliment le plus flatteur que pût recevoir un pédagogue... En revanche, son goût évident de la solitude et son mutisme éloignaient de lui les camarades, qui cherchèrent d'abord à le provoquer, à l'égratigner un peu. Mais l'indifférence simple qu'il leur manifesta toujours finit par lasser leurs moqueries et leurs interpellations. On le laissa tranquille, sans l'ignorer pour autant, puisqu'il était le meilleur élève de la classe et ne refusait pas, à la faveur d'urgences fébriles, de laisser copier ses devoirs, à la récréation, à des potaches moins consciencieux ou moins éclairés que lui.

Son esprit vif et éveillé, malgré une grande réserve, son étonnante maturité lui valurent deux à trois années d'avance sur ses congénères. Il avait douze ans lorsqu'il acheva brillamment son année de troisième : il dut quitter l'établissement religieux, mi-école primaire, mi-collège, où il venait d'obtenir son brevet. Sa grand-mère, tassée, blanchie, travaillée de douleurs éparses qui lui arrachaient, à chaque pas, le nom d'un saint différent, envisagea d'entrer dans une maison de vieillards, et proposa à Christophe d'aller vivre chez ses grands-parents paternels. L'adolescent, qui ne les avait rencontrés qu'une fois par an, préféra être interne au lycée Saint-Antoine de la ville voisine, et personne n'y vit d'objection. La famille de son père exploitait une grosse propriété agricole de l'autre côté de la France, et Christophe demeurait pour eux l'enfant d'une étrangère avant que d'être le fils de Pierre. Lorsqu'il allait les voir, en Normandie, Christophe se sentait, chez eux, plus que jamais « fils de personne »...

Sa bourse de pupille de la nation fut confiée au père supérieur qui dirigeait le lycée. Christophe rassembla les quelques affaires personnelles qu'il détenait chez sa *nonna*, on vendit le modeste mobilier de la grande chambre et de la petite cuisine, et chacun partit de son côté. L'aïeule, chargée de chapelets, de missels et d'icônes, balbutiante et grognon, délivrée des soucis ménagers, s'installa à l'hospice dans un soliloque ininterrompu, où sifflaient, comme des soupirs exaspérés, les noms de San Vincente, San Giovanni, San Michele... Christophe ouvrit la porte du placard sommaire qu'on venait de lui indiquer, y rangea des livres, garda à la main l'Évangile selon saint Luc et descendit vers le réfectoire, sans regarder ni les marches ni les nouvelles physionomies. Et tous deux, si différents, la grand-mère et le petit-fils, s'apprêtèrent ainsi, d'une façon voisine, à un événement d'importance. Lui entrait dans la vie sur la trace des saints, conquis à leur témoignage, curieux de leurs aventures. Elle se préparait à la déserter, bavarde avec eux comme une épouse aigre qui ressasse les fautes mille fois reprochées, gonflée de soupirs, habitée de regrets, et maugréant leurs patronymes comme autant de griefs.

Christophe, au lycée Saint-Antoine, rencontra le père Cotain. *La nonna,* à l'hospice, perdit tout sens des réalités, hermétique aux visages, ne sachant même plus reconnaître son petit-fils à la visite...

A la veille des vacances de Noël, Christophe déclara : « Je veux devenir curé », et *la nonna* mourut.

Dans l'église où Christophe se réfugiait souvent, le père Cotain l'avait trouvé un jour bouleversé.

Il l'avait interrogé longtemps, patiemment, sans goguenardise ni brutalité, et Christophe avait fini par passer aux aveux, entre deux sanglots.

– Mon père... je m'accuse... je m'accuse d'être triste, souvent, de venir souvent seul ici pour pleurer, de laisser mes frères, leurs jeux, leurs bruits, et ma tristesse me fait honte et me fait peur... Et j'ai peur aussi de tout le mal qu'il y a dans le monde ; la guerre, la douleur, la faim, l'horreur, le péché, et j'ai peur de la mission que j'ai choisie, peur de ne rien savoir changer, peur d'être trop petit, trop misérable, et cette peur me fait honte. Et cette honte elle-même, cette façon de me terrer, de ne rien dire, de me sentir humilié parce que je souffre et parce que j'ai peur, cette honte me fait honte... Et je tourne en rond entre la peur, la honte et la tristesse, et chacun de ces sentiments appelle les deux autres, et je ne peux plus rien faire, ni prier, ni travailler, ni espérer... Rien que pleurer, me cacher et trembler...

Le père Cotain lui avait répondu :

– La peur, la tristesse, et la honte, si tu n'as rien fait de mal, ce sont des péchés. Si ton âme est claire, et propre ta conscience, tu ne peux ressentir ni peur, ni tristesse, ni honte... Tu dois ta joie à Dieu, ta joie, ta reconnaissance, ta confiance. Pourquoi vouloir endosser la responsabilité de ce qu'il y a de mal autour de toi ? Pourquoi vouloir payer la laideur des hommes, leur lâcheté, leur cruauté, leurs faiblesses ? Un autre est venu, qui s'en est chargé. Il a réglé la note une fois pour toutes. Péché d'orgueil, Christophe, péché d'orgueil d'oser te mettre à sa place... Péché d'orgueil de refuser un cadeau. Prends, il te l'a donné. Prends ce qu'il y a de meilleur, il a gardé le pire. Va, Dieu connaît nos saletés, nous ne pouvons guère y échapper avant d'avoir appris l'hygiène. Le monde est à son enfance, Christophe... Demain, nous serons grands. Alors, il faut se laisser guider, sans pudeur, comme aux premiers temps de la vie. Étais-tu triste, ou honteux, dans tes couches sales ? Avais-tu peur ? Non... Et plus tard, petit garçon, étais-tu triste, honteux, effrayé, devant le spectacle de nourrissons souillés ? Nous ne mûrissons pas tous en même temps, Christophe. Sois indulgent envers les tout-petits, les inconscients. Et sois joyeux comme un animal dans la main du Bon Dieu, qui sait ce qu'il nous faut. Quant tu sens venir la tristesse, regarde le monde, ce qui t'entoure, ce qu'a donné ton maître... A genoux, Christophe, à genoux ! Mais à genoux non pas pour t'effondrer, pour t'écouter, pour te répandre en larmes stériles. A genoux pour aimer, pour découvrir, pour recevoir, pour remercier. Que toujours les merveilles du Seigneur te trouvent à genoux, éperdu d'adoration, de joie, d'admiration, confondu de reconnaissance.

Le père Cotain avait su apaiser ses angoisses et l'emplir d'une solide sérénité.

Quand Christophe arriva à Risset pour remplacer le vieux curé parti, il était bien jeune encore, mais débordant de foi souriante et d'amour. Il n'avait pas dit trois messes qu'il lui fallut déjà officier plus particulièrement : on enterrait au village le fils du châtelain mort de ses blessures reçues en Algérie...

Le discours de Christophe, ce jour-là, en étonna plus d'un par sa familiarité, sa douceur, si loin du ronron creux des sermons rituels. « Dans le pays où André vient de partir, disait-il, il n'y a ni téléphone ni télégramme, et vous ne saurez jamais s'il est bien arrivé... » Et il ajoutait, insoucieux des murmures surpris qu'il suscitait autour de lui : « Guettez bien tous les signes, les moindres signes qu'il pourrait vous adresser... »

La plus bouleversée de tous parut être Émilienne Mathieu, la gentille petite fiancée qu'André avait laissée, une petite fille éplorée, veuve avant que d'avoir pu convoler, et enceinte de surcroît.

Elle revint voir Christophe, avide d'espoir et de consolation, et tracassée d'un secret qui lui pesait trop lourd. Christophe ne s'offusqua jamais quoi qu'elle pût lui confier, l'engagea au bonheur simple de porter son enfant sans chagrin ni doute, lui parla de la Sainte Vierge.

Et Émilienne, par un hasard troublant, accoucha sept mois plus tard dans une étable...

Il vint à son tour la visiter, gentil et doux, radieux dans son office de ministre divin.

– A ce qu'on raconte, dit-il en franchissant le seuil de sa chambre, il y a dans cette maison un petit enfant qui est né sur la paille d'une étable ?

Et il adressa à la nouvelle maman un clin d'œil malicieux.

– Je vous présente ma cousine Marie, répondit Émilienne en désignant une jeune femme assise sur le bord de son lit.

Christophe la salua d'un sourire chaleureux.

– Marie ! s'exclama-t-il, comme ça tombe ! Nous sommes vraiment en pays de connaissances, alors ?

– Attendez de savoir comment elle veut l'appeler, maugréa la grand-mère d'Émilienne, qu'il n'avait pas encore vue, enfoncée dans un fauteuil sous trois châles superposés. Vous y trouverez moins catholique !

Christophe se tourna vers elle, lui tendit la main puis s'avança jusqu'au berceau, sur lequel il se pencha.

– Mignonne petite créature, dit-il. Comment se nomme-t-elle ?

– Brunette, déclara Émilienne.

– Ça vous paraît un nom d'enfant, ça ? dit la vieille. Ça semble un nom de vache...

Au bout d'un moment, la vieille, appelée d'en bas, se hissa laborieusement pour aller boire son café au lait de quatre heures. Le bébé pleura à petits miaulements éraillés. La cousine d'Émilienne le contempla un instant, avec une expression à la fois transportée et douloureuse. Finalement, elle n'y tint plus et le prit pour le bercer tendrement dans ses bras.

Christophe, assis dans le fauteuil déserté par la grand-mère, observait cette agréable jeune femme, sensiblement du même âge qu'Émilienne, sans doute de la même taille aussi. A vrai dire, les deux cousines se ressemblaient et s'opposaient à la fois. Chez Émilienne, le regard noir, très vif, se montrait éloquent, bavard, direct, tandis que les prunelles dorées de Marie reflétaient une sorte de résignation triste, une souffrance humble et muette, sur laquelle elle laissait tomber souvent, comme un rideau pudique, ses lentes paupières bombées. Émilienne avait des lèvres finement ourlées, un petit nez pointu, un menton triangulaire et symétrique de joli chat. Le visage de Marie, moins typique et plus solennel, avec son menton ovale, son nez droit de statue, sa bouche charnue, offrait de larges places de chair lisse et pure, très sculpturale, un peu figée, et Christophe pensait qu'il manquait bien peu de choses à cette physionomie pour rayonner vraiment... Avec cela, les deux femmes possédaient la même chevelure de boucles brunes, la même frange de longs cils pareillement recourbés, un teint également mat.

Marie câlinait toujours le nourrisson, frôlait son crâne de ses lèvres closes, caressait de la joue les microscopiques phalanges qui s'accrochaient à ses doigts...

– Ça vous va très bien ! dit-il avec sincérité.

Émilienne expliqua :

– Marie n'a pas encore d'enfant, mais elle les aime beaucoup !

Alors Marie baissa les yeux lentement, comme on se cache, mais Christophe avait vu passer, dans le regard doré soudain embué, quelque chose qui ressemblait à de la détresse...

Christophe lisait à sa table de travail lorsque quelqu'un toqua au carreau de la cure. Il releva la tête et, ébloui par le halo de sa lampe, distingua à grand-peine, dans le crépuscule, un visage féminin contre la vitre. Il se leva, alla ouvrir sa porte, mit encore un moment avant d'identifier Marie, la cousine d'Émilienne. Et lorsqu'il l'eut reconnue, il resta surpris, les yeux agrandis par une question muette. Peut-être se passait-il quelque chose de grave chez les Mathieu, peut-être l'enfant n'allait-il pas bien ? Mais Marie, qui lisait l'étonnement dans son regard, finit par dire, avec un faible sourire d'excuse :

– Émilienne m'a parlé de vous. Elle vous trouve si bon, si compréhensif... »

Alors il sut qu'elle avait besoin de lui, et il s'effaça pour l'inviter à entrer; d'un grand geste de bienvenue.

Elle pénétra dans la pièce, qui tenait lieu de cuisine, de salle à manger, et de bureau. Elle remarqua surtout le secrétaire, à droite, avec sa lampe allumée, seule source de lumière parmi les ténèbres qui commençaient à noyer les autres coins ; des livres ouverts se chevauchaient, attestant l'étude interrompue.

– Vous étiez en train de lire ? demanda Marie. Je vous dérange ?

– Mais non, répondit-il, j'aime bien les visites...

Il lui tendit une chaise, près de la table.

– Je vous offre quelque chose à boire ? J'ai du vin de cassis.

Elle fit non de la tête, et, tout de suite, se mit à pleurer, sans bruit. Elle était assise à la frontière du cercle de lumière, qui baignait son corps, mais laissait son visage dans une ombre où se mirent à briller ses larmes.

– Qu'y a-t-il ? demanda Christophe, après une minute ou deux de silence.

Il la sentait triste, d'une tristesse profonde et longtemps subie, sans colère, sans ce sursaut salutaire de révolte qui fait hurler parfois et cherche à exorciser le mal en une crise exaspérée de sanglots, d'aveux, d'injures, de reproches, de questions. Marie différait d'Émilienne. Elle aussi avait son secret, Christophe l'aurait juré, mais il faudrait sans doute beaucoup la solliciter avant qu'elle ne consentît à s'en délivrer. Pourtant, elle était venue, elle avait eu confiance en lui... A présent, elle attendait sans doute qu'il l'encourage, qu'il la questionne, qu'il la devine... Il se souvint de l'après-midi, de la douleur entrevue dans ses beaux yeux graves, lorsqu'elle berçait l'enfant.

– Émilienne vous a choisie pour être la marraine de Brunette, commença-t-il. Je ne pense pas qu'elle ait voulu donner à son enfant une marraine désespérée !...

– Moi, répondit doucement Marie, je n'aurai jamais d'enfant.

Et ses larmes continuaient à ruisseler, régulièrement, comme une rivière qui déborde...

– Vous en êtes sûre ? demanda Christophe.

Elle fit oui de la tête.

– Pourquoi ?

Elle ne répondit pas, porta juste la main, d'un geste pathétique, à sa joue, qu'elle n'essuya même pas.

– Etes-vous stérile, ou malade ?

Elle nia, toujours d'un signe. Ses yeux fixaient un point très loin, devant elle.

– Votre mari, alors ?

Même geste lent de la tête, de droite à gauche.

– Il n'en veut pas ?

Christophe cherchait, à petites questions simples, une vérité que, peu à peu, il pressentait particulière. A cette dernière question, Marie avait eu un tel soupir, qui l'avait soulevée tout entière, un tel air navré pour signifier : « Bien sûr que si ! », que Christophe perdit un peu pied.

– Voyons, finit-il par dire, sur un ton récapitulatif logique : vous voudriez des enfants tous les deux, vous pourriez en avoir tous les deux, et vous n'en avez pas, et vous voilà ici chez moi tout en pleurs... Pourquoi ?

Elle se taisait toujours, obstinément désespérée.

– Y a-t-il, envisagea encore Christophe, une cause... familiale quelconque ? Je ne sais pas, moi, y a-t-il chez vous des maladies héréditaires, une incompatibilité sanguine... Etes-vous parents, cousins ?...

Il avait l'impression de fouiller la moindre piste, de tout passer en revue, mais elle secouait toujours négativement la tête, et ses larmes coulaient, coulaient sans cesse.

– C'est... avança-t-il, c'est votre mari... Comment s'appelle-t-il ?

– Antoine, il s'appelle Antoine, dit-elle.

Et ella ajouta, soudain bavarde :

– Il est grand, il est fort, il est beau et je l'aime...

– C'est donc Antoine, poursuivit Christophe, subtilement aiguillé par la phrase de Marie. C'est Antoine qui ne vous aime pas ?

Elle hocha la tête, hésitante.

– Qui ne vous aime pas comme il devrait ?

Elle acquiesça, toujours sans parole.

– Il...

Christophe cherchait ses mots. Il croyait tenir enfin l'explication, mais se trouvait maladroit, inapte à exprimer délicatement le problème qu'il entrevoyait.

– Il est un mari... trop souvent absent ? Trop préoccupé, peut– être... ou... trop timide ?...

Elle tendait vers lui un visage attentif et reconnaissant, l'encourageant de ses grands yeux calmes dont la prunelle semblait onduler derrière le rideau mouvant de ses larmes.

– Enfin, dit soudain Christophe qui se jetait à l'eau, est-ce qu'il vous fait l'amour ?

Elle balbutia : « Non », et regarda le sol.

– Mais pourquoi ? demanda-t-il, sincèrement intrigué. Pourquoi ? Il ne sait pas... Il ne peut pas ? Qu'y a-t-il ? Qu'est-ce qui l'en empêche ?

Alors, sous la bousculade des questions précises, elle se mit soudain debout, et cria :

– Mais c'est moi ! C'est moi qui l'en empêche ! Il ne peut pas, il ne pourra jamais. Il a essayé cent fois ! C'est moi ! Je suis fermée, complètement fermée, bouchée, cousue, barrée, interdite ! ! !

Christophe demeura pantois. Il ne possédait, du corps féminin, qu'une vision très abstraite, très théorique. Il avait passé son enfance en petit garçon solitaire, privé de maman, de sœurs, d'amies de son âge. La seule compagnie féminine qu'il avait eue, c'était *la nonna*, courte et ronde, vêtue d'informes habits noirs, cachée d'un éternel tablier, dont il n'avait connu que les mains et le visage, qui l'enfermait dans la chambre lorsqu'elle faisait sa toilette à l'évier de la cuisine, qui se couchait après lui, se levait à l'aurore, se déshabillait dans le noir... *La nonna*, avec ses bas gris, ses cols haut boutonnés, son petit chignon tiré, n'avait jamais eu, à ses yeux, de corps.

Plus tard, à l'école, il n'avait côtoyé que des garçons, que des maîtres, rigoureux et austères, plus curés que véritablement hommes, à part le chaleureux père Cotain. Et il avait grandi ainsi, distant des femmes et sans curiosité pour elles, étranger aux histoires louches des copains, à leurs ricanements quand une jupe passait sur le trottoir près d'eux... Il s'était si fort dévoué à l'étude, il avait tant lu, tant travaillé, tant appris, qu'il avait côtoyé les réalités de la vie sans les voir, ou alors de si loin, si distraitement...

Il savait, bien sûr, mais d'une façon uniquement théorique, que l'existence entière reposait sur l'amour des hommes et des femmes, sur leurs échanges, que cet amour n'était pas toujours simple, qu'il engendrait des doutes et des problèmes. Mais cela lui avait toujours semblé fumeux, à lui qui avait observé d'un œil paisible et matériel des chiens occupés à s'accoupler. Le mécanisme de la procréation lui paraissait une technique sans mystère, les complications venaient toutes, croyait-il, de l'âme et du cœur humains. C'est que Christophe n'avait jamais rencontré la tentation ni le désir, et que seul le regret d'une affection maternelle inconnue mais inconsciemment déplorée lui avait dicté une tendresse toute spéciale pour la Sainte Vierge. Elle symbolisait pour lui, avec son visage sérieux et bienveillant, ses bras accueillants, sa longue robe chaste, toute la douceur des femmes, leur capacité à souffrir dans l'ombre, à comprendre, à consoler.

C'est pourquoi, lorsque Marie lui eut crié : « Je suis fermée ! », il eut une minute d'incompréhension totale pendant laquelle il la regarda, visiblement dépassé, et elle le regardait aussi, encore tremblante de son aveu, désappointée déjà par l'impuissance qu'il ne manquerait pas de manifester. Il faillit lui dire : « Je ne peux rien pour vous, ça dépasse mes compétences... », mais il n'osa pas, paralysé sous ses yeux implorants. Alors il dit seulement : « Je ne comprends pas bien », et elle réexpliqua, moins violemment :

– Je suis normale, absolument normale, à ce qu'il paraît. J'ai vu le docteur. Il a promis que ça s'arrangerait. Il a dit : « Avec de la patience… » Mais quelle patience ? Trois ans que je suis mariée, Antoine n'essaie même plus. Rien n'a jamais pu entrer en moi, rien, jamais... Alors, il est malheureux, et moi aussi...

Sa bouche frémit, une petite convulsion pitoyable crispa son menton, et elle eut un faible sanglot, le jappement d'une bête plaintive et trop brisée pour crier vraiment.

Christophe comprenait, sans savoir, lui si indifférent à la chair, si intact de toute convoitise, si ignorant de la tyrannie des sens, si serein. Il réalisait le désarroi, la souffrance de Marie, qui aimait sans pouvoir offrir son corps.

– Il faut retourner voir le docteur, dit-il gentiment.

Elle redressa la tête avec une vivacité qui le surprit :

– Non, jamais ! Il riait. Il faisait des sous-entendus... Il m'a blessée. J'aurais trop honte, je n'y retournerai pas... Quand il saura... Trois ans sans rien.

– Allez en voir un autre, tous ne sont pas si maladroits... Il était peut-être gêné, plus gêné que vous.

– Non, dit-elle, ni lui ni un autre. Que vous. Personne ne sait. J'aurais honte.

– Mais honte de quoi ? dit-il. C'est bête...

Il s'interrompit parce qu'elle s'était mise debout et qu'elle remontait sa robe d'un geste lent et décidé.

– Arrêtez ! cria-t-il. Venez dans mon église !

Et il chercha à l'entraîner vers la prière, dans l'ombre apaisante de la maison de Dieu. Il cherchait aussi à fuir, elle le comprit très bien.

– Non, dit-elle. Pas d'église, j'ai trop de rancune. Restons là chez vous.

Et elle recommença à relever sa robe.

– Arrêtez, cria-t-il encore.

– Pourquoi ? Vous aussi, vous avez honte ? Vous aussi vous êtes gêné ? Alors personne, personne ne peut rien pour moi... lâcha-t-elle dans un sanglot, et elle se rassit, la jupe aux cuisses, la tête dans les mains.

Christophe revit le père Cotain. « La honte et la peur, ce sont des péchés, Christophe, quand on n'a rien fait de mal... » Et là, maintenant, il avait honte, c'était vrai, il avait honte et il avait peur, et pourtant, où était le mal ? Où était-il, où était le bien ? Fallait-il reculer devant cette femme effondrée, la chasser, fallait-il chercher à la consoler, à l'aider ? Que dire et que faire ? On ne lui avait pas appris ces choses-là, si cachées et misérables, si étranges, et qui peuvent ruiner une existence, saccager la foi, détruire l'amour... Pourquoi restait-il ainsi, ballotté, sans conseils et sans avertissements, sans connaissance du corps des femmes, de leurs émois, de leurs peines ?

Il eut pitié soudain, d'elle et de lui-même. De son chagrin à elle, de son embarras à lui. Avec un grand courage, il se mit à genoux devant, elle, modeste, touchant. Il écarta ses mains dans lesquelles elle se cachait toujours.

– Écoutez, Marie. Je n'ai pas honte. Je n'ai pas honte et je n'ai pas peur de vous. Seulement, moi aussi, je suis vierge. Absolument. Comment puis-je vous aider ? Je n'ai jamais vu une femme, jamais. J'ai eu sous les yeux de vagues croquis, en sciences naturelles, c'est tout. Ma femme à moi, c'est une Marie, aussi. Mais elle n'est pas comme vous. Pas désespérée si je ne la prends pas. Je lui fais l'amour avec mes prières, mon cœur, mon âme. C'est comme ça que je l'aime. Elle est intouchable... Je suis l'époux vierge d'une vierge. Que puis-je faire, sinon prier pour vous ?

– Je veux, prononça-t-elle lentement, que vous m'ouvriez...

Il était encore à genoux. Il eut un air désolé.

– Mais, Marie, je ne saurais pas... Je peux baptiser, enterrer, marier, confesser, je peux prier, encore une fois. Mais je ne peux pas faire ce que vous me demandez !... Pourquoi moi ?

– Parce que vous, vous ne vous moquerez pas... Et puis, vous n'êtes pas un homme, pas un vrai. Ça ne fera pas de tort à Antoine... Et peut-être... peut-être que vous ferez un miracle !

Elle avait pris pour dire ces derniers mots un visage si enfantin, si brûlant d'espoir, si innocent malgré l'énormité de ce qu'elle exigeait, qu'il se rendit avec un soupir fataliste, un soupir qui semblait dire : « Quelle absurdité ! Enfin, essayons quand même... » Il lui dit : « Montrez-moi », et ferma les yeux à la recherche d'une prière, pendant qu'elle retroussait tout à fait sa robe, ôtait sa culotte, s'avançait au bord de la chaise. Alors elle déclara naïvement : « Ça y est ! », et il ouvrit les yeux.

Il reçut en plein visage la chaude haleine du sexe de Marie, ouvert devant lui. Une odeur jamais sentie et pourtant familière, troublante, dont il eût pu deviner, les paupières baissées, qu'elle émanait d'un endroit mystérieux et mouillé, très intime... Il supporta le choc de l'ondée qui l'assaillait sans rien montrer de son saisissement, et entreprit de scruter ce qu'on lui offrait, là, à quelques centimètres de lui.

La révélation lui faisait tourner la tête... L'entaille précise et moirée, compliquée de méandres concentriques, parmi les poils noirs, le fascina d'une hypnose morbide, comme le spectacle d'une indécente blessure. Cette chair à vif, aux muqueuses visiblement sensibles, d'un rose de gueule animale, devait brûler au moindre contact... Il n'osait y porter les mains, incapable seulement de préciser si la chose était, de l'extérieur, conforme aux normes. Il se racla la gorge.

– Hum... Où, demanda-t-il, où est-ce fermé ?

Elle pointa son index très bas, bascula un peu sur le bassin pour dégager l'orifice du vagin et de lui indiquer.

– Ah ! dit-il, emprunté. C'est là... Et le docteur n'a rien trouvé ?

– Non, dit-elle. C'est le docteur de famille. Il m'a vue naître. Il a dit que j'étais bien trouée. C'est juste contracté.

– C'est cela, demanda Christophe, la virginité ?

– Non, répondit-elle encore. C'est plus loin, à l'intérieur. Même une fille vierge, on peut la pénétrer un peu, sans forcer. Moi, on ne peut pas.

– C'est peut-être collé, insinua ingénument Christophe.

– Mais non, pas à ce point, dit Marie en haussant les épaules, un peu amusée malgré tout. Mes règles coulent quand même...

– Eh bien, dit Christophe, eh bien...

Et il secouait une moue embarrassée pour signifier : « Nous sommes dans de beaux draps. » Puis il réfléchit et déclara :

– Pensons aux Évangiles ! Il est écrit : « Frappez, et l'on vous ouvrira »... Est-ce qu'Antoine frappe bien ?

– Il a essayé, confia Marie timidement.

– Peut-être frappe-t-il trop brutalement... Peut-être vous fait-il peur ? Ça a l'air si délicat, dit-il, et il se résolut à poser une phalange circonspecte au sommet de la fente, à la naissance des poils. Du dos de l'ongle, d'abord il suivit le bord d'une lèvre, doucement, remonta le long de l'autre bord, puis il glissa le bout du doigt dans le sillon creusé autour des nymphes, passa sur le vagin, boucla son tour sur le clitoris qui frémit.

– Mal ? demanda-t-il sobrement, presque heureux à l'idée d'avoir découvert un indice.

– Non, non, répondit-elle très vite.

Il continua à l'effleurer le plus légèrement possible, anxieux à l'idée de la meurtrir, intimidé par l'apparente vulnérabilité des tissus, dont il découvrait la douce moiteur d'un index respectueux. A un moment donné, il crut la sentir bouger encore. Une sorte de spasme venait de resserrer tout le sexe à la fois, puis elle se détendit. Mais comme il frôlait encore ce drôle de petit bouton, plus ferme de passage en passage, il perçut de nouveaux frissons qui, réguliers à présent, imprimaient aux organes fragiles un rythme presque cardiaque, et ce qui lui avait paru comme une faille étrange, une entaille obscène dans l'ombre de la fourrure, s'épanouit sous ses doigts ainsi qu'une orchidée charnelle, pulpeuse et parfumée, animée d'une respiration ensorcelante.

Guidé par un ruissellement qui avait contribué à métamorphoser l'endroit et dont il cherchait la source, Christophe revint au vagin, dans lequel il glissa enfin sans aucun effort... Elle eut une interjection claire, une sorte de « Ah ! » très ébahi, qui était en fait un cri de victoire étonnée. Il crut l'avoir blessée, retira vivement le doigt, leva la tête vers elle. Il comprit à son air ravi et incrédule qu'il venait de la vaincre, là, sans rien connaître, au hasard de sa bonne volonté et de son application tâtonnante. Et tout à coup, incompréhensiblement, il se mit à bander, et se rendit compte qu'il la désirait comme un fou...

Elle sauta sur ses pieds, très vite, rabattit sa robe, enfila sa culotte par-dessous, en se tortillant un peu, comme une petite fille pressée et joyeuse. Elle cria : « Oh ! Merci ! Merci », sans voir son air égaré, sans s'intriguer de la paralysie soudaine qui le tenait là à genoux devant la chaise désertée.

Elle disparut très vite, il ne l'avait pas raccompagnée, il était toujours par terre, cherchant une prière dans sa tête vide. Il commença : « Je vous salue Marie, pleine de grâce », mais il avait joint les mains, et une odeur bouleversante monta à ses narines, une odeur d'algue fraîche et de musc... Alors il enfouit son visage dans ses phalanges serrées, respira à pleins poumons le parfum dont elles étaient empreintes et éclata en sanglots.

Cette nuit-là, Christophe ne dormit pas. La vision du sexe de Marie, comme une porte ouverte sur un monde inconnu, le hantait. Chaque fois que repassait dans sa tête un détail précis, l'arrogance du clitoris, la palpitation du vagin, son accueil très doux quoique serré, le parfum de la rosée qui l'avait trempé, il sentait son ventre s'enflammer et sa verge se tendre. Et, bouleversé, il n'essayait pas d'oublier, mais testait et retestait encore le pouvoir étrange qu'il venait de découvrir à cette chair de femme.

Ce qu'il n'avait jamais considéré jusqu'alors que comme une manifestation incongrue et incontrôlable de son corps, une sorte de crampe absolument indépendante de tout contexte, lui apparaissait à présent lié à une émotion intense, une sorte de faim brûlante qui, bien qu'imprécise encore, le mettait à la torture.

Au petit matin, il écrivit une lette au père Cotain, qui disait ceci :

Mon cher père,

J'ai perdu hier soir l'estime de moi-même, dans une aventure qui m'aurait moins désemparé si j'avais été plus averti. Je me sens aujourd'hui humilié, devant Dieu et devant les hommes, humilié devant moi-même, et devant Marie, la très sainte épouse que j'avais choisie et que j'ai trahie par ignorance.

Une femme est venue à moi, m'a demandé une sorte de charité que j'aurais dû refuser. Mais j'ai porté sur elle des mains qui se voulaient consolatrices, et je me suis déshonoré.

Je n'ai pas honte, à ce jour, de ce que j'ai fait pour elle. J'ai seulement honte d'être resté pur si longtemps sans mé-

rite, et d'être tombé, par inconscience, dans le piège de la tentation. Honte encore d'avoir élu chastement une épouse chaste sans connaître ce qu'était la chasteté. Je commence à comprendre qu'elle vaut son prix de peine et de renoncement. J'aurais seulement voulu savoir tout cela avant de m'engager. Le combat eût été plus loyal, et moi moins amer aujourd'hui.

Alors bénissez-moi, donnez-moi votre pardon, et la force, désormais, de résister. Je succomberai peut-être, mais les victoires n'en auront que plus de poids.

Jusqu'à présent, je n'étais pas vertueux, j'étais aveugle.

Et le père Cotain répondit :

Christophe, mon fils, mon cher enfant,

Il est des neiges, au sommet du Kilimandjaro, d'une pureté sans égale, et des couchers de soleil, sur l'océan Indien, qui semblent enflammer l'univers entier. Il est sur l'équateur, des fleurs et des papillons aux couleurs irréelles, il est des fruits, il est des rivières... Il est des merveilles de Dieu à travers tout le vaste monde.

Le sexe de la femme, son corps, son charme, en sont d'autres. Qu'aurais-je dû faire ? Ai-je été mauvais guide touristique en ne t'emmenant pas en voyage autour de la terre ? Non, n'est-ce pas ? Je t'ai montré ce que je connaissais, au fil de nos sorties, ce qui t'intéressait, j'ai répondu à tes questions. Tu n'as jamais parlé des femmes. J'aurais eu scrupules à me jeter à ta tête avec des histoires qui t'auraient peut-être perturbé. Fallait-il que je te pousse au bordel, pour te donner le choix, et te dire : « Décide-toi : tu connais les putains. Préfères-tu Marie ? » Tu vois bien que c'était impossible. Il fallait, même si je t'ai accompagné un peu, que tu fasses le reste du chemin tout seul.

Et te voilà, piètre pèlerin, tout empêtré de honte idiote parce que tu viens de découvrir le pouvoir des femmes... Vas-tu dire, comme les moines du Moyen Age, que leur corps est diabolique ? Vas-tu les repousser à coups d'eau bénite et de crucifix, vas-tu te bander les yeux, ne plus les voir, les chasser de ton église ?

Allons, ce serait démodé... Tu as secouru une malheureuse, et tu as bien fait. Tu regrettes de n'avoir pas été plus averti. Qu'aurais-tu fait alors ? Tu l'aurais rabrouée, conscient du danger ? Aurais-tu été plus fier de ton refus et de ta lâcheté devant la tentation ? Oui, lâcheté ! Le terme est de toi, souviens-toi lorsque nous lisions ensemble l'épisode d'Ulysse et des sirènes... Ses compagnons avaient prévenu le péril avec leurs boulettes de cire. Seul Ulysse a eu le courage et la curiosité d'affronter leurs chants. Tu avais seize ans. Tu m'as dit : « C'est lui le héros, les autres sont des lâches. » Regrettes-tu les boulettes de cire, Christophe ?

Ah ! Que toujours la vie te trouve éveillé, attentif, les oreilles et les yeux bien ouverts, les poings liés s'il le faut, comme Ulysse, mais âpre au combat, conscient, alerte, et point si orgueilleux que tu ne saches envisager simplement la défaite...

Et que toujours aussi, toujours, les merveilles de Dieu te trouvent à genoux, Christophe. C'est l'attitude la plus fière, quoi qu'on en dise, la plus digne d'un serviteur de Dieu, d'un amoureux de Marie, d'un berger penché sur la brebis blessée.

Je te bénis Christophe, et n'ai à te pardonner que ton orgueil, car il faut être bien orgueilleux pour ambitionner la pureté et le mérite ensemble.

Va en paix. Triomphe modestement. Succombe plus modestement encore. Sois amour et reconnaissance. Jette le regret et le remords, la honte, la peur et la tristesse, tous stériles, et cultive l'espoir, car nous portons tous, en un corps bien misérable, une âme magnifique.

Les semaines passèrent et Christophe s'appliqua de tout son cœur à son sacerdoce. Il travailla beaucoup, pria plus encore, veilla si tard dans son église qu'il lui semblait voir parfois les statues s'animer, frémir de leurs doigts entrecroisés sur des chapelets soudain dansants. Ses sermons, à la messe du dimanche, se firent si vibrants, d'un tel lyrisme malgré la banalité des petites choses quotidiennes évoquées, qu'on venait à l'office comme au spectacle pour l'écouter, pour contempler, dans son visage plus pâle encore qu'à son arrivée, le reflet flamboyant de cette foi qui lui cernait les yeux, lui mangeait les joues, obscurcissait ses prunelles grises d'un éclat plus sombre, presque noir...

Et puis il y eut le baptême de Brunette. Et le père Christophe allongea sur la tête de l'enfant une main qui tremblait, parce que Marie était là, tout près, et qu'il luttait désespérément pour ne pas la dévisager, pour ne pas toucher sa robe, pour se garder d'imaginer ce qu'elle dissimulait...

On avait convié Christophe à la fête, un repas qui se donnait chez les Rouquevelle, où Émilienne habitait désormais. Mais il avait décliné l'offre, sous prétexte d'une étude à mener à bien. La famille s'en allait. Seule Émilienne resta un peu en arrière, lui remettant un gros sac de dragées pour ses enfants de chœur, et réitérant l'invitation. « Vraiment ? Vous ne voulez pas venir ? » Et, comme il refusait derechef, elle laissa paraître un peu d'inquiétude tendre, lui trouva mauvaise mine, lui conseilla de se reposer et conclut : « Vous savez, les curés aussi ont droit aux bonnes choses ! » Il eut un petit rire nasal, à bouche fermée, plutôt douloureux, et répondit : « Vous croyez ? » Émilienne sentit dans sa réplique une ironie amère et n'insista plus. Elle posa seulement sa main sur le bras de Christophe, une main chaude et autoritaire, qui disait « Courage ! », et il lui sut gré de ce message intuitif et fraternel, car il avait besoin à son tour d'être rassuré, et ne dédaignait pas, lui, le pasteur perdu, la complicité ni l'expérience d'une brebis longtemps égarée...

Ce fut le soir de ce dimanche-là que Marie lui rendit sa seconde visite.

Il était chez lui, à la cure. Il entendit des pas dehors, il devina sa présence avant qu'elle ne frappe. Il bondit sur sa chaise, en se promettant : « Je ne la laisse pas entrer ! A l'église, tout de suite ! » Il ouvrit la porte brutalement, comme elle allait heurter le bois du poing. Elle resta là, le bras en l'air, stupéfaite et gauche. Il la regarda, vit tout à la fois ses boucles brunes sur ses épaules, ses yeux dorés, écarquillés par l'effarement, son visage craintif et doux, l'apparente suavité de cette petite place de peau nue, sous l'oreille, entre les cheveux et le col de la robe...

Il tenait encore la porte d'un main, l'autre, d'un geste guerrier, héroïque, s'appuyait au chambranle, comme pour barrer le passage. Et soudain, il baissa les bras, il recula un peu, et dit tout bas : « Entrez. »

Elle retrouva la pièce sombre, le bureau, les livres, le cercle de lumière sur les papiers épars, et la chaise où elle s'était assise la première fois... Spontanément, elle vint s'y échouer, silencieuse et gonflée de soupirs.

– Vous n'êtes pas à la fête ? demanda Christophe.

– C'est fini, dit-elle. Tout le monde est parti. Mais Antoine a bu... Il est ivre mort. Émilienne a voulu nous garder pour la nuit. Il dort...

Et comme Christophe restait muet à la contempler, elle crut qu'il attendait une explication. Elle poursuivit, en accélérant tout à coup le débit de ses paroles, comme pour se débarrasser d'une confidence gênante :

– Vous savez, il boit de plus en plus. Ça devient vraiment impossible. A chaque sortie, chaque réunion de famille, il se conduit de la même façon. Je ne lui en veux pas. Je sais qu'il est malheureux.

Puis, au bout d'un court silence, elle ajouta sur un ton de rancœur chagrine :

– Ça n'a pas marché, l'autre fois.

Christophe prit un air très humble, très suppliant, et lui demanda :

– Je vous en prie, ne me mêlez pas à votre intimité. Ce n'est pas bien.

Marie était si obnubilée par son drame personnel qu'elle ne comprit pas l'émoi de Christophe, son désir d'échapper à la tentation.

– Oh ! Bien sûr, s'exclama-t-elle tristement, vous êtes au-dessus de ça ! Vous trouvez mes problèmes bien ennuyeux, bien secondaires, bien petits. Ça ne vous dit rien, à vous, ça ne vous parle pas, les choses de l'amour... Vous ne savez pas comme ça peut être désespérant, comme ça peut rendre malade, comme ça finit par obséder... Moi, ça m'a pris toute ma joie, à Antoine aussi. Mais vous allez encore me proposer des prières... J'ai été bien bête de revenir. C'est comme si je venais dire à quelqu'un qui ne mange jamais que je meurs de faim...

Elle le bouleversait, de sa voix plaintive aux accents réprobateurs et injustes, de ses larmes contre lesquelles elle luttait, de tout son visage douloureusement déçu, de son haleine tiède et mouillée, qu'il aurait voulu boire juqu'à mourir... Il était resté debout, il tomba à genoux devant elle, tout près, saisit les mains, les joignit dans les siennes, comme pour une double prière...

– Marie, Marie, taisez-vous ! Je vous donnerais à manger si vous mouriez de faim, même si je devais être toujours à jeun, je trouverais bien à vous rassasier... Vous avez eu raison de venir, il n'y a pas de petit chagrin, de petite peine. Je suis là, je suis là, poursuivait-il, en berçant la détresse qu'elle laissait éclater, terriblement attendrie par la gentillesse de Christophe qu'elle venait de croire dédaigneux. Je vais vous guérir, vous êtes ma brebis blessée, et je suis votre berger, à genoux, vous voyez, pour soigner vos blessures... Marie, j'ai si fort pensé à vous, si fort prié. Pour vous et pour moi. J'ai mal aussi de votre tourment. Nous devons guérir tous les deux... Montrez-moi, montrez-moi ce mal, je vais l'exorciser, même si je dois toujours y repenser, je vous offre mes remords, mes regrets, mes doutes, mon enfer, mes nuits sans dormir, ma fierté, tout, je vous offre tout et je prends votre douleur... Montrez-moi, moi qui ne mange jamais, je vais tâcher de vous nourrir...

Et de ses mains à la taille de la jeune femme, il l'attira à lui, doucement, l'amena jusqu'au sol où il demeurait à genoux. Il repoussa la chaise derrière elle, l'étendit par terre ainsi qu'on couche un grand blessé. Étonnée par la fièvre de Christophe, par sa résolution fervente, guidée par ses gestes chauds et paternels, elle se laissait disposer, alanguie et très douce, un peu essoufflée, comme après une crise de gros sanglots.

Il remonta sa jupe, saisit la culotte, l'en débarrassa. Le glissement des étoffes, comme une caresse, acheva de l'apaiser. Elle aurait presque dormi, tant elle était bien, couchée là, sur le froid carreau de cette pièce étrangère.

Avec une infinie tendresse, il glissa ses mains sous les cuisses de Marie, lui releva les genoux, les écarta. « Mon Dieu ! balbutia-t-il comme pour lui-même, sur un ton qui mêlait l'épouvante à l'extase. Mon Dieu ! » Il ne pouvait fermer les yeux, ni détourner le regard, ni s'empêcher de frissonner tout entier. Il était là, face au sexe de Marie, sa chère obsession, son rêve, son cauchemar, sa découverte inouïe, sa torture de chaque nuit, de chaque jour. A la fois chair et absence, plaie vive et cicatrice, ombre et lumière, le sexe de Marie, c'était en un fourré profond, un bijou chatoyant de nacre rose et rouge. C'était une fleur mortelle aux pétales de soie, un fruit charnu, juteux, fascinant et sauvage.

Un vertige affreux saisit Christophe. Il faillit se coucher, se rendre, porter les lèvres à cette grenade éclatée, qu'il devinait douce amère et dont la convoitise lui mouillait la bouche. Il respira deux ou trois fois, serra les mains l'une contre l'autre à les faire craquer, dans un désir honnête de calme et de lucidité. « Mon Dieu, reprit-il plus haut, aie pitié de ta servante Marie, qui voudrait connaître l'amour d'un homme, comme tu l'as prévu et ordonné, qui voudrait lui donner des enfants, et qui ne peut pas, parce que son corps se refuse. Aide-moi mon Dieu, à trouver les mots et les gestes qui sauront le persuader, le débarrasser à jamais de la peur, qui feront de Marie une femme accomplie, heureuse dans son mariage et rayonnante d'amour...

Il avait gardé les mains jointes, avait levé son beau visage torturé vers la lumière de sa lampe, sans cligner des yeux, avec seulement pour écran le cristal limpide de deux larmes qui tremblaient entre ses paupières sans tomber.

Il abaissa son regard embué sur Marie qui tenait aussi ses deux mains réunies sur sa bouche. Il lui dit :

– Vous êtes bien, Marie ? Vous n'avez pas peur ? Vous n'avez pas peur de moi, pas honte ? Vous avez confiance en nous, le Bon Dieu et moi ? Nous formons une équipe, vous savez, nous vous guérirons...

Il avait avancé les mains sur elle, avec une grande bravoure, des mains aériennes et douces qu'il contraignait à l'innocence en une besogne affolante. Marie se taisait, engourdie par les bonnes paroles, par les gestes légers. Il la parcourut à nouveau, comme la première fois, plus longtemps encore, plus soigneusement. Elle se mit à vibrer.

– Il faut expliquer à Antoine, déclara Christophe. Il faut aussi lui montrer, votre corps n'est pas verrouillé, Marie, je le sens qui s'ouvre, la clef est en vous. Il faut la lui donner. C'est peut-être vous qui la lui cachez...

Toute molle, Marie secouait la tête négativement, attentive à ses sensations, avare de mots. Christophe poursuivit :

– Si j'essaie d'entrer, à présent, je le peux. En êtes-vous consciente ?

– Entrez ! dit-elle.

Il glissa son doigt en elle, aisément, presque sans l'avoir voulu. Il ressortit tout de suite.

– Non, demanda-t-elle, restez.

– C'est inutile, répondit doucement Christophe. Vous êtes douce comme de l'huile. Très accueillante. Je vous ai prouvé que vous n'étiez pas hermétique. Vous le saviez déjà, depuis l'autre fois. Le reste ne m'appartient pas.

Marie leva la tête vers lui, s'assit presque.

– Le reste n'appartiendra à personne, jamais ; vous ne m'ouvrez pas, c'est à peine un entrebâillement. Arrivée chez moi, je n'y crois plus. Mon corps redevient une prison, obstiné et méchant. Faites sauter les barreaux !

– Marie, dit très bas Christophe, pensez à moi !

– Après, rétorqua-t-elle sur un ton sans appel. Après, je penserai à vous !

Il eut une grimace discrète de souffrance, qui crispa ses mâchoires. Puis il se remit humblement à la tâche. Sa main gauche était posée sur le genou droit de Marie. Elle lui fit subir une légère poussée vers l'extérieur, s'y crispa un peu. De la droite, il explorait encore le sexe de Marie, revenait à ce bouton exacerbé qui lui semblait orchestrer à lui seul toutes les pulsations environnantes. Il avança son index et son majeur ensemble.

– Vous êtes large, Marie, dit-il. On navigue en vous comme en un fleuve tiède. Il faudra donner tout cela à Antoine, le courant de votre rivière, cette aspiration qui m'appelle en vous, et ses rives élastiques... Il sera si reconnaissant.

– Venez plus loin ! ordonna-t-elle.

– Je ne peux pas, Marie. C'est la clôture où je dois m'arrêter. Antoine la franchira.

– Franchissez-la !

– Je ne veux pas la lui prendre, c'est à lui, gardez-la pour lui.

– Mais, cria presque Marie, ça fait trois ans qu'il se cogne à du béton, qu'est-ce que vous voulez que ça lui fasse, cette misérable petite clôture ? Franchissez-la, je veux savoir jusqu'où on peut aller en moi. Allez-y !

En se redressant jusqu'à lui attraper le poignet, elle fit mine de l'enfoncer malgré lui, si violemment qu'il eut presque peur.

– Attendez ! dit-il, pas comme ça ! Pourquoi voulez-vous vous faire mal ? Quel mépris avez-vous de vous-même ? Vous méritez des égards, Marie. Soyez plus tendre pour vous, moins rancunière. Vous aggravez la situation. Je vais venir à vous, franchir votre barrière... Détendez-vous...

De ses deux doigts parallèles et allongés, de sa paume ouverte vers le ciel, il avait retrouvé instinctivement un geste médical dénué de trouble. Il pesa sans violence sur la résistance élastique qu'il sentait au fond du ventre de Marie. Mais elle ne cédait pas. Il bougea alors plus circulairement, plus minutieusement, et ses doigts baignés d'une huile chaude se mirent à improviser soudain une chorégraphie folle, tantôt rapide et tantôt lente, d'abord longue, puis plus courte, puis plus large, puis plus impérieuse, et la membrane céda.

Au cri de victoire de Christophe, presque farouche, Marie eût dû comprendre qu'il venait de vaciller, et de se perdre. Mais, préoccupée de son aventure, elle poursuivait son idée, aveugle au chemin de croix de ce saint égaré qui se damnait pour elle, et elle insista encore :

– Faites une grande place ! Ça ne me fait pas mal ! Parce qu'autrement, Antoine ne passera jamais, jamais... Il est tellement... gros..., confia-t-elle avec une sorte d'emportement où fondaient des années de pudeur, de souffrance et d'humiliation.

Et brusquement, elle sentit Christophe l'abandonner. Elle le vit se dresser sur ses genoux, avec une expression hagarde et terrible. Il porta les mains sous sa soutane, défit une boucle, des boutons, à toute vitesse, s'exhiba enfin, agressif, exaspéré.

– Est-il aussi gros que cela ? demanda-t-il avec colère.

Et, attrapant Marie pétrifiée aux hanches, il l'attira à lui et lui planta son sexe en plein ventre, d'un seul coup, comme il l'aurait poignardée.

Elle n'eut aucun sursaut, à l'écoute de ce qui se passait en elle, d'abord, et complètement rassurée par la facilité de l'invasion de Christophe. Puis elle l'entendit divaguer.

– Ah, disait-il, tu m'as vaincu, Marie ! Je suis perdu et seul. Tout seul. Tu entends ? Le Bon Dieu m'a laissé. C'est moi tout seul, moi tout seul. (Il scandait chacune de ses phrases par une poussée plus sauvage.) Tu diras à Antoine... que le curé t'a baisée. Et ça n'aura pas d'importance. Parce que le curé, ce n'est pas un homme...

Alors elle réalisa tout à fait que sa victoire à elle était pour lui une défaite cruelle, qu'il s'était battu longtemps, vaillamment, et que dans son désarroi, elle avait reculé l'inconscience jusqu'à l'ignominie.

– Arrêtez, dit-elle soudain, plus inquiète du sort de Christophe que du sien propre. Arrêtez-vous !

– Je ne peux pas ! Tu m'attires ! Tu me prends comme un aimant. Tu me brûles ! répondit-il, visiblement au terme d'un effrayant voyage.

Il avait un regard fou, une voix méconnaissable, et de grands mouvements de tout son corps habituellement si réservé. Son sexe tyrannique, torride, brûlait Marie, mais ce n'était pas la douleur qui l'angoissait à présent, c'était la démence du jeune homme et les conséquences qu'elle ne manquerait pas de porter dans son âme délicate et sensible, éprise d'absolu. Alors, héroïquement, elle feignit un égoïsme supplémentaire et cria :

– Arrêtez ! retirez-vous ! Vous allez me faire un enfant !

Et elle le repoussa de ses deux bras tendus.

Il se laissa dompter, désespéré par son plaisir qui venait, la quitta, roula sur le côté, recroquevillé d'une jouissance affreusement triste, qui consterna Marie.

Elle se pencha sur lui, caressa ses cheveux blonds émergeant seuls de ses bras repliés où il avait enfoui son visage. Il lui dit, dans un sanglot étouffé :

– Pardonnez-moi.

Elle répondit très vite :

– Ce n'est rien, ce n'est rien, c'est de ma faute. Ce n'est rien, rien du tout.

Et, tirant son mouchoir de son sac, qu'elle avait posé à terre, près de la chaise, elle entreprit de nettoyer la soutane froissée que déshonoraient trois grosses larmes blanches.

– Je ne la porterai plus, déclara Christophe qui levait la tête pour considérer la pitoyable besogne.

– Laissez-moi la nettoyer tout de même, dit Marie humblement.

Puis elle hésita un peu, et finit par ajouter :

– Là aussi, s'il vous plaît ?

Et de son mouchoir elle essuya, avec une tendresse pleine de sollicitude, le sexe de Christophe qu'elle trouva sans le voir sous la robe noire rabattue, et sa main droite où brillait encore la trace humide de sa périlleuse mission.

Elle regarda le mouchoir, marqué d'un sceau sanguinolent, le serra dans ses doigts et murmura :

– Pardonnez-moi, mon père, et bénissez-moi. Car j'ai beaucoup péché.

Il se releva, avec peine, comme courbaturé et vieilli par les minutes qu'il venait de vivre, se rajusta, ôta sa soutane et bénit Marie, de deux doigts parallèles, les mêmes qui l'avaient explorée.

– Allez en paix, ma fille !

Elle eut un sourire de reconnaissance et demanda :

– Et vous, mon père ?

– Oh ! dit-il sur un ton de doute modeste et touchant. J'essaierai !

Un automne flamboyant embrasait les premiers contreforts de la Chartreuse et toute la colline de la Bastille, où s'adossait presque l'hôpital de la Tronche, à Grenoble.

Pour la première fois depuis un mois, Christophe avait obtenu des médecins, la permission de sortir au bon soleil d'octobre exceptionnellement chaud cette année-là. Avec le père Cotain, qui était venu lui rendre visite, il marchait à pas lents sur une petite route aux allures campagnardes, qui sinuait entre de vieilles maisons bourgeoises et une végétation roussie aux derniers feux d'un été qui n'en finissait pas de mourir. L'air tiède de ce merveilleux après-midi le grisait un peu, il avait déjà titubé une ou deux fois d'un vertige ébloui.

– Asseyons-nous là, va ! décida le père Cotain en montrant un banc qui semblait les attendre dans la belle lumière dorée, et, familièrement, il passa son bras sous le bras de Christophe pour l'obliger à se reposer. Tu as maigri, mon garçon, dit-il, tu n'as plus rien dans tes manches...

– Oui, répondit simplement Christophe. J'ai été assez secoué.

– C'est cette histoire qui t'a rendu malade ? insinua son compagnon.

– Disons que j'ai beaucoup réfléchi...

– Un peu trop, sans doute, reprocha le père Cotain. On m'a dit que tu étais arrivé ici dans un état de délabrement complet.

– C'était la fièvre, affirma Christophe. J'avais la fièvre depuis huit jours. Je n'y ai pas fait attention. Double broncho-pneumonie.

– Il paraît que ton église est pleine de courants d'air... C'est là que tu as attrapé du mal...

Christophe sembla s'offusquer de l'affirmation comme d'un blasphème. Son teint très pâle rosit un peu, il fronça les sourcils.

– Mais ne sois donc pas crispé comme ça dès qu'on parle de l'église, Christophe ! s'exclama le père Cotain. Toute la foi du monde n'a jamais bouché les courants d'air, tu le sais très bien... Il se produit parfois de vrais miracles, solides, aveuglants. Mais au niveau des courants d'air, jamais entendu parler... Tu es vraiment un pur et dur, toi, sourcilleux avec les petites choses les plus insignifiantes de la religion. Méfie-toi du fanatisme !

Christophe se tourna alors vers lui, grave, presque courroucé :

– Je ne suis ni pur ni dur ! Et je n'ai pas pris la fièvre dans mon église. Je l'ai prise sur le carreau de ma cuisine, en violant une jeune femme vierge qui s'appelait Marie ! A ce moment-là, j'aurais mieux fait de rester dans les courants d'air de mon église, je me porterais mieux !

Le père Cotain hésita un instant, se demandant si Christophe ne s'était pas exagéré, dans son délire et sa maladie des semaines précédentes, l'importance de ses actes.

– Violé ? demanda-t-il. J'avais cru comprendre qu'il s'agissait tout au plus d'un... écart de régime, en quelque sorte... d'une révélation aussi...

– C'était tout cela. Mais c'était également un viol. J'ai abusé de la situation, par manque de contrôle, par faiblesse. Je m'en suis terriblement voulu.

– Raconte-moi ! ordonna le père Cotain.

Christophe leva la tête, surpris, désemparé.

– C'est difficile à expliquer... J'ai peur de ne pas savoir...

– Dis-le simplement, raconte-moi, ma curiosité est légitime. Je t'aime bien, je te sens préoccupé... Je dois être indiscret...

– Ce sera un viol aussi...

– Oh ! Alors si c'est l'idée que tu te fais du viol, nous sommes tranquilles. Tu auras encore culpabilisé pour une broutille... Et puis moi, ajouta-t-il après un petit silence, moi, ça ne me dérange pas, de te violer un peu. Dans ta lettre, tu m'as presque reproché de ne pas l'avoir fait plus tôt...

– Non, non, protesta Christophe. Je n'ai rien reproché, à personne. Qu'à moi... Rien qu'à moi. J'avais besoin que vous me rassuriez, c'est tout.

– Et j'y suis parvenu ?

– Oui, momentanément...

– Mais après ?

– Après, elle est revenue... Voici, capitula-t-il soudain, sous le regard intrigué de l'autre. C'était une jeune femme, mariée depuis trois ans.

– Vierge ? s'étonna Cotain.

– Oui, justement. Malgré elle, malgré son mari. Une affaire qui m'a d'abord dépassé. J'étais à cent lieues de tout ça... Elle se trouvait bloquée, dans son corps mais surtout dans sa tête, d'après ce que j'ai constaté.

– Tu l'as débloquée ?

– J'ai, au début, essayé de lui parler, de raisonner avec elle, de chercher une solution.

– Et elle t'a ri au nez, et elle s'est déshabillée...

Frappé par la perspicacité de son ami, Christophe sentit une étrange douleur l'étreindre.

– Vous croyez qu'elle a simulé ? Vous croyez qu'elle m'a provoqué exprès ? Moi, je la pensais inconsciente, obsédée par son problème...

– Non, non, le rassura l'autre, je ne prétends pas qu'elle ait été perverse. Mais je devine qu'elle n'avait rien à faire de tes bonnes paroles, ni des prières que tu n'as pas dû manquer de lui proposer. Elle avait besoin d'autre chose, et je suppose que tu le lui as donné. Je ne vois pas pourquoi tu t'en es voulu ainsi... Voyons, poursuivit-il devant la mine perplexe de Christophe, est-ce qu'elle, elle a eu l'air de t'en vouloir ?

– Non, avoua Christophe. Elle semblait très... gênée, très coupable aussi. Elle m'a demandé l'absolution.

– Ah ! Tu vois, triompha Cotain. Elle venait consulter le curé, elle a été surprise de trouver l'homme, c'est tout. Surprise de le trouver, embarrassée de l'avoir défié...

– Mais si elle voulait rencontrer le curé, le curé seulement, discuta Christophe, pourquoi n'a-t-elle pas voulu de mes prières ? A quoi s'attendait-elle ?

– Mais Christophe, s'écria l'autre en serrant le poing avec une conviction presque comique, c'est elle qui était dans le vrai ! Sa foi était merveilleuse ! Oui, merveilleuse sa confiance en toi ! Elle savait d'instinct que les curés, les vrais, les vrais serviteurs d'un Dieu d'amour, de chaleur, de clémence, ce ne sont pas des diseurs de prières... Enfin, c'est très joli, la prière, quand on n'a plus que ça, mais franchement, Christophe, ce n'est pas le plus efficace, tout de même, reconnais-le, il y a parfois mieux à faire. C'est trop facile de se réfugier dans des oraisons passives... Écoute, ne sursaute pas comme ça, ta prière t'appartient. C'est ton lien intime avec Dieu, avec la Vierge, avec la religion, c'est ta façon de leur parler, de te recueillir, de réfléchir... soit. Si quelqu'un te le demande, tu peux aussi prier pour lui, avec lui... C'est ton métier, on te paye pour ça ! C'est le principe des messes dites pour les uns ou les autres. Tu es d'accord ? Mais enfin Christophe, si quelqu'un, dans la rue, t'accoste en te disant : « Pitié, j'ai faim », tu ne vas pas lui répondre : « Je prierai pour toi », alors que tu peux lui acheter du pain, non, c'est évident ?

– Oh ! s'exclama Christophe, scandalisé. Le même argument qu'elle ! C'est le même ! C'est comme ça qu'elle m'a eu !

– Mais elle ne t'a pas eu, Christophe ! Quelle drôle d'idée ! Elle t'a éclairé sur le besoin qu'elle avait de toi, c'est tout. Ne regrette rien ! Tu frôles la rancune et la susceptibilité mal placée... Ce n'est pas chrétien, cela !

– Excusez-moi, mon père, dit froidement Christophe. J'ai tourné toutes ces questions dans ma tête pendant plus d'un mois, à m'en faire éclater le crâne. Et j'en suis arrivé à me dire tout de même que le genre de pain que je lui ai offert est un peu spécial... Moi, je n'avais rien à voir dans cette histoire, je m'y suis fourvoyé... Je veux bien être un curé actif et charitable, mais enfin, j'ai perdu ma pureté, ma sérénité... J'ai cédé à la tentation, je ne m'en remets pas... Je suis sorti de l'aventure brisé par de sordides découvertes, terni dans la gloire que je mettais à aimer et servir la Vierge, déçu de moi-même, qui croyais, une fois averti, pouvoir résister, obsédé d'images inqualifiables... Et en plus, ajouta-t-il avec une ironie amère, je ne sais même pas si mon saint ministère aura amélioré la situation de cette femme...

– Ah ! dit Cotain avec un sourire, je me réjouis tout de même de constater que le thérapeute que tu t'es montré s'inquiète du profit de son traitement... J'aime mieux cela, figure-toi ! Car, mon cher enfant, il y a beaucoup à dire, vraiment beaucoup sur ton aventure et tes états d'âme... Oui, j'emploie le mot à dessein, tes états d'âme ! Quel orgueil, quelle complaisance pour toi-même, dans tout ce que tu racontes ! Quel besoin de t'écouter, de t'analyser, de magnifier tes petits avatars, tes petites erreurs de parcours ! Qui te croyais-tu, hein ? Tu voulais demeurer sans tache, immaculé, jusqu'à la mort ? Lilial ! Une Sainte Vierge au masculin... Un enfant Jésus, un Christ, en somme... Mais de Christ, mon garçon, il n'y en a eu qu'un, et ça suffit bien, vois-tu. D'abord, il a été amplement à la hauteur. On peut compter sur lui, ne t'ai-je pas déjà dit cent fois qu'il avait tout payé d'avance ? D'un autre côté, je vais peut-être te paraître audacieux, mais j'ai bien l'impression qu'il en a trop fait... Oui, le fanatisme, c'est un peu de sa faute, malgré son apparente bonhomie, tu vois. Il a d'une certaine façon... comment dire... coincé les gens. Il était trop... pur et dur, lui aussi, voilà... Notamment sur le problème de la chasteté... Tu sais ce qu'on dit de la morale judéo-chrétienne ? On dit toujours « la vieille morale judéo-chrétienne ». On sait bien pourquoi. La chasse à l'impudicité, la continence, tout ça, c'est un peu démodé. D'ailleurs, si tu relis bien le Nouveau Testament, les épîtres, tu y trouves en même temps des recommandations de chasteté, mais aussi le constat, infiniment méprisant, je le concède, beaucoup trop méprisant, des faiblesses charnelles de l'homme et de la femme. On ne pouvait tout de même pas nier le seul principe vital, n'est-ce pas, alors on a limité les dégâts. « Œuvre de chair ne désireras qu'en mariage seulement… » Oui, mais voilà, même au sein du mariage, il paraît que ça ne se passe pas toujours bien. Avant, on n'en parlait pas. Jamais. On en souffrait, mais ces petites misères semblaient si dédaignables, si incongrues... On avait honte de son corps, de ses exigences. Mais nous, les curés, ne sommes-nous pas les médecins de l'âme ? Si, n'est-ce pas ? Et tu te doutes que les choses du sexe passent avant tout par l'âme... Il faut que nous soyons à l'écoute, avec bonne volonté et indulgence. Mon petit Christophe, quand un chirurgien opère, il ne se plaint pas d'avoir du sang sur sa blouse... Il se tire rarement propre de l'opération. Bon, considère que tu as opéré. Tu as été un peu éclaboussé. Et alors ? En voilà une histoire parce que ta blouse, ta soutane, a laissé un peu de son éclat dans l'intervention... Quel orgueil à vouloir demeurer blanc...

– La soutane, interrompit Christophe, avec l'air buté d'un petit garçon qui refuse de se laisser convaincre, je ne la porte plus.

– Et tu fais bien ! assena Cotain, sous l'œil arrondi de son disciple. Oui, tu fais bien, tu es plus élégant sans ! Je te prédis un appauvrissement des bataillons de Dieu, Christophe, si on ne fait pas un peu de propagande. L'Église a besoin de garçons comme toi, une vraie réclame vivante. Tu es jeune, beau, intelligent, sensible, et en plus, tu bandes !

– Oh ! ça... murmura le jeune homme, pour signifier qu'on pouvait s'en passer.

– Comment, « ça » ? Mais c'est le plus important, figure-toi. On ne fera pas envie aux chrétiens avec des figures d'anges asexués et chlorotiques. C'est fini, tout ça. Les curés abandonnent de plus en plus la robe. Il le faut. Ils doivent revendiquer leur virilité, c'est un principe de dynamisme. On est au vingtième siècle, qu'importe que les moinillons et les nonnettes se branlent !

– Oh ! Mon père !

– Quoi, mon père ? Ton père, figure-toi, se faisait du souci... Je te voyais si détaché, si loin des choses humaines... Encore enfant, en quelque sorte. Tu as grandi, quoi ; je te le confie, je te trouvais presque un peu attardé... dans tous les sens du terme. Tu vois, tu me soulages ! Si tu avais été élevé autrement, si ta grand-mère n'avait pas été un peu folle, tu serais ingénieur, ou poète... Et tu ferais l'amour... Et tu trouverais cela normal...

– Mais, objecta Christophe, j'étais libre lorsque j'ai choisi. Pas uniquement déterminé par mon enfance. Je me suis engagé. Mon contrat stipulait la chasteté.

– D'abord, répondit Cotain, tu as souligné toi-même que tu t'étais engagé là-dessus sans savoir. Ensuite, je dirai que la chasteté n'est pas le point le plus important de notre sacerdoce.

– C'est vous-même qui avez parlé, tout à l'heure, d'un écart de régime. J'étais au régime, j'ai failli.

– Je retire cette expression idiote, rétorqua Cotain. On est au régime quand on est malade. Tu n'es pas malade. Ta foi ne doit pas te diminuer.

– Mais je pensais me grandir, au contraire, dit Christophe. Quand elle est revenue, je m'attendais à la tentation...

– Et tu as accepté le défi ?

– Oui, avec ferveur même. Je lui ai dit : « Je prends ta douleur, je t'offre la mienne. »

– Bien, très bien, dit Cotain. Sauf que, présomptueux comme tu es, tu pensais t'en sortir avec tous les honneurs. Tu vois, tu t'es trompé. Tire la leçon qui s'impose !...

– Il faut s'éloigner de la tentation ?

– Non pas, non pas. N'oublie pas que Jésus, que tu sembles imiter, est allé de son plein gré au désert pour y être tenté. Même acabit que toi, dans le fond. Un peu masochiste...

– Alors quoi ? Quelle leçon ? Fuir la tentation, c'est lâche. La provoquer, c'est orgueilleux.

– D'abord, il y a suffisamment de tentations sur terre comme ça sans les provoquer, comme tu dis. Alors ne pas les fuir, ne pas les provoquer, mais les subir simplement, avec l'idée qu'on peut succomber, et ne pas tomber malade pour autant. C'est vaniteux.

– Je n'aime pas cette résignation, déclara Christophe. Ça me coupe tout courage. Je n'aime que l'idée de la victoire.

– Tu vois, tu es vaniteux...

– Oh ! Sportif, tout au plus, dit Christophe...

Le soleil avait disparu derrière une petite brume plus fraîche. Ils se levèrent ensemble, revinrent vers l'hôpital.

– Mais vous, demanda Christophe, au bout d'un moment, pourquoi portez-vous la soutane ?

– Oh ! moi, répondit Cotain, je suis plus petit que toi. Ça m'avantage plutôt la silhouette...

Le père Cotain raccompagna Christophe à sa chambre, où le jeune prêtre, plus exténué qu'il n'avait voulu le montrer pendant la promenade, s'allongea tout de suite avec un grand soupir de lassitude. Cotain s'inquiéta :

– Déshabille-toi vite, ordonna-t-il, et couvre-toi... J'espère que tu n'as pas pris froid... Je m'en vais, tu as l'air éreinté. Repose-toi bien, prends soin de toi...

D'une main de patriarche, il le bénit, d'abord solennellement, puis il posa ses doigts sur la tête blonde, légèrement, tendrement, ainsi qu'on caresse à la dérobée un enfant qui joue ou qui s'absorbe et qu'on ne veut pas déranger.

– Et... ne réfléchis pas trop, ajouta-t-il en se retournant une dernière fois dans l'entrebâillement de la porte.

Il marcha dans le couloir en direction des escaliers, passa devant la salle des infirmières, se ravisa, revint sur ses pas et frappa à leur vitre. Elles étaient quatre assises autour d'une table blanche, devant des tasses vides. Une bouilloire électrique sifflait. Elles interrompirent leurs bavardages et levèrent les yeux sur lui.

– C'est l'heure du thé ? devina-t-il avec un sourire.

Elles acquiescèrent en riant.

– Excusez-moi, fit-il encore, mais je crois bien que mon jeune ami de la chambre 23 a de la fièvre. C'était sa première sortie aujourd'hui. J'ai peur d'une rechute.

– Le « 23 » ? Qui est-ce ? interrogea l'une.

– C'est la double broncho, répondit l'autre.

– On va s'en occuper, promit la troisième.

La quatrième s'était levée, sans rien dire, pour mettre l'eau bouillante dans la théière. Lorsque Cotain eut disparu, ce fut elle qui demanda :

– C'était l'aumônier ?

Elle était très jeune, tout juste sortie de son école, et, nouvellement arrivée à l'hôpital, elle ne connaissait pour l'instant que le personnel du service de pneumologie.

– Mais non, rétorqua l'une de ses collègues, beaucoup plus âgée, c'était un simple visiteur.

Et elle dit encore, en se servant du sucre :

– Vous savez que le blondinet du 23 est curé, lui aussi ?

Les deux autres répondirent par l'affirmative, mais la petite Jacqueline demeura estomaquée, la bouche et les yeux arrondis, sa tasse fumante au poing, frappée d'une stupeur qui conférait à son visage une joliesse ingénue et attendrissante sous la coiffe. On la taquina, on se moqua gentiment.

– Dis donc, toi ! Atterris un peu ! En voilà un air ! Est-ce qu'il t'aurait fait des propositions, par hasard ? Ou bien es-tu peut-être amoureuse ?

Elle baissa la tête à la rencontre de sa tasse pour dissimuler la rougeur qui l'envahissait, s'y brûla les lèvres. Mais on ne la regardait plus : Suzanne, la plus ancienne des quatre, se rappelait soudain une anecdote drôle.

– Tiens ! commença-t-elle, amusée, je ne vous ai jamais raconté ce qu'il m'a sorti un fois, au début de son séjour ici... Il était là depuis trois jours, il avait quarante de fièvre. Il passait ses journées à dormir et à délirer. Le troisième matin, des aides soignantes viennent me chercher : il ne voulait pas qu'on le lave. J'y vais, j'essaie de le raisonner. Il me regarde avec des yeux comme ça, complètement hallucinés, et il me dit, en jetant un coup d'œil de travers sur les filles. « Faites-les sortir, je vais vous montrer quelque chose ! » On ne le contrarie pas, elles sortent, je m'approche. Il rejette ses couvertures, baisse son pyjama et m'exhibe une quéquette bien raide, en me confiant comme un grand secret : « Je ne peux pas leur laisser toucher ça ! C'est un objet sacrilège... Parce que vous ne le savez peut-être pas, mais l'Église a perdu la Sainte Vierge.

Il n'y a plus de Sainte Vierge. C'est moi qui l'ai dépucelée. Avec ça ! »

Suzanne s'interrompit, pétillante de malice, pour souffler sur son thé. Ses deux collègues pouffaient, en secouant la tête, définitivement rompues aux caprices et aux divagations des malades qui leur passaient entre les mains.

– Et alors ? demanda Jacqueline, les yeux toujours baissés sur la table, et le bas du visage masqué par son bol.

– Alors, je lui ai répondu que la Sainte Vierge aurait pu tomber plus mal, et qu'en attendant, objet sacrilège ou pas, il fallait le laver. Il a fini par accepter la toilette, mais de moi seule. « Les autres sont trop jeunes », disait-il.

– Quel savoir-vivre ! interrompit une infirmière. J'espère que tu as tiqué !

– Ça doit quand même les rendre un peu fous, les curés, leur célibat, leur chasteté, toute leur morale, non ? demanda l'autre.

Suzanne ne répondit ni à la première ni à la seconde. Elle venait de s'apercevoir du silence pensif et presque douloureux de Jacqueline. Tout à coup, elle n'avait plus envie de parler du jeune curé, plus envie de rire... Elle se revoyait dans la chambre de Christophe, penchée sur son corps brûlant avec un gant de toilette savonné...

– Madame, lui avait-il déclaré avec une sorte de mélancolie grave et résignée, voici la deuxième fois qu'une femme me touche à cet endroit-là, et pour la deuxième fois dans le but de me nettoyer... Avouez que c'est symbolique ?

– Oh ! là ! là ! avait protesté jovialement Suzanne en haussant ses épaules rondes et solides, moi, vous savez, j'ai déjà tout lavé, dans ma carrière : des femmes qui venaient d'accoucher, des nouveau-nés, des cadavres, des opérés... Alors, symbolique de quoi ?

Elle rinçait à présent son gant dans la cuvette en le tordant méthodiquement.

– Et puis, avait-elle complété, vous aussi, les curés, vous lavez les âmes, avec vos confessions... Vous en avez peut-être vu de plus sales que moi...

Elle avait travaillé sur lui avec des gestes doux et mécaniques, sans hâte ni complaisance, sans dégoût non plus, avec une accoutumance joyeusement consentie aux humbles tâches, avait manipulé la rebelle érection de Christophe d'une main experte et dénuée d'embarras. Elle achevait sa toilette, lui repassait le pantalon de son pyjama, qu'elle boutonnait à la taille, ôtait de dessous ses fesses la serviette qu'elle y avait étendue. Il était retombé dans sa prostration, yeux mi-clos, mains abandonnées sur le drap. Comme elle rassemblait son matériel pour sortir, il la tira soudain par la blouse.

– Vous avez vu, dit-il, comme je suis faible et fatigué. Je n'ai que ce morceau-là de vivant... Pourquoi ?

Elle posa sa cuvette, s'assit au bord du lit, appuya sa paume fraîche au front fiévreux du jeune homme.

– Vous y pensez trop, dit-elle, vous lui accordez trop d'importance... Laissez-le gigoter sous les draps sans remords : il se lassera tout seul...

Elle se releva, prit sa cuvette, ne partit pas encore, se pencha maternellement sur le malade.

– Ne lui souhaitez quand même pas la mort, conseilla-t-elle. A votre âge, ce serait malheureux...

Elle s'éloigna.

– Vous devriez aller visiter les petits vieux qui ne bandent plus, ajouta-t-elle en ouvrant la porte. Vous verriez comme ils sont désespérés...

A présent, Suzanne considérait Jacqueline qui buvait son thé à petites lampées songeuses. « Il a dû la troubler avec ses drôles d'histoires et ses problèmes, pensa-t-elle, et comme elle n'a pas encore le recul nécessaire... » Elle devinait juste. Dans la tête de Jacqueline repassait en effet le souvenir d'une nuit de garde, où elle était entrée dans la chambre du malade qu'on lui avait recommandé. Il dormait d'un sommeil agité et plaintif, le front moite, les jambes et les bras convulsifs comme pour menacer et se battre. A l'une de ses inspections, elle l'avait trouvé éveillé, les yeux grands ouverts dans la pénombre, apparemment très calme.

– Vous voulez boire ? avait-elle demandé.

Il avait hésité :

– Non... mademoiselle, je voudrais... je voudrais...

Elle s'était approchée, serviable, disponible. Et comme il bafouillait encore, elle avait cru comprendre, avait fait mine de se courber à la recherche du bassin, sous le lit, mais il avait presque crié, impatienté et soudain résolu :

– Non, non, je voudrais que vous releviez votre blouse !

La demande l'avait sidérée d'abord, puis, bizarrement rassurée par l'idée qu'ils étaient seuls sans personne pour guetter sa réaction, pour se moquer de sa confusion, elle avait ri silencieusement, la tête dans les épaules, amusée malgré elle par le délire du jeune homme.

– Ttt ! Ttt ! Ttt ! avait-elle tenté de le raisonner, il faut dormir, maintenant !

Mais Christophe, avec l'obstination d'un ivrogne ou d'un dément, avait insisté, à haute voix, insouciant de perturber la nuit paisible où s'assoupissait tout le vaste hôpital.

– Relevez votre blouse, s'il vous plaît, relevez-la !

Jacqueline n'avait pas encore la ferme autorité d'une infirmière expérimentée. Elle eut peur du scandale, elle tenta vainement de murmurer « chut ! » une ou deux fois, de présenter à Christophe un verre d'eau, mais il s'était dressé sur son séant, s'était accroché d'une main hagarde au cordon de la veilleuse, et répétait « Relevez-la, relevez-la ! » avec une telle fièvre qu'elle finit par capituler, les yeux craintivement fixés sur la porte, et très vite.

– Attendez ! pria-t-il, attendez, je n'ai rien vu !

Et comme elle se dirigeait déjà vers le couloir, ayant rabattu prestement son vêtement avec une sorte de honte urgente, il ouvrit tout grand son lit et s'écria : « Regardez ! regardez ! Je ne bande pas !... » Elle ne savait pas si la déclaration se voulait sécurisante, ou bien si elle exprimait un regret déchirant. Elle se sentit dépassée par la situation, faillit sortir en courant pour appeler au secours. La peur du ridicule la retint d'abord.

Puis il y eut aussi le regard de Christophe, qu'elle croisa, soudain, et qui la poignarda de sa sombre ferveur, de son fol espoir. Elle mit un doigt sur ses lèvres, s'approcha de la porte à pas de loup, l'entrebâilla pour y passer la tête et constater que l'étage dormait tranquillement, puis elle referma et revint vers Christophe, l'index toujours sur la bouche... Le jeune homme, rasséréné par son évidente bonne volonté, avait laissé aller sa tête sur les oreillers entassés derrière lui. Il murmura, tout bas, avec une expression implorante sur son beau visage tourmenté :

– Montrez-moi votre sexe, s'il vous plaît ?

Jacqueline souffla un peu d'air par les narines, en pinçant comiquement un coin de ses lèvres. Son charmant minois exprimait une indignation indulgente, déjà résignée, comme si elle s'apprêtait à céder au caprice d'un enfant en maugréant : « Vraiment, je suis trop bonne. » Elle chuchota seulement :

– Après, je m'en vais ! Vous me laisserez partir, vous serez sage ?

Il fit oui de la tête, plusieurs fois, gravement. Elle attrapa le bord de sa blouse blanche, le souleva, le coinça dans sa ceinture. Elle ne portait pas de bas dans l'hôpital surchauffé. Sa culotte découpait un ravissant triangle blanc sur sa peau d'un beige rosé. Christophe l'observait de tous ses yeux. C'était la première fois qu'il voyait une femme ainsi, presque nue, des pieds à la taille, avec seulement un petit rempart de coton blanc pour cacher ou plutôt souligner le bas de son ventre. Marie s'était brutalement ouverte à lui, il avait tout de suite plongé dans ses profondeurs, dans ses moiteurs, n'avait pas eu le temps de détailler son ventre, ses hanches, ses fesses, ses cuisses...

A présent, devant cette jeune fille, il se souvenait d'avoir vu, sans y prêter attention, dans les grands magasins où il avait pu faire des courses, quelques mannequins de plastique offrir aux regards des chalands la dentelle claire de leurs sous-vêtements... C'était tout... Il n'avait croisé sur sa route que des femmes de résine, au corps froid et synthétique, pour finalement épouser une statue, plus habillée mais non moins froide... Et pourtant, Cotain avait raison : le charme des femmes, leur peau douce, leur mystère, le galbe et le délié de leurs formes pleines constituaient aussi une merveille de Dieu...

– Montrez-moi, demanda-t-il encore, parce qu'elle hésitait.

Et il se rappela qu'il avait entrepris d'aider Marie avec les mêmes mots. « Montrez-moi, montrez-moi ce mal. »

A présent, le malade, le désespéré, c'était lui, et c'était lui qui devait guérir, qui devait exorciser l'émoi occasionné en lui par des réminiscences trop précises. « Je domestiquerai le spectacle de la chair, s'était-il promis pendant les longues veilles qui l'avaient usé, j'en ôterai le poison, je ne garderai que la pure beauté, que l'admiration et la gratitude... Ne plus jamais recevoir en pleine poitrine, en plein ventre, le choc inattendu et humiliant du désir, mais rester le maître, sans œillères devant les dons de Dieu, avec seulement pour garde-fou la connaissance et la sagesse... »

Jacqueline venait de laisser tomber sa culotte. Au bas de son jeune ventre frisait un pelage noir et abondant d'animal vigoureux, qui chatoyait dans l'ombre et jetait des feux presque cuivrés. Christophe sourit :

– Vous êtes belle, dit-il. Vous êtes belle et je ne bande pas.

Elle sourit à son tour, pour signifier qu'elle n'y voyait pas d'offense. Puis, par un soudain intérêt qui s'apparentait à la fois à un défi relevé et au plaisir d'une situation ambiguë et risquée, elle saisit le fauteuil derrière elle, l'approcha, s'y installa, posa ses pieds très écartés plus haut, sur le rebord métallique du lit, et ordonna, avec un nouveau sourire, plus malin celui-ci, un sourire de femme et non plus d'infirmière :

– Regardez mieux...

Christophe retrouva en une seconde le vertige éprouvé devant Marie. Il ferma les paupières, les rouvrit, fasciné comme par l'œil du serpent, un œil inquiétant, ovale, cilié de copeaux embroussaillés, luisant d'un pourpre de fraîche blessure au plus secret de la fourche. « Pourquoi est-ce que cela me bouleverse autant ? », se demanda-t-il, en faisant sur son hypnose un réel effort de domination froide et raisonnée. Et il entreprit à voix haute une sorte de complainte illuminée aux accents incantatoires.

– Vous êtes, commença-t-il, cassure, coupure, rupture d'avec les mondes purs. On passe par votre porte pour quitter votre ventre, on revient à votre ventre pour quitter l'innocence, quel parfum magique a votre fleur pour régner sur l'amour de l'homme, sur ses dilatations, sur ses voyages, sur ses folies ?...

Il avait le regard brillant, le feu aux joues, les mains tremblantes. Jacqueline, effrayée par sa violence, et par les mots obscurs qu'il prononçait, ferma soudain les jambes, rabattit sa blouse.

– Assez ! dit-elle.

Alors Christophe bondit de son lit, tomba à genoux devant elle qui ne s'était pas encore levée, et balbutia :

– Merci ! Merci ! Vous êtes belle, vous êtes magnifique !

Il avait posé son visage brûlant sur les cuisses de Jacqueline, il haletait contre elle, la chauffait de son haleine, de sa fièvre.

– Merci d'être si belle, dit-il encore...

Et il ajouta, dans un dernier élan passionné :

– Et je n'ai pas bandé ! Je ne bande pas !

Elle lui caressait les cheveux, doucement, retournée malgré elle par l'intensité qu'il exprimait, et croyant à un affreux désespoir alors qu'il chantait une victoire, elle le recoucha, avec des précautions et des tendresses touchantes en promettant :

– Mais ce n'est pas grave ! C'est la fièvre ! Ça reviendra, vous verrez !

Le soir de la visite du père Cotain, la température de Christophe remonta à 39°. Les médecins s'alarmèrent et l'on mit au point un nouveau traitement d'attaque pour enrayer une rechute éventuelle.

A vingt et une heures, Jacqueline, qui était de nouveau de garde, prit son service. Elle entrouvrit seulement la chambre de Christophe pour jeter un coup d'œil, sans intention d'entrer. Le malade dormait, paisiblement, sous la veilleuse allumée. Finalement, elle pénétra dans la pièce, s'approcha du lit pour éteindre. Elle étendit la main vers le cordon de l'interrupteur, et demeura un instant, le bras allongé, perdue dans sa contemplation. Le jeune homme ressemblait à un gisant, couché bien sagement sur les deux ou trois oreillers qui devaient lui permettre de respirer sans effort. Il s'était endormi un chapelet aux doigts, comme un mort que l'on a apprêté pour ses dernières visites. Son visage fin et régulier avait gagné, dans le sommeil, quelque chose de raisonnable, une sorte de détente sérieuse, éloignée des passions et des tourments. Jacqueline le trouva beau, émouvant dans son repos de jeune homme malade. Sa pâleur, sa minceur, la position de ses mains longues où s'emmêlaient les grains du chapelet, la blondeur transparente de ses cheveux, dont une mèche tremblait sur son front au rythme de son souffle, lui conféraient une fragilité confiante qui attendrit l'infirmière.

Elle se décidait à éteindre, mais un livre ouvert sur la table de chevet retint son attention. La curiosité la poussa. Elle prit le livre, en lut le titre : *Le Nouveau Testament*, puis parcourut en diagonale les pages où Christophe avait visiblement arrêté sa réflexion. Il s'agissait, dans « L'Évangile selon saint Matthieu », d'un passage sur la continence volontaire. Elle s'assit dans le fauteuil, près du lit, et s'absorba dans la lecture du paragraphe : « Il y a des eunuques qui sont nés ainsi du sein de leur mère, il y a des eunuques qui le sont devenus par l'action des hommes, et il y a des eunuques qui se sont eux-mêmes rendus tels en vue du Royaume des Cieux. Comprenne qui pourra... »

Elle pinça, d'une grimace qui lui était familière, le coin de sa bouche, reposa le livre, leva les yeux sur Christophe. Il s'était éveillé sans bruit et la regardait...

– Ça va ? lui demanda-t-elle.

Il fit oui, d'un hochement de tête, d'un clignement d'yeux.

– Vous vous souvenez de moi ? demanda-t-elle encore en rosissant.

Il sourit.

– Je ne savais pas, poursuivit-elle, que vous étiez curé... Lorsque je l'ai appris, je me suis posé des questions... Vous vous souvenez de ce que vous m'avez fait faire ? Étiez-vous tout à fait conscient ou aviez-vous la fièvre ? Moi, après coup, ça m'a fait honte...

– Mademoiselle, dit-il, la vérité m'oblige à dire que j'étais conscient... mais en même temps j'avais une sorte de fièvre.

– Quelle fièvre ? interrompit-elle brutalement. Moi, j'ai cru que vous vous faisiez du souci pour votre... corps, pour votre santé. J'ai voulu vous rassurer. Si j'avais su...

– Mais c'est exactement cela ! s'écria-t-il. Je me faisais du souci, et vous m'avez rassuré. Je vous en remercie infiniment...

– Quand est-ce que je vous ai rassuré ? interrogea-t-elle alors.

Elle avait saisi le bras du fauteuil où elle était toujours assise, avait tendu vers lui une mine sévère, qui pinçait le coin de sa bouche.

– Quand je vous ai promis que ça reviendrait, ou quand je vous ai laissé froid ?

– Il m'est arrivé une sorte d'accident, dit-il doucement. Un accident de curé, si vous voulez. J'ai succombé à une tentation. Je voulais savoir...

– Ah ! comprit-elle avec une colère chagrine. C'est bien ce que je pensais. Eh bien, ce que vous avez fait, ce que vous m'avez demandé, cette espèce de mensonge, ce n'était pas joli, et ce n'était pas digne d'un curé !

Il protesta, animé soudain, dressé, ayant quitté l'appui des oreillers :

– Attendez ! Vous vous trompez ! Je suis resté pur, vous aussi ! Vous étiez très belle, et vous êtes restée pure. Il n'y a pas de quoi avoir honte... Vous avez fait preuve d'une grande charité.

– Mais c'est vous, c'est vous, cria-t-elle, qui n'avez pas été charitable. Vous n'y connaissez rien ! Je me fiche de la pureté, moi ! J'ai été bien ridicule, c'est tout. Vous vous êtes montré égoïste et malhonnête. Vous ne m'avez pas dit : « Déshabillez-vous, je veux voir si je garde mon sang-froid ? » Ce n'était pas loyal. D'abord, je vous croyais très fatigué, très embêté, je n'ai pas voulu insister. Alors...

Il y eut un silence pendant lequel elle le toisa, visiblement blessée dans sa fierté, dévorée de regrets.

– Alors, je n'ai pas mis toute la gomme, vous voyez, pour que l'échec ne vous humilie pas trop... A présent, à présent, c'est moi qui suis humiliée. Parce qu'en plus, ajouta-t-elle, les larmes aux yeux et toute rouge, en plus, vous m'avez méprisée au point d'ignorer que je pouvais avoir, moi aussi des sentiments, des envies ou des tentations... Hein ? cria-t-elle encore, essoufflée, si je m'étais fait des idées, moi ? Si j'avais eu envie de vous ? Je n'ai été que votre cobaye, mais, avec moins de délicatesse, et un peu plus de culot, je vous aurais peut-être fait bander quand même. N'est pas eunuque qui veut, conclut-elle en désignant du menton le livre sur la table de chevet. Belle victoire, vraiment, du Saint-Esprit sur une petite infirmière timide et trop gentille...

Épuisée par sa tirade, étonnée elle-même de la violence avec laquelle elle venait de le houspiller, et de l'amertume qu'elle avait senti monter en elle au fur et à mesure qu'elle l'exprimait, elle se rejeta en arrière, au fond du fauteuil, ferma les yeux, prit une profonde inspiration, les cils mouillés, la bouche toujours pincée.

Christophe aussi s'était à nouveau abandonné à ses oreillers. Sa poitrine brûlait, ses tempes battaient, une grande tristesse lucide venait de l'envahir... La jeune fille avait raison. Il avait péché non seulement par vanité, comme l'aurait souligné le père Cotain, mais par égocentrisme, par une vilaine obsession étriquée d'une conquête à faire, d'une victoire à assurer, tout seul, glorieusement. Il n'avait pas envisagé une seconde, dans sa curiosité, dans sa soif de revanche, que la petite infirmière pût avoir, elle aussi, un corps avec ses exigences et ses pulsions, et un amour-propre que la vérité de l'enjeu offenserait gravement. Il n'avait pensé qu'à leurs deux âmes, qu'il voulait tirer pures de l'expérience, pures et grandies : la sienne à lui, qui aurait résisté à la tentation, la sienne à elle qui aurait fait montre d'une charité un peu particulière, mais si précieuse... Il n'avait pas imaginé non plus qu'elle pût éprouver un plaisir quelconque à s'exhiber devant lui, qu'elle pût se mettre à le désirer, qu'elle pût commettre pour lui et à cause de lui le péché d'impudicité ou de convoitise.

– Je suis un imbécile, dit-il enfin, sur un ton douloureux. Un imbécile vaniteux et égoïste. C'est vrai. Il faut m'excuser. Je ne voulais pas vous offenser, je vous l'affirme. Mais, vous voyez, je suis curé. Un jeune curé naïf et sot entré dans les ordres sans tout savoir.

– Et vous regrettez ? demanda-t-elle, radoucie.

– Non, répondit-il nettement. Je ne regrette rien, mais j'ai eu en quelque sorte un examen sans avoir tout appris, tout compris, tout révisé. Alors, par honnêteté, oui, par honnêteté, même si le mot vous indigne, j'ai décidé de combler les lacunes du programme. Mais comme j'ignore encore tout du monde, et des femmes en particulier...

– Vous risquez d'entrer dans le désordre, lâcha-t-elle avec un sourire.

– Vous croyez ?

Il avait pris, pour poser la question, un air humble et enfantin.

– Moi, l'Église, dit-elle, je n'y connais rien. Mais il me semble quand même que, si tous les hommes ne peuvent pas être curés, les curés eux doivent savoir se montrer des hommes, non ?

Christophe se sentit intéressé et séduit par cette déclaration, lui que Marie avait involontairement froissé en affirmant : « Un curé, ce n'est pas vraiment un homme. »

– Et alors ? murmura-t-il.

– Alors l'autre nuit, vous n'avez pas été un homme. Vous avez été un prêtre, obsédé par votre pureté, votre tranquillité, un « eunuque », comme ils disent là-dedans, et un goujat. Et votre petit succès de rien du tout vous a rempli de joie... Mais un homme, un vrai, un lutteur, un sportif, n'aurait pas choisi, comme vous, le terrain ni les armes... La tentation, croyez-vous que ça se mette en scène ? Ça vous tombe dessus, comme le diable, sans prévenir, et là, vous pouvez toujours vous bagarrer... Imaginez que, d'un seul coup, au lieu de me sauver comme je l'ai fait, parce que vous m'avez fait peur et que j'ai eu honte, imaginez que je vous aie sauté dessus, que je me sois couchée contre vous, déshabillée contre vous, que je vous aie caressé, avec mes jambes, mes seins, mon ventre, ma bouche, que je vous aie murmuré des mots terribles... Là, c'aurait été une bonne empoignade ! Si j'avais su, je me serais peut-être piquée au jeu...

Alors Christophe, qui venait de la contempler dans sa démonstration, frissonnante d'une révolte dédaigneuse, comme illuminée par des images qu'elle seule voyait, tout entière livrée à sa rancune du combat raté, éclairée d'une expérience qu'il n'avait pas, comprit que le charme et le pouvoir des femmes ne résidaient pas uniquement dans le doux mystère de leur corps différent, de leur brisure secrète, de leurs rondeurs et de leur nudité, mais qu'il pouvait y avoir en elles un feu insoupçonné, des étincelles en leurs regards sorciers, des flammes dans leurs mots hardis, un grand brasier d'amour qui chauffait leurs entrailles, rougissait leurs lèvres, faisait brûler leurs membres et grésiller leurs cheveux.

Il éprouva une épouvante grandiose et, déjà consumé d'une nouvelle et torride curiosité, ivre d'un autre dépassement de lui-même, plus risqué et plus méritoire, il ferma les yeux, tendit les bras et dit, dans un souffle extasié :

– Mademoiselle, tentez-moi !

Ce fut beaucoup plus tard dans la nuit que Jacqueline revint à la chambre de Christophe. Elle l'avait abandonné, alors qu'il s'offrait à la tentation comme un martyr à la torture, sur un sec : « Maintenant, je ne peux pas ! », avait refermé la porte derrière elle sans se retourner, avait sacrifié au rituel de sa veillée, le cœur battant à la fois d'indignation, de triomphe et d'impatience. Elle se montra très consciencieuse, remplit quelques papiers, visita les malades graves, parcourut plusieurs fois le long corridor sur ses semelles feutrées, écouta les rumeurs, les souffles et les silences, et, s'appliquant au calme, différa longtemps l'ambigu plaisir qu'elle escomptait de son retour chez le jeune prêtre.

Quand elle fut bien certaine que tout était tranquille, elle descendit à l'étage inférieur pour dire à deux de ses collègues qui jouaient aux cartes : « Tout va bien, je m'allonge un moment », s'obligea à remonter lentement par les escaliers, à longer le couloir le plus doucement possible jusqu'à la chambre 23. Devant la porte, elle s'arrêta, sembla réfléchir encore, le coin de la bouche un peu crispé, les yeux fixes, puis finalement, elle se décida comme à une brusque et nécessaire attaque.

Christophe reposait dans l'ombre. Elle entendit sa respiration régulière, devina sous les couvertures, la forme oblongue de son grand corps détendu. Elle leva les bras, ôta sa coiffe qu'elle posa sur une chaise, déboutonna sa blouse, s'en défit, enleva son soutien-gorge et sa culotte et, complètement nue, se glissa dans le lit, le long du jeune homme.

Contre toute logique, ce fut elle qui sursauta, lorsqu'elle l'entendit prononcer d'une voix claire et parfaitement éveillée : « Je vous attendais. » Elle ne s'était pas encore installée, elle demeura sur un coude à reconnaître, de la main, celui qu'elle considérait déjà comme son adversaire.

Christophe était étendu à plat dos, les bras en croix, les jambes croisées, ostensiblement livré au supplice, passif, recueilli. Elle eut un petit sourire méchant, qu'il ne vit pas dans le noir où luisaient ses cheveux d'argent, le blanc presque bleu de ses yeux grands ouverts.

– Vous n'allez pas bouger ? lui demanda-t-elle, incrédule. Pas bouger, pas me prendre dans vos bras ?

Il dit « non », avec une simple ferveur, et il l'entendit rire sans joie ni indulgence.

– Et moi, alors, poursuivit-elle, je peux faire ce que je veux ?

Il fit « oui » de la tête, elle vit bouger sa chevelure claire sur l'oreiller. Elle commenta, comme pour elle seule : « Drôle de jeu ! », sembla attendre une réponse qui ne vint pas, et soudain, d'un prompt coup de reins, elle fut sur lui, tout à fait, d'une souplesse de bête vive et soyeuse, bouillante partout, mince, flexible, possessive, collée étroitement à lui comme une liane, presque soudée, légère et lourde à la fois.

Elle pesa de son doux ventre torride sur celui de Christophe, ondula un peu comme pour s'y creuser un berceau, entoura une des jambes du jeune homme de ses deux cuisses pressantes, qui se resserrèrent sur lui ainsi qu'un étau vivant, elle imprima sur sa poitrine, à travers l'étoffe du pyjama, ses deux seins ronds dont il sentit la masse palpiter et l'irradier ; des deux mains, elle fourragea dans sa chevelure et approcha son visage du visage qui lui faisait face, comme un miroir couché... Elle le balaya de son souffle chaud, à petits baisers rapides et voraces, caressa à la joue pâle du malade sa joue d'un velours brûlant, happa au hasard son oreille, son sourcil, l'aile de son nez, mordit un peu sa lèvre, la lécha, la dégusta à brefs lapements fébriles, descendit à son cou pour y déchaîner une fièvre gourmande, le saccager de suçons désordonnés et avides, et revint enfin à sa bouche, qu'elle força de ses petites dents goulues, qu'elle écrasa, qu'elle fouilla de sa langue impudique et experte.

Sous ses lèvres, Christophe se laissait boire, sans rébellion, appliqué de toute son âme à l'absence, à l'indifférence. Sa bouche semblait vide. Sa langue y reposait ainsi qu'un animal assoupi, protégé derrière ses dents où s'étaient heurtées, avec un petit choc net, les dents de Jacqueline. Il perçut l'énervement de son envahisseur, devina plus qu'il ne le vit, le froncement de sourcils irrité, au-dessus de lui, le mécontentement du dompteur malhabile à persuader sa monture. Sur ses muqueuses coulait une autre salive que la sienne, il résista au simple réflexe de l'avaler, ne déglutit pas, se laissa inonder, déborder, la gorge nouée par l'effort qu'il faisait pour respirer normalement, ne pas remuer une seule papille, ne pas venir au-devant du baiser.

La jeune fille quitta sa bouche, se redressa. Elle essuya, d'un revers de main, ses lèvres mouillées dans la lutte vaine où elles s'étaient acharnées. « Attends ! » chuchota-t-elle, pour menacer.

Et elle entreprit de le déshabiller. Elle défit un à un les boutons de sa veste, avec une maligne lenteur et des frôlements diaboliques sur le torse du jeune homme, qui frissonna secrètement. De ses deux mains étendues de chaque côté du lit, il avait attrapé, dans un geste qui eût peut-être attendri Jacqueline si elle l'avait vu, le rebord du matelas pour s'y arrimer solidement contre le péché. Maintenant qu'elle le dévêtait, il y crispait ses doigts et l'on entendit, dans le silence de la chambre, le crissement caoutchouté de l'alèse qu'il froissait sous le drap.

Elle s'attaqua à l'unique bouton de son pantalon, saisit le tissu à pleines mains, recula à genoux sur le lit pour dénuder complètement Christophe. Il sentit l'étoffe qui glissait, quittant sa taille, son ventre, ses hanches, ses fesses, caressant au passage, d'un frôlement involontaire, son sexe encore innocent, puis fuyant à toute vitesse sur ses genoux, ses tibias, ses pieds, le laissant découvert et faible, offert aux regards ainsi qu'aux entreprises, sans tricherie possible.

Elle jeta loin d'eux le chiffon roulé en boule du pyjama. Christophe l'entendit choir mollement quelque part sur le sol, il ferma les yeux pour ne plus entrevoir, dans les ténèbres, la silhouette gracile et effrayante de Jacqueline, toujours à genoux, qui renversait à présent, comme pour chercher au plafond l'inspiration la plus machiavélique, un visage déterminé, laissait pendre sa chevelure, cambrait ses reins, retenait une minute encore ses mains, comme deux animaux de course frémissants de l'attente du signal.

Une grimace d'appréhension le défigura, il remonta les épaules, contracta les mâchoires, serra les paupières comme s'il avait entendu l'horrible stridulence d'une tôle grinçant sur son rail métallique. « Où va-t-elle frapper ? », se demandait-il, et il tâcha, à toute vitesse, de tisser sur lui une imaginaire et implacable cotte de maille.

Il la sentit bouger, sa bouche s'emplit d'une eau acide qui agaça ses gencives et ses dents, son ventre se noua... Il mourait de peur.

Elle porta le premier coup du bout des doigts, sur la rondeur imparfaite de son épaule, que la maladie avait amaigrie. De l'autre main, elle trouva son autre épaule, et se mit à redessiner, de dix phalanges diaboliquement légères, l'architecture symétrique de son grand corps. Elle s'alanguit un peu au creux de la chair, de part et d'autre du cou juvénile, encercla d'une étreinte fabuleusement douce sa gorge vivante où l'angoisse vibrait comme un oiseau captif, consulta, des deux pouces, la mobilité affolée de la pomme d'adam, puis, renseignée, souligna les mâchoires osseuses que la concentration rendait plus proéminentes encore.

Comme elle l'eût décoré d'un collier de caresses, elle élargit les mains à la recherche de ses oreilles, en trouva le lobe fragile et suave, s'attarda au pouls qui battait pareillement sous chaque condyle, revint au pavillon, à son labyrinthe compliqué qu'elle explora sans hâte, toujours symétriquement, le quitta pour débusquer à droite et à gauche, identiquement, le rocher moite où s'enracinaient les premiers cheveux, elle redescendit le long du col jusqu'à la clavicule, qu'elle arpenta avec la même lenteur de chaque côté.

Christophe, involontairement, se sentait renaître sous ses doigts, comme une œuvre d'art se serait animée sous un pinceau magique. Pour la première fois de sa vie, il prenait complètement conscience de son corps, de ses formes, de ses contours, avec une curiosité émerveillée qui avait fini par vaincre sa terreur elle-même. Il oubliait leurs deux nudités, et le spectre du péché, et l'enjeu absurde de ce défi qu'il avait souhaité.

Jacqueline, soudain, n'était plus son adversaire, ne symbolisait plus le démon qu'il avait voulu défier, elle devenait un ange de délicatesse et d'amour, elle le mettait au monde avec des gestes si tendres, si purs, que rien, dans la joie qu'il ressentait, ne lui semblait coupable. Il s'abandonnait à une béatitude absolument nouvelle, fraîche à son âme tourmentée, délicieuse à son corps courbaturé. Il se détendit peu à peu, desserra les paupières et les lèvres, entendit presque ses dents craquer lorsqu'il relâcha sa mâchoire...

La jeune femme venait de poser les mains sur lui, à plat, deux petites mains tièdes et veloutées qui lissaient à présent sa poitrine, tout son torse, comme celles d'un sculpteur patient façonnent la matière et lui confèrent peu à peu la patine, le grain satiné de la chair humaine... Elle ne le parcourait plus du bout de ses doigts, mais l'enveloppait complètement d'un tissu de caresses. Il sentait les paumes savantes voyager sur lui, effleurer ses mamelons sensibles, épouser ses flancs, s'insinuer plus loin, vers le dos, sous la veste qu'il n'avait pas quittée. Il souleva un peu les reins pour permettre une investigation plus complète, s'offrir davantage au modelage génial qui l'emplissait de bonheur.

Ses propres mains s'envolèrent soudain, sans contrôle, du matelas où il s'était cramponné jusque là. Il toucha au hasard la tête bouclée penchée sur lui, effleura l'angle d'un petit menton nerveux, qui, consentant d'une manière féline, se tendit sous l'attouchement, il emprunta, du dos de ses doigts à présent éblouis, le chemin tout balisé qu'on lui proposait, descendit sur un cou de soie, échoua sur les seins ronds et palpitants dont le globe parfait l'ensorcela.

Il était bien, il respirait mieux, il fondait de tendresse, d'amour, de bien-être. Un mot encore jamais prononcé, lui monta aux lèvres, il ouvrit la bouche pour dire « maman », mais elle, qui trépidait à son contact et se laissait envahir d'un orgueil naïf, coucha soudain sa joue sur le sexe de Christophe et proclama ingénument sa victoire :

– Tu bandes !, dit-elle avec une fierté câline, et soudain, il s'assit dans le lit, incrédule, épouvanté.

– Non ! hurla-t-il...

– Mais si, insista-t-elle, et elle le poussa, d'une main conquérante posée sur lui comme sur le poitrail d'un animal dompté. Mais si, et ce n'est pas fini, tu vas voir !, promit-elle.

Parce qu'il se laissa retomber sans combattre davantage, elle le crut définitivement soumis, et s'empara de lui d'une bouche impérieuse et brûlante. Il sursauta alors, une fois, deux fois, dix fois régulièrement, spasmodiquement, tandis qu'elle l'entreprenait avec une méthode étudiée qui mêlait habilement la technique et l'instinct.

Ce fut seulement lorsqu'elle l'entendit supplier dans l'ombre, d'une voix enrouée par les larmes, qu'elle se rendit compte qu'il sanglotait :

– S'il vous plaît, disait-il, s'il vous plaît, laissez-moi...

Surprise, elle releva la tête, le devina à nouveau accroché au lit, crucifié, désespéré. Elle tenait son membre gonflé qu'elle venait d'exaspérer encore, elle l'enserrait à la base d'une main ferme et possessive, une main folle de son pouvoir, elle était dévorée par l'envie de le secouer, de l'humilier, de le branler jusqu'à le faire gicler, un méchant désir de lui infliger la volupté comme la punition suprême, d'affirmer sa toute-puissance de femme, le tenaillait, fermait ses doigts, faisait frémir son poignet.

Elle hésita trop longtemps, s'attarda aux soubresauts des cuisses nerveuses qu'il ne maîtrisait plus, aux frissons de son ventre sans défense, évalua la fièvre, ses conséquences du lendemain, s'attendrit au douloureux héroïsme de ce jeune homme étrange, qui devait avoir son âge et qui, soudain semblait si fragile, si désemparé, si enfant, devant son plaisir d'homme qu'il se refusait.

Elle murmura, faussement menaçante et déjà vaincue :

– Si je voulais...

Mais·il hoquetait :

– Laissez-moi, pardonnez-moi, je ne suis rien, je ne sais rien, je n'ai plus de force pour lutter...

Et comme elle ouvrait la main, elle discerna dans le noir le long trait opalescent d'un jet de sperme, qui trouait l'obscurité comme une flèche. Les dernières gouttes mouillèrent ses doits, tel un crachat tiède. Cette défaite qu'elle avait rêvé de lui imposer et dont elle mesurait maintenant la cuisante ampleur la glaça d'effroi. Elle chercha très vite dans sa tête des mots consolateurs qu'elle ne trouva pas... Puis elle s'étonna du silence et de l'immobilité de son compagnon, elle attendit un peu, finit par allumer. Il s'était endormi, ou bien évanoui peut-être, et l'inconscience l'avait sauvé, sans doute, du cruel constat de son échec.

Elle se leva, se rhabilla, nettoya avec le gant de toilette le ventre de Christophe, le borda, écouta longtemps sa respiration, ramassa son pyjama qu'elle plia sur le dossier du fauteuil, sortit sans bruit.

A six heures du matin, elle revint à la chambre 23. Christophe se réveilla comme elle s'approchait du lit. Il avait une expression terriblement amère... Il balbutia :

– Cette nuit... cette nuit...

Elle se pencha :

– Cette nuit, vous avez été très malade. Vous avez déliré. Il faudra faire attention si vous sortez encore... Vous êtes en train de rechuter !

– Non, non, dit-il, repoussant le lâche mensonge, non, cette nuit, j'ai cédé, j'ai cédé à la tentation...

– Ce sont de mauvais rêves, répondit-elle. Vous aviez beaucoup de fièvre.

– Et ça ? demanda-t-il, les yeux brillants de colère, le doigt pointé vers le pyjama posé sur le fauteuil.

– Vous étiez trempé de sueur, je vous ai déshabillé, dit-elle simplement. Maintenant, rendormez-vous !

Elle posa une main professionnelle sur son poignet, tâtonna à la recherche du pouls. Puis elle lissa le revers du drap, d'un grand geste sans ambiguïté, un geste qui balayait tout, les soucis, les chagrins, les doutes et les hontes, un geste de femme mûre et raisonnable, grandie d'une victoire qu'elle tairait toujours, sûre enfin de son équivoque pouvoir, qui venait de l'enchanter et de la bouleverser ensemble...

Christophe la regarda dans l'aube naissante ; elle rayonnait comme une madone. Il eut envie, soudain, d'oubli et de paix...

– Vous êtes très belle, lui dit-il, adouci.

– Oui, je sais, vous me l'avez déjà dit, répondit-elle en souriant. Je suis très belle et je ne vous fais pas bander !

Il accepta sa charité avec une grave reconnaissance et ferma les yeux en soupirant :

– Les femmes sont bonnes.

Christophe, après sa sortie de l'hôpital, dut faire encore un séjour de repos au sanatorium de Saint-Hilaire du Touvet. Il en profita pour réfléchir calmement, dans un décor grandiose. La neige était survenue brusquement une nuit, quelque temps seulement après son arrivée. Du grand balcon qui desservait toutes les chambres, il avait une vue admirable sur le paysage métamorphosé, dont il avait reçu la beauté en pleine poitrine, comme un choc salutaire. L'épaisse couche blanche, qui assourdissait tous les bruits extérieurs, noyait les contours précis des toitures et des arbres, anesthésiait jusqu'aux odeurs elles-mêmes, l'hypnotisa pendant des heures.

Il passa de longs moments à genoux, dans sa chambre, devant la porte-fenêtre du balcon, à parler à la Vierge. C'était d'elle surtout qu'il voulait obtenir le pardon de ses errances ; elle seule, pensait-il, était vraiment concernée, dans sa miraculeuse virginité, par les problèmes de la chair. C'était à elle qu'il avait promis, et non à Dieu, sa fidélité de corps, c'était elle qu'il avait offensée en se parjurant, qu'il offenserait peut-être encore au cours de l'itinéraire qu'il se proposait de suivre.

Quant au Père Tout-Puissant, il lui vouait plutôt une rancune tenace, qu'il ne manquait pas d'exprimer parfois, au prix de blasphèmes pénibles.

Ainsi se réveilla-t-il plusieurs fois au milieu de la nuit, au terme de rêves qui l'avaient troubé et vaincu, et, inondé d'un plaisir involontaire dont il tremblait encore, s'assit-il dans son lit pour s'adresser à Dieu en des termes courroucés : « Mon Dieu, disait-il, vous avez créé l'homme à votre image... C'est tout de même étrange. Et votre fils Jésus a incarné cette image. Vous lui avez fait une bouche et un estomac, puisqu'il mangeait avec ses disciples, vous lui avez fait des mains, des pieds qui ont souffert et saigné sous les clous. Vous lui avez fait une tête chargée d'épines, un côté troué de coups de lance, un cœur qui s'est arrêté de battre... Vous lui avez fait un sexe, puisqu'il était circoncis... Alors pourquoi a-t-il toujours feint de n'être pas un homme ? Ses tentations furent incomplètes, il a eu faim au désert, et peur à Gethsémani... Il a renoncé au miracle qui l'aurait rassasié, à la gloire, à la puissance, il a rejeté les offres de Satan... Mais a-t-il bandé ? A-t-il rencontré des femmes qui l'ont bouleversé, a-t-il senti au fond de son ventre l'insurrection de sa chair, l'a-t-il domptée ? Où est l'exemple ? Mon père, vous m'infligez des maux que votre fils même n'a pas connus, vous m'avez donné un organe qui devrait m'être inutile, et puisque je m'étais engagé à l'ignorer toujours, pourquoi avoir permis qu'il se révèle tout à coup et me torture ? Je suis tout seul face à mon combat, à mes questions, à mes tourments. La puritaine Église m'a laissé croire à l'infinie petitesse des choses du sexe, et vous avez réveillé mon corps trop tard. Je vous en veux, mon Dieu, et je répugne à vous demander votre aide dans une lutte où vous m'avez méchamment jeté tout seul sans défense. Je ne crois pas aux entreprises de Belzébuth, ce serait vous offenser gravement que d'imaginer qu'il puisse agir sans votre consentement. C'est vous, c'est vous, mon Dieu, le Tentateur suprême, et ce n'est pas loyal d'offrir d'une main ce que l'on interdit de l'autre... »

Christophe consacrait aussi, au long de ses journées de cure, beaucoup de temps à sa correspondance avec le père Cotain. Il tenait ce dernier très clairement au courant de ses réflexions, de son état d'esprit, et Cotain, réalisant que la crise de Christophe se nourrissait essentiellement d'incertitudes et de remises en question trop solitaires, entreprit de lui rendre une nouvelle fois visite.

– Enfin, déclara Cotain, tu me fais penser, mon cher Christophe, à ces gens qui ne circulent pas dans le noir, parce qu'ils ont peur d'avoir peur, à ces autres qui, avant une intervention, ont déjà mal de la douleur qu'ils imaginent. Toi, tu éprouves la tentation de la tentation, et tu souffres de l'idée qu'il te faut la provoquer et n'y pas succomber. C'est absurde. Écoute, reprenons l'exemple du régime. Supposons que tu sois au régime et que tu ne doives pas manger de gâteaux. Or, tu n'as jamais eu envie de gâteaux comme en ce moment. Que fais-tu alors ? Plusieurs solutions : d'abord, tu évites les vitrines des pâtissiers, cela paraît logique.

– Pas à moi, répondit Christophe. Je les évite quand je sais où elles se situent, peut-être. Mais si au détour d'une rue, je me trouve d'une façon inattendue en face d'une de ces vitrines, je me sens petit et faible, démuni... Je ne sais plus lutter.

– Alors ? demanda Cotain

– Alors je préfère m'aguerrir. Passer et repasser devant la vitrine, l'apprendre par cœur, en déjouer tous les pièges, m'en dégoûter sans avoir cédé...

– Avant d'en arriver à ce stade d'héroïsme, Christophe, à cette carapace d'indifférence contre la gourmandise, tu vas peut-être succomber. Et le gâteau mangé à la sauvette, ce petit gâteau de rien du tout, va te rendre plus malade qu'il ne le devrait en toute logique, il va t'humilier, prendre pour toi une importance terrible... Parce que tu auras l'impression d'avoir cédé en ayant organisé toi-même la tentation. Tu ne te trouveras peut-être pas tout à fait pur d'intention, car il est permis de penser que, si tu cherches la tentation, c'est dans l'espoir caché de faillir, non ?

– Vous me dites des choses terribles, mon père... balbutia Christophe, tout pensif.

– Oh ! terribles ! dit Cotain avec une moue dubitative. Je vais envisager une autre solution, qui te semblera plus terrible encore.

– Laquelle ?

– Eh bien, tu vas droit à la vitrine, tu la contemples, tu salives devant, tu entres et tu te payes une orgie de gâteaux. Délibérément. Pour avoir une grosse, vraie indigestion. Pas des petits remords sans éclat. Une allergie définitive, irrémédiable.

– Ça peut arriver, ça ? demanda Christophe.

– Sans doute.

– Et si je n'ai pas d'indigestion ? Et si cette débauche, ce monstrueux écart de régime est fatal à ma santé ? Si j'y perds mon âme ?

– On ne meurt pas de ce genre d'indigestion, Christophe. On reste simplement prudent, édifié, sobre sans souffrance.

– Sans mérite...

– Mais que tu es prétentieux, et absolutiste ! Pourquoi vouloir mériter, à tout prix ?

– C'est l'Église qui me l'a enseigné ! rétorqua Christophe. Les principes du châtiment, de la récompense, la promesse du jugement dernier ! Je n'ai rien inventé ! Le chemin du ciel est le plus fatigant, le plus dur à monter !

– Il te manque la haire et la discipline, mon bon Christophe, n'est-ce pas ? Tu n'as pas encore compris que tu es le seul artisan de ton châtiment et de ta récompense ! Tu as besoin de souffrir, vraiment ? Alors, un bon conseil. Laisse-toi glisser. Complètement. Prends le chemin du bas, la pente savonneuse plus riante, va te ballader en enfer quelque temps, plus dure sera la remontée, plus tu auras de mérite.

– C'est idiot, dit Christophe. Se permettre le péché dans le but d'un meilleur repentir...

– Ça aussi, l'Église nous l'a enseigné, répondit Cotain. Les pécheurs repentis seront mieux accueillis que les purs. C'est à vous dégoûter !

– Non, dit Christophe, je ne glisserai pas.

– Mais tu te pencheras ?

– Oui, je garderai l'équilibre au-dessus du précipice, mais je le sonderai d'un œil froid, et je résisterai.

– Le corps des femmes sera ta souffrance et ton épreuve. Tu détourneras leurs attraits, leur douceur, leur amour, tu en feras ton chemin de croix...

– À peu près, convint Christophe. Je veux me roder à tous leurs charmes.

– Tu es encore loin de l'immunité... remarqua Cotain.

– Je connais déjà le spectacle de leur corps, et leurs caresses, et leurs gestes, et l'insistance qu'elles mettent à traverser mes rêves...

– Méfie-toi encore de leurs mots, de leur gaieté, de leur tristesse et surtout, surtout, de leurs tendresses... Va au cinéma, regarde les films les plus exhibitionnistes, les plus ignobles, deviens voyeur, feuillette les revues spécialisées, lis les livres les plus crus, consulte les professionnelles... Mais quand tu auras fait tout ça, pense encore que la tendresse demeure le pire des pièges... Car tu feras des rencontres, et sans soutane, n'est-ce pas ?

– Sans soutane, je vous l'ai dit : je ne la porterai plus. J'ai trahi mes vœux, je dois m'en souvenir... Et puis... ajouta-t-il au bout d'un moment de silence hésitant, et puis ce serait trop facile, la soutane me rendrait intouchable...

– C'est vrai, admit Cotain. Les gens ont des tabous. Intouchable... Et toi, demanda-t-il à brûle-pourpoint, toi, te considères-tu comme intouchable ?

Et comme Christophe le regardait sans saisir, il précisa :

– Toi, est-ce que tu te touches ?

Christophe rougit violemment.

– Je résiste, dit-il dans un souffle.

– Commence par là ! décréta Cotain. Ne résiste pas. Tu te fatigues. Enlève aussi cette soutane morale que tu portes trop serrée. Elle t'épuise. Garde tes forces vives pour de meilleures causes.

Christophe baissa la tête... Cotain, craignant d'avoir été trop direct, se radoucit.

– Il arrive, dit-il, il arrive aussi que, privé de gâteaux, on passe sereinement devant la vitrine des pâtisseries, parce qu'on a mangé bien d'autres choses très bonnes et très nourrissantes. Voilà. C'est ce que j'entends par de meilleures causes... Ta mission doit te permettre des tas de joies, et ne pas te frustrer devant des vitrines inaccessibles.

– En ce moment, avoua Christophe avec tristesse, je n'aurais d'appétit pour aucun autre menu.

– Alors, prends des vacances, Christophe. Repose ton âme, boude un peu, ne parle plus au Seigneur pour lui dire des bêtises. Sa gloire te remettra à genoux, malgré toi. J'ai confiance en lui, et en toi. Pour le reste, rien n'a beaucoup d'importance hormis celle que tu imagines...

Grâce à l'entremise du père Cotain, à ses graves ennuis de santé et à son exceptionnelle jeunesse, Christophe avait obtenu la permission d'une année sabbatique qu'il devait consacrer à des études plus approfondies ainsi qu'à la préparation d'une thèse. On lui consentit une bourse qui le libéra des soucis matériels et, à sa sortie du sanatorium, il ne retourna pas à Risset.

Il prit une chambre à Grenoble dans un foyer soigneusement choisi pour sa laïcité, et partagea désormais son temps entre la bibliothèque municipale, le campus où il suivait des cours de langues anciennes et de théologie, et des promenades dans la ville dont le but n'eût pas toujours été avouable...

Il avait décidé de suivre point par point le programme dicté par le père Cotain. Des vacances en enfer, en quelque sorte, froidement calculées, culturelles et touristiques, certes, mais dont Christophe avait résolu qu'il s'agirait avant tout d'un parcours initiatique, identique à ceux de certaines tribus primitives, avec ses douleurs, ses peurs, ses découvertes, mais surtout ses victoires, et dont il sortirait meurtri, renseigné, aguerri... Il s'agissait d'apprendre à connaître, puis à dompter la Tentation.

Or, le jeune homme se rendit vite compte que la tentation, comme le lui avait déclaré la petite infirmière de la Tronche, ne se mettait pas en scène. Il était de ces tempéraments délicats et contrariants que peuvent tourmenter parfois un désir féroce, un appétit violent et précis, et que dégoûte tout autant la permission soudaine de les assouvir...

Il pénétra deux ou trois fois dans quelque sordide cinéma des alentours de la place Grenette. Il n'y éprouva ni émoi ni dégoût, seulement la déception intense de rester de marbre face aux images géantes qui s'affichaient sur l'écran. Les femmes qu'on y montrait, il ne les trouva ni belles, ni laides, ni même étranges. Elles écartaient les cuisses et dévoilaient le rouge brillant de leur sexe, très consciencieusement, s'ouvraient de leurs doigts professionnellement exhibitionnistes, et tordaient leur corps dans des positions que la culture naissante de Christophe l'autorisait à qualifier de lascives. Les hommes les prenaient alors, toujours de la même façon, malgré les variantes des postures, et la séance durait, durait, interminablement...

Christophe s'ennuyait. Rien ne bougeait en lui, mais il ne songeait pas à se réjouir de cette inertie, comme d'une victorieuse indifférence. L'ennemi était trop faible, trop inoffensif pour qu'il crût à sa propre force : une femme sans chaleur, sans douceur, sans odeur et sans mot, qui remuait et gémissait toujours pareil, est-ce que cela avait quoi que ce fût de commun avec ce qu'il avait déjà rencontré ? Où était le sexe offert de Marie, palpitant comme une blessure, voluptueux et parfumé, si tendre dans son désarroi ? Où était la peau de Jacqueline, qui glissait sur lui comme une écharpe de soie, légère et indiscrète, où étaient sa bouche chaude, son souffle brûlant, ses mains intelligentes et souples, et tout son corps de plume, de lait, de miel, de braise... ?

Même lorsque les créatures sans âme de la pellicule prenaient la verge de leurs partenaires dans leur bouche, il ne frémissait pas, lassé d'avance par ce qui lui apparaissait comme une corvée longue et monotone, agacé par les visages grimaçants et humiliés des opérantes, par les grognements porcins des opérés. Pas un instant il ne se laissa prendre au jeu, pas un instant il n'eut à combattre, en lui, l'ombre d'une divagation érotique, le début d'un rêve, l'esquisse d'une émotion.

Ni la nudité des femmes, ni la démonstration de leurs dons différents, ni le spectacle de leurs jeux ne le firent bander. Quant aux hommes, ils le choquèrent à la façon d'un miroir déformant qui eût renvoyé de lui un reflet monstrueux, obscène, grotesque.

Un jour, il sortit de la séance avant la fin de la projection, glacé et résolu à ne pas renouveler l'expérience.

Sur le trottoir, une femme était plantée tout près de l'entrée du cinéma, un pied appuyé au mur derrière elle ; une rousse flamboyant, de noir vêtue. Christophe s'attarda malgré lui au sourire qu'elle lui adressa, direct et canaille, puis la détailla. Elle portait une robe courte et très décolletée, qui moulait ses formes rondes, des bas noirs à losanges, de hauts talons... Le regard de Christophe remonta jusqu'au visage maquillé. Elle lui fit un clin d'œil.

– T'en pouvais plus, hein, dit-elle avec une sorte de bonhomie vulgaire, t'es parti avant la fin ? Il te faut une compagnie, maintenant... Viens, je te ferai tout ce que tu as vu...

Sans attendre de réponse, elle lui tourna le dos, s'éloigna d'un pas menu et sautillant, entravé par l'étroitesse de sa jupe, et pénétra dans une petite allée... C'était son truc à elle, ne pas laisser le client réfléchir, dire « oui », ou « non », ou « combien ? »... Lui montrer tout de suite ce qu'elle avait de mieux, le bas de son dos mobile et rebondi, ses mollets galbés, son allure aguicheuse. Huit fois sur dix, ça marchait... L'homme, libre de tourner aisément les talons, se laissait pourtant séduire par l'assurance de la rousse. Il lui savait gré de ne pas insister, de ne pas le regarder hésiter, et de tabler davantage sur la marchandise que sur le marchandage...

Christophe la suivit, plus intéressé qu'allumé, plus curieux de lui-même que de l'inconnu. Dans l'escalier obscur qui sentait le moisi et vaguement l'urine, il l'entendit trottiner, s'arrêter, manipuler un trousseau de clefs. Elle l'attendait, le fit entrer. La chambre était petite, assombrie par des rideaux de velours rouge.

Tu me payes d'abord, et tu te laves, ici ! dit la fille en désignant à Christophe un paravent.

Et comme il hésitait visiblement, elle ajouta :

– cinq mille !

Il porta la main à son portefeuille. Elle saisit le billet, le fit disparaître à toute vitesse derrière elle, dans le tiroir d'une commode. Il restait piqué, bras ballants, très bête, presque malheureux.

– Tu te laves, répéta-t-elle.

– Attendez, dit-il, ce n'est pas ce que vous croyez !

– Si c'est une pipe que tu veux, répondit-elle en s'asseyant sur le lit, tu te laves quand même... Et c'est le même prix...

Christophe devina le service proposé, bredouilla, se troubla. Mais elle gardait le doigt tendu en direction du paravent. Il finit par le contourner, découvrit derrière un lavabo grisâtre. Mollement, il ouvrit un robinet, testa machinalement la température de l'eau, y baigna ses deux mains... Une voix le fit sursauter, tout près. La fille était là, à surveiller les opérations.

– Sors ta queue, ordonna-t-elle, et lave-la !

Il s'exécuta, sans joie ni hâte. Ses gestes lui semblaient soudain incongrus. Il savonna sa verge comme s'il se fût agi d'un objet insensible. Quelque chose qui ressemblait à de la honte lui nouait la gorge, lui glaçait le dos, lui donnait envie de vomir.

– Allons, viens !, dit la fille, et il entendit grincer les ressorts du sommier.

Christophe hésita encore, debout devant le lavabo. La distance jusqu'au lit lui semblait immense, et une question saugrenue le retenait : fallait-il se dévêtir, ou bien se rajuster, ou encore aller la rejoindre, comme ça, le pantalon ouvert sur sa chair triste et recroquevillée, que la précédente toilette venait, paradoxalement, de salir ?

Comme chez le docteur, il demanda humblement :

– Je me déshabille ?

– Oh ! là ! là ! s'exclama-t-elle, impatientée. Comme tu veux, mais grouille ! Je vais bientôt te compter deux passes à cette cadence !

Il leva la tête, s'aperçut dans la glace, très pâle, torturé. Il se reboutonna, émergea de derrière le paravent. La fille attendait, couchée à même le dessus de lit côtelé. Elle avait retiré ses chaussures.

Il s'approcha ; il eut l'impression de trébucher, ses pieds ne savaient plus quitter le sol naturellement : ils y restaient collés, s'y mouvaient avec une maladresse qui lui parut bruyante et désordonnée. La fille tendit la main, la posa sur sa braguette.

– Alors ? dit-elle. Tu veux me prendre ?

Puis elle fit une moue, visiblement peu satisfaite du résultat de son examen.

– Il vaut mieux que je te suce..., déclara-t-elle. Mais je te préviens, si tu veux me prendre après, c'est double tarif !

Et sans laisser à Christophe le temps de réagir, elle s'assit sur le lit, saisit entre deux doigts le chewing-gum qu'elle mâchait, en fit une boule qu'elle posa dans une coupelle, sur la table de chevet. Puis elle eut un mouvement du menton pour montrer le pantalon de son compagnon, un mouvement qui disait clairement : « Qu'est-ce que tu attends ? »

Christophe rouvrit les boutons de sa braguette, plongea la main dans le vêtement... Sa queue n'avait jamais été si loin, si petite, si indifférente, si étrangère... La fille, silencieusement, s'empara de la chose, ouvrit la bouche... Elle s'activa quelques instants, des lèvres, de la langue et des mains. Christophe vacillait, cherchait follement dans sa tête les premiers mots d'une prière. Il ne trouvait rien, regardait autour de lui avec une sorte de panique désespérée. « Mon Dieu, se dit-il, je ne sais plus où j'en suis... Voilà des mois que je cherche à dompter mon sexe, et aujourd'hui, aujourd'hui... » Il trouvait la situation inepte, ridicule et très triste. Il aurait voulu bander pour lutter, pour s'obliger à l'abnégation, pour se vaincre. Et il ne bandait pas du tout... Rien n'était donc possible, ni le combat farouche, ni la fièvre, ni la terreur passionnante de la défaite, ni l'espoir fou de la victoire, ni la gloire attendue...

La dureté de l'épreuve l'eût sans doute purifié du sordide, magnifié, éclairé d'une lumière neuve. Mais puisqu'il n'éprouvait aucun désir, l'aventure soudain l'écœurait à mourir...

La fille, au bout d'un moment, renonça.

– Dis donc, fit-elle, on dirait mon chewing-gum !

Christophe, au comble du désarroi, marmonna absurdement :

– Je suis désolé.

– Y a pas de quoi ! lança-t-elle dans une sorte d'éclat de rire morne. Allez ! Tu m'allonges deux mille balles de plus, et je sors mes seins !

Et comme il déclinait l'offre d'un simple battement de cils, d'un lent mouvement de tête, elle insista :

– J'en ai une grosse paire, tu sais ! Tu seras pas déçu ! T'en auras pour ton fric !

Et, joignant le geste à la parole, elle soupesa sa poitrine de deux paumes enveloppantes qui se voulaient tentatrices, comme un maraîcher propose ses fruits à la gourmandise du chaland.

Christophe refusait toujours, muet, les yeux à terre. Il fit mine de s'en aller, elle l'attrapa par la manche.

– Attends ! dit-elle. T'es venu jusque-là, c'est trop bête de partir comme ça ! Je te propose une bonne affaire : tu donnes huit mille, et je m'écarte la connasse à pleines mains. Ça, ça te fera triquer ! J'en connais pas un qui résisterait... Bien sûr, si tu veux, je me déshabille toute, mais c'est plus cher parce que je perds du temps... Tu comprends ?

Il s'était détourné, la tête basse, les épaules voûtées. Elle sauta du lit, obstinée, collante, avide d'exploiter la détresse qu'il manifestait.

– Dis, qu'est-ce que tu veux, dis-le moi ! On peut s'arranger, non ?

Elle s'était de nouveau plantée devant lui, lui barrait la porte.

– Tu veux me bouffer la chatte ? Dis ce que tu veux, je te ferai un prix : il y a un tarif pour tout. Rien d'impossible ! Tu veux mon cul ? Je le donne rarement, je suis comme neuve, si tu peux te le permettre, hein, si tu as de la monnaie sur toi, tu me fourres le cul, tu vas jouir comme un salaud... T'en vas pas comme ça, c'est mauvais pour le moral, dis, dis-moi ce que tu veux ?

Alors soudain Christophe, la bouche tirée nerveusement par une nausée qu'il avait du mal à réprimer, toute la face grimaçant, les yeux terribles, la saisit aux poignets :

– Vous n'avez donc pas d'âme ? C'est votre âme que je veux, votre âme qui m'aurait fait bander !

Elle eut un air surpris, presque apeuré. Lui, qui ne songeait plus à ouvrir la porte, la repoussa vers le lit en criant :

– Je me fous de ton cul et de ta chatte ! Tu entends ! Je veux ton âme !

Et il la jeta sur le sommier, violemment, avec dans ses prunelles grises un éclat noir qui la terrorisa. Elle leva le coude pour se protéger, il l'entendit appeler : « Sultan ! », et tout de suite, l'animal fut sur lui, furieux et agressif. Un seul bond l'avait propulsé du recoin où il était installé clandestinement, derrière une portière de perles de bois. A présent, il tenait Christophe couché sous ses puissantes pattes griffues, sous la menace de ses crocs féroces, un filet de bave tombait de sa gueule entrouverte, et, les babines retroussées, il grognait et vibrait tout entier dans l'attente d'un nouvel ordre d'attaque.

La rousse se redressa : « Ça va, Sultan, ça va ! Ici, au pied, c'est bien ! » Le berger se détendit, abandonna sans hésitation sa victime estomaquée ; son énorme corps pivota, ondula. Il vint se coucher aux pieds de sa maîtresse avec un profond soupir, une sorte de longue plainte heureuse et comblée. Elle empoigna à pleins doigts la fourrure du fauve, sur sa nuque de molosse, et la tirailla en signe d'amitié et de reconnaissance. « C'est bien ! C'est bien ! »

Christophe demeurait abasourdi... L'attaque avait été fulgurante, et tout s'était passé si vite que le rideau de perles, traversé par l'assaut de la bête, tintinabulait encore légèrement. Le jeune homme se releva, hagard, ramassa aussi le paravent qui, dans la bataille, s'était affaissé contre le lavabo, et, montrant du doigt la cachette du formidable gardien, il prononça d'un ton hébété :

– Je croyais que c'était une penderie.

– Et moi, répondit-elle, j'aurais pas cru que t'étais détraqué... Tu avais l'air gentil. On fait vraiment un métier dangereux, nous autres, c'est sûr... Allez, maintenant, tu dégages !

Elle cramponnait toujours le berger, qui fermait les yeux de plaisir, et respirait d'une grosse respiration régulière et placide, gueule ouverte, langue pendante.

– Si tu vas chez les putes pour voir leur âme, poursuivit-elle, c'est que tu as trop lu de livres, mon bonhomme, ou alors t'es en manque de quelque chose qu'elles peuvent pas te donner : faut te faire curé. Tu en verras, des âmes, et c'est moins beau que des culs, tu sais !

Il s'en allait, le cœur battant encore sourdement.

– Hep ! le rappela-t-elle. Tu ne te reboutonnes pas ?

Il s'exécuta, machinalement. La frayeur qu'il venait d'éprouver, ajoutée au violent dégoût qui avait précédé, l'avait laissé comme ralenti et tremblant. Ses doigts gourds s'escrimèrent un moment en vain sur les boutonnières. Derrière lui, la rousse parlait encore, c'était une sorte de monologue attendri et amer, à voix presque basse.

– Heureusement que je t'ai, toi ! Oui, bon chien, bon chien ! Putain de métier, métier de putain... Faut compter sur personne... Que toi... Bon chien !

Christophe lança un coup d'œil par-dessus son épaule. Le berger allemand, assis sur son postérieur, avait posé sa lourde patte sur les genoux de la fille. Et elle se penchait à sa rencontre, un bras à son cou, sa joue contre le museau amical de la bête. Son attitude abandonnée laissait voir la rondeur de ses seins plus qu'à moitié découverts, et sa jupe remontée haut sur ses cuisses dévoilait la lisière de ses bas et une jarretelle noire. Son regard, perdu, voilé, revint comme à regret sur Christophe.

– Mon chien, dit-elle très doucement, c'est mon chien...

Alors Christophe vint à bout de son dernier bouton, ouvrit la porte et descendit dans l'escalier obscur, un peu malaisément, parce qu'il bandait enfin...

Peu à peu, Christophe avançait sur le chemin de la connaissance... A présent lui apparaissait l'indubitable évidence : il s'était méconnu tant qu'il avait ignoré son sexe, ses caprices, ses impulsions, ses défaillances... « Non, se disait-il, je n'étais pas moi-même, alors. Pas complet. Loin de là. Un aveugle de naissance qui brutalement se mettrait à voir ne serait pas plus transformé que moi aujourd'hui. Or cet aveugle, émergeant de trop longues ténèbres, ne chercherait-il pas à tout voir à la fois, mieux, plus clair et plus loin que n'importe qui ? Et serait-il forcément ébloui de ses découvertes ? Sûrement pas. Quelquefois déçu, quelquefois écœuré... Désespéré, peut-être... Mais le spectacle de l'horreur, de la violence, du sang, de la laideur lui ferait-il regretter pour autant sa cécité passée ? L'aveugle miraculé, au regard tout neuf et sans habitude, voilà ce que je veux être ! L'aveugle peintre, photographe et prophète... »

Son sexe vivait, d'une vie indépendante, tel un animal longtemps captif et que plus rien ne saurait, après son évasion, rattraper et assagir...

Mais ce même animal, dans les cinémas de Grenoble, ou chez la prostituée rousse, s'était soudain couché, entêté d'une inertie brutale et rebelle...

Quelle sorte de bête contrariante et rétive était-ce là, aux sursauts diaboliques, aux langueurs plus implacables encore ? Comment s'en rendre maître ?

« Voyons, pensait-il, je bande en voyant Marie, en touchant l'infirmière, en les imaginant, en priant, en dormant... Je vais voir des films on ne peut plus crus, rien. Chez la fille rousse, rien. Plus elle se montre obscène, moins je suis motivé. J'entends un discours qui ne m'est pas adressé, deux ou trois mots tendres pour son chien, et me voilà en émoi... C'est bien ce que j'ai entrevu là-haut, dans sa chambre : leurs âmes, il me faut leurs âmes... Cotain l'avait dit. Leur tendresse, leur gaieté, leurs soucis, leurs peines, leur orgueil. Si elles n'ont rien de tout ça, je ne bande pas.

« Or, si je veux sauver mon âme de la dictature de mon corps, je dois d'abord épargner à mon corps celle de mon âme. Je ne cherche pas leur divorce, mais au contraire leur cohabitation pacifique et harmonieuse. Qu'ils vivent tous deux, et sachent s'exprimer sans offenser l'autre, et se taire aussi parfois, pour le respecter. Que mon âme ne se sente pas salie si mon corps bande, que mon corps ne se sente pas frustré si mon âme lui demande la paix...

« Mon premier objectif sera en quelque sorte de "désanimer" mes désirs. Bander sans prétexte affectif ou moral d'aucune sorte. En n'importe quelle situation. La plus sordide possible, ça va de soi. Le plus animalement possible. Le cinéma, c'est un peu plat. Et surtout, c'est un soliloque. A prendre ou à laisser. On ne peut pas l'influencer, on ne peut rien changer... Il faut le subir sans jouer aucun rôle...

« C'est décidé. Je retournerai aux putes ! »

Il l'avait choisie avec un soin compliqué et tâtillon. Pas très jeune, car il comptait sur le savoir-faire. Pas très belle non plus, car il pensait qu'elle devait, pour exciter le client, se dépenser plus qu'une fille superbe, et ne pas lésiner sur les encouragements verbaux ou gestuels de toutes sortes. A présent qu'il avait reçu, d'une certaine façon, le baptême de l'ordure, il estimait devoir tenir le coup, et même offrir du répondant.

Quand il l'avait repérée, rue Saint-Jacques, elle avait le regard absent et presque triste. Il avait failli renoncer, avec, au cœur, le soudain pressentiment qu'un malheur la rongeait, et que cela fausserait peut-être toutes les données de la manipulation. Mais elle l'avait aperçu, avait fixé sur lui des prunelles d'un bleu délavé, plus blasées que désespérées. Il avait fait un signe imperceptible du menton, auquel elle avait répondu par un acquiescement muet et elle s'était engouffrée dans la montée du vieil immeuble.

Christophe se sentait plus conquérant qu'avec la rousse. D'abord, cette fois, la démarche émanait de lui. Ensuite, l'extrême aisance des négocations ainsi que la prompte et discrète complicité de la fille venaient, sinon de le séduire, du moins de le conforter dans l'idée qu'il avait fait le bon choix. Enfin, fort d'une première expérience, il se croyait à présent dûment averti pour affronter sans haut-le-cœur l'aventure, si triviale fût-elle.

Il pénétra derrière la fille dans une chambre qui ressemblait étonnamment à celle qu'il avait déjà visitée. Un lit, un fauteuil, un paravent, une armoire à glace et une porte fermée, sans doute un petit cagibi, comme la « penderie » de la rousse.

– Il y a un chien, là-dedans ? demanda Christophe en montrant le placard.

Elle eut l'air surpris.

– Non, dit-elle en haussant une épaule et en secouant la tête, pour souligner l'idiotie de la question.

Puis elle lui fit un geste expressif, tous les doigts de la main gauche serrés contre le pouce et frétillants comme pour palper des billets. Décidément, elle n'était pas très loquace. Christophe passa spontanément derrière le paravant, y trouva un lavabo et un bidet, ouvrit l'eau, en homme qui connaît les usages.

– Écoute, dit-il, on parlera du tarif après. Je te préviens tout de suite : il faudra être très patiente, très persuasive, j'ai beaucoup de mal à bander...

En deux pas, elle fut près de lui. Elle s'appuya au lavabo, l'allure volontaire, le visage fermé.

– Attends, dit-elle, inutile ! Tu t'es trompé de crémerie. Je fais pas des trucs compliqués, garde ton argent, on redescend !

– Mais je ne veux rien de compliqué ! dit Christophe. Juste un peu de... métier, et du temps... Je paierai deux ou trois passes, s'il le faut...

– Bon, reprit-elle avec un calme ostensible, tu n'as pas compris. Je t'explique : les putes, c'est comme les restaurants. Il y a ceux qui y vont parce qu'ils ont faim, et ceux qui y vont comme ça, sans appétit, pour passer un moment, tuer l'ennui, ou essayer d'exciter leurs papilles. Dans ce cas-là, je conseille un grand restaurant : beau décor, belles nappes, fleurs sur la table, loufiat en pingouin, assiettes en porcelaine, musique et tout. Rien que de voir les plats, tu salives. Tu saisis ? Ici, c'est pas chez Maxim's, c'est un routier. Je fais que du casse-croûte solide et traditionnel.

Moi, tu me donnes cinq mille balles, je me couche, tu me baises. Point final. Même si tu me donnes plus, je sais rien faire d'autre, et je veux pas. C'est clair ? Si tu bandes pas, faut pas monter avec des filles comme moi. Alors on s'en va.

Elle lui tendit la serviette. Il la prit machinalement, la reposa. Il ne s'était même pas mouillé les mains...

Elle tenait la porte ouverte, fermement. Christophe passa devant elle.

– Bon, au revoir, dit-il, un peu penaud.

Elle ne répondit pas et referma derrière lui. Il arrivait au rez-de-chaussée, lorsqu'elle le rappela :

– Hé ! Attends !

Il leva la tête, l'aperçut penchée au-dessus de la rampe, trois étages plus haut.

– Attends !

Sa voix résonnait dans l'allée de pierre aux senteurs de cave. Comme elle ne bougeait pas, il remonta jusqu'à elle. Sur le palier, très vite et à mi-voix, elle le questionna :

– Ça t'est venu comment ?

Il haussa des sourcils perplexes. Elle expliqua :

– Je veux dire, tu as toujours été comme ça, ou bien c'est une maladie, ou... ou un accident ?...

Il resta interdit un moment. Il finit par répondre :

– Disons... une sorte... d'accident...

Elle leva sur lui la lumière soudain intense de ses yeux pâles.

– Dis, pria-t-elle, si tu veux, reviens demain à la même heure... Je te présenterai quelqu'un. Oui ?

Il acquiesça du menton, troublé parce qu'elle avait posé sa main sur son bras, une main pressante, qui manifestait une fièvre dont il l'aurait crue incapable jusque-là.

– Demain, même heure, d'accord, convint-il...

Et il partit, accroché, curieux, en se promettant : « Elle doit avoir une amie spécialisée dans la grande cuisine... Ça risque peut-être d'être intéressant... »

Le lendemain, pour la première fois de sa vie, il sécha volontairement ses cours pour être exact au rendez-vous. Il ne la vit pas sur le trottoir, gravit délibérément les trois étages sonores, frappa à la porte. Elle devait l'attendre : elle ouvrit tout de suite.

– Bonjour, dit-elle. Entre !

Elle était seule... Sans laisser à Christophe le temps de prononcer un mot, elle traversa la petite chambre devant lui, entrebâilla ce qu'il avait pris la veille pour un placard, passa la tête dans l'ouverture ménagée, discrètement, humblement... Christophe ne voyait plus que son corps un peu maigre, de biais, contre la porte, dans une attitude soumise et précautionneuse... Il l'entendit murmurer : « C'est lui... Je vous laisse ! » Puis son visage réapparut, baigné d'une douceur nouvelle, comme imprégné de tendresse. Elle lui fit signe d'approcher, s'effaça pour le laisser passer, le poussa presque d'une main à son épaule et referma derrière lui, sans bruit.

Dans la pièce où Christophe venait de pénétrer, il y avait un homme assis. Christophe, figé, surpris, eut un regard circulaire, cherchant machinalement les issues, notant au passage l'étroitesse des lieux, le mauvais jour que dispensait une fenêtre, en face de lui, sans doute à l'aplomb d'une cour exiguë, la porte, à droite, qui devait donner sur le reste de l'appartement.

Il revint à l'homme, installé devant une petite table couverte de papiers : un individu d'une quarantaine d'années, apparemment solide et bien taillé, les épaules carrées, le visage massif sous des cheveux très drus, grisonnants par endroits, et, sous d'épais sourcils, des yeux noirs très vifs qui le scrutaient attentivement.

Christophe flaira un piège, resta encore un instant en alerte, et remarqua finalement le fauteuil roulant dans lequel l'homme était installé.

Ce dernier, qui semblait l'écouter penser, ouvrit la bouche :

– Asseyez-vous aussi, fit-il, en désignant une chaise, de l'autre côté du bureau. Nous serons de niveau pour parler...

Christophe obéit à l'invite, intrigué.

– C'est gentil d'être revenu, poursuivit l'autre de sa voix grave. Vous voyez, j'ai souvent eu envie de fonder un club, dit-il, avec une sorte de sourire mi-amusé, mi-amer, mais... c'est un peu délicat ! Pourtant, il y a des jours où ça rendrait service, non, de se trouver moins seul ?

Christophe posa sur l'homme la lumière intelligente et douce de son regard gris, sans répondre. L'autre se sentit encouragé.

– Oh ! Vous n'avez pas besoin de me raconter grand-chose, continua-t-il. Rien que de vous voir là, rien que de savoir... Entre hommes, hein ? Enfin, corrigea-t-il avec un petit rictus douloureux, enfin, entre hommes... entre nous...

Soudain, son regard se fit plus aigu, il plissa les yeux, baissa la voix pour poser la question brûlante :

– Dites-moi quand même, vous vous sentez toujours un homme, vous ?

Christophe, directement sollicité, hésita, s'embarrassa :

– Moi ? C'est-à-dire...

– Oui, admit l'autre, je sais, elle me l'a dit, chez vous, ce n'est sûrement pas aussi radical que chez moi. Mais... Comment le vivez-vous ?

– Je... balbutia Christophe... Je...

Puis il se décida, soudain, à une demi-franchise, qui, pieusement, sauverait les apparences, prolongerait le malentendu, et donc le dialogue.

– Mal, très mal, je le vis très mal !

– Vous êtes marié ? demanda l'homme.

– Oui ! dit Christophe, sans rougir, parce qu'il pensait à la Sainte Vierge.

Il eut l'impression que l'autre doutait, qu'il cherchait du regard une alliance sur sa main nue. Il expliqua, très vite, avide désormais de communiquer avec l'autre, le premier homme, finalement s'il exceptait Cotain, avec qui il eût jamais parlé de sexe...

– J'ai quitté ma femme, momentanément, pour faire le point...

– C'est elle, demanda l'infirme, qui ne supporte pas ?

– Oh ! Non ! s'exclama Christophe avec ferveur. C'est moi... Elle, elle supporte très bien.

L'homme eut une expression avisée et attendrie. Il secoua la tête.

– Oh ! je connais ça, va ! Vous savez, dit-il en se penchant en avant comme pour une confidence de prix, ce sont des saintes !

Christophe sourit. L'autre aussi. Il reprit :

– Vous, vous êtes jeune. J'ignore ce qui vous est arrivé, mais ce n'est pas irrémédiable, comme moi. C'est peut-être seulement dans votre tête. Tandis que moi...

Et il fit un geste rapide pour, du tranchant de la main, se couper symboliquement en deux à la hauteur de la taille.

– Moi, à partir de là, c'est foutu, je suis mort, il n'y a plus rien, il n'y aura plus jamais rien...

Et il ajouta, en levant le menton vers la porte par où Christophe était entré :

– C'est une sainte !

Un silence tomba. Il faisait presque nuit... Un bruit soudain traversa la cloison, une sorte de vibration sourde.

– Le frigo qui se remet en marche, dit l'homme, et il actionna le petit bouton de la lampe de bureau. Hé oui ! soupira-t-il, la vie continue...

Il y eut un nouveau silence, que l'homme rompit encore, d'une voix claire et résolue, comme pour bousculer la tristesse qui planait :

– Enfin, voilà : j'ai tenu à vous rencontrer, parce qu'elle a pensé à quelque chose... Bien sûr, si vous êtes d'accord... Moi, je voulais vous connaître d'abord.

Christophe écoutait, attentif et sérieux. L'homme soudain actionna une manette de son fauteuil, se dégagea de la table et se dirigea, en roulant, vers un placard mural situé derrière la chaise de Christophe, sur la paroi qui séparait cette pièce de la chambre d'entrée.

– Venez voir quelque chose, dit-il.

Christophe se leva. L'autre attrapait déjà la clef du placard ; il eut une seconde d'hésitation, regarda Christophe, laissa retomber son bras.

– Non, s'excusa-t-il, je ne peux pas vous montrer ça froidement. Je vous explique d'abord, tout de même.

Il y avait dans ce « tout de même » comme une protestation de sa dignité, la pudeur de celui qui se refuse à la brutalité d'une révélation trop crue, et ne saurait l'énoncer sans l'atténuer d'excuses, de précautions, de délicatesses.

– Je vous explique : il y a trois ans, Lucie travaillait comme ouvrière chez Lou, et moi comme déménageur transporteur pour le compte d'un patron. Elle, elle était de l'Assistance publique, elle en avait bien bavé, avait déjà été mariée à un type qui buvait, qui la cognait. Bref, avec moi, elle se trouvait bien. On était ensemble depuis quelque temps, moi, j'avais une petite bicoque du côté de Saint-Égrève, on avait décidé de la retaper, de s'installer, bien tranquillement...

« Un samedi, un copain est venu m'aider pour la toiture. Une histoire idiote. Il s'est mis à pleuvoir. On a voulu finir à toute vitesse... Il a glissé, j'ai cherché à le retenir, on est tombé tous les deux. C'est ce jour-là que j'ai bandé pour la dernière fois...

« Je me suis réveillé sur un lit d'hôpital, la colonne fracturée, cloué pour toujours. Quand Lucie m'a dit qu'Étienne, mon copain, était mort, j'ai envié son sort. A partir de là, les emmerdements n'ont plus fini : plus de travail, un besoin perpétuel de soins, d'appareils compliqués et chers... En plus, la femme du copain a intenté un procès, qu'elle a gagné : elle a plaidé le travail au noir, je ne sais plus quoi d'autre. Je n'avais déjà pas d'assurance personnelle. La boîte qui m'employait m'a juste versé une petite somme, quelques mois de salaire, à peine... J'ai dû vendre la maison pour dédommager la veuve... Lucie ne m'a pas lâché. Seulement, avec sa paye, ce n'était pas possible. En enfilant à longueur de journée des baleines dans des soutien-gorges, elle gagnait tout juste de quoi manger et payer un petit loyer.

« Un jour, elle a eu l'idée... Je ne savais pas quoi dire. Je me demandais si j'avais le droit d'accepter, ou de refuser... Ou même si j'avais quelque droit que ce soit. Si encore j'avais pu lui faire l'amour... De ça, elle n'en parlait jamais ; mais elle a trouvé cet appartement, grâce à une copine qui connaissait bien le milieu. Trois étages, dans un vieil immeuble comme ici, sans ascenseur, croyez-moi, ce n'est pas rien, pour un type comme moi. Je bouge rarement. Ce sont les kinés qui se déplacent. Et puis, elle a déjà changé deux fois mon fauteuil pour des modèles plus perfectionnés. Encore un an ou deux, et on aura un petit pavillon, au rez-de-chaussée. Je pourrai aller dans le jardin, dans la rue, faire les courses... En attendant, pour l'aider, je gratte des adresses, pour des campagnes publicitaires, précisa-t-il, en montrant le tas d'enveloppes sur sa table. J'ai la télé. Et... j'ai ça, dit-il, en ouvrant enfin le placard.

Christophe s'approcha. Il n'y avait rien à voir, le réduit était vide, absolument vide... Il regarda l'homme, surpris. L'autre expliqua :

– Ce n'est pas un placard comme les autres... En fait, ce que vous voyez, c'est l'intérieur de l'armoire qui se trouve de l'autre côté, dans la chambre. Une armoire à glace, vous vous souvenez ? Il s'agit d'une glace sans tain. Si j'allume ici, je peux observer tout ce qui se passe dans la chambre, sans être repéré... Ce n'est pas nous qui l'avons fait installer, ça existait avant notre emménagement. Un cagibi de voyeur... Vous avez déjà essayé ?

Christophe fit une moue peu convaincue.

– Ça doit être comme le cinéma...

– Sauf que vous connaissez l'actrice, répondit l'autre, et que vous pouvez mettre au point tout un code complice, ou bien élaborer le programme avec elle...

– Vous vous en servez souvent ? demanda Christophe. Vous n'êtes pas jaloux ?

– Oh ! C'est assez compliqué, dit l'autre. Jaloux... Je suis comme un unijambiste qui vivrait avec une ballerine. Je ne pourrais pas lui en vouloir de me faire vivre en dansant.

– Vous la regarderiez danser avec les autres sans amertume ? Avec plaisir ?

– Ce n'est pas tout à fait cela... Au début de notre installation ici, elle m'a dit : « Regarde si tu veux. Tu verras comme je suis froide, avec eux, comme je suis absente. Tu comprendras que je ne te trompe pas. Ça te rassurera. » Elle m'affirmait que la moindre de mes caresses la transportait plus sûrement que le contact de tous ces hommes qui défilaient ici... Je n'ai pas pu m'empêcher de regarder. C'était vrai, elle était lointaine, si indifférente : une sorte de corps sans vie, même pas obscène, dénudée partiellement et à la sauvette. J'ai trouvé ça... comment dire ?... presque dommage. Je lui ai demandé : « Tu n'as aucun plaisir, jamais ? » Elle m'a répondu : « Je ne veux devoir mon plaisir qu'à toi... » Alors une drôle d'idée m'a traversé l'esprit, une idée folle, comme je ne pensais pas qu'on pût en avoir, comme on n'en a pas, en général, quand on va sur ses deux pieds, qu'on a la santé et qu'on bande dur... J'ai eu envie de lui faire l'amour par personne interposée... Je lui ai expliqué : « Je serai là, je te contemplerai. Tu penseras à moi, très fort, tu fermeras les yeux, tu te souviendras d'avant, avant l'accident... Tu jouiras pour moi... » Ça vous paraît fou ?

Christophe avait son air très doux, très placide. Il murmura :

– Danse pour moi, Salomé...

L'autre poursuivit, les yeux ailleurs, d'une voix lente :

– Elle n'était pas bien sûre... Elle m'a prévenu : « Si l'envie m'en vient, si j'en trouve un qui m'inspire, tu le verras tout de suite : je me déshabillerai... » Alors, j'ai suivi toutes ses allées et venues dans la chambre, et puis, à un moment donné, j'ai compris qu'elle s'était décidée. Le gars qui l'accompagnait était grand et brun, carré, il me ressemblait. J'ai su que c'était le bon. Je l'ai vue se déshabiller... Elle s'est donnée si fort, avec une telle flamme... Dire qu'avant, on n'avait jamais baisé devant une glace... Si j'avais su... En la tenant dans mes bras, je ne la voyais pas comme je l'ai vue ce jour-là...

« Alors là, oui, j'ai été jaloux ! Non pas de l'homme qui la possédait, mais de moi-même, du fantôme qu'il représentait, de ce grand gaillard viril, avec sa grosse queue... qui la faisait crier. De l'autre côté du miroir, c'était moi avant. J'ai pleuré, j'ai sangloté comme un gosse. Elle m'a rejoint après, elle s'est assise sur mes genoux morts, elle a mis sa tête sur mon épaule et elle m'a dit : "Si ça te fait trop de peine, on ne recommencera jamais." J'ai répondu : "Je m'habituerai, et c'est comme ça qu'on fera l'amour, tous les deux. Ce sera notre façon à nous... Je veux encore te voir jouir, des tas de fois, les yeux fermés sur mon image."

Christophe sentait s'émouvoir en lui une formidable compassion pour tous les gens que leur sexe rendait malheureux...

Depuis que Marie avait sollicité son aide, il allait de découverte en découverte, et, par les choses du sexe, il lui semblait toucher au plus délicat de l'âme humaine, au plus tendre, au plus intime. « Il est impossible, pensa-t-il, que Jésus-Christ ait ignoré tout cela, que Dieu nous ait fabriqué un si formidable organe, riche de tant de retentissements, et que la religion en nie l'importance, le pouvoir, la splendeur et la misère... »

Il leva sur son interlocuteur un regard chaud et brillant.

– Oh ! dit l'autre, depuis, on s'est rodés. On a de bons moments, même très complices. Tiens, un jour, on a pris un fou-rire simultané de chaque côté de la cloison : quand le gars a été sur le point de s'en aller, il lui a dit : « C'est curieux, tu m'as appelé deux fois Gilles, mais moi, mon nom, c'est Jacques... » Elle a tourné les yeux vers moi, toujours invisible derrière la glace, a commencé à rire en fermant la porte sur lui, m'a rejoint, et là...

Il eut un rire muet à la mémoire de leur hilarité commune, s'amusa un moment, solitaire, tout à son souvenir, en secouant la tête... Puis il se rappela la présence de Christophe.

– Bon, dit-il, si ça vous intéresse, le cagibi, si ça peut vous aider...

– Non, merci, dit Christophe. Ça ne marchera pas.

– Remarquez, je m'en doutais, dit l'autre. Seulement... Je crois qu'elle a surtout voulu qu'on se rencontre parce que je manque de compagnie ici... Et puis... ajouta-t-il, après une petite pause, on est un peu frères, toi et moi, non ? J'aurais voulu te rendre service...

– Tu m'as rendu un grand service, répondit Christophe avec conviction.

– Écoute, proposa soudain l'autre, comme sous le coup d'une inspiration subite, tu ne veux pas la voir jouir ? Ça, mon vieux, je suis sûr que ça te fouetterait... C'est autre chose que des coups ordinaires, tu sais...

Christophe demeura surpris et troublé par la proposition.

– Seulement, poursuivit l'homme, il faudrait faire notre coup en douce, je ne le lui dirais pas, tu entrerais par là, dit-il en montrant l'autre porte. C'est la cuisine, elle donne aussi sur le palier... (Son regard brillait d'excitation et de malice.) Oh ! ajouta-t-il pour s'excuser, ce ne serait pas une grosse tromperie, hein ? Tu comprends, si je la mets au courant, elle ne voudra jamais, question de pudeur. Mais comme ça...

Christophe ressentit un attendrissement mêlé de reconnaissance. Certes, il comprenait très bien que le petit complot proposé apportait à l'infirme une impression de mouvement, d'aventure, de folie, que prisonnier dans ce minuscule logis des attentions et des soins constants de sa femme, il avait besoin de ce qui pouvait ressembler à une bouffée d'oxygène, que la duperie envisagée, c'était une occasion, pour lui, de vivre une conjugalité moins esclave et plus normale, aérée par l'importance que donnent souvent les hommes à la camaraderie masculine, aux frasques commises entre eux, aux secrets de garçons, aux infidélités sans lendemain.

Mais il voyait surtout que cet homme était prêt à partager avec lui, pour soulager une peine qu'il supposait cruelle, le seul trésor qu'il possédât : le spectacle de sa femme nue, abandonnée, passionnée, sanctifiée par un amour magique qui changeait les étreintes de hasard en feu sacré.

Christophe, confondu, craignait, par un refus, d'insulter la splendeur du cadeau.

– Je viendrai, dit-il simplement, et il quitta l'homme, après avoir posé une seconde sa main sur son épaule, et l'autre ignora toujours qu'il venait de le bénir...

– Amène-toi ! s'exclama Gilles. Je te parie que c'est celui-là !

Christophe était planté devant la fenêtre, depuis un petit moment. Son regard plongeait, sans vraiment la voir, dans la petite cour sombre, au pied du vieil immeuble. Deux ou trois poubelles, des chats qui passaient de l'une à l'autre, un arbuste jaune, dans un grand bac de bois peint, qui mourait là, tout seul, étiolé, chlorotique.

Christophe était revenu visiter Gilles plusieurs fois avant le grand jour. Ils avaient bavardé, chacun avide de ce que l'autre pouvait apporter... Pour l'infirme, Christophe symbolisait la rue, la liberté, le loisir d'aller et venir sur ses deux jambes, de vivre une vie de jeune homme, de construire un avenir. Pour le prêtre, Gilles était un être étonnant, une sorte d'âme sans corps, qui, dans la séparation tragique, avait trouvé non la paix, mais les tourments des souvenirs, des regrets et des doutes, la détresse de respirer sans vivre et de réfléchir sans espérer.

Maintenant, Christophe connaissait bien le chemin... Il grimpait les trois étages, frappait familièrement à la porte de la cuisine. Gilles venait donner les deux tours de verrou (un verrou qu'on avait fait installer très bas, presque à la hauteur de la poignée...), il accueillait Christophe... La première fois, il avait dû expliquer : « On laisse toujours fermé à clef : dans le quartier, tu sais, il y a une drôle de faune... »

Il n'avait plus été question, pendant ces quelques visites, de la proposition de l'infirme. Christophe, à vrai dire, ne s'en trouvait ni offensé ni déçu. Il estimait simplement que l'autre avait dû se raviser, ou avait besoin d'attendre encore. Mais un samedi matin où il avait montré à Gilles des livres qu'il avait empruntés pour lui à la bibliothèque, l'autre le regarda droit dans les yeux et lui dit :

– Cet après-midi, si tu veux... C'est un bon moment, le samedi après-midi : elle a plus de choix.

Christophe hocha la tête, silencieusement.

Maintenant, il était là depuis bientôt une heure, le front contre la vitre, vaguement mal à l'aise, comme habité d'un trac malsain qui malmenait son cœur et lui mouillait les mains. Gilles était assis devant le placard ouvert, il surveillait les opérations dans la chambre à côté, tout en feuilletant un magazine. Lorsqu'il appela Christophe, celui-ci sursauta, accrocha le rideau en se retournant, s'approcha lentement.

On voyait dans la chambre comme à travers une baie vitrée fumée. Lucie était entrée dans la pièce avec un homme grand et brun, au visage hâlé, aux lèvres charnues et bien dessinées, au nez fort un peu busqué, au menton carré. Gilles détailla un moment sa physionomie noble de caïd qui se serait déguisé en passant ordinaire, et aurait troqué sa gandoura contre un imper couleur de ville pluvieuse ; puis il se tourna vers Christophe, debout derrière lui :

– Tu ne trouves pas qu'il me ressemble ?

Et il ajouta, sans attendre de réponse, avec une fierté convaincue et attendrie :

– D'ailleurs, ils me ressemblent tous.

L'homme quittait son imper. Lucie lui parla, lui montra le lavabo. Il eut un air un peu surpris et indécis. Il finit par porter les mains à sa ceinture et disparut derrière le paravent. Alors la fille s'approcha de la glace de l'armoire, y donna deux petits coups discrets du bout des doigts.

– Le signal, souffla Gilles. Assieds-toi !

Christophe prit une chaise, s'y installa. De l'autre côté, Lucie avait entrepris de se déshabiller : elle fit passer son pull par-dessus sa tête. Nus sous la laine, ses seins menus bougèrent un peu dans l'envol du vêtement. Elle fit tomber sa jupe, défit ses jarretelles, roula ses bas, dégrafa le porte-jarretelles et enleva sa culotte. Elle n'avait mis aucun savoir-faire particulier dans cet effeuillage, aucun art, aucune malice.

Son corps fluet apparaissait à présent, un corps de petite fille à peine pubère, lisse, presque plat, moulé dans une peau saine et élastique, d'un crème très uni, un peu brillant, qui lui donnait l'air d'avoir encore un maillot à quitter... Ce justaucorps soyeux s'ornait, sur la poitrine, de deux grains de moka luisants, et le bas du ventre enfantin, que ponctuait un nombril proéminent de bébé, enflait sous la frisure serrée d'un duvet guère plus sombre. « Je n'avais pas remarqué qu'elle était blonde », pensa Christophe avec étonnement...

Gilles venait de frapper aussi, tout doucement, à la paroi. Le contact était établi. Lucie, toute nue, se plaqua contre le miroir, fit une petite grimace maligne, esquissa une moue en forme de baiser. Ses lèvres s'écrasèrent un peu sur la vitre, Christophe en distingua toutes les ridules verticales où le fard avait pénétré et résisté aux fatigues de la journée. On eût dit une bouche blessée, pâle et sèche, coupée de petites gerçures rouges, une bouche fiévreuse et assoiffée.

Gilles se taisait à présent. Une attention passionnée, presque douloureuse, le tenait très droit, immobile comme un félin en chasse. Sa revue glissa à terre ; Christophe se pencha très vite pour la ramasser. Christophe tendit le bras pour poser le magazine sur la table derrière lui. Il regarda Gilles, à la dérobée d'abord, puis plus longuement. L'autre ne le voyait pas, il gardait les yeux fixés sur la vitre, et sa bouche entrouverte, son menton levé, ses sourcils presque joints disaient assez sa ferveur. Alors Christophe, gêné, détourna son regard de cet athlète assis, de cet amant impuissant dont les prunelles et le visage tout entier, éclairés d'une vision magique, se préparaient au jeu, à la lutte, à la victoire et à l'amour.

Dans la chambre, l'homme avait ressurgi de derrière le paravent. Lucie dit quelques mots. On ne distinguait pas nettement ses paroles, seulement la mélodie de la phrase. L'homme posa une question ou deux, elle répondit gentiment. Elle souriait. L'homme alors prit un air à la fois résigné et ravi. Il haussa les épaules, sourit aussi, bras écartés, mains ouvertes, des mains qui signifiaient : « Pourquoi pas ? », et il se baissa pour enlever ses chaussures.

Lucie, sur la pointe des pieds, car il était bien plus grand qu'elle, l'aida ensuite à déboutonner sa chemise. Tout alla très vite après. Il se libéra de la ceinture dans un grand geste fataliste et joyeux. La situation le séduisait sans doute... Il riait à présent, en plissant les yeux, et en montrant de belles dents blanches. Une fossette juvénile attendrissait en la rajeunissant sa forte mâchoire basanée.

Bientôt tous ses vêtements furent rassemblées en tas, au pied du lit où il les avait jetés à l'aveuglette. Il paraissait encore plus grand nu. Plus grand et plus ténébreux, avec cependant quelque chose de fragile... Peut-être le dessin émouvant de sa poitrine imberbe et dont il fit jouer un instant, pour s'amuser, les muscles ronds... Peut-être l'embonpoint naissant de son estomac qu'il palpa d'un air penaud, comme pour s'excuser... Peut-être aussi son sexe bistré, pendant au bas de son ventre brun, comme un joli bambou régulier et vernis, parfaitement tubulaire.

« Non, ce n'est pas comme au cinéma », pensa Christophe, avec le bienheureux soulagement de trouver cet homme beau, et humain, et touchant... Lucie aussi devenait belle. Son visage aux traits insignifiants et même un peu grossiers s'adoucissait singulièrement et, levé vers l'homme auquel elle voulait plaire, gagnait une harmonie nouvelle. Elle mouilla sa bouche d'un coup de langue animal, puis resta un instant à mordre sa lèvre supérieure, comme pensive et recueillie, le cou toujours tendu, le menton haut, la nuque renversée... Christophe la voyait de profil, immobile et douce, les bras le long de son corps d'éphèbe, aux courbes imperceptibles : galbe léger du mollet, et, plus haut, à peine plus ample, de la fesse, subtile concavité du petit ventre, renflement délicat du sein tout juste esquissé... Elle se mettait à ressembler soudain à une effigie égyptienne, comme peinte là pour l'éternité, dans une attitude docile et patiente. Même ses cheveux, à la couleur près, fignolaient l'illusion, raides et réguliers, coupés droits sur le front et sous l'oreille...

Elle bougea enfin, fit mine de s'agenouiller... Mais l'homme arrêta son mouvement d'une main à son cou, une main large et massive, grande ouverte, dans laquelle reposait complètement la fragile mâchoire de Lucie, que sa grimace persistante, la lèvre toujours prisonnière de ses petites dents pointues, affublait d'un prognathisme charmant. Et ce fut lui qui s'agenouilla...

A genoux, il arrivait preque au menton de Lucie. Il leva à son tour la tête pour la contempler, mais il ne put croiser son regard. Elle avait tourné le visage vers le miroir, et semblait considérer l'image du couple qu'ils formaient, lui très grand, très noir, elle petite, claire et menue. Il se tourna aussi, sourit en s'apercevant. Il la tenait par la taille, la ceinturant presque complètement de ses deux grandes mains aux phalanges longues et puissantes. Soudain, il l'attira à lui, et posa sa joue contre elle, sur ses seins, comme pour écouter son cœur, avec une sombre détermination. Elle s'abandonna à l'étreinte, enfonça ses doigts dans la chevelure épaisse et bouclée de l'homme, lança un dernier regard à la glace, un regard profond, grave, décidé, puis elle ferma les yeux...

L'homme laissa un moment divaguer ses larges mains sur elle, sur ses cuisses et ses fesses qu'il semblait modeler avec une infinie douceur, sur son dos mince et flexible, sur sa nuque qu'il atteignait sans même hausser les coudes. Christophe le voyait fourrager du bout des doigts sous les cheveux de la fille, derrière ses oreilles, et elle, paupières toujours closes, bougeait lentement et voluptueusement les épaules, creusait une échine de chatte amoureuse, ondulait sous les attouchements ainsi qu'un serpent charmé. Elle écarta un peu les jambes, et les doigts de son partenaire poussèrent une intelligente reconnaissance dans la brèche ménagée. La caresse, enveloppante et subtile, venait de dessous ses fesses, qui reposaient presque entièrement dans les grandes paumes, s'allongeait sous son sexe, frôlait le plus tendre de sa chair, l'intérieur sensible de ses cuisses où se mirent à jouer les ongles de l'homme...

La jeune femme commença à respirer plus amplement, recula un peu pour mieux se cambrer et s'offrir, et comme l'homme n'était plus plaqué contre elle, Christophe vit alors que sa queue s'était dressée, farouche et brune, et qu'elle vibrait à présent, par saccades régulières, comme attachée à un fil invisible dont l'autre extrémité eût été fixée au ventre de Lucie...

L'homme finit par se relever. Lucie virevolta dans ses bras, lui tourna le dos, s'attacha à reconnaître puis à émouvoir encore, de ses reins ondoyants, la colonne magnifique qu'il tendait vers elle. Lui l'entoura de ses grands bras possessifs, la colla contre lui, écrasa sa minuscule poitrine, son ventre puéril, chercha l'ouverture dans sa fente renflée de petite fille. Elle allongea les bras, haut derrière elle, à toucher le cou robuste, à s'y accrocher ; lui se prêta à la manœuvre, courba la tête, coula sa nuque, dans un mouvement taurin à la fois soumis et lourd de préméditation, dans le collier des mains nouées qu'elle lui proposait, et soudain, il la souleva à la force de l'encolure qu'il redressa, et de ses deux poignes d'acier, dont il avait saisi Lucie aux cuisses.

Ils pivotèrent ensemble, elle tout à fait portée, légère et fragile dans les bras du colosse, lui, dont on devinait à peine le visage impatient, puisqu'il humait et mordait, d'un geste éternel de mâle en rut, ses cheveux, le haut de son dos, le creux de ses épaules. Ils étaient maintenant face à la glace... Lucie ouvrait, entre des jambes d'adolescente, une faille terrible, d'un rose incertain dans la fourrure blonde. Sous la double courbe de ses fesses disjointes, fusait la hampe de l'autre, horizontale et épaisse comme un rondin de bois sur lequel elle se fût assise, et pendait une paire de testicules lourds et denses que la couleur toute particulière de la vitre fumée rendait presque bleus.

Soudain l'homme ploya sur ses jarrets, comme pour rassembler ses forces. Dans le même élan, il hissa la jeune femme de quelques centimètres, la maintint d'un seul poignet, à la hauteur désirée, s'appliqua de son autre main à incliner son sexe et à l'affermir pour l'abordage. Alors lentement, Christophe vit, comme au ralenti, la vulve de Lucie venir coiffer exactement le bout du barreau qu'on lui tendait, gonfler et s'ouvrir pour l'accueillir, céder à son invasion et l'avaler centimètre par centimètre comme une monstrueuse et envoûtante fleur carnivore qui se referme sur sa proie.

A partir de cet instant, il oublia l'homme et n'eut d'yeux que pour cette femme, dont les paupières serrées sur une équivoque volupté palpitaient plus vite et plus fort que son ventre, que sa poitrine, que tout son corps... Le couple s'était approché à toucher le miroir, et elle le touchait, y prenait appui de la pointe des pieds. Dès qu'elle eut profondément enfoui en elle la verge de son partenaire, elle sembla désireuse d'organiser seule son voyage. Elle se tenait toujours au cou vigoureux derrière elle, et reposait si à fond sur sa queue que les poils qui ombrageaient son ornière, très loin entre ses fesses, se mêlaient aux poils plus noirs des couilles de l'homme...

Elle le lâcha, s'accrocha des deux mains à la corniche de l'armoire, poussa sur ses deux pieds à la fois, et entreprit de lever le bassin, le plus lentement possible.

Christophe recula presque devant cet assaut inattendu de son champ visuel. L'escalade qui commençait avait quelque chose de surnaturel et de proprement renversant. Lucie devenait une sorte de monstrueux insecte se lançant dans la conquête d'une paroi lisse et absolument verticale... Il voyait de tout près jusqu'au grain de sa peau, sous les aisselles rasées, sur les genoux osseux, et ce visage aveugle, aux paupières soudées, au masque grimaçant, se mit à l'angoisser affreusement.

Cependant Lucie venait d'interrompre sa diabolique ascension, et demeurait ainsi, suspendue, comme à peine posée sur le phallus de son compagnon qu'elle avait insensiblement recraché, seconde après seconde, sur lequel elle avait coulissé avec la régularité, la méthode et l'application sans heurt d'un escargot qui sort de sa coquille. Ce que Christophe ne voyait plus, c'était que l'homme, derrière elle, l'accompagnait de ses deux mains complices et intuitives, qui soutenaient ses fesses et permettaient le miraculeux envol.

Après une escale qui parut un siècle à Christophe, Lucie s'apprêta à redescendre. Même cadence rigoureusement contrôlée, même concentration dans l'effort, même soin à gober, le plus doucement possible, d'abord le bout du gland, sa crevasse élastique qui s'écrase un peu sous la pression, qui s'ouvre à peine, cède enfin et disparaît, puis sa tête rebondie, qui arrondit le con et l'émerveille, puis l'anneau roulé du prépuce, car l'homme est circoncis, puis un millimètre, deux, trois de la colonne luisante et vernissée par la précédente visite... un centimètre, deux, trois, la fille descend toujours, elle est un puits sans fond où plonge un reptile fasciné, elle descend, descend, elle arrive, touche, de la pointe de ses fesses, le ventre de l'homme, son pubis noir, ses couilles bleues qui frissonnent...

Elle s'immobilise. Christophe voit l'orchidée de chair battre autour du pistil, une goutte nacrée brille aux couilles de l'homme, l'orchidée perd un jus clair, un lait qui s'argente au crin ténébreux du minotaure qu'elle baise.

Et le film repart, à l'envers... Le reptile ressort, et la gueule ardente, mufle compliqué de poil et de chair rouge, le régurgite en bavant. Accouplement et naissance se confondent, la fleur accouche de la bête, d'une seule lente et régulière poussée...

Christophe a le vertige, et presque envie de crier. Mais l'odyssée touche à son terme : Lucie est arrivée au port. Elle ne redescendra pas. Au sommet du parcours, elle brandit les deux poings fermés du triomphe, renverse un visage transporté, un masque sauvage où éclate une joie tragique, ouvre la bouche pour hurler silencieusement son extase, et desserre enfin les paupières pour planter, dans les yeux de celui qu'elle aime, qu'elle ne voit pas mais qu'elle sait là et dont elle devine l'exacte place, à travers le miroir, le feu dément de son regard inhumain, étincelant derrière la double grille de ses cils où scintillent deux larmes d'ineffable tendresse...

Elle reste figée là, une seconde encore et pour l'éternité, cette femme qui jouit, mouillée de pleurs d'amour, ravagée de passion, crucifiée de plaisir, et l'autre, le cloué, l'infirme, le déchu, mêle à travers la glace à ses larmes les siennes, et tous deux pétrifiés, lui par le sort malin, elle pour lui complaire, se rejoignent très loin des choses de la terre.

– Va-t'en, maintenant, dit Gilles au bout d'un moment : elle vient toujours s'asseoir sur mes genoux, après...

Mais Christophe avait disparu depuis longtemps déjà, silencieux et pressé, mû par un besoin d'une urgence nouvelle. Il avait traversé la cuisine sans bruit, tiré sur lui la porte et, réfugié dans la solitude fraîche et sombre de l'escalier, avait commencé, mains jointes et tête basse, la première prière qui lui fût montée spontanément aux lèvres depuis longtemps.

« Sainte Lucie, patronne de lumière, gardez-lui son éclat, son courage et sa foi, et faites que longtemps, elle l'éclaire encore dans la nuit du malheur... Faites que son corps clair, son sexe rose et blond, son plaisir foudroyant, soient à jamais pour lui le lumineux fanal de ses consolations... Amen. »

Puis, comme sa queue enflée pesait à son ventre d'un poids incommode et têtu, il avait fouillé son pantalon, refermé sur sa chair une main plus agacée que complaisante et avait consenti, exceptionnellement, au sacrifice que nécessitait sa tranquillité. Sa délivrance rapide ne le fit ni gémir, ni pleurer, à peine baisser un instant les paupières sur la vision fugitive d'un goupillon très spécial qui bénissait, de larmes blanches, la maison de Gilles.

Terminé l'exorcisme expéditif, il essuya sur le mur la trace de l'opération d'une paume sans hâte ni gloire, et murmura, avec tout l'amour dont il était capable : « Je te l'offre, Gilles, je t'offre ma reddition, ma résignation à n'être qu'un homme, un pécheur ordinaire, je t'offre mon repentir, et cette minuscule tache qui ne souille personne... »

Seulement alors, il était reparti dans l'escalier avec, au creux de sa main ouverte comme sous la cuisson d'une blessure bénigne, la trace humide de son abdication, et dans le cœur une nouvelle et immense mansuétude pour tous ceux que le hasard méchant condamne à la pureté...

Ce fut en rentrant ce jour-là au foyer que Christophe trouva, dans le hall, un homme qui l'attendait. Il avait à peine franchi la porte que l'autre, un grand gaillard très brun, bien découplé, jeune et athlétique, vint à sa rencontre.

– Vous êtes le père Deseille ? lui demanda-t-il.

Et comme Christophe acquiesçait de la tête, surpris mais vaguement conscient d'avoir déjà rencontré son interlocuteur, il ajouta :

– Vous ne vous souvenez pas de moi ? Antoine Aubert, de Varces.

Christophe cherchait toujours, muet, interrogatif. L'autre reprit :

– On s'est vu au baptême de la petite à Émilienne !... Antoine Aubert !...

Et comme décidément Christophe, un peu gêné, secouait une mine perplexe et confuse, en souriant pour s'excuser, Antoine précisa, à voix presque basse :

– Marie est ma femme...

Alors les yeux de Christophe s'éclairèrent. Il se rappelait à présent l'aveu enflammé de la jeune femme : « Antoine est beau, il est fort, il est grand et je l'aime !... » Il hocha la tête plusieurs fois, pour dire que la mémoire lui revenait, qu'il voyait très bien, puis demeura silencieux, à considérer Antoine curieusement.

– Il faut que je vous parle... déclara l'autre avec mystère.

Christophe, d'un geste, l'invita à le suivre dans sa chambre.

Antoine ne s'assit pas sur le siège que lui désignait Christophe. Il se jeta tout de suite à l'eau, comme pour se débarrasser d'une corvée pénible.

– Vous savez, dit-il, ça ne va pas mieux, avec Marie...

Christophe se taisait, l'autre poursuivit :

– Elle m'a tout dit... tout raconté... Sa première visite chez vous, la deuxième aussi. Tout...

Il avait un air accablé et très triste. Christophe craignit un instant qu'il ne se mît à pleurer, là, debout, comme un gosse chagrin. Mais soudain, tout son visage se durcit. Il crispa un rictus mauvais, entre le dégoût et la rancune, et explosa :

– Qu'est-ce que vous aviez donc de plus que moi ?

Christophe, à l'agressivité du ton employé, à la révolte tacite des poings que l'autre serrait, au bout de ses bras ballants, mesura le désarroi d'Antoine.

– Rien, répondit-il doucement, je n'avais rien de plus. Plutôt quelque chose en moins...

Et comme son interlocuteur interdit posait sur lui un regard noir et brûlant, il continua :

– Vous lui faites peur !

– Peur ? répéta Antoine. Peur ?... Moi ?... Moi ?... Moi qui ne l'ai jamais bousculée, jamais forcée... ? Moi qui l'ai attendue des mois, des années, qui l'attends encore !... Moi qui vais me cacher quand je n'en peux plus d'y penser, me cacher et boire, qui ne rentre pas de la nuit tellement je redoute d'être brutal ou injuste... Je lui fais peur ? Je n'aurais pas dû... Comme vous !... Vous ne lui avez pas fait peur, vous ?

– Je pense, dit Christophe, que c'est de votre désir qu'elle a peur... Inconsciemment. Pas une peur avouée, connue. Une peur profonde, qui la rend malade, qui durcit son corps ; elle n'a pas eu peur de moi parce qu'elle me croyait incapable de désir ; moi aussi, ajouta-t-il à voix plus basse, je me croyais incapable de désir... Tout dans mon personnage, mon attitude, mon rôle, ce qu'elle considérait comme mon rôle, tout l'a confortée dans cette idée que je n'étais pas un homme, que je ne pouvais pas la désirer... C'est pourquoi...

– Mais alors, coupa Antoine, qu'est-ce que je vais faire ? Il n'y a rien à faire !

Il avait une expression émouvante de total découragement, les épaules et la tête basses, un pli amer au coin des lèvres, et ses poings s'étaient desserrés, inutiles et vides.

– Il faudrait... commença Christophe lentement, comme en cherchant ses mots, il faudrait... recommencer tout... Enfin, il me semble, corrigea-t-il modestement... Peut-être revivre une période de fiançailles, très tendre... Un voyage, ou des vacances, loin de tout...

– Ça aussi, dit Antoine piteusement, on a essayé...

Alors Christophe, mû soudain par une étrange inspiration, planta la lumière grise de ses prunelles intelligentes dans les yeux noirs d'Antoine, et promit :

– J'irai, moi, j'irai vous marier !

Antoine et Marie habitaient une ravissante vieille maison, un peu à l'écart du bourg de Varces. Il était dix-neuf heures trente, ce samedi-là, lorsque Christophe, que le car avait déposé une demi-heure plus tôt dans la rue principale du village, poussa la grille de leur jardin. Un printemps tardif venait d'éclore depuis deux jours, après des semaines de pluie presque continuelle, et la terre, détrempée encore, s'enfonçait sous les pieds, collait aux semelles.

Marie avait entendu Christophe. Elle descendit le perron à sa rencontre, avenante, empressée.

– Comme c'est gentil ! dit-elle en prenant au jeune homme le bouquet de lilas blanc qu'il avait apporté. J'adore le parfum du lilas !

Puis elle ajouta, brusquement :

– Venez ! Je vais vous montrer la maison. On a le temps ! Émilienne n'arrivera qu'à huit heures, huit heures et demie, parce qu'elle tient à faire manger elle-même la petite avant de partir, et... Antoine est sous la douche : il a jardiné toute la journée !

Elle parlait vite, rose, animée, un peu essoufflée, et Christophe avait du mal à reconnaître, dans cette petite ménagère guillerette, la grave jeune femme qui était venue s'effondrer chez lui, un an auparavant. « Elle est toujours malheureuse », pensa-t-il. Il la suivit dans le vestibule, au salon, dans la cuisine. Elle s'affairait, ouvrait des placards, cherchait un vase, proposait un apéritif, parlait du temps...

– Après la semaine qu'on a eue, disait-elle, j'ai hésité à mettre le couvert dehors. J'ai eu peur de la fraîcheur. Alors, nous mangerons là, devant la baie vitrée ouverte. Ça ira ? Il a fait chaud, ces deux derniers jours, mais on n'ose pas y croire encore...

Après une volte-face, elle repartit pour la cuisine, en criant : « Mon gigot ! » Christophe la rattrapa en deux enjambées.

– Marie ! dit-il, et il posa la main sur elle, sur son épaule nerveuse, sur son poignet fébrile, et il la sentit trembler. Marie...

Elle leva vers lui un sourire triste, qui renonçait à la tricherie.

– Marie, répéta-t-il, enlevez ça !

Et il défit derrière elle le nœud du tablier.

– Et puis... allez vous changer, dit-il encore.

– Vous n'aimez pas le noir ? demanda-t-elle humblement.

– Le noir ? pour un soir d'été, un soir de fête ? reprocha-t-il. Même moi, vous voyez !

Et il écarta les bras, ouvrit les mains pour montrer sa chemise blanche sous la veste claire. Elle eut une petite grimace douloureuse, qui signifiait : « Je me souviens ! C'est de ma faute ! » Il rit gentiment.

– Non, non, répondit-il, comme s'il l'avait entendue. Non, simplement, je ne vois pas pourquoi les curés devraient toujours porter le deuil !...

Elle avança vers lui un visage aigu, éclairé et rassuré à la fois par la révélation.

– Oui, parce que je suis toujours curé, poursuivit Christophe qui semblait lire dans les pensées de Marie. Mais un curé en vacances, si vous voulez... Et encore... De temps en temps, ajouta-t-il en riant, je ne peux pas m'empêcher d'officier, pour de petits riens... Déformation professionnelle, si l'on veut... Allez ! Ouste ! Trouvez-moi dans votre garde-robe quelque chose de plus gai, de plus frais, d'accord ? Et puis, après, on s'occupera de la table, tous les deux...

– C'est déjà tout prêt ! protesta Marie, par-dessus la rampe du premier étage où elle avait grimpé en courant.

– Oui, mais nous fignolerons, puisque nous avons le temps ! répondit Christophe.

Elle disparut dans une pièce, il l'entendit remuer, ouvrir une porte... Elle ressortit, se pencha encore.

– Si je me mettais en blanc ?

– Excellente idée ! approuva-t-il, et il entreprit de trouver un vase pour le lilas.

Elle redescendit lentement, presque intimidée. Elle portait une robe au décolleté pigeonnant, à la taille serrée, à la jupe ample, d'un organdi blanc presque transparent sur sa peau mate. Christophe fit une mimique approbatrice. Il lui tendit la main, au pied des marches :

– Bravo ! dit-il.

Et il ajouta :

– Mais... vous n'allez pas rester en pantoufles ?

Elle haussa une épaule gentiment méprisante, et se dirigea vers un meuble à chaussures, dans le vestibule... Sur ses escarpins blancs, elle devenait soudain très élégante. Elle tourna un peu sur elle-même, avec une grâce apprêtée et joueuse, pour se faire admirer.

– Vous êtes très belle, déclara Christophe.

Puis il ajouta, soudainement inspiré :

– Venez, venez-là, on va essayer quelque chose.

Il l'entraîna au salon, l'installa sur une chaise, releva de deux mains légères et adroites la lourde chevelure brune de Marie en une épaisse torsade sur sa nuque altière.

– Il faudrait... dit-il, une épingle ou un peigne...

Il chercha autour de lui, aperçut sur un buffet une sorte d'objet bizarre, en forme de grosse coquille hérissée de petites piques à manche de nacre. Il s'en saisit d'une main, tandis qu'il tenait toujours de l'autre le chignon de Marie.

– Qu'est-ce que c'est ? demanda-t-il.

– Des fourchettes à escargot ! répondit-elle.

– Cela ira parfaitement.

Et il fixa, avec une délicatesse et une sûreté surprenantes, la coiffure à l'aide de trois petites fourchettes dont on n'aperçut plus que le manche émergeant de la chevelure brune de Marie comme trois perles blanches.

Elle rit en se regardant dans la glace du buffet.

– Vous savez faire de ces choses !

– N'est-ce pas ! Je m'étonne moi-même ! Attendez, ce n'est pas fini !

Et il prit au lilas odorant qu'il avait arrangé sur la desserte une des grappes les plus fleuries, qu'il entremêla joliment aux mèches de la jeune femme.

– Voici ! dit-il. Vous serez la reine de la fête !

On entendit à ce moment-là des pas dans l'escalier et Antoine parut.

– Oh ! fit-il. Tu es superbe... Je n'ai plus qu'à aller mettre une cravate, alors ?

Il semblait détendu et gai. Il tendit la main à Christophe.

– Oui, dit Christophe, une cravate...

L'autre hocha la tête gravement :

– J'y vais ! dit-il simplement.

Et il remonta, en peignant de ses grands doigts écartés ses cheveux noirs encore mouillés.

– Et si nous faisions d'autres bouquets ? proposa Christophe.

Marie, pensive, porta la main à sa bouche.

– Il y a, dit-elle, derrière la maison, des narcisses, des jonquilles et des tulipes.

– Oui, dit Christophe, et j'ai vu des roses en arrivant...

Ils s'élancèrent joyeux, crièrent parce qu'ils se piquaient aux rosiers, piétinèrent devant la maison pour nettoyer leurs chaussures crottées.

– Maintenant, dit Marie, il va falloir dénicher des vases !

Christophe, accroupi devant le buffet bas, fouillait du regard les piles d'assiettes, déplaçait un saladier, une soupière. Il ramena à la lumière une petite boîte de carton.

– Oh ! dit Marie, ce n'est rien... Un souvenir que j'ai gardé...

Il demanda du regard la permission d'ouvrir la boîte. Elle la lui accorda d'un battement de cils. Il s'agissait de deux petites figurines de plastique, deux mariés, l'homme en costume noir et la femme en blanc, telles qu'on en voit au sommet des pièces montées.

– C'était sur le gâteau, le jour de notre mariage, dit-elle.

Antoine arrivait avec une bouteille de champagne.

– C'était il y a quatre ans, jour pour jour, précisa-t-il.
– Mais, dit Christophe, mais, alors, c'est une vraie fête !
– Une vraie de vraie ! confirma Antoine.

Et il disparut dans la cuisine en déclarant :

– Je vais chercher de la glace !

Marie se tourna vers Christophe, chuchotante, très humble :

– Dites, s'il vous plaît ? Vous surveillerez qu'il ne boive pas trop ?

– Pourquoi ? demanda Christophe. Qu'est-ce que ça peut faire ? Au contraire !

Il venait d'extraire des profondeurs du buffet un grand vase élancé, en cristal gravé.

– Ça aussi, dit Marie, ça date de notre mariage. Et je crois que je ne m'en suis jamais servie.

– Il est grand temps ! s'exclama Christophe, et il s'appliqua à disposer les fleurs...

Lorsque Émilienne arriva, elle les trouva tous les trois au jardin, attablés autour d'un guéridon que Marie avait recouvert d'une nappe de dentelle blanche et que Christophe avait fleuri.

– Mazette ! s'écria-t-elle. On se croirait dans un restaurant de luxe !

Elle tendit un nouveau bouquet à sa cousine en ajoutant :

– Tu es magnifique !

Et elle l'embrassa affectueusement.

– Et moi ? demanda Antoine, avec une mine faussement dépitée.

– Oh ! Mais toi aussi ! s'exclama-t-elle en l'embrassant à son tour. Très élégant !

– Et moi ? répéta par jeu Christophe. Moi... je ne suis peut-être pas à la hauteur...

Et il arracha une petit rose au bouquet du guéridon pour en fleurir sa boutonnière.

– Vous, vous êtes parfait ! décréta Émilienne en l'embrassant aussi. C'est la première fois que je vous vois... en civil !

– Je vous plais ?

– Je pense bien !

– Tant mieux ! Vous serez ma cavalière, ce soir.... dit galamment Christophe en avançant une chaise à la jeune femme.

– Qu'est-ce qu'on fête ? demanda celle-ci en prenant le verre que lui tendait Antoine.

– Mais... commença Marie.

– Beaucoup de choses ! affirma Christophe. Le printemps qui arrive enfin...

– L'été, vous voulez dire, coupa Émilienne.

– Oui, on n'a pas eu de printemps, cette année, dit Marie.

– Lorsque l'été arrive brutalement comme ça, presque tout de suite après l'hiver, dit Christophe sérieusement, il est encore plus beau, encore plus torride.

Et il regarda Marie...

– Et puis encore ? insista Émilienne. Qu'est-ce qu'on fête encore ? Vous avez dit « beaucoup de choses » !

– Eh bien... nos retrouvailles, aussi...

Émilienne eut un élan d'espoir allègre vers Christophe.

– Vous allez revenir à Risset ?

– Non, répondit-il sobrement.

– On fête aussi, intervint Antoine, nos quatre ans de mariage !

Et il sortit de sa poche un tout petit écrin qu'il déposa dans la main de Marie.

– Oh ! fit-elle.

La surprise et l'émotion mouillèrent ses yeux. Elle ouvrit l'écrin, y découvrit un petit serpent d'or enroulé deux fois sur lui-même, qui allongeait une délicate et minuscule tête triangulaire aux yeux de rubis.

– C'est adorable ! s'exclama la jeune femme toute rose.

Et elle se pencha vers Émilienne pour lui faire admirer le bijou. Mais elle le laissa échapper, et le petit serpent tomba d'abord sur ses genoux, puis glissa jusqu'à terre. Christophe, promptement, disparut sous la table, récupéra la bague, et la tendit à Antoine avec un regard appuyé. Antoine la saisit entre le pouce et l'index, et la glissa tout naturellement au doigt de Marie dont il venait de prendre la main gauche.

– Je bois à votre amour ! dit Christophe en levant son verre.

Les trois autres haussèrent également leur coupe, et Christophe sourit à Émilienne, parce qu'Antoine venait de porter à ses lèvres la main de Marie, comme un fiancé romantique.

Émilienne les regarda, chercha machinalement dans l'échancrure de son corsage la chaîne d'or qu'elle ne quittait jamais et son pendentif insolite, un anneau de rideau en cuivre, qu'elle caressa sans y penser, puis elle rendit son sourire à Christophe.

On était passé à table. Émilienne s'était encore exclamée, parce que, encouragée par Christophe, Marie avait conjugué la porcelaine, le cristal, l'argent et la dentelle. On avait même allumé des bougies et, au bord du jardin sur lequel la nuit tombait, les convives paraissaient des acteurs en représentation. Une faible brise, aux senteurs de fleurs et d'herbe humide, faisait trembloter les flammes des chandelles, et d'autres arômes, plus lourds, ceux du lilas, des narcisses et des roses coupés, ceux du vin et de la cuisine chaude, alanguissaient l'air et les esprits, berçaient les âmes, créaient la suave illusion d'un bonheur tangible, immédiat et facile...

Le repas terminé, Émilienne se leva, tituba un peu.

– J'ai la tête qui tourne, dit-elle. J'espère que je vais retrouver le chemin de la maison.

– Tu veux que je te ramène ? proposa Antoine.

– Non, non, j'ai la voiture.

Elle ramassa son sac. Christophe déposa sur ses épaules la veste qu'elle avait laissée au dossier de sa chaise. Debout derrière Antoine, Marie caressait à ses cheveux de jais luisant une bouche distraite, et lui, abandonné, fermait les yeux de plaisir, comme un chat qui ronronne.

– Je vous laisse, dit Émilienne en tendant sa joue rapidement à Marie. Merci pour cette bonne soirée. A bientôt !

Elle toucha légèrement le bras d'Antoine. Il n'ouvrit pas les yeux, se contenta de lui serrer le poignet, en homme heureux que le bien-être terrasse.

Christophe venait de raccompagner Émilienne. Il retrouva Antoine et Marie, à la même place.

– Mes enfants, commença-t-il sur un ton résolu, comme il aurait déclaré : « Mettons-nous au travail. » Mes enfants, montrez-moi votre chambre !

Marie le regarda, songeuse et pâle. Antoine ouvrit les yeux.

– J'ai trop bu, dit-il.

– Moi aussi, et alors ? répliqua Christophe.

Antoine se mit debout, chercha à tâtons la main de Marie, l'emprisonna de ses grands doigts nerveux. Il trébucha dans l'escalier.

– J'ai trop bu, répéta-t-il, mais je garderai ma dignité.

Sur le palier, Marie ouvrit la porte.

– N'éclairez pas ! dit Christophe, et il les poussa doucement dans la chambre.

Ils se tenaient toujours par la main. Ils avancèrent jusqu'au pied du lit, qui occupait le centre de la pièce. Christophe, derrière eux, par-dessus la chaîne de leurs deux mains liées, fit le signe de la croix, bénit la couche :

– Au nom du Père, du Fils et du Saint-Esprit ! Que soit béni le lit où les enfants de Dieu, les enfants qui s'aiment, ne feront plus qu'un, comme le Seigneur l'a prévu et ordonné. Que la prospérité leur soit donnée, avec la joie de s'aimer, de s'offrir et de partager. Par notre Seigneur, Jésus-Christ.

Il fit un nouveau signe de croix, et s'écria soudain :

– Oh ! attendez-moi ! Je reviens !

– Ne vous inquiétez pas, « goguenarda » Antoine, on ne va pas commencer sans vous !

Christophe s'éclipsa, on l'entendit descendre l'escalier en courant, s'affairer en bas, visiter une pièce ou deux, remonter plus lentement. Il apportait le gros bouquet de lilas blanc dans son vase de cristal, ainsi qu'un candélabre à deux branches. Il posa les fleurs sur la table de nuit, alluma les deux bougies avec la boîte d'allumettes qu'il avait prise à la cuisine.

– Voilà ! dit-il.

Il sortit éteindre le palier, rentra, ferma la porte. La pièce était plongée dans une pénombre tremblante et sentait l'allumette brûlée.

– Qu'est-ce qu'on fait ? demanda puérilement Antoine.

– C'est votre mariage, mes enfants, chuchota Christophe. Je vais dire la messe.

Il se tourna vers la commode où était posé le chandelier comme vers un autel, se recueillit un peu, mains jointes, puis leur fit face.

– A genoux ! ordonna-t-il.

Il étendit les mains sur leurs têtes, sans les toucher :

– Que le Dieu d'Israël vous unisse et soit lui-même avec vous, lui qui a eu pitié de deux enfants uniques ; Seigneur, faites qu'ils vous bénissent de plus en plus...

Exaucez-nous, ô Dieu, afin que ce qui se fait par notre ministère reçoive son accomplissement de votre bénédiction.

– Daignez, Seigneur, accompagner des faveurs de votre bonté ce que vous avez établi par votre providence, et conserver dans une longue paix ceux que vous unissez par un lien légitime.

Antoine et Marie, à genoux côte à côte, frémirent ensemble lorsque Christophe posa sur leurs têtes deux mains de patriarche. D'une pression sur le front d'Antoine, il lui fit lever les yeux.

– Ta femme sera dans ta maison comme une vigne fertile, dit-il en le regardant. Tu aimeras sa douceur, et sa ténacité.

Puis il s'adressa à Marie :

– Ton mari sera comme un arbre de force et de vie, et tu chercheras sa protection comme une ombre salutaire, sans le craindre. Vos enfants, acheva-t-il, seront autour de votre table comme de jeunes plants d'oliviers.

Il ouvrit les bras... Son ombre dessina, sur le mur opposé, une croix géante.

– Regardez, leur dit-il, le Seigneur est avec vous... Vous êtes unis par les liens sacrés du mariage ; sachez donner et recevoir, sans timidité ni agressivité. Vous vous appartenez, et chacun de vous n'est plus qu'une moitié d'un même fruit... Dans la communion de vos cœurs, de vos esprits et de vos corps, vous trouverez l'harmonie... Plus rien ne s'oppose à présent à cette communion.

Il traça au-dessus d'eux un nouveau signe de croix et, comme les deux époux restaient là, paralysés, indécis, il avança les doigts vers la coiffure de Marie, dégagea d'abord doucement la grappe de lilas qu'il avait entremêlée à ses mèches, puis retira les trois perles blanches, libéra la lourde chevelure brune qui roula souplement sur les épaules de la jeune femme en exhalant un parfum de fleur.

– Sachez donner et recevoir, répéta-t-il, et son beau visage réfléchi, qu'éclarait à demi la flamme dansante des bougies, rayonnait d'une passion sereine.

Marie se remit debout la première, lentement, leva les bras, chercha les boutons, au dos de sa robe.

– Aide-moi, Antoine, dit-elle, et elle se tourna.

Il s'exécuta derrière elle, appliqué et silencieux. La robe tomba. Elle ne portait dessous qu'une petite culotte blanche. Elle l'enleva aussi.

Son corps apparut, somptueux, sculpté d'ombres et de lueurs mouvantes, mordoré comme une gravure précieuse, d'une grâce majestueuse et brune de reine juive.

Elle s'étendit sur le lit, solennellement.

– Viens ! dit-elle, en tendant les bras à son mari. Déshabille-toi aussi.

Christophe entendit le sifflement très particulier de la cravate dont Antoine se défaisait sans la dénouer, le cliquetit de la ceinture, le tintement de quelque menue monnaie, au fond des poches du pantalon abandonné, un concert confus de semelles remuées, d'étoffes froissées. Il avait fermé les yeux, il les rouvrit, vit Antoine nu dans la pénombre vacillante, immense, puissant et gauche, qui piétinait sourdement. Son corps d'athlète se courba, se plia, s'assit au bord du lit. Christophe devina les mains de Marie sur les larges épaules, sur le dos musclé, où roulaient des frissons de bête nerveuse, sur la nuque vigoureuse...

– Viens, répétait-elle. Viens. Essaie de me prendre maintenant !

Antoine semblait résister, crispé et malheureux, retenu par une affreuse appréhension...

– Marie, chuchota Christophe, n'offrez rien qui outrepasse vos moyens... Ne donnez que ce que vous pouvez...

Les mains de Marie s'envolèrent. Antoine bougea un peu, et Christophe, le dos à la commode sur laquelle brûlaient toujours les bougies, retrouva du regard le merveilleux corps ambré de la jeune femme. Elle touchait, d'une caresse vive et légère, ses seins, son ventre, ses hanches, comme pour s'assurer de leur complicité, de leur bonne volonté.

– Tu peux me prendre dans tes bras, disait-elle, soudain volubile et fiévreuse. Tu peux te poser là, là et là... Tu peux naviguer sur moi, je me sens bien, ce soir, tu peux... peut-être même là, là aussi...

Elle ouvrit les jambes.

– Là aussi, dit-elle. Tu peux, ce soir. Viens ! Je crois que je m'ouvre ! confia-t-elle, enivrée d'un espoir grandiose. Viens ! Regarde, touche ! Donne-moi ta main.

Elle lui saisit la main d'un geste avide. Lui, muet, comme étourdi, se laissa manipuler...

– Tu sens ? demanda-t-elle, pressante et joyeuse, tu sens ? Tu entres en moi, tu entres en moi, viens me prendre...

Alors Antoine, éperdu, s'effondra sur elle, enfouit son visage entre ses seins de statue et éclata en sanglots.

– Je ne peux pas, balbutia-t-il, je ne peux pas. Je ne bande pas ! Parce que... parce que...

Et il eut vers Christophe un mouvement d'épaules, qu'elle crut comprendre.

– Mais il ne regarde pas ! dit-elle. Il ne compte pas ! Il fait des prières. Il est à genoux, il fait des prières. Il va s'en aller...

– Non, dit-il d'une voix méconnaissable de petit garçon, une voix qu'elle ne lui avait jamais entendue. Non, pas seulement lui... J'ai peur, maintenant, j'ai peur de toi !...

– De moi, mon chéri ? demanda-t-elle, incrédule et bouleversée. Je te fais peur, moi ? Mais je suis si douce, si facile, ce soir... Non, tu n'as pas peur, ce n'est pas possible, dit-elle encore, grondeuse, presque maternelle. Couche-toi contre moi, là, couche-toi, je vais te caresser, t'embrasser, t'aimer, te faire plaisir... C'est parce qu'on a tous trop bu... Couche-toi... Tu es bien ?

Antoine, docile, s'étendait sur le lit, avec des soupirs enfantins qui secouaient son grand corps. Marie, tendrement, amoureusement, se coucha sur lui avec mille précautions, fit sa place, ondoyante et souple, persuasive. Elle colla sa bouche à son oreille :

– Tu sens comme mon ventre est chaud ? Tu sens comme il bouge ? Comme il a envie de toi ? Je t'attendrai toute la nuit, s'il le faut, tu ne feras rien d'autre que te laisser aimer et caresser. Et quand ta queue se lèvera, tu ne bougeras toujours pas, c'est moi qui la prendrai, tout doucement, pour ne pas lui faire peur... Et je la garderai en moi très très longtemps, pour rattraper le temps perdu, très très longtemps, jusqu'à ce qu'elle soit bien mûre, tout à fait mûre, et nous la laisserons jaillir en moi, et nous ferons un enfant... Je suis ta vigne fertile, douce et tenace, enlacée à toi comme une vrille. Et tu es mon arbre, mon bel arbre, et j'ai besoin de ton ombre, et de ta sève...

Antoine avait posé ses grandes mains sur les reins de Marie, qui ondulaient sous leurs attouchements. Il serrait les paupières et se laissait griser par la bouche bavarde de cette femme amoureuse, cette inconnue brûlante qui déversait à son oreille un trésor de promesses et d'aveux. Il descendit, du bout des doigts, sur ses fesses suaves, s'enfonça insensiblement dans son fourré mouillé.

– Fouille-moi, dit-elle, et elle écarta les cuisses, encourageante, accueillante à hurler, fais ton chemin, tu vois qu'il ne faut plus avoir peur... Tu vas glisser en moi comme un bateau qui fend la mer, hisse la voile, on va partir...

Et comme le sexe d'Antoine se mettait à gonfler sous son ventre bouillant, elle se souleva un peu sur les genoux, allongea entre ses cuisses une main inspirée, ceignit de ses doigts vibrants le mât de chair soyeux, en éprouva l'ardeur et la vaillance et, avec une lenteur infinie, vint y accoster tel un oiseau longtemps perdu qui plie enfin les ailes.

– Bienvenue, dit-elle. Oh ! bienvenue ! Il y a si longtemps que je t'attends...

– Ça ne te fait pas mal ? demanda Antoine, qu'une crainte superstitieuse gardait encore de l'émerveillement.

– Mal ? Oh ! Mon amour...

Et elle se mit à danser sur lui en chantonnant, sans parole, une voluptueuse mélopée.

Depuis un moment, Christophe avait disparu. Il s'était retiré, sur la pointe des pieds, avait ouvert la porte, sans bruit, était demeuré là, un instant, à écouter le silence bruissant de murmures. Quand il avait entendu, modulée à bouche fermée, la plainte heureuse de Marie, il avait souri, avait encore esquissé le signe de croix en prononçant une dernière prière, à travers la porte.

– Que le Dieu d'Abraham, d'Isaac, de Jacob soit avec vous, et qu'il répande en vous sa bénédiction, afin que vous voyiez les enfants de vos enfants jusqu'aux troisième et quatrième générations, et que vous possédiez ensuite la vie éternelle, par Jésus-Christ notre Seigneur.

Puis il était descendu à la salle à manger, avait avisé le gâteau laissée intact sur la table, parmi les couverts en désordre, s'en était servi un morceau, avec une coupe de champagne...

Il s'était attablé tout seul, heureux, fier et paisible, et avait festoyé à la santé d'Antoine et Marie... Il avait ouvert le buffet, avait retrouvé la boîte, le petit couple de mariés en plastique, et l'avait disposé sur le gâteau entamé...

Ensuite, il était allé au jardin, que des souffles tièdes éventaient encore, il s'était agenouillé pour humer l'odeur sucrée des narcisses. Et soudain, devant ces petites étoiles blanches qui parfumaient la nuit, devant leur fragilité, leur force, le frémissement de leurs pétales si fins, leur cœur d'or, leur simple splendeur, la grâce lui était revenue, la grâce et l'envie, et la joie. Les mots lui étaient montés tout seuls aux lèvres, il les avait laissés couler, comme un lait de tendresse : « Je vous salue, Marie, pleine de grâce, le Seigneur est avec vous... »

L'aurore l'avait surpris, en ce jardin mouillé, où il avait passé une sorte de nuit de noces, lui, aussi, de nuit de retrouvailles, à balbutier des litanies de la Vierge, à murmurer sa passion et sa foi, humble et frissonnant, éperdu d'amour, émerveillé d'une espérance neuve...

– Tour d'ivoire, maison d'or, arche d'alliance, porte du ciel, étoile du matin... Je vous aime, je vous aime, je vous aime, et je vous reviens... Marie, ma très sainte, au-delà de l'amour des femmes, au-delà de leur beauté, de leur chaleur, de leurs parfums, au-delà de leur chair, je vous aime, je vous aime pour toujours...

Et il était sorti, joyeux, comme un jeune mari au lendemain de ses noces, retrouver son épousée à l'église, avec, au poing, un bouquet de narcisses qui palpitait au vent de l'aube...

Le train fonçait dans une campagne encore somnolente. Au loin se profila la gracieuse silhouette du château de Liechtenstein, d'un gris presque rosé sur le ciel pâle. Monseigneur Deseille, agenouillé dans sa cabine, en guettait le spectacle au travers de la vitre. Quand les tourelles qui dominaient la ville de Vaduz furent assez distinctes, il sourit comme à l'approche d'un ami attendu, et commença sa prière.

« Marie en tous lieux présente, la beauté vous va si bien que j'aime à vous parler dans les sites enchanteurs. Le charme du château vous rendra-t-il indulgente ? J'ai trébuché, Marie, ma parfaite. J'étais si sûr, moi votre amant fou, de votre triomphe, et de ma richesse à vous aimer, à vous préférer ! Je me croyais si guéri, si à l'abri de tous les pièges, si dédaigneux de vos humbles rivales ! Dans la gloire de cet amour qui vous est dû, je vous imaginais victorieuse à jamais. Marie, je reviens d'un peu plus loin que d'habitude, d'un peu plus périlleux. Il y a dans ce train une enfant perdue, et j'ai honte d'avoir manqué me perdre avec elle, ne serait-ce qu'une minute, et j'ai honte aussi d'en avoir réchappé, je ne le méritais pas.

« Pardonnez-lui et pardonnez-moi. J'ai toujours soif d'absolu, de renoncement lucide, d'engagement fervent. En cet instant qui fuit, dans ce merveilleux paysage à chaque seconde différent, je vous promets, Marie, d'éviter désormais les paris imbéciles et les luttes douteuses.

« Je ne me soumettrai plus à la tentation. Je dépose à vos pieds le trésor précieux de cette promesse qui me coûte. Le petit curé ignorant, dévoré d'une tardive puberté, vient d'achever sa mue.

Je vous aime. Je ne banderai plus jamais que pour vous. »

Le soldat André de Rouquevelle était parti pour l'Algérie un matin de septembre 1961. Il avait embrassé sa mère, qu'une douloureuse dignité figeait devant la grande porte vitrée, puis son père, héroïque et fier, qui avait descendu, pour l'accompagner, les trois marches du perron... Il avait tendu la main à Joseph, le vieux maître d'hôtel ému et tremblant qui lui tenait la portière, s'était installé au volant, à côté d'Émilienne qui l'attendait. La voiture avait suivi l'allée, disparu au tournant, derrière les arbres, et ceux qui restaient là, Joseph, monsieur et madame de Rouquevelle, avaient, au même moment et sans se regarder, laissé retomber leur bras du même geste tristement résigné.

André, dans l'automobile, avait dit à Émilienne : « Ne pleure pas », et elle s'était mise à pleurer. A la gare, perdue dans la foule, étourdie, abasourdie, elle avait couru à côté du train, la tête levée vers lui qui s'en allait. Il avait crié : « Ne cours pas ! », puis autre chose qui s'était perdu dans un tumulte confus.

Elle était rentrée seule, très lentement, dans cette voiture qu'André lui avait appris à conduire... André si calme, si maître de lui, et dont chaque conseil, chaque prière, chaque déclaration avait toujours été prononcée sur le même ton paisible, énoncé avec le même impératif négatif et sans passion... « N'accélère pas, ne tourne pas si brusquement, ne t'affole pas... »

Émilienne, sur la route qui la ramenait au domaine de Rouquevelle, se revoyait, petite fille, apportant le lait de la ferme aux cuisines du château. Pendant les vacances, André était là, parfois, assis par terre, à épier quelque insecte, et il l'appelait. Elle se penchait aussi. « Ne touche pas... », disait-il, et elle restait accroupie en face de lui, à suivre le trajet laborieux d'une fourmi, ou les fébriles tentatives d'un scarabée versé sur le dos, qui gesticulait des pattes, à la recherche de la terre ferme.

Les années avaient passé et les étés s'étaient succédé, ramenant chaque fois à Rouquevelle un André plus grand, plus sérieux, plus appliqué à l'étude des choses de la nature. Émilienne le trouvait beau, avec sa chevelure blonde ondulée, son teint pâle, la douceur tranquille de son profil, qu'une mèche de cheveux dorés, descendant assez bas entre l'oreille et la tempe, attendrissait encore... Souvent Émilienne avait éprouvé l'envie de caresser, du bout du doigt, cette presqu'île veloutée, et, au-dessous, le dessin pur de la joue, si lisse qu'on l'eût dit presque imberbe... Mais André, que ses regards appuyés n'avaient jamais distrait d'observations minutieuses et patientes, demeurait si lointain, si visiblement innocent de tout trouble, qu'elle n'avait jamais rien osé, et ne s'était jamais permis ni de poser une phalange sur lui, ni même de s'approcher sans qu'il l'y invitât.

C'est pourquoi une stupeur incrédule avait figé Émilienne (elle avait quelque chose comme dix-sept ans, et apportait toujours le lait de la ferme), le jour où, accroupie près d'André qui venait de la convier au spectacle d'une monstrueuse chenille, elle l'avait entendu prononcer, d'une voix un peu rauque, mais autoritaire : « Ne te relève pas… » D'abord, elle s'était naïvement crue en danger, avec peut-être, suspendue au-dessus d'elle, la menace d'un serpent qui s'apprêtait à la mordre... Elle avait redressé vivement la tête, la bouche ouverte pour hurler de terreur... Mais, comme aucun reptile mal intentionné ni aucun autre péril imminent ne semblait la guetter, elle avait cherché interrogativement le regard d'André, qu'elle avait surpris fixé sous sa jupe, entre ses deux genoux légèrement écartés par sa position d'observatrice. Un honte incertaine s'était emparée d'elle, en même temps qu'un plaisir cuisant. « Il m'a vue ! Il m'a vue, il me voit ! » s'était-elle exclamée intérieurement, pour se demander aussitôt : « J'espère que ma culotte est propre ? »

André mettait à la contempler le même intérêt placide et méthodique que si elle avait été une bestiole rare. D'ailleurs, les petits poils noirs et frisés qui s'échappaient de l'entrejambe de sa culotte avaient quelque chose de familier pour lui. Araignée, mille-pattes velu, pince-oreille aux petites griffes précises… Une songerie à demi naturaliste le gardait ainsi, tendu vers elle, l'œil grand ouvert. Émilienne, embarrassée, partagée d'une part entre la joie de s'offrir au regard scrutateur d'André, et d'autre part le souci des convenances apprises, bougea un peu, fit mine de se dresser. Une odeur chaude et terrible, maritime, intime, assaillit André ; il ouvrit les narines comme à la découverte d'un nouveau climat, d'un air plus neuf, et résista de toutes ses forces à cet élan qui l'aurait jeté sous les jupes de la fille, pour la respirer à pleins poumons. Ses mâchoires se crispèrent, sa bouche se durcit, il murmura, en détachant chaque mot : « Ne ferme pas les jambes… » Elle pensa : « Comme il a l'air méchant ! » et, s'enivrant du pouvoir qu'elle venait de se découvrir, celui de métamorphoser un imperturbable entomologiste en un voyeur indécent et brutal, elle obéit avec délice, et se contenta de serrer les paupières pour ne pas le voir en train de la contempler, de la humer, et d'en défaillir...

Au bout d'un laps de temps qu'elle n'aurait pas pu préciser, ils s'étaient finalement remis debout, aussi rouges l'un que l'autre, et sans courage pour croiser leurs regards...

Le lendemain, elle avait posé le pot à lait, très vite, sur la table, et, sans attendre que la cuisinière le lui rendît, elle était partie à grands pas. Elle ne voulait pas avoir l'air de chercher André ; elle ne voulait pas qu'il la crût désireuse de renouveler l'expérience. Elle s'enfuyait par fierté, par pudeur aussi, une pudeur de sentiments plus pointilleuse que l'autre, celle du corps, qui s'était si promptement laissé terrasser la veille... Mais elle entendit derrière elle qu'on marchait sur le gravier. Un immense espoir gonfla sa poitrine, et quand il lui eut dit : « Ne te sauve pas », elle s'arrêta net, en creusant les reins comme si on venait de lui verser un filet d'eau glacée dans le dos...

Il l'avait accompagnée un bout de chemin et, en passant près de la grange des Vernier, il l'avait poussée vers la porte.

Debout contre les planches, dans la bonne odeur du foin, elle s'était pendue à son cou, avait caressé sa chevelure épaisse, d'une blondeur que la pénombre verdissait, tandis qu'il fourrageait dans son cou et la bouleversait de son haleine chaude, de ses baisers pressés et essoufflés. Il s'était soudain ressaisi, avait un peu reculé. Elle avait eu peur qu'il ne devînt brusquement raisonnable, qu'il l'abandonnât là, toute molle et sans force. Elle avait porté la main au premier bouton de son corsage, mais il l'avait arrêtée : « Ne te déshabille pas ! », puis avec des gestes fermes, il l'avait disposée, mise en scène : accroupie devant lui, les genoux un peu disjoints... Il s'était baissé aussi... L'émotion rendait son regard humide, sa bouche tremblante... « Ne te cache pas... », avait-il demandé, si humblement, si gentiment, qu'elle s'était soudain sentie très libre, très à l'aise, débarrassée de la gêne qui avait fini par l'envahir tout à fait, le jour précédent. Elle s'était montrée avec une complaisance courageuse et lucide, les yeux malins et la bouche entrouverte en un sourire de bienvenue qui faisait luire ses petites dents... Quand elle l'avait senti bien captivé, bien transporté, elle l'avait attrapé aux épaules et l'avait attiré contre elle. Il s'était laissé tomber entre ses cuisses, appliqué à éprouver, de la joue, la douceur de sa peau de satin, si acharné à la respirer, à la goûter, qu'il avait mordu à travers la culotte à la source même de son parfum.

Elle était repartie, mouillée, heureuse, sans s'être dévêtue, avec, dans les mains, le souvenir vivant de son odeur à lui, l'odeur de son pull de laine, de ses cheveux propres, la simple senteur d'une bête saine et bien soignée. Il avait recommandé : « N'en parle pas », et cet impératif résonnait à ses oreilles comme une promesse d'avenir. « N'en parle pas, ou tu compromettrais tout... » Bien sûr, c'était cela qu'il avait voulu dire. Oh ! Non ! Elle n'en avait parlé à personne. Elle avait tenu serrées sur le secret ses jolies lèvres au dessin gracieux, elle s'était tue avec ferveur, avec délice. Parfois, à la ferme, pendant la tâche, elle se sentait soulevée d'un bonheur chaud et profond, qui la forçait à soupirer fort, à rire seule, à chantonner. Dans sa glace, elle s'observait avec curiosité, tous les soirs, se trouvait belle et désirable, comme un beau fruit presque mûr dont on se promet la cueillette et la perfection de jour en jour.

C'est qu'il ne l'avait pas encore prise, seulement palpée, humée, caressée, léchée, savourée. Après lui, dans le secret de sa chambre, elle touchait ses seins, son ventre, ses hanches, ses fesses, toute la douceur et le velouté de sa peau, elle se coiffait longtemps, elle penchait la tête pour sentir, comme lui, l'effluve d'une aisselle moite. Puis elle tirait une chaise devant l'armoire, s'asseyait là, toute nue, rose et noire, pleine, vivante, lumineuse ; elle écartait les jambes, elle regardait son sexe dans le miroir, cette faille voluptueuse et tendre, luisante sous la toison, elle jouait à l'ouvrir et à la fermer, d'un simple mouvement de cuisses d'abord très lent, les talons posés sur le siège, et les genoux mobiles et réguliers comme les ailes d'un grand oiseau. Puis elle y glissait ses doigts, de haut en bas, de bas en haut, lentement, jusqu'à se mouiller complètement, jusqu'à s'enivrer de son propre bouquet, jusqu'à appeler André tout bas, avec la houle du désir qui la faisait danser comme un bateau perdu, et l'envie folle qu'il vienne la clouer, l'amarrer, l'emplir.

Non, elle n'avait rien dit, ni à ses parents, préoccupés de labeurs ingrats, renfermés, rogues et aigres, ni à ses grands-parents, fantômes racornis tracassés de douleurs et de soucis saugrenus, ni à son frère Étienne, ni à son frère Raymond, qui la voyaient si peu. A personne, personne, pour rien au monde, elle n'aurait avoué la vérité : « Je retrouve André de Rouquevelle tous les jours à la grange, je frotte mon ventre contre lui pour le sentir gonfler, je lui permets de me renifler et de me manger partout, je crie quand il y met sa langue, j'attends d'être toute à lui et cette attente me détraque. Quand il voudra, il me percera, et même si ça doit me déchirer, ce sera le plus beau jour de ma vie, parce que je l'aime. »

Elle n'avait rien avoué, seulement prié quelquefois pour qu'il se décidât vite, seulement cru quelquefois, en pensant trop à lui, qu'elle allait succomber à la tentation, et l'appeler si fort, qu'elle finirait par se crever toute seule, avec cette grosse canette de fil, tiens, dans la vieille boîte à couture, si longue, douce et dure, au bout, si ronde, comme la queue d'André quand elle tendait son pantalon. Ah ! Elle avait bien failli, en soupirant son prénom... Le bois était comme huilé, il entrait déjà... Mais elle s'était refusé le plaisir, elle avait jeté la canette, avait croisé les jambes, respiré bien profond et calme, en jurant avec flamme : « Je te le garde, je te le garde ! »

La nouvelle avait couru, dès la dépêche reçue. Elle avait traversé le village, tiré les femmes hors de leur cuisine, rendu les hommes pensifs. On s'essuyait les mains à son tablier, on hochait la tête, on posait la cognée à côté de la bûche à fendre. « Le fils Rouquevelle est tombé ! Il est tombé dans une embuscade. Ils vont le ramener à Marseille. Paraît qu'il est tout cassé... »

Émilienne sanglotait sur le coin de la table, à côté du tas d'épluchures que sa mère continuait à grossir, tout en laissant tomber, de sa bouche plate de vilaine grenouille, des sentences méprisantes...

– Ah ! Tu t'es bien débrouillée, va ! Au château, t'iras jamais ! Qu'est-ce que tu vas devenir, s'il claque, hein ? Bien sûr que le mioche, on le fera passer. On demandera des plantes à ma mère, et puis, avec une bonne aiguille, tu feras comme les autres... Mais après ? Qui c'est qui te voudra, après ? Les restes du fils Rouquevelle... Tout le monde le sait, que t'es enceinte... Ah ! Ils vont bien rire, tous les autres !

Elle attrapait les pommes de terre automatiquement, à toute vitesse, sans y penser, les pelait d'un couteau mécanique, les jetait au jugé dans une bassine pleine d'eau. Émilienne pleurait dans l'averse. Les pommes de terre, en plongeant, l'éclaboussaient. Il y avait aussi les giclures jaillies sous l'économe vengeur... Et puis la Louise postillonnait, les mots méchants lui sortaient de la bouche tout chuintants, tout mouillés, comme des crachats.

– T'es rien qu'une cruche. T'avais besoin de le dire à qui, qu'il t'a fait un gosse ? Ah ! Tu nous mets dans un joli pétrin, maintenant... La risée du village, on va devenir... Et peut-être qu'il reviendra tout estropié, tout tordu... Sans jambe, si ça se trouve. Comme ça tu pousseras deux landaus !

Une hargne fielleuse enlaidissait son visage ingrat, aux petits yeux plissés, aux méplats grisâtres, aux lèvres presque inexistantes, et des mèches grasses, rebelles, désertaient sans grâce l'affreux petit chignon qu'elle tordait tous les matins derrière sa tête de reptile. Impitoyable au chagrin de sa fille, elle poursuivait sa litanie haineuse.

– Fallait te marier avant qu'il parte. Une vraie gourde ! Quand on a le feu au cul, au moins, on est maligne.

Elle se tut tout d'un coup, parce qu'on frappait à la porte... Un sursaut de vipère alarmée lui avait dressé la tête, elle restait là, le couteau en l'air, aux aguets. Elle chuchota très vite : « Arrête, arrête de pleurer ! », puis haussa la voix :

– Oui ?...

La porte s'ouvrit doucement. Maurice de Rouquevelle parut, timide.

– Je voulais voir Émilienne, dit-il doucement.

Il portait un costume et un pardessus, et tenait son chapeau à la main. Émilienne, qui venait de se moucher, leva vers lui une pauvre figure bouffie de larmes.

– Émilienne, je... voulais vous dire... Enfin, ma femme et moi, nous voulions vous dire... Nous allons là-bas, à Marseille. Nous allons l'attendre. Il doit arriver aujourd'hui ou demain. On ne sait pas exactement ce qu'il a, il a été blessé tout de suite, dès les premiers jours. Ils l'ont opéré sur place à Alger. Ils le ramènent par bateau. Ce n'est peut-être pas grand-chose... Quand il sera là, venez vous aussi, venez nous rejoindre.

Il s'était avancé, avait posé son chapeau à côté du tas d'épluchures. Il sortait son portefeuille, comptait des billets.

– Tenez, vous prendrez le train !... Ça, c'est l'adresse de l'hôpital. Vous prendrez un taxi, également... N'est-ce pas ? Vous nous retrouverez sur place... Et... surtout...

Émilienne, qui avait saisi sans un mot, à l'aveuglette, l'argent et le feuillet qu'il lui tendait, le regardait avec une douloureuse envie d'éclater en sanglots et de se jeter contre lui, de pleurer tout son saoul sur une épaule compatissante. Il avait l'air si triste, lui aussi. Les mots ne lui venaient pas facilement. La Louise attrapa la cuvette aux pommes de terre et la porta à l'évier. Elle ouvrit le robinet, bien fort. Il parut retrouver du courage.

– Surtout, prenez soin de vous... n'est-ce pas, faites bien attention ! Faites-y bien attention, répéta-t-il en montrant d'un pauvre geste gauche le ventre d'Émilienne. Yvonne m'a dit, enfin, ma femme m'a dit, surtout, ne... ne désespérez pas !... Nous serons toujours là, vous savez !...

Émilienne, tout à coup, se leva, le considéra avec une expression si désemparée, si pathétique, qu'il eut du mal, lui aussi, à rester calme et digne.

– Venez, ma femme est là dehors, pria-t-il en passant gentiment son bras sous le bras tremblant de la petite.

Puis il fit demi-tour en attrapant son chapeau, et il salua, d'un geste ébauché, la Louise dont le dos désapprobateur et secoué de saccades particcipait ostensiblement au rinçage des pommes de terre.

Émilienne et Maurice, accrochés l'un à l'autre, sortirent à petits pas. La voiture était dans la cour, devant la maison. Yvonne de Rouquevelle descendit. Elle était pâle sous sa poudre, et semblait frissonner de la tête aux pieds. Elle ouvrit la bouche et balbutia tout bas : « Gardez-le nous, ma petite, gardez-le bien ! » C'était un ordre, plutôt qu'une prière, un impératif fiévreux et déchirant, la vision désespérément prémonitoire d'une mère endeuillée déjà, et tragiquement résignée. « Gardez-le nous, s'il ne revenait pas... nous n'aurions plus que lui. »

Dans la cuisine où Émilienne était de retour, Louise s'affairait encore, à grands gestes nerveux, bousculait une chaise, claquait une porte de buffet.

– Savoir, dit-elle aigrement, savoir s'ils s'en occuperont vraiment, au cas où...

– Maman, interrompit Émilienne doucement, maman, ce n'est pas la peine de t'inquiéter : je ne suis pas enceinte !

– Quoi ?

La volte-face avait été instantanée. Une surprise belliqueuse tordait les traits de la mégère, dont les yeux venaient de se rétrécir en deux fentes ardentes.

– J'ai eu mes règles la veille de son départ, ajouta la jeune fille, en larmes à nouveau.

– Ah ! Ça ! Ça ! Bravo ! Ça ! C'est le bouquet ! Vraiment, chapeau !

Dans sa fureur, elle avait lâché son torchon pour se claquer les cuisses, se tordre les mains, lever les bras au ciel. Cette chorégraphie hystérique eut raison de ce qui restait de son chignon, qui libéra des petites limaces de cheveux visqueux. Les postillons avaient grossi, incontrôlés, il en arriva un énorme sur la jour d'Émilienne, qui se mêla à ses larmes... La petite, pourtant habituée aux colères maternelles, restait bouche bée.

– Mais, maman... Tu parlais d'avortement tout à l'heure... Pourquoi cries-tu ?

– Quelle imbécile ! couinait l'autre, quelle petite conne ! Mais tu ne comprends donc rien ? Mais qu'est-ce qu'on va croire, ici, hein ? Qu'est-ce qu'on va croire ?

Elle lui avait attrapé une poignée de cheveux, et tirait à droite, à gauche, au rythme de sa colère.

– Le résultat sera le même ! On croira que tu l'as fait sauter. Personne ne voudra de toi, et les deux autres salopards, là (elle montrait la porte de son menton en galoche, de sa bouche venimeuse), qui te regardent à cause du mioche, qui te courent après, qui viennent jusqu'ici pour parler à « la demoiselle », et que tu aurais pu presser un peu, faire banquer un peu, terminé, tu m'entends, zéro ! Ni eux, ni personne ! Tu as tout raté !

Elle s'était approchée à lui souffler son haleine au visage, à lui feuler tout contre, à lui cracher dessus. Émilienne, terrorisée par la violence qu'elle sentait en sa mère, au comble de la douleur, hébétée, sanglotait à petits jappements convulsifs, à petits cris inarticulés.

– Même pas ça ! Même pas enceinte, et être allée raconter des âneries à tout le monde ! Et maintenant, qui le sait, que tu as le tiroir vide ? Qui ? Ta cousine, encore, les voisins, peut-être ? Le curé ?

– Personne, bégayait Émilienne, personne, personne ne le sait... que moi.

– Que toi et lui ?

– Non, non, que moi, gémit Émilienne, que sa mère avait enfin lâchée, et qui s'abandonna à sa peine, la tête dans son coude replié.

Elle pleurait si fort qu'elle n'entendit pas le bruit caractéristique des savates que sa grand-mère traînait péniblement dans l'escalier. La vieille parut, ridée, informe sous l'amoncellement de châles, de blouses et de tabliers dont elle s'emmitouflait chaque matin. Elle glissait sur le sol, comme si ses épaisses pantoufles avachies eussent été trop lourdes à soulever. Elle s'avança laborieusement vers la table, attrapa le dossier d'une chaise de ses gros doigts noueux de paysanne épuisée, demeura ainsi, appuyée, penchée en avant, interrogeant muettement du regard.

– On est joli ! expliqua la Louise, les mains occupées à la vaisselle, en désignant d'un mouvement de tête Émilienne qui hoquetait. Cette gourde va rester vieille fille, tu peux y aller ! Elle se laisse sauter à tout va par un joli monsieur, qui lui fait un enfant, elle le raconte à tout le monde, lui trouve le moyen de foutre le camp en la plaquant ici, et maintenant il va claquer. Et tiens-toi bien ! (Elle avait abandonné l'évier, elle était là, devant sa mère, les poings sur les hanches, à vociférer son indignation.) Elle attend qu'ils viennent la chercher, les Rouquevelle, qu'ils lui fassent des mamours, et « Faites bien attention » par-ci, et « Tenez, voilà de l'argent » par-là, et tu sais ce qu'elle m'annonce ? Elle n'est même pas enceinte ! Alors moi je dis, au château, elle ira jamais, jamais ! Elle restera ici à tirer les vaches, comme sa mère et sa grand-mère, et les garçons ne la regarderont pas ! Tu dis pas comme moi ?

La vieille s'assit pesamment, mâchouilla un peu, tremblota du menton comme si elle décollait avec sa langue un caramel de son palais, et chevrota :

– Ah ! Ça, ma fille, tu nous fais pas plaisir !...

Elle branlait du chef avec de petits mouvements de ses lèvres racornies, de petites succions réprobatrices, et ses deux grosses mains fébriles lissaient d'un geste sénile et machinal la toile cirée où couraient des mouches. Elle semblait ralentie, inutile, presque morte déjà, incapable comme la Louise d'une vraie colère trépidante. Tout à coup, de la tranche de sa main creusée en cuillère, elle balaya vivement la table et attrapa une mouche.

– Elle n'a qu'à s'en faire faire un tout de suite, là... proposa-t-elle en ouvrant le poing précautionneusement pour y découvrir sa proie sans la laisser s'échapper.

– Ah oui ? rétorqua la Louise âprement. Et par qui ? Tu la vois, au village, à chercher le matou ? Ça se saurait, va !

La Louise secouait la tête pour désapprouver... Ce n'était pas raisonnable, ça ne tenait pas debout. On serait trop content, par ici, d'aller raconter la chose aux Rouquevelle. Non, ça ne se pouvait pas.

Alors la vieille, qui venait d'écraser posément entre ses doigts la mouche capturée, demanda :

– Où c'est qu'il est, à cette heure, son mirliflore ?

Émilienne avait pris le train, elle avait changé à Grenoble, en faisant bien attention de ne pas se tromper. Elle roulait maintenant vers Marseille. Une affreuse mélancolie, mêlée d'appréhension, étreignait son cœur. Elle avait tant pleuré ces deux derniers jours, et si peu dormi... A tous les repas, et chaque fois que sa mère l'avait croisée dans la maison, ç'avait été la même avalanche de reproches grossiers et d'injures aigres. Le même conseil aussi : « Si tu vas là-bas, débrouille-toi ! » Et juste avant le départ, là, sur le pas de la porte que la Louise n'avait même pas franchi pour l'accompagner un peu plus loin, cette dernière recommandation, brutale, ordurière : « Et tâche de te faire foutre, hein ? »

Émilienne n'avait jamais voyagé. Elle regardait le paysage avec une curiosité attendrie : André était passé là, lui aussi, deux semaines auparavant. Le train l'avait emmené vers la guerre et l'horreur, vers la souffrance. Et elle, qu'allait-elle trouver, dans cette ville inconnue, dans cet hôpital ? André serait-il très malade, délirant, inconscient ? La reconnaîtrait-il ? Peut-être était-il déjà trop tard... Ses yeux se mouillaient, elle joignait pathétiquement les mains sur la petite boule serrée et humide de son mouchoir. Oh ! non, ce ne serait pas juste ! Elle qui l'aimait si fort, qui s'apprêtait à l'aimer plus fort encore, qui l'aurait adoré, soigné, dorloté, suivi n'importe où. Elle qui s'était donné à lui avec tant de joie, de ferveur. Et dire qu'elle lui avait menti ! Que leur dernière nuit, elle s'était refusée, elle avait éloigné d'elle ses mains d'homme amoureux, sa bouche gourmande, son corps ardent. C'était cela l'explication : elle était punie de son silence, de son mensonge. Elle n'avait pas osé avouer : « Je ne suis pas enceinte, finalement, mes règles sont venues. » Elle s'était tue, avait juste invoqué la fatigue, des nausées, avait parlé de douleurs, de prudence, et lui, gentil, plein d'un regret résigné et tendre, il n'avait pas insisté, n'avait rien demandé de plus que l'autorisation de câliner, jusqu'au matin, ses seins sensibles et son ventre frissonnant. Elle s'était blottie contre lui, accrochée à son cou, et l'aurore les avait surpris ensemble, berçant de murmures et de caresses chastes un enfant qui n'existait pas.

Le remords bouleversait Émilienne plus encore que la crainte de ce qui l'attendait... Bien sûr, elle était pardonnable. On était convenu qu'André demanderait une permission et reviendrait exprès pour l'épouser. Si elle avait annoncé, soudain, que la situation n'avait plus rien de pressant, les parents d'André auraient réfléchi, peut-être persuadé leur fils d'attendre la fin de son service. Il aurait pu l'oublier, elle le perdrait à jamais.

Cet enfant, qu'elle n'avait pourtant pas voulu, l'avait illuminée tout entière d'une promesse merveilleuse : le mariage, l'avenir, la vie avec André. Elle avait été trop heureuse, après ses incertitudes et ses craintes, trop heureuse de sa réaction à lui : « Ne t'inquiète pas », trop reconnaissante de celle de ses parents. Les Rouquevelle s'étaient montrés dignes et honnêtes. Bien sûr, ils avaient laissé entendre qu'ils eussent préféré pour André une autre union. Mais ils n'avaient pas manifesté une déception trop vive, ni une rancune particulière vis-à-vis d'Émilienne.

Le départ de leur fils unique était, pour eux, une grande épreuve. Peut-être l'aventure les avait-elle secrètement ravis, car ils avaient organisé tout de suite les choses : « Tu demanderas une permission pour te marier, avaient-ils conseillé, ça te fera au moins huit jours à passer ici. » Et Maurice de Rouquevelle avait ajouté, timidement, en regardant sa femme, pour quêter son approbation : « La petite est mignonne... », ce à quoi elle avait répondu : « Et gentille... Ç'aurait pu être pire... », en levant une épaule fataliste.

Émilienne arriva à Marseille défaite et enrhumée par son gros chagrin. Au bureau d'accueil de l'hôpital, lorsqu'elle demanda la chambre d'André, l'infirmière la considéra avec commisération. Elle lui indiqua l'étage et le corridor, et ajouta : « Une chambre seule, au bout du couloir. Soyez très silencieuse : c'est un grand malade. »

Malgré l'accent méridional de la fille et son bon sourire chaleureux, Émilienne se sentit glacée. Elle tituba lorsque l'ascenseur la déposa au troisième niveau. Yvonne de Rouquevelle était là, dans le hall, devant la porte du service de réanimation. Elle se précipita.

– Émilienne, vous êtes toute pâle ! Le voyage vous a fatiguée ? Venez, venez-là, je vous attendais.

Elle l'entraîna dans le couloir, la dirigea doucement vers un petit vestibule qui desservait des salles de bains et des toilettes.

– Écoutez, commença-t-elle fermement, il n'est pas bien du tout. Il a mal supporté le voyage. On a dû l'opérer de nouveau.

Émilienne éclata en sanglots.

– Pas bien du tout, continua madame de Rouquevelle, mais conscient. Son père est à son chevet. Je vous attendais pour vous prévenir. Nous allons vous laisser seule avec lui, mais je ne veux pas que vous lui fassiez cette figure, hein ? Vous allez vous moucher, vous regarder dans la glace, vous poudrer… (Elle ouvrait son sac, lui tendait un poudrier de nacre, un peigne.) Vous recoiffer un peu. Vous ne pleurerez pas ! C'est compris ?

Émilienne levait vers elle un petit menton tremblant, tout un visage soumis qui luttait pathétiquement pour résister aux larmes.

– Mordez-vous la langue, soyez courageuse ! Je ne veux pas qu'il vous voie pleurer ! Il a besoin de votre optimisme, de votre gaieté. Allez, je vous laisse. Sage, hein ? Souriante !

Elle la poussait à présent aux épaules, résolument, maternellement. Au bout du couloir, elle ouvrit sans bruit une porte vitrée derrière un paravent. Émilienne avança sur la pointe des pieds. Elle ne sentait plus Yvonne derrière elle, Yvonne l'avait abandonnée en faisant sans doute un signe à son mari qui se levait. Maurice de Rouquevelle la frôla, posa légèrement sa main sur son poignet, la dépassa, elle entendit la porte se refermer doucement.

Il avait laissé un fauteuil vide, au chevet du lit où reposait André. Émilienne s'en approcha. Elle distingua dans l'ombre les traits du malade. Il semblait dormir, les yeux clos et cernés de mauve dans un visage terriblement tiré, que bleuissait et amaigrissait encore une vilaine barbe. Des tuyaux bizarres sortaient de chacune de ses narines. Sa bouche blanche et crevassée semblait desséchée par la soif et une respiration laborieuse, sifflante, soulevait sa poitrine avec une lenteur angoissante. Dans ses avant-bras, inertes sur le drap, étaient piqués d'autres tuyaux, qui descendaient de flacons mystérieux pendus de chaque côté du lit. Seule la chevelure du gisant, blonde, épaisse, dorée dans la pénombre, rappelait à Émilienne le jeune homme qu'elle avait aimé, qu'elle étreignait encore deux semaines auparavant.

Avec d'infinies précautions, elle posa sa main sur le front glacé d'André.

– André, souffla-t-elle, c'est moi !

Il ouvrit lentement les yeux, et son regard, égaré, comme halluciné, la trouva enfin.

– Ah ! murmura-t-il. Tu es venue !

Elle avait peur de pleurer, peur de parler, de trembler, de l'inquiéter. Elle trouva tout de même la force de rire un peu.

– Trop contente de ne pas traire les vaches pendant deux jours ! J'ai sauté sur l'occasion !

– Et moi, balbutia-t-il avec beaucoup de peine, moi, j'ai sauté sur... sur...

Il haleta un peu, fronça les sourcils, sous l'assaut du souvenir et de la douleur ensemble, laissa passer l'onde pénible, se tourna un peu, souleva à peine la main, esquissa un sourire :

– Comment ça va, là-dedans ?

– Oh ! répondit-elle très vite, ça va bien, ça va très bien. Il a fait sa place... Je ne vomis presque plus !

– Bon ! dit-il. Bon petit !... Moi... Écoute ! (Il la priait, du regard, d'approcher son oreille, pour qu'il pût parler plus doucement encore, en se fatiguant moins.) Moi, ils m'ont fait une césarienne, je suis sûr que tu n'auras jamais la même !

Essoufflé par la longue phrase, il ferma les yeux, respira fort. Émilienne résistait à l'envie de le prendre dans ses bras, tout entier contre son cœur, de le bercer tendrement, de pleurer dans ses cheveux.

« Mon Dieu, mon Dieu », pensait-elle. Et soudain, l'image de sa mère, crispée d'un mépris amer et sale, lui apparut. « Tâche de te faire foutre, hein ! » « Mon pauvre, pauvre amour, si tu savais... si tu savais ce qu'elle aurait voulu, cette sorcière... »

Elle glissa du bout des doigts sur le revers du drap, insinua une main peureuse et délicate sous les couvertures, rencontra, avec un petit sursaut d'appréhension, la peau nue sous la chemise d'opéré, puis, plus bas, sous l'estomac, l'affreux emplâtre qui couvrait la taille, le nombril, le ventre entier d'un bord à l'autre, jusqu'au pubis qu'on avait rasé... « Mon pauvre, pauvre amour. » Ses phalanges incrédules, épouvantées, frôlaient le pansement géant, en prenaient les dimensions... Quoique légères, elles arrachèrent un cri au blessé, et Émilienne, alarmée, releva vivement la main. Puis, mue par un douloureux besoin de savoir, de reconnaître l'étendue du désastre, elle allongea le bras plus bas, entre les cuisses d'André. Sa queue était bien là, mais toute petite, humiliée, fixée à la jambe par un sparadrap, et percée d'un tube qu'elle n'avait pas encore remarqué, qui sortait sous les couvertures et s'enfonçait, au pied du lit, dans un bocal. « Mon pauvre amour... » Émilienne en aurait ri si elle n'avait pas été si bouleversée.

André, qui avait suivi l'itinéraire de cette main guidée par l'inquiétude, sourit encore faiblement.

– T'affole pas ! Ils m'ont laissé, murmura-t-il entre deux inspirations sifflantes, de quoi lui faire un petit frère !

Exténué, il referma la bouche et les yeux, et son sourire enfin parut un instant si terriblement las qu'Émilienne eut un grand frisson d'horreur. S'il allait mourir, là, tout de suite ? Elle se mit debout, prête à crier, à appeler, à courir n'importe où.

– Reste ! murmura-t-il, les yeux toujours clos.

Cet impératif la remua, parce qu'elle se souvint alors que, peu de temps auparavant, il aurait dit plutôt : « Ne pars pas !... » Et cet écart d'une si longue habitude, cet abandon d'une formule affectionnée entre toutes, cette pauvre économie de deux mots, disaient assez l'exceptionnelle urgence de la situation.

Elle resta donc, à le regarder dormir après l'épuisant effort du dialogue, à l'écouter se battre pour respirer, se battre pour vivre. De temps en temps, un petit gémissement à bouche fermée, une plainte d'enfant, semblait l'interroger. Alors elle répondait : « Oui, oui, je suis là », en posant sa main sur le front d'André, qu'une sueur froide persistait à glacer.

Ses larmes coulaient à présent sans retenue, essuyées aussitôt que versées, et elle s'appliquait à pleurer en silence, sans renifler, sans hoqueter. Pourquoi, pourquoi n'était-elle pas enceinte ? Pourquoi n'avait-elle pas au moins cette consolation, son ventre habité, vivant, plein de promesses, pour veiller sur son ventre à lui, éclaté, déchiré ? Pourquoi leur amour n'avait-il pas germé, pourquoi avait-il seulement fait semblant, pour flétrir ensuite, et la tenir là, coupable et torturée, plus malade dans ses entrailles, plus dépossédée que lui, le pauvre soldat éventré ?

Elle priait sans mot, dans sa tête, avec le chapelet de ses larmes pour scander les credo, les serments et les regrets. « Mon Dieu, faites qu'il vive ! Faites qu'il vive et plus jamais, jamais, je ne dirai de mensonges. Même s'il reste malade, au lit, toujours, même s'il ne peut plus me faire l'amour, plus d'enfant, ce sera ma punition, mon Dieu, mais que je puisse au moins le soigner, l'aimer. Que je lui dise combien je regrette, combien je me sens fautive. »

Un grand doute la traversa soudain : s'il vivait, s'il s'en sortait, et qu'il ne puisse plus avoir d'enfants ! Comme il serait déçu d'apprendre qu'elle n'était pas enceinte ! Comme il serait frustré, alors, comme il lui en voudrait !

La porte s'ouvrit. C'était un médecin, en blouse blanche, stéthoscope au cou et notes à la main. Des internes l'accompagnaient. On la fit sortir. Dans le couloir, elle retrouva les parents d'André, qui revenaient du restaurant.

– Alors, dit Yvonne de Rouquevelle, comment l'avez-vous trouvé ? Vous n'avez pas pleuré devant lui, au moins ?

Émilienne baissa la tête, la secoua négativement. Des larmes roulèrent sur son corsage.

– Écoutez, lui dit Maurice en la prenant par le bras, écoutez, nous voudrions vous dire... Si son état empirait, si... enfin, nous nous sommes renseignés : on peut faire venir quelqu'un pour vous marier, puisque les formalités sont faites. Si vous le désiriez vraiment. Mais...

Il regarda sa femme, puisa dans son regard à elle, encourageant, approbateur, la force de poursuivre.

– … Mais nous n'y tenons pas, pour des raisons évidentes.

Émilienne, confuse, balbutia très vite :

– Non, non, bien sûr, moi non plus...

– Alors, continua-t-il avec difficulté, pour l'enfant, ne vous inquiétez pas : nous nous en occuperons bien. N'est-ce pas, Yvonne ?

Émilienne regarda Yvonne, dont les larmes jaillissaient aussi à présent.

– Oui, dit-elle en reniflant, avec une toute petite voix déchirante. Oui, nous nous en occuperons. Et heureusement qu'il est là, finalement, parce que cela nous réconforte un peu, vous savez, cela nous fait du bien d'y penser !

En parlant, elle avait posé sa main, très naturellement, à plat sur le ventre d'Émilienne, qui tressaillit comme un menteur débusqué. Émilienne ne savait plus si elle pleurait de chagrin, de honte ou de reconnaissance. Elle se jeta au cou d'Yvonne avec un élan de tout son être, en sanglotant : « Oh ! Madame, madame ! »

Yvonne de Rouquevelle, que son éducation un peu guindée et sa pudeur instinctive avaient toujours gardée d'une certaine forme d'émotion trop démonstrative, retrouva la première son sang-froid.

– Allons, dit-elle en reniflant, allons, c'est fini ! Vous allez lui dire au revoir, reprenez-vous !...

Les docteurs sortaient justement. Maurice, qui se mouchait avec violence, les suivit pour les interroger, tandis qu'Yvonne poussait Émilienne vers la chambre.

La jeune femme s'avança jusqu'à la tête du lit, se pencha :

– André, je m'en vais, chuchota-t-elle. Je reviendrai. Repose-toi bien ! Je t'aime.

Elle se mordit les lèvres pour ne pas céder aux sanglots, l'embrassa doucement sur sa barbe piquante, sur son front glacé, sur ses cheveux, sur sa main abandonnée. Il souleva un doigt en signe d'adieu, n'ouvrit même pas les yeux... Quand elle fut à la porte, elle l'entendit cependant murmurer : « M'oublie pas ! »

Oh ! Non ! Elle ne l'oublierait pas ! Elle penserait toujours à lui, elle prierait pour lui, elle l'attendrait, elle resterait ici à Marseille, elle coucherait dans la salle d'attente de l'hôpital, s'il le fallait. Si jamais il mourait... S'il mourait, elle resterait avec ce gros chagrin, cet énorme poids sur sa poitrine, sur son ventre vide, ce mensonge qu'elle lui avait fait. Et s'il vivait... S'il vivait, elle lui en ferait un, d'enfant, par tous les moyens, un miracle peut-être... A force de le vouloir...

Sans bien savoir où elle se dirigeait, aveuglée par ses pleurs, abîmée dans ses réflexions, elle se retrouva devant un lavabo du vestibule où Yvonne de Rouquevelle l'avait obligée à se rafraîchir. Elle leva les yeux sur son image dans la glace, s'aperçut défigurée par le désespoir et, ne cherchant plus à lutter, s'appuya du front au miroir pour y sangloter de tout son cœur...

Derrière elle, on tira une chasse d'eau. La porte d'un cabinet s'ouvrit : un jeune homme en pyjama sortait à reculons du réduit, s'employait à refermer la porte soigneusement en manœuvrant la poignée avec son avant-bras qu'une raideur bizarre semblait priver de main. Ils se retournèrent ensemble, alertés chacun par le bruit que faisait l'autre. Il avait le bras gauche plâtré, soutenu par une écharpe, et la main droite entièrement bandée.

C'était un grand gars à la figure sympathique et agréable, très brune sous des cheveux noirs frisés. La surprise écarquillait ses yeux verts. Émilienne le regardait à travers ses larmes, embarrassée, sans voir le désordre de son pyjama, malhabilement rajusté. Lui y pensa, vérifia d'un œil discret mais précis qu'il n'était pas indécent, puis, relevant la tête, lui demanda :

– Pourquoi ce gros chagrin ?

Il avait un air amical, elle ne sut résister à sa familiarité simple et gentille. Elle pointa le menton par-dessus son épaule, vers le fond du couloir :

– C'est mon fiancé, là !

– Oh ! Ma petite, dit-il, faut pas vous laisser impressionner comme ça ! Quand on arrive, on n'est pas beaux à voir ! Après des jours de route en camion, et puis la traversée... Moi aussi, j'étais en marmelade, et voyez, maintenant !

Il écartait les coudes, cocassement, pour signifier : « Rien à redire, tout va épatamment bien ! » Ce mouvement de volatile amputé arracha un sourire à Émilienne.

– Mais André, murmura-t-elle, c'est autre chose !

– Ah ! comprit-il avec une soudaine gravité. C'est Rouquevelle, des soins intensifs ?

Émilienne eut une grimace douloureuse. Ainsi, tout le monde connaissait le malade, tout le monde savait. C'était donc si grave que cela. Une tragique lumière se faisait en elle. André, c'était le cas du service, celui dont on parlait à voix basse, dont on attendait la mort. Elle s'effondra, pitoyable, le visage dans ses deux mains. Toute sa détresse creva là, devant cet inconnu, en aveux trop longtemps retenus.

– J'aurais tant voulu... tant voulu un enfant... Et maintenant c'est fini ! Il croyait que j'étais enceinte... Et plus jamais, plus jamais il ne pourra.

Face à elle, désolé, consterné, Philippe écoutait, croyait comprendre, subodorait la terrible amputation. Le chagrin de cette petite bonne femme le navrait, lui qui revenait d'un pays de cauchemar où il avait côtoyé la souffrance et la crasse, et frôlé la mort si intimement qu'il se croyait guéri, à jamais, de l'attendrissement et de l'émotion.

– Un enfant, qu'est-ce que c'est à faire ? dit-il brusquement, mû par une inspiration incontrôlée, qui lui venait sans doute de ses terreurs passées, de ses douleurs surmontées, de toute une philosophie échafaudée à son insu pendant ces heures d'indicible violence où il avait vu mourir les copains et prié pour survivre. Un enfant, ce n'est pas comme un condamné à mort. Si ça ne vient pas quand on l'appelle, on recommence ! Moins difficile à fabriquer qu'un mourant à retenir.

Un intérêt étonné avait tari, pour un instant, les larmes d'Émilienne.

– Mais, mais... objecta-t-elle, et son regard traversait les cloisons, désignait le gisant là-bas, impuissant, moribond.

– Avec quelqu'un d'autre, qu'est-ce que ça peut faire ? Ce sera toujours son enfant, allez. Peut-être plus que le vrai. Si désespérément souhaité. Qui le saura ? Il ne faut pas pleurer pour ça ! C'est une intervention chirurgicale comme une autre, dans le fond, une greffe. Si ça lui sauve la vie, si ça lui donne envie d'exister, de continuer…

Il ne savait pas bien où il allait puiser toute son éloquence, ni la ferme conviction avec laquelle il venait de faire sa démonstration. Quelque chose en lui parlait à sa place, muselait la verve gouailleuse qu'il adoptait ordinairement, vibrait du désir de consoler, de persuader.

Émilienne l'écoutait avec un sérieux passionné. Une réflexion brûlante la tenait tendue vers lui, la tête légèrement penchée, l'œil soudain sec et brillant. Elle lui demanda :

– Vous le feriez, vous, là, tout de suite ?

Alors, pour toute réponse, de son beau visage sérieux, il indiqua la porte d'une salle de bains, à côté d'eux. Émilienne jeta un coup d'œil dans le couloir, remonta sur son épaule la bride de son sac qui glissait, d'un mouvement ferme de soldat qui ajuste la bretelle de son arme et se rassure en même temps de sa présence, et, passant devant le jeune homme en pyjama, elle lui ouvrit la porte, s'effaça pour le laisser entrer, referma le loquet derrière eux.

– Je vous demanderai, chuchota-t-il, soudainement précautionneux, de me faciliter les choses. (Il écartait encore, moins comique, cette fois, mais confus et embarrassé, son bras gauche en écharpe, sa main droite pansée.) Je viens de tirer la chasse avec les dents, et de refermer ma braguette avec le petit doigt. C'était plutôt laborieux.

– Oui, oui, souffla-t-elle, très vite, en rougissant.

– C'est une greffe, dit-il gentiment, pour détendre l'atmosphère. On va préparer le champ opératoire.

– Oui, oui, répondit-elle encore.

Elle se baissa pour ramasser sa culotte qu'elle avait quittée, remonta sa jupe à deux mains, s'installa sur le lavabo. Puis elle prit une grande inspiration, et ordonna :

– Venez !

Il s'approcha d'elle, tout contre, à la toucher. Elle défit le nœud du cordon de son pyjama, qui tomba sur ses pieds. Il bandait déjà.

– Il y a longtemps que je n'ai pas vu de femme, dit-il, comme pour s'excuser.

Puis :

– Guidez-moi !

Elle s'accrocha d'une main à son cou, avança tout au bord de l'évier pour rencontrer son sexe, s'ouvrit de l'autre main, avec deux doigts, puis saisit le membre docile qui la pénétra jusqu'au fond, sans à-coup. Entre eux, le plâtre du blessé les meurtrissait un peu, dur sous leurs côtes, s'accrochait au corsage de la jeune femme comme un paradoxal symbole qui les séparait et les rapprochait à la fois. L'homme respirait fort dans le cou d'Émilienne. Il recula une fois, ou deux. Pas plus. Elle le devina tout prêt à éclater.

– Oh ! S'il vous plaît, pria-t-elle naïvement. Mettez-en beaucoup !

– Je te donne tout ce que j'ai ! répondit-il, avec une grimace de concentration, puis elle le sentit frémir d'un spasme définitif.

Après, Émilienne avait sauté à bas du lavabo, remis sa culotte, vivement, sans le regarder, s'était recoiffée un peu devant la glace.

– Hé ! avait-il appelé timidement, derrière elle. Vous n'allez pas me laisser comme ça ?

Il souriait, penaud, en considérant son pyjama tombé.

Elle eut un clignement de paupières pudique, plongea, remonta le vêtement, refit le nœud du cordon.

– Une maman, fit-il, ça a des devoirs !

Elle ouvrit la porte de la salle d'eau. Elle se retourna.

– Merci ! lança-t-elle, et elle s'éloigna.

Il la rappela :

– Ne partez pas tout de suite. Allez vous allonger, là, dans la salle des pansements. Il n'y a personne.

Et comme elle le considérait avec une visible surprise, il expliqua :

C'est technique, pour la greffe !

Alors elle sourit aussi et se dirigea vers la salle indiquée, tandis qu'il regagnait sa chambre, avec la satisfaction d'une bonne action accomplie, et la malice de quelqu'un qui aurait joué un tour pendable au destin.

Finalement, Émilienne n'était pas restée à Marseille. Les Rouquevelle l'en avaient dissuadée. Ils étaient là, eux, pour veiller le cher malade. A la moindre alerte, ils enverraient un télégramme. D'ailleurs, chez elle, on devait l'attendre. Il valait mieux qu'elle rentre, qu'elle se repose, qu'elle se change les idées. Ils ne savaient pas, bien sûr, quel accueil on réservait à Émilienne ni dans quel climat il lui faudrait vivre les semaines à venir.

Elle avait repris le train, puis la micheline à Grenoble, puis l'autobus jusqu'au village. Elle revenait triste et fatiguée, après une mauvaise nuit d'hôtel, un voyage morose à ressasser des regrets et des craintes. Il pleuvait, elle avait froid, la nuit tombait. Elle ouvrit la porte de la cuisine, les trouva tous à table, les coudes écartés de chaque côté de l'assiette de soupe, à souffler dans la cuillère pour la refroidir. La Louise leva la tête, prit un air mauvais :

– Alors ? demanda-t-elle.

– Rien... dit Émilienne, en accrochant son imperméable derrière la porte. Je suis gelée, je vais me coucher.

Elle se dirigea vers l'escalier, au fond, près du fourneau. Personne ne parlait. Sa mère se leva brutalement, se rua à sa poursuite, la rattrapa comme elle pénétrait dans sa chambre :

– Comment, rien ! T'as pas pu ? T'as rien fait ?

Émilienne soupira, infiniment lasse, désireuse d'écourter la conversation.

– Mais si, maman. T'inquiète pas !

– Il était pas si patraque que ça, alors ?

– Non, souffla Émilienne, le cœur serré. En pleine forme.

– Qu'est-ce que tu racontes ? hurla la Louise. Tu te fous de moi, maintenant ? C'est parce qu'il était en pleine forme que les Rouquevelle ont reçu la dépêche et qu'ils sont partis ?

– Écoute, maman, je suis fatiguée.

– Ah ! Pardi ! Fatiguée ! Voyez-vous ça ! Et nous alors, ici, pendant que tu vas te goberger ? Hein ? Réponds-moi ! Dis-moi la vérité ! Tu l'as fait ?

– Oui.

– Combien de fois ?

– Une.

Émilienne parlait d'une petite voix sans timbre, résignée à la torture. Sa mère martyrisait sa pudeur, piétinait sa douleur, saccageait jusqu'à ses doutes et ses souvenirs, fouillait dans ses secrets avec une violence obscène de maquerelle.

– Une ! Une fois ! glapissait-elle. Et tu crois que ça va prendre ? Pauvre cruche ! Pauvre imbécile !

– Mais qu'est-ce que tu voulais que je fasse, à la fin ? Le trottoir, pour avoir plus de chances ?

Cette amorce de révolte galvanisa la colère de la Louise. Elle s'approcha du lit où Émilienne s'était assise et, dans un aboiement furibond, elle lui lança au visage :

– Salope ! Le trottoir, tu l'as déjà fait, c'est tout comme ! Tu crois qu'il va te gonfler avec un seul coup, ton estropié ? Fallait te débrouiller là où on te connaissait pas ! Tu t'es fait fourrer sans vergogne, et maintenant tu joues la mijaurée ? Ton père te gardera pas toujours à la maison, tu sais ! T'as rien dans la tête, t'as toujours été bonne à nib à l'école, rien dans les mains, tu sais rien faire !... Tu t'es juste servi de ton cul, et maintenant, t'oses plus ? Ah ! Salope ! Saloperie de fille, tu nous en apportes des satisfactions, va !

Elle avait fini par reculer, par claquer la porte. Elle gueulait toujours dans l'escalier. Émilienne se déshabilla en hoquetant.

Le lendemain, lorsqu'elle descendit à la cuisine, sa mère et sa grand-mère semblaient absorbées dans une conversation à mots couverts, pleine de sous-entendus et de références à des gens et une époque qu'elle n'avait pas connus.

– Oh !... Tu crois ? demandait la Louise dubitative.

– Et pardi ! rétorquait la vieille, assise avec un châle sur les genoux, occupée à trier des lentilles de ses gros doigts tremblants.

Elle levait la tête, écartait ses mains déformées en signe d'évidence.

– Et pour les bêtes, alors ? C'est comme ça qu'elle avait fait, la fille aux Perron, la Dine, tu te rappelles pas ? Pour l'histoire de l'héritage... Tout le monde le savait, sûr que ça marche !

Sans poser de question, Émilienne se servit du café, le but debout contre le fourneau. Les deux femmes l'observaient du coin de l'œil. La Louise regarda sa mère, qui tendait vers elle une figure expectative. Elle eut un petit hochement de tête complice et dit à Émilienne :

– Ce soir, tu feras pas les vaches. C'est moi qui les ferai.

Le soir même, la Louise s'était installée au cul de la Princesse, la première bête de la rangée, au fond de l'étable. Elle s'absorba un moment dans sa besogne, s'appliqua à faire gicler le lait bien régulièrement dans le seau, par petits jets spasmodiques. Puis elle entendit la porte s'ouvrir et dressa l'oreille. C'était Gaston qui rentrait des champs, à cette heure, pour venir casser la croûte dans le foin, et se coucher.

Gaston, c'était un garçon de l'Assistance publique que la Louise avait pris tout petit, comme c'était l'usage dans les familles des environs. Elle l'avait élevé, tant bien que mal, avec ses enfants à elle, sans tendresse ni attention, avec seulement le souci de le mettre propre quand l'assistante sociale venait pour la visite. On donnait à Louise Mathieu, en paiement de ses bons soins de nourrice, trois sous à la fin du mois, plus, à chaque nouvelle saison, un carton de vêtements neufs et solides et de bonnes chaussures.

Une véritable aubaine pour Louise, parce que ses garçons étaient à peu près du même âge et de la même taille que Gaston. Quand les habits n'allaient pas à Étienne, ils allaient à Raymond, et même finissaient leur carrière, pour les pulls et les chaussettes, sur Émilienne, plus petite... Gaston, lui, n'était vêtu que de vieilles hardes abandonnées par le père Mathieu ou le grand-père, usées par les enfants, effrangées, trouées, mitées et qu'on trouvait toujours mieux de lui faire « finir » pour ne pas gaspiller. Le pauvre Gaston se laissait faire parce qu'il n'était pas « bien cuit », comme on disait.

Arrivé bébé à la ferme, il avait marché très vite. Unique précocité d'ailleurs, puisqu'il avait mis dix ans pour apprendre la propreté, et n'avait jamais su parler. On le voyait, gamin, traînant dans ses frocs sales qui lui pendaient au derrière, pataugeant dans les flaques, les pieds nus et crasseux dans de méchantes sandales, et baragouinant un jargon incompréhensible pendant qu'un filet de bave lui noyait le menton.

Gaston avait grandi et était devenu un robuste gaillard, haut de près de deux mètres, large d'épaules, terriblement puissant, mais si inoffensif que jamais personne n'avait songé à le redouter. Il promenait toujours sur les gens son regard inexpressif de demeuré, prononçant à peine quelques mots reconnaissables au milieu d'absconses onomatopées.

Éclairé de cette lumière intérieure qui lui avait toujours été refusée, son visage eût été merveilleux. Il avait des yeux de porcelaine pure, d'un bleu très tendre, inimitable, plus clair que la chicorée sauvage des chemins, et ses cheveux blond paille, presque blancs, descendaient en petits faisceaux raides et fins sur son front, sur ses oreilles, sur sa nuque... De temps à autre, la Louise attrapait des ciseaux, l'appelait, déshonorait en quelques secondes, à grands gestes défricheurs et jaloux, sa longue chevelure aux grâces romantiques. Pendant deux ou trois jours, il arborait un crâne étrange, une tête de condamné sous le chaume irrégulier et saccagé des mèches cisaillées.

Puis, très vite, tout repoussait, son visage de colosse pacifique et délicat retrouvait une douceur, une harmonie étonnantes.

On l'avait gardé à la ferme, il y aidait aux dures besognes, coupait le bois de l'hiver, faisait les foins, portait des meules entières. Il ne réclamait pas d'autre salaire que quelques francs, le dimanche et les jours de vogue, le gîte de cette étable devenue sa vraie maison et ce couvert fantaisiste, irrégulier, frugal, de charcuterie ou de fromage qu'il venait chercher, à la cuisine, avec du pain, pour grignoter tout seul sur son tas de paille.

Il traversait la cour de la ferme, passait sur le chemin, allait aux champs, revenait d'un grand pas tranquille, les yeux au loin, imperturbable, absent des humains. Émilienne, qui l'aimait bien, disait que personne mieux que lui n'avait l'esprit ailleurs. Son père répondait en riant méchamment que son esprit n'était nulle part, puisqu'il n'en avait pas. Et le mot le réjouissait chaque fois d'une gaieté importante, d'une supériorité d'homme finaud qui dénonce la brute. Mais à voir le père Mathieu téter la chopine et roter fort en se tapant la panse, et, tout près, Gaston caresser d'une grande main amicale et sensible un agneau nouveau-né blotti sous sa chemise, il était permis d'hésiter.

Gaston était allé s'asseoir, comme d'habitude, sur son tas de paille, son quignon à la main. La Louise l'appela :

– Gaston, viens ici ! Il s'arrêta de mâcher, pas sûr d'avoir bien compris. Puis, comme la Louise s'était tournée vers lui, toujours sur son tabouret à traire, il se leva, s'approcha, la bouche pleine, les bras ballants, disponible et sans curiosité.

– Fais-moi voir quelque chose ! dit la Louise. Qu'est-ce que tu as, là ?

D'un geste direct, elle venait de mettre la main entre ses jambes, la paume en l'air, pour l'apprécier, le flatter et l'émouvoir ensemble. Lui ne réalisa pas, écarta un peu les jambes, baissa la tête, chercha sur lui ce qui pouvait bien avoir intrigué la Louise.

– Oui, là, continua-t-elle. Tu as bien quelque chose. Fais-moi voir.

Elle se lança dans une manœuvre d'extraction efficace. Le géant, la tête toujours baissée, la regarda faire, placide.

– Et comment, que tu as quelque chose ! commenta-t-elle, sincèrement ébahie, quand elle fut venue à bout des boutons.

Gaston ne portait pas de sous-vêtement. Elle venait d'entrebâiller sa braguette et d'y cueillir une masse de chair qui, quoique absolument innocente, alourdissait joliment sa paume incrédule. Elle y mit l'autre main, et commença sur lui, des dix doigts, un massage vigoureux et précis, une chaude friction qui lui allongeait la queue, la prenait à la racine, l'étirait toujours plus loin, la retroussait pour la tendre encore. L'habitude de la traite guidait ses gestes, durcissait ses phalanges, les serrait autour du membre qui s'émouvait à présent, grossissait, frémissait, se révoltait à petites saccades, coulait un peu.

Gaston, campé sur ses jambes écartées, considérait la besogne d'un œil neutre. La Louise, dont les paumes brûlaient sous le frottement, le lâcha, soupesa les grosses couilles poilues qui brinquebalaient au rythme de son astiquage, parut satisfaite par leur volume, leur température, leurs frissons, et s'estima déjà à demi récompensée par la promesse d'une belle récolte.

Elle porta la main à la poche de sa blouse, en extirpa une petite enveloppe en papier d'aluminium, qu'elle écorna d'un coup de dents. Puis elle se saisit de la capote, qu'elle voulut dérouler sur Gaston. Mais il eut peur, il recula, maugréa, et elle dut le rattraper par la queue, fermement, pour le ramener entre ses genoux.

– Allons, viens là ! Grosse bête ! Ça ne fait pas mal !

Il résista un peu, la bouche et le menton boudeurs, avec des petits mouvements d'épaules enfantins et grognons.

– C'est une chaussette ! lui dit-elle. Rien qu'une chaussette, tu vas voir !

Elle l'immobilisa finalement, coinça entre ses deux cuisses maigres et dures une des jambes puissantes de l'hercule, et la lourde queue oscilla, horizontale, presque au-dessus de sa tête. Très vite, elle le revêtit d'un préservatif, puis elle reprit, à travers le caoutchouc, ses secousses énergiques et régulières. Le simple d'esprit, soudain, se mit à chantonner une étrange mélopée, à bouche fermée, une suite de plaintes syncopées et de bourdonnements curieux, qui montèrent progressivement jusqu'à devenir une sorte de vrombissement, le bruit d'un moteur emballé, inquiétant, menaçant... Puis il se tut aussi brutalement, et juta à longs traits dans la capote, le visage renversé comme à la rencontre d'une ondée bienfaisante, ses beaux yeux limpides éclairés d'une flamme insolite.

Il était neuf heures. Émilienne finissait la vaisselle. Elle se tourna vers les hommes :

– Je monte, dit-elle. Les marches de l'escalier lui parurent hautes et plus nombreuses que de coutume. Une fatigue épaisse pesait sur ses épaules, alourdissait ses jambes. Dans sa chambre, elle se dévêtit, passa sa chemise de nuit. En fermant ses volets, elle frissonna violemment. « Je vais peut-être tomber malade », pensa-t-elle, vaguement habitée par l'espoir de communiquer ainsi avec André, par-delà les kilomètres, et d'échapper également au climat de la ferme, qui devenait irrespirable. On la regardait avec un froid mépris, on la bousculait sans cesse, sa mère et sa grand-mère surtout grommelaient, à son intention, des imprécations grossières.

Elle venait de se coucher lorsque sa porte s'ouvrit. La Louise, sans précaution, alluma le plafonnier qui versait sur la pièce une lumière sale. Émilienne cligna des yeux, actionna l'interrupteur de sa lampe de chevet.

– Éteins là-haut ! pria-t-elle. J'ai mal aux yeux, je n'aime pas cette lumière.

– T'as raison, répondit la Louise. Y a des choses qu'on fait mieux à l'aveuglette.

Et elle jeta sur l'édredon la capote glaireuse. Émilienne avait eu un petit sursaut de frayeur dégoûtée.

– Qu'est-ce que c'est que ça ?

– C'est au Gaston ! Tu veux un dessin ?

Une surprise incrédule figeait la jeune fille, dressée sur un coude dans son lit. Elle finit par comprendre tout à fait, par réaliser tout à fait. L'indignation incendia ses joues, mouilla ses yeux noirs.

– Non, mais, vous êtes folles, la mémé et toi ! J'en veux pas, moi, de cette chose ! Reprends-la ! Jette-la !

La Louise s'avança, très droite, menaçante.

– Tu t'imagines pas que je suis allée faire une fleur au Gaston pour le roi de Prusse ? La folle, c'est toi ! Fallait pas te mettre dans une situation pareille. Maintenant, fais ce qu'on te dit ! Débrouille-toi !

La stupeur privait Émilienne de mots, elle bredouillait, écarquillant ses yeux mobiles qui allaient d'un mur à l'autre, très vite, comme à la recherche d'une échappatoire. Instinctivement, elle ramena les couvertures à son menton, se fit petite, la tête dans les épaules, les mains crispées sur le revers du drap.

– Mais ça ne marchera jamais ! Je ne veux pas !

– Ta grand-mère dit que ça marche. C'est jamais que de l'insémination artificielle !

– Je ne suis pas une vache ! cria Émilienne d'une voix tremblante.

Elle était toute proche des larmes, et la révolte le disputait en elle à la peur, car elle sentait la Louise sur le point de perdre patience.

– T'es qu'une sacrée bourrique, oui ! tonna celle-ci, le bras en l'air pour frapper.

Émilienne plissa les yeux, remonta encore les épaules.

– Je ne veux pas d'un enfant de Gaston, gémit-elle, il ne sera pas normal !

– Mais qu'est-ce que ça te fiche, imbécile, puisque après, tu le vendras aux Rouquevelle !

– Quoi ?

Un douloureux ébahissement déformait le joli visage de la jeune fille, retroussait sa lèvre supérieure en un masque sauvage, remontait ses pommettes, plissait son nez, et ses pleurs jaillissaient à présent sans qu'elle pût les contrôler.

– Mais, sanglota-t-elle, comment tu es, maman ? Mais comment tu es ?... Et si André revient, et si je lui fais un enfant attardé, comme Gaston ?

– Il ne reviendra pas, riposta durement la Louise. Il est à l'agonie. Ils le savent, à la poste de Varces. Ils l'ont dit au facteur. La Rouquevelle a télégraphié à son frère.

Émilienne saisie, bouleversée, avait d'un grand geste rejeté ses couvertures. Elle refusait d'y croire. Ce n'étaient que des mensonges, pour mieux la réduire. Pourquoi n'avait-elle pas eu de télégramme, elle ? Elle se leva soudain, face à la Louise, pleine d'une audace brutale qui lui fit toiser sa mère, de tout près.

– Qu'est-ce que tu dis ? Qu'est-ce que tu dis ? C'est pas vrai, tu inventes tout ! Tu n'es qu'une garce !

Une gifle brutale la coucha sur le lit. D'autres suivirent, rapides, serrées, qui pleuvaient un peu partout sur elle, sur sa tête, sur son dos, sur ses épaules.

– Catin ! Traînée ! Et ta mère qui te rend service, qui ne cherche que ton bonheur, tu oses la traiter de garce ?

Alertée par les cris et les bruits de coups, la grand-mère était apparue, en grosse robe de chambre grisâtre, raclant le sol de ses chaussons éculés.

– Ah ! Tu n'es pas raisonnable, ma fille ! Fais comme ta mère te dit, c'est pour ton bien.

Émilienne, que les claques avaient laissée roulée en boule et pantelante sur le lit, leva sa pauvre figure ravagée, et prononça, avec une résolution tragique et désespérée : « Jamais ! jamais ! », puis, apercevant la petite loque humide du préservatif à côté d'elle, elle l'attrapa et le lança à l'aveuglette dans la direction de sa mère.

– Attends ! Bouge pas ! menaça la Louise. Bouge pas, charogne ! On va te mater !

Et elle sortit de la chambre d'un pas de gendarme, tandis que la vieille se baissait en soupirant pour ramasser le précieux réceptacle.

Alors on entendit un piétinement sourd dans l'escalier. La grand-mère se traîna sur le palier, regarda monter les hommes et, par-dessus la rampe où elle s'appuyait, cria :

– Louise, porte-moi une bougie !

Ils entrèrent tous sans un mot dans la chambre. Émilienne eut un mouvement d'épouvante, courut à quatre pattes sur le lit dans le pitoyable espoir de se réfugier sous les couvertures. Ils l'attrapèrent de leurs doigts d'acier, la plaquèrent au matelas, l'écartelèrent. Il y avait son père, qui pesait sur ses omoplates et la clouait de tout son poids, Raymond qui cramponnait sa jambe gauche, Étienne qui agrippait la droite. Émilienne hurla, se tordit comme un ver, rua du bassin et des hanches. La Louise arriva :

– Si tu gueules encore, je te colle l'oreiller sur la figure !

– Mets-lui plutôt sous le cul ! conseilla la vieille, qui lui prit la bougie des doigts.

Émilienne s'épuisait en un combat inutile. La chemise au ventre, sa nudité la plus secrète offerte aux regards, elle avait l'air d'une hystérique dont on ne peut calmer les contorsions obscènes.

– Je le dirai à tout le monde ! A tout le monde ! cria-t-elle d'une voix brisée, enrouée par les efforts, la honte, la révolte.

– C'est ça, siffla la Louise. Je te le conseille. Ça les fera bien rire.

Et, aidée de ses deux fils aînés qui soulevèrent leur proie de poignes implacables, elle glissa un coussin sous ses reins.

La grand-mère s'approchait du lit, la bougie dans une main, le préservatif dans l'autre, lorsque son mari jusque-là assoupi à la cuisine, dans un fauteuil, près du fourneau, et réveillé en sursaut par le vacarme, pénétra à son tour dans la chambre.

– Tiens ! Comme tu tombes, toi ! lui dit sa femme. Viens nous aider. Tâche de lui tenir le ventre !

Alors le vieux, curieux, allumé par le spectacle de sa petite-fille écartée et béante, approcha, et, entre son gendre à demi-couché sur Émilienne et Étienne qui tirait, toujours plus fort et plus haut, la cuisse de sa sœur, il se vautra carrément sur l'abdomen de la malheureuse, les jambes pendantes d'un côté du lit, les bras de l'autre, et la tête tournée vers la toison noire qui moussait à quelques centimètres de son visage.

Émilienne harassée, suffoquée sous le poids, enrhumée de sanglots, abandonna la lutte, s'amollit soudain, les yeux clos, la figure toute blanche. Son père prit peur, relâcha l'étreinte. On eût dit de ces bêtes blessées à la chasse, qui cessent en une seconde de palpiter, de frissonner, et qui, inertes, se mettent à peser soudain plus lourd à vos doigts.

Mais elle respirait encore. Elle n'était même pas évanouie. Elle sentit les phalanges malhabiles mais avisées de la vieille qui la cherchaient, puis l'invasion de quelque chose de glacé. L'aïeule venait de retourner la capote avec la bougie, comme un doigt de gant, et elle la pénétrait jusqu'au fond, la badigeonnait de cette semence froide et presque déjà décomposée. « Mon Dieu, pensa Émilienne, mon Dieu ! C'est comme si je faisais l'amour avec un mort ! C'est du cadavre, du cadavre qu'elle me met. J'aurai un enfant de cadavre. Un enfant de mort. » Cette idée terrible lui sembla une affreuse prémonition, et lorsqu'ils la lâchèrent enfin, lorsqu'ils quittèrent sa chambre, en hochant la tête d'un air de contentement et de triomphe, elle se précipita au cabinet, s'efforçant de pousser hors d'elle le ferment ignoble, se bourrant de papier jusqu'à se meurtrir pour l'éponger, le tarir, ne lui laisser aucune chance, et le dégoût, le scandale, l'humiliation et la détresse la firent sangloter longtemps dans le minable réduit.

Trois soirs de suite, la porte de la chambre s'ouvrit, encadrant la Louise, qui exhibait victorieusement son butin en annonçant : « Tiens ! Voilà ta tisane ! », suivie de sa mère, qui venait vérifier que l'opération était convenablement menée. Émilienne, épouvantée à l'idée d'un nouveau viol, malade d'un mauvais rhume, terriblement abattue, s'était résignée à l'absurde cérémonial. Elle se saisissait de la bougie, en vidait adroitement le préservatif, dont elle récupérait le contenu directement, selon le procédé mis au point par sa grand-mère. La vieille commentait avec des mots qui ne parvenaient même plus à offusquer sa pudeur :

– Va bien au fond ! Reste les jambes en l'air un moment, que ça ressorte pas.

Puis les deux femmes se retiraient, et Émilienne demeurait là, prostrée, ne se relevant même plus, intimement persuadée que l'opération resterait stérile.

Elle avait reçu, au lendemain de l'abominable scène qui l'avait livrée toute nue et sans défense à la violence de sa famille, une lettre affligeante de Maurice de Rouquevelle :

Ma chère Émilienne

Par égard pour votre état, et pour vous éviter des émotions pénibles, nous ne vous avons pas envoyé le télégramme prévu. Hélas, André ne va pas bien, et nous avons appelé auprès de lui son oncle, qui est également son parrain. Mon beau-frère Henri est donc arrivé aujourd'hui, mais André ne l'a pas reconnu. L'infection s'est aggravée, et les chirurgiens hésitent à tenter une troisième intervention. D'après eux, André a été rapatrié beaucoup trop tôt. Les fatigues du voyage en bateau l'ont excessivement affaibli. Sa mère, comme vous vous en doutez, ne le quitte plus. Je ne pense pas qu'un nouveau voyage à Marseille serait, de votre part, raisonnable. Il vous lasserait et vous bouleverserait inutilement. Pensez seulement à nous très fort, comme nous pensons à vous, priez pour André, qui est jeune et solide, et qui s'en sortira peut-être.

Et surtout, surtout, veillez bien sur vous, et sur notre petit trésor à tous. Des jours meilleurs viendront, et nous réuniront autour de son berceau.

A bientôt, j'espère, pour des nouvelles plus réconfortantes.

Affectueusement,

Maurice de Rouquevelle

A présent, Émilienne gardait le lit, ne sortait plus de sa chambre, n'ouvrait plus ses volets. La lettre de Maurice de Rouquevelle était là, sous son oreiller. Elle la relisait de temps en temps, et pleurait. Seul le bruit de la voiture des postes, le matin, la mettait debout et, tremblant convulsivement d'espoir et d'appréhension ensemble, elle sautait jusqu'à la fenêtre, tâchait de voir, à travers les persiennes, si le facteur apportait autre chose que le journal quotidien. Elle n'était pas bien sûre, croyait avoir vu une enveloppe blanche, restait debout, sur le palier, à écouter, dans la cuisine. Le facteur buvait son coup de rouge, ou bien le café quand il y en avait encore. On parlait de choses et d'autres. La Louise disait :

– Oui, c'est bien triste. Elle est toute retournée. Et puis, avec ses nausées…

Lui prononçait quelques paroles banales de réconfort, philosophait un peu.

– Ah ! Quand ça va pas, faut faire aller !

Émilienne guettait le petit choc du verre ou de la tasse qu'il reposait sur l'évier. C'était fini, il s'en allait. Il n'avait rien apporté pour elle. Elle hésitait à décider s'il fallait s'en réjouir, les hypothèses tournaient dans sa tête, elle se recouchait, toute froide et vide.

Au matin du quatrième jour, la Louise lui dit, en lui apportant son café au lait :

– Tiens ! J'ai vu le Gaston ce matin, il était pas encore parti !

Et elle tira de sa poche le petit sachet mou et visqueux d'un nouveau préservatif. Émilienne, la tête lourde, les yeux brûlants, s'assit sur son lit. A la vue de la petite loque obscène que lui tendait sa mère, elle eut un haut-le-cœur, et son menton trembla sous l'assaut de la nausée.

– Encore ! soupira-t-elle.

– Mieux on en met, mieux on a de chances ! rétorqua la Louise, catégorique.

– Pendant que tu y es, demanda Émilienne, pourquoi tu n'amènes pas aussi la production de tous les hommes de la maison ? Tu pourrais taper le papa, Raymond, Étienne, et peut-être le pépé, encore ?

La Louise la considéra un instant de ses minuscules yeux froids, la bouche méprisante et tout le visage ostensiblement dégoûté.

– T'as pas honte, vergogneuse ? Des idées pareilles ! Où t'es allée chercher tout ce vice ?

Mais la voiture du facteur qui entrait dans la cour interrompit ce début d'algarade. La Louise abandonna Émilienne sur un « tâche de bien faire » sec et menaçant, et la petite resta assise au bord du lit, les jambes flageolantes, l'oreille aux aguets... Puis elle entendit sa mère remonter dans l'escalier. Son cœur se serra. La Louise arrivait, une enveloppe à la main. Émilienne tendit le bras pour s'en saisir. Sa mère ordonna, en montrant le latex sur la table de nuit :

– Le Gaston d'abord ! Émilienne se recoucha et prit la bougie.

Les nouvelles étaient alarmantes. L'infection avait gagné, touché sérieusement des organes importants. Les chirurgiens s'étaient décidés à opérer. Maurice de Rouquevelle avait écrit des mots obscurs qu'Émilienne ne comprenait pas, mais qu'elle devinait terribles : colectomie, cistectomie. Et il concluait : « S'il s'en sort, il restera toujours un grand malade, un infirme, et il aura besoin de tout votre amour. Son enfant aussi saura sans doute lui donner le courage de surmonter ses difficultés. » Voilà. Pour l'instant, André avait perdu une conscience claire des choses, il délirait, revivait le moment où il avait été blessé, hurlait comme un animal fou.

« Son enfant aussi saura sans doute lui donner le courage. » Alors désormais, deux à trois fois par jour, Émilienne se prêta sans révolte au rituel de la bougie, avec seulement au cœur un espoir et une crainte également farouches, et elle priait ardemment ainsi : « Mon Dieu, faites que j'aie un enfant, et faites qu'il soit normal ! »

Son rhume finit par passer, sans soins particuliers. Sa mère avait décrété : « Pas d'aspirine, ça fait saigner ! », avait proscrit aussi tous les autres médicaments, par peur de la « contrarier ». Émilienne voulut se lever, s'occuper de la maison.

– Non, non, ordonna la Louise, tu restes au lit. Va pas te crever maintenant. Bouge le moins possible !

C'était la première fois de sa vie que l'on manifestait un tel souci de sa santé. Elle s'interrogeait sur cette sollicitude ambiguë, cet acharnement à la sauver, malgré elle, de la paysannerie, de la médiocrité, des fatigues sans joie, d'un labeur mécanique et ingrat.

– Si ça va comme on veut, disait la Louise avec une lueur d'espérance dans son regard dur, t'iras au château. T'as rien à perdre. Si le fils s'en tire, il t'épouse. S'il y reste, tu as le gosse. Tu vas peut-être t'installer là-bas. Ou alors, tu les fais marcher, il lui faut ceci, il lui faut cela. C'est comme ça que je vois les choses, moi. Tu sais, ta mère, c'est pas la dernière à réfléchir. Tu me remercieras, va ! J'ai commencé à y penser quand j'ai vu le Rouquevelle venir à la maison et te parler comme il t'a parlé. J'ai senti qu'il tenait au gosse. Ils en ont qu'un, tu comprends ? C'est pas des gens comme nous, qui tirent la ficelle à longueur d'année, mais qui ramassent des mômes en veux-tu en voilà. On dirait que plus ils ont de l'argent, moins ils ont d'enfants, ces gens-là. Et pourtant, ils auraient pas la peine de les élever. Que la peine de les faire. Comme toi, maintenant. Si ça se trouve, t'auras même une bonne pour s'occuper du petit.

Elle s'attardait là, devant le lit, à rêver un peu, à construire l'avenir d'Émilienne, à coups de petits détails naïfs, de petits traits de vie qu'elle avait remarqués, au château, ou inventés, ou lus quelque part. Peut-être qu'elle avait aimé elle aussi, sans le dire, les histoires de *Confidences*, qui lui faisaient pourtant hausser les épaules quand elle surprenait sa fille à les dévorer. Peut-être avait-elle imaginé, quand elle était jeune fille, une autre existence que celle qu'elle avait eue avec le Georges Mathieu. Les enfants tout de suite, la ferme à mener, les parents à regarder vieillir, et le cul des casseroles pour changer de celui des vaches.

Quand elle s'était aperçue que sa fille fricotait avec le fils Rouquevelle, un espoir insensé avait fait battre son cœur. Et puis la raison, l'amertume, une hargne accumulée par les déceptions de la vie avaient pris le dessus. Elle avait crié : « Il s'amuse de toi, pauvre idiote ! Et le jour qu'il en trouvera une de son espèce, il te laissera tomber. Méfie-toi ! » D'ailleurs André n'était plus à Risset que deux fois par mois, parce qu'il faisait ses classes à Grenoble. Probable qu'il se désintéresserait vite d'Émilienne.

Mais un matin, la petite lui avait appris qu'elle était enceinte, et comme la Louise ouvrait la bouche pour vociférer, elle avait tout de suite ajouté :

– André l'a dit à ses parents. Ils sont d'accord pour qu'on se marie.

La Louise était restée là, ses petits yeux d'oiseaux arrondis, à la recherche d'une méchanceté à proférer, d'un problème à soulever, tant quelque chose en elle s'efforçait de résister à la joie.

– Il doit pas partir en Algérie ? avait-elle demandé.

– Si, mais il aura une permission spéciale pour se marier. C'est monsieur de Rouquevelle qui l'a dit.

– Ouais, avait lancé la Louise. L'Algérie ! Pas dit qu'il revienne !

Et elle avait ajouté aussitôt :

– Dépêche alors ! Grouille-toi ! Dis que ça presse, que ça t'embête d'attendre. Profite qu'ils sont bien disposés ! Fais les papiers tout de suite !

Et Émilienne n'avait vu, dans ce torrent de recommandations fébriles, qu'une façon de la bousculer, de la houspiller, l'alarme d'une réputation à tenir, la honte d'une mère de famille dont la fille s'est mal conduite. Elle n'avait pas senti le tressaillement d'allégresse, le désir brûlant de revanche, et cette jalouse admiration qui avait fait penser intimement à la Louise : « La petite garce ! Elle a su y faire, elle ! »

Très vite, on avait confié la chose, comme sous le sceau du secret, à deux ou trois personnes, quelques voisins, des parents. Il fallait manœuvrer habilement, compromettre les Rouquevelle, ne plus permettre de repli éventuel. Mais la Louise s'échauffait pour rien : dans la famille d'André aussi, on réunissait des papiers, on faisait des démarches. Et, confiante enfin, puisqu'on lui avait assuré que le mariage se ferait le plus vite possible, elle croyait bien tenir le bon bout, lorsque la dépêche était tombée.

Elle y avait vu comme un coup du sort, inévitable, presque attendu. Et son fatalisme mauvais avait tout de suite envisagé le pire : la mort du fils Rouquevelle, le désintérêt de ses parents, l'embarras d'Émilienne et le ridicule de la maisonnée après le mariage annoncé un peu partout. L'effondrement de ses rêves l'avait rendue aigre, injuste et venimeuse. La démarche de Maurice de Rouquevelle, humble et pitoyable, avait cependant éclairé les choses d'un jour nouveau, elle reprenait espoir, hésitant encore à remercier le ciel de la tournure que pourraient prendre les événements, quand la petite gourde lui avait assené l'impossible : il n'y avait plus d'enfant ! Plus d'enfant, donc plus de grands-parents gâteaux, on pouvait rompre la promesse de mariage, on pouvait l'accuser d'avoir triché, André pouvait guérir et l'oublier, ou mourir, et elle n'aurait plus rien à voir avec les Rouquevelle, jamais.

Sa colère avait éclaté, une colère chagrine et affreusement déçue, après l'illusion du triomphe. Elle qui aimait sa fille d'un amour sauvage, équivoque, sans tendresse, avec la seule obsession de la sortir de la ferme, de recommencer, à travers elle, une vie meilleure, elle s'était appliquée à la désespérer et à l'humilier, pour mieux la rendre heureuse, pour tâcher de rattraper cette erreur du destin, cette hésitation, ce bégaiement, qui l'avait d'abord engrossée d'un enfant et de tant de promesses ensemble, puis dépossédée complètement.

Émilienne, à force de réfléchir dans la pénombre de sa chambre, avait fini par comprendre tout cela, ce processus logique de chimères et de déconvenues successives, qui avaient abouti chez Louise à un besoin impérieux de vengeance, à une volonté implacable de corriger le destin. Elle avait réalisé aussi, sous le fiel de sa mère, sous sa brutalité méchante, l'abcès chronique, la douleur lancinante d'un être frustré, sans cesse affamé, jamais contenté. Et si la Louise avait eu avec elle ses fils, son mari, ses parents, la famille entière, c'était que tous pensaient comme elle, tous mettaient inconsciemment en Émilienne leur envie de révolte et de riposte, tous faisaient d'elle, sans le savoir, le symbole d'une justice enfin rétablie, d'un rêve réalisé : la vie de château, avec des domestiques partout, et le seul souci de passer à table et d'apprécier le menu.

D'ailleurs, la Louise, qui se radoucissait un peu devant la docilité d'Émilienne, lui avait dit, en manière de consolation :

– Tu sais, ma fille, t'auras pas tout le temps des scrupules. Quand t'auras compris la vie de chien qu'on mène, si t'as un peu l'occasion de faire la dame, alors tu regretteras plus, crois-moi.

Mais toujours Émilienne était dévorée de la même angoisse :

– Et si l'enfant était anormal ?

Et toujours, la Louise répondait :

– Il sera pas malheureux, va !

Et elle ajoutait :

– D'abord, si c'est vrai ce que tu m'as dit, si tu l'as fait à Marseille, avec André, peut-être après tout que ce sera le sien. Si l'enfant vient, on ne saura jamais. Ce ne sera même pas un mensonge, pour les Rouquevelle.

Alors Émilienne revoyait le jeune homme brun, avec son bras en écharpe. Et la honte l'envahissait, une honte étrange qui tenait plus au fait d'avoir menti à la Louise même, que de devoir mentir toute sa vie, à tous les autres.

Elle comptait les jours, en épiant de petits signes, auxquels elle conférait une importance extrême de précieux augure. Elle avait un peu mal aux seins. Elle n'était pas enceinte ! Ou plutôt, si ! Ce n'était pas la même douleur que d'habitude. Elle se sentait triste, angoissée : ses règles allaient venir. Mais elle était triste depuis bientôt deux semaines, depuis la dépêche, depuis Marseille. Cela ne voulait rien dire. Elle serait bientôt fixée, elle en avait assez de rester au lit, de ruminer les mêmes choses.

Le jour où ses règles devaient arriver, elle alla cent fois au cabinet pour vérifier sa culotte, et sa mère, alertée par le bruit de la porte, pointait le nez dans l'escalier, avançait une mine anxieuse : « Alors ? » Mais rien ne vint de la journée.

Avant de s'endormir, elle appela sa mère, lui demanda une serviette hygiénique du paquet que la Louise détenait dans son armoire.

– Pourquoi ? cria celle-ci.

– Mais pour rien, maman, répondit Émilienne. Pour me garnir, pour la nuit, au cas où...

– Ah ! répondit la Louise, on peut dire que t'appelles la guigne, toi !

La nuit passa, et la journée du lendemain, et une autre nuit. Au matin du 30, vers midi, la petite à Désiré, le receveur de la poste, apporta le télégramme : « André décédé cette nuit. Inutile venir. Ramenons le corps. Affectueuses pensées », et la Louise posa une main sèche sur l'épaule d'Émilienne, en disant :

– Pleure pas tant, tu vas te faire du mal !

Émilienne, effondrée, prostrée, sanglota jusqu'au soir. Ce qui la torturait le plus, c'était cette pensée qu'elle entrait en même temps en grossesse et en deuil, et qu'un enfant ainsi conçu, ainsi attendu, semblait d'avance voué au malheur.

Sa mère, effrayée par l'idée qu'elle allait se laisser dévorer par le chagrin, tomber malade et peut-être faire une fausse couche, déployait à la consoler et à lui changer les idées un zèle maladroit. Pour tâcher de la faire sourire, elle lui dit :

– Tu sais, il y en a un qui regrette le bon temps du traitement ! Si tu voyais le Gaston !

C'était vrai. Le pauvre Gaston, à la façon d'une bête domestique qu'on nourrit régulièrement, avait pris l'habitude des attouchements vigoureux de la Louise. Il tournait à présent comme une âme en peine de la grange à la cuisine, de la cuisine à la grange, et faisait des avances à la fermière d'un geste naïvement obscène. Elle l'avait remballé, bousculé chaque fois, mais lui, têtu, la mine quémandeuse, revenait à la charge, les doigts sur sa braguette.

La Louise insistait :

– Si tu le voyais !

Mais Émilienne, les mains sur les oreilles, sanglotait plus fort que jamais, en balbutiant à travers ses larmes :

– Oh ! Mon Dieu ! Oh ! Mon Dieu !

Le jour de l'enterrement, tout le village était là, devant l'église, attendant la famille d'un air sérieux et réprobateur, l'air des petites gens qui ne peuvent rien contre les bêtises tragiques du monde. « Ça fera un nom de plus à mettre sur le monument », disait-on, et l'on ajoutait, secrètement consolé, dans le fond : « Tu vois que le malheur, ça arrive à tout le monde. »

On avait d'abord cherché des yeux la petite Mathieu. Ses parents étaient présents, ses frères aussi. On n'osait pas leur demander, on faisait des hypothèses. « Elle a dû rester à la maison. La pauvre ! Dans son état... Ah ! Elle a pas eu de chance ! » Mais lorsque les Rouquevelle parurent, il y avait entre eux, accrochée de part et d'autre à leurs bras, la petite silhouette noire et comme rétrécie d'Émilienne, qui marchait le dos courbé et les yeux à terre. « On dirait une veuve ! », commentèrent, avec un rien d'indignation scandalisée, les femmes du village. Alors, on secoua la tête, d'un air entendu. Que oui, elle en avait, de la chance ! Elle aurait pu tomber plus mal, c'était certain. Là, son sort était réglé... Ça se voyait bien...

Les villageois n'étaient cependant pas au bout de leur surprise. On entra dans l'église, on s'installa à petits bruits feutrés, et l'on s'intéressa tout de suite au discours du curé. Car le père Christophe Deseille, tout nouvellement arrivé au village après la retraite du curé précédent, n'avait eu l'occasion, jusqu'à présent, que de dire une ou deux messes. C'était sa première vraie cérémonie, et les gens s'avouaient curieux de ce que ce petit jeune homme, ce presque adolescent, blond et mince, au teint pâle, aux longues mains fines, allait pouvoir dire. Il ne connaissait encore personne, semblait timide et gauche dans sa soutane, attentif à placer, comme pour un spectacle, la famille tout près du cercueil. Par pudeur, par discrétion, on avait laissé libre les premiers bancs, derrière les Rouquevelle. Le père Christophe alors, se dressant sur la pointe des pieds, et s'efforçant de parler haut et clair, éleva la voix.

– Approchez ! Approchez ! N'ayez pas peur ! Nous avons besoin de chaleur ici. Installez-vous devant, là, sur les côtés, partout ! Vous êtes venus pour entourer la famille, pour participer à son chagrin, c'est bien, et nous vous en sommes reconnaissants, alors venez plus près !

Sa douce autorité, la familiarité tranquille de ses interpellations séduisirent. On obéit, il y eut un mouvement général, un bruit de pieds, de chaises, et les gens s'installèrent un peu partout, debout dans les allées, et même derrière le cercueil, sous l'autel.

– C'est bien ! remercia-t-il. Oui ! Là aussi, restez là, je n'ai pas besoin de cette estrade, ou alors, je ferai le tour...

Et il commença son sermon.

– Mes amis, dit-il de sa jolie voix grave et profonde, mes amis, mes frères, nous sommes là aujourd'hui pour agiter nos mouchoirs sur un quai de gare. C'est André de Rouquevelle qui s'en va, et nous lui souhaitons bonne route. Je vous vois tristes et affligés, et je sais d'où vient cette tristesse. Vous ne vous dites pas : « André nous a laissés, et sans lui, ce sera moche et dur. » Vous ne vous plaignez pas de votre solitude, de votre besoin de lui, du vide qu'il y aura dans votre maison, dans notre village. Car ce serait bien égoïste. Simplement vous êtes tristes parce que, dans le pays où il va, il n'y a ni téléphone, ni télégramme, ni courrier et vous ne saurez jamais s'il est bien arrivé. Vous vous faites du souci pour lui. Vous vous demandez s'il n'aurait pas mieux fait de rester ici où la vie n'est pas si mauvaise, plutôt que de s'embarquer à l'aventure pour un pays inconnu, dans un voyage mystérieux. Je vous rassure tout de suite...

Des murmures, étonnés par le ton tout à fait inédit du prêche, avaient d'abord couru dans l'assistance, et maintenant, on l'écoutait avec une attention passionnée. Même Émilienne avait cessé de sangloter, de se moucher, et elle regardait le prêtre avec, pour la première fois depuis longtemps, l'espérance d'un apaisement à sa douleur.

– Je vous rassure tout de suite : le pays où André se rend est bien plus beau, bien plus simple que le vôtre. Représentez-vous une bulle d'amour et de chansons, de lumière et de couleurs, loin de tout ce qui vous peine et vous fatigue : plus de travail, plus de guerre, plus rien que le bonheur de reposer à l'aise. Des vacances éternelles en pays de jouissance, voilà ce qui attend André. Et, comme vous le connaissez, gentil garçon et généreux, il vous garde une place au chaud, à tous...

« Quant aux petits messages qu'il pourrait vous envoyer, il vous faut être très malins. Les moyens de communication seront les plus simples et les plus subtile à la fois. A vous de vous montrer attentifs : un chant d'oiseau, un soleil couchant, le vol d'une coccinelle, un matin de neige, tout ce qui vous paraîtra beau et bouleversant, fragile et paisible, ce sera autant de lettres de sa main. Nous allons mettre, tout à l'heure, son corps dans la terre, pour qu'il devienne terre à son tour, et nature, et vie... Et désormais, tout ce qui poussera et vivra sur cette terre portera un peu sa signature. Notre André qui adorait les bêtes, m'a-t-on dit, avait aussi les doigts verts : il plantait et la vie fleurissait autour de lui. N'a-t-il pas laissé un enfant, qui est là, avec nous, aujourd'hui, dans l'ombre ? Le jour où il viendra à la lumière, ce jour-là aussi, André sera parmi nous, et nous fera un petit signe.

Il y eut des chuchotements, parce que l'annonce avait été faite, officiellement et sans hypocrisie. Les Rouquevelle ne semblaient pas effarés. C'était peut-être eux qui avaient demandé au curé d'en parler, après tout. Et soudain, comme le père Christophe venait d'évoquer l'enfant et le petit signe, un rayon de soleil coloré traversa le vitrail, vint frôler obliquement le pied du cercueil et tomba précisément sur le ventre d'Émilienne, assise tout près. C'était inattendu et bouleversant, les Rouquevelle tressaillirent, Émilienne faillit crier de saisissement.

– Tiens ! dit simplement Christophe. Qu'est-ce que je vous disais ? Alors, vous voyez qu'il est bien arrivé !

Émilienne était une petite fille simple. Le discours du père Christophe avait su l'émouvoir et la réchauffer à la fois d'un espoir naïf et doux. De toutes ses forces, elle s'était mise à croire à l'omniprésence d'André, à sa bienveillance, à son désir de se manifester. Dans les jours qui suivirent l'enterrement, elle se montra très silencieuse, très lointaine. Chez elle, on n'osait plus la bousculer, ni même lui adresser la parole. Elle semblait évoluer en un état second. Elle se voulait absolument attentive au moindre bruit, au moindre détail insolite, elle était à l'écoute.

Les messages tombèrent d'abord irrégulièrement, par-ci, par-là, au fil des longues journées passées à guetter. Ce fut, en tout premier lieu, l'anneau retrouvé au fond de la poche de sa blouse. Un anneau de rideau tout bête, en cuivre, qu'elle avait pris dans la boîte à boutons, deux ou trois mois auparavant, et qu'elle avait passé, par jeu, au doigt d'André en disant :

– Ça y est, tu es mon mari. Tu ne me quittes plus.

Ils étaient au bord de la rivière. Il avait cherché des yeux autour de lui, avait attrapé une tige de fleur dont il avait fait un petit lien autour de l'annulaire d'Émilienne.

– Et toi, tu es ma femme.

– Oh ! moi, avait-elle répondu en éclatant de rire, ma bague fanera vite. Je ne serai pas mariée bien longtemps !

Il avait fait semblant de s'indigner :

– Comment ! Donne-moi ta main !

Et il lui avait mis, à son tour, l'anneau en cuivre en déclarant :

– Voilà du solide !

Mais l'anneau avait glissé du petit doigt d'Émilienne. Elle l'avait cherché dans l'herbe, ils s'étaient couchés pour mieux voir, ils avaient dû rouler dessus dix ou vingt fois. En se relevant, Émilienne l'avait retrouvé dans la poche de sa blouse. Ils avaient ri, s'étaient séparés. Elle avait oublié l'anneau là, dans le vêtement qui était pourtant passé à la machine à laver. Elle l'avait même repassé, sans se douter de rien, sans rien voir. Et voilà qu'en enfonçant la main dans sa poche, ce matin-là, elle venait de toucher du bout des doigts le petit cercle froid et lisse. Elle avait sorti la bague, l'avait contemplée, baisée pieusement, et une sorte de joie, mêlée de reconnaissance, l'avait forcée à sourire. Ainsi, c'était vrai, André était partout, il s'ingéniait à communiquer, avec les moyens dont il disposait.

Alors, elle avait décidé de ne rien laisser au hasard, de regarder partout, de vivre chaque minute en état d'alerte, de fouiller chaque lieu du regard et des mains, d'écouter chaque son d'une oreille nouvelle. La pendule, la nuit, n'égrenait plus les secondes de la même façon. La cloche du village sonnait différemment. Puis il y eut un vol d'oiseaux qui passa, s'éloigna pour repasser encore. Émilienne regardait le ciel, suivait avidement des yeux la gracieuse nuée qui virevoltait avec un ensemble surnaturel d'un bout à l'autre du paysage, comme pour y écrire une à une les lettres d'un mot d'amour. Et comme, appuyée du front au carreau de la cuisine, elle s'appliquait à déchiffrer les arabesques géantes brodées sur le bleu du ciel par des centaines d'ailes à la fois, la porte s'ouvrit sur le facteur, qu'elle n'avait même pas entendu pénétrer dans la cour. Il avait un air un peu gêné. Il posa le journal sur la table, lentement, soigneusement, en rectifia du bout du doigt la position pour que le rectangle de papier sanglé s'inscrivît parfaitement dans un des dessins géométriques de la toile cirée. Puis il prit une enveloppe dans sa musette, qu'il tendit, tête baissée, à Émilienne, en lui disant :

– Tiens ! Il y a ça aussi ! Ça va peut-être te faire mal.

C'était une lettre d'André. Sa première et dernière lettre d'Algérie. La seule. Celle qu'Émilienne avait attendue si fort depuis son départ, puisqu'il avait dit : « Je t'écrirai. »

Elle avait pris l'enveloppe, sans un mot, l'avait examinée, retournée, pesée, envahie d'une joie étrange, mêlée de crainte. Puis, oubliant le facteur planté là, figé par une discrétion embarrassée, elle était montée dans sa chambre, le cœur battant.

Avant d'ouvrir la lettre, elle la baisa avec ferveur, y caressa sa joue, et ses mains tremblaient lorsqu'elle glissa enfin l'ongle de son pouce sous le repli de l'enveloppe. L'écriture était irrégulière, le mot avait dû être griffonné à la hâte, dans une position inconfortable et instable.

Ma Brunette chérie,

A la lecture de l'intitulé, Émilienne sentit ses larmes déborder. C'est vrai qu'il l'appelait souvent ainsi, lorsqu'il l'emmenait par les chemins, le soir, un bras à sa taille et la bouche fourrageant sous son oreille, dans son cou, à respirer ses cheveux, à les mordre un peu, à la bouleverser tout entière de frissons.

Ma Brunette chérie,

Vite, vite, pas le temps d'écrire longtemps. Après un voyage bizarre (je te raconterai tout une autre fois), me voici en pays de lumière. Le jour, du bleu, du blanc, du rose et le soleil aveuglant. La nuit, les météores des fusées qui trouent un ciel de velours. Je pense à toi sans cesse, à tes yeux, à tes cheveux, à tes seins, à ton ventre, mon jardin où j'ai enfoui ma graine. Caresses à vous deux, toi qui me manques et le tout petit que j'attends déjà si fort. Et moi, je vous manque ?

Le courrier part. J'écrivais seulement pour te dire que je t'aime.

Il s'était dépêché, avait gribouillé sa signature, stylisé un cœur, un soleil. Au-dessous, il y avait encore un mot ou deux, informes, illisibles, qu'Émilienne ne chercha pas à déchiffrer tout de suite, désireuse de garder ce mystère, de l'exploiter, d'y consacrer du temps et de l'attention. La lettre était troublante. Un voyage bizarre, un pays de lumière, de météores, un ciel de velours. Bien sûr qu'elle venait de là-bas. Mais c'était tout de même la lettre d'un mort qu'elle avait entre les mains.

Il était difficile à Émilienne de faire la part des choses, de rétablir la vraie chronologie des événements. André était arrivé en Algérie, avait voulu très vite donner des nouvelles. La missive avait traîné. Entre-temps, il avait été blessé, opéré, rapatrié, il était mort. Était-ce tout à fait un hasard si elle ne la recevait qu'aujourd'hui, après le discours du curé, l'anneau retrouvé, et les majuscules tendres dessinées dans le ciel par le ballet des oiseaux ? Les termes en étaient-ils tout à fait innocents, tout à fait explicables, qui se bousculaient sans rien raconter, qui évoquaient un pays lointain et différent, un André préoccupé, avare de précisions, ébloui et secret ? Le message aurait pu tout aussi bien venir de l'au-delà...

Émilienne, affamée d'espérance et de consolation, avait envie d'y croire de toutes ses forces : un prodige seul avait pu dicter à l'homme qu'elle aimait des mots ambigus et prémonitoires. Alors, naturellement, elle rassembla du papier, un stylo, une enveloppe, et, lissant du plat de la main la lettre d'André sur un coin de la table, elle s'installa au bureau pour lui répondre.

« André, mon amour,

Je reçois aujourd'hui ta lettre. Je savais déjà que tu étais bien arrivé. Il y a eu des tas de signes que j'ai observés. Tu poses une drôle de question, mon amour. Tu demandes si tu nous manques ! Ton absence est une grosse douleur de chaque moment, je ne m'en console qu'en retrouvant de petites traces de toi partout. Ne m'abandonne pas, je t'en prie... Quitte de temps en temps la belle lumière de ton soleil aveuglant pour me regarder, moi qui suis restée dans l'ombre, pour me regarder avec tout ton amour et toute ta tendresse, parce que j'en ai besoin. Protège-moi, je suis perdue, et l'enfant que je porte, plus petit, plus fragile, plus obscur que tout le monde croit, protège-le aussi. Je ne sais pas si j'aurai la force de le garder en moi, de le retenir aussi longtemps qu'il faudra. Lui aussi, pour venir à moi, a fait un voyage bizarre. A mon tour de te dire : « Nous en parlerons une autre fois. » Une autre fois, quand je serai moins triste (si cela arrive) et moins incertaine, moins malade d'exister loin de toi, loin de ta chère chaleur, de tes bras, de ton regard.

Oh ! Je ne pouvais pas croire que tu étais parti pour toujours, que jamais, plus jamais, je ne te verrais, je ne t'entendrais, je ne t'embrasserais. Maintenant, j'ai une lettre à couvrir de baisers, à serrer sur mon cœur, et un anneau, que je porte pendu à une chaîne autour de mon cou, et le monde entier à écouter vivre pour te deviner partout, et un enfant que j'ai voulu te faire, et qui me reste, comme un cadeau qu'on n'a pas eu le temps de remettre. Pour toute ma vie, je suis ta femme, la femme d'un soldat tombé, solitaire, mais pleine de toi, et puisque plus jamais je ne me coucherai contre toi, puisque plus jamais je ne t'ouvrirai ni mes bras ni mes jambes, je t'aimerai autrement, très fort, très fidèlement, mariée à ton souvenir par un anneau de cuivre qui tremble entre mes seins.

Je t'écrirai encore, et toujours, aussi longtemps que j'aurai la force de tenir un stylo.

Elle glissa la feuille pliée en quatre dans une enveloppe sur laquelle elle écrivit « André ». Puis elle chercha, au fond de son placard, une boîte à chaussures vide, qu'elle épousseta. Elle y déposa sa lettre, referma la boîte qu'elle plaça sur une étagère, à côté de la photo d'André. Et, désormais, chaque matin, elle ouvrit la boîte pour y glisser un nouveau message.

Cette correspondance pathétique devint son seul but, son unique centre d'intérêt, hormis les signes qu'elle persistait à guetter et à déceler partout, auxquels elle répondait d'ailleurs dans son courrier quotidien.

André, mon amour,

Tu m'as encore fait une visite hier soir. Je t'ai reconnu, alors que personne n'a rien compris. La chatte avait apporté une souris dans sa gueule. Elle s'est amusée un peu avec. Ma mère a dit : « Allez, va jouer dehors avec ça ! » Elle lui a ouvert la porte. Par curiosité, elle l'a regardée faire. Je crois qu'elle prenait du plaisir à voir la pauvre petite bestiole maltraitée. Mais la Minouche a lâché sa proie, exprès, sans chercher à la rattraper, et elle est rentrée se mettre au chaud, l'air satisfait. Ma mère a dit : « Elle est folle, cette bête ! » et tout le monde a trouvé ça bizarre. On m'a regardée, on m'a dit : « Ça te fait rire ? » Moi, je souriais parce que j'avais compris. Je ne leur ai pas dit : « C'est André qui protège les souris et qui me fait un petit clin d'œil. » Je garde le secret.

André, mon cher amour, cher jeune homme ami des bêtes, de tout ce qui bouge, de tout ce qui souffre, de tout ce qui appelle, de ton monde de lumière, tu as sauvé une minuscule souris. Pose ta main magique sur mon ventre, où commence à grossir un drôle de petit animal, prends-moi tout entière dans ton bras fort, et fais-moi ronronner comme avant, tu te souviens, quand tu peignais ma fourrure de tes doigts légers.

... André, qui me fera l'amour, à présent ?

« André, mon amour,

Oh oui ! Reviens encore dans mes rêves ! C'est une si bonne idée ! Pourquoi n'ai-je pas rêvé avant ? Tu es venu cette nuit, si beau, si blond, si pareil à autrefois... Tu t'es avancé vers mon lit, tu étais habillé en soldat. Tu as ouvert ta veste, ta chemise, ton pantalon, et tu m'as dit : « Regarde ! Je n'ai plus rien ! Rien du tout ! C'est guéri ! » Ton ventre était lisse et chaud, tout plat, sans cicatrice. J'ai voulu le caresser, tiède et doux sous ma main, il s'est mis à onduler comme un chaton qui tète, et tu as soupiré :

« Oh ! Que tu me fais du bien. » Alors, j'ai glissé mes deux mains dans ta ceinture, contre tes hanches, j'ai descendu doucement ton pantalon, pour te voir... Tu étais magnifique, tendu vers moi, tout vibrant... Je me suis réveillée avec une terrible envie de faire l'amour, mouillée partout et les reins bouillants.

Tu n'as pas dû me reconnaître, cette nuit, n'est-ce pas, moi qui me suis toujours montrée si docile et si réservée ?

Comme je regrette ma timidité passée, maintenant ! André, je t'aime si fort, reviens encore, tu verras, j'aurai de l'audace ! Si tu avais obtenu ta permission, si tu m'avais épousée, si nous avions partagé des jours et des nuits d'amour, j'aurais petit à petit trouvé les gestes et les mots pour mieux te plaire, mieux te prendre et mieux me donner. Eh bien, je te l'ai affirmé, je me sens si mariée à toi, si étroitement liée à ton souvenir, que toutes ces nuits, tous ces mots, tous ces gestes, je te les offrirai.

J'ai été, jusqu'à présent, ta fiancée et ta femme. Je veux devenir ausi ta maîtresse, une vraie maîtresse, qui crie d'amour, qui exige et qui supplie.

Reviens dans mes rêves, et un soir, nos noces feront trembler les murs, je te le promets.

André, mon amour,

Tes parents ont insisté pour me prendre un rendez-vous chez un gynécologue de Grenoble. Ils doivent m'accompagner. J'essayais d'oublier des tas de petites choses, de petits détails, mais je ne peux plus reculer. J'ai tout à coup des doutes affreux. Est-ce que je suis vraiment enceinte ? Est-ce que je n'ai pas un gros retard, comme la dernière fois ? Est-ce que je dois dire la vérité au docteur ? Et à tes parents ? Quelle drôle de situation ! Il n'y a que vis-à-vis de toi que je ne me sente pas gênée, est-ce curieux ! Il me semble que, de là où tu es, tu vois tout, tu comprends tout, tu sais tout. Tu sais bien que cet enfant, s'il vient au monde, sera le tien, puisque j'ai voulu le faire pour toi.

Mais en fait, de qui est-il ? Et s'il n'était pas normal ? Que faut-il dire à tes parents ? Que faut-il leur laisser croire ? Guide-moi, car, soudain, je ne sais plus où j'en suis. Depuis ton départ, je n'ai vécu qu'en pensant à toi, en te cherchant, et si je me souvenais parfois de cet enfant, c'était encore par rapport à toi. Mais voilà qu'il va en quelque sorte exister par lui-même, je vais devoir le déclarer officiellement, et je me demande s'il est bien honnête de ma part de continuer à me taire. J'attends un petit signe, s'il te plaît ?

André, mon amour,

Nous sommes allés à Grenoble. Comme toujours, tes parents se sont montrés très gentils avec moi. Pendant le voyage, j'ai vomi. Ils étaient embêtés et attendris à la fois. Moi j'avais honte, et j'avais peur de la visite. Tes parents m'ont laissée entrer seule dans le cabinet. Le docteur était une femme, ni jeune ni vieille, assez froide. « Vous avez déjà été examinée ? » m'a-t-elle demandé. J'ai dit que non. Ça l'a étonnée. « Une analyse en laboratoire, au moins ? » J'ai encore dit non. « A quand remontent les dernières règles ? » J'étais embarrassée. Finalement, j'ai dit : « Un mois. » Elle a relevé la tête de ses papiers, en fronçant les sourcils. « Mais madame de Rouquevelle m'avait parlé d'une grossesse de deux mois à peu près. » J'ai bafouillé, j'ai dit « Je croyais, mais j'ai eu mes règles depuis. Mais... j'ai revu André... » *Elle était sceptique.* « *Où, à l'hôpital ?* » *J'ai répondu :* « *Oui, on nous a laissés tout seuls...* » *Je devais être toute rouge.*

Elle m'a fait coucher sur une table. Son instrument métallique était froid, il m'a pincée et blessée. Elle a aussi mis ses doigts, bien au fond, en m'appuyant sur le ventre. Elle a déclaré : « *Apparemment, c'est ça. Il est même déjà gros. Vous êtes sûre de vos dates ?* » *Elle a ajouté :* « *C'étaient peut-être de fausses règles...* » *Mon cœur a battu très fort, je me suis fait expliquer ce qu'elle entendait par là. Je me suis mise à espérer, à espérer follement. Bien sûr, même si elle se trompe, c'était sûrement un signe de ta part. Alors je n'ai rien dit à tes parents, et je suis repartie avec une ordonnance pour un laboratoire, un rendez-vous pour dans deux mois.*

Mon Dieu ! Comme cet enfant me coûte de tourments, d'hésitations, de peurs. Je sens bien, André, que ma vie ne sera jamais une vie de femme ordinaire. Je suis l'épouse d'un mort, et j'attends un enfant qui a plusieurs passés, un avenir incertain, un âge indéfini, et tant de pères possibles.

Mon amour, quand je pense à tout ce qui est entré dans moi, à ta suite, sur tes pas, dans cet endroit que j'aurais voulu garder pour toi seul ! Tu as été le premier, mon conquérant, mon envahisseur bien-aimé, tu as glissé en moi sans violence, si doux, si lent, si bienvenu. Tout ce que j'ai connu ensuite ne m'aura que meurtrie et humiliée, ce jeune homme de Marseille que j'ai subi les paupières baissées et sans joie, l'affreuse bougie de ma grand-mère, visqueuse et glacée, qui m'écorchait chaque fois, et l'entonnoir et les mains de cette femme, qui a fouillé mon ventre comme un sac.

Reviens-moi, mon amour, avec ton merveilleux rameau de chair tendre, intelligent et habile. Reviens dans mes rêves, je ne veux que toi entre mes cuisses.

Le test du laboratoire s'était avéré positif. La gynécologue, intuitivement au fait d'un mystère embarrassant, avait fini par se fonder, dans sa déclaration, sur une date hybride, qui correspondait à celle du départ d'André. Madame de Rouquevelle s'en montra étonnée avec discrétion, et Louise Mathieu très satisfaite. Quant à Émilienne, elle y vit une ironie du sort de plus, puisque cette date-là était justement celle où elle n'avait pas fait l'amour avec André. « C'est drôle, se dit-elle, je suis vraiment destinée jusque dans les moindres détails, à avoir un enfant sans père. Je suis un peu comme la Sainte Vierge », ajouta-t-elle pour elle-même, avec un petit sourire triste. Puis elle regretta ce petit blasphème, et l'idée lui vint de se rendre à l'église.

Dans l'ombre du monument où ses pas timides résonnaient, elle finit par entrevoir Christophe, à genoux devant la Vierge, qu'il venait de fleurir. Il n'avait pas l'air de prier, mais de contempler avec une sorte de ravissement profond le bouquet dans son vase, posé à même le socle de la statue. Elle n'osa pas l'aborder. Lui l'avait entendue, mais attendait un mot, un appel. Finalement, il se retourna. Sa physionomie juvénile et douce, l'eau tranquille de son regard gris, le sourire amical qu'il lui adressait la convainquirent. Elle articula péniblement : « Je suis venue... Je suis venue... » et elle s'arrêta, les yeux implorants, un égarement émouvant peint sur son joli visage de madone italienne.

« C'est une très bonne idée ! s'exclama-t-il. Comment allez-vous ? » Il l'avait prise par le bras, mais hésitait encore à la diriger vers la sacristie ou le confessionnal. « Je vais mal, dit-elle très vite. Dans ma tête, tout se brouille. » Elle chercha du regard, comme traquée, un endroit où parler dans le noir. Le confessionnal faillit l'attirer, elle eut un élan de tout son corps pour courir s'y réfugier, mais ses yeux revinrent à la statue de la Vierge avec l'enfant Jésus sur le bras, et elle capitula : « Non, là ! » dit-elle, comme on se rend, en se laissant tomber d'elle-même sur un prie-Dieu. Le jeune prêtre s'assit à ses côtés, se tourna vers elle, disponible et patient.

Elle avala sa salive deux ou trois fois, ouvrit et ferma son sac, et lâcha, les yeux sur la Vierge :

– C'est que... mon enfant n'a pas de père... Enfin, je ne sais pas qui est son père... On croit, tout le monde, enfin les Rouquevelle croient que c'est André...

Son regard mobile et affolé, aux pupilles mouvantes, s'était à présent fixé sur Christophe.

– Mais, je ne pense pas... C'est une histoire affreuse, j'ai cherché à me faire mettre enceinte par... un inconnu et par Gaston, notre valet de ferme, qui est complètement attardé... C'était pour André, ça, je le jure, c'était pour lui, et maintenant j'ai honte et je ne sais plus... Les Rouquevelle l'attendent comme, comme...

– Comme le Messie ? proposa Christophe gentiment.

Elle sourit douloureusement.

– Oui, si on veut, ils parlent de l'adopter, pour qu'il ait le nom d'André, et leurs propriétés, plus tard... Et moi... Moi... je suis perdue... Ce secret m'étouffe... Cet enfant, c'est l'enfant de personne, de personne !

Soulagée, elle éclata enfin en sanglots. Christophe se rappela son directeur de conscience, son ami, le père Cotain. Comme il avait été sage, et généreux de lui faire profiter de cette sagesse. « Figlio di nessuno ? avait-il demandé à l'enfant triste qui venait de perdre sa grand-mère, sa seule famille, figlio di nessuno, Christoforo, ma come mai ? Figlio di Dio, invece !* »

Christophe venait de prendre doucement dans sa main le menton d'Émilienne.

– Et lui, alors ? avait-il dit en montrant l'enfant Jésus rose et potelé qui souriait là-haut, au bras de Marie. C'est le fils de personne, et c'est le fils de Dieu. Émilienne...

Et comme elle se cabrait, prête à protester, à s'accuser encore, il poursuivit :

– Bien sûr, vous n'êtes pas aussi pure que Marie, quoique...

Il laissa planer un petit silence sceptique, puis finalement renonça à l'explication audacieuse et alambiquée qui lui était montée spontanément aux lèvres.

– Bon, pas aussi pure que Marie, mais les autres doivent-ils payer vos impuretés ? Quel péché ont commis les Rouquevelle, pour les punir, les priver du Messie ? Et quel péché a commis l'enfant, que vous allez marquer à jamais d'infamie dans le village si vous parlez ? Vous le savez, n'est-ce pas ? L'inconnu, le bon samaritain qui vous a peut-être aidée, et le simple d'esprit, ce sont des êtres de passage, des figures évangéliques, d'ailleurs, mais de purs instruments du destin. Vous ne les dépossédez pas en gardant votre secret. Au contraire. Dieu les a mis sur votre route pour le conserver, ce secret. Et s'il vous pèse trop, c'est votre problème, votre punition, si l'on veut. Personne d'autre n'est concerné. Serrez les lèvres sur ce mystère d'une trinité un peu personnelle : trois pères pour un enfant, ce n'est pas un drame ! Et ce n'est pas un enfant sans père !

– Mais... balbutiait Émilienne qui s'accrochait piteusement à sa culpabilité... Et André ?

---

* « Fils de personne ? Fils de personne, Christophe, mais comment donc ? Fils de Dieu, au contraire ! »

– Avez-vous trahi sa mémoire, voulu profiter de son amour, de son nom, de son argent ?

– Non, non, pas ça !

– Alors, le problème est réglé. Cet enfant a été fait pour lui, il est fils de Dieu et fils d'André. Voilà tout.

– Et si le petit est malade, ou anormal, à cause... de Gaston ?

– Mais, répondit Christophe logiquement, pardonnez-moi, quand vous avez couché avec Gaston, vous l'avez vraiment trouvé anormal ?

– Mon père, mon père ! s'écria soudain Émilienne en se jetant aux pieds du curé, tout en larmes et les mains jointes dans une prière bouleversante. Oh ! pardonnez-moi, pardonnez-moi, c'est vilain, je n'ai pas couché avec Gaston !

Le burlesque du mea-culpa ne fit pas sourire Christophe. Il ouvrit seulement de grands yeux, et Émilienne répondit à sa question muette.

– C'est ma mère, qui... allait le... après, avec ma grand-mère... Ma grand-mère s'y connaît... Elle était faiseuse d'anges.

– Eh bien, dit joyeusement Christophe, espérons qu'elle n'aura pas perdu la main ! Entre un simple d'esprit, qui a sa place réservée au royaume des cieux, je vous le rappelle, et une faiseuse d'anges, Émilienne, vous allez fabriquer un saint ! Allez en paix, maintenant, vous avez assez pleuré. Un petit enfant ne se nourrit pas de larmes. Je veux pouvoir baptiser un aussi beau poupon que celui-ci, dit-il, en pointant une fois de plus le doigt vers la statue.

Émilienne, toujours surprise, n'osait pas se lever. L'extrême simplicité du curé venait de la confondre, sans la détendre encore. Elle risqua une nouvelle provocation, presque frustrée du grand sermon moralisateur auquel elle s'était attendue.

– Mon père, commença-t-elle. Dites-moi aussi, est-ce normal de voir André partout, de recevoir une foule de petits messages comme ceux que vous aviez annoncés, des signes magiques, une lettre ?

Il lut la détresse dans son regard, et la fragilité touchante des consolations auxquelles elle se raccrochait. Il n'hésita pas une seconde.

– C'est tout à fait normal, dit-il.

Puis, se penchant sur le bouquet au pied de Marie, il y prit trois fleurs, et les tendit à Émilienne.

– Disons que c'est de sa part !

Mon amour,

Je ne sais pas si le nouveau curé est bien sérieux. J'ai du mal à croire que tout soit si simple. Pourtant il n'a pas tort : pourquoi faire du mal aux innocents ? Pourquoi les redouter aussi ? Si ça se trouve, mon amour, j'aurai, grâce à Gaston, un enfant blond comme toi. Tu vois que je commence à me faire à l'idée...

Ce que je n'ai tout de même pas avoué au père Christophe, mon chéri, ce sont mes rêves. Ah ! J'ai eu raison de t'y inviter. Sans eux, sans toi, mon corps dépérirait comme une plante qu'on ne soigne pas. André chéri, mes seins gonflent, je les sens lourds et ronds, pleins dans ma main. Comme tes couilles, quand tu me disais : « N'aie pas peur, caresse-moi, caresse-les. » Tu étais au-dessus de moi, courbé pour boire ma bouche, et tu écartais un peu les cuisses. Et ton sexe se balançait au-dessus de moi, tes couilles aussi. Je sentais des gouttes tièdes pleuvoir un peu partout sur ma peau, c'était toi qui coulais. J'avais envie, envie de te toucher, de promener mes doigts entre tes fesses, dans le sillon, dans le trou, sous le trou, là où tes couilles s'attachent et pendent comme de beaux fruits à l'arbre. Mais je n'osais pas, je n'osais pas... Refermer mes doigts sur ta queue, je n'osais pas, et m'en caresser la bouche, le cou, la joue, j'en mourais de désir, mais je n'osais pas.

Et cette nuit, j'ai osé. Tu m'as montré encore ton ventre jeune et intact, réparé, tout neuf. J'ai cherché ta queue dans ta braguette, je l'ai sortie, tu t'es penché sur moi, comme avant, à quatre pattes, à renifler partout comme un taureau amoureux, alors j'ai soulevé la tête et je t'ai pris dans ma bouche. C'était un goût puissant, terrible, qui m'excitait comme jamais. Tu sentais l'animal, la litière, le mouton crotté, le par-terre des étables. Oh ! André ! Comme c'est drôle de rêver de choses si précises, et si loufoques. J'ai joui pendant que je te suçais, je me suis réveillée les jambes ouvertes. Mon sexe venait d'exploser.

Pourquoi, pourquoi n'avons-nous pas eu le temps ?

André, mon amour,

Mon ventre mûrit comme une belle courge. Il bouge. Il ne m'appartient plus. Quand tu viens dans mes rêves, tu tiens deux personnes à la fois contre toi. Tu sens les petits coups de pied, les petits coups de poing. Alors tu dis : « Cette fois, il est trop gros, il n'y a plus de place pour moi. J'attendrai qu'il soit sorti. » Et moi je te réponds : « Non, non, il va se serrer, tu ne viendras que tout doucement. Mais, s'il te plaît, donne-moi un petit peu de toi ! » Et tu nous caresses, lui et moi, partout, du bout des doigts. Tu te promènes sur cette planète mouvante, cette planète d'un seul habitant, comme dans l'histoire du Petit Prince... *Tu dis : « Le Petit Prince aime les roses » et tu ouvres ma fleur avec d'infinies précautions. Tu me regardes, je ne rougis plus, je ne demande plus que tu éteignes la lumière. Au contraire, je m'écarte pour toi. « Cherche bien dans la rose, mon chéri, c'est peut-être une princesse qui se cache, tout au fond. » Et tu viens lentement, d'un seul doigt d'abord, au bord du cœur qui palpite. « Mais c'est lui qui suce déjà comme ça ? » me demandes-tu, et je te réponds d'un sourire : « Non, ce n'est pas lui, c'est moi qui te veux, qui te réclame, j'ai envie que tu glisses en moi, que tu m'abreuves. Je suis plus petite que le bébé, plus affamée et si tu mets ta queue veloutée en moi, je la boirai avec une soif qui te rendra fou. » Et tu avances, tu poses ta grosse racine juteuse entre mes lèvres qui se creusent comme un calice pour la recevoir. Et tu avances encore, millimètre par millimètre, chaud, exaspérant de lenteur, puissant et tranquille entre mes cuisses impatientes, sans rien abîmer, sans rien pousser. Tu t'arrêtes par prudence, pour me taquiner aussi. D'un coup de talon sur tes fesses, je te plante en moi plus profond. Tu n'oses pas te coucher. « Je vais l'écraser », dis-tu, et tu ressors un peu, magnifique et gracieux. Je soulève les reins pour te reprendre, tu recules de nouveau, en respirant fort car le jeu te plaît. Alors pour t'affoler encore et te faire cavaler, je vais toucher tes couilles, qui se balancent contre mes fesses. Et je sens à leurs frissons, en les frôlant à peine, comme je sais que tu aimes, que le miel est tout près. Je me fais régulière sous toi, mon ventre est une montgolfière folle qui largue les amarres, et nous nous envolons ensemble, moi qui ai soulevé les fesses à ta rencontre jusqu'à ce que nos poils se mêlent, et toi qui te cabres dans un rayon de lune...*

Les mois passaient. Il n'y avait plus de place dans la boîte à chaussures où les lettres étaient rangées debout, bien serrées les unes contre les autres. Émilienne en avait sorti une autre, qui se remplissait aussi. Elle écrivait très régulièrement, chaque jour, parfois deux fois dans la même journée, racontait de petits détails de sa vie, les choses qui lui tenaient à cœur, ses visites chez la gynécologue, la gentillesse des Rouquevelle qui voulaient l'installer chez eux et qui, en attendant, lui avaient réservé une chambre dans une clinique de Grenoble.

Elle parlait de l'enfant, de son corps qui se déformait, des rêves qu'elle faisait, endormie ou éveillée, et l'on eût dit que son amour de femme s'épanouissait à la même cadence que son ventre, qu'elle regardait grossir avec un étonnement amusé, comme s'il s'était agi de quelque enchantement.

Son attachement à André, loin de pâlir, se faisait plus intense, plus charnel au fil de ses divagations. Cette petite campagnarde, élevée au contact des choses de la nature, mais loin des raffinements humains, retrouvait seule, aux bras d'un fantôme adoré, toutes les offrandes, toutes les redditions, toutes les exigences et tous les caprices qui jalonnent peu à peu la vie secrète d'un couple. Son deuil ne la desséchait pas, ne lui aigrissait ni le corps ni l'esprit. Au contraire, une sorte de mansuétude universelle lui venait pour toute les créatures de la terre, persuadée qu'elle était d'y retrouver un peu André, et un sourire doux avait fini par remplacer, sur son visage moins pointu, moins brûlant, les torrents de larmes qu'elle avait versés.

Elle recommençait à s'examiner dans la glace, à caresser ses seins et son ventre, et la nuit, un plaisir onirique l'obligeait souvent à se tordre sous ses draps, à haleter dans l'ombre. Elle était, à présent, une belle jeune femme sereine, doublement habitée d'un enfant bien vivant et d'un homme disparu qui lui réchauffaient également le cœur, la gonflaient de tendresse et de désir, et faisaient onduler ses hanches.

Elle avait revu le curé une fois ou deux. Ils avaient parlé d'André comme s'il vivait encore, au présent, et sans solennité. Elle lui avait confié :

– Tous les petits messages qu'il m'envoie, m'aident à tenir le coup : ce n'est pas très facile d'être mariée avec un absent.

– Oh ! avait-il répondu, je connais bien le problème. Moi, j'ai épousé Marie... Une vieille passion, si vous voulez... j'en ai toujours été amoureux. Alors, j'ai sauté le pas. Mais, pour moi, c'est encore moins facile, parce qu'on est plusieurs sur le coup, et... je suis un peu jaloux, parfois !

Elle avait ri, conquise par cette gentillesse si naturelle, par cette vision originale et cependant quotidienne des choses de la religion. Mais elle n'avait pas osé lui demander si, dans ses rêves, il couchait avec la Vierge.

Le terme d'Émilienne approchait. A la dernière visite, la gynécologue s'était prononcée : « Je dirais... dans un mois, à peu près ». « Ce sera peut-être un peu plus tôt », avait commenté Yvonne de Rouquevelle, avec un sourire complice et indulgent, une petite flamme dans les yeux. « Ce sera sans doute un peu plus tard », avait pensé Émilienne, angoissée à l'idée de ce trouble jeu de dates qui ne manquerait pas d'intriguer. Ce fut Yvonne de Rouquevelle qui eut raison.

Deux semaines environ après l'entrevue chez le docteur de Grenoble, les parents d'André avaient enfin obtenu d'Émilienne qu'elle consentît à préparer ses affaires, puis à venir occuper la chambre qu'ils lui destinaient au château. Une bien jolie chambre, spacieuse et claire, avec un grand balcon et de légers rideaux blancs qui bouffaient derrière la baie entrouverte.

Cette pièce possédait sa salle de bains particulière et la chambre voisine devait être celle du bébé. On en avait refait le papier et les peintures dans un ton de bleu très doux, et de beaux meubles laqués blancs, tout ce qu'il y avait de plus moderne, une table à langer, une commode, une petite armoire supportaient déjà une foule d'objets très gais, de joujou, d'images, de produits de toilette. Il ne manquait que le berceau... « Nous l'apporterons à la dernière minute, avait dit Yvonne, nous sommes un peu superstícieux. » « C'est celui d'André que j'ai fait repeindre », avait ajouté Maurice. Et tous deux avaient l'air si attendris, si impatients, qu'Émilienne, troublée de surcroît par une première douleur, n'avait plus résisté.

Elle aurait pu se rendre au château bien plus tôt, si elle l'avait voulu. Dès que les Rouquevelle avaient eu la certitude que la grossesse se déroulait normalement, que tout allait bien, ils avaient manifesté le désir de prendre Émilienne avec eux, pour meubler un peu leur solitude, pour parler d'André et, surtout, pour mieux attendre l'enfant qui se préparait. Mais Émilienne, quoique houspillée par sa mère qui lui répétait sans cesse : « Mais vas-y donc ! T'es bien bête de ne pas en profiter tout de suite ! », avait eu peur de bouleverser trop vite la mémoire d'André, de la dépayser, de la perdre, peut-être, au milieu des siens et de son décor. En fait, André n'avait pas été pour elle André du château, mais plutôt André de la campagne, des champs, des granges, de la paille. Elle n'avait finalement partagé qu'une nuit avec lui, dans son lit de jeune homme : cette dernière nuit dont elle avait gardé tant de regrets et de remords à la fois.

Les Rouquevelle avaient su ne pas s'encombrer d'hypocrites principes et avaient admis cette nuit d'adieux comme une cérémonie de fiançailles. Quant à la Louise, elle s'était bien sûr réjouie de ce premier pied posé au château. Mais c'était surtout dans son lit à elle qu'Émilienne avait bercé le souvenir de son amoureux. D'abord lorsqu'ils couraient les chemins tous les deux, et s'arrêtaient au hasard des accueils possibles : un bosquet, une cabane, et même le grand parapluie d'Émilienne, celui sous lequel elle avait passé, petite fille, tant d'heures à garder les vaches ou les chèvres.

Alors, au retour de ces vagabondages où il la grapillait peu à peu, où il la bouleversait de fièvre et d'impatience inavouée, elle se recroquevillait dans son lit, frissonnante, heureuse, chamboulée par la délicieuse honte de certaines réminiscences, si affolée par les images qui repassaient sous ses paupières serrées, qu'elle gémissait parfois seule dans le noir.

Et puis André était parti. Alors, dans le secret de sa chambre, elle avait prié pour lui, elle avait commencé d'attendre, d'espérer, de redouter. Depuis la dépêche, depuis Marseille, il ne s'était pas passé une minute sans qu'André occupât ses pensées. Elle le portait avec elle, malade de chagrin, d'amertume et de honte, étrangère à sa famille qu'elle ne voyait plus.

Le jour de l'enterrement, l'idée de la survie d'André lui était venue en écoutant le curé. La messe dite par le père Christophe était devenue sa messe de mariage. Elle avait décidé ce jour-là d'appartenir pour toujours au jeune homme défunt, de le garder à jamais dans sa vie, dans son cœur. Elle s'y était engagée avec une ferveur tacite mais passionnée et était rentrée chez elle comme un jeune épousée en noir, au bras d'un fantôme dont elle avait épié les manifestations. D'emblée, elle venait d'accepter toute l'absurdité de son destin qui l'avait trompée et navrée si cruellement : n'avait-elle pas été enceinte avant que de porter véritablement un enfant, et veuve avant que d'être mariée ?

Une étrange lune de miel l'attendait, que pour rien au monde elle n'eût voulu passer chez les Rouquevelle, dont la seule vue lui donnait de l'embarras et des doutes. Et puis, elle voulait faire d'André son mari, et non pas le découvrir comme le fils Rouquevelle avec sa chambre au château, ses souvenirs, ses jouets, ses albums de photos et toutes les anecdotes qu'on ne manquerait pas de lui raconter. Elle tenait à préserver sa vie de couple, plus à l'abri, plus intime, à la ferme, parmi les bêtes et les préoccupations quotidiennes, plus respectée parce qu'insoupçonnée par la grogne taciturne de sa famille. D'ailleurs, avant de donner aux Rouquevelle un petit-fils, elle estimait devoir d'abord faire la connaissance de cet enfant seule avec

André ; il leur fallait du temps à tous les deux pour l'adopter, pour le reconnaître, et la soif de possession, la bonne volonté abusive de ces grands-parents déjà gâteux l'épouvantaient un peu.

De temps en temps, elle allait au château, y mangeait, y passait un après-midi à confectionner une layette, entre Yvonne, qui tricotait aussi, et Maurice, qui les regardait avec une bienveillante attention, leur apportait du thé ou du café et des gâteaux.

De visite en visite, ils lui montraient les progrès des préparatifs : la chambre du petit, la sienne, le trousseau. Émilienne observait tout avec un sourire reconnaissant et confus, s'extasiait, remerciait, mais déclinait toujours l'offre des Rouquevelle : « Non, je ne suis pas prête encore. Et puis, on a le temps... », et ils n'insistaient pas, ils disaient : « Bien sûr, bien sûr ! nous comprenons ! » Ils la raccompagnaient en voiture, rentraient, silencieux et déçus chaque fois, naïvement inquiets, croyant que dans la famille d'Émilienne, on la retenait, on lui prônait la méfiance.

Mais un jour où Émilienne, toute ronde, était venue déjeuner avec eux, elle eut, en se levant de table, un tel élancement dans les reins qu'elle ne put retenir un petit cri aigu, et qu'elle dut s'accrocher au dossier d'une chaise pour ne pas tomber. La secousse avait été fulgurante. On la fit asseoir, on attendit longtemps, ému, alarmé, mais rien ne se reproduisait. « Vous voyez, dit tout de même Yvonne, il serait temps, à présent. Qu'il vous prenne les douleurs n'importe quand, le jour, la nuit, nous serons toujours là, disponibles. Nous pourrons vous emmener. Chez vous, on n'a pas bien le temps, on n'est pas souvent à la maison non plus. Ici, tout est fin prêt, vous l'avez vu ! » « Je viendrai demain, répondit Émilienne. Ce soir, je rassemblerai mes affaires. Venez me chercher demain. »

Son bagage fut vite préparé. Émilienne ne possédait pas grand-chose. Lorsqu'elle eut rangé soigneusement dans une valise tous les petits vêtements qu'elle avait confectionnés pour l'enfant et plié ses quelques robes, elle disposa sur le tout le paquet assez considérable de ses lettres à André, puis la photo du jeune homme, ferma le coffre et s'assit lourdement sur le lit. La besogne, quoique rapidement menée à bien, venait de l'épuiser. Il lui restait encore à rassembler ses chaussures, un imperméable, une veste ou deux, et le peu d'objets personnels qu'elle détenait en propre. Trop lasse, elle remit la fin de l'opération au lendemain, et se coucha, travaillée d'une fatigue sourde et d'un malaise imprécis qui serrait tantôt son ventre, tantôt ses flancs, tantôt ses reins.

Elle dormait d'un mauvais sommeil peuplé de rêves absurdes et pénibles, lorsqu'une douleur violente la dressa dans le noir, une sorte d'explosion dans le bas du dos, donc le choc était venu mourir jusque dans son ventre. Elle faillit crier, mais tout s'apaisait déjà, une bienheureuse détente envahissait son corps électrisé par la souffrance. Elle retomba sur ses oreillers, un peu essoufflée. Elle s'abandonna au repos, se rendormit presque, mais une nouvelle alerte, moins intense et plus longue, la raidit dans ses draps. C'était une sorte de crampe violente, très loin au fond des reins, un étau qui la broyait puissamment, lui coupait la respiration, la couvrait de sueur.

Encore une fois, le mal lâcha prise, la laissant exténuée, épouvantée, les yeux ouverts dans l'ombre. Elle ne se rendormit plus. Elle n'avait pas allumé pour ne pas donner l'alarme. Elle ne voulait pas que la maison entière défilât autour de son ventre, de ses convulsions. Elle ne voulait pas que sa grand-mère, de ses mains indiscrètes et tremblantes, la fouille encore, à la recherche d'une certitude. Elle n'avait besoin ni de diagnostic ni de curiosité. Uniquement d'être seule avec son mal et André qui la voyait.

Les contractions, régulières à présent, impitoyables, la crispaient sous ses couvertures, elle mordait le drap, se tordait les doigts sur les barreaux du lit. Deux heures passèrent ainsi, à se contorsionner, à chercher l'air comme une noyée, à trembler lorsque les mâchoires d'acier se resserraient lentement dans ses reins, à gémir doucement, à croire mourir sous l'assaut de la douleur, et renaître quand elle s'éloignait.

Soudain Émilienne eut peur. Une panique de bête à l'agonie la mit debout, la poussa vers sa porte. A tâtons dans l'escalier, elle descendit en chemise, talonnée, rejointe par une nouvelle douleur qui l'agenouilla. A peine remise, elle se releva, descendit encore, traversa la cuisine, s'élança pour s'enfuir dans la nuit. Un petit grelot tinta dans les ténèbres : le chien l'avait entendue, il venait vers elle. Elle le sentit contre ses jambes, se baissa, réprima un cri. Les deux bras autour du cou de la bête, Émilienne, à genoux, luttait pour ne pas hurler, étouffait ses plaintes contre le poil de Toby, contre son museau curieux, contre sa langue chaude.

Le nœud se desserra enfin, Émilienne n'avait plus la force de se relever. Elle avança un peu, sur les genoux et sur les mains, se traîna, misérable, accompagnée du chien étonné qui poussait de petits jappements. Elle se retrouva contre la porte de l'étable, si malade d'une nouvelle lancée qu'elle vomit presque. Elle pensa alors aux Rouquevelle, à la clinique de Grenoble, au docteur, elle eut envie d'appeler, de se rendre, de s'abandonner à des mains expertes, de ne plus lutter.

La porte s'ouvrit dans son dos. C'était Gaston, intrigué par le comportement du chien, qui venait voir. Il sortait, il trébucha sur Émilienne, recroquevillée par terre. « Oh ? dit-il. Malade ? Malade ? » Il se pencha, la ramassa comme une gerbe coupée dans ses grands bras de géant et rentra avec elle dans l'étable, qu'il éclaira. Elle, convulsée, toute blanche, le souffle court, se cramponnait à la chemise en râlant. Il la porta vers son tas de paille, la coucha précautionneusement, attendit un peu, inquiet, attentif.

Elle revenait à elle, le spasme se relâchait. Elle esquissa un pauvre sourire qui ressemblait encore à une grimace, elle ouvrit la bouche pour parler, pour lui dire : « Gaston, va les chercher », mais l'angoisse la reprit tout de suite, l'étau de fer était là, qui écrasait ses reins, qui martyrisait aussi son ventre à présent. Gaston posa sa main immense et sensible sur ce ventre sphérique qui tendait la chemise d'Émilienne. « Bébé ? dit-il, bébé ? » Elle ne pouvait pas répondre, elle grelottait, elle claquait des dents, quelque chose en elle se tendait à se rompre, un élan fou qui l'écartelait, qui la déchirait, et elle s'était mise à crier sans ouvrir la bouche, avec sa gorge, avec sa poitrine gonflée par la lutte tragique qui la faisait craquer.

Gaston, qui avait participé à tant de naissances d'agneaux, de veaux, de chevreaux, reconnut la fièvre de la femelle que les derniers frissons secouent avant l'expulsion. La mémoire et l'expérience lui tenaient lieu d'intelligence, de même qu'un instinct troublant des gestes qui soulagent.

Il se mit à genoux près d'Émilienne, passa derrière elle, s'assit posément dans la paille, puis l'attrapa sous les bras, et l'attira à lui, la cala fermement entre ses jambes, contre son torse solide et réconfortant.

Elle n'avait pas cherché à résister, trop préoccupée du labeur terrible qui s'opérait en elle. Elle sentit dans son dos, autour de ses hanches, la bonne chaleur pénétrante du colosse, et sur sa tête, sur son front, les larges mains qui la caressaient comme on caresse une bête, d'une longue friction régulière et apaisante. Elle respira mieux, elle se crut presque capable de se relever, d'aller donner l'alerte.

Mais le répit était illusoire. De nouveau, une abominable souffrance la partagea, vint résonner jusque dans son sexe, et elle perçut, sous son pubis, le coup de bélier suprême, l'énergie dévastatrice de l'enfant qui vient à la vie comme une avalanche, en forçant tout sur son passage.

Malgré elle, elle serra les dents, remonta les épaules et se mit à pousser aussi. Un torrent tiède s'échappa d'elle, la mouilla jusqu'aux reins, dans un gargouillis interminable.

Alors le géant se pencha un peu en avant, l'obligeant à se redresser, à s'asseoir davantage, de ses deux mains puissantes, il alla chercher ses cuisses qu'il ramena vers elle et, tout entier durci par la concentration qu'il apportait à sa tâche, il joignit ses efforts à ceux d'Émilienne avec un ahanement de bûcheron qui se mesure à l'arbre.

Émilienne, portée presque entièrement par la poigne solide de l'homme, souleva les fesses, s'arquebouta, tendit les mains derrière elle, au-dessus de sa tête, à la recherche de quelque chose à quoi s'accrocher. Elle trouva les cheveux, les longs cheveux d'argent, tout fins et raides, de son compagnon. Elle y crispa ses doigts convulsifs. Soudain, au sommet de la transe, elle sentit l'enfant jaillir hors d'elle dans un éclatement atroce. Elle retomba aussitôt, molle et vide. Elle avait gardé au poing une mèche de cheveux de Gaston. Elle comprit qu'il reculait, qu'il l'allongeait dans la paille, qu'il s'affairait entre ses cuisses. Alors, elle pensa à André et elle s'endormit.

Lorsqu'elle ouvrit les yeux, une vaste courbature la clouait au sol. Elle avait de la paille dans les cheveux et dans le cou, qui la piquait ; l'aube soulignait les jointures de la grande porte, en face d'elle, d'un trait de lumière bleutée. Gaston n'était plus là ; dans le fond de l'étable, à droite, on entendait le doux piétinement des bêtes qui s'éveillaient, une sorte de froissement continu et paisible. Elle se dressa péniblement sur un coude, regarda son ventre plat, ses cuisses, ses jambes nues, chercha du regard et de la main, partout, autour d'elle, sous elle. Elle se sentit mouillée, sa chemise, sous ses fesses, était trempée. Mais à part cette grande tache sanguinolente qui s'élargissait sur le tissu, il ne subsistait aucune trace de son accouchement, et l'enfant avait disparu.

Elle essayait de comprendre, de rassembler ses souvenirs lorsque la petite porte, à gauche, qui donnait dans la soue aux cochons, s'ouvrit. Gaston apparut, en courbant la tête sous le chambranle trop bas. L'horreur la poignarda. Elle hurla, éperdue d'angoisse, croyant deviner l'effroyable forfait de l'innocent. « Gaston ! Qu'est-ce que tu as fait ? Tu ne l'as pas donné aux cochons ? » Gaston rit doucement, écarta ses mains vides, répéta : « Cochons ! » Il avait l'air ravi, comme après une bonne farce.

Émilienne s'était presque dressée pour courir, épouvantée à l'idée du petit corps mutilé, déchiqueté parmi les grognements qui lui parvenaient par la porte encore ouverte. « Le bébé ? cria-t-elle, mon bébé ! Tu l'as donné aux cochons ! » Alors le géant, avec un sourire malicieux, s'approcha d'elle qui tremblait tout entière et cherchait son équilibre pour tenir debout. « Bébé ! bégaya-t-il, bébé ! », et il ouvrit sa chemise doucement, sans la déboutonner, se pencha vers Émilienne pour lui permettre de glisser un coup d'œil par l'entrebâillement du vêtement. « Bébé ! » Elle se retint à son épaule, regarda ce qu'il lui montrait, ce petit animal informe et recroquevillé sous l'étoffe, si minuscule qu'elle n'avait même pas remarqué le relief qu'il lui imprimait.

Le soulagement lui coupa les jambes, elle se laissa tomber dans la paille, la voix étranglée, les joues couvertes de grosses larmes. « Oh ! Tu m'as fait peur ! Tu m'as fait si peur ! » Il la contemplait en riant toujours de son bon rire simple, de ses magnifiques yeux pâles, plissés de contentement. Elle eut pour lui un élan de gratitude infinie, une tendresse soudaine si vive qu'elle lui aurait sauté au cou pour l'embrasser. Mais la fatigue la tenait là, par terre, encore frissonnante de sa violente émotion. « Donne-le moi », dit-elle.

Gaston venait de plonger la main dans sa chemise, en avait tiré, avec précaution, une sorte de petit chat écorché, aux jambes grêles, aux doigts microscopiques, aux fesses pointues, au museau tout entier froncé par le regret de la bonne chaleur à laquelle on l'arrachait. Un imperceptible duvet noir veloutait le crâne tout rond et rouge de cette minuscule créature, qui se mit à chevroter aigrement lorsqu'Émilienne la coucha dans son bras replié. Le ventre de l'enfant, à peine bombé, se souleva très vite, rythmiquement, et le reste du cordon, bleuâtre, encore gluant, tremblota. Les cuisses maigrichonnes s'agitèrent, tricotèrent dans l'air, se détendirent et se replièrent plusieurs fois. C'était une petite fille, mignonnement fendue, et son sexe étonnait, replet, charnu, parmi tant de fragilité. « Oh ! murmura Émilienne. Tu es jolie, ma puce ! ma brunette, ma brunette chérie. »

Ce fut une drôle d'affaire lorsque Gaston fit son entrée dans la cuisine, avec, sur les bras, Émilienne en chemise qui se tenait à son cou. On était en train de boire le café. Personne n'avait remarqué la disparition de la jeune fille, personne n'avait rien entendu. On ouvrit de grands yeux, on se leva lentement, la Louise demanda :

– T'es malade. Puis, remarquant la taille d'Émilienne, revenue à de plus modestes proportions, laissa éclater son inquiétude :

– Qu'est-ce que t'en as fait ?

– Elle est là ! répondit Émilienne, toujours portée par un Gaston placide et inépuisable, et elle désigna la chemise du géant.

On se précipita alors, on l'installa dans sa chambre, son père voulait allumer le poêle, pour que la petite n'aie pas froid, sa mère ouvrait des placards, cherchait le linge, perdait la tête. On parla du docteur, finalement. Raymond partit téléphoner, il entraîna Gaston qui restait planté là, campé devant le lit, où Émilienne serrait le nourrisson contre elle, sous les couvertures. La grand-mère approcha en se traînant, rabattit les draps, écarta d'une main expérimentée les genoux d'Émilienne.

– Ça saigne plus ? demanda-t-elle, et elle eut l'air de considérer que les choses se déroulaient normalement.

– Maman, dit finalement Émilienne, mes chemises de nuit sont dans la valise, là, il y a aussi deux ou trois choses pour la petite.

Elle regretta aussitôt l'information. Il était trop tard : la Louise soulevait le couvercle du bagage.

– Qu'est-ce que c'est que toutes ces lettres ? demanda-t-elle.

– C'est rien ! cria Émilienne. C'est à moi !

La Louise n'insista pas, déplaça les enveloppes, prit les affaires nécessaires. On changea Émilienne, on la rafraîchit un peu. On habilla aussi l'enfant.

– Elle est chétive ! déclara l'aïeule avec un mépris dénué d'attendrissement. J'espère que tu auras du lait.

Et elle lui tâta le sein, sans embarras, comme on teste la maturité d'un fruit ou d'un fromage.

Une heure plus tard, le docteur du bourg voisin arrivait. L'aventure ne l'étonnait qu'à demi, sa carrière de médecin de campagne lui ayant déjà réservé de plus bizarres surprises. Il examina l'enfant, la trouva petite, mais bien constituée.

– Vous étiez à terme ? interrogea-t-il.

– A peu près, répondit Émilienne hésitante. On ne sait pas bien pour les dates.

Il eut une petite moue rassurante, comme pour signifier que cela n'avait pas grande importance.

– Elle n'a pas vraiment l'air prématurée, dit-il. Si vous y tenez, on peut la mettre en couveuse quelque temps, ou la faire admettre à l'hôpital. Mais ce ne sera peut-être pas la peine.

Il poursuivait sa visite, vérifiait les hanches, l'écartement des cuisses.

– Qui a coupé le cordon ? demanda-t-il.

– C'est notre valet de ferme, dit-elle, en réalisant soudain qu'en fait, elle n'avait rien vu de l'opération.

– Bon, déclara-t-il, sans plus ample commentaire. Le plus gros est fait. Je me suis occupé de ses yeux, je fais un pansement pour le nombril. Le petit bout va tomber tout seul dans quelques jours. Vous changerez la compresse chaque matin. Tout est sur l'ordonnance. A vous, maintenant !

Il remonta la chemise, lui palpa le ventre.

– Où est le placenta ? demanda-t-il.

– Heu, dit Émilienne, je crois que les cochons l'ont mangé !

Il eut un soupir étouffé et un haussement de sourcils.

– Bon, déclara-t-il pour la seconde fois. Il faudra surveiller la température. A la moindre fièvre, vous demandez une ambulance et vous filez à l'hôpital. Compris ?

Très vite, la chambre d'Émilienne prit des allures de maternité. Le père Mathieu était allé prévenir les Rouquevelle, avant de passer à la pharmacie du bourg. Il devait en rapporter un pèse-bébé, et quelques autres petites choses prescrites par le médecin. En chemin, il avait rencontré des voisins, des parents, avait annoncé la nouvelle.

En fin de matinée, un petit livreur tout en sueur, qui venait de faire six kilomètres à vélo, apporta une énorme brassée de roses à Émilienne. La Louise réquisitionna tous les vases de la maison, y disposa les fleurs, dans la chambre de sa fille, en déclarant :

– Ils ne se sont pas moqués de toi !

Puis elle descendit à la cuisine, enleva la toile cirée de la table, la remplaça par une nappe blanche qui n'avait pas servi depuis deux ou trois ans, prépara des bouteilles. Sa mère prit un torchon propre dans le tiroir, entreprit d'essuyer des verres.

– Tu crois qu'ils vont venir ? demanda-t-elle à la Louise. Celle-ci répondit :

– Et comment !

En effet, vers onze heures trente, les Rouquevelle arrivèrent. Ils frappèrent timidement au carreau de la cuisine. La Louise avait retiré son tablier, passé une robe du dimanche, recoiffé ses mèches hirsutes. « Entrez, entrez ! » invita-t-elle cordialement. Maurice de Rouquevelle avança, encombré d'un berceau ancien, tout remis à neuf, d'un blanc éclatant.

– Nous avons apporté ceci, s'excusa-t-il, parce que je crois qu'Émilienne n'avait pas prévu...

– Oh ! comme c'est joli ! s'extasia la Louise, en veine d'amabilité.

Au fond de la cuisine, il y avait la grand-mère, qui avait aussi ôté son tablier, et arborait une blouse mauve très fraîche. Elle apostropha Yvonne de Rouquevelle, qui passait devant elle et la saluait avec une gentillesse respectueuse :

– Vous allez voir ! C'est votre portrait tout craché ! promit-elle.

Elle la suivit péniblement jusque dans l'escalier en traînant ses pauvres jambes tout en répétant :

– Ah ! Voui, voui, voui ! Votre portrait craché !

Ils entrèrent dans la chambre fleurie ainsi qu'en une église. Yvonne précédait maintenant son mari ; lui cherchait, d'un regard naïf et sans méthode, tout autour de la pièce, mais elle avait deviné, dans les bras d'Émilienne assoupie, la menue présence de l'enfant.

Elle approcha sur la pointe des pieds. Émilienne la sentit là, debout, près d'elle ; elle ouvrit les yeux, sourit, rabattit un peu, de sa main gauche, les couvertures, et lui présenta le nouveau-né endormi qui eut un grand sursaut tremblant, comme si on venait de le laisser choir. Alors Yvonne se pencha, tout son visage s'éclaira d'un bonheur absolu, bouleversant, elle rosit sous sa poudre, et ses yeux se remplirent d'eau :

– Elle est adorable, chuchota-t-elle. Puis-je la prendre ?

Et comme Émilienne acquiesçait de la tête, sans parler pour ne pas éclater en sanglots, Yvonne tendit les mains, souleva l'enfant délicatement, solennellement ainsi qu'une offrande de prix, puis cédant soudain à son besoin de chérir, de protéger, elle la serra contre elle, sur son épaule, caressa, de son menton et de sa joue, la minuscule tête, et referma ses deux bras sur le petit corps.

Son mari avait posé le berceau et la contemplait avec une joie grave. La félicité, la reconnaissance qu'ils montraient tous deux désemparaient Émilienne. Lorsqu'on eut reposé l'enfant, Yvonne fouilla son sac, en tira un minuscule écrin qu'elle remit à la jeune accouchée.

– Tenez, lui dit-elle, André vous l'aurait sans doute donnée aujourd'hui.

C'était une magnifique bague ancienne, très ouvragée, dont les diamants rutilaient sur le coton rose où elle était posée. Émilienne ouvrit la bouche sous l'effet de la surprise et de l'admiration. Mais très vite, l'incrédulité céda en elle à la gêne ; elle balbutia : « Merci », et comme Yvonne de Rouquevelle posait sa main sur la sienne dans un mouvement de chaude amitié, en disant avec conviction : « C'est nous qui vous remercions, Émilienne », elle eut au cœur un tel doute, une telle confusion qu'elle ne sut plus où regarder, ni que répondre, et resta là, très bête, avec la boîte à la main, sans passer la bague, appelant mentalement André à son secours.

Le chant des oiseaux éveilla Émilienne. Elle ouvrit les yeux, s'étira, caressa son corps nu à la douceur des draps, ondula comme une chatte paresseuse. Elle aperçut le portrait d'André, sur la table de nuit. Un sourire complice transforma son gracieux visage enfantin, lui conférant un charme troublant de femme faite. Elle s'oublia un instant à contempler la photo, d'un regard perdu et ravi. Elle rejeta enfin les couvertures, roula sur elle-même, étendit hors du lit deux longues jambes nerveuses.

La fenêtre ouverte l'attira. Elle vint s'accouder au balcon.

En bas, le jardinier finissait d'arroser les pelouses. Émilienne rit silencieusement à l'idée que le chapeau de paille pourrait bien se lever tout à coup vers elle, et que dessous, les yeux du vieil homme s'arrondiraient sûrement à la découvrir toute nue et nonchalante, dans la lumière du matin.

Elle abandonna la terrasse, chercha du regard un peu partout, découvrit une mule rose derrière le fauteuil, une autre sous la commode, ramassa son peignoir au pied du lit avec un léger hochement du menton indulgent et amusé. André l'avait encore bousculée la veille, elle avait perdu la tête, s'était déshabillée et rendue au petit bonheur.

Elle boutonna le fin vêtement, consulta une petite montre en or, près de la photo du jeune homme. L'étonnement la figea une seconde, l'obligea à regarder de nouveau le cadran du bijou, à écouter si le mécanisme ne s'était pas arrêté la veille... Il était huit heures, et Brunette ne s'était pas réveillée !

Émilienne ouvrit doucement la porte qui donnait dans la chambre de l'enfant, avança, sur la pointe des pieds, vers le berceau blanc immobile, se pencha... Vide ! Le berceau était vide ! La jeune femme soupira, esquissa une grimace de contrariété, tourna les talons et sortit de la chambre par l'autre porte, celle du palier.

Ses mules claquèrent dans l'escalier de pierre. Elle trouva Joseph en bas, dans le vestibule, occupé à tirer vers la cuisine un gros carton de marchandises qu'un livreur venait d'apporter. Il l'entendit, la regarda sans se relever, par-dessus son épaule, la devina nue au travers de l'étoffe vaporeuse, détourna vivement le regard.

– Joseph, dit-elle, vous n'avez pas pris Brunette ?

– Moi ?

Il la regarda de nouveau, les yeux pleins d'une incrédulité réprobatrice.

– Monsieur est levé ?

– Monsieur est à son petit déjeuner, chevrota le vieux serviteur, qui s'était péniblement dressé et ne savait trop où poser les yeux.

Émilienne pénétra vivement dans la salle à manger. Maurice de Rouquevelle, rasé, habillé, cravaté, lisait son journal et laissait refroidir son café dans la tasse qu'il tenait au poing et qui ne fumait plus depuis longtemps. Il perçut confusément qu'on lui parlait. Il abandonna à regret l'article économique qui retenait son attention, tourna lentement vers l'intruse un menton distrait, les yeux encore accrochés au journal, finit par distinguer Émilienne. Elle demandait quelque chose, enfin ce devait être une question, il ne savait plus bien, elle avait l'air d'attendre une réponse. Ce qu'il savait surtout, c'est que le soleil qui entrait à flots par la baie ouverte incendiait le déshabillé rose, le faisait fondre et disparaître autour du corps d'Émilienne, soulignait en noir l'arrondi de ses seins, l'étranglement de sa taille, la courbe de ses hanches, le fuseau de ses cuisses, et découpait sur l'écran diaphane du tissu vermeil, un petit triangle brun terriblement précis.

Il balbutia, bredouilla, ouvrit de grands yeux, secoua la tête comme à l'issue d'un éblouissement.

– Je dis, articula nettement Émilienne, ce n'est pas vous qui avez pris Brunette ?

Comme il la contemplait encore de deux prunelles fixes, elle cria :

– Le café ! Attention ! Vous renversez le café !

Trop tard, la tasse, au poing sans force de Maurice, avait chaviré. Le breuvage inonda le parquet, éclaboussa le bas de son pantalon et sa chaussette claire. .

– Zut ! fit-il, en esquissant un tardif et inutile mouvement de côté.

Puis il lutta encore pour poser la tasse dont l'anse emprisonnait malignement son index, chercha à plier le journal qu'il finit par froisser tant bien que mal, et se hissa péniblement en bousculant sa chaise qui faillit tomber.

– Quoi donc ? Brunette ? moi ? Non, dit-il précipitamment, et il mit le pied dans la flaque de café.

Émilienne avait la main sur la poignée de la porte.

– C'est encore Gaston, dit-elle. Il n'y a que ça ! (Elle avait l'air très préoccupée.) Vous vous rendez compte, ajouta-t-elle, il est plus de huit heures, elle doit mourir de faim !

– J'y vais ! déclara Maurice, je vais la chercher ! En deux enjambées, il fut tout près d'elle.

– C'est embêtant, ça va nous mettre en retard. Moi qui voulais vous accompagner voir Yvonne.

– Non, non, dit-il.

Elle tenait toujours la porte ouverte. Il devait calculer juste pour passer sans se cogner au chambranle d'un côté, ni la toucher de l'autre.

– Non, non, aucune importance, répéta-t-il, et il grimaça de douleur parce qu'il venait de défoncer, de l'épaule droite, l'huisserie qui rendit un grondement sourd.

– Que je suis maladroit, ce matin ! déclara-t-il en s'enfuyant vers le jardin.

Il revint un quart d'heure plus tard, avec Brunette. Émilienne buvait un bol de thé, assise sur les marches du perron.

– Vous vous êtes habillée ? remarqua-t-il tout de suite, avec une reconnaissance sur laquelle elle se méprit.

– Oui, je ne voulais pas vous faire perdre de temps, répondit-elle en tendant les bras pour prendre l'enfant.

– Attention, dit Maurice, elle est trempée, et il lui passa avec précaution le bébé qui ouvrait de grands yeux.

Émilienne l'attrapa de deux mains expertes, sous les aisselles, embrassa son petit museau étonné et tranquille, attentive à la tenir éloignée de sa robe. Maurice écarta les bras, découvrit, sur son gilet, une grande tache humide.

– De toute façon, dit-il, il faut que je me change...

Brunette sentait bon le bébé propre. Calée au creux du bras d'Émilienne, elle avalait rythmiquement le contenu de son biberon avec un bruit régulier et glouton de pompe bien rodée. Sa mère, assise dans un fauteuil, la regardait avec une tendresse admirative et lui parlait doucement.

« Mange bien ma petite puce. Après, on ira voir ta mamy. »

Maurice apparut, le menton haut, grimaçant parce qu'il nouait sa cravate à l'aveuglette. Émilienne était venue donner le biberon à la petite dans sa chambre, pendant qu'il se changeait au cabinet de toilette. Il se planta devant la glace de l'armoire.

Elle avait tellement faim qu'on entend le lait tomber dans son ventre, écoutez ! déclara Émilienne.

Maurice grogna :

– Humm... Même scénario que les deux autres fois. Il était dans la grange, accroupi dans un coin, avec la petite dans sa chemise.

– Il n'est pas méchant, dit Émilienne. Il ne lui ferait pas de mal. Mais sait-on jamais, s'il se mettait dans la tête de lui donner à manger n'importe quoi.

– Sans compter qu'il a encore dû passer par le balcon, c'est dangereux, avec la petite dans les bras. S'il tombait...

– Je vais être obligée de fermer la porte-fenêtre, dorénavant, répondit Émilienne.

– En tout cas, pas un mot à Yvonne, n'est-ce pas ?

– Bien sûr que non, déclara la jeune femme.

Yvonne de Rouquevelle était depuis deux semaines au service cardiologique de la clinique Beauséjour, à Grenoble. Depuis le jour de la première disparition de Brunette, exactement.

Émilienne était entrée ce matin-là dans la chambre des Rouquevelle, croyant y trouver le bébé, qui n'était plus dans son berceau. Yvonne avait porté la main à son cœur, pathétiquement, avait dit : « Mon Dieu ! Ce n'est pas possible ! », avait couru dans toute la maison, avait fouillé absurdement le moindre recoin, était revenue, comme une chatte dont on a noyé la portée, cinquante fois au berceau, hébétée, malade de désarroi et d'angoisse.

Son mari, plus calme, avait essayé de réfléchir avec Émilienne. On avait conclu à l'enlèvement, sans y coire encore, lorsque le père Mathieu avait finalement fait irruption avec l'enfant dans les bras, en expliquant la lubie de Gaston. On avait poussé de grands soupirs de soulagement, ouvert une bouteille et trinqué à l'heureux dénouement en répétant : « Je me disais aussi... Je n'arrivais pas à me figurer... » Puis on avait reconstitué l'itinéraire de Gaston, le parc qu'il avait traversé, la treille, sous la terrasse, où il s'était accroché, la porte ouverte par où il était entré chez l'enfant. Et le père Mathieu disait encore : « A savoir ce qui lui a pris ! » en tendant son verre pour la troisième fois, lorsque Yvonne s'était éclipsée discrètement du salon pour venir s'écrouler dans le vestibule, toute blanche et la main sur la poitrine.

Les ambulanciers avaient tout de suite reconnu, à la douleur fulgurante évoquée, les symptômes d'un infarctus. Yvonne était restée cinq jours en réanimation.

Dans la voiture qui les conduisait à Grenoble, Maurice et Émilienne élaboraient un plan d'action.

– D'abord, j'essaierai de parler à Gaston. De lui expliquer, disait Émilienne.

– D'abord, vous fermerez la terrasse de la petite, disait Maurice.

– Ce qui m'embête, répondait Émilienne, c'est que je devrais aussi fermer la mienne. Parce que aussi bien, il peut entrer dans ma chambre, et si je dors profondément, aller chercher la petite en traversant ma chambre. Et moi, dormir avec les volets ou la fenêtre fermée, ça m'étouffe. Je ne peux pas.

– Toujours ces mauvais rêves ? demanda Maurice.

– Des mauvais rêves ? s'étonna Émilienne. Non. Pourquoi ?

– Vous criez parfois la nuit, dit Maurice. Je vous entends. Cette nuit, encore, vous vous êtes débattue. J'ai failli me lever.

– Ah ! Émilienne avait eu une curieuse expression mi-égayée, mi-gênée. Non, dit-elle mystérieusement, ça, c'est autre chose.

Maurice, sans lâcher le volant, la regarda à trois ou quatre reprises, rapidement.

– Qu'est-ce que c'est ? demanda-t-il.

– Plutôt... comment dire, plutôt de jolis rêves. C'est quand André vient me voir.

Et elle sourit sereinement, les yeux absents et la poitrine gonflée par un soupir de voluptueuse réminiscence.

Maurice l'observa du coin de l'œil, hésita à comprendre, rosit un peu. On arrivait. Il se gara. Émilienne ne bougeait pas.

– Émilienne ! appela-t-il, et il lui toucha le bras.

Elle sursauta violemment, et tourna vers lui un pur visage d'illuminée.

– Pardon ! fit-elle.

Il ouvrait la bouche pour lui dire : « Comme vous êtes belle ! », mais se retint, troublé comme s'il avait failli laisser échapper une obscénité.

Il était une heure du matin. Maurice avait suivi mentalement, un moment auparavant, le petit remue-ménage du dernier biberon de Brunette. Puis il s'était penché à son balcon, dans la tiédeur de la nuit, parce qu'on marchait en bas, sur les graviers de l'allée. Émilienne était là. Sans la voir, il percevait le délicat froufrou des roses qu'elle devait respirer. Il n'avait rien dit, attentif et curieux, embusqué comme un espion, un peu essoufflé parce qu'il lui semblait commettre une vilaine action. Mais la fine mouche, alertée à la façon des bêtes sauvages qu'une certaine forme de silence émeut et dresse dans l'ombre, l'avait deviné. Sa voix, comme étouffée par les ténèbres, monta vers lui :

– Vous aussi, vous prenez le frais ? C'est maintenant qu'on est bien ! Les fleurs ont un de ces parfums !

Étrangement embarrassé, il avait répondu :

– Oui, oui. Vous avez pensé à fermer chez la petite ? Alors bonsoir, mon petit.

Il était rentré, bêtement oppressé, avec la désagréable impression de s'être montré balourd et presque grossier.

A présent, il avait posé son journal et ses lunettes, et regardé l'heure au réveil. Une heure, et Émilienne venait de crier. Un cri étrange, long et modulé, un cri à voix presque basse, sans douleur, sans urgence, un cri qui ne ressemblait ni à un appel ni à un sanglot, le même cri que Maurice entendait presque chaque nuit, depuis qu'Yvonne était partie à la clinique, c'est-à-dire depuis qu'il dormait mal dans cette chambre où il avait été si rarement seul. Peut-être que les cris d'Émilienne duraient depuis plus longtemps encore, depuis le premier jour de son installation chez eux.

Il attendit, assis dans son lit, si appliqué au silence, si concentré qu'il pouvait compter les battements de son propre cœur.

Il y eut un autre cri, plus bref, puis un choc sourd, et encore une sorte de clameur affaiblie, syncopée, haletante.

Maurice, frissonnant et irrésolu, rejeta ses couvertures, chercha une pantoufle à tâtons, l'oreille toujours aux aguets. Finalement il fut debout, la main sur le bouton de la porte.

Il ouvrit lentement, écouta la paix du couloir, y perçut un nouveau gémissement, plus lugubre parce qu'il résonnait entre les murs de la maison, s'y concentrait et ne se diluait pas, comme les précédents, dans la nuit du jardin. Maurice avança à pas de loup, la tête dans les épaules. La chambre d'Émilienne se trouvait à l'opposé de la sienne, juste avant celle de Brunette. Le corridor ne lui avait jamais paru aussi long. Il arriva enfin, avec des précautions de voleur, derrière la porte. Il percevait le flux du sang dans ses oreilles, et son cœur battait la chamade. Le calme était revenu, rien ne semblait bouger chez la jeune femme. Il faillit croire à une illusion et rebrousser chemin, mais elle cria encore. Cette fois, le doute n'était plus permis.

Il frappa doucement.

– Émilienne, chuchota-t-il, Émilienne, vous êtes malade ?

Pas de réponse. Rien qu'une série de petits jappements gutturaux, et le grincement des ressorts du sommier. Il actionna la poignée de la porte d'une main qui tremblait. Émilienne s'était enfermée. Il frappa plus fort, appela à haute voix :

– Émilienne !

Toujours aucune réponse. En deux bonds, il fut à la porte de Brunette... verrouillée aussi.

Alors tout alla soudain très vite dans sa tête. Il imagina confusément un danger pressant, Gaston peut-être, entré par le balcon, ou quelqu'un d'autre. Il descendit l'escalier à toute vitesse, y perdit ses pantoufles, traversa le vestibule en homme que le péril talonne, s'acharna sur les deux énormes serrures de la porte principale, dévala le perron, le nez en l'air, à la recherche d'un indice.

Pas de lumière chez Émilienne, mais ses volets étaient ouverts. La lune illuminait la façade blanche de la demeure ainsi qu'un décor de théâtre. Pieds nus, il courut comme un forcené jusqu'à la treille, sous la terrasse de la jeune femme, s'y pendit, lâcha prise une première fois. Un nouveau cri le galvanisa. En trois mouvements, il fut en haut, se hissa à la force des poignets au-dessus du parapet, le franchit dans le même essor avec une vigueur et une adresse de jeune homme.

La baie vitrée était grande ouverte, seul un rideau de mousseline blanc, qu'enflait à peine la brise nocturne, séparait le balcon de la chambre obscure. Maurice avança, écarta le rideau, cligna des yeux, ouvrit la bouche pour appeler Émilienne, la rassurer, lui dire : « N'ayez pas peur, je suis là. » Mais il demeura ainsi, pétrifié dans son élan, sans voix ni réaction, parce qu'il venait de s'habituer aux ténèbres de la pièce, et qu'il la découvrait soudain.

Dans la faible clarté de la lune, qui traversait le rideau à la façon d'un projecteur très pâle, Émilienne, nue sur son lit, dansait avec tout son corps un étrange ballet, rythmé de petites plaintes à bouche fermée. Il n'y avait personne d'autre avec elle, absolument personne, et elle faisait l'amour toute seule, tordant des reins de sirène, tendant les bras, les jambes, renversant la nuque, scandant, du bassin et des hanches une érotique chorégraphie. Les genoux ouverts, les seins gonflés, les mains envolées pour caresser, au-dessus d'elle, l'ombre et le vide. Elle chantonnait, geignait, murmurait une incompréhensible et transparente litanie, un chant d'amour pour un homme qu'elle seule voyait.

Tout à coup, elle se redressa, murmura : « Non, reviens ! », puis : « Oui, oui, oui... » Elle se retourna sur le matelas, à genoux, les fesses hautes, la tête dans ses bras repliés, et la houle la reprit, la berça d'abord doucement, puis de plus en plus vite, la malmena, l'agita de grandes vagues qui l'écrasaient presque sur le lit puis hissaient, dans une ascension brutale, son corps plié, comme à la crête d'une déferlante.

A présent, à chaque nouvel assaut, elle hurlait presque, de plus en plus cambrée, de plus en plus offerte, la croupe bondissante sur ses cuisses inlassables. Finalement, elle s'immobilisa, infiniment tendue, dans un râle presque inhumain, demeura ainsi une seconde ou deux, puis retomba sur le lit, immobile, terrassée, le visage enfoui dans son oreiller et les membres jetés au hasard de son abandon.

Maurice, toujours tapi, écoutait décroître en lui le tumulte d'un affolement torride. Il tremblait encore, et plus violemment que jamais, d'une terrible et multiple émotion.

Cette nuit-là, il avait d'abord prêté une oreille plus attentive que de coutume aux bruits étranges qui parvenaient de chez Émilienne. Son guet lui avait coûté, de même que la démarche qui l'avait poussé à la porte de la jeune femme. Vaguement, il avait eu l'impression d'exécuter une sale besogne, indiscrète et sournoise. Puis il n'avait plus réfléchi du tout, atterré soudain par l'idée qu'elle était peut-être en danger. Sa course, son escalade paniquée avaient malmené son cœur d'une autre façon, plus franche, plus physique. Il avait encore la main sur sa gorge pour essayer de dompter cette tachycardie rebelle que l'effort et l'anxiété avaient déclenchée et qui le faisait suffoquer dans le noir, lorque, de derrière le rideau blanc, il avait enfin vu Émilienne.

Et là son cœur, son pauvre cœur que ne menaçait pourtant aucun péril inconnu, s'était redéchaîné dans une sarabande infernale, sous le coup d'une double révélation : Émilienne était folle, et lui aussi... Fous, fous d'amour tous les deux, elle, la jeune veuve ardente et fidèle qui se donnait chaque nuit à un fantôme, se convulsait de plaisir, clamait sa joie, succombait à d'imaginaires et brûlantes caresses, et lui, le père endeuillé, le mari pacifique et doux, le grand-père attendri, qu'une terreur ambiguë venait d'accrocher à la treille, comme un adolescent épris, et qu'un trouble trop éloquent avait statufié derrière le rideau, la poitrine broyée, le ventre dur, le visage en feu...

Car il l'aimait soudain, il l'aimait, il la désirait, il bandait dans l'ombre, offrait aux étoiles une figure torturée d'épouvante et d'extase mêlées, hurlait silencieusement sa fabuleuse découverte, et se cramponnait au rideau, titubant, pathétique, en vieillard que touche un anachronique et miraculeux coup de foudre...

Lorsque Maurice de Rouquevelle pénétra dans la chambre de sa femme, à la clinique, le lendemain matin, Yvonne laissa tout de suite éclater son inquiétude :

– Maurice ? Tu fais une drôle de tête ? La petite est malade ?

Il hésita une seconde, en homme qui ne sait pas mentir et que la plus humble intuition désarme. Déjà, Yvonne, assise au bord du lit, les yeux mouillés, la bouche tremblante, semblait parée pour on ne sait quel assaut ou quelle fuite.

– Non, non, dit-il très vite. Pas malade...

– Mais alors, quoi ? Yvonne l'avait attrapé à la manche, fébrilement. Qu'est-ce qu'il y a ?

– Mais il n'y a rien, gronda Maurice. Rien du tout. Elle est seulement... somnambule, voilà !

Les yeux d'Yvonne s'arrondirent, elle répéta, hébétée :

– Somnambule ?

Son mari hocha la tête, grave, ennuyé à l'idée qu'il allait devoir répondre à une kyrielle de questions qui ne manqueraient pas de l'embarrasser. Yvonne insista :

– Brunette ? Somnambule ?

Alors Maurice réalisa que depuis la nuit précédente, il avait uniquement pensé à Émilienne, sans répit possible, et que désormais, il évoluait dans un monde différent de celui d'Yvonne, ne parlait plus la même langue, n'avait pas les mêmes soucis. L'image obsédante d'Émilienne en proie à sa fièvre amoureuse occultait tout le reste, la vie, la mort, l'espoir et l'angoisse, la disparition d'André, l'infarctus d'Yvonne, les gazouillis de Brunette qui rajeunissaient la trop solennelle demeure.

A présent, il n'y avait plus rien d'important pour lui, plus rien de réel, que la tacite promesse qu'il s'était faite d'une nouvelle visite au balcon de la jeune femme, et du bonheur grandiose qu'il en retirerait.

Yvonne de Rouquevelle rentra la semaine suivante, et la vie sembla reprendre son cours normal. On l'entoura beaucoup, on s'employa à la servir, à prévenir ses désirs, à lui éviter toute émotion. Maurice, plus serviable encore qu'à l'ordinaire, l'installait au jardin pour sa sieste, orientait son parasol, attentif à ce qu'elle ne souffrît ni de la chaleur ni des courants d'air.

Il avait même eu une prévenance des plus délicates, avait tenu à troquer leur lit conjugal contre deux lits jumeaux, pour ne pas la fatiguer. Elle, émue, reconnaissante, se laisait border le soir, lui prenait la main en disant : « Tu es gentil, Maurice », et s'endormait ainsi, assommée par les tranquillisants qu'on lui avait prescrits, souriante et sans exigence. Maurice la veillait un peu, tournait, virait dans la chambre, allait au balcon, tâchait de résister, de lire, écoutait sans le vouloir les ténèbres, entendait le premier cri, comme un appel d'oiseau nocturne. Un désir irrésistible le chassait alors vers l'escalier, le vestibule, la grande porte.

Il aurait pu faire le chemin les yeux bandés. Par les nuits sans lune, il trouvait sans faillir la treille, s'y accrochait des pieds et des mains et, embusqué dans l'obscurité complète, imaginait celle qu'il ne voyait pas, mais dont les gémissements et les sanglots d'amour le soulevaient tout entier de diaboliques frissons.

Il revenait un peu plus tard, à la fois fiévreux et transi, quelquefois écorché par son audacieuse escalade, la main ou le pied en sang, le cœur fou, le pyjama mouillé du débordement incontrôlé de son excessif plaisir. Il sombrait dans un sommeil abyssal, immobile et dénué de rêve, s'éveillait au matin, un peu hagard, et se remettait à attendre le soir.

La journée passait, monotone et paisible ; il se donnait en apparence à toutes les tâches, toutes les préoccupations qui avaient toujours constitué sa vie jusqu'à présent. Il lisait les nouvelles, parlait du jardin, commentait le courrier, classait des papiers, soignait Yvonne, souriait à l'enfant et félicitait Émilienne pour l'organisation des provisions et des menus, qu'elle avait prise en charge. Mais tout cela était exécuté mécaniquement, sans âme ni conscience, sans plaisir.

A force de se fondre dans les ténèbres et de s'y tapir, à force de respirer le grand rideau blanc d'Émilienne, dont il se drapait pour chaque nuit d'amour, Maurice était devenu une sorte de fantôme. Translucide et creux le jour, insoupçonné la nuit, il n'existait plus que par et pour son cher secret, ces quelques moments volés, passés à chanceler dans l'ombre, d'une volupté solitaire et désespérée.

Mais un jour où le vent pluvieux arrachait aux arbres du parc des feuilles déjà roussies, Yvonne, debout dans l'embrasure d'une fenêtre du salon, eut un mot qui le poignarda d'une angoisse inattendue :

– Ça sent l'automne, dit-elle. As-tu pensé à faire rentrer le bois pour l'hiver ?

L'automne ! L'hiver ! On était aux premiers jours de septembre. L'été avait été si long, depuis le beau mois de mai qui avait vu la naissance de Brunette, si riche en événements divers et en émotions violentes, surtout si rythmé par les escapades nocturnes de Maurice, qu'il avait fini par oublier l'idée même de l'hiver. L'hiver, cela signifiait les nuits froides, le gel, et la baie d'Émilienne fermée ! Une douleur sourde se mit à lui serrer méchamment la gorge. Il piétina un peu dans le salon, ouvrit et referma deux magazines, sortit, rentra, proposa une flambée, ressortit pour chercher un fagot. Émilienne était occupée à la cuisine. Il s'y arrêta.

– Je vais faire du feu au salon, dit-il.

– Bonne idée ! approuva-t-elle, en trempant un doigt gourmand dans une sorte de mixture sans doute destinée au goûter de Brunette.

– Vous n'avez pas froid, dans votre chambre, la nuit ? demanda-t-il.

– Froid ? répéta Émilienne. Vous voulez rire ! C'est le tout premier jour de vraie pluie. Non, non, je n'ai pas froid du tout.

Il ne se décidait pas à s'en aller, passait en revue des bocaux sur un buffet.

– Oui, parce que j'ai remarqué, poursuivit-il, que vous ne fermez pas votre porte-fenêtre.

– Non, je ne peux pas, dit-elle. Je ne peux pas, j'étoufferais.

– Mais, vous pourriez laisser ouvert du côté du couloir, proposa-t-il.

– Non, fit-elle catégoriquement.

– Et cet hiver ? insinua Maurice.

– Je laisserai le balcon entrouvert. A peine.

Il avait l'air perplexe. Elle ajouta, très vite, comme si elle se résolvait à lui confier un secret de grande valeur en toute simplicité :

– Écoutez, je ne peux pas fermer le balcon, parce que c'est par là qu'André vient !

Il la regarda, alarmé. Aucune ironie dans ses yeux, aucune malice sur son visage. Rien qu'une grande placidité. Visiblement, la jeune femme ignorait tout du manège de Maurice. Visiblement aussi, elle croyait, sans marquer ni surprise, ni agitation, ni aucun signe de démence particulière, elle croyait bonnement et tranquillement aux apparitions d'André.

Maurice, partagé entre un soulagement égoïste et une inquiétude plus désintéressée, se retira sans commentaire.

L'automne passa, et l'hiver aussi. Maurice, qui n'avait pas renoncé à ses expéditions secrètes, tomba malade pour être resté embusqué derrière une baie entrouverte par moins dix degrés. Une grave bronchite le cloua au lit pendant trois semaines, et lorsqu'il put se lever, un printemps spongieux et douceâtre, tout en rigoles et en boue, diluait le paysage et noyait les chemins.

Maurice avait maigri, se sentait faible et flageolant. Il descendit tant bien que mal les escaliers, accroché à la rampe de pierre, et, harassé, vint s'échouer dans un fauteuil du salon, devant le feu. La tête lui tournait, tout son corps lui semblait fait d'une matière inconsistante et floue, et dans ses tempes, vrombissait une sorte de moteur étourdissant.

Alors il pensa à la treille, sous la terrasse d'Émilienne, au temps qu'il lui faudrait pour retrouver la force d'y grimper, il appuya sa nuque au dossier du fauteuil, et ferma lentement les paupières sur deux larmes claires qu'il ne sut retenir.

Yvonne le cherchait justement. Elle arriva à son côté, le vit exsangue, les yeux clos, les narines pincées, pathétiquement enlaidi parce qu'il renversait, sous son menton amaigri, un cou barbu et décharné où frémissait à peine une pomme d'Adam disproportionnée.

– Mon Dieu ! cria-t-elle. Il se trouve mal ! Maurice ! Maurice !

Elle posa, tout en appelant, les deux mains sur le visage exténué de son mari, comme pour le rafraîchir et le ranimer, puis elle se tut soudain, en sentant ses paumes mouillées d'une eau tiède.

– Maurice, murmura-t-elle. Tu pleures ?

Alors, sans ouvrir les yeux, il trouva, sous ses doigts, ceux d'Yvonne qui essuyaient avec amour les larmes qu'il venait de verser pour une autre. Il les porta à ses lèvres, et les baisa, très tendrement.

– Tu penses à André ? demanda-t-elle d'une petite voix compatissante.

– Oui, dit-il avec ferveur, et deux nouvelles larmes jaillirent sous ses paupières serrées.

L'après-midi passait lentement, rythmé par les pétillements du feu et l'interminable chuintement de la pluie, tombant sans discontinuer depuis plusieurs jours.

Émilienne était montée s'occuper de la petite, qui s'était éveillée de sa sieste. Yvonne regardait son mari, un instant assoupi devant la cheminée. Il se sentit observé dans son demi-somme, ouvrit les yeux, lui sourit.

– Hier, lui dit-elle, quand tu as eu cette espèce de malaise, tu m'as bouleversée. J'ai cru revoir André, à l'hôpital de Marseille. Tu as maigri, là, là et là.

Elle posait son index sur la mâchoire osseuse, le condyle proéminent, la pommette saillante.

– Avec ta barbe, comme ça, on s'y tromperait.

– Tu exagères, dit Maurice, gentiment incrédule. Pour s'y tromper, il me faudrait quelques années en moins, et quelques cheveux en plus...

– Oh ! Tu sais, fit Yvonne, dans la pénombre... Maintenant que tu as perdu ta petite bedaine...

Maurice, toujours sceptique, secouait la tête, avec un rien d'amusement. Émilienne entra, Brunette sur les bras. Les traits d'Yvonne s'illuminèrent. Elle tendit les mains.

– Bonjour, mon trésor ! Tu as bien dormi ? Quelle jolie robe !

L'enfant, gracieuse et tranquille, accrochait déjà ses petits doigts potelés au collier de sa grand-mère. C'était un bébé ravissant, d'un an à peu près, aux boucles brunes, au visage rond et jovial, qui posait sur le monde le doux regard curieux de ses grandes prunelles noires.

Yvonne, par-dessus la tête de l'enfant qu'elle tenait sur ses genoux, s'adressa à Émilienne.

– Je disais à Maurice combien il s'était mis à ressembler à son fils, depuis qu'il avait maigri.

Maurice leva vivement les yeux, rencontra ceux de la jeune femme, qui s'attarda à le dévisager sereinement.

– C'est vrai, dit-elle. Sauf le front...

– Imaginez-le moins dégarni, suggéra Yvonne.

– Arrête, Yvonne, pria Maurice, absurdement gêné.

– Mais si, insista-t-elle. Tenez, d'ailleurs, vous allez voir !

Elle se leva, portant toujours Brunette qui suçait avec application les perles de son collier ; elle se dirigea vers la grande bibliothèque, l'ouvrit, hésita entre deux rayons, se saisit enfin d'un album cartonné.

– Vous allez voir, répéta-t-elle.

Alors les deux femmes, assises côte à côte sur la bergère, se mirent à feuilleter les pages couvertes de vieilles photographies, avec des exclamations de triomphe pour Yvonne, et d'étonnement pour Émilienne.

– N'est-ce pas ? faisait la première. Qu'est-ce que je vous disais ? Regardez là, à part la coupe des vêtements, bien sûr ! Et là, en soldat ? Si vous mettez votre main comme ça, pour cacher la coiffure, c'est tout à fait André.

– Tiens ! Oui ! répondait la seconde. Vraiment, c'est frappant !

Brunette, debout contre leurs jupes, se racontait une histoire, trois doigts dans sa bouche. Maurice finit par venir se pencher entre les deux femmes, derrière le dossier du siège.

– Fais voir ? dit-il d'un air innocent.

Yvonne tournait encore une page.

– Et là ? Admets tout de même que c'est évident !

On voyait un solide gaillard, debout dans le jardin avec sur les épaules un enfant qui se cramponnait à ses abondantes mèches blondes.

– C'est André ? demanda Émilienne.

– Oui, il avait dans les... deux ans.

Maurice demeurait silencieux, ému par le souvenir de ce temps où il avait été jeune, beau et plein de santé, sans avoir jamais soupçonné qu'il eût pu en être autrement. Yvonne était arrivée à l'ultime page.

– Une des dernières photos d'André, dit-elle.

Et, pour les mieux convaincre de la ressemblance entre le fils et le père, elle détacha le portrait, le posa sur une page précédente, près de celui de Maurice militaire.

Maurice scrutait ces deux jeunes gens, pareillement vigoureux, dont un même soleil paraissait avoir doré l'épaisse chevelure, dont les prunelles semblablement claires avaient dû contempler un rêve identique de paix et de douceur... Il pensa qu'ils n'existaient plus, disparus tous deux, chacun à sa façon, l'un fauché par la mort et l'autre par la vie, par les années, qui peu à peu, avaient déshonoré le bel or des cheveux, fondu la vigueur des muscles, terni le bleu de l'œil, et déçu le rêve.

Brunette soudain gazouilla plus fort et lui tendit ses menottes. Elle tangua vers lui, vacilla sur ses petites jambes mal assurées, trébucha.

– Attention ! glapit Yvonne.

Mais le grand-père, rapide et plein d'expérience, avait évalué, du même coup d'œil, le risque de la chute et le danger que représentait le coin pointu de la table en céramique autour de laquelle Brunette chancelait. Il n'avança qu'une main, grande ouverte, et le petit menton de l'enfant vint précisément s'y loger, lorsqu'elle perdit tout à fait l'équilibre et tomba.

Émilienne lança à Maurice un regard de reconnaissance.

– Beau réflexe ! dit-elle.

– Oui, n'est-ce pas, pour un vieillard ? plaisanta-t-il.

Sans logique apparente, Émilienne demanda :

– Vous avez toujours cet uniforme de soldat qu'André avait rapporté, juste avant de partir ?

– Ou... i..., déclara Yvonne après un instant de réflexion. Il l'avait plus ou moins chipé, non ? Il voulait le garder en souvenir...

Alors Émilienne adressa à Maurice un coup d'œil suppliant.

– Oh ! S'il vous plaît, mettez-le. Je voudrais faire une photo !

Ils la dévisagèrent tous deux, surpris.

– Tenez ! s'écria-t-elle en désignant le jardin derrière la fenêtre. Il ne pleut plus, voilà un petit rayon de soleil ! Vous iriez sous l'arbre en fleurs, comme André, il y a deux ans...

Et elle montra le cliché du jeune soldat, appuyé d'une main nonchalante au tronc du cerisier blanc.

Yvonne dormait depuis longtemps ; Maurice l'écoutait dans le noir. Elle ronflotait à une cadence très régulière. Il n'y tint plus et se leva. Il ouvrit doucement la porte de la terrasse, tendit l'oreille. Il pleuvait encore, mais moins fort que dans la journée. Il traversa la pièce, entrebâilla la porte palière. Il se risqua dans le couloir sombre et silencieux. Finalement, il se retrouva devant la chambre d'Émilienne. Pendant sa bronchite, les nuits où la fièvre et les remèdes ne l'éreintaient pas trop, il était venu quelquefois s'y traîner, les jambes molles, travaillé de vertiges et d'éblouissements. Et quelquefois, il l'avait entendue gémir et crier, et le désespoir de son impuissance l'avait agenouillé dans l'ombre, l'oreille à la porte, le cœur lourd de dépit.

Ce soir-là, il se sentit moins fourbu. La courte sortie au jardin, pour prendre la photo convoitée par Émilienne, l'avait aéré et ravigoté. Et puis cette idée de lui faire passer l'uniforme d'André... Maurice en avait retiré une petite joie d'amour-propre inespérée, parce qu'il s'y était glissé sans le moindre effort, et que les femmes l'avaient trouvé superbe. Émilienne semblait si heureuse. Elle lui avait demandé de prendre Brunette dans ses bras, de poser de dos. Il était curieux de voir ce que le cliché rendrait.

Tout à ses pensées, Maurice ne réalisait pas qu'il stationnait devant la chambre d'Émilienne depuis un bon quart d'heure. Il régnait, à l'intérieur, un calme absolu. Il en fut d'abord soulagé, comme si, à présent, il avait pu aller se recoucher sans regret. Puis il imagina, assez involontairement, le sommeil d'Émilienne, son abandon, sa nudité peut-être. Pour la première fois il envisagea qu'il lui serait encore plus facile de la contempler si elle dormait tout à fait, qu'il pourrait même peut-être pénétrer carrément chez elle.

Cette idée, d'abord vague et confuse comme un simple fantasme, fit son chemin en lui. Il retourna lentement à son appartement, tenta de s'allonger et de n'y plus penser. Mais l'image d'Émilienne nue dans son lit, détendue, confiante, offerte à son regard amoureux, le harcelait. Soudain, il fut de nouveau debout, résolu à la folie. « Tant pis, j'y vais ! » Il passa dans le cabinet de toilette attenant à sa chambre à la recherche d'un peignoir chaud, vit l'uniforme militaire oublié là par négligence, interpréta sa trouvaille comme un indubitable signe du destin.

Cinq minutes plus tard, au prix d'un effort incommensurable, il était sur la terrasse d'Émilienne. Le sang battait à ses tempes, il ruisselait d'une sueur qui glaçait en coulant son dos et ses reins. Il poussa légèrement le battant de la porte-fenêtre entrouverte ; ses jambes ne le portaient plus, il avança presque malgré lui, comme un homme pris de boisson, tituba en franchissant le seuil du balcon, se rattrapa au pied du lit.

Émilienne était allongée là, douce et innocente. Son oreiller disparaissait sous l'algue sombre de ses cheveux. On distinguait à peine son petit menton pointu reposant sur son épaule, dans une jolie pose un peu apprêtée de princesse évanouie. Tout à sa contemplation, Maurice parvint cependant à domestiquer son essoufflement, à dompter son vertige. L'équilibre et la maîtrise de soi lui revenaient, en même temps qu'une autre fièvre, moins douloureuse mais tout aussi impérieuse. Il la désirait si fort.

Il devinait, sous le pli du drap, la naissance délicate de la gorge, en imaginait la ferme douceur, et ses mains tremblaient d'une tentation terrible. Il aurait voulu se pencher sur elle comme sur une fleur rare, la humer, respirer son haleine, poser ses lèvres sur le dessin délicieux de l'oreille, se saouler des effluves de sa chevelure, mordre son cou, sa joue fine, l'angle félin de sa mâchoire nerveuse, fouler les couvertures autour de son corps chaud et vallonné, se perdre dans ses mystères, dans ses moiteurs, dans ses arômes.

Effaré par l'assaut tumultueux de cette convoitise qui incendiait son ventre, mouillait sa bouche, malmenait son cœur, il recula, serra ses mains l'une contre l'autre, à les broyer, et, héroïquement, s'élança pour repasser la porte. Dans son égarement, il heurta de la main droite la vitre, où sa chevalière rendit un petit claquement sec de bec d'oiseau. Et tout à coup, son sang se figea, parce qu'il entendit, dans les profondeurs de la chambre, la voix d'Émilienne.

– C'est toi, André ? dit-elle. (Le lit gémit un peu.) C'est toi, tu es venu ?

En deux bonds, elle fut contre lui, qu'une terreur sublime paralysait, symboliquement, au seuil de la baie vitrée. Il avait la moitié du corps dehors, vers la nuit froide et trempée, déserte, immense, inhospitalière, et l'autre moitié, où se pendait Émilienne, qui penchait vers la douceur d'un rêve, la tiédeur troublante d'un asile obscur où chuchotait une femme amoureuse.

– C'est toi ? dit-elle encore, et elle l'attira tout à fait, s'accrocha à son cou, plaqua contre l'étoffe rude de l'uniforme la chaleur de son corps nu et souple...

– Oui, c'est moi, murmura-t-il en soulevant une chaussure de plomb qui semblait vissée à la pierre de la terrasse comme une statue à son socle.

Mais lorsqu'il eut vaincu cette pesanteur, cette rigidité, lorsqu'il eut franchi la vitre, lorsqu'il fut tout entier dans la chambre et dans les bras d'Émilienne, il se sentit basculer, et, sans chercher davantage à résister, se laissa engloutir par le maelström magique de sa démence.

Il la saisit à pleins bras, à pleines mains, la serra contre lui à l'étouffer, la prit sous les fesses, la hissa jusqu'à sa bouche, dévora ses lèvres, son cou, ses seins, délira dans ses cheveux.

– C'est moi, oui c'est moi, mon amour, mon cœur, ma chérie, mon parfum, ma vie...

Elle palpitait contre lui, si vivante, si affolante.

– Oh ! Tu bandes, murmura-t-elle, comme tu bandes... Viens !

Elle s'échappa vers le lit, il l'y rejoignit, l'y terrassa, l'écrasa de sa poitrine lourde, de son ventre exigeant, la maintint, de deux poignes à ses avant-bras, crucifiée sur la couche, en l'embrassant toujours, en la flairant, en s'enivrant du goût de sa peau, de l'odeur de ses aisselles, des fragrances qu'il sentait monter vers lui, tandis qu'il la pressait partout comme une gerbe odorante.

– Tu me donnes envie, gémit-elle, envie, envie, envie...

Elle se tordait sous lui, ses jambes s'envolaient. Il lâcha ses poignets. Tout de suite, elle chercha le ceinturon, les boutons rebelles du pantalon de drap rêche. Elle chantonnait, sur un air de comptine ingénue, dans sa besogne scabreuse :

– Envie, envie, envie...

– Cherche, dit-il. Cherche-moi.

Et il crispait ses doigts dans les cheveux bruns d'Émilienne pour résister à l'envie de l'aider, de se déshabiller trop vite.

Elle le trouva enfin, massif et puissant comme un arbre, ferma sur lui des phalanges brûlantes, le guida tout de suite, les pieds noués à sa taille.

– Oh ! Envie, continuait-elle. Envie d'ouvrir très grand, pour toi, de tout ouvrir, tout écarter.

Et elle se mit à crier... et il reconnut son cri... Mais cette fois, il était dedans, en plein cœur de la clameur, planté loin, très profond, accroché, arrimé, mêlé au cri, si soudé qu'il ne sut pas reculer d'un seul millimètre, et qu'il éclata à des millions d'années-lumière de la terre, au centre d'une fournaise apocalyptique qui le terrassa de bonheur.

Le docteur Blanchard posa le coupe-papier avec lequel il jouait machinalement, derrière son bureau, depuis l'instant où Maurice de Rouquevelle avait commencé son récit. Il croisa les mains sous sa barbe blanche, s'accouda à la table, et déclara :

– Schizophrénie... Enfin, une des multiples formes de la schizophrénie. Tout ce que tu me racontes concorde parfaitement avec la définition qu'on en donne le plus souvent : une sorte d'incapacité à s'adapter au réel, une confusion ambiguë, mais sincère, entre le rêve et la réalité. Un refus du changement, surtout s'il est douloureux, une croyance à des... correspondances magiques à travers le temps et l'espace. Il y a des lettres, du dis ?

– Il doit y en avoir quelque part. A moins qu'elle ne les détruise au fur et à mesure...

– Ou qu'elle ne les envoie ?

– Mais à qui ?

– Ah ! ça...

Blanchard haussa les sourcils, perplexe.

– Oui, remarque, dans un petit bled comme le tien, ça se saurait vite.

– Alors, coupa Rouquevelle, c'est une sorte de folie ?

– Oui, admit Blanchard. Si l'on veut. De déséquilibre, si tu préfères.

– Dû à quoi, à ton avis ?

– Oh ! Mille et une choses. Le terrain, d'abord. Il y a des hérédités. Une certaine fragilité nerveuse... Ou un choc. Apparemment, c'est la mort d'André qui l'a bouleversée. Elle en refuse l'idée.

– C'est... guérissable ? demanda Rouquevelle.

Blanchard tordit la bouche, balança la tête de droite à gauche, de gauche à droite.

– Dur à dire. Ça dépend. En principe, non. Pas tout seul, en tout cas...

– Et si on la soigne ?

– Peut-être...

– Et si on ne la soigne pas ?

Le docteur se gratta la barbe.

– Tu sais, je ne suis pas un spécialiste de la question. Il me semble me souvenir que la menace, dans les cas les plus sévères, est un complet repliement sur soi-même, ce que l'on appelle de l'autisme, un refus absolu de communiquer avec le monde extérieur.

– Et dans les cas les plus bénins ?

– Oh... dit Blanchard, elle peut traîner des années comme ça, sans aggravation. Tu comprends, dans le cas précis, elle s'accroche à son rêve. Il lui est nécessaire pour survivre. Si, dans la journée, avec vous, elle semble normale, tranquille...

– Oui, reconnut Maurice. Un peu songeuse parfois. Mais jamais surexcitée par exemple. Tu vois, j'aurais peur, pour l'enfant... Si ça tournait en...

– Folie furieuse ? suggéra Blanchard. Non, je ne crois pas. Mais si ça t'inquiète, fais-lui passer des examens, emmène-la chez un psy.

– Non, dit Rouquevelle. Non, non... D'ailleurs, je ne vois pas comment je pourrais lui présenter la chose.

– Essaie quand même, conseilla l'autre, de gagner sa confiance, de la faire parler pour savoir jusqu'où elle divague. Fais semblant de marcher dans son truc, un certain temps, sans trop l'encourager, juste pour la sonder.

– Tu ne crois pas que je peux la perturber, si je marche, comme tu dis ?

– Non, moins, en tout cas, que si tu la contraries. Tu éviteras le recroquevillement. Parce que si ostensiblement, tu doutes de ce qu'elle dit, c'est toi qu'elle croira fou, elle se méfiera, ne te dira plus rien, se ratatinera sur sa vérité, pour la sauver, ne cherchera plus à la partager. Voilà le danger.

– C'est ma femme qui risque de mettre les pieds dans le plat, dit Maurice.

– Pourquoi ? demanda Blanchard. Elle ne se rend pas compte ?

Rouquevelle eut un air embarrassé.

– Non, dit-il. Pas bien. Mais il faut préciser que la gosse lui fait moins de confidences qu'à moi.

– Ah ? Fit l'autre, intéressé. Pourquoi ?

– Je crois, dit Maurice après un instant d'hésitation... qu'elle me prend pour André, parfois.

Et il rougit violemment.

– Et ça t'embête ? ironisa le docteur.

– Pas vraiment, avoua Maurice.

Évidemment, Maurice n'avait pas tout raconté à son ami Blanchard. Il avait expurgé la vérité des épisodes les plus intimes, avait seulement évoqué les cris nocturnes d'Émilienne, des délires qu'il aurait écoutés à travers les cloisons. Depuis près d'un mois, les remords, les scrupules, les inquiétudes, le disputaient en lui à l'espoir fou de pouvoir connaître encore, une nuit, une heure, une minute seulement, l'amour d'Émilienne, son étreinte sauvage et suave, son ardeur, sa fougue, ses mots, et surtout ses cris.

Depuis près d'un mois, il s'imposait un stoïcisme éreintant, s'interdisait la moindre escapade, se reprochait son imposture, subissait, en regardant Yvonne, les assauts d'un repentir plein de honte et, en contemplant Émilienne, l'agression d'un regret beaucoup plus équivoque : celui d'être allé chez elle, celui de n'y pas retourner.

Mais ce qui le gardait de réitérer l'expérience ne relevait pas de l'honnêteté très pure. C'était aussi la prudence et la crainte. Car s'il conservait du moment passé chez Émilienne un souvenir torride, il se rappelait aussi qu'après l'explosion éblouissante, dans laquelle il avait perdu toute notion des choses, il avait éprouvé soudain la terreur qu'elle ne sortît brutalement de son rêve éveillé, qu'elle ne le reconnût à des détails éloquents, des différences, des indices que son absence de préméditation ne lui avait pas laissé prévoir. Il avait voulu partir alors très vite, mais elle avait cherché à le retenir, humble et suppliante, s'était agrippée à lui, avait fini par le laisser s'évader sur une question bizarre : « As-tu reçu mes dernières lettres ? avait-elle demandé. J'en ai écrit trois depuis l'autre fois. » Et une autre épouvante avait alors saisi Maurice : celle de la voir sombrer dans une folie totale et définitive, sans chercher à l'en guérir, mais au contraire, en l'y plongeant davantage s'il se prêtait encore à la comédie.

Voilà pourquoi, au terme de plusieurs semaines de réflexions, de déchirements, il avait tenu à consulter, le plus discrètement possible, son ami Blanchard. Il ressortait de son cabinet rasséréné, soulagé par sa demi-confession, et même encouragé, en quelque sorte, au mensonge et à la mystification.

Ce samedi-là, Maurice exprima le désir de se coucher plus tôt que d'habitude. Yvonne s'inquiéta tendrement :

– Ça ne va pas ? Tu couves peut-être une rechute. Que t'a dit Blanchard ?

– Si, si, ça va, il m'a trouvé bien, répondit Maurice. Seulement je dois me reposer... C'est cette chaleur soudaine, ça travaille tout le monde.

Il était monté s'étendre vers les vingt heures. Yvonne l'avait rejoint. Puis Émilienne avait frappé chez eux :

– J'ai couché Brunette, avait-elle dit. Alors, c'est entendu, je laisse sa porte ouverte. J'ai fermé les balcons à cause de...

Elle hésita.

– Enfin, on ne sait jamais. Comme je ne suis pas là, ce soir...

– Mais oui, ne vous inquiétez pas, avait répondu Yvonne. Nous l'entendrons si elle pleure, je laisserai ouvert ici aussi. Partez sans remords, passez une bonne soirée. Il fait si bon, ce soir ! Et embrassez vos cousins pour nous.

Émilienne était déjà dans l'escalier :

– Oui, oui. Bonsoir !

Yvonne sortit sur le balcon tiède, la guetta, la hêla au passage :

– Et saluez aussi le père Deseille...

– Oui, oui, fit encore Émilienne joyeusement, en agitant la main.

Tout marchait comme prévu pour Maurice. Émilienne était partie pour la soirée et ne rentrerait sans doute pas avant minuit. Yvonne s'était endormie très vite, ainsi qu'à l'accoutumée. Et la porte de Brunette était ouverte. Il traversa sans bruit la chambre de l'enfant, ouvrit la porte de communication qui la séparait de celle de sa mère. Ouverte aussi. Maurice se retrouva dans la pièce sombre, tâtonna un peu pour trouver une lampe de chevet.

Un parfum flottait dans l'air, un mélange d'eau de toilette fleurie et d'une senteur plus musquée, plus charnelle. Sur le lit blanc, le léger déshabillé d'Émilienne hypnotisa un moment Maurice. Il tendit le bras doucement, se saisit du vêtement, le pétrit de deux mains fiévreuses qu'émouvait une ardente soif de possession, le porta à ses narines. Il crut défaillir sous l'assaut des souvenirs, chancela un peu, tenta de reposer l'étoffe, ne s'y résolut pas encore. Finalement, il s'en arracha, comme on se refuse une drogue précieuse, en tremblant, avec de grands soupirs mal résignés.

Autour de lui, la chambre était en ordre. Il chercha du regard les cachettes possibles, se décida pour l'armoire, l'ouvrit. Il lui fallut un énorme courage pour lutter contre l'envie de toucher chaque robe d'Émilienne, chacun de ses corsages. Depuis qu'il l'aimait, il l'avait si souvent désirée, dans toutes ces couleurs, ces matières, ces formes différentes ! Il reconnaissait un petit tailleur vert, qui lui faisait la taille mince et les hanches rondes, et une jupe noire moulante, dans laquelle son petit ventre et ses fesses marquaient un ensorcelant roulis lorsqu'elle marchait. Et ce chemisier blanc, à peine transparent, au travers duquel il entrevoyait parfois la dentelle d'une lingerie, le creux de la gorge, et même, si elle levait le bras, le buisson noir qui ombrageait son aisselle.

Maurice sentait sa mémoire s'enflammer. Il écarta les cintres d'une main qu'il tenta d'affermir. Rien au fond de la penderie. Les étagères lui réservaient d'autres épreuves : tous les sous-vêtements d'Émilienne étaient là, dans des cartons colorés. Il résista, ne s'attarda pas plus qu'il n'était nécessaire pour en fouiller très vite le contenu. Sa paume extasiée demeura cependant comme pétrifiée un instant, arrondie autour d'un bonnet de soutien-gorge que le hasard du pliage et la tenue du tissu semblaient rendre habité.

Il effleura à toute vitesse une pile de pull-overs, une autre de tee-shirts. En dessous, sur les deux derniers rayons, elle devait mettre ses chaussures, les boîtes s'entassaient soigneusement. Maurice souleva un couvercle. Le frisson de la victoire le parcourut. Des lettres étaient là, debout, serrées les unes contre les autres. Une pleine boîte. Et peut-être même... Il souleva une autre, puis deux, trois, quatre autres couvercles. Toutes les boîtes étaient bourrées d'enveloppes, libellées au seul nom d'André. Elles ne portaient ni adresse ni date. A la qualité de l'encre, à la fraîcheur du papier, Maurice distingua les plus récentes des plus anciennes, se rendit compte qu'elles étaient classées par ordre chronologique. D'ailleurs, la dernière boîte, en fait la première de la pile, n'était pas, à bien y regarder, si remplie que les autres. Émilienne devait la compléter, au fur et à mesure de ses courriers.

La curiosité le dévorait. Il aurait aimé lire toutes les lettres, une par une, de la première à la dernière. Mais il y en avait des centaines, et les enveloppes étaient toutes cachetées. Or, s'il voulait vraiment connaître Émilienne, percer le secret de son âme et de son esprit, il ne devait laisser aucune trace de ses fouilles, pour pouvoir éventuellement les reprendre et les compléter plus tard.

Il choisit la toute première enveloppe, y reconnut avec stupeur l'écriture d'André. C'était la seule lettre qui ne fût pas rédigée par Émilienne, mais pour elle. Et celle-ci était ouverte. Il s'en empara, ainsi que de la suivante, prit encore, pour être capable de les replacer dans l'ordre ensuite, la première lettre de chaque boîte, ainsi que celle qu'il supposait la plus récente, la dernière de la boîte supérieure.

Il referma consciencieusement l'armoire, éteignit la lampe, quitta les lieux à l'aveuglette, avec son butin dans la poche de sa robe de chambre. Au passage, il se pencha sur le berceau de Brunette, dont il contempla les longs cils courbes posés en frange régulière sur sa joue replette. Il sourit dans l'ombre, murmura : « Ma poupée ! » et déserta la pièce sur la pointe des pieds.

Mon amour,

Je dîne tout à l'heure chez ma cousine Marie. C'est la première fois que je laisserai Brunette seule si longtemps avec tes parents. Mais elle dormira et je suppose que tout se passera bien. Quoi qu'il arrive, j'ai confiance en eux. Cette sortie m'amuse. Je pourrai prendre la voiture. Ce n'est pas si souvent. A part pour quelques courses rapides, parfois... Et puis je vais revoir le père Deseille. Tu sais comme je l'aime et l'apprécie, et l'importance qu'il a eue dans notre vie. C'est lui qui nous a mariés, et c'est lui surtout qui m'a rassurée, lorsque je ne savais plus trop où j'en étais, tu t'en souviens, pour Brunette ? Sans ses conseils, qu'aurais-je fait ?

Mon chéri, j'espère que tu ne viendras pas pendant mon absence : j'ai été obligée de fermer les balcons. A tout hasard, si Gaston revenait... C'est drôle, cet amour qu'il montre pour la petite, chaque fois qu'il la voit, cet attendrissement. Peut-être que quelque part en lui, très obscurément, il croit que c'est son enfant.

Et peut-être que je le croirais aussi, si tu ne l'avais pas reconnue si clairement, si malignement. J'adore tous tes petits messages, mon amour. A ce propos, j'emporte ce soir la photo, je la leur montrerai peut-être. Personne ne sait, personne n'a remarqué... Sauf moi...

Je t'aime, mon adoré. Même si je rentre tard, viens quand même. J'aurai peut-être un peu bu, et tu sais comme je suis dans ces cas-là. Tu ne regretteras pas.

Je t'ouvre mes bras, mes jambes, tout... Sauf mon cœur, pas la peine, tu y habites déjà.

Maurice, dans la cuisine, où il avait décacheté chaque enveloppe au-dessus de la bouilloire chuintante, demeurait assis, la dernière missive aux doigts, ahuri par les messages qu'il venait de lire. Il avait exécuté, à travers eux, un insolite voyage, avait rebondi de surprise en stupeur, avait failli chavirer lorsque les mots devenaient terribles, d'une obscénité violente et passionnée, mais l'accalmie de l'attendrissement l'avait sauvé du naufrage, devant des phrases d'une mélancolie, d'une tristesse poignantes. Assurément, Émilienne était folle, mais ses secrets ne résidaient pas uniquement dans cette folie. Il y avait aussi, à l'origine de tout, un mystère qui n'avait rien d'imaginaire, et que Maurice était en train de percer à peu près complètement.

L'heure avançait. Il replia la feuille qu'il tenait encore, la glissa dans son enveloppe, la recacheta, comme les autres, à l'aide d'un bâton de colle, et entreprit d'aller replacer chaque lettre à sa place. La révélation qui venait de lui être faite le bouleversait moins, finalement, que tout le reste, la vertigineuse, inquiétante et fascinante fantasmagorie d'Émilienne.

Il pénétra à nouveau dans la chambre de Brunette, s'arrêta cette fois beaucoup plus longtemps à son lit, la but des yeux, caressa les voiles du berceau. Les termes de la toute première lettre d'Émilienne lui revinrent en mémoire : « L'enfant que je porte, plus petit, plus fragile, plus obscur que tout le monde croit, lui aussi pour venir à moi a fait un voyage bizarre. »

Alors un chant d'amour lui gonfla le cœur, lui monta aux lèvres : « Ma princesse inconnue, ma poupée, ma chérie venue d'ailleurs, mon cadeau du ciel, tu es à nous, à nous pour toujours, et je ne dirai rien, rien, rien... jamais... »

Puis il ajouta, en se dirigeant vers la chambre d'Émilienne : « Mais je saurai tout, je lirai tout, ça, je le jure. »

C'était devenu une hantise. Après l'ardeur de leurs étreintes, Émilienne ne le laissait plus partir. Elle s'accrochait à lui, l'enfermait dans le nœud de ses jambes, de ses bras, le serrait contre elle, le pressait de questions : « André, raconte. Raconte-moi là-bas, l'Algérie. Et ta blessure ? Et le voyage ? Et l'hôpital ? A l'hôpital, tu te souviens, tu m'as reconnue ? Et après ? Et ta mort ? Raconte-moi comment tu es mort ? André, je t'en prie, dis-moi tout. »

Et peu à peu, Maurice s'était prêté au jeu, avait cultivé le mensonge, peaufiné l'imposture. Pour Émilienne, par amour pour elle, pour sa chère folie, pour sa fièvre curieuse et insatiable, il était devenu peu à peu André, un André sorcier, puissant, devin, ressuscité d'entre les morts, omniscient, omniprésent... Il avait lu toutes les lettres passées, et lisait à présent les nouvelles sans difficulté aucune, puisqu'il avait demandé à Émilienne de ne plus les cacheter, et de les déposer dans une boîte spéciale, sur son balcon. Lorsqu'il venait la voir, il en évoquait avec elle les termes, essayait de répondre aux questions qu'elle y avait posées, la remerciait de la fougue qu'elle y avait manifestée par une autre fougue, moins épistolaire et plus tangible.

Dans la journée, il se documentait beaucoup, dévorait des comptes rendus historiques, ou bien toutes les notes qu'André avait gardées de ses cours à la faculté de sciences. Il épluchait le moindre cahier, scrutait la moindre photo.

Il passait des heures dans la chambre de son fils, que l'on avait conservée intacte, mais où Émilienne n'allait presque jamais. Rien n'avait été touché, pas un seul objet, ni un seul livre ni un seul vêtement du placard. Parfois, Maurice s'enfermait, se déshabillait en secret, passait un pantalon, un pull du jeune homme, se regardait dans la glace. Il avait alors toujours le même geste désolé vers son front, cette grande place de peau nue, ce désert d'où la jeunesse semblait s'être retirée plus vite qu'ailleurs, cette nudité presque obscène qui le différenciait si cruellement du garçon couronné d'épaisses mèches blondes auquel il voulait ressembler.

C'était lui que cette calvitie navrait, lui et son désir profond, irrésistible, à présent obsessionnel, de devenir André. Émilienne, elle, obnubilée, aveuglée par sa passion, n'avait jamais manifesté d'étonnement ni aucune prise de conscience particulière depuis qu'il était retourné chez elle et que, peu à peu rendu plus confiant par la facilité avec laquelle elle le prenait pour le mort, il s'était abandonné à son lit, à ses bras, à ses baisers, à ses confidences.

Un jour, à Grenoble, il avait tout de même cédé à la tentation qui le tenaillait depuis quelques temps. Il était entré chez un coiffeur spécialisé, avait exhibé une photo d'André, avait osé dire : « Voilà ! Je voudrais ceci. » L'autre avait regardé le portrait, avait hoché la tête, en homme averti, avait dit : « Venez avec moi. »

Assis devant la glace, Maurice avait senti son cœur battre à tout rompre, pendant que le coiffeur, à petits gestes précis et souples, retouchait la perruque sur sa tête, ébouriffait artistement une mèche ou deux, lissait les tempes et la nuque. La métamorphose était spectaculaire.

Le soir même, après un dernier coup d'œil à son image dans le miroir de la chambre d'André, il s'était élancé à l'assaut de la terrasse d'Émilienne, amoureux et impatient, avec une joie et une ferveur toutes neuves, et l'impression troublante d'être revenu très loin en arrière, au temps où ses cheveux abondants, son corps sain et docile, son sang impétueux, faisaient de lui un jeune homme dans la gloire blonde de ses vingt-cinq ans.

Elle venait de chevaucher longtemps, les reins cambrés, le bassin diaboliquement souple, les cuisses brûlantes et nerveuses sur les hanches de Maurice qui s'appliquait au calme pour résister encore. Lorsqu'elle cria, il se rendit aussi, avec une grimace d'intense bonheur. Elle se coucha sur lui, tout en le gardant captif dans son ventre chaud, elle enfouit son visage dans le cou de son compagnon et, la bouche à son oreille, entama l'habituelle complainte : « André, dis-moi, dis-moi d'où tu viens. Dis-moi comment tu es mort... »

Il caressait ses cheveux noirs d'une main, fourrageant de ses doigts distraits dans les mèches nerveuses, les ébouriffant tendrement. De l'autre main, il toucha soudain son propre front, sa tempe, son crâne, y sentit l'épaisseur d'une insolite toison. Alors il commença son récit :

– Ça a débuté comme un rêve, ma chérie. Un long couloir sombre, dans lequel je me suis engagé. Un couloir qu'on ne parcourt ordinairement qu'une seule fois, dans un seul sens.

– Pour arriver au pays de lumière ? chuchota-t-elle.

– Oui, dit-il.

– Mais toi, tu es revenu, fit-elle. Pourquoi ? Comment ?

– Parce que je t'aime, et que tu m'aimes.

Elle se serra davantage contre lui, mêla ses jambes aux siennes, et dans son sexe mouillé, le sexe de son amant palpita faiblement, sans s'échapper.

– Alors, raconte, raconte...

Et il se mit à raconter, bavard, intarissable, avec des termes lumineux et tendres, l'incroyable périple, le merveilleux retour, et tous les voyages qui le rapprochaient d'elle, chaque fois qu'il venait jusqu'à sa chambre pour l'aimer. Il parlait, parlait... Elle ondulait sur lui, comme au vent suave d'une traversée fantastique, les yeux élargis dans le noir, la bouche entrouverte pour boire ses paroles, et le ventre profond, doux et fascinant comme une caverne magique. Elle glissait le long de sa verge, d'avant en arrière, d'arrière en avant, dans un roulis de plus en plus ample, de plus en plus soigneux, de plus en plus accompli. Il ne réfléchissait plus, ne cherchait plus ses mots, elle les lui inspirait, les lui soufflait, semblait aller les chercher très loin au milieu de lui, comme des souvenirs, enfouis, au creux de ses reins, au fond de sa mémoire, elle les aspirait, les ramenait à la surface à la simple force de son sexe pressant, altéré de prodiges, de ses hanches vagabondes qui la faisaient naviguer sur lui, ventre contre ventre.

Ils accostèrent ensemble, éblouis d'amour et de folie, sur une rive lointaine ignorée des hommes. Il avait chanté pour elle une chanson qui disait l'aventure, le danger, la souffrance, la mort, la victoire et la résurrection, était devenu Ulysse, Hector, Thésée, mais surtout, définitivement, irrémédiablement, André...

Pour la première fois, il jouit en elle avec l'absolue conviction qu'elle était la femme de sa vie, qu'il n'avait jamais connu qu'elle, et que l'avenir les attendait tous deux, simple et facile, parce qu'ils étaient jeunes, ardents, et désormais au-delà de toutes le petites contingences mesquines d'un ordinaire qu'ils venaient de défier.

– Maurice ! Maurice ?

Yvonne, tout en remuant son café au lait, cherchait en vain à capter le regard absent de son mari, qui trempait distraitement ses lèvres dans une tasse, sans songer à en avaler le contenu. Un troisième couvert était dressé près des leurs sur la table de la salle à manger, mais Émilienne n'était toujours pas descendue.

– Maurice !

Il leva enfin les yeux, arrondit interrogativement les prunelles. Yvonne, avec une vivacité muette, désigna du menton le bol vide, et la serviette pliée à côté d'elle.

– Brunette ? suggéra-t-il mollement, sans avoir l'air de trop y croire.

– Non, dit catégoriquement sa femme. Brunette s'est rendormie après son biberon de sept heures. Je l'ai entendue la recoucher... Non...

Elle semblait tracassée d'une angoisse vague.

– Huit jours qu'elle ne déjeune plus, tu te rends compte, tout de même ?

Maurice avança le menton et la lèvre inférieure, en signe d'ignorance et d'impuissance, émit une sorte de petite explosion à bouche fermée, qui voulait dire · « Tiens ! Oui ! Bizarre ! », demeura ainsi, silencieux, tendu vers sa femme, gagné à son tour par l'inquiétude. Yvonne se leva.

– J'y vais !

– Doucement, hein, dans les escaliers ! lui recommanda Maurice, et il la suivit du regard, habité soudain d'un étrange malaise.

Yvonne frappa à la chambre d'Émilienne, attendit un peu, frappa de nouveau, entendit nettement la chasse d'eau, puis la porte du cabinet de toilette que l'on ouvrait et refermait. Émilienne traversait à présent la pièce d'une démarche lourde et hésitante. Elle tourna la clef, entrebâilla sa porte. Elle était pâle et défaite, comme essoufflée par les quelques pas qu'elle venait de faire.

– Vous ne venez pas déjeuner ? demanda Yvonne. Vous êtes malade, ma petite fille ?

Émilienne grimaça un peu, comme sous l'assaut d'une nausée.

– Non, dit-elle faiblement, je n'ai pas très faim.

Yvonne poussa délibérément la porte, pénétra dans la chambre plus fermement que son habituelle discrétion ne l'y eût autorisée. Émilienne, étonnée, sans force, la vit s'asseoir sur le lit découvert.

– Parlez-moi franchement, commença Yvonne. Bien franchement. Ce n'est pas l'adoption de Brunette qui vous a contrariée, au moins ?

La jeune femme esquissa un pauvre sourire et secoua la tête.

– Non, non, dit-elle.

Sans doute Yvonne trouva-t-elle cette dénégation dépourvue de la plus élémentaire conviction. Elle poursuivit :

– C'est pour elle, vous le savez, n'est-ce pas ? Ça ne vous prend rien. Elle demeure votre fille, elle vous appellera maman, nous ne vous la prenons pas. N'est-ce pas ? Vous en êtes sûre ? Bien sûre ?

A chaque question, Émilienne faisait « oui » du menton, les yeux mi-clos et la bouche crispée dans une sorte de petit rictus douloureux. Soudain sa lèvre inférieure trembla plus violemment, se convulsa comme pour lutter contre un sanglot. Yvonne la crut au bord des larmes. Elle avança les deux bras ensemble, pour prendre entre les siennes les mains d'Émilienne.

– Voyons, ma petite fille... dit-elle.

– ... vomir, répondit dans un souffle la jeune femme.

Et elle se précipita vers la salle d'eau.

Maurice sursauta violemment. Yvonne était derrière la porte et l'appelait. Ordinairement, elle ne venait jamais dans la chambre de leur fils, la simple vue des lieux la bouleversait trop.

Pris de panique, il se leva, jeta au hasard sa perruque derrière les coussins de la banquette-lit, tourna, vira, enleva ses lunettes, les remit, rencontra dans la glace l'image d'un homme hagard qui se dirigeait vers la porte. Yvonne s'impatientait :

– Maurice ! Tu es là ?

– Oui, oui, fit-il.

Et il se ravisa, prit encore le temps d'ôter à toute vitesse son pull : le vieux pull de laine qu'André portait pour ses promenades dans la campagne, de le rouler en boule. Il hésitait à lui trouver une cachette, Yvonne actionnait nerveusement la poignée.

– Ouvre-moi ! criait-elle.

Alors il tourna la clef, et elle l'aperçut, effaré, un peu rouge, avec ses mèches clairsemées en bataille, et serrant dans son bras fermé le tricot chiffonné d'André qu'il avait absurdement gardé au poing.

– Je travaillais, je travaillais, bégaya-t-il.

Par-dessus son épaule, elle jeta un coup d'œil à la chambre. Seuls des livres ouverts sur le bureau semblaient animer l'endroit, qu'un ordre figé de sanctuaire vouait au souvenir. Son visage, alarmé quelques secondes plus tôt par l'attente, se détendit, s'empreignit d'une tristesse calme et résignée. Elle s'oublia un instant à contempler les choses de cette pièce qu'elle évitait de visiter, retrouva, à chaque photo, chaque objet, la familière souffrance qui vieillissait au fil des jours sans faiblir et l'obligeait à porter la main à son cœur.

Son regard revint à Maurice, dont la mine embarrassée et le maintien penaud plaidaient coupable. Elle toucha du bout des doigts, presque peureusement, le pull tiède qu'il berçait toujours contre lui.

– Tu te fais du mal, dit-elle tendrement.

Et elle résista à l'envie de les prendre tous les deux, son pauvre mari tremblant et son pitoyable enfant de chiffon, de les serrer, de les embrasser, de les inonder de grosses larmes puériles. Elle leva seulement une main maternelle vers les tempes de Maurice, qu'elle recoiffa en secouant un peu la tête. Puis :

– Viens, ordonna-t-elle, j'ai à te parler...

Ils étaient au salon et chuchotaient comme deux conspirateurs, en lançant de temps à autre un regard sur la baie vitrée, pour surveiller l'éventuelle survenue d'Émilienne. C'est Yvonne qui parlait le plus. Lui hochait la tête, paraissait sceptique, mal à l'aise.

– Enfin, tu n'as pas remarqué ? disait-elle. Non, elle n'est pas dans son état normal. Je t'assure !

Il semblait surpris, répondait : « Non, oui, peut-être », et elle s'agaçait de ce qu'elle prenait pour de la perplexité et de l'aveuglement.

– Oh ! toi ! bien sûr ! finit-elle par s'exclamer. Tu es toujours ailleurs. Regarde-la un peu mieux ! Tu verras ! En tout cas, moi, je vais demander à Blanchard qu'il l'examine, ça ne va pas traîner.

– Mais pourquoi ? objecta-t-il. Tu crois vraiment qu'elle est malade ?

– Non, pas malade, répondit mystérieusement Yvonne. Pas malade...

Et elle prit un air très renseigné qui acheva de dérouter Maurice.

Ainsi Yvonne se doutait de quelque chose... Et peut-être que ses soupçons, son intervention, ses enquêtes allaient compromettre le fragile bonheur de Maurice. Blanchard avait conseillé, à propos d'Émilienne : « Ne la détrompez pas, respectez son rêve. » Qu'adviendrait-il si Yvonne, à présent se mêlait de sonder la jeune femme, de la découvrir, et entreprenait de la guérir ? Qu'adviendrait-il de leurs rendez-vous nocturnes, de leur union secrète, de leur amour ?

Il ouvrit péniblement la bouche :

– Je crois, dit-il, que tu exagères. (Il cherchait ses mots.) Elle est un peu... à part, un peu absente parfois. Mais c'est bien normal... Toi aussi, moi aussi... Nous en sommes tous là. Pourquoi aller chercher Blanchard ? Il lui faut du temps, comme à nous. Du temps et de la tranquillité.

Il luttait sans art ni méthode, avec le sentiment cruel de son impuissance à convaincre, il luttait avec des mots bêtes et des phrases toutes faites, pour préserver leur chère folie d'une inquisition trop matérielle, il balbutia encore :

– Oui, de la tranquillité.

Yvonne piaffa, haussa une épaule exaspérée.

– Tranquillité ! Écoute ! Voilà une semaine ou deux, je l'ai entendue crier, la nuit. Ce n'était pas la première fois. Mais auparavant, j'étais trop lasse pour vraiment me réveiller, pour t'appeler. Au matin, je me demandais même si je n'avais pas rêvé. Mais la dernière fois... J'ai allumé. J'ai écouté. Tu aurais entendu aussi, si tu avais été là...

Il arrondit les yeux et la bouche, faussement indigné, prêt à nier l'évidence comme un gamin pincé à voler du chocolat.

– Ça va, dit-elle. Ne raconte pas d'histoire. Je sais que tu vas dans la chambre d'André la nuit. Je sais que tu ne peux pas dormir. Tu crois que je ne t'ai jamais entendu te lever ? Eh bien, quand Émilienne a crié, l'autre nuit, j'ai failli venir te chercher pour te faire entendre ça. Mais je n'ai pas eu le courage. Monter un étage, voir la chambre du petit, la nuit, et toi, au milieu, peut-être... Peut-être endormi sur son lit, ou en larmes devant ses affaires. Je n'ai pas pu. Mais je t'assure, je t'assure !

Elle cherchait ses mots. Il ne l'aidait pas. Il attendait le verdict, rétrospectivement terrorisé à l'idée qu'Yvonne aurait pu le chercher, et ne pas le trouver, ou bien le trouver, cette nuit-là, ou d'autres encore.

Au bout d'un moment, lorsqu'il eut dompté son épouvante, et mû par l'intempestif courage des faibles, il demanda brutalement :

– Alors, quoi ?

– Alors, commença posément Yvonne. Alors, cette petite a une vie cachée.

– Une vie cachée ? répéta Maurice.

Il pensa : « Ça y est, elle sait tout, ou presque. Elle va vouloir la raisonner, la soigner. » Et comme cette idée le bouleversait, il osa un air très supérieur, très doctoral, et déclara :

– Peut-être, mais enfin, de là à la considérer comme malade...

Yvonne, à son tour, arbora une mine hautaine, une sorte de mépris agacé par l'incompétence masculine qu'il semblait témoigner.

– Maurice, dit-elle, malade, non, ça ne l'a pas rendue malade. Mais enceinte, oui. Ça, tu peux me croire !

Mon amour, mon amour,

Tu ne viens plus. Et moi qui t'attends si fort. Que se passe-t-il ? Une semaine déjà, à t'espérer, à guetter tous les bruits du jardin. Ta mère se promène la nuit. Est-ce elle qui t'empêche ? Si tu n'es pas venu ce soir, je lui dirai, je lui dirai demain. Que pour moi seule, tu rebrousses chemin, que pour moi tu passes l'infranchissable frontière, mais qu'il te faut le noir absolu, la paix, et la certitude du secret.

Moi aussi j'ai un secret, un cadeau pour toi. Reviens vite et tu sauras. »

Maurice se décida à plier la missive qu'il venait de relire pour la dixième fois. Il la serra avec les autres, dans une serviette dissimulée au fond du placard d'André. Il prit une profonde inspiration, fit claquer à plusieurs reprises ses paumes l'une contre l'autre pour s'exhorter au courage, s'éclaircit la voix en deux ou trois petits raclements gutturaux, et quitta finalement la chambre d'un pas qui se voulait conquérant.

Sa femme ne s'était pas déshabillée. Elle lisait dans un fauteuil près de son lit, mais toute son attitude un peu figée, sans abandon, trahissait son impatience et sa détermination.

– Yvonne, dit-il, couche-toi, ce soir. J'irai voir, moi, j'irai surveiller.

Elle le regarda par-dessus ses lunettes.

– Tu m'as dit que tu n'y croyais pas.

– Non, répondit-il le plus paisiblement qu'il put. Non, je n'y crois pas. Ça me paraît rocambolesque. Mais j'irai quand même. Je ne veux pas que tu te fatigues.

– Mais j'ai vu des traces ! s'exclama Yvonne en se levant. (Elle posa son livre.) Je les ai vues. Par terre, dans la plate-bande. Et la treille aussi. Et les cris que j'ai entendus ?

Elle ne tenait plus en place, marchait dans la chambre.

– Je ne suis pas folle, quand même ?

– Oui, mais... commença Maurice. Gaston, tout de même !

Il avait un air gentiment grondeur, et très sceptique, mais derrière son dos, ses mains qu'il croisait avec violence tremblaient terriblement.

– J'ai dit Gaston parce que je sais qu'il est déjà entré par là. Mais c'est peut-être quelqu'un d'autre.

Maurice réussit une mine malicieuse.

– Joseph ? proposa-t-il en souriant.

Yvonne haussa les épaules.

– Ou le père Pelu... continua-t-il sur le même ton badin. Le père Pelu qui se trompe de gazon.

– Ris bien ! fit-elle. Ris bien !

Elle affichait un air à la fois fâché et vexé, et son sérieux très réprobateur prédisait les pires soucis.

Maurice, à ce moment, eut un coup d'audace inouï.

– Ou moi, dit-il, c'est peut-être moi...

Elle éclata d'un rire qu'il ne songea pas à trouver injurieux.

– Toi ! Ah ! Oui ! Il ne manquait plus que toi à la liste des nobles vieillards de cette maison.

Dans son hilarité, ses yeux s'étaient mouillés. Elle essuya d'un doigt l'amorce d'une larme à la vision de son vieux compagnon amoureux accroché à la treille. Maurice la contemplait, rajeunie par sa gaieté. Il éprouvait un sentiment mêlé de honte et de soulagement, et l'envie de la serrer dans ses bras en disant : « Tu as raison, tu as raison, je suis ton vieux mari, et je t'aime. » Et comme il ne souriait plus et se taisait gravement, elle l'imagina offensé. Alors pour se faire pardonner, elle posa sur ses épaules deux mains pacifiques, le regarda droit dans les yeux, bien posément, bien affectueusement, et déclara :

– J'admettrais à la rigueur l'idée que tu ailles la rejoindre dans sa chambre, mon chéri, mais ce que je ne comprendrais pas, c'est que tu ne passes pas tout simplement par la porte du couloir.

Et elle émit encore un petit rire égayé, à bouche fermée, très jeune et très attendri.

Il l'avait persuadée, obligée à se déshabiller, à se coucher, l'avait bordée, lui avait tenu la main, avait promis : « Je surveille là, dehors, ne t'inquiète pas. » Avait fait les cent pas dans le noir, sous leur fenêtre, pour qu'elle l'entende bien, qu'elle se rassure. Était revenu la voir, deux ou trois fois. Avait fini par décréter : « Je fais peut-être trop de bruit. Je vais rester très silencieux, repose-toi... Je passerai la nuit en bas, s'il le faut. » Était remonté à pas de loup, vers minuit, l'avait trouvée endormie...

Alors il s'était précipité chez son fils, avait troqué dans une hâte feutrée ses habits de quinquagénaire tranquille contre l'uniforme d'André, avait ajusté la perruque blonde.

Émilienne somnolait légèrement. Il avait à peine poussé la porte vitrée, écarté le rideau blanc, qu'elle était là, debout, ardente contre lui, vibrante et douce, bavarde.

– Tes parents ont veillé tard. Ton père, dans le jardin... J'ai cru que tu ne viendrais pas.

Elle l'entraîna vers le lit, comme on dirige et soutient un blessé, ayant passé son cou de bête familière dans le bras complaisamment arrondi de son amant. Elle caressait sa joue à la main qui alourdissait son épaule, elle épousait de tout son flanc souple de chatte amoureuse et câline la silhouette qui la dominait.

Elle s'assit au bord de la couche. Il s'agenouilla devant elle, entre ses genoux, noua ses bras autour de sa taille.

Elle remonta sa chemise, montra son ventre délicatement convexe.

– Ton cadeau est là, dit-elle. Cette fois, André, c'est vraiment le tien.

Il repartit de chez elle ivre d'une joie totale, absolument heureux, radicalement métamorphosé. Il avait vingt ans, à peine plus, et le plaisir d'exister bouillonnait en lui, avec l'amour qu'il venait de donner et de recevoir.

Il se sentait beau, vigoureux, puissant et immortel, en dehors des lois du monde, surgi d'un étonnant mystère, plein d'une généreuse passion pour la terre entière, pour la jeune femme épuisée de caresses qu'il avait laissée endormie derrière lui, pour les bêtes de l'ombre qui rampaient au jardin avec mille bruissements infimes, et dont il partageait avec fierté le pouvoir de hanter clandestinement la nuit. Il était un héros de l'espace et du temps, un voyageur prodige, un fantôme amoureux au rut inépuisable, un dieu de rêve et d'obscurité magique, et son enfant mûrissait au plus doux d'un corps de femme.

Qu'importait l'Algérie, les souffrances, la peur, la mort ? Il était revenu, une épouse l'adorait, et tout lui advenait qui lui avait été promis.

Mince et léger dans son uniforme, il enjamba le balcon et se pendit à la vigne vierge comme un gracieux acrobate. Sa blondeur trouait la nuit d'une tache pâle qui phosphorait un peu.

Il posa le pied à terre et l'entendit soudain, qui criait son nom comme en un cauchemar, d'une voix rocailleuse que l'épouvante et le saisissement semblaient étrangler :

– André !

Il se retourna. Yvonne était à vingt pas de lui, en chemise de nuit, les yeux dilatés et les deux mains sur ses lèvres.

– André, dit-elle encore, et ses mains descendirent ensemble sur son sein gauche, où elles parurent vouloir étouffer une terrible explosion.

Elle ouvrit la bouche pour chercher l'air.

– Maman !, hurla-t-il. Et il se précipita pour la recevoir dans ses bras forts de jeune homme.

Son nouvel infarctus n'avait pas terrassé Yvonne sur-le-champ. Les médecins mirent tout en œuvre pour prolonger le plus longtemps possible l'état d'épuisement extrême dans lequel elle se trouvait. Elle resta dix jours en service de réanimation et les gardes se relayèrent sans cesse à son chevet pour une surveillance des plus étroites. Même lorsque son mari vint la voir, on ne les laissa pratiquement pas tranquilles un instant, et l'on ne permit guère à Maurice de s'éterniser dans la chambre.

Yvonne, harassée, se laissait manipuler avec un fatalisme docile. Elle ne rusa en tout qu'à deux reprises, profitant de quelques minutes d'isolement fortuit, la première pour écrire une très hâtive et curieuse missive, et la seconde pour mourir, le plus décemment du monde, c'est-à-dire seule, sans bruit ni emphase.

Maurice attendit d'être rentré pour ouvrir l'enveloppe qu'on lui avait remise à l'hôpital, libellée, d'une pauvre écriture anarchique et convulsive, au nom d'André. Il s'enferma dans sa chambre de jeune homme, coiffa sa perruque, enfila son pull de laine et décacheta le message qui disait : « Mon cher petit, épouse-la vite, vite, et soyez heureux. »

Émilienne releva son beau visage serein, garda une main sur l'arrondi du petit ventre qui commençait à gonfler sa robe, tendit l'autre vers le bras de Maurice, qui, assis à ses côtés dans la balancelle du jardin, attendait sa réponse.

– Je ne veux pas vous faire de peine, Maurice, commença-t-elle, mais vous savez que je me considère comme mariée à André.

– Oui, je sais, dit-il. Mais pour les enfants...

– Pour les enfants, répondit-elle après un silence. Pour les enfants, peut-être que, officiellement...

Il avait tressailli contre elle, d'un sursaut incontrôlé d'espoir joyeux.

– Officiellement seulement, précisa-t-elle, très sérieuse, presque sévère. Il faut que vous le sachiez, Maurice. Notre mariage ne sera jamais qu'un mariage blanc. Jamais je ne me résoudrai... Je ne pourrai pas...

Il se saisit de cette main amicale, posée sur son bras, la porta à ses lèvres.

– Je ne vous le demanderai jamais, ma chérie, promit-il. Jamais. J'ai trop de respect pour le souvenir de mon fils.

– Et pour celui d'Yvonne ? suggéra-t-elle.

– Oui, aussi, dit-il simplement.

On s'aperçut pour la première fois que Brunette présentait des troubles du comportement, ou plus exactement, de la personnalité, à la faveur d'un incident qui eût pu faire basculer définitivement la raison de ses parents, et éprouva cruellement un gendarme de Monestier.

Un bel après-midi d'été peuplé de bourdonnements d'abeilles et de senteurs de confitures auxquelles Émilienne accordait un soin gourmand, la sonnerie du téléphone, insistante, finit par tirer la jeune femme de la cuisine. Dans le vestibule, elle attrapa le combiné entre deux doigts, parce qu'elle avait les mains collantes de jus d'abricot. Déjà qu'elle n'aimait guère le téléphone... D'ordinaire, c'était Maurice qui répondait. Et là, bien sûr, comme un fait exprès, il avait disparu !

Au-delà de la grande porte d'entrée largement ouverte sur le jardin, elle cherchait son mari d'un regard circulaire qui l'obligeait à tordre le cou. A l'autre bout du fil, une voix lui demandait :

– Vous êtes madame Rauquevelle ?

– Rouquevelle, précisa-t-elle machinalement, Rouquevelle, oui.

– La maman d'André Rouquevelle ?

Elle marqua un temps d'arrêt.

– Non, dit-elle.

– Nous aimerions parler à la maman d'André. Ici, c'est la gendarmerie de Monestier.

Émilienne suçait les doigts de sa main gauche, et scrutait toujours le jardin. Elle répondit :

– La mère d'André est morte il y a six ans.

– Ah ! fit la voix de l'homme. Et son père ?

Émilienne, heureuse de l'échappatoire qu'elle entrevoyait, proposa :

– Ne quittez pas, je vais le chercher.

Elle courut jusqu'au perron, appela :

– Maurice ! Maurice !

Il arrivait, sans hâte, d'un pas tranquille d'homme heureux.

– J'étais avec Pelu, dit-il de loin... Pour le tuyau !

Il lui souriait.

– Vite, vite !

Émilienne le hélait de la voix et du geste :

– Téléphone !

Il sortit les mains de ses poches, pressa le pas, gravit coudes au corps les marches du perron, avec un regard interrogatif auquel elle répondit à voix basse :

– La gendarmerie de Monestier.

Elle haussait les sourcils et les épaules, en une mimique d'ignorance intriguée.

– C'est à propos d'André...

– Oui ?

Il avait saisi l'appareil, un peu essoufflé.

– Monsieur Rouquevelle ?

– Oui.

– Ici la gendarmerie de Monestier. Vous êtes bien le père d'André Rouquevelle ?

– Oui...

– Aviez-vous signalé sa disparition ?

Maurice eut un silence surpris.

– Sa disparition ? répéta-t-il. Non, pourquoi, j'aurais dû ? Signalé à qui ?

Émilienne était passée dans la cuisine, en était revenue, une cuillère de bois à la main. Elle attendait, appuyée de l'épaule au chambranle de la porte. Elle fit un geste du menton pour dire : « Alors ? » Le visage de Maurice exprima l'incompréhension la plus totale, et la plus étonnée.

– Mais, à la gendarmerie, la plus proche de votre domicile, en principe...

– Ça ne tient pas debout, dit Maurice. C'est vraiment histoire d'embêter les gens avec des formalités. Tout le village était au courant.

– Peut-être, fit la voix. Mais si la gendarmerie avait été prévenue, des recherches officielles auraient été entreprises et nous l'aurions retrouvé plus vite.

Maurice fronça les sourcils.

– Retrouvé ? dit-il. Mais de qui me parlez-vous ?

– Mais de votre fils, de votre petit garçon ! On nous l'a amené à la gendarmerie il y a une heure !

Émilienne s'était approchée, une attention aiguë jusqu'à la douleur la faisait presque grimacer.

– Retrouvé ? répéta-t-elle. Qui ? André ?

Maurice la tint à distance d'un bras apaisant, qui entendait à la fois la rassurer et la réduire au silence.

– Mais mon petit garçon n'a pas disparu ! s'exclama-t-il. Il était avec moi il y a cinq minutes !

Il assourdit l'appareil de sa main gauche :

– Milie, ordonna-t-il à la jeune femme qui s'accrochait à lui, va chercher Jean-Yves ! Il est au garage avec Pelu.
Elle hésita un peu, très grave, bouleversée, finit par reculer à regret vers la porte d'entrée.

Au téléphone, on s'étonnait :

– Vous m'avez bien dit que vous étiez le père d'André Rouquevelle ?

– André de Rouquevelle, mon fils, articula Maurice, est mort des suites des blessures qu'il a reçues à la guerre d'Algérie. Il y a... plus de sept ans. Cela fera huit, en septembre 61 exactement. Le 29 septembre 1961.

– Et nous, répondit le gendarme, nous avons devant nous un petit garçon qui dit s'appeler André Rouquevelle, et habiter Risset. Il n'y a pas d'autres Rouquevelle à Risset ?

– Non, dit Maurice. Il n'y a que nous. Nous habitons au lieu-dit « Le Fresnet », mais, par ici, ils appellent ça « le Château ».

Émilienne arrivait, tenant par la main un enfant blond à l'air très doux.

– Tiens, poursuivit Maurice, voilà mon fils. Je vous le confirme, il est là, sous mes yeux, il se porte très bien.

– Vous n'avez pas d'autres enfants ? lui demanda-t-on.

Maurice, tout en répondant, adressa à Émilienne, toute pâle, un petit plissement d'yeux qui se voulait complice et réconfortant.

– J'ai une fille, dit-il. Elle est chez sa grand-mère à deux pas d'ici.

Émilienne tenait toujours sa cuillère en bois.

– Peut-être que... peut-être que... balbutia-t-elle.

– Allons, gronda Maurice. Qu'est-ce que tu vas chercher ?

– Et si c'était lui quand même ?

Le gosse les regardait, le nez en l'air ; sa mère battait une drôle de mesure, avec sa cuillère en bois, dans le creux de sa paume gauche.

Maurice se sentit envahi d'une sourde inquiétude, doublée d'un étrange dépit. André, André de la nuit, la seule partie vivante qui restât d'André, c'était lui, lui et personne d'autre. Bien sûr, il savait que le monde, la vie, la mort, fourmillent de mystères. Les miracles, il y croyait, et ne jugeait donc pas complètement impossible que son fils eût réapparu, même sous les traits d'un petit garçon. Mais cette éventualité le crucifiait, parce qu'il sentait bien qu'alors, l'amour aveugle, éperdu d'Émilienne était prêt à s'accommoder du prodige, à aimer André comme un enfant plutôt que comme un homme, pourvu qu'il fût là, ressuscité, tangible et visible au grand jour.

A la contempler ainsi tendue, ravagée d'espoir et d'incertitude, il devenait jaloux, jaloux du jeune homme qui escaladait la treille, le soir, qu'on adorait jusqu'à la démence, qu'on attendait, guettait, désirait si fort, si fort... Jaloux de lui-même, en fait, et jaloux de toutes les autres apparences que pouvait revêtir l'absent trop chéri.

– Écoutez ! (Il criait presque, à présent, au téléphone.) C'est une histoire de fous ! Moi je ne peux rien vous dire de plus ! Ce gosse doit vous mener en bateau !

Il raccrocha brutalement, le cœur étreint d'une angoisse croissante. Émilienne venait d'éclater en sanglots.

Le gendarme enleva son képi, le posa sur le bureau. Il avait l'air fatigué. Il contourna sa table, attrapa une chaise, près du porte-manteau, la plaça face à celle du gamin, puis s'assit. Les jambes nues de l'enfant, un peu malingres hors du short bleu, étaient presque serrées dans les siennes. Il releva, d'une main autoritaire mais dénuée de brutalité, le petit visage fermé, planta son regard dans deux grands yeux noirs.

– Écoute-moi bien, dit-il, et réponds-moi tranquillement. Sans te presser. Tu as le droit de te tromper, de revenir en arrière. Tu es bien sûr de t'appeler André Rouquevelle ?

Silence. L'homme attend, sans bouger, sans détourner les prunelles. L'enfant balbutie :

– De... de Rouquevelle.

Il avait murmuré si bas que l'homme pencha la tête, une main en cornet autour de l'oreille.

– Quoi ?

– On dit « de Rouquevelle », répéta l'enfant.

– Alors, tu es sûr, archi-sûr de t'appeler André de Rouquevelle ?

Le gosse pince un coin de bouche, soupire un peu, finit par faire non de la tête.

– Ah ! s'exclama joyeusement le gendarme. Tu t'es donc trompé tout à l'heure. Ça arrive à tout le monde. Alors comment tu t'appelles ?

Rien. Mutisme absolu. L'enfant gonfle des joues boudeuses, contemple un point précis du mur, derrière la nuque de son vis-à-vis, qui se résigne à une ostensible patience et tente une autre question.

– Tu habites où ?

– Au château de Risset.

– Au château de Risset ! répète l'homme. Bon ! Mais son papa dit que son petit garçon est avec lui. Au fait, qui c'est, ton papa ? Ce n'est peut-être pas le monsieur à qui j'ai téléphoné ? Peut-être qu'il y a plusieurs familles au château, non ?

L'enfant secoue négativement la tête, une jolie petite tête brune et bouclée, coiffée à la diable, hérissée de minuscules fétus de paille qu'il doit sans doute à sa nuit passée à la belle étoile.

– Alors, insiste l'homme. Il s'appelle comment ton papa ?

– Lequel ? interroge l'enfant.

L'homme rit.

– Tu as plusieurs papas ?

– Deux, fait le gosse.

– Deux papas ? Au château tous les deux ?

Le petit approuve, des yeux et du menton.

– Et comment s'appellent ces deux papas ? Hein ?

– André et...

L'autre l'interrompt :

– Encore ! Tu y tiens !

– C'est celui de la nuit. Il s'appelle André, dit l'enfant, très catégorique.

– Et l'autre ?

– Celui du jour, c'est Maurice.

L'homme allonge la main, attrape l'annuaire, le feuillette rapidement, vérifie le prénom de son interlocuteur précédent.

– Maurice, dit-il, c'est bien celui à qui j'ai parlé tout à l'heure. C'est ton papa ?

Le gosse fait oui.

– Mais il m'a dit que son petit garçon était à côté de lui.

– C'est mon frère.

– Et ta sœur ? Tu as une sœur aussi ?

Le gosse fait non. Le gendarme émet trois petits claquements de langue.

– Et ta maman ? demande-t-il.

– La vraie ou la fausse ? dit l'enfant.

L'homme grimace.

– Qu'est-ce qu'une vraie maman pour toi ? dit-il.

– Celle que j'ai été dans son ventre.

– Et la fausse ?

– Celle qui m'a adopté.

– Et la dame qui habite au château, qui m'a répondu tout à l'heure ?

– Mon papa s'est remarié avec elle après.

– Après quoi ?

– Que sa femme elle est morte.

– Ta maman ?

– Oui.

– La vraie ?

– Non, la fausse.

– La fausse ?

– Oui, elle m'avait adopté, avec mon papa.

– Ah ! dit le gendarme.

L'homme semble souffrir. Un tic nerveux lui tiraille une paupière.

– Et maintenant, tu as encore une autre maman, une troisième ? dit-il gentiment.

– Non, dit l'enfant. C'est ma vraie, ma première.

Le gendarme se pince le bout du nez, et tord la bouche.

– Tu sais, avoue-t-il, je n'y comprends rien, à tes histoires... Et... dis-moi ? André, qui c'est déjà, tu disais ?

– Mon papa, dit l'enfant. De la nuit.

– Pourquoi, de la nuit ? demande l'homme, qui se frotte à présent les deux rotules en même temps, d'un ample mouvement circulaire, des deux mains, comme pour les réchauffer.

– Parce qu'il est mort.

Sursaut.

– Mort ?

– A la guerre d'Algérie, dit le gosse, toujours très sérieux.

– Attends, André, la guerre d'Algérie. André, c'était le fils aîné du monsieur du téléphone ?

– Mumm !

Le gamin hoche la tête.

– Maurice de Rouquevelle ?

– Mumm !

– Mais alors, si André, c'est ton papa, et Maurice le père de ton papa, Maurice, c'est ton grand-père !

– Non. C'est mon papa. Du jour.

– Ton papa ? du jour ?

Le gendarme approfondit d'un pouce que la perplexité amène au bord de la frénésie, la fossette verticale qui partage son menton.

– Oui. Parce qu'il m'a adopté avec ma maman la fausse. En vrai c'était ma grand-mère. Et maintenant c'est le mari de ma maman la vraie...

Le môme a l'air sincère. En face de lui, l'adulte résiste au découragement. Il fouille la pièce d'un regard circulaire, à la recherche d'une inspiration. Il aperçoit son képi sur la table, s'en empare, se l'enfonce sur le crâne d'un geste résolu.

– Et ton fère, dit-il, il s'appelle comment ?

– Jean-Yves.

La porte s'ouvre. Un nouveau gendarme entre, vient aux nouvelles.

– Alors ? demande-t-il.

– Je nage ! lui répond le premier. Des histoires de famille à dormir debout...

Puis se tournant vers l'enfant, comme par acquit de conscience, et sans, visiblement, espérer de réponse intéressante, il hasarde encore :

– Et ta sœur ?

– C'est moi ! dit l'enfant, et il fond inopinément en larmes.

Brunette était fascinée par les cheveux de Gaston. Toute petite, elle s'y accrochait en riant aux éclats, les tiraillait de ses minuscules doigts inconsciemment cruels jusqu'à parfois garder au poing, comme un trophée vaillamment conquis, une touffe blonde et raide. Le colosse se laissait faire, plissait son visage la plupart du temps inexpressif en un sourire béat.

Plus tard, ce fut le rituel de sa tonte qui la passionna. La première fois, elle y avait assisté par hasard, avait vu tomber pêle-mêle les faisceaux dorés sur le carrelage de la cuisine. Depuis, elle surveillait la repousse, supputait avec une intuition curieuse le moment de la prochaine coupe, hantait la ferme pour surprendre la Louise lorsqu'elle empoignerait ses grands ciseaux.

La mère Mathieu s'amusait de cet intérêt, qu'elle se plut peu à peu à susciter.

– Alors ? disait-elle à l'enfant, quand c'est qu'on les coupe ?

Elle prit pour finir l'habitude de convier sa petite-fille à la séance de défrichage comme à une cérémonie de prix. Brunette, ce jour-là, avait dit à sa mère :

– Je vais chez mamy, parce qu'elle coupe les cheveux à Gaston ce soir. Et je resterai dormir. Et demain, on m'emmènera à la feuille.

« La feuille », c'était une autre sorte d'élagage : on dénudait entièrement les frênes de leur feuillage, qu'on offrait aux chèvres comme un mets de choix.

L'enfant était partie en short, légère dans ses petites sandalettes, avec un pull autour de sa taille ; sa mère l'avait accompagnée à la grille, surveillée de loin sur le chemin goudronné, en lui criant :

– S'il pleut demain, tu reviendras t'habiller plus chaudement !

Le soir, Brunette avait assisté avec cette ferveur muette qui lui était coutumière, au spectacle de la Louise massacrant la chevelure d'or fin de Gaston. Sa grand-mère scandait chaque coup de cisaille par des « Hein ? Tu vois ? Tu vois ? » triomphants. Puis on avait libéré Gaston, dont les traits pourtant pacifiques avaient gagné, dans la manœuvre, quelque chose de vaguement brutal et obscène.

La camionnette de Chanoux était arrivée, pour les moutons. Le père Mathieu avait proposé un canon. On avait oublié la fillette. Profitant de l'inattention générale, l'enfant s'était saisie des grands ciseaux, abandonnés sur un coin d'évier, avait rejoint Gaston à la grange. Il avait très bien compris ce qu'elle attendait de lui. Et dans la paille, les belles boucles brunes de Brunette étaient tombées, à toute vitesse.

Après, elle s'était mirée dans un morceau de glace que le valet avait installé sur la fenêtre de la grange, pour sa rudimentaire toilette quotidienne. Elle y avait découvert le visage triangulaire d'un petit garçon inconnu, aux yeux larges sous un front dégagé, que le hâle n'avait jamais atteint, aux petites oreilles dont la nudité pâle l'étonna.

Sous le regard de Gaston, elle avait enjambé l'abattant arrière de la camionnette stationnée dans la cour, s'était blottie tout au fond, sous le museau des deux moutons que Chanoux devait emmener.

Après avoir appelé plusieurs fois vainement Brunette pour le repas du soir, on avait pensé à interroger Gaston. « Elle est où, la p'tite, Gaston ? » Alors le géant avait montré, de son bras tendu, le chemin goudronné par où s'en étaient allés Chanoux et ses moutons, et l'on avait cru tout de suite que l'enfant, que l'on savait imprévisible, avait cédé au caprice de rentrer chez elle sans avertir personne.

L'estafette bleu marine de la gendarmerie s'arrêta au pied du perron. Émilienne se précipita. Elle reconnut, à son short bleu et son chandail blanc, sa fillette qu'un gendarme attrapait dans ses bras pour la faire descendre du véhicule. Le saisissement la cloua un instant :

– Brunette ! cria-t-elle. Tes cheveux !

Maurice arrivait à son tour. Il resta également figé, au sommet des trois marches. L'enfant sentit leurs regards sur elle, stupéfaits, réprobateurs, peinés. Elle porta la main à sa tête, et murmura :

– Ça va revenir, maman !

– Revenir ! Revenir ! s'exclama Émilienne, fâchée. Tu sais combien de temps ça met pour repousser ?

Et elle se tourna vers Maurice pour le prendre à témoin.

Il levait les bras, du même geste que la petite fille, pour toucher son propre front. Les gendarmes, amusés, plaisantèrent :

– Y'a ben des fois que ça revient jamais..., dit l'un d'eux.

Mais Maurice ne souriait pas, ni Brunette. Elle venait de se souvenir, brutalement, de ces très anciennes nuits où, bébé encore, elle appelait, derrière la porte d'Émilienne. Quequelfois, un homme était venu la recoucher. « N'aie pas peur, murmurait-il, papa est là. » Il la soulevait dans ses bras, la disposait dans son lit, la bordait, l'embrassait, penchait sa tête blonde vers elle. Et, une fois ou deux, pas plus, elle s'était accrochée à ses cheveux, ses beaux cheveux pâles qui éclairaient l'ombre. Et les cheveux avaient bougé, tous à la fois, elle les avait sentis libres, comme indépendants du crâne de son père, elle avait tiré dessus, très fort... Et son papa avait dû desserrer, doigt après doigt, l'étau de sa menotte qui se crispait sur le mystère de cette chevelure mobile.

Émilienne se baissa à la hauteur de l'enfant, ouvrit les bras.

– Viens quand même m'embrasser, dit-elle.

Brunette se laissa prendre et étreindre. Mais ses grands yeux sombres, étrangement fixes, contemplaient au-delà de l'épaule de sa mère une énigmatique vérité.

Brunette, finalement, avait tenu à garder ses cheveux courts. On ne l'avait pas contrariée, parce qu'elle devenait instable, nerveuse et facilement mélancolique. On avait juste insisté pour égaliser la coupe sauvage que Gaston avait expédiée sans scrupule.

On avait aussi fait examiner l'enfant, qui persistait désormais à s'habiller en garçon et racontait aux nouveaux camarades de classe ne la connaissant pas encore, qu'elle s'appelait Dominique, ou Claude, pour le seul plaisir de les voir hésiter sur son sexe.

– Moi, je crois, avait hasardé Maurice, qu'elle est jalouse de son frère.

– C'est possible, avait répondu Blanchard. Très possible. Mais j'ai eu une longue conversation avec elle, et je crois, moi, qu'elle est plutôt jalouse de quelqu'un d'autre.

– De qui ?

Maurice s'était montré très sincèrement intrigué.

– Voyons, avait répondu Blanchard. De qui sa mère parle-t-elle à tout instant ? Qui cite-t-elle à tout propos ? Dans le souvenir perpétuel de qui vit-elle ? A ton avis ?

Maurice avait hésité à comprendre.

– Tu veux dire... André ? Jalouse d'André ?

– Peut-être pas jalouse à proprement parler, mais en tout cas, marquée par l'image qu'on lui en propose, et qu'elle s'en fabrique. André, c'est bien le nom qu'elle s'était donné quand elle a fait cette espèce de... « fugue » ? Non ?

Maurice avait réfléchi. C'était vrai qu'à la maison, André était omniprésent. Et quoique les enfants fussent gardés le plus éloignés possible de l'intimité très particulière de leurs parents, il savait qu'Émilienne se laissait aller souvent, de l'air le plus innocent qui fût, à des confidences qui devaient les troubler.

Il était reparti de chez Blanchard le cœur serré d'un égoïste malaise, celui de se sentir complètement étranger au bonheur et aux préoccupations d'Émilienne, celui de voir son propre fils, son propre double, prendre, à force d'absence, de mystère et de gloire, la première place, peut-être même toute la place jusque dans le cœur de ses autres enfants.

Brunette, à quinze ans, possédait un corps souple et bien portant, un visage ravissant dont elle cultivait admirablement le côté gracieusement félin, et une intelligence fort vive. De plus en plus éprise d'ambiguïté, elle grandissait parmi de multiples vérités qu'elle s'amusait à analyser, à superposer, à mettre en contradiction.

Il y avait la vérité la plus banale, celle que n'importe qui était à même de croire, en la voyant aller au lycée à Grenoble, revenir dans sa famille, vivre comme n'importe quelle adolescente de son âge : elle s'appelait Brunette de Rouquevelle, était la fille du second mariage de Maurice avec Émilienne Mathieu, avait un petit frère... Au cimetière de Risset, on pouvait trouver la tombe de son demi-frère aîné, André, mort à la guerre d'Algérie, et de la première femme de Maurice, Yvonne.

Mais il y avait aussi la vérité des dates. Sur le caveau, des épitaphes mentionaient qu'André était mort en 61, et Yvonne en 63. Brunette était née en 62, et Maurice s'était remarié en 64. Donc, elle, Brunette, n'était à l'origine que la fille d'Émilienne.

Sur le livret de famille, on apprenait que Maurice et Yvonne l'avaient adoptée en 63, date à laquelle elle s'appelait encore Brunette Mathieu. Pour l'état-civil, elle était donc depuis la sœur à part entière de cet André disparu, la fille de Maurice, la belle-fille d'Émilienne et la demi-sœur de Jean-Yves.

Tout cela n'eût été rien sans la version d'Émilienne, qui disait toujours : « Votre vrai papa, c'est André. Regardez comme il est beau sur cette photo. » Alors Maurice devenait le grand-père de ses enfants, qui continuaient pourtant à l'appeler papa, en même temps que leur beau-père, puisqu'il avait épousé leur mère.

Enfin, Maurice, se fiant aux petits airs très raisonnables de Brunette, lui avait confié, lorsqu'elle avait eu douze ans : « Examine bien les dates, et tu comprendras que ton frère ne peut pas être le fils d'André. Toi, oui, mais Jean-Yves, c'est mon fils ; tu sais, ta mère a été tellement secouée par la mort d'André. »

Brunette jonglait avec tous ses liens de famille qui la ravissaient et la perturbaient de même, simplement parce que chaque nouvelle approche de la question changeait son rapport à la société, la place qu'elle y tenait, et donc son identité.

De temps en temps, seule dans sa chambre, elle s'accoudait sur le marbre de la cheminée que surmontait une grande glace, et, le menton posé sur ses deux poings, détaillait longtemps son visage symétrique, aux pommettes larges, aux grands yeux noirs que ne rétrécissaient pas des paupières presque orientales, allongées vers les tempes, à peine bridées. Elle scrutait avec une attention pointilleuse son nez court et large, un peu plat, très velouté, sa bouche petite et charnue, l'accent circonflexe renversé que dessinait spirituellement sa mâchoire inférieure. Elle plaquait sur ses tempes ses volumineuses boucles brunes qui les ombrageaient, et murmurait : « Je suis un garçon. Je m'appelle... Jean-Yves, André, Étienne... »

Ou bien, elle étirait encore, de deux index très raides, le coin externe de ses paupières et disait : « Je suis une chinoise. »

Ce jeu la tenait ainsi pendant des heures, captivée par toutes les apparences que pouvait prendre son visage, et les multiples personnalités qu'elle sentait fourmiller en elle.

Elle s'amusait également avec des photos, des portraits personnels qu'elle retouchait, surchargeait de barbes et de moustaches, maquillait caricaturalement. C'était chaque fois une révélation nouvelle, qui la faisait tressaillir d'une joie complexe et à demi inquiète : celle de se découvrir différente, innombrable, interchangeable, et finalement inconnue de tous, y compris d'elle-même.

Sa voix aussi la passionnait. Au magnétophone, elle s'entraînait à varier les tons, les accents, les timbres. Au téléphone, on la prenait pour Émilienne, ou pour Jean-Yves, qui n'avait pas encore mué. Elle adorait ces confusions-là, les faisait durer le plus longtemps possible sans détromper son interlocuteur, laissant le quiproquo parfois s'éterniser jusqu'au burlesque.

Au lycée, elle s'était inscrite dans un club de théâtre, séduite d'avance à l'idée de s'affubler, de jouer la comédie, de se couler dans des rôles variés et pittoresques. Mais finalement, l'expérience l'avait plutôt déçue, parce que les spectateurs, la sachant travestie, la reconnaissaient. Elle se trouvait alors contradictoirement dépossédée, au moment même où elle interprétait un personnage, de ce qui lui paraissait le meilleur du déguisement, le mystère ou l'insoupçonné. Ce qui lui plaisait en fait, elle le comprit très vite, c'était l'imposture. Non pas l'imposture permise, officialisée par la convention dramatique, non, l'imposture secrète, trompant un public inconscient du mal que l'on se donne pour lui, et enfiévrant seul l'acteur qui la fignole jusqu'à l'ivresse.

Chez elle, depuis sa première incartade, on l'avait d'abord surveillée d'un œil inquiet. Son engouement pour les vêtements masculins et les cheveux courts, mais aussi les mensonges qu'elle racontait à ses petits camarades avaient suscité, chez Maurice, une angoisse mal définie qui s'apparentait sans doute à un sentiment de culpabilité. Lorsque Blanchard eut déclaré qu'elle faisait une sorte de fixation sur l'image d'André, il avait d'abord incriminé tout bas Émilienne, qui avait évoqué tant de fois les retours nocturnes de son cher défunt. Mais il avait aussi fini par se demander si la petite, au hasard des rares nuits où il avait pénétré chez elle pour la rassurer d'un vilain cauchemar, ou lui donner le verre d'eau réclamé, n'avait pas deviné la mystification. Protégé des regards de l'enfant par la pénombre, il n'avait jamais cru nécessaire, en franchissant son seuil, d'ôter sa perruque. Mieux, il n'y avait jamais même vraiment pensé, métamorphosé qu'il était en un jeune et bouillant marié, qui abandonne un instant son épouse amoureuse pour recoucher leur enfant en pleurs à la porte.

Ensuite Jean-Yves était né. Émilienne l'avait gardé quelque temps dans un berceau près de son lit, puis, le plus doucement possible, on avait proposé à Brunette de laisser sa chambre à son petit frère, pour en occuper une bien plus grande, bien plus belle, une vraie chambre de petite fille. On l'avait installée de l'autre côté du couloir, éloignée définitivement du secret. Et jusqu'à sept ans, âge auquel la police de Monestier l'avait ramenée à ses parents, elle n'avait jamais manifesté la moindre nervosité, le moindre problème, le moindre doute. A cette occasion-là, soudain, on avait découvert chez elle, en même temps que son nouveau visage à la fois affiné et masculinisé par le sacrifice sans art de ses beaux cheveux, l'ébauche d'une personnalité délicate et compliquée.

Mais comme les choses avaient semblé rentrer dans l'ordre au fil des mois, chacun avait fini par oublier son angoisse : Émilienne parce que son amour pour André l'occupait tout entière, et Maurice parce qu'il aimait Émilienne de même.

Alors Brunette était devenue peu à peu une véritable mystificatrice, dont le premier tour de force avait été, tout en avouant clairement son ardent intérêt pour la transformation et la supercherie, d'endormir la méfiance des siens. Pour facilité qu'il fût par l'aveuglement de ses parents, son exploit n'en demeurait pas moins remarquable. Car Maurice, qui se déguisait en soldat trois fois par semaine, et assumait ainsi une double existence, ne s'aperçut jamais qu'il vivait au contact d'une petite fille multiple, qui contrefaisait à merveille jusqu'aux écritures, fouillait plus et mieux que lui les photos et les documents, et progressait avec une ferveur croissante sur le chemin de la découverte et de la simulation, qu'elle ne saurait bientôt plus dissocier.

Au lycée des Eaux-Claires où, parmi plus de trois mille cinq cents élèves des deux sexes et de tous âges, elle préparait à présent un bac de philo, elle avait déjà maintes fois trouvé matière à affirmer ses talents de faussaire. Elle s'était fabriqué deux ou trois cartes de sortie, chacune libellée à un nom différent, faisant mention chacune d'un emploi du temps différent. Il lui était d'ailleurs plus que facile de sécher les cours à volonté, avec la bénédiction de l'administration, à qui elle fournissait des lettres que l'on aurait juré écrites de la main même de Maurice, ou bien, raffinement suprême, des certificats médicaux dûment estampillés, puisqu'elle avait fauché, au cours d'une visite du docteur chez les Rouquevelle, son bloc d'ordonnances.

De temps en temps, elle s'adonnait aussi à quelque facétie téléphonique, imitait la voix d'un professeur, annonçait son absence pour la journée. Une surveillante passait dans la classe, porteuse de la bonne nouvelle. Les études s'organisaient, les départs en bande qui s'égaillaient aux quatre coins du vaste bâtiment, et lorsque le professeur arrivait, innocent, il se voyait presque reprocher par l'administration une présence inattendue et dérangeante. Il fallait retrouver les classes concernées, courir après les élèves, démentir l'information, endosser la responsabilité d'une déception que personne ne songeait à dissimuler.

C'était sur son arrière-grand-mère, la mère de la Louise, que Brunette testait ses talents d'imitatrice. La vieille était devenue aveugle, mais en revanche, jouissait d'une excellente ouïe, affinée encore par sa cécité. Depuis longtemps, Brunette s'exerçait à entrer dans la cuisine où près du fourneau se chauffait l'aïeule, à remuer quelques casseroles, un peu de vaisselle, et jouait, pour la mémé, une comédie sonore d'abord sans mot. Quand l'autre était bien persuadée que la Louise était là, à aller et venir entre la table, le fourneau et l'évier, elle finissait par lui adresser la parole, et Brunette répondait, en singeant la voix et les tours de phrase de sa grand-mère.

Au début, la mémé n'était pas dupe longtemps et dénonçait, mi-scandalisée, mi-amusée, l'imposture. Mais au bout de quelques essais, elle finit par se laisser abuser tout à fait ; alors le dialogue, qui roulait sur des broutilles, durait un petit moment, puis Brunette, sous un prétexte quelconque, se retirait sans lever le voile, secrètement ravie de sa prestation.

Elle avait dix-sept ans et sa passion de la feinte l'avait tenue éloignée, jusqu'alors, des préoccupations amoureuses de la jeunesse. Habitant à quelque vingt kilomètres de Grenoble, elle avait peu l'occasion de s'éterniser, comme la majeure partie de ses camarades, dans les cafés où se nouaient les flirts. Mais cette année-là, elle s'était liée d'amitié avec Aline, une fille qui venait d'emménager à Risset et fréquentait non seulement le même lycée, mais la même classe qu'elle.

Aline était douce et sympathique et, sans lui révéler ses secrets, Brunette avait du plaisir à la rencontrer, à bavarder ou à se promener avec elle, dans la campagne environnante.

Elles révisèrent ensemble les épreuves du bac, et Brunette s'aperçut qu'Aline penchait sur les livres un joli visage sérieux et le flot docile de ses longs cheveux blonds. Elle enfouit au plus profond d'elle-même l'émoi bizarre qui venait de l'envahir, et continua de travailler sans s'autoriser à regarder sa compagne d'étude. Car la nouveauté du choc éprouvé la renvoyait à une partie d'elle-même qu'elle ne connaissait pas encore, et dont elle appréhendait confusément la révélation. Les deux jeunes filles obtinrent leur diplôme ensemble et Aline proposa d'organiser, pour fêter l'événement, une soirée entre copains.

C'était la première fois que Brunette allait participer à une de ces fameuses « boums » qui agrémentaient les samedis soir d'un grand nombre de ses amis... La fête se déroulait chez Aline, dans le grand garage en sous-sol que ses parents avaient mis à sa disposition. Tout alla bien pour Brunette, qui s'amusait finalement au-delà de ses espérances, jusqu'au moment où on lança l'idée d'une sorte de partie de colin-maillard générale. Il s'agissait d'attraper dans l'obscurité le premier partenaire venu et de le reconnaître, en dansant, à sa voix, à son contact, à sa silhouette, à son parfum peut-être.

Le jeu eût dû plaire à Brunette, qui aimait le mystère, la farce et l'illusion. Mais chacun s'était mis à déguiser ses intonations et à encourager les quiproquos. Elle-même tanguait aux bras d'un cavalier qu'elle ne savait pas identifier, et soudain, le divertissement la fatigua, l'air lui devint irrespirable et le slow languide sur lequel les couples tâchaient de se découvrir l'écœura d'un malaise physique. Alors, sans explication, elle planta là son compagnon, tourna les talons, se fraya à l'aveuglette un chemin parmi les danseurs anonymes et s'enfuit dans la nuit d'été.

Elle marchait vite sur le chemin. Elle passa la grille du château en courant presque. Du tournant de l'allée, elle le devina. Elle ralentit le pas, plissa les yeux, s'approcha de plus en plus lentement. S'il n'y avait pas eu la tache étrangement blonde de ses cheveux, qui brillaient dans le clair-obscur du jardin, elle n'aurait peut-être rien vu. Elle arriva sous la terrasse, leva la tête. Il y avait un trou dans la vigne vierge exubérante qui couvrait la façade, sous le balcon, et s'élançait à l'assaut de l'étage supérieur. Des feuilles avaient été arrachées, un plein bouquet de feuilles, qui demeuraient encore aux poings crispés de Maurice.

Elle se pencha. Il était inerte, couché à plat dos, les pieds au mur, et la pierre qui lui avait fracturé la nuque lui servait d'oreiller, lui relevait la tête vers cette fenêtre qu'il avait voulu conquérir une fois de plus et qu'il ne franchirait plus.

Le menton haut, les yeux ouverts, avec sur sa poitrine ses mains pleines de feuilles qu'il tenait serrées comme pour une offrande, il semblait avoir été interrompu juste avant un aveu, un mot d'amour brûlant, un serment solennel. En le regardant mieux, Brunette vit qu'il était en uniforme. Elle comprit à cet instant l'essentiel de son histoire, et que le destin l'avait enfin exaucé, en le confondant pour toujours, sous le balcon de celle qu'il aimait, avec le soldat mort qu'elle n'avait jamais cessé d'adorer et d'attendre.

Elle posa sa main sur le front de Maurice, puis sur ses cheveux. Leur toucher artificiel lui arracha un sanglot. Éperdue de tendresse désolée, elle caressa longtemps dans l'ombre la toison factice. Puis elle leva encore la tête, distingua le rideau blanc d'Émilienne qui frissonnait à la brise nocturne, comme un spectre prisonnier. Alors elle s'arma de courage et décida d'assumer vaillamment l'héritage insolite qui venait de lui échoir.

Elle ne sut jamais, par la suite, où elle avait puisé la force et l'adresse pour déshabiller Maurice, le revêtir de son pyjama, le replacer dans l'exacte posture où elle l'avait trouvé. Après cette étrange toilette mortuaire, elle était remontée, avec ses tragiques trophées, une perruque et un uniforme, dont la poche contenait la clef de la chambre d'André. Ce n'était pas la première fois qu'elle mettait les pieds dans cette pièce. Elle y était déjà venue subrepticement, à la faveur de quelque étourderie de Maurice qui l'avait parfois laissée ouverte. Elle rangea soigneusement son butin, et entreprit dans les papiers du secrétaire une fouille pour remettre la main sur une lettre qu'elle avait eu naguère l'occasion de parcourir. Elle la retrouva sans peine, la relut rapidement.

Ma Brunette chérie...

Ce message l'avait laissée perplexe le jour où elle l'avait découvert. Tout d'abord, elle avait bien sûr cru, à cause de l'en-tête, qu'il lui avait été destiné et puis caché. Ensuite elle avait réalisé qu'il était en fait adressé à sa mère et s'était seulement demandé pourquoi Maurice semblait en être le possesseur.

Elle s'attabla à son bureau, s'appliqua dans sa besogne de faussaire bienveillant :

Ma Brunette chérie,

Je serai quelque temps sans venir. Mon père m'a rejoint cette nuit. Tu le sauras demain, ce sera bien assez tôt pour les soucis et le chagrin que cela doit te causer.

Je remplacerai mes visites par des lettres, jusqu'à ce que je retrouve, j'espère, la possibilité de gravir encore ton balcon, mon adorée. En attendant, je pense à toi, à ta bouche douce comme du miel, à tes petits soupirs lorsque je m'y penche, à tes mains qui me retiennent, à ton corps si chaud, si doux...

J'ai envie de toi, ma belle, ma fiévreuse, envie de t'ouvrir et de t'habiter, de voyager de mes mains et de tout mon corps, sur tes courbes et dans tes secrets, envie à hurler de te prendre encore et encore, sans jamais me rassasier.

Mais comment faire ? Comment faire ? Attends-moi et espère. Je trouverai bien.

Et elle signa, en s'appliquant : « *André* », alla jusqu'à reproduire les petits dessins de la lettre qu'elle avait sous les yeux : le soleil, le cœur, aperçut deux graffiti obscurs, ceux qu'Émilienne n'avait jamais su déchiffrer, les reproduisit tels que, sans comprendre davantage.

Puis, furtive et légère, car elle n'était somme toute que le fantôme d'un fantôme, elle descendit l'escalier, sortit de la demeure, en longea la façade, s'accrocha à la treille, grimpa silencieusement, pour que, à la porte par où lui étaient venus pendant tant d'années l'amour et le bonheur, sa mère trouvât au matin la consolation de l'absence, et la promesse que rien n'était fini.

Au rayon « confection femmes » du Printemps, la vendeuse avait l'air sincèrement désolée.

– Non vraiment, Mademoiselle, sans ticket, je ne peux pas pratiquer l'échange.

En face d'elle, la cliente, une jolie petite brune très têtue, gonflait une bouche dépitée et boudeuse, et tournait entre ses mains un chemisier de soie rouge.

– C'est bête, finit-elle par dire.

Elle leva des yeux implorants vers son interlocutrice :

– Alors, vraiment, c'est impossible ? Regardez, il est intact, je n'ai même pas encore enlevé l'étiquette. On le repose en rayon, j'en prends un autre, ni vu ni connu.

– Non vraiment, dit l'autre, vraiment, c'est le règlement, je ne peux pas. Vous devez le garder.

Elle accompagnait ses paroles d'un geste de refus catégorique, repoussait le vêtement que lui tendait humblement la jeune femme.

– Bon.

La petite brune se résigna à contrecœur, plia soigneusement, longuement, plus longuement qu'il n'était nécessaire, le chemisier, ouvrit son sac, l'y déposa.

– Tant pis, fit-elle.

– La prochaine fois, gardez le ticket, recommanda la vendeuse, dans le dos de la cliente qui haussa une épaule agacée, et sans se retourner, franchit la porte du magasin...

Dans la rue, elle esquissa deux pas de danse, sourit, satisfaite, aux vitrines qui lui renvoyaient l'image d'une harmonieuse jeune femme à qui l'insouciance et le culot conféraient un regard malin, une longue démarche élastique, un port de tête très effronté et conquérant, le nez au vent. Ça avait encore marché ! Le truc était infaillible. Elle entrait dans un magasin, choisissait en rayon un article, s'approchait, d'un air très embarrassé, d'une caissière, demandait un échange, s'évertuait à parlementer, à plaider. L'autre, bien sûr, ne s'en laissait pas conter, l'obligeait à remballer l'objet du litige, la suivait des yeux avec une mine consternée ou victorieuse, selon les cas ; en tous cas, elle n'avait pas l'air de fuir, tout le magasin avait pu la voir en discussion avec une vendeuse qui, lorsque sa cliente avait enfoui dans son propre sac l'article sans ticket ni emballage, n'avait manifesté aucune indignation, avait même semblé l'y encourager vivement, voire l'y obliger.

Ce jour-là, elle avait encore besoin d'une jupe. Elle n'avait pas d'idée vraiment précise, envisageant vaguement quelque chose de clair, blanc ou beige, très ample, plissé, peut-être. Pour les jupes et les robes, c'était moins commode. Elles étaient de plus en plus souvent protégées du vol par une sorte de lourd cadenas de plastique, que seules les vendeuses pouvaient ôter avec une pince spéciale. Le coup de l'échange se révélait alors impossible. Elle avait donc mis au point un autre subterfuge, plus aléatoire, mais plus excitant aussi. Il fallait repérer une grande boutique, très chic, qui offrait le choix le plus vaste qui fût, et préférer, pour y pénétrer, l'heure stratégique du déjeuner où la clientèle ne se bouscule pas, et où les patrons, qui tiennent à leurs petites habitudes, laissent volontiers se débrouiller seules leurs employées les plus subalternes, celles qui ont avalé en hâte un sandwich-café à onze heures, dans le bar voisin.

Douze heures quarante-cinq. Elle avise une impressionnante devanture, aux modèles luxueux... A travers la porte vitrée, elle constate que l'endroit semble parfaitement calme. Elle entre. Décor soigné, silence feutré, désert absolu...

Au bout de quelques minutes, une interminable blonde au jean exagérément collant surgit de l'arrière-boutique, enfonce ses talons aiguilles de quelque cinq centimètres dans l'épaisseur de la moquette. Elle croise ses longs ongles vermillon :

– Madame ?

– Je viens chercher une jupe que j'ai laissée pour la retouche, dit-elle.

– Oui... fait l'autre. Il y a combien de temps ?

Elle fronce le nez, plisse les yeux.

– Ça... dit-elle, évasivement, quelques jours...

La sauterelle blonde se dirige déjà vers la cabine des retouches. Il suffit de la suivre. Pour de la chance, c'en est ! Une jupe plissée presque crème paraît l'attendre, pendue sagement parmi d'autres robes.

– C'est celle-ci ! s'écrie-t-elle, le doigt pointé vers le cintre qui l'intéresse.

La vendeuse s'en saisit, interroge mollement :

– Qu'est-ce qu'on y a fait ?

– Un peu grande, répond-elle, sans se compromettre.

L'autre dégrafe déjà un papier épinglé au vêtement, le déchiffre.

– Vous êtes Madame Lachenal ?

– Oui...

– Vous désirez la passer ?

– Non, je suis pressée.

La blonde filiforme n'insiste pas outre-mesure.

– Vous avez votre ticket de caisse ? demande-t-elle encore.

Là, il s'agit de ne pas se démonter. Elle prend l'air le plus naturel du monde.

– Oh ! Je l'ai égaré... Mais... propose-t-elle très obligeamment en ouvrant son sac, j'ai mon talon de chèque...

– Non, non, je vous en prie, proteste la vendeuse. Et elle plie, à gestes mesurés de ses grandes griffes rouges, la jupe qu'elle glisse dans un sachet prestigieux.

– Et de deux ! triomphe-t-elle, une fois sur le boulevard.

Elle va à présent s'attarder aux vitrines des pressings, où elle cherche le trois-quart idéal pour achever sa tenue. Quand elle a fixé son choix sur une longue veste épaulée, du même blanc cassé que la jupe, elle pénètre dans la boutique, annonce qu'elle vient chercher le vêtement d'une amie, le désigne sur la penderie du magasin. Bien sûr, on lui réclame le billet, et bien sûr, elle ne l'a pas. Comme on fait mine d'ouvrir un cahier spécial pour y rechercher le nom de la cliente et la date du dépôt, machiavéliquement, elle se penche sur le col et les poignets de la veste, fait la moue, se demande à haute et intelligible voix si le travail est parfait, si son amie sera satisfaite, et si elle prend la responsabilité de retirer l'habit. On s'indigne, on récrimine : il est difficile de faire mieux... Non, on ne voit pas d'auréole. Si, le col est très net... Dans l'affaire, on oublie le cahier. Finalement, après bien des hésitations et des tergiversations, elle se laisse convaincre, se résoud à payer les soixante francs demandés, et sort du magasin, visiblement très embêtée par sa propre faiblesse. On l'accompagne à la porte, en lui promettant, si la cliente n'est pas contente, de régler l'affaire avec elle.

Dehors, elle éclate d'un joli rire qui fait se retourner les gens... La bise aigrelette de ce printemps acide la poursuit sur le trottoir mouillé, elle court pour échapper à sa morsure... Elle longe à présent une brasserie solennelle, aux nappes blanches, aux miroirs profonds. Quelqu'un en franchit le seuil, devant elle. Une odeur chaude de bonne cuisine lui arrache un soupir de convoitise. Elle s'aperçoit qu'elle a faim, elle pousse à son tour la porte.

Elle ressort, vêtue de rouge et blanc... Elle s'est changée aux toilettes. Hasard divin, tout lui sied à merveille. Il n'en va pas toujours ainsi. Il lui arrive d'être déçue par le résultat de ces coups d'audace... Elle a oublié ses anciens vêtements dans le beau sac du magasin haute couture, sur la banquette de la brasserie. Elle a oublié aussi de régler l'addition, mais personne ne lui a couru après, personne n'a même remarqué son départ, à cause du paquet laissé, en évidence, sur le siège de cuir.

Elle a la conscience tranquille. Un tailleur Lapidus pour une entrecôte maître d'hôtel, c'est bien payé. C'est vrai que le tailleur ne lui avait rien coûté, en son temps... Mais enfin ! Elle aurait pu manger beaucoup plus, elle a été très raisonnable, même si c'était davantage par souci de diététique que par honnêteté ; ce soir, elle a tellement de mondanités... Le champagne coulera à flot. Il faut savoir se modérer, si l'on veut tenir le coup.

D'abord un petit mariage... En général, c'est une excellente manière de débuter la soirée du samedi. Mais il est encore tôt, et puis, elle n'aime pas arriver les mains vides à l'église. Un joli bouquet constitue, elle le sait d'expérience, le plus efficace des laissez-passer.

Là encore, la tactique est bien rôdée : s'embusquer, en simulant un lèche-vitrine très fervent, à proximité d'un fleuriste. Surveiller les allées et venues des petits livreurs, très agités le samedi après-midi. Lorsque le livreur enfourche son vélo ou sa mobylette, inutile de réagir. Mais s'il part à pied, on peut le suivre. Surtout s'il est très jeune, s'il consulte souvent et alternativement les noms des rues, les numéros des maisons et l'adresse qu'on lui a remise. En ce cas-là, on est presque certain du succès, car le gamin prouve à la fois qu'il ne sait pas où il va, et qu'il a très peur de se tromper. On le cueille en principe au moment où il examine les boîtes aux lettres dans l'allée où il vient de s'aventurer... Prendre alors un air très sûr, très dégagé, et dire :

– Je parie que c'est moi que tu cherches !

Le gosse lève la tête ; il a seize ans à peine. Un éclair de reconnaissance illumine son regard timide.

– Vous êtes Fabienne Leconte ?

Elle sourit, fait « oui » de la tête, fouille son porte-monnaie. Le gamin lui a remis un bouquet de roses claires, tout à fait dans le ton d'une cérémonie nuptiale. Il est reparti content de s'être évité les étages, la sonnette, la station derrière la porte, l'embarras peut-être de ne trouver personne. Elle lui a donné dix francs, a fait mine d'attendre l'ascenseur.

Elle retire à présent du bouquet l'enveloppe qui l'accompagne, la glisse dans son sac pour la lire plus tard...

A l'église, elle se joint discrètement à la foule qui attend l'arrivée de la mariée. Pendant la messe, elle écoutera attentivement le prêtre, retiendra les prénoms des époux, et tous les petits détails familiaux évoqués au cours du prêche. Après, elle ira poser son bouquet avec les autres gerbes près de l'autel, puis suivra le défilé des invités pour féliciter et embrasser à son tour les jeunes mariés. Comme elle a choisi une noce nombreuse, il lui sera facile de s'engouffrer, au petit bonheur, dans une des voitures pavoisées qui attendent dehors, et elle se retrouvera, anonyme mais très à l'aise, devant un buffet, avec une coupe de champagne à la main, et tout près d'elle, un choix de beaux hommes en costumes, parfumés, rasés de frais, fleuris de la boutonnière, bien décidés à faire la fête... On lui sourira beaucoup, on lui offrira des petits fours et des dragées, et personne ne songera à lui demander qui elle est ni par qui elle a été invitée.

Elle adore ça. Se fondre dans ce qu'il est convenu d'appeler une fête de famille, y voir éclater le paradoxe en trompant tout le monde, en laissant croire à chacun qu'elle appartient au clan adverse, se créer, le temps d'un apéritif, de fausses racines, de fausses relations.

Une vieille dame lui parle, et elle sursaute, renverse un peu de sa coupe. Elle vient d'oublier un court instant qu'elle se trouve au mariage de Bernard et Annick, qu'elle ne connaît pas, mais qu'elle a très sincèrement félicités une heure auparavant dans la sacristie de la cathédrale.

La vieille dame répète, avec un bon sourire :

– Vous ressemblez beaucoup à votre maman. Il y a bien longtemps que je ne vous ai vue : vous étiez haute comme ça (geste de sa main gantée à soixante-dix centimètres du sol), mais je vous aurais reconnue rien qu'à cette ressemblance.

Elle sourit de retour, cherche autour d'elle la mère qu'on lui attribue et que lui désigne innocemment le menton tendu de son interlocutrice. Sa mère... Qui était-elle exactement, a-t-elle vraiment existé ? Une douleur indéfinissable encore que cuisante meurtrit en elle ce qui hésite entre le souvenir et le rêve. Il y eut, dans son enfance, une femme qu'elle appelait maman, dont elle portait le nom d'une façon si indirecte déjà, si détournée, si spéciale... Et puis, peu à peu... Quand mourut-elle exactement, cette nourrice, cette protectrice, apte à soigner de ses mains tous les bobos d'enfant, prompte à décider, au matin, du menu quotidien, du programme de la journée, du vêtement à porter, mais si lointaine la nuit venue, si occupée d'autres soucis, d'autres tendresses ?

Commença-t-elle à disparaître, moins jeune et plus vulnérable, quand, les enfants grandis, elle n'eut plus à en assumer la responsabilité matérielle ? A ce moment alors, Brunette éprouva l'impression de vivre aux côtés d'une sœur, qui, comme elle, doutait toujours, accrochait son œil vide à des points invisibles au-delà de la vie, et racontait, de plus en plus souvent, des histoires impossibles auxquelles elle seule croyait.

Glissa-t-elle encore, et davantage, et irrémédiablement, quand, veuve une seconde fois, sans le comprendre vraiment, elle ne vécut plus que pour des lettres venues d'un au-delà fictif ? Il n'y avait plus de mère alors, pour Brunette, ni même de sœur désolée par une égale errance, rien qu'une épouse trop loin, trop faible et trop malade, et que l'on garde en vie à la force des mots.

Époque étrange et terrible. Brunette n'existait plus non plus. Elle était homme, amant, fantôme. Elle mimait la passion, la douleur de l'absence, le désir amoureux, devait lire des réponses qui navraient sa pudeur, mais exaltaient son art. Et peu à peu, cette femme qu'elle avait voulu préserver, dont le frêle équilibre l'avait d'abord épouvantée, avait fini par l'entraîner dans sa folie, comme elle y avait déjà entraîné Maurice. Car sa fidélité, digne d'un mythe antique, lui était devenu plus qu'une force : il s'agissait d'un réel pouvoir dont la violence fascinait ceux qu'elle contaminait.

Alors, le jour où l'on avait retrouvé Émilienne pendue à la corde de ses rideaux, près de la mousseline blanche que le vent matinal enflait comme une voile en partance, Brunette avait longtemps bercé contre le sien son mince corps sans vie... Et le chagrin le plus désespérément amoureux, les aveux les plus insensés, les regrets les plus charnels s'étaient emparés d'elle quand sa bouche tremblante avait cru retrouver, dans la chevelure de la morte, de voluptueuses fragrances...

Le jour des funérailles, Brunette, doublement endeuillée, avait livré à la terre, avec le corps d'Émilienne, le fantôme d'André, qui n'existerait plus pour personne. Elle avait dans son sac la dernière lettre de l'une, celle qui disait : « Tu ne pourras plus jamais revenir, je le sais à présent. Comment n'y avoir pas pensé plus tôt ? C'est moi qui dois te rejoindre... », et la réponse du second qu'elle n'avait pu s'empêcher de rédiger, comme un adieu personnel à cet autre elle-même : « Ma Brunette chérie, je t'attends, je t'attends, avec l'impatience que tu devines. Nous serons heureux, ici, je te le promets, ce monde est si beau. L'éternité à faire l'amour, mon adorée. Bienvenue ! »

Depuis, les années avaient passé. Brunette vagabondait, solitaire et multiple, d'une grande ville à une autre, sans occupation particulière, momentanément à l'abri du besoin grâce à l'héritage de ses parents, curieuse de chacun mais surtout d'elle-même, désintéressée de tout ce qui pouvait ressembler, de près ou de loin, à un port d'attache, et passionnée d'un seul but : la somptueuse et désespérée frivolité de qui ne veut ni aimer, ni posséder, ni souffrir...

Elle était rentrée à son hôtel, s'était changée, avait commandé un taxi. A tout hasard, elle lui avait demandé de la déposer boulevard des Belges, avenue qui constitue à Lyon l'endroit chic par excellence. Elle ambitionnait une réception privée où elle s'emploierait à pénétrer sans invitation.

A sa requête, le taxi roulait lentement : elle prétendait ignorer l'adresse exacte où on l'attendait. En fait, elle guettait le déclic, le coup d'œil du sort malin.

Elle n'eut même pas à intervenir. Le chauffeur s'était arrêté de lui-même, retourné vers sa belle passagère, en disant : « C'est là, non ? » Ils étaient devant une bâtisse qui tenait ensemble du castel normand, de l'église gothique, de la maison alsacienne et du chalet suisse, haute, tarabiscotée, flanquée de tourelles et de colombages, surchargée de balcons et de terrasses, au pied desquels des torches de jardin échevelaient leurs flammes à la bise d'avril.

La musique parvenait jusqu'à l'avenue par saccades. Dans le parc, parmi de stoïques statues blanches qui offraient leur nudité à la gifle du vent, des ombres passaient, furtives et pressées, gravissaient les marches d'un perron baigné de lumière où elles se coloraient soudain, se précisaient une seconde, avant de disparaître frileusement, happées par la chaleur du hall grand ouvert sur la nuit.

Derrière le taxi de Brunette, un autre véhicule s'arrêta. Un couple en descendit, lui blanc et noir, le cou raide au-dessus du nœud papillon, elle employée à assagir sa large robe qui dansait dans les rafales.

Brunette acquitta le prix de la course, franchit l'imposante grille à la suite des deux autres... Elle hésitait à les rattraper, modérément inspirée par son entrée en matière... Le gravier de l'allée crissait sous ses pieds menus, qu'entravait l'étroitesse d'un fourreau de satin noir. Elle se laissa finalement distancer, car un nouvel arrivant venait de claquer la portière d'une voiture.

A la vigueur de son pas, libre, assuré et rapide, c'était un homme seul. Elle cheminait de plus en plus lentement, il parvint à sa hauteur comme elle gravissait la première marche du perron. Il ralentit civilement, pour ne pas la dépasser. Du coin de l'œil, elle le vit plutôt grand, le cheveu d'un gris argenté, le profil élégamment busqué au-dessus d'une petite moustache. Il la regarda aussi, avec une tranquille curiosité.

Il n'y avait plus à hésiter. Entre la troisième et la quatrième marches, Brunette poussa un cri clair, chancela, négocia sa chute. L'homme n'était plus tout jeune, et avait sans doute acquis en charme ce qu'il avait perdu en vivacité ; il se précipita un quart de seconde trop tard, ne parvint qu'à amortir le choc de l'atterrissage.

– Vous vous êtes fait mal ? demanda-t-il tout de suite.

Brunette, assise sur les escaliers, se massa la cheville. Il se tenait accroupi devant elle, sur la marche inférieure. Elle le dévisageait en grimaçant consciencieusement. Toute l'Italie avait chanté dans sa jolie voix grave, et son visage latin, de face, se révélait encore bien plus séduisant que de profil... Elle geignait raisonnablement :

– Ma cheville... dit-elle.

Il prit un air douloureux.

– Une entorse, je le crains.

Il roulait les « r » à merveille, prononçait les « e » muets presque « é ».

– On ne va pas rester là, décréta-t-il, et il la souleva comme un enfant, la prenant à la taille et sous les genoux.

Elle, muette et consentante, se fit légère, s'accrocha à son cou...

Dans le hall, un maître d'hôtel s'approchait pour recevoir et contrôler les invitations.

– Cette dame est blessée, dit l'Italien. Où puis-je la déposer ?

Le maître d'hôtel afficha une mine respectueusement consternée, tourna vivement les talons. On le suivit, on traversa le hall, dépassa l'entrée de la vaste salle de réception pour aboutir dans un petit salon tranquille, tout au bout du pavillon.

Tandis qu'on déposait Brunette avec mille précautions au tréfond d'un abyssal fauteuil, le valet interrogea :

– Faut-il demander un médecin ?

L'homme, à genoux aux pieds de l'accidentée, répondit sans se retourner, en palpant prudemment sa cheville :

– Ce sera peut-être inutile. Si vous avez un peu d'arnica…

Puis il déchaussa avec adresse le pied meurtri. Brunette, abandonnée à la quiétude confortable de la pièce, se laissait manipuler docilement.

– Votre cheville n'est pas enflée, c'est de la chance, commentait son sauveur, très absorbé dans un massage aérien.

De sa chevelure penchée devant Brunette montait un parfum raffiné.

Le domestique revint avec un tube de pommade. L'Italien s'en saisit, regarda Brunette. « Permettez ! » dit-il seulement, et il commença à relever très doucement l'ourlet du fourreau sur la jambe qu'on lui tendait. Quand il arriva au genou lisse de Brunette, il expliqua :

– Il faut retirer votre bas.

Elle ne répondit pas, languide, un peu pâle, et son regard fixe, très sombre, parut vaciller. Il remontait toujours l'étoffe, lentement, en la dévisageant.

– Vous avez mal ? demanda-t-il.

Elle fit « oui » du menton, comme une petite fille qui retient ses larmes. Il toucha sa jarretelle, entreprit de la détacher, choisit l'instant pour se présenter :

– Je m'appelle Carlo Lambrusco Ripamonti.

Il avait libéré la lisière du bas d'une première attache. Il chercha l'autre, plus loin, cachée sous la cuisse de la jeune femme. Ses doigts savants, sans impatience, y manœuvrèrent avec une infinie délicatesse.

– J'ai une villa à Lyon, mais je travaille à Paris, poursuivit-il.

Le bas roulait à présent sur la chair de Brunette, descendait régulièrement...

– Enfin, j'y travaillais jusqu'à maintenant.

... Le bas parvenait à la rotule...

– Je vais partir bientôt.

... Ses deux mains glissaient en bracelet autour du mollet...

– Dans six mois, je serai en Pologne...

... Elles parvenaient à la cheville...

– Et vous, comment vous appelez-vous ?

... omettaient de s'y arrêter.

– Je m'appelle Gina, répondit-elle dans un souffle.

– Gina ?

Il ôtait complètement le bas, elle avait levé le pied pour faciliter la manœuvre.

– C'est italien, cela ?

– Oui, je suis d'origine italienne. Gina Romanina...

– Romanina, répéta-t-il. Petite Romaine. Vous avez de la famille à Rome ?

Négligemment, il avait entrepris de détacher l'autre bas, à tâtons sous le fourreau qui plissait aux jambes de Brunette.

– Non. Plus personne en Italie...

– Comme c'est dommage, soupira-t-il.

Il dégrafait l'ultime jarretelle, dénudait, comme précédemment, la cuisse, le genou, le mollet, la cheville de la jeune femme.

– Peccato ! reprit-il.

Il murmurait maintenant, comme pour lui seul : « Peccato ! »

Puis il questionna soudain :

– Parla italiano, lei ?

– Lo capisco soltanto, dit Brunette, qui se souvenait de ses certificats d'italien à la faculté. Ma non lo parlo veramente.

– Molto bene, invece, protesta l'autre. Molto bene.

Il venait, sans s'en rendre vraiment compte, de saisir le second escarpin, de déchausser aussi le pied valide. Il l'observait toujours, avec un sourire charmeur autant que charmé ; au bout d'un moment de silence, il revint avec un petit sursaut à la réalité, aperçut le tube de pommade par terre, en dévissa le bouchon, demeura très embarrassé tout à coup, en considérant les deux pieds nus de Brunette et demanda :

– C'est lequel ?

Elle ne rit pas, le considéra de ses grands yeux graves... Elle balbutia :

– Je ne sais pas...

– Je soignerai les deux, promit-il et, joignant le geste à la parole, il enduisit d'onguent simultanément les deux chevilles de sa compagne qu'il encercla de ses mains chaudes, s'attarda sur les deux coups de pied, enveloppa les deux talons de petites frictions tendres...

– Ça va ? demanda-t-il.

Elle ne répondit que par un bref gémissement de bien-être, les lèvres et les yeux clos.

Il toucha, du bout du doigt, l'arrondi de ses mollets.

– Romanina... soupira-t-il. Romanina...

– Oui, dit-elle, et elle décolla les épaules du dossier du fauteuil, s'approcha tout au bord, s'offrit. Oui...

Il resserra de ses deux bras fermés, comme on étreint une gerbe, les magnifiques jambes qu'on séparait pour lui, y coucha sa joue et confia :

– Moi, je suis de Venise...

Elle vibrait sous son souffle ; elle posa sa main sur les cheveux gris, en tirailla une pleine poignée, nerveusement, presque méchamment.

– Non, Gina, petite Romaine, dit-il à regret. Non, pas ici, on nous surprendrait...

Il l'abandonna, fit mine de se relever. Elle tendit les bras, s'agrippa à lui.

– Ne me laissez pas...

Il hésita une seconde de trop, elle le retenait déjà, de ses doigts croisés derrière sa nuque, de ses genoux serrés à ses jarrets. Puis elle dénoua ses mains, les laissa glisser dans une double caresse jusqu'à tenir entre elles le visage de l'Italien, lissa de deux pouces convergents la moustache qui soulignait avec bonheur le dessin d'une bouche charnue, très tentante. Elle s'approcha, tout près, si près qu'elle découvrit, dans les yeux noirs qui la regardaient avec une sorte de résignation heureuse et désolée, de petites taches presque violettes.

Quand elle l'embrassa, il était à demi vaincu... Il la serrait contre lui d'un grand bras enveloppant et pressant, qui acceptait la défaite. Mais l'autre bras, sur la défensive, se révolta soudain, arrêta la manœuvre de Brunette, emprisonna d'une poigne ferme les sournoises et impudiques mains qui s'attaquaient à sa ceinture. Elle émit, sous ses lèvres, une plainte enfantine. Il interrompit le baiser.

– Pas ici, Gina, pas ici...

Ils ne voyaient rien du chemin qui les ramenait vers le centre de la ville. Leur voiture s'arrêtait aux feux rouges, redémarrait pour ralentir plus loin, et eux, étroitement serrés, se laissaient emporter, aveugles aux lumières des avenues. Lambrusco avait passé son bras droit autour de la taille de Gina, fondante et souple. Sa main gauche, incapable d'immobilité, courait fiévreusement sur le fourreau noir, s'arrondissait pour caresser les trésors que la jeune femme offrait impatiemment : de frémissantes épaules, des seins palpitants, des genoux qui tremblaient. Il avait enfoui sa bouche dans la chevelure bouclée qu'il respirait avec délice, elle ondula contre lui, courba la tête, offrit sa nuque. Les lèvres de l'Italien y descendirent, prodigues de baisers. Son souffle la bouleversa, elle se cabra sous les frissons qu'il déclenchait savamment. Il la mordillait, elle sentait sa moustache douce, comme un petit pinceau affolant, ses dents gourmandes qui lui arrachèrent un cri d'épouvante ravie. Elle releva la tête, vivement, chercha l'oreille de son compagnon et, une main à son cou, lui murmura :

– Je suis prête si tu veux !

D'une pression du bras, il la rapprocha encore, la plaqua contre lui avec une chaude autorité.

– Pas encore, Romanina... gronda-t-il tout bas. On nous voit !

Ses yeux, dans le rétroviseur, cherchèrent le regard du chauffeur... Gina gémit. Elle n'aimait pas attendre. Sa jambe nerveuse vint se poser sur celle de son compagnon, s'y installa, obligea les genoux de Lambrusco à se séparer. Le fourreau se tendit, dessina, de part et d'autre, le renflement voluptueux des cuisses de la jeune femme. L'Italien recula un peu, pour la contempler mieux. Aux lueurs changeantes des enseignes, il la trouvait tour à tour éblouissante, fine jusque dans les détails les plus ténus, l'ombre de ses cils sur sa joue encore enfantine, l'éclat artificiel de ses ongles soignés, puis plus mystérieuse, dessinée à peine dans l'ombre où ses rondeurs minces se noyaient, où sa chevelure de mèches souples se confondait avec le cuir sombre des sièges. Il lui sourit. Elle aussi le considérait. Il avait de belles dents blanches et régulières sous sa moustache grise, les coins de sa bouche tombaient un peu ; ses yeux, expressifs sous d'épais sourcils, se plissaient souvent, dans une mimique faussement grave. Son visage était celui d'un homme intelligent et sensuel, vieillissant avec élégance.

Parce qu'il l'observait d'un air heureux et doux, elle se permit une petite danse du bassin, très suggestive, et sa jambe s'appesantit davantage, malmenant l'étoffe de sa robe qu'on entendit craquer.

– Ce fourreau m'énerve, se plaignit-elle, je suis prisonnière !

Soulevant les fesses, elle attrapa le tissu et entreprit de le remonter jusqu'à ses cuisses. L'Italien frémit, tenta de sa main libre, qui s'affolait, de l'en dissuader...

Trop tard, les jarretelles de Gina apparaissaient, claires sur sa peau mate, froncées par une dentelle soyeuse où s'accrocha la lumière dansante du voyage. Il émit une série de claquements de langue désolés. La cuisse de Gina reposait toujours sur la sienne, ronde, barrée par la lisière du bas. Sous le fourreau troussé, on devinait le petit triangle blanc de sa culotte. Il hésita un instant, décrocha encore un bref regard au rétroviseur. Gina lui saisit la main, il se laissa prendre et disposer. Ses doigts trouvèrent les bords du minuscule slip, le soulignèrent, le flattèrent, s'en éloignèrent pour y revenir. La géographie de ce jeune corps offert était, à cet endroit précis, d'une richesse passionnante. La douceur irréelle de la cuisse venait mourir en un sillon moite, à peine grenu, où s'ancraient les premiers poils. Plus loin, si Lambrusco allongeait le doigt sous l'étoffe, le fourré se faisait profond et humide, avec une sorte d'épicentre turbulent, un volcan au cratère contractile et huilé, ferme et moelleux à la fois. Il en sortit pour s'y plonger encore, émerveillé de se sentir happé chaque fois plus loin. Gina cambrait les reins sous sa caresse, soulignait chaque invasion d'une expiration saccadée, presque douloureuse. Il la sentait contre lui ravagée d'impatience. Son bras encerclait toujours la taille fine, il remonta jusqu'à ce que sa main pût saisir le sein de Gina qui, à travers le vêtement, dardait un mamelon rond et dur. Entre les cuisses de la jeune femme, son autre main, enivrée de pouvoir, avait entamé une reconnaissance ascensionnelle, séparait de phalanges avisées les lèvres gonflées du sexe, trouvait le clitoris tendu, l'écrasait un peu. Gina ne put retenir un cri. Lambrusco alarmé, releva la tête, jeta un coup d'œil à son chauffeur dont les épaules demeuraient indifférentes. Mais sa compagne s'agrippait à son cou, suppliante, bavarde :

– Regarde, regarde, murmurait-elle, ce que tu me fais !

Elle écartait éperdument les jambes, indécente, avec une sorte de fureur. L'Italien aperçut sous la culotte blanche le relief mouvant de ses doigts qui fouillaient toujours la fente béante. Une dernière pudeur le retint. Il l'avertit, d'une voix qu'il ne se connaissait pas :

– Gina, nous arrivons !

Elle, haletante, ouvrit sur la ville des yeux égarés :

– Hein ? où çà ?

– Chez moi, dit-il.

Elle protesta très vite.

– Non, non, je ne veux pas. Ici, maintenant, c'est magique, il ne faut pas s'arrêter !

Et comme il hésitait, elle se donna tout à fait, en ordonnant encore : « Regarde ! » en tirant si farouchement sur l'entrejambe de sa culotte qu'elle la déchira. On roulait depuis peu dans une ruelle obscure, la voiture ralentit. Lambrusco respirait difficilement. Sa main avait abandonné le sexe de Gina, mais elle, prise de démence, arrachait le tissu qui la gênait encore, achevait de s'exhiber, ses doigts obscènes et frénétiques travaillant à élargir une faille de braise au creux de ses broussailles.

Il eut très peur, se jeta vers le chauffeur pour faire un paravent de son corps et masquer l'impudique, et avec son bel accent qui tremblait, il dit :

– Aldo, nous avons oublié quelque chose... Veux-tu nous ramener là-bas ?

L'autre hocha imperceptiblement la tête, ne se retourna pas.

Alors l'Italien bascula. Gina se souleva, s'empara de son bras qui la ceinturait toujours, le disposa sur la banquette, s'installa dessus. Sa main droite se retrouva sous le cul de Gina, au carrefour le plus torride de toute sa personne déchaînée. Il sentait dans sa paume les jolies fesses danser, s'énerver, se séparer. Il replia les doigts, son majeur vint miraculeusement aborder à une rive mouillée ; il fut au même instant coiffé, aspiré, tété. Sa main gauche retrouva l'étourdissante onctuosité du sillon accueillant où elle s'adonna encore à quelques attouchements désordonnés. Le désir le détraquait. Cette fille grande ouverte sous ses doigts, tous ses pétales vibrant, tous ses trous appelant, comme il avait envie de s'y ruer, de s'y engouffrer, et d'y éclater ! Comme il l'aurait ouverte encore, avec la trique qui lui pesait au ventre, qui lui tendait les couilles, qui n'en finissait pas de grossir, qui lui faisait mal à force ! Machinalement, il se mit à arrondir consciencieusement le con de Gina, à le façonner à la mesure de sa convoitise, aux dimensions de son rut. Elle accompagna son œuvre de tortillements lascifs, ses hanches tanguèrent, son cul sembla fleurir entre ses fesses que le roulis disjoignait tout à fait. Lambrusco perdait la tête, pétrissait la chair de sa compagne avec une obstination violente, un mouvement circulaire de plus en plus ample, et elle, loin de s'en effrayer, marquait le rythme, participait en bombant le pubis, en poussant son ventre à la rencontre du forcené, en décollant alternativement du siège la fesse droite puis la gauche. Elle avait posé une main sur le cuir du fauteuil, derrière elle, comme pour s'accoter, ne pas chavirer complètement dans le tourbillon de plaisir qu'il déclenchait.

Son autre main soudain s'abattit sur la braguette de Lambrusco, y reconnut la preuve d'un terrible émoi, s'y cramponna. Il se lamenta sans mot, avec une plainte gutturale. A son oreille, elle murmurait des paroles abominables :

– Donne-moi ta queue, disait-elle. Maintenant ! Maintenant que tu m'as bien sculptée pour elle, je suis ouverte à fond, tu vas entrer là-dedans comme dans du miel, je te sens bander, ta bite est en fer, je suis sûre que tu es chauffé au rouge, bien bouillant, incandescent, éclaté au bout, je suis sûre que tu coules déjà, moi je ruisselle, viens me baiser, ma chatte est folle de t'attendre !...

Elle s'attaquait aux boutons, des deux mains, les cuisses toujours écartées à l'extrême, le bassin bondissant. Il se défendit misérablement, avec des « non ! non ! » pleins de terreur. La voiture abordait une grande avenue très éclairée, freinait pour un feu rouge. Du véhicule qui était venu s'arrêter à leur hauteur dans une file voisine, on devait voir leur curieux combat. Mais Lambrusco s'en moquait désormais. Gina s'obstinait en geignant :

– Tu ne te déshabilles jamais, alors ? Pourquoi tu ne veux pas ? J'ai ce qu'il faut, tu sais, si toi tu n'en as pas... Elle l'avait lâché pour attraper à l'aveuglette son sac, il le lui enleva, tomba à genoux devant elle, entre ses merveilleuses cuisses si hospitalières. Elle se pencha vers sa bouche, pour recueillir au plus près la confidence qu'il laissait échapper dans un grand élan navré.

– Gina, je ne suis plus un jeune homme ! Tu seras déçue ! Ne joue pas avec le feu ! Je vais exploser si tu continues, et après... après, plus rien pendant des heures !...

– Montre-la, alors, répondit-elle avec fougue. Rien que ça, me la montrer ! Je te jure que je ne te toucherai pas !

La moustache grise frissonna. Il la vit là, à vingt centimètres de son visage, fendue, luisante, trouée profond, tentante à hurler. Il eut à cœur de mériter les trésors dont elle le bouleversait. Il se déboutonna et, sans laisser choir son pantalon, il sortit son sexe, dont la hampe battante semblait un point d'exclamation clair sur le vêtement foncé.

– J'ai honte, confessa-t-il doucement.

– Tant mieux, répondit-elle avec un sourire féroce. C'est meilleur !

Puis elle s'adonna à un ballet étrange et fascinant. Elle s'accroupit contre le siège, obligeant Lambrusco à reculer comme devant une flamme, et, l'effleurant presque, elle entreprit de déplier lentement ses jambes, toujours très écartées ; ses fesses retrouvèrent l'assise du siège où elle s'adossait, ne s'y arrêtèrent qu'une seconde, elle replia les jambes, redescendit, le long de la colonne qu'il lui présentait, sans la toucher pourtant.

– Imagine, murmura-t-elle, que je te lèche de bas en haut, de haut en bas jusqu'aux couilles.

Son sexe ouvert brillait rose dans la pénombre, il palpitait, bougeait à rendre fou, montait, redescendait. L'Italien torturé avança les mains, pour recevoir le cul de Gina dont la double et parfaite arabesque s'évasait à chaque envol, s'aiguisait à chaque descente. La jeune femme avec ses cuisses élargies, ses jambes ployées et déployées, était un fabuleux oiseau, au vol hallucinant, au cœur indécent. Quand il eut dans ses mains les deux fesses mobiles qui durcissaient et s'alanguissaient alternativement, et caressaient leur velours à ses paumes extasiées, il éprouva un vertige inouï. Sa bite s'inclina devant lui, comme douée d'une vie propre, alla toucher exactement le clitoris de Gina, qui gémit de bonheur, et s'immobilisa.

– Tu vois, dit-elle, c'est elle qui vient toute seule ! Moi je ne la touche pas.

L'Italien grimaça comme un supplicié. Gina, sans pitié, gardait le contact, l'affermissait même, exerçant, de son bouton têtu, une pression sur le gland surmené qui se débattait contre elle.

– Tu es chaud ! s'exclama-t-elle, tu me plais ! Bien dur et tout nu, bien partagé, avec une petite bouche au bout qui m'appelle !

Lambrusco bandait à perdre la raison, jamais, lui semblait-il, il ne s'était autant développé, ni décalotté aussi loin... Gina le mit à l'épreuve, redescendit encore, mais cette fois collée à lui ; les lèvres de son sexe comme une chaude ventouse autour de sa queue.

Il faillit crier quand elle glissa, humide et bouillante, le long du frein distendu... Puis il la sentit poursuivre, tirer davantage sur la gaine de peau d'où paraissait vouloir s'échapper complètement sa verge démente. Il était toujours à genoux, très droit, comme pour une prière, avec devant lui ce drôle de cierge, ce bâton de dynamite plutôt, dont la petite salope jouait diaboliquement...

Il avait lâché les fesses de la fille, s'employait à présent à juguler son propre essor, en étreignant à pleine poigne la base de son membre, tout proche de l'explosion. Gina arborait une mine de démone mauvaise, que la lubricité parait d'une beauté ambiguë. La souffrance de son partenaire la galvanisait.

– C'est moi qui vais te mettre ! déclara-t-elle. Ses yeux brillaient d'un feu tragique. Elle s'appuya contre le barreau qu'il étranglait devant elle, ondula du bassin, jusqu'à trouver la parfaite coïncidence entre le bourgeon fiévreux qu'elle sentait brûler entre ses cuisses et le méat dilaté de l'Italien.

– Tu sens que j'entre en toi ? demanda-t-elle avec passion. Tu sens mon bouton dans le trou de ta pine ? Tu sens que tu baves ?

Elle bougea encore, une danse du ventre torride qui avait pour but de la mouiller partout, de l'oindre avec cette salive gluante et claire qu'il ne savait retenir...

Un heurt de la voiture soudain les déséquilibra. L'Italien plongea de quelques centimètres, sa queue comme aimantée vint pénétrer la fille. Il eut une envie folle d'avancer encore le bassin, de s'enfoncer jusqu'à la garde dans cette bouche de satin ardent, de jouir enfin, comme on meurt...

Mais elle sursauta, s'arracha au plaisir avec une violence farouche.

– Non, dit-elle, garde-toi encore !

Elle avait reculé les hanches, avait échappé à l'invasion. Elle s'assit devant lui, les épaules contre le dossier, posa aussi les pieds sur le siège, de chaque côté, s'ouvrant amplement. « Tu vois, fit-elle, tu vois bien ? » Il voyait désespérément bien. Il la contempla avec une sorte d'incrédulité, d'hébétude presque triste.

Il tenait toujours son sexe, à deux mains, avec une crainte superstitieuse, l'effroi de perdre son âme aux inventions sataniques de sa diablesse, mais curieux, allumé au-delà de tout ce qu'il avait connu jusque-là. Gina prit entre ses doigts le visage tourmenté de Lambrusco.

– N'aie pas peur, dit-elle avec une gentillesse inattendue. Mange-moi !

Il se laissa guider. Il eut bientôt contre ses joues et ses oreilles l'ineffable suavité des cuisses de la jeune femme. Sa bouche se posa entrouverte et timide, sur le fruit qu'elle exhibait depuis si longtemps, le trouva tendre et salé, d'une saveur maritime d'algue fraîche. Des lèvres et de la langue il s'activa doucement, attentif aux gémissements qu'il provoquait, encouragé dans son entreprise par la main que Gina avait posée sur sa tête, une main amicale et reconnaissante, parfois plus crispée quand la caresse se faisait trop cuisante. Quand il eut compris que les petites tractions exercées, à lèvres fermées, sur le clitoris, engendraient les soupirs les plus émerveillés, il ne le lâcha plus, la téta d'une bouche sûre de son pouvoir.

Au comble de l'excitation, Gina le repoussa soudain, une fois de plus.

– Je vais jouir ! souffla-t-elle. Donne-moi tes doigts !

Il obtempéra promptement, ivre de fierté, s'enfonça dans une gueule d'animal goulu, à la fois étroite et élastique, s'y sentit aspiré, pressé rythmiquement, inondé.

La jeune femme, au sommet du plaisir, se tendit, creusa les reins, renversa la tête, pour finalement tomber tout à fait à la renverse sur le fauteuil. Elle garda les jambes hautes et repliées, rouvrit ses yeux noirs que le bonheur venait de clore. Lambrusco coucha un instant sa joue sur la jolie cuisse dont il sentait la chaleur irradier jusqu'à son visage. Gina, la nuque cassée par le dossier de la banquette, le considéra un instant, le craignit ému d'une émotion rédibitoire.

– Attends ! dit-elle, je n'ai pas fini !

Déjà elle se redressait, avide de nouvelles démonstrations, magnifique d'obscénité. Son cul demeura sur le cuir rembourré, ses jambes trouvèrent d'elles-mêmes l'appui des épaules de l'Italien, et bien calée sur le coude gauche, elle s'adonna de la main droite à un numéro de masturbation frénétique. Lambrusco abasourdi, entrevit dans l'ombre son clitoris mouillé dont elle accentuait encore l'arrogance de deux doigts en V, consciencieusement voyageurs ; à suivre leurs allers et retours, du haut de la fourche où ils se rejoignaient, jusqu'en bas du sillon où, disjoints, ils tiraient sur chaque côté du con et le distendaient, l'Italien finissait par prendre le tournis. Sa vue se brouillait, ses yeux piquaient, son cœur tambourinait affreusement.

Loin d'avoir débandé, sa queue, écrasée à présent contre le rebord du siège où les jambes autoritaires de Gina le tenaient plaqué, le tourmentait d'élancements qu'à toute seconde il pensait fatals. Or le spectacle atteignait une intensité encore inégalée. Gina, de plus en plus violemment, de plus en plus rapidement, descendait au long de sa fente, massant au passage le bouton décapuchonné qui semblait grossir à chaque friction, arrivait tout en bas, étirait latéralement une bouche de carmin ruisselant, remontait pour repartir encore... Lambrusco défaillait. Il gémit :

– Arrête.

– Non, dit-elle très vite, non, je vais jouir encore...

Tout en elle semblait gonfler, prendre une dimension irréelle : ses narines dilatées, ses genoux plus largement séparés, son sexe tiraillé, façonné pour une invasion sans cesse remise. L'Italien balbutia :

– Tu me veux ?

Elle secoua la tête, livrée déjà à une partance solitaire. « Trop tard, gronda-t-elle. Trop tard. Regarde, je jute !

– L'œil ensorcelé de Lambrusco enregistra trois petits jets saccadés dont la blondeur troua incongrûment la nuit...

Déjà Gina mollissait, posait ses pieds sur le sol, soupirait d'un long soupir heureux de nourrisson repu.

– C'est bon aussi comme ça ! déclara-t-elle avec une mine gourmande, les yeux baissés et le sourire aux lèvres.

Lambrusco posa son front sur les genoux assagis de Gina. Il était harassé. Ses mains saisirent, presque automatiquement, les mollets de sa compagne, trouvèrent les chevilles, s'y enroulèrent... Elle eut la même petite plainte heureuse que là-bas, à l'hôtel particulier, quand il s'était agenouillé pour la première fois devant elle et l'avait massée. Il eut l'impression d'avoir, depuis, vieilli considérablement. Gina posa une main interrogative sur son épaule. Il avoua sans la regarder :

– Gina, comme j'aimerais te faire l'amour simplement ! Te prendre, te donner du plaisir, jouir en toi... Le plus banalement du monde !

Tout alla très vite. Elle allongea le bras, trouva son sac. L'Italien, qui n'avait pas relevé la tête, devina qu'elle attrapait son sexe d'une main, à la base, le couronnait de l'autre, d'un mouvement précis. Elle l'armait d'une capote, en déroulait le tube de ses petits doigts rapides. Il n'eut pas le temps de s'interroger : elle avança à sa rencontre, s'ouvrit du mieux qu'elle put à la conquête et, de ses jambes nouées à lui, le retint une seconde ancré au plus loin.

Il sentit sa verge énorme et compressée, absorbée par un piège d'une vigueur exquise dont les pulsations l'extasièrent. Il recula. Un système délicieux et compliqué de caresses contraires, de frictions gigognes lui arracha un râle. Sa queue coulissait dans un double étui, celui de sa peau, elle-même enserrée dans le préservatif, et le con de Gina, nerveux, glouton, se contractait autour de ce fruit gorgé dans ses deux enveloppes, s'acharnait à le retenir... Il ne résista plus. A l'invasion suivante, un fantasme fulgurant eut raison de lui. Électrisé par le latex moulant, son gland hypertendu força avec une douce violence le seuil étroit de sa partenaire et acheva de mûrir, comme un énorme bigarreau dont la fente éclate. Il se le représenta mauve et rebondi, partagé d'une crevasse béante sous le caoutchouc. Gina toucha ses couilles dures. Il éjacula comme elle entonnait, à lèvres closes, une mélopée plaintive.

Ils réalisèrent un moment plus tard qu'ils étaient seuls. La voiture était garée dans une rue sombre, non loin de la réception qu'ils avaient désertée. Lambrusco donna de la lumière et le plafonnier les éblouit. Ils se rajustèrent en clignant des yeux. L'Italien eut un petit sourire gêné pour chiffonner le préservatif, chercha du regard à s'en débarrasser. Gina le lui prit des mains.

– Tu t'en sers toujours ? demanda-t-il.

– Toujours, dit-elle. Si un jour je l'oublie, ce sera peut-être un signe.

– Un signe ?

– Que c'est sérieux, que c'est fou, je ne sais pas moi, que c'est l'homme de ma vie...

L'Italien rit. Ils sortirent sur le trottoir mouillé. Elle s'accrocha à son bras, familière et douce.

– Parlez-moi de Venise, demanda-t-elle en marchant.

– Venise ? C'est une belle femme comme toi, splendide. Mais... malade... elle va mourir.

Il se pencha pour une confession émue.

– Moi aussi, dit-il, tu m'as fait mourir de plaisir...

Leurs pas les ramenèrent au pavillon en fête. Ils se dirigèrent vers le buffet, demandèrent du champagne. Lambrusco leva sa coupe.

– A toi, Gina. Petite Romaine, dit-il gentiment.

– A Venise, répondit-elle.

Le visage de l'Italien s'attrista.

– Malade, dit-il, si malade... L'eau partout, qui la ronge...

– Et les crottes de pigeons, coupa incongrûment Gina.

Il la regarda sans comprendre, hésita à s'amuser de la répartie.

– Oui, expliqua-t-elle. J'ai l'air idiote de parler de ça, mais je sais que les pigeons sont une des plaies de la ville : je suis ingénieur dans une toute nouvelle entreprise qui vient sans doute de découvrir un moyen révolutionnaire pour protéger les monuments de ces... souillures. C'est pourquoi le problème me passionne...

– Ah ! s'exclama-t-il, un moyen révolutionnaire ?

– Oui, une sorte de pulvérisation qui éloignerait les oiseaux.

– Étonnant ! dit encore l'Italien. Et vous avez mis la découverte en pratique ?

– Nous en sommes au stade expérimental seulement, répondit la jeune femme. Mais il serait justement intéressant de la tester dans une ville comme Venise...

Il hochait gravement la tête.

– Je connais quelqu'un, fit-il. Oh ! je le connais même très bien, un ami, un très grand ami. Il est à la protection des sites et monuments historiques, chez moi en Italie. Si je lui parle de toi, c'est sûr, il t'invite... Tu viens à Venise, tu restes quelques jours, il te choisit un bel hôtel, pour étudier tout cela...

Il parlait, volubile, charmeur, oublait de poser sa coupe qui tanguait dangereusement à ses doigts. Elle lui adressa un sourire radieux.

– Ce serait merveilleux... dit-elle, avec la conviction nécessaire pour l'émouvoir tout à fait.

– Mais, Gina Romanina, prévint-il, petite Romaine, il ne faut pas venir à Venise que pour les crottes de pigeons... Il vaut venir « in viaggio d'amore... » Il faut te marier.

Il prononçait presque « malier » ; il était si touchant... Elle promit :

– J'essaierai, d'ici là...

– Oh ! dit-il, ce ne sera pas difficile...

Six mois plus tard, Gina écrivait à Paris pour annoncer à Carlo Lambrusco Ripamonti : « Je serai, en robe de mariée, jeudi soir à vingt heures, gare de l'Est. Vous ne pouvez pas me manquer : je vous attendrai sur le quai de l'Orient-Express. »

Il vint à son rendez-vous, souriant et heureux, une grosse gerbe de roses blanches sur les bras.

– J'ai prévenu mon ami, lui dit-il tout de suite. Il vous attend là-bas, avec votre mari. Au fait, où est-il, votre mari ?

Il cherchait, d'un œil circulaire, sur le quai où les porteurs en uniformes se démenaient.

– Je ne l'ai pas encore trouvé, répondit-elle sereinement.

Il la regarda sans comprendre.

– Mais, promit-elle, en arrivant là-bas, aucun doute, j'en aurai un...

L'Italien demeura un instant interloqué, puis éclata d'un grand rire attendri :

– Gina ! Gina Romanina ! Quelle drôle de petite Romaine !

Il baisa ses mains, en tremblant un peu parce qu'il se souvenait, l'aida à gravir le marchepied.

– Il y en a un dans ce train, dit-il, qui ne connaît pas encore sa chance !

Achevé d'imprimer sur les presses de

BUSSIÈRE

GROUPE CPI

à Saint-Amand-Montrond (Cher)
en mars 2007

POCKET - 12, avenue d'Italie - 75627 Paris Cedex 13

— N° d'imp. : 70371. —
Dépôt légal : juin 1994.
Suite du premier tirage : avril 2007.

Imprimé en France